國家古籍整理出版專項經費資助項目

二〇一一年『十二五』國家重點出版規劃四百種精品項目

回文集

丁勝源 周漢芳 輯

國家圖書館出版社

回文集第四册 目録

第三十八卷　詩文

回文集卷三十　目錄

回文集卷三十

劉命清

命清（一六一〇—一六八二）字穆叔，號但月仙，又號虎溪漁叟，江西臨川人。諸生。績學能文，與傅占衡（平叔）並稱爲臨川二叔。入清，以史館薦，不應。屏跡林泉，館課生徒。著有虎溪漁叟集十八卷（康熙三十八年刻本）。

和湘東王後園廻文

憩馬嘶亭柳，浴鴇戀池泉。袂長招戲鞠，林晚噪幽禪。虎溪漁叟集卷一

秋日廻文

霾天撥盡塵如皎，轉地大風攢怒號。排恨有時傾北斗，赤駢山鬼夜嗆刀。

秋夜別思廻文

紅燈花影垂離恨，錦字緘愁寄遠程。中夜悄寒唳鴈過，薄羅袖濕憶南征。

又

船頭岸泊飛紅蓼，柳上鶯啼遶緑衣。圓月孤吟嫌露冷，卜將今夕一帆歸。

秋意迴文

疎鐘曉韻停殘月，桂露流香襲冷風。魚鴈杳然寢簡素，緑楊長繫啅驕驄。虎溪漁叟集卷七

吳統持

統持（？—一六五〇後）字巨手，號卍齋，晚改危齋，又號危叟，浙江秀水人。雄才博識，名重膠庠。明亡，與妻項佩偕隱鴛湖，蝸居荒村，不廢吟詠。嘗賣卜四方，徧歷齊魯燕趙之墟，或稱胥山樵子，或稱頑谷居士，年四十八卒。著有明月樓集四卷、危齋逸稿六卷。

卍齋迴文詩有序

往予庚辰秋，葺齋秋水，倚檻上卍字爲顔，同人既贈題成帙。越甲申始春，齋居枯坐無賴，偶憶易庵項叔品題若箇有迴文之句，自補七言排律七十二韻。年行及壯，方耻兹末技，敢云奇字湧出也。

[illegible]開寶印動人驚，檻樣初雕質意行。儒樸竟從何習變，佛文原自有光呈。徒爲素韻循

纏䉀，止可幽人遠市城。圖壁屋隅山磊磊，結廬田次水潑潑。都言雅式堪風儉，競擬奇標略製平。殊未百方隨卍湧，會誰三點任∴成（∴音伊涅槃經何等名爲秘密之藏猶如∴字三點若並則不成伊從亦不成如磨醯首羅面上三目乃得成伊三點若別亦不得成）。愉僧得處跏雙膝，恠俗纏時轉一睛。株守只同多角井，括囊難似不觚罌。須還用拙思褒魯，耐可知雄願布英。徂歲憫亡興矚遠，到春迷恨喜懷傾。軀輕縱舞甘顏渥，相異虛封耻面黥。雛鳳欵扉荆蔭雪，婢魚探沼石涵晴。芻薪逸許炊茶釜，艸藁佳宜襯藥籯。娛画借穿松徑杳，苦吟忘映竹窗明。爐飄縷篆名香爇，帶展柔條異草生。驫子結前庭種柏，細音啼外野飛鶊。朱櫺曲折無非字，黝板高懸偶得名。腴畫竺來馱老馬，雅顏楹定住人清。孤琴舊取分寥寂，警隺新貽助嘯鳴。塗慣晚煙青着案，載多春酒緑罌棚。濡泉冷壤疎栽菊，飾羽鮮囊淺佩蘅。酥滴露盤銀散液，藻沾風研碧滋萌。皀翻赤舄遥岑戲，芰紉黄裳下里訇。奴往屢懷漫字刺，盜趨猶震小音鉦。厨藏獨怏書知秘，匣動嘗憐劒欲擎。齵漱轉丹堅類石，指彈乎缶響逾箏。咮咮解語雞交耳，粲粲留斑豹引瞪。辛負褻詩存衛鄭，悞傳搜史剩蠻荆。屠兒市輟翔丸巧，乞子貧回守犬獰。誣熇雜寅夸入座，冶妖胡婢怨吹笙。湖旁樹色眉爭碧，閣裏霞光舌鬪赬。喁唱每才庾并鮑，記銘疇筆腐叅盲。蘇屠印指占當別（墖亦名蘇屠齋在秋涇之陽有塔對牖），殑萬齊音譯已并（苑師之殑西域音萬佛胷前吉祥相也此方相傳作卍）。吴處默慙仍進技，項重瞳妒漫連兵。蕪詩續歲歡當甲，陋室營年窘屬庚。珠韞衣間窮始覓，鐵聯門際靜先撐。租來舊帖金千兩，典去時衣月二正。污耳畏多談屑瑣，放懷緣懶計餘嬴。窮途阮氏奚偕返，户閉顔家幾並鬨。孤角有神通蝨射，鼎心無恠却梟烹。區分任我爲寧我，法各隨卿用自卿。姝子贈鹽名昔昔，谷中歡譃侑丁丁。愚堂謂學能文栟，勝地期參解易京。巫暴假妖消歲旱，夢通疑義析朝酲。蒲團穩坐舒長晝，枕木欹眠愛短更。樞寘識知圈外極，象玄思審律中衡。壺盛墨汁氷凝潤，鉢漾簾紋浪簇泓。銖曳曉星看映帶，玉舂宵雨聽琮琤。于于醒燕斑梁語，泛泛閒鷗白水盟。烏髮幻旋螺樣髻，潔牙英發菡華聲（華嚴經願一切衆生得如卍字髮螺文右旋願意善調伏牙齒鮮潔如白蓮花文理迴成卍字）。鬢芳撚徧花窺牖，影碎移頻月過𠔥。模準縵廻闌楯密，斵方因就斧斤輕。蛛蟠巧夕秋應比，馬負祥河古似爭。敷卦聖將疑象轉，下棋仙或詑圍縈。紆紋黻配姬東避（黻形爲亞），整隊旗輪漢北征。盂列古環從狩獮（左傳宋公爲右盂），錦文廻織借娥孎。蘆拈異雁雲颺彩，戟景靈烏日耀晶（景讀作影）。摹就玉章硃誌改，煉登磁碟翠題盈。逋文果否玄成艸，現藥真耶紫拾瑛。迓我欲周千矩絜，解人祈合六書程。符心妙字彎兼直，豁眼靈分竪與横。膚隱蔡憨還合性（宋蔡京胸前隱起卍字同佛相見夷堅志），罍標周艷詎空情（南唐遺事李后主長秋周氏有焚香罍曰卍字金）。呼天向敢憑奇問，出户當能儘吉迎。荷葉折牽閒櫓槳，栁枝垂拂鬧干旌。吾從好道長無畏，國爲憂貧暫不寧。孤墮半悲人語錯，雉離偏惜物心貞。拘憂古操愁彈罷，復旦虞歌樂載賡。隅坐計功嫺者侍，畝南招隱達夫耕。瑜瑕判世三生慧，背向攤方一悟精。顱頂灌光輪信解，髲毫藏刹寶明誠。驅魔大咒傳持猛，度鬼諸經教演宏。無佛斷難私著論，鋪箋雜引卍題評。

沈季友檇李詩繫卷二十二（康熙四十九年敔素堂刻本）

按：第七十七句『窮途阮氏』，回文未能協韻，疑爲『途窮阮氏』之誤。

項佩字吹聆，亦秀水人，能書、擅畫、工詩，有藕花樓詩八卷（文淵閣四庫全書本浙江通志卷二五一著録）。周銘林下詩選卷十：『少時作廻文詩一百韻，極爲人膾炙』。徐樹敏、錢岳衆香詞御集：『少時作廻文詩百韻，爲人膾炙』。王鯤盛湖詩萃卷十二：『吹聆從其夫巨手，偕隱我鄉，善讀書、工詩，畫亦超超入妙，嘗和巨手卍字百韻，一時傳誦』。惲珠國朝閨秀正始續集卷四：『吹聆工楷隸，少作迴文詩百韻，藝林傳誦』。今檇李詩繫卷三十四，只載其題外居卍齋五言長排，未見回文和詩。

蔡平娘

平娘，明廣東潮州人，鍾夢鶴室。

閨思迴文

簫聲幾度暗傷情，岫出飛雲曉日晴。寥靜深閨窓弄月，妬嬌花圃竹敲箏。橋高泛水流聲急，夜寂寒蟬噪語輕。遥寄鄉書傳去雁，銷魂拂柳對啼鶯。　温汝能粵東詩海卷九十六　黄秩模國朝閨秀詩柳絮集卷四十三

潮州林廷玉仙溪雜俎初集卷一：『我粵清初才女蔡平娘，鍾君鶴夢之妻，作閨思迴文，反覆成章，清新秀逸，讀之能令人意移神往。其句云，簫聲幾度暗傷情，岫出飛雲曉日晴，寥靜香

閨窗弄影，妒嬌花圃竹敲箏，橋高泛水流聲急，夜寂寒蟬噪語輕，遥寄鄉書傳去雁，銷魂拂柳對啼鶯。按平娘年代失攷，此詩與建昌才女景三昧，字翩翩作極相同。清代彌堅堂主人編入小説終須夢卷一第五回，『圃』作『園』，『鄉』作『錦』，『對』作『渭』

薛敬孟

敬孟（？—一六七一後），字子熙，福建福清化南人。明崇禎間拔貢，年甫三十，絶意仕進，課徒訓子，躬耕自業。著有擊鐵集十卷（康熙十年刻本）。

旅夜

飛鴈度湘入夢驚，嘯猿孤夜一燈明。歸心寄信鄉愁動，暮髩催秋客况清。衣上白痕霜滿艇，漢摇青影月浮舼。稀逢客子蕩舟泊，微笛吹風凄切聲。

秋閨

天南度羽肅過樓，永夜清缸紅淚流。眠對月明誰共語，坐聞蛩恨獨支愁。蟬凄遠夢斷山碧，鶴警高梧墜葉秋。鈿滿塵飛鸞罷舞，韆鞦落影夜香幽。擊鐵集卷九

沈　潛

潛字乾初，亦字汝昭，浙江慈谿人。諸生，屢困鄉試，一意著述。明崇禎十七年，學使王玉藻任禮科給事中，疏進請拔貢以教官候銓，固辭不就而歸。晚號蘆槎逸士，有蘆槎詩稿二卷（光緒三年夯師齋刻本）。

春感迴文壬申

黄鶯度曲散春芳，恨着縈愁飛絮狂。長夢入山中夜候，忙思舊痛處心傷。

回文次長公韻辛卯

春江淥漾高花落，月夜移簾映碧桐。人静更殘潮斷岸，雁聲飛過半灣空。蘆槎詩稿卷上

劉餘清

餘清字不疑，别號瀼溪，江南懷寧灊山人。明崇禎間，舉賢良方正，未就。清順治十四年以歲貢官蕪湖訓導，歸卒。著有梅花集、越遊集。

赭山寺 廻文

堂開晚磬曉山空，冷宦閒來看槿紅。香鉢供禪逃郭北，敝裘遊藝集江東。長幡動急風花落，宿鳥飛移月樹叢。方丈一房僧借榻，篁松擁塔霧濛濛。

乾隆蕪湖縣志卷二十四，題作宿赭山僧房廻文

荆山 廻文

斜日看雲閒倚放，鳥歸群避晚烟炊。花枝一徑雙眸醒，石佛千層百手垂。家住好山松傍屋，塵揮高榭月臨池。槎浮淺水沿溪曲，地僻幽尋獨賞奇。

識舟亭 廻文

黄菊籬邊竹杖扶，冠童偕詠集高梧。涼衣薄水秋晴雨，鬧浦歸船客楚吴。長短句多詩壁舊，去來人盡酒亭孤。蒼烟市帶江沙白，狂眺縱横天畫圖。

鳩磯 廻文

城南隔水駕高樓，小棹孤遊浪白頭。晴港入帆千樹晚，冷風飄葉一江秋。鳴鳩夜雜懸

鐘怨，夢鶴寒栖暗殿愁。生死異時當恨絶，情傷在竹淚痕留。康熙太平府志卷三十九藝文

蕪湖縣志題作蟂磯弔孫夫人迴文

『晚』、『在』：乾隆蕪湖縣志、嘉慶蕪湖縣志作『繞』、『笛』

康熙蕪湖縣志卷十三、乾隆蕪湖縣志卷二十四、嘉慶蕪湖縣志卷二十三，分别録三首、四首、一首。

釋無熱

無熱，興安巖寺僧，明末人。

住安巖作俱迴文體

翩翩鶴韻落巢松，往聖先鳴静夜鐘。旋復影堂懸大鑑，豁開天目仰高峯。傳燈一燄騰今古，朗月孤光透色空。先着一生無我讓，殘棋客去水流東。

微微笑坐冷高秋，翦快嫌裁懶髮頭。衣舊有人傳佛祖，枕高輸我傲王侯。歸雲斷盡銜書雁，落月新來重餌鈎。飛錫一鳴聲杳杳，肥芝紫芋老山丘。

菴門竹掩不關情，少事閒人道眼明。函蓋鉢開雙手展，短長衣掛半肩平。潭空有意隨龍卧，衲碎多情放蝨行。憨笑一林秋月冷，含光玉盞破深更。

憨憨坐破幾團椶，雪澗深藏白髮童。三兩聲猿啼落月，百千年鶴老孤峯。探竿下水評

深淺，釣線拋江看雨風。函契機鋒鍼上芥，酣情午榻蔭涼松。舒順方剡川詩鈔卷十二（四明七千卷樓孫氏排印本）

方以智

以智（一六一一—一六七一）字密之，一字曼公，號鹿起，自稱龍眠愚者，江南桐城人，居金陵。少爲復社名士，係明季四公子之一。崇禎十三年進士，授檢討。弘光時被馬士英、阮大鋮中傷，逃往南海，以賣藥自給。桂王立，官中允，又遭誣劾。清軍入粵，出家爲僧，改名大智，字無可，別號宏智、愚者大師、極丸老人，居城南竹關，人稱藥地和尚。學問廣博，著有方子流寓草九卷（明末刻本）、浮山此藏軒別集二卷（康熙此藏軒刻本）。

竹根盤旋銘

方圓同際，月許規輪。光天中地，節取時因。

又

山空羨圓，理根有節。環中見天，是神手得。

旋銘

命地承天，古輪知始。定位恒圓，主賓時此。

又

在味有先，將何爲問。界地剖天，常歌時定。

又

片雲立日，輪空指掌。見門入室，真風始賞。

浮山此藏軒别集卷三

迴文詩二首

秋天一望怨衣單，露滿砧聲草徑寒。樓暗樹深烟入幕，月依人静夜凴欄。悠悠鳳管吹風冷，耿耿鴻書帶影殘。愁織錦成添淚眼，浮雲盡處夢君看。

御選明詩卷一一九録此，『欄』、『耿耿』作『闌』、『渺渺』

其二

黄沙暮起雜笳鳴，鼓擊三軍出遠征。長夜泣衣懷婦怨，亂塵嗟路絶人行。霜飛野塞胡風疾，木落深宮漢月明。腸斷憶家誰弄笛，楊枯歎別死還生。（方子流寓草卷五。）

李　漁

漁（一六一一—一六八〇）原名仙侣，字謫凡，又字笠鴻，號天徒，又號笠翁，别署覺世稗官、隨庵主人，浙江蘭溪人，從小生長如皋。明亡，流寓南京、金華各地，晚居杭州。精於譜曲，時人呼之李十郎，與尤侗、吴偉業同爲清初三大曲家。自設戲班，周遊演出，畢生專事戲曲創作及理論研究。著有十二樓、合錦回文傳等。

七言絶句

文回錦織倒妻思，斷絶恩情不學癡。雲雨賽歡終有别，分時怒向任猜疑。（十二樓卷九鶴歸樓）

蘇氏廻文錦

五言絶句

多文奏短幅，妙語寫深情。孤鏡傷鸞舞，遠天悲鳳鳴。

七言絶句

腸斷當時妾憶君，别離帳望一天雲。行行字就流珠淚，縷縷愁成織錦文。

『帳』：浙江古籍出版社李漁全集本改爲『悵』

五言絶句

香羅綺繡合，麗錦織文迴。長恨幽人別，永懷天女才。

七言絶句

天上飛仙飛下天，世人留得錦來傳。篇分字讀章分句，千萬詩成愁萬千。迴文傳卷十六

鄭俠如

（嘉慶三年賓研齋刻本）

俠如字士介，號休園，先世由歙徙揚，隸籍江都。元勳弟。明崇禎十二年入貢，授工部司務。辭歸，築休園，著述自娱。清康熙間，以子爲光貴，贈翰林院庶吉士，有休園詩餘。

菩薩蠻春情迴文

早春花啟天工巧，巧工天啟花春早。孤石倚松青，青松倚石孤。月明傷夜永，永夜傷明月。樓上晚香空，空香晚上樓。

菩薩蠻秋思廻文

疾風秋夜孤行客，客行孤夜秋風疾。紅落半山空，空山半落紅。　夕鴈歸天碧，碧天歸鴈夕。離早怨還遲，遲還怨早離。休園詩余（清初刻本）

尹志伊

志伊，廣東東莞人。明崇禎四年（一作天啓間），由舉人知壽甯縣事。

三峯古刹廻文

松竹爲門當紫紅，寺僧移徑小塘東。峯三疊處花摇錦，客兩來時黍掛蓬。鍾磬報晴逢細雨，鉢燈傳影吐長虹。茸茸碧草連空刹，蜂蝶紛翻過馬驄。康熙壽甯縣志卷七藝文

方　文

文（一六一二—一六六九）字爾止，號明農，嵞山，别號淮西、忍冬，江南桐城人。諸生。少孤，與從子以智同學。入清，隱居金陵，靠游食、賣卜、行醫爲活。狀貌偉傑，賦性亢爽，以氣節著稱，並負詩名。有嵞山集十二卷續集四卷又續集五卷（康熙二十八年王槩刻本），禁書。

湖上戲作廻文詩

班竹生陰緑滿園，倦游人此避炎喧。閒亭野草深眠鹿，古澗荒林亂下猿。山雨入舟移外浦，水雲隨客過前村。潺潺況引東溪瀑，關在僧廊長閉門。空尊酒市舞衣典，語笑同人三客來。中殿佛經翻處寂，上樓秋賦作時哀。風生老栢虬枝勁，露滴青梧鳳影廻。紅日挂山千户閉，緑陰遮壁四窗開。㑹山集卷六

葉小紈

小紈（一六一三—一六五八）字蕙綢，江南吴江人。宜修次女，沈璟孫永禎室。明亡，舅沈自炳號召義軍抗清，事敗而歿，父紹袁隱遁爲僧，面對國破家喪，故其晚年詩詞多蒼楚之音，所著存餘草，已佚。

菩薩蠻 暮春倒句

柳絲迷碧凝煙瘦，瘦煙凝碧迷絲柳。春暮屬愁人，人愁屬暮春。　雨晴飛舞絮，絮舞飛晴雨。腸斷欲昏黄，黄昏欲斷腸。沈時棟古今詞選卷一

葉紹袁午夢堂集補遺，周銘林下詞選卷七，陳去病笠澤詞徵卷二十二，題作菩薩蠻暮春廻文。吴灝歷代名媛詞選卷四，題作菩薩蠻回文，『屬』作『正』。

曾開

開字公實，號泰階，儋縣人。生而異穎，弱冠領明崇禎六年鄉薦。爲文援筆立就，尤工詩。

閱詩話咏文莊秋思菩薩蠻調廻文詞戲以江行苦雨爲題倣廻文體

孤舟對雨寒壺滴，雪花飛散流湍激。烟岸遠迷松，蒼蒼半染峰。江長更恨久，冷際逢聽吼。詢僮覓敝裘，悲我伴人遊。

江村夕眺廻文西江月

陣列飛煙繞竹，津前落照迷扉。深春凝靄翠沾衣，綠印輕苔滴露。迅影虹橋近望，新痕月鏡逢輝。波鱗穿藻漾清磯，鶴伴雲巢古樹。

舟中泊月廻文西江月

霧斂長天夕霽，溪廻泊艦雲生。春梨芳遍照深更，艸艷分光僻徑。句綴橫江棹晚，隄垂嫩柳沙明。晴迷煙岸曳風輕，煖浪帆懸月靜。

民國儋縣志卷十一下曾泰階先生詩集·北遊草

徐石麟

石麟字又陵，號坦庵，江南江都人（一説本籍湖北，流寓揚州）。明亡，隱居不應試，以詩酒自遣（宗元鼎花鈿詩餘謂『又陵，吾邦高人，晚爲歲貢生』）。工詩詞，精戲曲，善畫花卉。據傳弘光元年揚州城破，冒死入，取所作殘本。一生著述數十種，達二百餘卷，大都散佚。今存坦庵詩餘甕吟四卷，坦庵樂府忝香集三卷（上海圖書館藏清鈔本）。

重疊金 宿石頭城酒樓回文

道人行處聞聲笑，笑聲聞處行人道。春凍石頭津，津頭石凍春石凍春酒名。　醉鄉他也睡，睡也他鄉醉。樓上不知愁，愁知不上樓。

又 行春所見

綰人行李桃絲軟，軟絲桃李行人綰。花色麗人家，家人麗色花。　曉來春事好，好事春來曉。遮莫漏牕紗，紗牕漏莫遮。

同社諸子評云：『顛倒是兩意，回文之妙』

又 別怨

艷情芳語無人見，見人無語芳情艷。書字一鴻孤，孤鴻一字書。　怨深春睡倦，倦睡春深怨。奴捨竟何如，如何竟捨奴。

又 隋隄見月

玉鉤斜外江流曲，曲流江外斜鉤玉。都是舊城蕪，蕪城舊是都。　主人羞話古，古話羞人主。休道不風流，流風不道休。坦庵詩餘甕吟卷一

目録題作隋宫見月。玉鉤斜，隋煬帝葬宫人處。江都一名蕪城。

瑞鷓鴣 春思回文

紗簾漏影燕雙雙，此際誰堪不斷腸。花裏夢翻輕蝶粉，柳中愁織巧鶯簧。　斜風晚度寒聲笛，細雨春沾冷篆香。嗟我伴人何處是，沙籠月色翠籠牕。坦庵詩餘甕吟卷三

張度

度（一六一四—一六八一），初名孟度，字齡若，又字仲友，江南桐城人。世居拔茅山，近有獅子崖，晚號獅崖。爲人剛直，明亡後，絶意仕進，授徒以終。工吟咏，著蟋蟀窩詩集十卷

（桐城拔茅張氏刊本）。

偶成回文

秋風竹散滿簾幃，久客思歸未授衣。樓上獨歌清月夜，愁懷旅雁遠飛飛。

前春一别易心傷，小院深陰梧葉黄。蟬噪夕陽斜倚檻，烟雲斷隔久思鄉。蟋蟀窩詩集卷二

陳子升

子升（一六一四—一六九二）字喬生，號中洲，廣東南海人。子壯弟。明諸生，與黎遂球、陳邦彦以文章聲氣遥應復社。福王立，舉明經第一。桂王都肇慶，拜兵科給事中，性鯁直，言不能行，拂衣而退。廣東陷落後，流亡山澤間。晚入廬山，受僧函是戒。善琴工詩，多板蕩、黍離之音，著有中洲草堂遺集二十三卷（道光二十年南海伍氏詩雪軒粵十三家集校刊本）。

臘興回文

征西仗劍倚霞開，獻歲新謡獨酒杯。明月半簾虚入燕，白雲層嶠遠舒梅。箏調静女鮫綃卷，陣破愁□羯鼓催。兵甲尚懸春帳夢，盈盈碧水隔高臺。中洲草堂遺集卷十一

潘蕃

蕃字仲蔚，明江南射陽人，著有大夢軒草、聽雨吟。

清明日春遊回文詩

春遊逐柳岍，晚酌共花蹊。塵暗隨車遠，席移藉草萋。人人歌袖拂，樹樹歸鴉棲。新火炊林隔，闉城落照低。大夢軒草（復旦大學藏稿本）

沈彙

彙，明浙江德清人。

菩薩蠻集西祖庵回文

暮年笑陟幽蹊路，路蹊幽陟笑年暮。花現寶光斜，斜光寶現花。客閒欣久集，集久欣閒客。醒眼任忘情，情忘任眼醒。朱祖謀湖州詞徵卷二十九（劉氏嘉業堂吳興叢書本）

張炎

炎字淡玉，明末浙江海鹽人。徐熊飛曰『淡玉託業甚微，嘗賣餅平湖之清溪，日肩爐釜，行吟村落間，得句就村夫子索筆硯書之，餅爲兒童攘竊一空，弗顧也』。

寄友迴文體

詩敲獨夜一庭荒，寂寂情懷興感長。卮溜赤霞濃映酒，鼎浮青篆細飄香。離離月影揺花逕，颯颯風聲撼竹廊。時暮欲歸愁遠道，思君爲結九迴腸。阮元、楊秉初兩浙輶軒録補遺八（嘉慶刻本）　海甯張任政冰玉集卷二（上海圖書館藏稿本）

張　熼

熼字自何，號元丹，明福建永泰人。好詩文，工古文篆籀。以兄熞爲陳乃孚仇殺，嘔血數升，棄諸生，遁入高蓋山紫頂，終身不仕。

秋閨迴文二律

秋殘舞葉落階東，綉刺閒牕到夜終。愁對月彎眉蹙黛，恨添心上臉消紅。幽奩泣照慵開鏡，小襪羞移懶佩璁。脩阻路途長極目，悠悠遠信託鱗鴻。

重樓小鵲噪紛紛，雁塞書來遠寄聞。鬆帶怯垂新錦袖，拂箋悲寫舊迴文。慵粧曉晝初眉月，倦態晨梳半鬢雲。凶轉吉占空往事，濃煙爇鴨寶爐薫。民國永泰縣志卷八藝文

盧光暇

光暇字延和，明浙江東陽人。以選貢官宣平教諭，著有讀易齋詩稿。

夏日 廻文

聲蟬噪樹緑陰叢，燕小飛低高檻東。清氣雨中林李紫，輕紋水上沼蓮紅。朱琰金華詩録卷四十一（胡鳳丹重校本）

宋存標

存標字子建，號秋士，別署蒹葭秋士，江南華亭人。明崇禎十五年副榜，注選翰林孔目。入清不仕，著有秋士香詞、翠娱閣集、棣萼集。

閨情回文

【南南呂懶畫眉】棲鶯禁樹緑雲飛，倚徙憐深淚滿衣，回愁夜裡暗生疑。低草春殘烟籠絮，西樓碧月隔牕西。

【前腔】西牕隔月碧樓西，絮籠烟殘春草低，疑生暗裡夜愁回。衣滿淚深憐徙倚，飛雲緑樹禁鶯棲。

【前腔】籬疎吠犬吠聲齊，細膽驚回將步移，雷生電卷怒雲飛。迷路愁來朝半霽，悲歡變起夢難期。

【前腔】期難夢起變歡悲，霽半朝來愁路迷，飛雲怒卷電生雷。移步將回驚膽細，齊聲吠犬吠疎籬。

【前腔】迷癡病起喚人醫，體瘦消香惜冷衣，啼烏叫夜叫猿啼。霏雨淫虹烟吐氣，泥中履絆帶生泥。

【前腔】泥生帶絆履中泥，氣吐烟虹淫雨霏，啼猿叫夜叫烏啼。衣冷惜香消瘦體，醫人喚起病癡迷。

【尾聲】題長記字將心繫，繫心將字記長題，禕孤怨怨孤禕。

自記：『以回文作曲，從無此體。然惟懶畫眉俱七言，生查子俱五言可回，而五言韻短，不便回環。嘗見王元美先生詩餘中有回文閨怨，語多韶令。湯若士邯鄲記中有織錦回文詞，則又斜回取巧。因命兒玉效之，作子夜歌回文詞三首。老夫見獵心喜，亦擬成一曲，恐强作解事，未必合於大雅也』

宋思玉，字楚材，别署楚鴻童子，存標次子。年十三，能詩文，隨諸父倡和，時稱神童，以諸生終。全清詞引錄棣萼軒詞（殘），未見其作。

閨情回文其二

【南南呂懶畫眉】飛光玉映緑柔荑，繫蝶尋蜂逐舞衣，眉長看鏡背人疑。迷魂暗夢真如戲，欹床枕冷笑兼啼。

【前腔】啼兼笑冷枕床欹，戲如真夢暗魂迷，疑人背鏡看長眉。衣舞逐蜂尋蝶繫，荑柔緑映玉光飛。

【前腔】啼鷄報夜報更移，起月催雲拂霧迷，閨深夢遠信人歸。灰冷尋香蘭惜蕙，堤長過雨帶煙微。

【前腔】微烟帶雨過長堤，蕙惜蘭香尋冷灰，歸人信遠夢深閨。迷霧拂雲催月起，移更報夜報鷄啼。

【前腔】西池對雁望窗西，洗硯將書寫練衣，迴文錦字冷香舒。低處流星高處起，迷樓上酒畏雲梯。

【前腔】梯雲畏酒上樓迷，起處高星流處低，舒香冷字錦文迴。衣練寫書將硯洗，西窗望雁對池西。

【尾聲】低聲笑語驚酣睡，睡酣驚語笑聲低，溪雲影影影雲溪。全清散曲·棣蕚香詞

弟韡生云：『巧出自然，琢玉鏤冰手也。串九曲之珠，豔詞之絶調，千古未有矣』

王宗蔚

宗蔚（?——一六六九）字崍文，號彙升，江南華亭人。明諸生。少從夏完淳同學，與計南陽等唱和，多哀怨之作。清康熙八年歿於徐朗璇幕，著有蓉墅樓稿。

菩薩蠻 閨詞

小樓春夢啼鶯曉，曉鶯啼夢春樓小。斜影日移花，花移日影斜。　雀屏金尾掠，掠尾金屏雀。門掩草亭深，深亭草掩門。張淵懿詞壇妙品卷二　清平初選後集卷二　鄒祗謨、王士禛倚聲初集卷四

計南陽

南陽原名安，字子山，號罍齋，江南華亭人。明諸生。天才俊逸，夏完淳兄事之。入清，放浪山水間。嘗遊沈繹堂、李心素之幕。著有負鐙草、江楓集。

菩薩蠻 姊妹行

曲池春水含珠緑，緑珠含水春池曲。年小並隨肩，肩隨並小年。　路長憂窄步，步窄憂長路。來也蝶花開，開花蝶也來。鄒祗謨，王士禛倚聲初集卷四

孫錫蕃

錫蕃字棐臣，湖廣黄岡人。清康熙五年，由遵化教諭陞山東霑化知縣。著有復庵刪詩舊集八卷（合肥龔鼎孳較、康熙麓樵居刻本）。

和蘇韻廻文

寒來夜永風催葉，壁破燈殘月傍牀。看送好音傳鴈帛，遠天愁緒別廻腸。

其　二

腸縈柳絮隨風舞，信裹雲箋數寄看。牀透碧煙香韻寂，小窗書對漏聲寒。復庵刪詩卷八

吳晉書

晉書（一六一五—一六四一）字接侯，浙江海鹽人。明崇禎九年丙子舉人，二十七歲卒。工詩文，兼善書畫，著有蓬蒿園詩集八卷（嘉慶二十六年海鹽吳氏重刊本）。

即事廻紋

甌茶乳啜快風清，雨過林蟲晚奏聲。幽夢客窗山竹細，遠歸僧渡野蕪平。愁生故里千

峯暮，臭結同人幾社盟。流火大蒸炊枕簟，篝燈半夜映螢明。蓬蒿園詩集卷八

蔡道憲

道憲（一六一五—一六四三）字元白，號江門，福建晉江人。明崇禎十年丁丑進士，除大理推官，尋改長沙，治盜有殊績。十五年，張獻忠破長沙，被執，拒降見殺。著蔡忠烈公遺集一卷續編二卷（道光十六年鄧顯鶴刻本）。

春隄曉雪迴文

孤村一夜雪漫漫，白盡沙隄春惹寒。途滿玉花梨落蚤，烏啼隱處曉霜殘。

迴文和蘇薦卿

雲染半山玉是家，夢成欲退曉霜斜。醺醺尚憶低聲笑，君似未容夜看花。蔡忠烈公遺集

彭孫貽

孫貽（一六一五—一六七三）字仲謀，一字羿仁，又號管葛山人，浙江海鹽人。明崇禎十六年拔貢。痛父殉國難，蔬食韝冠，杜門奉母，終身不出。讀書過目勿忘，與同邑吳蕃昌（字仲木）創瞻社，爲名流所重，時稱『武原二仲』。工詩詞，著有茗齋集二十三卷（海鹽張氏涉

園藏手稿寫刻本）、茗齋詩餘二卷（别下齋叢書本）。

鏡 迴文體

隨意一字爲首，顛倒循環皆成文。

曉月澄河皎雪清波 茗齋集卷二十一

菩薩蠻 春愁效東坡迴文

絮飛花盡春餘雨，雨餘春盡花飛絮。人惜可憐春，春憐可惜人。句成愁字字，字字愁成句。愁更上高樓，樓高上更愁。 茗齋詩餘卷上 茗齋集卷十八

費　晢

晢字所中，號仲雪，江南吴江（玉臺遺響云吴縣）人。諸生。博學工文，尤究心古今得失。明亡，棄儒冠，衣野服，足不出户，作寒松樵傳以寄意。卒年五十，著有寒松亭稿。

春閨 迴文

闌夜看花和淚傾，粉梅飄砌曲停行。蘭芳透枕鴛文懶，柳綰愁眉黛鎖輕。鸞夢繞閨空織錦，露香侵腕怯調箏。殘更數盡銷紅蠟，寒影嬌欹簾月明。 顧萬祺玉臺遺響卷四（康熙間刻本）

王日祥

日祥字漢禎，清江南嘉定人。

越中客思

青山晚對獨心酸，客路愁添夜雨寒。停棹小溪清入望，層層碧樹繞煙巒。孫鋐皇清詩選卷三十（康熙二十九年鳳嘯軒刻本）

陸瑶林

瑶林（一六一六——一六八八後）字以攻，號介庵，又號石湖，浙江平湖人。清順治八年辛卯舉人，十五年戊戌進士。康熙元年，授江西金溪知縣，三年辭歸。著有九畹閣詩餘。

菩薩蠻閨情迴文四首

鶯啼巧囀風清枕，幽窗煙鎖鬟雲冷。屏墮翠梅鈿，銀箏夜雨彈。愁生苔蘚徧，飛絮皋亭颭。斜枝垂暮蟾，京瑩玉鈎簾。

其二

簾鈎玉瑩京蟾暮，垂枝斜颭亭皋絮。飛徧蘚苔生，愁彈雨夜箏。　銀鈿梅翠墮，屏冷雲鬟鎖。煙窗幽枕清，風囀巧啼鶯。

其三

弄聲嬌鳥驚回夢，夢回驚鳥嬌聲弄。花落隱窗紗，紗窗隱落花。　客遊多勝跡，跡勝多遊客。巵酒謝愁思，思愁謝酒巵。

其四

月明初浸深深雪，雪深深浸初明月。空遠度飛鴻，鴻飛度遠空。　綠窗紅映燭，燭映紅窗綠。無信恨何如，如何恨信無。

九畹閣詩餘

嚴沆

沆（一六一七—一六七八）字子餐，號灝亭，又字少卿，浙江餘杭人。明崇禎十二年己卯舉人。清順治十二年乙未進士，廷試第一，授庶吉士改給事中，丁酉典試山東。康熙初，擢吏科掌印給事中，歷充太僕少卿，僉都御史，副都御史，官至户部侍郎，總督倉場。與丁澎、宋琬等唱和，爲燕臺七子之一。能詩善畫，著有皋園集、古秋堂集。

菩薩蠻　迴文

水流春繞花邊寺，寺邊花繞春流水。松古緑陰濃，濃陰緑古松。坐來人意可，可意人來坐。斜照落棲鴉，鴉棲落照斜。陳淏精選國朝詩餘（見潘游龍精選古今詩餘醉卷首）

陸求可

求可（一六一七—一六七九）字咸一，號密庵，江南淮安人。清順治十二年乙未進士，授河南裕州知州，以最入爲刑部員外郎，陞福建提學僉事，轉布政司參議。著有陸密庵文集二十卷、餘録二卷、詩集八卷、詩餘四卷（康熙二十年王霖刻本）。

秋夕別友迴文

罇前別況又生愁，怪石浮灘淺水流。村樹幾家漁和曲，月亭孤夢客驚秋。奔南雁冷催楓落，度北雲閒覓竹投。痕碧一天霜色夜，門迎寺遠磬悠悠。

陳枚憑山閣增定留青全集卷十三、孫鋐皇清詩選卷三十録此。留青全集題作秋夕送友回文。皇清詩選（康熙二十九年鳳嘯軒刻本）題作秋夕別友，詩後輯者云『迴文佳作數見，不欲多選，此其片羽耳』，『離合迴文之製，出自古人之緒餘，後復廣爲藏頭、斷䪿、地名、曲調諸體，巧慧之士所樂道也。然必巧不傷雅，斯爲得之』。

雪夜迴文

凝天水瘦荻圍廬，古韻摹懷俗盡鋤。冰落紙寒風戰筆，案穿窗冷雪埋書。層層玉嶺辭殘月，碎碎鳴泉沸靜茶。燈剪夜光梅潤白，澄清影淡卧煙虚。魏憲百名家詩選卷四十（康熙間刻本）

案：七律回文二首，本集未見。

陳 挈

挈字香石，江南通州人。大司馬大科（明隆慶五年辛未進士）孫女，同邑監生孫安石室。以治家不力和無子被棄，乃歸母家。生計甚艱，只得入佛，法號無垢，晚境愈發貧困，饑病而歿。詩文絶工，著有茹蕙集四卷，今已罕傳。

菩薩蠻 山居廻文

亂流溪樹烟横岸，岸横烟樹溪流亂。橋斷接峯遥，遥峯接斷橋。焙茶山雨細，細雨山茶焙。秋到等閒鷗，鷗閒等到秋。徐樹敏、錢岳衆香詞射集 徐乃昌閨秀詞鈔卷四

范周

周榜名周莖，字端臣，一字挺嶽，號雪樵，江南吳縣人。清順治六年己丑進士，十一年典順天鄉試。著有范雪樵詩一卷。

迴文

狂吟醉伴旅遲眠，映雪氷壺玉筍傳。香砌倚櫺花動影，翠簾摇幌月浮煙。篁堆冷釣閒依苑，薜印斜橋小渡船。長帶遠輝雲散緲，蒼蒼點樹鳥飛旋。魏憲百名家詩選卷四十三（康熙間刻本）

尤侗

侗（一六一八—一七〇四）字同人，更字展成，號悔菴，又號艮齋，晚號西堂老人，江南長洲人。明季已有才名，清順治六年拔貢，考取永平府推官，因責打旗丁罷職。康熙十八年，舉博學鴻詞科，授檢討，分修明史，居三年，告歸。四十二年，玄燁南巡，至蘇州，侗獻諛辭，贈侍講。著有百末詞六卷，西堂全集六十一卷（康熙間刻本）。

迴文詩四首

駡雨春鳩雙喚哥，朱欄六曲倚愁多。嫁郎將甚消閒日，画閣粧成描翠娥。

懊儂歌遍繞團屏，深院落花春夢醒。草緑侵階閒譜繡，小眉青怯小梅青。

釵玉低垂雙髩鴉，繡衾半壓枕痕花。佳人那荅相思夢，來去行雲晚到家。

鶯啼曉夢小樓西，緑樹榆錢丢滿隄。輕帶香吹風細細，杏衫紅過浣花溪。西堂全集·西堂剩稿

回文類聚續編卷八題作絶句四首。

菩薩蠻秋思迴文二首

冷霜凝月摇空影，影空摇月凝霜冷。花落晚窗紗，紗窗晚落花。斷腸人字雁，雁字人腸斷。啼夢曉風西，西風曉夢啼。

一聲啼雁舖沙白，白沙舖雁啼聲一。孤枕夜涼初，初涼夜枕孤。擣砧和夢悄，悄夢和砧擣。愁客望高樓，樓高望客愁。西堂全集·百末詞卷一　百末詞卷一

陸嘉淑

嘉淑（一六一九—一六八九，王簡之陸辛齋先生年譜作一六二〇—一六八九，年七十）字冰

修，號射山，一號辛齋，浙江海寧人。明諸生，入清不仕。詩負盛名，著有辛齋遺稿附詞一卷。

菩薩蠻 回文和毛大可奇齡

鵲爐薰冷秋寒弱，弱寒秋冷薰爐鵲。霜薄夜幬涼，涼幬夜薄霜。　顧郎緣曲誤，誤曲緣郎顧。人意兩憐春，春憐兩意人。

其　二

玉鉤雙約香羅幅，幅羅香約雙鉤玉。釵鬢墮郎懷，懷郎墮鬢釵。　逞情歡夜永，永夜歡情逞。明月悵殘更，更殘悵月明。

全清詞·辛齋詩餘　陳乃乾海寧三家詞卷中

潘　馴

馴（一六一九—一六九一）字士雅，一字韻人，貴州貴陽人。雲南左布政使潤民子，自幼隨父之任，足迹遍及南北。年十六，作迴文詩三十首，工麗自然，擅名吴下。明崇禎十二年己卯舉人，以母老未仕。清初，始補蒙自縣令，在官潔己愛民。會因滿漢統治階級之壓迫，『乙巳夏，土司李世藩爲貪殘所逼，而迤東之民亦困於征輸，乃相與殺守令，攻城邑，以洩其冤憤，於士雅獨無加焉』（黔中舊聞録卷六），事平，以失城被議，後赦還。著有瘦竹亭迴文詩一卷、瘦竹亭詩四卷、出岫草等。

迴文詩三十首上平迴下平 下平迴上平

篇詩草罷倚簾櫳，小鑑方池映碧空。褰帳冷香幽郁馥，倦眠春日曉曨曈。

煙寒喜鳥啼深緑，雨夜知花落盡紅。姸翠柳隄平人望，天晴敞座拂微風。

潮歸望説故人逢，久別懸知自撫胸。杓轉斗移三滴漏，燼殘燈盡數聲鐘。

嬌憐月冷孤蛩影，惜見花深病減容。腰瘦怯寒春夜半，遥思靜聽徹鳴蛩。

嘲吟懶盡酌寒缸，好日斜時望遠江。梢柳囀聲鶯款款，疊巢將子燕雙雙。

爻重十罷焚香篆，玉弄歌殘聽調腔。敲亂磬音幽榻晚，郊晴面面對虛牕。

舠輕試擬戲漣漪，水滿池經幾別離。高閣夜聲風雨細，暮原春色草萋萋。

毫揮賦就拈香瓣，繡刺閒來結帶絲。勞思苦看清影瘦，濤傾淚盡落寒脂。

娥眉淡掃坐深幃，暑盛消香汗溼衣。蘿薜隱階幽冉冉，藻蘋浮澗淺依依。

珂鳴聽馬嘶芳草，曲奏聞蟬怨落暉。螺髻擁青山鎖黛，過牕小雨帶雲飛。

茶新啜罷理粧梳，溼鬢香寒睡起初。霞綺散光江燦錦，彩雲飛馭日翻車。

斜牕倚遍紉蘅藻，冷翠啼殘望帛書。花落滿階閒立佇，華年惜別悵欷歔。

光容減盡望歡娛，恨鎖眉來信有無。塘小聚萍春泛鴨，樹高飛月夜驚烏。

狂夫恨卻抛遺劒，賤妾慙多綴敝襦。堂下懶行閒脈脈，粧新巧態怨情孤。

盈盈獨檻倚亭西，晚對愁多恨鳥啼。征鴈幾行分月冷，遠山千疊亂雲迷。琤琮奏響流弦管，瀝淅悲風振鼓鼙。清夢覺來秋夜永，檠燈剔罷繡帳低。

亭幽遶檻碧雲埋，滛浸苔花踏小鞵。青抹亂翻鴉似鬢，玉簪斜舞鳳爲釵。蓂新換葉霜飛砌，柳敗驚寒雨滴階。醒眼望殘秋寂寂，汀蘭野草茂思懷。

燈孤伴影落殘煤，未解愁添强酌杯。凝霰積花簷合凍，暖陽回律管吹灰。冰壺玉映清心素，淚燭銀銷怨調哀。澄碧一天寒斷鴈，憑誰遠寄好音來。

侯封覔去教誰嗔，遠望人歸已暮春。騮紫踏花殘北苑，蝶狂牽絮落東鄰。樓危映水飛虹斷，岸曲連江過雨新。收淚暗脂殘粉膩，愁多照鏡對眉顰。

琴彈怨曲幾聲聞，苦調同心妾憶君。陰轉月華秋吐桂，黛連山色野鋪雲。砧寒擣素衣沾淚，鼎古焚香案染芬。衾對影孤人寂靜，臨登倦坐晚愁分。

函愁舊淚滛新痕，遠路遥天遶夢魂。南浦咽聲寒笛弄，北鄰喧唄晚經繙。三更聽徹啼鵑瘦，隻影悲殘照月昏。簪上髻來羞色麗，探幽懶種萬花園。

簷前噪鵲報聲歡，久佇憑欄夜景殘。簾捲半牕芸案冷，錦裁新袖翠衫單。纖鉤月影煙迷岫，小葉荷珠露滴盤。添恨晚燈孤對坐，淹留客路遠漫漫。

緘情怨滿淚潸潸，夕永虛亭晚坐閒。帆過遠洲横積水，月懸孤鏡照空山。衫輕拂樹飛嵐翠，步淺移階響佩環。銜雨暮雲陰靄杏，巖高繡嶂列前灣。

叢芳萬樹野迷煙，倦鳥歸巢傍月眠。空閣晚凉生細簟，小亭幽夕咽新蟬。風迴舞線輕飄柳，蒂泣聞香暗渡蓮。籠蓋翠深花徑淺，櫳簾拂袖錦蹮翩。

濃陰寫影竹森蕭，緩步閒情怨夜遥。封翠晚山分雨小，繡苔深徑落花飄。慵粧病靨雙匳鏡，醉墨題詩幾葉蕉。重幕捲來香霧濕，溶溶月杳鳳臺簫。

雙鶯語樹喜交交，滿路垂楊緑映郊。龙吠近村依水岸，燕棲高棟傍雲巢。腔翻笛韻梅殘落，局半棋聲竹亂敲。牕依夕陽遼遠望，幢幡數罷聽歌鐃。

遲遲日捲畫簾高，折盡荷花蕩小舠。欹翠鬢絲青溼霧，遶塵歌扇錦翻桃。池窺鷺影新開鏡，雨帶松聲遠送濤。眉畫懶添差粉黛，知心別後夢思勞。

飛飛戲蝶怨情多，靜影疏簾映緑莎。微月夜窺愁態媚，暖風春舞醉顔酡。菲芳苑裏堆紅紫，熳爛花中隊綺羅。稀見夢來年却度，歸期數盡蹙眉蛾。

疏風冷露透牕紗，薄袂驚秋倚檻斜。虚碧浸寒霜似月，彩紅飛溼水沈霞。梳鬢巧樣新裁鬢，曲豔翻歌漫落花。書素托情遥悵悵，初迴鴈影過天遐。

途長隔絶信茫茫，遠去思郎爲斷腸。孤塞暮茄吹日落，亂林楓葉擁雲黄。爐薰暖硯呵凝凍，蘂放寒梅愛淡香。珠淚滴殘吟思苦，襦羅冷靜夜來霜。

淒淒漏永夜牕明，落葉飄階滴露輕。迷砌冷烟凝瘦菊，滿枝新緑綴香橙。閨中織杼絲縈恨，閣後調笙玉咽聲。啼淚溼紅沾袖翠，西樓挂月望雞鳴。

階空立影鶴梳翎，片片雲來晚徑青。排陣遠天橫過鴈，亂星疏水度飛螢。懷秋淡素抛紈扇，夢舊淒寒掩翠屏。釵玉冷殘燒燭短，齋幽坐捲繡鍼停。

裁縫捲後倚樓憑，麗影朝煙遠望凝。梅熟雨陰青簟暑，竹含風韻冷綃冰。臺琴動響流雲過，篋鏡生塵暗淚增。來去任狂蜂與蝶，苔階隱樹碧陰澄。

塵香遶榻半亭幽，鏡對寒粧黯別愁。鬢翠壓鈿花樣小，縷青垂帶柳枝柔。嶙嶙瘦石懸危壁，漾漾輕波浴嬾鷗。新露滴桐疎雨過，銀牀一葉落初秋。

薰蘭鬱起篆香沈，冷閣春餘理線緘。雲去似郎羞倖薄，水流如妾怨愁心。分林隔月煙巒秀，遠寺傳鐘晚澗深。曛帶夕陽殘照返，芬芳弄色樹留陰。

暄寒久別恨愁諳，裊裊垂絲緑鬢鬖。猿嘯暮聞驚滴淚，鴈歸秋寄遠封函。溫香玉豔花臨座，淡影霜痕月印潭。門掩夕峰煙散亂，昏黄落雨過江南。

攢峰翠黛斂眉尖，聚散生憎默恨添。寒墨點波秋淡淡，秀脂凝腕玉纖纖。檀栴染帖香分筆，帶繡懸鉤月掛簾。殘鴈北歸春斷望，餐眠廢久病情懨。

灣前緑水一歸帆，目極朝雲接翠巖。山遠帶煙迴嶂合，樹芳堆錦簇花嵌。閒牕倚石欹寒枕，曲檻飛嵐浸薄衫。顔改幾年頻恨別，還期夢後寄書緘。

傅玉書黔風鳴盛録卷一（道光二十六年文經堂刻本）

曾素蓮

素蓮（一六一九—一六九五後）字潔君，號洞口老人，湖廣石首人。劉鴻慶室。著有楠枝閣詩集（王章繡林劉氏合刻詩選卷二，康熙間刻本）。

秋景廻文

鳥啼驚落葉，蝶舞逐飛花。曉月催殘露，白雲襯晚霞。

二

遊魚戲動浪，宿鴈驚流沙。秋水連天碧，曉雲帶月斜。繡林劉氏合刻詩選卷二

潘江

江（一六一九—一七〇二）原名大章，字蜀藻，一字耐翁，號木厓，别號龍眠山人，江南桐城人。諸生。與施潤章、紀映鍾、汪琬、方文等交善，四方從游者甚衆（戴名世即其門人）。明亡，隱居著述。康熙十八年，清廷開博學鴻詞試，辭以母老不赴。有詠三月十九日云：『寒食清明將及期，紙錢麥飯冢纍纍，君亡國破從來有，此恨年年無盡時』。傷甲申之變，至死不忘亡國之痛。工詩古文，著木厓續集二十四卷（康熙二十年刻增修本），係禁燬書。

菩薩蠻玉蘭庵拈年字迴文

暮春踏偏行人路，路人行偏踏春暮。空洞入微風，風微入洞空。　鬬花藏短袖，袖短藏花鬬。年去似流泉，泉流似去年。木厓續集卷四萊戲草三已未

湯傳楹

傳楹（一六二〇——一六四四）字子翰，更字卿謀，江南吴縣人。明諸生。聞甲申之變，感憤死。工詞，著有湘中草六卷（西堂全集附，康熙刻本）。

菩薩蠻秋思迴文

鬬烟和雨寒天瘦，瘦天寒雨和烟鬬。無草暮山枯，枯山暮草無。　斷雲江雁亂，亂雁江雲斷。秋晚又新愁，愁新又晚秋。

張淵懿詞壇妙品卷二、清平初選後集卷二，題作菩薩蠻十分秋迴文。鄒祗謨、王士禛倚聲初集卷四，題作菩薩蠻十分秋。

『無』、『枯』、『斷』、『亂』：詞壇妙品、清平初選後集及倚聲初集分別作『荒』、『黄』、『亂』、『斷』

又舟中春望迴文

掛愁芳樹雲成畫，畫成雲樹芳愁掛。平水一帆輕，輕帆一水平。　半陰遮柳岸，岸柳

遮陰半。飛燕逐人歸，歸人逐燕飛。 湘中草卷三

張煌言

煌言（一六二〇—一六六四）字玄著，號蒼水，浙江鄞縣人。明崇禎十五年壬午舉人。弘光金陵之失，與同郡錢肅樂等起兵，奉魯王監國，以僉都御史監張名振軍，屢抗清師，力圖恢復，官至兵部侍郎。舟山陷落，魯王入閩依鄭成功。煌言仍活動於浙東山地和沿海一帶，并聯絡荆襄十三家農民，繼續堅持鬭爭。永歷十三年，與成功合兵，進入長江，圍攻南京。煌言先移師上游蕪湖，當地人民積極響應，迅速光復二十餘城，終因成功兵敗，孤軍無援而退。及聞桂王遇害，知事不可爲，便遣散餘部，隱居南田懸岙島。康熙三年，被清軍所獲，解至杭州，英勇就義。後人將其葬於岳坟之旁，立祠紀念。著有奇零草、水槎集、北征録、採薇吟，合編張蒼水集九卷（四明叢書本）。

晚泊漫成迴文甲午

寒潮晚落半江空，燒帶群山亂映紅。殘角霜聲愁雁斷，難將送掛一帆風。 張蒼水集卷二

張忠烈公集卷十奇零草七（清傅氏長恩閣鈔本）

全祖望續甬上耆舊詩卷十三選録，『帶』作『帯』

魏際瑞

際瑞（一六二〇—一六七七）原名祥，字善伯，號伯子，江西寧都人。明諸生。入清，客浙撫范承謨幕。康熙十六年，奉清帥哲爾肯命，説降吴三桂部將韓大任，見殺。著有魏伯子文集十卷（道光二十五年寧都謝庭綬紱園書塾重刊本）。

【書迴文詩】詩之迴文，猶梅之有臘梅，種類不入品格，大雅之士恆睥睨而不屑也。然亦有偶爲之者，求其自然之致，清勁之調頗不易得。予少好作此，多至百篇，盡取而删之，不過存四五首。其所存者，又近十年所作，是其體雖纖瑣，而工者葢已難矣。雪屏上人聞而索之，爲書數首。昔月洲智業性愛麗作，而香山老僧于讀西厢記有悟，葢因是以知雪屏，而予之所作或未必當其意也。魏伯子文集卷一

悲秋之作爲迴文體

悲傷屢極目，滴淚與波流。微雨海山晚，淡雲江水秋。依依柳外路，歷歷雁前樓。離别輕年少，感多成白頭。魏伯子文集卷七

秋旅迴文

秋清落葉一庭空，久坐閒階玉露風。樓上遠山寒溼翠，畫中烟草亂疑紅。愁心已逐南

鴻斷，别恨方明月夜中。修竹桂廬吾憶甚，悠悠病裏客途窮。

水莊春晚迴文

繁陰緑處開門巷，樂事無如適外郊。灘入夜聲溪有竹，石侵苔影屋垂茅。閒身伴月三杯酒，懶病當春一臥高。山在不居人世隔，小莊花裏水雲巢。

雙迴文有寄閨中每句順逆無異

絶塞關心關塞絶，憐人可有可人憐。月如無恨無如月，年似多愁多似年。雪送花枝花送雪，天連水色水連天。别離還怕還離别，縣念歸期歸念縣。

風花雪月體

爲閨人繪繡之作，屈而環之，可得五言絶句四十首，名之曰廿珠環。

流風舞艷花，落雪飛芳樹。幽紅雨淡霞，薄月迷香霧。

煙霞泉石體四十首

斷雲凝石泉，流雪散花影。亂紋生碧煙，浮月綻霞嶺。

雙調翩燕曲

予既和翩燕五章曰，吾兩情如一，必反覆順逆亦如一者肖之，更爲此曲，仍復次韻。

前簷舞影倒翩翩，小燕春風受得憐。憐得受風春燕小，翩翩倒影舞簷前。魏伯子文集卷八

倒菩薩蠻爲影娘寄情作

人離遠水三春莫，寒花飛色浮嵐渡。東陌翠消烟，清明細雨天。春情傷別恨，幽夢隨花隱。半囪雲重陰，紅影遠平林浮嵐古渡名

又

紅蓮碧沼西峯亂，遥天青處垂虹斷。輕語燕雙雙，雙飛欲近梁。空閨深見蝶，胡粉留紅頰。玉消雲鬢鬆，花影隔簾重。

又

盈盈夜水雙星隔，寒槎仙路西河客。秋霧薄生綃，鮫人玉淚嬌。春裙秋曳練，冰鏡瑶空遠。望中雲靜輝，幽影淡離離。

又

梅緘欲寄無歸信，遥思相約佳期近。日昨似新年，經旬半雪天。冬雲清凍玉，白雪春陽曲。一絃氷月寒，横影帶梅看。魏伯子文集卷九

謝章鋌賭棋山莊集詞話卷十一：『詞之回文體，有一句者，有通闋者，有一調回作兩調者，雖極巧思，終鮮美制。魏善伯祥曰，詩之有回文，猶梅之有臘梅，種類不入品格伯子文集詩猶然已，何況詞乎』。

蔣　瑑

瑑，一名玉章，字禹書，又字篆鴻，浙江嘉善人。清順治八年副榜貢生。著有三徑草、威靈集。

菩薩蠻 迴文

暮愁花月春江渡，渡江春月花愁暮。簫鳳度聲嬌，嬌聲度鳳簫。隔年經遠客，客遠經年隔。腸斷妾心傷，傷心妾斷腸。全清詞·柳州詞選

張淵懿

淵懿（?—一六九一後）字硯銘，一字元清，號蟄園，江南青浦人。清順治十一年甲午舉

人，以奏銷案坐廢鄉里，遂寄情翰墨，著有月聽軒詩餘一卷。

菩薩蠻春景

春晴正暖花深樹，柳綿吹遶江村路。路草細如愁，閒時倚暮樓。高低飛燕落，風捲輕烟薄。衣香麝淺紅，粧鬢緑雲濃。張淵懿詞壇妙品卷二（宣統二年小安樂書屋石印本）張淵懿清平初選後集卷二（康熙十七年刻本）

田茂遇髴淵云：『纍碁弄丸，巧絶天工，非細心静氣者不能』

張天湜

天湜字止鑑，江南華亭人。明崇禎十二年副榜，清順治十一年甲午舉人。

菩薩蠻春暮

啼鶯漸老春隄柳，碧陰緑淨空長晝。清影照閒塘，池遥徑曲廊。簷巢雛燕落，亂絮飛輕幙。風簾繡未闌，花盡暗香殘。張淵懿詞壇妙品卷二　張淵懿清平初選後集卷二　鄒祗謨、王士禛倚聲初集卷四

回文集卷三十一　目錄

回文集卷三十一

謝泰履

泰履字時素，號天懷，浙江定海人。南明宏光元年乙酉恩貢生，以治生致富，增修學宫，尤好周人之急，著有謝天懷聾歌雜著一卷（康熙刻本）。

春曉汎舟 迴文

風帆片影碧流中，怨客春來别緒濃。紅杏幾邨烟樹曉，峰青倚壁插虬松。

雨牕無寐 迴文

瀟瀟夜雨滴堦空，側枕驚來遠寺鐘。宵永漏深春夢短，迢迢碧水浸青峰。謝天懷聾歌雜著

黄坦

坦字朗生，號省庵，山東即墨人。副榜貢生，康熙初官浙江浦江知縣，潔己愛民。以黄培詩案牽連被逮，又因顧炎武曾至其家搜集史實撰忠義録受審。後獲釋歸，不再出。里居澹泊，

自號秋水居士，年八十餘卒，著有紫雪軒詩餘。

菩薩蠻 迴文

寒燈入夜連天碧，冷風飄露摇星色。暝樹落霜多，愁人怨若何。　如春疑更峭，寒氣秋凝嶠。浮雲含翠光，懸月映波長。全清詞·紫雪軒詩餘

任繩隗

繩隗（一六二二——一六七九）字青際，號植齋，江南宜興人。清順治十四年丁酉舉人，更名方斗。十八年，以奏銷案褫革，乃肆力墳典，殫心著述。初師事張溥，頗預社務，聲名甚盛。工詩詞，與陳維崧齊名，稱陽羡二絶。有直木齋全集十三卷（光緒十四年刻本）。

四時閨怨迴文

喃喃語燕遶高梁，午夢纔醒懶罷粧。天暮日低帆棹遠，前溪隔水溯情郎。

其二

腸斷教思游子狂，浴蘭初罷試羅裳。床空抱嘆人歡合，涼簟侵肌沾雨香。

其　三

斑斑淚袖染新愁，葉落飄風冷到秋。山遠畫來羞粉黛，顔紅損盡望高樓。

其　四

寒光浸雪怯貂裘，侶鴈驚閨深鎖愁。歡子游多偏汎汎，鸞幃隻影恨啾啾。　直木齋全集卷七

黄初子曰：『廻文反覆環讀，以近于自然爲佳，四詩漸近自然矣』

陳明瑛

明瑛，浙江象山人。清初，戍謫遼陽，遺詩哀感悽豔，有棲霞詩文集。

詠四季桂廻文

霜傲奇葩仙影幽，滿樽萸酒泛南樓。香中暗噴雲中月，郁馥風櫺幾度秋。

花前咏嘯醉秋來，桂獨香時四度開。華月照間人宴賞，菊輸清韻豔輸秋。　民國象山縣志卷三十一文徵

傅爲霖

爲霖字世揚，號石漪，又號晦三，福建南安人。初從鄭成功於海上，繼納款入仕清室，康熙間官松江府同知。著有緑漪堂集二十八卷（康熙十年自刻本）。

雨停新泰縣 廻文

田茂遇、董俞

幽夜鳴蟲淒雨天，夢殘驚起析聲邊。浮雲盡鎖青山遠，秋葉落紅摇樹烟。

十五國風高言集卷三（康熙九年刻本）。

董蒼水曰：『從來廻文無如此精工』

『析』：原文，疑『柝』字之誤。

朱中楣

中楣（一六二二—一六七二）原名懿則，字遠山，江西南昌人，明宗室議汶女，光禄少卿李元鼎側室。崇禎十二年結褵後，隨任京師，經歷甲申之變。順治十六年返吉水，築梅山小隱，夫婦唱和其間。著石園隨筆、文江倡和集、石園倡和集、鏡閣新聲等。因爲宗室之胄，故詩中多有故國之思。

和夫子東湖夏晚雨過偶同漁泛即事

江澄掠鷺晴鷗狎，險句聯吟索韻孤。慂滿鏡荷翻疊浪，黍肥螯劍擁交蒲。雙雙舞蝶迷花梦，箇箇穿魚易野酤。瀧遠蕩舟閑載月，報瓊應贈夜光珠。回文類聚續編卷八

揆叙歷朝閨雅卷十二，題作戊戌偕隱東湖夏晚雨過偶同漁泛即事和梅君廻文一律

杜　濙

濙（一六二二—一六八五）字子濂，號湄村，山東濱州（自署濟南）人。明末諸生。清順治四年丁亥進士，授直隸真定推官，屢决大獄，以治行高等薦，入爲禮科給事中，分守温處道參議，遷副使，備兵通薊，因漕艘失事，詿誤去職。後十餘年，復起寧紹道、江鎮道、開歸道、官至河南參政，兼理驛傳鹽法。爲詩有奇氣，又工書法，遒媚有神，著湄湖吟十一卷（道光九年杜堮增修本）。

偕岱石姊丈克明甥遊岱道中廻文

潯水接花春遶澗，碧山含日曉穿林。侵寒早起雲深寺，滑磴長途客裏吟。沉沉霧覆松間石，浩浩天隨谷口林。尋得夜光芝滿袖，臨雲好拂一牀琴。湄湖吟卷一岱遊草

塘棲道中廻文

丹楓幾樹晚生愁，岸夾潮聲水近樓。寒浦一泓秋芡老，碧疇千畔野桑柔。殘燈夜起鷗迎棹，滑徑朝來雪壓輈。湍急渡橋石竇小，珊珊竹伴好山遊。湄湖吟卷四南明草

張鷟云：『即在近體已絶勝矣，何況廻文，廻文最難自然，自然至此，可云入化』

憶游陳氏園亭道經開元寺廻文秋日

峯邊竹伴幽人笑，月底杯看醉眼荒。鐘外霧籠秋隱隱，寺心雲起曉蒼蒼。松根石壓崩崖瘦，菊蕊霜分野圃芳。共我與君東向立，岫西來鶴舞行行。湄湖吟卷五修來園草

丁　澎

澎（一六二二——一六八六）字飛濤，號藥園，浙江仁和人。回族。清順治十二年乙未進士，授刑部主事。十四年，充河南鄉試副考官，薦升禮部祀祭司郎中。科場案起，以違例被參。十七年籍没家産，流徙靖安尚陽堡，『卜居東岡，躬自飯牛』，歷五載始放還。工詩詞，名列『西泠十子』、『燕臺七子』，與弟景鴻、瀠，時稱『三丁』。著有扶荔詞三卷詞變一卷（康熙十九年刻本）。

菩薩蠻 廻文

錦鴛文印檀霞枕，枕霞檀印文鴛錦。蛾黛蹙愁多，多愁蹙黛蛾。院深喧語燕，燕語喧深院。長若杜蘭香，香蘭杜若長。

范默庵曰：『中州廻文菩薩蠻，極推黃華玉、孟宗獻，要皆趨步蘇庭，不如葯園自開户牖』

宋荔裳曰：『廻文難在自然無牽强凑合之跡，而倒句翻奇，别出一意，乃稱妙手，此真絶倫之作』

又

緑鬓烟挽斜勾玉，玉勾斜挽烟鬓緑。郎贈口脂香，香脂口贈郎。影鸞交彩映，映彩交鸞影。傍鏡笑成雙，雙成笑鏡傍。

武林陳淏精選國朝詩餘錄此及『舊如相識當壚酒』二首，題作閨情回文菩薩蠻，見潘游龍精選古今詩餘醉卷首。

又

渌波春罨横塘曲，曲塘横罨春波渌。眉似柳家兒，兒家柳似眉。小星花樹遶，遶樹花星小。彈指玉燈殘，殘燈玉指彈。

又

草芳閒院春啼鳥，鳥啼春院閒芳草。情薄怨來生，生來怨薄情。　蝶間花笑妾，妾笑花間蝶。遮莫妾如花，花如妾莫遮。

又

數重花幔穿金縷，縷金穿幔花重數。愁處是高樓，樓高是處愁。　鳳釵横壓夢，夢壓横釵鳳。通夢兩心同，同心兩夢通。

蔣重光昭代詞選卷二録此（乾隆三十二年經鉏堂刻本）

又

舊如相識當壚酒，酒壚當識相如舊。卿是可人情，情人可是卿。　扇低翻見面，面見翻低扇。人覷却迴身，身迴却覷人。

顧且庵曰：『迴句須兩意，又俱自然乃妙，惟葯園能得三昧』

又

下簾低喚郎知也，也知郎喚低簾下。來到莫疑猜，猜疑莫到來。　道儂隨處好，好處隨儂道。書寄待何如，如何待寄書。

徐釚詞苑叢談卷一：『王西樵士祿曰，菩薩蠻廻文有二體，有首尾廻環者，如丘瓊山秋思、湯臨川織錦是也，有逐句轉換者，如蘇子瞻閨思、王元美別思是也。然逐句難于通首，近時惟丁葯園擅此體，今録其一篇云，下簾低喚郎知也，也知郎喚低簾下，來到莫疑猜，猜疑莫到來，道儂隨處好，好處隨儂道，書寄待何如，如何待寄書』。

顧憲融填詞百法卷上：『東坡菩薩蠻四時詞，是名倒句，即晦庵之春恨詞云，晚紅飛盡春寒淺，淺寒春盡飛紅晚，長恨送年芳，芳年送恨長，亦是此格。蓋菩薩蠻之平仄，只可用倒句，不可作迴文者也。近人惟見丁藥園一首爲佳，録之以備一格。下簾低喚郎知也，也知郎喚低簾下，來到莫疑猜，猜疑莫到來，道儂隨處好，好處隨儂道，書寄待何如，如何待寄書』。

一九四四年二月，僑居蘇聯哈薩克共和國庫斯坦那伊之冼星海，將此譜成回文樂曲。

又

女墻東映紅蘭渚，渚蘭紅映東墻女。迷路小窻西，西窻小路迷。　錯來行又却，却又行來錯。真箇恁情親，親情恁箇真。　扶荔詞卷一

王西樵曰：『菩薩鬘廻文有二體，有首尾廻環者，如丘瓊山秋思、湯臨川織錦是也，有逐句轉換者，如蘇子瞻閨思、王元美別思是也，然逐句難于通首，讀葯園八作，自然中風雅入情，當駕東坡弇州而上』。

詞變

自註云，詞變者葯園之別譜也，按一調廻環讀之以成他調，或因本調而顛倒錯綜焉。不書題，無可題也。非詞之正也，故謂之變云爾。

赤棗子 變漁父

霜初搗，淚雙垂，暗傷鸞鏡換粧時。長秋閉月花樓小，黄葉楓庭空鴈歸。

漁父 回前調

歸鴈空庭楓葉黄，小樓花月閉秋長。時粧換，鏡鸞傷，暗垂雙淚搗初霜。

生查子 變太平時

人歸未春殘，送燕雙江淥。䆗銷正捲簾，湘雨吹牕竹。　裙襴試痕多，幾處垂紅玉。君愁欲聞箏，夜盡消銀燭。

太平時回前調

燭銀消盡夜箏聞，欲愁君。玉紅垂處幾多痕，試襴裙。　竹牕吹雨湘簾捲，正銷𩆜。渌江雙燕送殘春，未歸人。

俞夢符曰：『碎玉成珠，不費追琢，前調是人歸後情境，後調是人未歸情境，一詞寫出兩意，如此渾雅尤難』

巴渝辭變本調

舞衫紅映竹枝醉顔酡女兒鼓櫂女兒竹枝教渝歌女兒　紗輕浣雨竹枝春潮弄女兒花桐刺落竹枝釵頭鳳女兒

『紗輕』：原作『輕紗』，據下首『廻前調』詞文乙正

又廻前調

鳳頭釵落竹枝刺桐花女兒弄潮春雨竹枝浣輕紗女兒　歌渝教兒竹枝女櫂鼓女兒酡顔醉映竹枝紅衫舞女兒

三臺變本調

春愁去也誰教，粉袖沾紅淚綃。魂斷懨懨醒未，雨寒禁怕花朝。

又 廻前調

朝花怕禁寒雨，未醒厭厭斷魂。綃淚紅沾袖粉，教誰也去愁春。

楊柳枝 變阿那曲

地窣裙拖緑草芳，行人賺得印泥香。縷金歌罷紅顏笑，倚倦屏山春恨長。

阿那曲 廻前調

長恨春山屏倦倚，笑顏紅罷歌金縷。香泥印得賺人行，芳草緑拖裙窣地。

南鄉子第一體 變竹枝

梧碧吹樓，粧凝移恨上眉頭。心事何如相憶切，愁離別，踈影花簾遮淡月。

竹枝 廻前調

月淡遮簾花影踈，別離愁切憶相如。何事心頭眉上恨，移凝去聲粧樓吹碧梧。

嚴杜峯曰：『調協竹枝，已極神巧，中間剪裁聯綴之妙，幾於腕奪化工』

風流子變天仙子

曉鏡妝開紅蓼，小鳥弄枝巧笑。含桃露，浥芳叢，夜夜燒香心悄。月柔，風杳，環佩雲歸碧島。

天仙子廻前調

島碧歸雲佩環杳，風柔月悄心香燒，夜夜叢芳浥露桃。含笑巧，枝弄鳥，小蓼紅開妝鏡曉。

望梅花變調笑令

懶病簾垂罷捲，半過春宵愁短。慣喚交鶯啼送晚，斷夢幽花落滿。徑遠吹香嬌露面，見燕樓西婉戀。

調笑令廻前調

戀婉，西樓燕，見面露嬌香吹去聲遠。徑滿落花幽夢斷，晚送啼鶯交喚。慣短愁宵春過半，捲罷垂簾病嬾。

胡蝶兒變醉公子

樓上愁，雙燕柔。草萋庭滿下簾勾，倚倦罷梳頭。早起弓鞵窄，怯行紅露稠。來朝送梦隨天遠，空閨寒怕秋。

醉公子迴前調

秋怕寒閨空仄叶遠天隨夢送。朝來稠露紅，行怯窄鞋弓。起早頭梳罷，倦倚勾簾下。滿庭萋草柔，燕雙愁上樓。

長相思變迴本調

秋復秋，愁倍愁。爲却多情説盡愁，莫愁休未休。休未休，愁莫愁。盡説情多却爲愁，倍愁秋復秋。

卜算子變減字木蘭花

低幕捲綃紅，暗月迷香步。偷摘雙釵角枕横，腕碧纏金縷。啼鳥喚開簾，寂寂飛香雨。小立牆東去折花，柳色凝烟暮。

減字木蘭花回前調

暮烟凝色，柳花折去東牆立。小雨香飛，寂寂簾開喚鳥啼。縷金纏碧，腕横枕角釵雙摘。偷步香迷，月暗紅綃捲幕低。

謁金門變好事近

雁無奈，書寄遠天愁倍。望極晚烟空翠黛，雙鴛吹繡帶。看取燕頭釵在，却恨離愁莫解。偷戀留情深似海，飛花和淚灑。

好事近回前調

灑淚和花飛，海似深情留戀。偷解莫愁離恨，却在釵頭燕。取看帶繡吹鴛雙，黛翠空烟晚。極望倍愁天遠，寄書奈無雁。

張洮侯曰：『换頭暗接愈奇，其音抑揚窈渺，詞中用吹看二字轉换，叶調可仄可平，具見葯園協律之妙』

眉峰碧 變玉聯環

雨夜殘春送，斷橋波影弄。時鶯新隊逐飛花，起喚蘭香入夢。露多嫌曉動，夜明華月籠。低鬟緑試小釵輕，嫵眉愁處閒簫鳳。

尤悔庵曰：『蘭香、莫愁以人名入句，轉换無痕，至斷弦接筍處，天然巧合，殆神女織無縫衣手也』

玉聯環 回前調

鳳簫閒處愁眉嫵，輕釵小試。緑鬟低籠月華明，夜動曉嫌多露。夢入香蘭喚起，花飛逐隊。新鶯時弄影波橋，斷送春殘夜雨。

山花子 變三字令

横釵玉隊綺羅叢，蘭麝薰殘試粉融。初聞歌艷人何奈，墮珠紅。寃消欲斷燕樓空，屏翠分香鬖影穠。留春誰倩昏黄月，透簾重。

三字令回前調

重簾透，月黄昏，倩誰春。留穠影，髩香分。翠屏空，樓燕斷，欲消霓。紅珠墮，奈何人，艷歌聞。初融粉，試殘薰。麝蘭叢，羅綺隊，玉釵横。

李湘北曰：『流曼之聲，節爲促拍，爭姸競艷，何減璇璣圖、盤中詩』

步蟾宫變夜行船

曉風簾竹吹烟細，揉酥玉，新粧粉膩。鳥愁花怨怯還扶，早鳩啼，好天晴未。小鳳留釵看欲醉，凭欄曲，袖羅輕倚。掃淡蛾尖，暗消香裊，花飛閣，茵鋪翠。

嚴顥亭曰：『曉風數語變後調作結，韻致倍爲新艷』

夜行船回前調

翠鋪茵閣飛花裊，香消暗，尖蛾淡掃。倚輕羅袖曲欄凭，醉欲看釵留鳳小。未晴天好啼鳩早，扶還怯，怨花愁鳥。膩粉粧新玉酥揉，細烟吹竹簾風曉。

南鄉子變本調

屏鏡罨栖鴉，緑柳亭閒在館娃。芳草苑深明月舊，知他。燕語庭空弄影斜。　箏玉扣窓紗，倚恨憑誰未破瓜。鬟嚲膩嬌輕靨小，如花。露吸猩唇染絳霞。

又回前調

霞絳染唇猩，吸露花如小靨輕。嬌膩嚲鬟瓜破未，誰憑。恨倚紗窓扣玉箏。　斜影弄空庭，語燕他知舊月明。深苑草芳娃館在，閒亭。柳緑鴉栖罨鏡屏。

歸國遥變霜天曉角

碧雲暮，遠天楓赤吹寒雨。帽落白衣人醉，笑客嘲能賦。　逸趣抒來誰與，挹香迷霧。取問隔溪芳樹，野色秋盈路。

『天』：回文作『山』，似以後者爲是

霜天曉角迴前調

路盈秋色，野樹芳溪隔。問取霧迷香挹，與誰來抒趣。　逸賦能嘲客，笑醉人衣白。

落帽雨寒吹赤，楓山遠，暮雲碧。

四犯令變滴滴金

客醉調箏哀白髮，催歌新按拍。折花將勸雙樽月，江楓映，花溪隔。碧水秋聲霜瀝淅，空庭閒落葉。密烟寒繞青山寂，船歸處，啼鴉夕。

滴滴金廻前調

夕鴉啼處歸船寂，山青遶，寒烟密。葉落閒庭空淅瀝，霜聲秋水碧。隔溪花映楓江月，樽雙勸，將花折。拍按新歌催髮白，哀箏調醉客。

西江月變本調

枕角春留有信，生香暗動浮霞。晚晴初見影牕紗，梟梟低枝雪掗。冷月啼烏半夜，明燈怯對寒花。梅亭閒鎖凍雲斜，似玉妝成淡雅。

又廻前調

雅淡成粧玉似，斜雲凍鎖閒亭。梅花寒對怯燈明，夜半烏啼月冷。掗雪枝低梟梟，紗窓影見初晴。晚霞浮動暗香生，信有留春角枕。

瑞鷓鴣 變木蘭花令

老却人間花夢殘，枝高惜鳥倦知還。巧竹湘屏雲弄影，小桃春帳玉生寒。少年遊泛芳樽緑，酣興詩吟苦鬢斑。遶水溪青山裏屋，道安長住不開關。

木蘭花令 廻前調

關開不住長安道，屋裏山青溪水遶。斑鬢苦吟詩興酣，緑樽芳泛遊年少。寒生月帳春桃小，影弄雲屏湘竹巧。還知倦鳥惜高枝，殘夢花間人却老。扶荔詞別録小令

許西山曰：『先生閒情逸致不減樂天後身，此詞固自作一醉吟傳也。前調用道安事作結，何其巧妙』

郭棻

棻（一六二二—一六九〇）字芝仙，號快圃、快庵，直隸清苑人。清順治九年壬辰進士，由庶吉士授檢討，陞贊善。性慷慨，好直言，忤權貴，左遷山西按察司知事。後還朝，官大理寺正、翰林院侍讀學士。工書，與沈荃齊名，人稱『南沈北郭』。爲文華贍，著有學源堂文集

十九卷詩集十卷（一九三九年清苑郭氏排印本）。

客有和蘇長公金山寺迴文七律者偶和其韻

潮來海擁碧山傾，月落荒洲雪夜明。橋口江鷗千點白，塔心石佛一燈清。迢迢望水淮烟暗，歷歷看帆湖色晴。遥指一林瓊觀古，翛翛閣上覺身輕。學源堂詩集卷六

馬之驦

之驦（一六二二—一六九五）字旻徠，號君健，直隸雄縣人。清順治元年拔貢生，官壽張主簿、後爲江都主簿。著有古調堂初集六卷（順治間刻本）。

灤州迴文詩

塵壤亘霓虹，岸沙銜浪風。鱗飛過塞北，尾曳納溟東灤水龍翔

如奔驟雨見，似嘯遠風聞。初旭迎新變，居然炳蔚文巖山虎踞

深閣秘幽芳，地偏生澹凉。陰雲駐野壑，浪雪暎崖霜偏凉虛閣

山鑿疑靈巨，石開因濬泉。潺湲動僕汲，湛朗靜□禪横井烟浮 古調堂初集卷六

黃生

生（一六二二—一六九六），原名琄，又名起溟，字扶孟，號白山，江南歙縣潭渡人。明諸生。入清，一意著述。康熙十三年甲寅，遭閩難破家。蔣超督學京師，曾客其幕，二年別去。以教書爲業，館吴氏最久。縣志入儒林，所著一木堂詩稾十二卷（康熙刻本），乾隆間亦被列目禁燬。

菩薩蠻 回文四時閨詞

捲簾人罵嬌鶯囀，囀鶯嬌罵人簾捲。春曉試粧新，新粧試曉春。嬲郎檀口笑，笑口檀郎嬲。愁妾見花羞，羞花見妾愁。

去年芳草依花砌，砌花依草芳年去。屏入曉山青，青山曉入屏。暑衫單白苧，苧白單衫暑。涼簟玉文方，方文玉簟涼。

女牛愁隔雙星渚，渚星雙隔愁牛女。秋早又高樓，樓高又早秋。遠思相會淺，淺會相思遠。空信望來鴻，鴻來望信空。

煖閣香鑪煨獸炭，炭獸煨鑪香閣煖。梅暎玉簾開，開簾玉暎梅。乳花和雪煑，煑雪和花乳。山遠滅煙鬟，鬟煙滅遠山。

又回文詞

情閑易歛眉稜碧，澹烟含柳歸春色。嫩手就紅窓，花奩拂袖長。衣添沈水炷，小鴨藏嬌霧。煖香留榻前，樓憶晚愁眠。

又回文詞爲翩翩作

遠山眉黛含顰淺，淺顰含黛眉山遠。催客儘深杯，杯深儘客催。翠鬆裙褶膩，膩褶裙鬆翠。誰與付情癡，癡情付與誰。一木堂詩藁卷十二詩餘

李子金

子金（一六二二—一七〇一），名之鉉，號隱山，河南柘城人，鹿邑籍。諸生。與侯方域、陳維崧交遊。著有蛩鳴録一卷（康熙王澍刻本）。

戲和孟陟公秋邸廻文二首

中夜消魂客舘幽，懶成心病增人愁。濛濛細雨烟迷水，嫋嫋清簫鳳隱樓。風暗隨香菊落蘂，竹疎弔影月横秋。空山遠上灘頭渡，紅葉霜殘衰草洲。

才憐我輩俗哀愁灑淚血沾裳，被短怯眠苦夜長。苔染露光寒入幕，紙穿窗影月移牀。才憐我輩俗多笑，友得詩家君獨狂。催漏暗驚還結夢，開花秋舍旅魂傷。蛩鳴録

沈金鎔

金鎔字天安，江南吴江人。

菩薩蠻 迴文

柳疎揺月驚寒漏，漏寒驚月揺疎柳。幽夢入空樓，樓空入夢幽。　蓼紅迷碧草，草碧迷紅蓼。人遠隔行雲，雲行隔遠人。周銘松陵絶妙詞選卷四（一九二六年薛氏邃漢齋排印本）　林葆恒續詞綜補卷八十引松陵詞選

談　亮

亮（一六二三—一六八三後）字晉若，自四川富順避難遵義，家平水里，館於永寧、貴筑間。永曆中，授義寧知縣，三月調貴州麻哈知州。南明亡，隱掌臺寺。清康熙二十二年，薙髮爲僧，時已六十一歲。所著詩文集數十卷，燬於火。

客窗回文次雷履老韻時余將返羅坪冀老亦有錦官之役

裁雲倩雁寄書歸，久客憐余看燕飛。杯滿酌波鯨引吸，句雄驚坐塵狂揮。梅迎雨潤清東閣，草動風和暖北幃。來往縱君隨嘯傲，臺池眺處綻紅肥。莫友芝黔詩紀略卷二十五（同治十二年刻本）

宗之璠

之璠（一六二三—一六八九後）字意園，一字旭先，江西南昌人，祖籍四川南溪。清順治十四年副貢，歷任八旗教習，山東新泰知縣、直隸冀州知州、兵部員外郎、浙江台州知府。康熙二十三年，官廣川郡守。集中有『戊戌廷試獲元，己亥歸里』之語，著意園詩集五卷（康熙二十八年刻本）。

秋懷廻文

清凄獨夜此漫漫，徙倚愁人有恨端。平野暮烟連月靜，晚林霜葉舞風殘。横川一水秋容淡，遠樹千峰夕影寒。驚起浪懷予落廓，情關好夢欲成難。

秋夜迴文

愁人遣笛奏高吟，夢入閒鷗對遠涔。秋帶冷霜紅葉落，夜生寒月碧濤深。樓中影斷雙飛鴈，竹裏風敲半響砧。頭白漸驚時荏苒，謳歌轉石抱頑心。

秋江迴文

天水空江一望遥，冷煙疎影點平潮。船前去浪驚鷗浦，岸斷明霞掛石橋。蟬咽晚風秋樹老，雁鳴寒月夜鍾飄。堅心有恨偏多感，川逝長兮朝復朝。

秋月迴文

碧雲微吐月纖纖，長夜來兮清且廉。隻雁飛殘烟外影，雙砧擊冷樹邊蟬。舄鳧飛白清樓滿，樽酒同携漫興添。客路塵勞愁裏夢，石餘亭上架餘籤。意園詩集卷二

毛奇齡

奇齡（一六二三—一七一六），本名甡，字初晴，後改今名，字大可、齊于，號西河，又號僧彌、僧開、秋晴、晚晴等，浙江蕭山人。明諸生，初曾參與抗清軍，事敗，祝髮竄身山谷，讀書土室中，流亡多年始出。康熙十八年，應博學鴻詞試，授翰林院檢討，充明史館纂修官、

會試同考官，旋乞假歸，得痺疾，遂不復出。强記博聞，著述極富，所撰毛西河先生全集達一一七種四九三卷（嘉慶間重刻本）。單行毛翰林填詞六卷（康熙間刻本）。

春曉曲

小屏山上西江曲，深處落梅寒簌簌。曉鑑菱開赭粉紅，殘燈穗卷香脂緑。艸頭堦剗襪衩金，花裏碧鈎旛勝玉。繞鳳雙簧蠟炙新，蚕春驚破霜溪竹（本稿另列木蘭花令一首即此首廻讀者今附後）

木蘭花令

竹溪霜破驚春蚕，新炙蠟簧雙鳳繞。玉勝旛鈎壁裏花，金衩襪剗堦頭艸。緑脂香卷穗燈殘，紅粉赭開菱鑑曉。簌簌寒梅落處深，曲江西上山屏小。

雙帶子

紅藕香銷暑殿凉，玉梭橫枕墮釵長。東樓賦得新來怨，中夜看沈龜甲黄。黄甲龜沈看夜中，怨來新得賦樓東。長釵墮枕橫梭玉，凉殿暑銷香藕紅。

其　二

君在教頭歌昔昔，妓看垂手落摻摻。裙裥半將遮屐點，柘竿長是拄腰纖。纖腰拄是長竿柘，點屐遮將半襉裙。摻摻落手垂看妓，昔昔歌頭教在君。

其　三

樓高是處盡烏啼，柳外烟同翠眼迷。流水落花春寂寂，浮家一檻近前溪。溪前近檻一家浮，寂寂春花落水流。迷眼翠同烟外柳，啼烏盡處是高樓。

其　四

春缸玉酒細鱗紅，怨鳥啼花隔數重。銀子綦垂簾押靜，新開背面兩鸞幢。幢鸞兩面背開新，靜押簾垂綦子銀。重數隔花啼鳥怨，紅鱗細酒玉缸春。

其　五

誰向粧亭亭後別，望中烟雨帶帆開。絲回漫水藍如襖，黛繞横山青似煤。煤似青山横繞黛，襖如藍水漫回絲。開帆帶雨烟中望，别後亭亭粧向誰。

其　六

紅荷短間白荷長，細細風來細細香。濃露滑篙聯艇側，同來到處問家鄉。鄉家問處到來同，側艇聯篙滑露濃。香細細來風細細，長荷白間短荷紅。

其　七

寒雨江汀隔斷橋，去時當似不來潮。蘭浦憶人愁渺目，漫漫夜夢合花梢。　梢花合夢夜漫漫，目渺愁人憶浦蘭。潮來不似當時去，橋斷隔汀江雨寒。

其　八

鳩浮白水踏歌虛，髩捋蟲珠雀畫裙。樓上捲裳龍女侍，溝前御宿卸粧初。　初粧卸宿御前溝，侍女龍裳捲上樓。裙畫雀珠蟲捋髩，虛歌踏水白浮鳩。毛翰林填詞卷二　毛西河先生全集填詞卷二

吳藕汀詞名索引(修訂本)：『清毛奇齡詞，七言迴文，名雙帶子』

浣溪沙和任二王偹迴環韻

陰柳垂庭山枕斜，禽鳴自上檻邊花，深屏午夢隔牕紗。　甕啓氷牙蛆瀉酒，襟被雪眼蟹瀠茶，臨粧晚掃淡黃鴉。

迴　前

斜枕山庭垂柳陰，花邊檻上自鳴禽，紗牕隔夢午屏深。酒瀉蛆牙氷啓甕，茶瀠蟹眼雪披襟，鴉黃淡掃晩粧臨。

菩薩蠻 顛倒韻伯兄大千姪阿蓮仝作

藥欄勾墮銜釵雀，雀釵銜墮勾欄藥。花落畫屏紗，紗屏畫落花。曉山關雁繞，繞雁關山曉。人遠惜殘春，春殘惜遠人。

其　二

軟鋪銅毾飛紅淺，淺紅飛毾銅鋪軟。深巷柳搖金，金搖柳巷深。爚篝香霧薄，薄霧香篝爚。門掩半黃昏，昏黃半掩門。

其　三

去春三鳥栖來曙，曙來栖鳥三春去。邊塞絶秋千，千秋絶塞邊。錯彈哀抵角，角抵哀彈錯。樓倚謝娘秋，秋娘謝倚樓。

其　四

井榦雙斷金絲綆，綆絲金斷雙榦井。城上響啼鶯，鶯啼響上城。綺園南去騎，騎去南園綺。遲日墜鳴機，機鳴墜日遲。

其　五

篏錢金壓花裙唾，唾裙花壓金錢篏。斜日鬭鈿車，車鈿鬭日斜。酒胡雕列缶，缶列雕胡酒。孤燭醉當罏，罏當醉燭孤。

其　六

熨香沉斗珠繩屈，屈繩珠斗沉香熨。花鴨睡籠紗，紗籠睡鴨花。減絲荷漏淺，淺漏荷絲減。長夜好難量，量難好夜長。

其　七

燭檠深影春幗曲，曲幗春影深檠燭。迷路入花溪，溪花入路迷。枕函空覆錦，錦覆空函枕。遮莫苦棲鴉，鴉棲苦莫遮。

其　八

刺桐花滿高橋寺，寺橋高滿花桐刺。魂斷幾家村，村家幾斷魂。去騧嘶落絮，絮落嘶騧去。娘度夜中霜，霜中夜度娘。

其　九

小姑村映青溪曉，曉溪青映村姑小。家是就磯斜，斜磯就是家。返舟蓮櫂遠，遠櫂蓮舟返。儂識舊娃宮，宮娃舊識儂。

其十寄友

上潮春漲西陵望，望陵西漲春潮上。寒雨渡來難，難來渡雨寒。燕泥銜斷檻，檻斷銜泥燕。時苦作蠶絲，絲蠶作苦時。

其十一訪所歡作

路旁廂板烏桿樹，樹桿烏板廂旁路。尋處甚陰陰，陰陰甚處尋。縷絲千點雨，雨點千絲縷。何若別情多，多情別若何。

其十二 落帆亭送女士黄皆令遠行

窄帆輕落亭前驛，驛前亭落輕帆窄。紅露浥花穠，穠花浥露紅。渡淮臨雨暮，暮雨臨淮渡。長過莫愁鄉，鄉愁莫過長。毛翰林填詞卷三　毛西河先生全集填詞卷三

魏　禧

禧（一六二四—一六八〇）字凝叔，俗作冰叔，號裕齋，學者稱勺庭先生，江西寧都人。年十一，補縣學生。明亡，隱居翠微峰，與兄際瑞、弟禮及南昌彭士望、林時益，同邑李騰蛟、丘維屏、彭任、曾燦，稱易堂九子，躬耕自食，切劘讀書。又和兄際瑞、弟禮，互爲師友，號寧都三魏。嗜古學，文章主識議，叙忠烈之事，摹畫淋漓，尤足動人。四十歲後出遊四方，所至以文會友。康熙十七年，堅拒博學鴻詞之徵。越二年，赴揚州，卒於儀征。著有魏叔子詩集二十二卷（道光二十五年寧都謝庭綬紱園書塾重刻本），係清代禁書。

秋夜廻文

愁覺不眠好，榻移月影穿。秋庭半在樹，碧水一於烟。頭白親花塢，眼青對竹園。浮生此倚徙，過鳥任翩翩。魏叔子詩集卷六

秋望廻文

峰高盡處立秋清，久望空愁有客行。虹臥半橋斜隔水，鳥飛雙闕遠依城。春聞薄莫村烟斷，唱罷歸樵山月明。筇杖自來還復去，東溪老對獨亭亭。魏叔子詩集卷七

彭師度

師度（一六二四—一六九二）字古晉，號省廬，別號肥溪圃者，江南華亭松隱人。幾社詞壇主燕友子。諸生，與吳兆騫、陳維崧稱爲『江左三鳳』。入清，以奏銷案被斥，中年廢錮，侘傺無聊，晚復以蒱博自棄。壬申北上，歿於邯鄲。著有彭省廬先生文集七卷詩集九卷詩餘一卷（康熙六十一年彭士超隆略堂刻本）。

思歸倣廻文體

秋雲白石倚空庭，倦客羈懷有淚零。愁到雁聲哀秋月，恨餘蛩語對寒更。樓高遠望山重隔，地迥悲看水積盈。丘壑吾應安隱遁，求歸轉自獨心清。彭省廬先生詩集卷四

和元姬廻文詩韻

煙薰獸篆煖輕裙，語別知心有路分。絃拂夜深歌落月，舞廻春去夢歸雲。娟眉畫罷妝

竊妾，皓齒開時曲憶君。天上欲教書信遠，傳來密語倩郎聞。彭省廬先生詩集卷六

時嫺

嫺字宜幽，江南常熟人。給諫修來女，程揆伯室，著有花絢詞。

菩薩蠻 迴文春閨

畫欄春弄花枝翠，翠枝花弄春欄畫。鶯也見啼鶯，鶯啼見也鶯。綉停長倚牖，牖倚長停綉。春暮奈消魂，魂消奈暮春。徐樹敏、錢岳衆香詞御集

宋鴻

鴻字鴻生，江南吴縣人。

菩薩蠻 旅思迴文

白波寒擁孤榕碧，碧榕孤擁寒波白。春去憶歸人，人歸憶去春。雁來知路遠，遠路知來雁。樓上獨多愁，愁多獨上樓。鄒祇謨、王士禛倚聲初集卷四　林葆恒續詞綜補卷八十三（上海圖書館藏稿本）

蔡受

受（？—一六八一後）字白采，江西寧都人。廩生，好爲堪輿之學。清康熙十七年，入安親王岳樂幕。著有鷗跡集二十一卷（光緒三年刻本）

乙卯元日成山新屋家宴

蟠龍正昨日，變豹會當年。刊木雲峯秀，花綺筆墨傳。寒添欲夜雨，響抉未春泉。拌醉一宜酒，盤辛五樣鮮。

松石圖

乙卯二月，子柳楊君，日六十有一。予寫此圖，成山之巔，子柳材有爲而重於行已，予甚敬之。曹風之詩曰，正是國人，胡不萬年。人生何至萬年，既心乎愛矣，則猶少也。遂爲識十二字石上，以引子柳長年之數。讀者任於本詩於隔一句，隔二句，於倒句，於二句爲首，三句爲首，於隔字，自隔一字至隔一百字百首。各以十二格，子方而布之，則一紙各有二十四首，而共爲詩二千五百四十四首。倘以二千五百四十四者，更各如前讀而布之，則又二千五百四十四之二千五百四十四矣。然推之未盡，予尚於暇日悉紀其無盡者，以再進子柳，子柳努力加餐飯，勉如白采言後天而老矣。

神蒸雲，氣蒸石。春晴辰，蔚青欝。鷗跡集卷十九

『日六十有一』：『日』，原文

案：神蒸之『蒸』，疑乃『烝』字，古通

陳瓊僊

瓊僊字蕊宫，江西臨川人。

道光六年，黄濬次其韻撰春宵吟二十七首，每篇之後附原作。秋宵吟、春宵吟又見吴繼志三養齋輯迴文賦詩詞對合編。

秋宵吟

秋　蝶

蒼苔暎頰醉霜紅，淡影隨緣幻色空。忙故故園開逕晚，舞深深院隔簾風。香鬚綴露丹含菊，粉纈飄雲絳染楓。房蕊覓芳尋去夢，傷情夜冷月朧朧。

秋　郊

尋幽快語好朋逢，謖謖寒濤亂壑松。深淺緑烟村草細，淡濃紅葉隴霜溶。林成潑墨鴉

翻雨，露滿愁吟鳥雜蛩。琴與杖隨歸步晚，岑西返照夕樓鐘。

秋　興

嘈絃雜管試新腔，劇飲清流月暎江。高枕石泉寒奏響，亂鈴燈塔晚飄幢。濤箋雪舞飛香硯，竹譜烟描淡影窓。豪覽縱情詩滿目，舠移夜語雁雙雙。

秋　草

前川過雨緑簾垂，力盡春風冷拂披。烟圃散芳寒遶逕，浪茵浮翠密遮籬。芊芊瘞淚情今古，纍纍芟心痛亂離。眠笛牧兒驅犢返，牽愁客路獵歸旗。

秋　雁

函飛不到夢將歸，望北悲鳴怨冷闈。帆送遠情孤落影，笛横清淚暗沾衣。巉巉嶺度低雲塞，瑟瑟蘆摇白月磯。杉樹幾驚寒陣晚，啣霜帶字碧天微。

秋　懷

遊知倦矣老堪漁，水際雲深竹覆廬。樓倚獨吟孤對鶴，艇歸携酒换將魚。秋聲萬籟松宜最，白樹千林月有餘。休笑一身閒負却，猶人不爲半生書。

秋山

籐枯埽石枕烟鋪，妙入詩題作画圖。澄練幾層千瀑掛，淡雲如帶一峰孤。僧歸送月扶藜杖，客供分泉汲茗壺。凝碧晚樓空翠攬，憑陵笑語落雙鳬。

秋夜

蘿烟隔望暗峰低，摵摵鳴柯動鳥栖。梭弄月斜螢影散，角吹風起雁飛齊。多愁夜入添摇落，減燼燈殘半淡悽。摩倦眼光星燭劍，河山舊恨咽流溪。

秋怨

巢歸倦鳥噪空齋，怨寫閒情雁字排。敲夢竹聲風舞珮，墮粧花影月横釵。嘲楊賦屈悲殊遇，瘦沈愁潘惜病懷。坳半路埋霜積葉，郊西策杖一琴偕。

秋蟬

家移始見一鴻賓，潔性多君獨苦辛。遮月半林空逸響，墜風將葉托輕身。茶鐺沸和清音遠，水澗幽侵冷韵新。花樹桂寒高咽露，蛙兼鳥語静敲筠。

秋　風

簾花撲影颺輕雲，竹徑虚疑獨到君。帘弄晚烟深漠漠，幌摇凉月静紛紛。添愁向老吹容鬢，减德知衰改物羣。簷馬鐵飛霜葉舞，纖塵淨捲玉珂裙。

秋　聲

宵深唳鶴舞松軒，樹際風傳静裏喧。瓢擊乍聞兼遠柝，轆鳴初聽近孤村。潮歸夜半天疑雨，響應山空谷嘯猿。蕉敗戰窓敲紙裂，蕭蕭淚積點枯痕。

『淚積點』：黄濬壺舟詩存卷二作『淚點積』

秋　月

輕舟一泛晚霞殘，潔漢銀蟾玉吐寒。楹倚静陰移沼樹，閣涵虚白失霜巒。清琴瀹茗和心洗，韻竹敲詩入夢刊。驚鵲遶枝風葉墜，聲飄桂冷露漫漫。

秋　霖

庭間冷鶴伴松關，閣外烟迷竹逕灣。青浴晚林園漱玉，響分遥水澗添潺。冷冷霧障濃遮樹，淡淡雲屏暗寫山。垌護緑疇寒隴濕，停車遠客逐飛鷴。

秋螢

飛燐間碧點深泉，腐脱新沾露顆圓。幃炤夜珠移角枕，案然藜火暎緗篇。輝流淡月斜痕界，影帶疎星小隊聯。扉掩半軒空寂寂，微燈弄燄冷窺眠。

秋閨

蕪蘼怨別遠迢迢，頬褪蓮殘柳褪腰。途載雁書傳塞驛，枕分鴛夢記亭橋。爐添暗獸香銷篆，黛鎖愁蛾翠淡描。濡露玉階侵襪冷，無眠夜繡倦燈挑。

秋蟲

泥苔積逕老深蒿，怨客羇魂斷續號。西苑竹風悲韻冷，北窓蕉雨暮吟高。谿寒偶語情誰恨，砌敗傷心苦爾勞。繄逐暗燈窺夢破，雞聲數點淚沾袍。

秋涼

晨兼夜雨滴衰荷，爽薦風林浥露多。新圃菊芳尋蝶逕，晚江榕影綉鴛波。顰眉理恨敲釵玉，怯夢知寒掩帳羅。人寢獨窺斜月小，鱗鱗積葉響平坡。

秋　色

桐疎落日暎厨紗，紫氣山凝暮染霞。紅樹萬行成綉谷，碧峰千點亂晴沙。叢芳隔水窺蓉淡，老翠鋪籬放菊斜。弓月掛鈎簾影動，風林埽墨潑栖鴉。

秋　雲

閒亭半落剪林黄，片片霞殘覆古牆。還去獨飛孤出岫，捲收時載滿歸航。山空幻態臨奇石，水壓輕陰拂斷篁。斑色五雲深處望，攀尋試上幾廻崗。

秋　水

雯移淨鏡玉涵清，綠澗生寒帶雨鳴。嚔晚織波浮錦荇，岸深垂釣繫絲檉。雲流瀑影江分白，月浸湖陰樹倚明。芹載滿舟輕泛泛，聞歌古渡遠潮平。

秋　露

罇花浸影月含馨，柳颭寒烟濕鎖汀。繁樹玉香沾蝶素，潤痕苔草綴螢青。園空浥淚飄梧井，逕冷流珠落桂亭。門掩靜枝低壓竹，藩疎暎日湛晞星。

秋　浦

江横雁影月移矰，岸拍魚驚浪颭罶。雙塔遠浮烟樹杪，片帆輕疊水雲層。缸微淡炤漁村夕，客過停沽酒市騰。厖吠有聲無柝警，艭寒載夢曉霜澄。

秋　香

開簾綉影暗花浮，露浥清芬冷翠流。苔困蝶殘蓮墜粉，樹藏蜂老桂攢毬。來還去遠風飄細，有更無多月送幽。杯泛菊芳寒滿座，推愁向酒貰貂裘。

秋　旅

碁收靜夜竹流陰，午夜清思怨寫琴。羈夢有情通雁塞，斷腸無淚墮猿林。悲蛩暗引初鳴葉，永漏寒驚忽報碪。痴懶性兼多病客，移花就月據牀吟。

秋　霜

封階玉暎澹痕蟾，老盡鴛行綴瓦簷。慵鶴立垂清露涷，濕鴻飛度曉風尖。松凋晚翠寒淩谷，菊試初威薄透簾。峰月墮鐘殘夢隕，蛩悲聽徹報更嚴。

秋　晴

虛亭返照落松巖，葉下霜乾草逕芟。書展乍飛花片片，社歸將別燕喃喃。初凉夜月幽如夢，過雨期雲薄似衫。渠綉錦鴛雙浴日，魚吹細浪織晴帆。回文類聚續編卷八

王永命

永命（？——一六七八後）字九如，改字劬庵，山西臨汾人，清順治五年戊子舉人，康熙九年知遷安縣，以興學校，勸農事爲務，士民稱之，擢主事，未補歸。著有懷堂筆八卷（康熙間刻本）。

五星詩五言絶句廻文　己亥

金滴一歌酬，蜿蜒龍觶游。唫豪逐興發，林竹效無愁。

二

木瓚到觴射，呼罍歡卜夜。哭詩信口開，溲酒乾無謝。

三

水渑醅合醼，團坐卮環轉。旨飲斗文懸，喜逢緯宿串。

四

火集仙人掌，杯騰曠土爐。叵羅醉嘯滿，墮白歎流酺。

五

土籥頻和醺，行盤隸坐分。譜圓依類聚，五轉倒星文。

和玉庵獨坐湖亭人日大雪韵二首戊申

奇雯肆眼鏡圖明，淡澮春塘雪際平。垂白盡粧人勝采，詩成偶意到梅罌。

二

回春獨坐靜湖亭，妙賦人間玉砌銘。催句倒聯驚字巧，才華老是舊惺惺。有懷堂筆卷八

目錄作和玉庵獨坐湖亭人日大雪廻文韵二首

朱承煜

承煜，湖廣通山人。清順治五年副榜，任江南桃源知縣。

安平寺迴文詩和玉波任邑侯韻

濺瀠水内鉢聲潺，雨墜花峰挂錫鐶。圓影月光揮棒喝，散氲爐靄點雲斑。泉流過石松依繞，嶺絶窺雲磴倚攀。煙翠護僧高勝賞，巔危闢宇寺銜山。同治通山縣志卷八

邑侯指任鍾麟，四川蒼溪人。舉人，順治辛丑任通山知縣，治通十年。

李霨

霨（一六二五—一六八四）字景霱，號坦園，直隸高陽人。清順治三年丙戌進士，改庶吉士、授檢討，歷編修、中允、侍講學士、經筵講官、户部尚書，直至東閣、宏文院、保和殿大學士，加太子太保，太子太師。爲明史監修總裁官，詩文沖和雅正，著有心遠堂詩集十二卷。

菩薩蠻雨過登楼戲成廻文

日迎秋草如烟緑，緑烟如草秋迎日。西野霽雲低，低雲霽野西。亂鴉歸遠岸，岸遠歸鴉亂。華月逐風斜，斜風逐月華。傳燮詷詩觀卷二（清鈔本）

韓純玉

純玉（一六二五—一七〇三）字子蘧，别號蘧廬居士，浙江歸安人。諸生，明遺民。因父以黨附湯賓尹，見擯于時，由是抱憾終身，不求仕進。著有蘧廬詩詞（清鳳晨堂刻本）。

菩薩蠻 閨情廻文

落花紅雨春陰薄，薄陰春雨紅花落。遲去更依依，依依更去遲。

鳳頭釵壓重，重壓釵頭鳳。偏髻任餘眠，眠餘仁髻偏。 蘧廬詞

曾燦

燦（一六二六—一六八九），本名傳燦，字青藜，號止山，江西寧都人。『易堂九子』之一。嘗參與南明唐王抗清軍事，失敗，祝髪爲僧，出游閩浙兩廣間。以母念歸，居山中，築六松草堂，躬耕養親。後又離鄉，結交江南布衣，僑寓吳門二十餘年，以筆舌糊口。康熙二十八年，客死京師。著有六松堂集十四卷（康熙間刻本）

菩薩鬘

朱晦翁有倒菩薩鬘體，各句自倒其韻在於首尾。善伯以爲首尾其韻，讀之覺有瘢痕，乃更爲

全複之體，使長短不定而卸其韻於別句中，作閨情四景，予亦倣此。

横塘隔影春生夢，幽窗雲翠花飛送。門閉草煙寒，輕紅帶雨殘。痕空枝上血，宿鳥聲聲咽。凄凉風掃花，晚影散紅霞。

其　二

清萍水漲池横柳，煙光晴翠樓東透。流細水紋輕，風銷煙雨亭。畫橋長拂線，翠幕雙飛燕。斜陽夕薄扉，紅晚隔塘西。

其　三

天青遠隔門前檻，空花幽斂雲烟淡。淡淡影秋蓑，漁陽夕照波。湘江横艤晚，初度南飛雁。煙嵐浮暮山，秋水一江寒。

其　四

芳階玉落寒香冷，梅花風送枝横影。雲重漢陰天，雲鬆樹遠煙。飛鴻春杳夢，容鬢絲清凍。重寒深嶺雲，遥雪欲凝津。

六松堂詩餘卷十（豫章叢書本）

翁與淑

與淑字登子，浙江仁和人。大叅周野孫女，餘姚陸進室。早歿，著有巢青閣集。

聯環結 秋夜

淺雲行散紅霞歛，歛霞紅散行雲淺。中可月亭空，空亭月可中。　砌蛩吟細雨，雨細吟蛩砌。燈燼欲闌更，更闌欲燼燈。回文類聚續編卷十

周銘林下詞選卷十一、徐樹敏、錢岳衆香詞御集、林葆恒續詞綜補卷一、徐乃昌閨秀詞鈔卷二録此。

『砌蛩吟細雨』：諸本作『砌蛩唫雨細』，是。

衆香詞題作聯環結廻文，『可』作『正』

何　采

采（一六二六—一七〇〇）字第五，一字敬與，又字滌源、濮原、蘆莊，號南磵，一號省齋，江南桐城人，占籍江寧。清順治五年戊子舉人，六年己丑進士，改庶吉士，授翰林院編修，官至侍讀。工詩詞，著有南澗詞選二卷（繡水王著較訂，順治十二年歸雲堂刻本）。

菩薩蠻 懶園觴政擲官行酒回文

酒杯爭似真衣繡，繡衣真似爭杯酒。官熱笑人閒，閒人笑熱官。勝心貪捷徑，徑捷貪心勝。鐘盡漏匆匆，匆匆漏盡鐘。

又

好官休説閒人老，老人閒説休官好。看鳥倦將還，還將倦鳥看。晚春留酒伴，伴酒留春晚。醒解更飛觥，觥飛更解醒。

又

局終官熱猶醽醁，醁醽猶熱官終局。濃興宦途窮，窮途宦興濃。算長愁景短，短景愁長算。人笑莫人嗔，嗔人莫笑人。

又

忌人無過排人醉，醉人排過無人忌。恩與怨無因，因無怨與恩。位高嫌淡味，味淡嫌高位。吾故樂樵漁，漁樵樂故吾。龍眠何太史自定南澗詞選卷上

案四詞與林葆恒續詞綜補卷八十六引懶園觴政蔡祖庚所撰相同，據金陵前明雜文鈔謂何采

『工書法詩詞，多諷刺，滑稽玩世，年三十棄官歸』云云，則此詞似非蔡氏之作。

張習孔

習孔字黄岳，一字念難，江南歙縣柔嶺下人，寓居江都。潮父。清順治六年己丑進士，官刑部郎中。九年任山東提學僉事。工詩詞古文，好爲雜記，著有詒清堂集十二卷補遺四卷（吴偉業序，康熙刻本）。

月下 倒句菩薩蠻

夕峯孤月晴空碧，碧空晴月孤峯夕。凉影墜虚堂，堂虚墜影凉。　笑言還遠眺，眺遠還方笑。清鑑一壺氷，氷壺一鑑清。

別思 廻文菩薩蠻

森森竹裏風鳴籟，愁人秋榻沉幽慨。悲發望明河，仙鸞鏡掩多。　羞看牛女對，縱會如無會。相思兟未知，人斷苦情痴。詒清堂集卷十二

胡榮

榮字志仁，又字容安，浙江錢唐人。著有容安詩草十卷（毛奇齡選，康熙刻三色套印本）。

容安四時歌

暖日春花放，鶯啼愛柳青。遠山環迴閣，香好襲閑庭春詞

梧高蔭小窗，竹密生風凉。無事一心静，餘酣解茗香夏詞

明月夜秋高，水翻風動摇。聲清發籟遠，落影桂花飄秋詞

白雪映空亭，吟詩倩酒尊。客來偕玩賞，清景入荒園冬詞　容安詩草

沙張白

張白（一六二七—一六九二）初名一卿，字介人，號定峰，江南江陰人。明諸生。自云『年十有九時，遭異代兵火，流離艱苦萬狀』。清康熙八年秋闈不第，十一年再試再北。遂閉户讀書，研習經史與理學。著有定峯詩鈔十三卷（陶社叢書本）

菩薩蠻春閨迴文詞

柳枝低折纖纖手，手纖纖折低枝柳。鶯語學調笙，笙調學語鶯。　夕暉斜挂壁，壁挂斜暉夕。新夢别離人，人離别夢新。

菩薩蠻 夏閨迴文詞

晚涼乘興遊芳苑，苑芳遊興乘涼晚。波綯浴雙鵝，鵝雙浴綯波。亂螢飛續斷，斷續飛螢亂。明月渡河橫，横河渡月明。

菩薩蠻 秋閨迴文詞

月兒些露深陰樾，樾陰深露些兒月。更轉漏傳聲，聲傳漏轉更。別君悲哽噎，噎哽悲君別。長夜祝心香，香心祝夜長。

菩薩蠻 冬閨迴文詞

雪阻郵書音斷絶，絶斷音書郵阻雪。還騎望重山，山重望騎還。雁羣哀歲晏，晏歲哀羣雁。寒苦妾思歡，歡思妾苦寒。（定峰詩鈔卷十三詩餘）

馮　武

武（一六二七—一七一〇後）字竇伯，號簡緣，江南常熟人。自云『余年十有九，先人爲髮捐軀，余亦無復生理，流離困厄，幸至六旬』，『先人殉難，撥棄帖括，匿影田間幾三十載』。

叔班以書法名一時，武愛其學，年八十一，猶館于蘇州繆日芑家，講述所撰書法正傳。亦能詩，著有遥擲藁二十卷（康熙四十七年刻本）。

春雨閑居因成回文五十六言寄梅仙

春雲壓樹寒煙遠，細竹風吹冷巷門。醇酒消愁和好夢，晚花泣雨似含寃。新芽弱草和苔厚，舊壘殘泥識燕馴。塵榻連宵清話久，輪蹄惜別欲消魂。遥擲藁卷九枕流草

王會昌

會昌字玄錫、錫符，浙江瑞安人。祚昌（順治六年己丑歲貢）弟。清順治歲貢。著有榴夢草。

迴句

春暮落紅埋翠甸，夜寒殘雨洒孤篷。人依鳥徑山烟晚，火照江城野水空。曾唯東甌詩存卷三十一（乾隆五十五年鹿城依緑園刻本）

趙澤

澤字惠三，江南吴江人。

迴　文

弄影燈明滅，更殘悔異時。夢魂驚淚別，清明永幽思。　顧萬祺玉臺遺響卷五（康熙間刻本）

陸宏定

宏定（一六二八—一六六八）字紫度，號綸山，別字蓬叟，浙江海寧人。嘉淑弟，詩與兄齊名，時有『冰輪二陸』之目。不求仕進，以布衣終老，著有凭西閣長短句。

菩薩蠻 迴文　蘭徵女生答行于韻

彩雲吹斷秋煙靄，靄煙秋斷吹雲彩。紅日落輕風，風輕落日紅。　夢殘初絡鳳，鳳絡初殘夢。寒月逼香蘭，蘭香逼月寒。

菩薩蠻 迴文

亂山江遠春雲斷，斷雲春遠江山亂。斜日襯濃花，花濃襯日斜。　散樽青玉案，案玉青樽散。儂倚醉顏紅，紅顏醉倚儂。

其　二

曲堤垂柳新陰綠，綠陰新柳垂堤曲。催雨又黄梅，梅黄又雨催。遠山春去漸，漸去春山遠。人映玉壺冰，冰壺玉映人。

其　三

細煙香繞歸雲髻漢宮妝也，髻雲歸繞香煙細。樓月上簾鈎，鈎簾上月樓。漏殘初罷繡，繡罷初殘漏。横枕角燈明，明燈角枕横。

其　四

鳳幬重覆人回夢，夢回人覆重幬鳳。長夜逼寒霜，霜寒逼夜長。日高移帳側，側帳移高日。愁莫鎖深樓，樓深鎖莫愁。全清詞補編·凭西閣長短句

趙吉士

吉士（一六二八—一七〇六）字天羽，一字恒夫，號漸岸，浙江錢塘（祖籍安徽休寧舊市村）人。清順治八年辛卯舉人。康熙七年，官山西交城知縣，設計攻滅當地農民軍，以功擢户部主事。二十五年，陞給事中。二十七年，因勘河不稱旨，被黜。閒居宣武門外寄園，適金壇

于漢翔貽詩四首，便依韻酬答，後凡遇他題，皆叠此韻，命曰叠韻千律，尋又續得五百餘首，名千叠餘波。旋補國子監學正，卒于任。工詩文，著有萬青閣全集八卷、林臥遥集三卷、寄園寄所寄十二卷、萬青閣詩餘三卷。

予家所藏右軍修禊圖題咏最多汪紫滄作廻文一詞于帙寄余山居索和余笑曰是增吾林臥集中一格也搦管應之即書卷末

墩移暗緑樹翻樓，水蘸閒花伴燕遊。樽映竹亭新翠積，座圍蘭澗曲觴流。孫扶竹杖青錢挂，鶴駐雲峯紫駕留。存我故歡尋日永，論春共憶禊吟秋。

『樽映竹亭新翠積，座圍蘭澗曲觴流』：萬青閣全集卷五林臥遥集（康熙趙繼抃刻本）作『樽蟻漱芳蘭檻倚，鐸魚敲夜梵音流』。

『共憶禊』：萬青閣全集作『祓禊共』

魚遊數渚遠浮塵，曲水香來寄跡真。疏葉細枝花弄影，密林纖語鳥親人。書藏古筆心神透，墨洒斜痕指腕伸。居此樂尋春事好，餘生半握一竿綸。康熙三十六年刻本林臥遥集（叠韻千律詩）卷下

『來』：萬青閣全集作『庵』

『書藏古筆心神透，墨洒斜痕指腕伸』：萬青閣全集作『書藏舊壁光今古，練挂空巖白縮伸』

『好』：萬青閣全集作『謝』

『迴文詩兩頭用韻，又創一新格』。『迴文兩頭叶韻，以兩首作四首，另是一格』

菩薩蠻 秋暮村居用迴文體

斷橋横處垂楊岸，岸楊垂處横橋斷。紅葉醉霜濃，濃霜醉葉紅。　挂罾漁屋矮，矮屋漁罾掛。寒渚泛鷗閒，閒鷗泛渚寒。萬青閣詩餘卷一（康熙間刻本）

吴盛藻

盛藻（一六二八—？）字觀莊、采臣，江南和州人。家貧好讀書，初以盛姓應試，由拔貢生考授中書，從洪承疇南侵，剔歷邊徼，備嘗苦辛。三藩平，擢廣西兵備道，終山西河東道副使。爲詩長於古樂府，著有天門集六卷（康熙刻本）。

真定道中有感 迴文

塵埃看水碧山青，忽忽多愁易老人。身世三年三癘瘴，弟兄幾歲幾邅迍。春花早發催歸鳥，緑樹新傷遠别神。真假問誰堪笑語，釣屠應守自家貧。天門集卷五

蔡祖庚

祖庚（一六二八—？）字蓮西，號抑庵，江南上元人。清順治五年戊子舉人，六年己丑進士，

授甘泉縣令。行取户部郎中，出守太原、真定，轉通薊兵備道，遷河南副使，補任粵西，以親年及耋，乞休歸養。著有澹簡齋集。嬾園觴政載其重疊金回文四調。

重疊金 回文題嬾園觴政

酒杯爭似真衣繡，繡衣真似爭杯酒。官熱趁人閒，閒人趁熱官。著緋貪陸博，博陸貪緋著。鐘盡漏匆匆，匆匆漏盡鐘。

好官休説閒人老，老人閒説休官好。看鳥倦將還，還將倦鳥看。晚春留酒伴，伴酒留春晚。醒解更飛觥，觥飛更解醒。

局終官熱猶醽醁，醁醽猶熱官終局。濃興宦途窮，窮途宦興濃。算長愁景短，短景愁長算。人笑莫人嗔，嗔人莫笑人。

忌人無過排人醉，醉人排過無人忌。恩與怨無因，因無怨與恩。位高嫌淡味，味淡嫌高位。吾故樂樵漁，漁樵樂故吾。 林葆恒續詞綜補卷八十六引嬾園觴政

徐長齡

長齡字彭年，浙江錢塘人。中年曾遊楚湘、兩粵。清康熙三十七年前後，在端州制軍幕府，著有清懷詩草。

菩薩蠻閨情廻文

淡煙籠竹幽庭晚，晚庭幽竹籠煙淡。斜月映窗紗，紗窗映月斜。　戲言微露意，意露微言戲。伊笑我頭低，低頭我笑伊。清懷詞草（清刻本）

全首巧妙無縫天衣也

程仲愚

仲愚，江西永豐人。

步題伏虎寺文峯廻文韻

鹵巖疊翠聳高峯，谷邃回流墜葉紅。題就白雲飛靉靆，畫成鋪雪積虛空。棲烏夜起猿聲遠，落照晴留樹影重。犀劈玉胎蟾挹潤，溪澄醮筆彩蓯蘢。蔣超、曹熙衡峨眉山志卷十六藝文（康熙刻乾隆增修本）

『蓯蘢』：釋印光重修本峨眉山志卷七作『蓯蘢』

回文集卷三十二　目錄

舟行戲作廻文

宴鹿鳴　感遇

回文集卷三十二

失名

紅梅酒鄉雪霽酒家五言絶句四首

別離驚夢遠，迷岫楚雲重。月映窓紗碧，梅枝数點紅。

深巷小旗懸，酒香清美絶。心寬蹔放眉，遣興游人悦。

葉垂新柳緑，流水遶村庄。蝶舞双來往，開花野岸傍。

墻透半開梅，吐香新霽雪。長情憶久離，遠寄將花折。

秋思七言律

秋天一望遠雲凉，夢短迷離別恨長。鈎似月痕眉黛淺，點如心印口脂香。楼高倚盡飛鴻斷，徑曲穿來舞蝶狂。流水泛花閒寂寂，遊人幾處憶東墻。飡霞子注釋回文詩詞

廻文詩餘圖譜署名徐滑。

相見歡 晚春

濃陰緑樹藏鶯，晚窓明。空房繡倦懷愁、怨多情。　紅香墮，花殘破。剪風輕，東墻粉容嬌覷轉波横。

思帝鄉 冬閨

墻東遶樹晚鴉歸，陣陣香飄暗閣綉簾垂。　舞瓊飛絮窓南，掩袖染痕啼。點點長更怕冷，夜眠遲。

長相思 秋思

秋暮愁，郊西遊。舊想多情盼遠舟，歸思流淚稠。　稠淚流，思歸舟。遠盼情多想舊遊，西郊愁暮秋。

訴衷情 春思

愁紅慘緑早春歸，燕壘砌香泥。柔條柳翠烟浮，細雨漫楼西。　憶久别，夢初回，惱鶯啼。羞花對語，自投空信，雨換雲移。

重叠金春思

村傍柳漫烟雲間，晚過飛鳥趧巢晏。路杳信音虛，情慜滿酒餘。愁含窓映月，邀梦成還別。遠離久空房，幽思夜更長。

重叠金妬花風雨

濕雲噴雨斜風急，急風斜雨噴雲濕。梅落夜沾泥，泥沾夜落梅。悄寬香夢杳。杳夢香寬悄。愁夜雨香流，流香雨夜愁。

菩薩蠻庭梅句句回文

影斜横瘦清香冷，冷香清瘦横斜影。寒樹老梅殘，殘梅老樹寒。月明籠艷雪，雪艷籠明月。來鵲喜花開，開花喜鵲來。

菩薩鬘春閨

對楼高柳煙籠翠，翠籠煙柳高楼對。晴日晚啼鶯，鶯啼晚日晴。早歸雙燕小，小燕雙歸早。遊遠憶人愁，愁人憶遠遊。

菩薩鬘 雪

漫雲飛舞輕瓊亂，亂瓊輕舞飛雲漫。微樹遠山迷，迷山遠樹微。好花梅放早，早放梅花好。簾捲怕風尖，尖風怕捲簾。

子夜歌 晚春

掩楼香雨微風輭，歛藏深柳春鶯囀。流水傍窓紗，浮紅糝落花。劇談閒坐久，日永傾尊酒。遥望遠山青，潮來晚岸平。

西江月 西湖

遠岫空林落日，煙濛水向西湖。鏡泉清映半山孤，弱柳夭桃掩路。院隔聲高語笑，千秋翫賞堪圖。画船遊客讌歡娱，細樂輕歌慢舞。

西江月 山居

晚歲寒霜落葉，閑人野處深山。半灣谿遶水潺潺，遠樹浮雲懶懶。懶懶雲浮樹遠，潺潺水遶谿灣。半山深處野人閑，葉落霜寒歲晚。

眼兒媚 閨思

窓紗射影露微痕，月轉漸黄昏。凉生半枕，綉房空守，怨雨愁雲。香消翠减黛眉顰，悄語寄來人。傷心暗想，自郎遊遠，夢感情真。

眼兒媚 幽會廻文

迷花醉月夜深疑，暗約有情癡。低聲悄問，緩移輕步，軟徑香堤。離愁别怨冷空閨，香雨淚沾衣。西楼倚望，遥飛孤雁，日掩雲低。

月中行 閨思

雙雙舞燕小牕幽，傍水近西楼。香飄遠徑晚春遊，細柳漫煙浮。翠遶房空怨永夜，郎情有意美人留。腸廻九轉自降愁，把酒病悠悠。

虞美人 瓜州晚渡

翻波緑水春江滿，舉棹難行緩。小舡風順挂輕飄，客過下流横渡晚爭先。先爭晚渡横流下，過客飄輕挂。順風舡小緩行難，棹舉滿江春水緑波翻。

虞美人 春思

卿山莫日紅霞綺，望遠南楼倚。病多因爲薄情郎，却怨落花如雨淚痕香。　輕烟翠柳啼鶯懶，聽久晴窓晚。悶懷餘夢舊情多，想我瘦腰纖褪軟裙羅。

南鄉子 暮春即事

啼鳥怨花飛，岸遶依依細柳垂。深翠淡煙迷望遠，萋萋。艸茂西村傍水溪。　溪水傍村西，茂艸萋萋遠望迷。煙淡翠深垂柳細，依依。遶岸飛花怨鳥啼。

玉樓春 晚春

遶溪横掩屏山翠，輕衣舞蝶迷花醉。曉窓幽夢悄鼀驚，老鶯啼樹紅英墜。　小鬟雲髻宮粧美，香生玉媚妖含茈。掃愁將酒滯情濃，早來飛燕新成壘。

『媚』、『滯』：廻文詩餘圖譜作『軟』、『殢』。

踏沙行 秋思

葉落秋深，深秋落葉，蝏迷香梦香迷蝏。折花將送遠行人，人行遠送將花折。　別久情多，多情久别，妾懷君子君懷妾。月楼西望晚𨒪期，期𨒪晚望西楼月。

迴文詩餘圖譜

紅梅五言絶句四首

月暎窓紗碧，梅枝数點紅。别離驚夢遠，迷岫楚雲重。

鄉　居

庄村遶水流，緑柳新垂葉。傍岸野花開，往來雙舞蝶。

雪　霽

雪霽新香吐，梅開半透墻。折花將寄遠，離久憶情長。

酒　家

心寬暫放眉，遺興遊人悦。深巷小旗懸，酒香清美絶。

証道七言絶句

空歸總論妙圓通，論妙圓通道德隆。隆德道通圓妙論，通圓妙論總歸空。

山居

中谷松蹊近住家，碧峯高下夕陽斜。鐘聞遠寺山村隔，紅葉霜殘菊盡花。

巫山一段雲 暮春即事

啼鳥藏深樹，飛帆遠望遥。前村溪水漲浮橋，滿徑糝紅飄。西窗灑雨細，迷烟翠柳摇。風清棲燕語新巢，遣愁春酒澆。

浣溪紗 泣花

杪樹停雲遠岫迷，舟横晚渡野村溪，愁懷獨立小樓西。流水戀花紅灧灧，浮烟護柳緑依依，眸盈淚雨細沾衣。

眼兒媚 訪艷

春藏院小綺羅裙，綉女處西村。村前問酒，美人遊翫，暮景殘春。春殘景暮翫遊人，美酒問前村。村西處女，綉裙羅綺，小院藏春。

南鄉子 元夜

明月對中庭，結彩盈門遠放燈。觀遍戲遊城市滿，人行。賞翫更殘點漏停。停漏點殘更，翫賞行人滿市城。遊戲遍觀燈放遠，門盈。彩結庭中對月明。

南鄉子 冬閨

寒夜怯衣單，坐久潸潸雨淚彈。分鏡斷釵還見不，看看。遠去難尋杳夢殘。殘夢杳尋難，去遠看看不見還。釵斷鏡分彈淚雨，潸潸。久坐單衣怯夜寒。

踏莎行 春思

細雨沾花，花沾雨細，倚樓香滿香樓倚。翠山横掩翠山横，横山翠掩横山翠。意惹情牽，牽情惹意，寄書空有空書寄。淚珠流滴淚珠流，流珠淚滴流珠淚。迴文詩餘圖譜

張覺父

花柳爭春 五言絶句順回四十首

柳烟垂緑漫，叢染堘花移。牖穿池竹亂，蓬掩鬓斜攲。迴文詩餘圖譜

汪永濬

五言絶句

花艷比紅霞，霞紅比艷花。紗碧映明月，月明映碧紗。（廻文詩餘圖譜）

吴弘基

江城梅花引（古風）

屋覆花陰清夜永，竹疏雜沓横斜影。月上江楼玉樹芳，雪廻旋舞春風香。粼粼寒玉漱泉石，雲捲夜濤松澗碧。雀夢迷雲野水傍，落花間雪沾琴床。（廻文詩餘圖譜）

邵滋

南鄉子（秋思）

寒露逼秋殘，近況酸心偏倚欄。分鏡断釵還憶不，看看。别久紈綃染淚丹。　丹淚染綃紈，久别看看不憶還。釵断鏡分欄倚偏，心酸。況近殘秋逼露寒。（廻文詩餘圖譜）

魏　憲

憲字惟度，號兩峰居士，福建福清人，寓江寧。明諸生，清順治十一年副貢。著有枕江堂詩十卷（同里傅爲霖序，康熙十二年有恒書屋刻本）。

閨詞迴文

身愁獨夜五更長，恨枕孤燈暗斷腸。春夢傍花隨化蝶，月邊孤鴈叫寒霜。巾沾血淚流深怨，錦織幽詞寄遠鄉。顰久眉頭江際望，頻頻問卜幾心傷。枕江堂詩卷六

董元愷

元愷（一六二八後—一六八七）字舜民，號子康，江南武進人。清順治十七年庚子舉人，即罹奏銷案被黜，際遇坎坷，故激昂哀感，悉寓於詞。著有蒼梧詞十二卷（康熙刻本）。

浣溪紗春閨迴文

鶯語聽殘春院晴，屏雲倚共晚寒凝，黛痕愁入遠峯青。　庭滿落花香寂寂，聲和玉漏夜清清，輕紅拂夢曉來醒。蒼梧詞卷一

許生洲曰：『黛痕愁入遠峰青，顛倒入妙』

黄　垍

垍（一六二九—？）字子厚，號澂菴，山東即墨人。坦弟。清康熙二年癸卯舉人。性恬淡，不慕榮利，主騷壇數十年，爲同邑詩人之冠。又工書畫，著有夕霏亭詩集、白鶴峪集、露華亭詞。

秋興回文

秋雁落晴灘，晚林楓葉丹。悠悠思遠道，渺渺夢香蘭。樓外溪光翠，月中霜氣寒。愁多更覺老，草露墜花殘。周翕鐄即墨詩乘卷六（道光二十年小峴山房刻本）　夕霏亭詩卷二（山東省圖書館藏清鈔本）

菩薩蠻 秋興全體迴文

秋山一葉紅樓曉，飛雲白露凝寒草。秋去落花殘，霜多覺夢寒。　窗蘿垂更緑，苔碧庭中玉。翠摇竹滴香，秋影落空塘。全清詞·露華亭詩餘

董以寧

以寧（一六二九—一六六九）字文友，號宛齋，江南武進人。明諸生。性豪邁慷慨，喜交游，

重然諾。善詩文，尤工填詞，兼通天文、樂律。與同邑鄒祗謨齊名，時稱『鄒董』。晚年專事窮經，聚徒講學，弟子常數百人。著有蓉渡詞三卷(王士禛、鄒祗謨選，常州董氏重刻本)

卜算子 雪江晴月廻文　倒讀巫山一段雲

明月淡飛瓊，陰雲薄中酒。收盡盈盈舞絮飄，點點輕鷗咒。　晴浦晚風寒，青山玉骨瘦。回看亭亭雪映窗，淡淡烟垂岫。

巫山一段雲

岫垂烟淡淡，窗映雪亭亭。看回瘦骨玉山青，寒風晚浦晴。　咒鷗輕點點，飄絮舞盈盈。盡收酒中薄雲陰，瓊飛淡月明。蓉渡詞卷上

鄒祗謨、王士禛倚聲初集卷四選此。程邨云：『文友善作廻文，每於音調糾錯處見橫峯側嶺之妙，此首廻成二調，更屬匪夷，然文友正不於此等處矜擅塲也』。

鄒祗謨遠志齋詞衷：『詞有檃括體、有廻文體。廻文之就句廻者，自東坡晦菴始也。其通體廻者，自義仍始也。近來吾友公阮、文友有一調廻作兩調者，文人慧筆，曲生狡獪，此中故有三昧，匪徒乞靈竇家餘巧也』。

朱彝尊

彝尊（一六二九—一七〇九）字錫鬯，號竹垞，又號醧舫，晚稱小長蘆釣魚師、金風亭長，浙江秀水人。少逢喪亂，棄制舉。清康熙十八年，以布衣應博學鴻詞試，除翰林院檢討，預修明史，尋入直南書房，復授日講起居注官，出典江南省試。三十一年，因私抄禁中書，被褫。南歸後，殫心著述，有曝書亭集八十卷。

菩薩蠻

夕陰秋遠樓邊笛，笛邊樓遠秋陰夕。磯斷緑楊垂，垂楊緑斷磯。　霧深疑細雨，雨細疑深霧。門掩乍黄昏，昏黄乍掩門。曝書亭集卷二十五江湖載酒集中（中華書局四部備要本）

陳廷焯詞則別調集卷三選録，并云『回文體最不易佳，且無韵味，故僅收竹垞此篇』

郝鴻圖

鴻圖字簡吾，陝西綏德人。庠生。博洽史墳，不務時藝，清順治十八年預修州志。

龍泉春遊回文

谿清繞樹緑蕪平，麗日芳郊一望縈。藜杖過橋尋遠寺，柳花吹雪亂啼鶯。低飛蝶粉飄

香好，淺暈桃紅映晝晴。攜酒春遊堪共賞，隄長注水碧流橫。光緒綏德州志卷八

萬樹

樹（一六三〇—一六八八）字紅友，又字花農、山翁，别署三野，江南宜興人。國子監太學生。少時即遭喪亂，家甚清貧，長期飄泊四方。客遊晉燕返，得吴氏鸚鵡園故址，葺而居之。康熙十八年起，去福建、廣東佐吴興祚幕，直至二十七年病歸，歿於廣西濛江舟次。受家學親友影響，畢生喜製樂府詞曲，著有璇璣碎錦二卷，詞律二十卷，香膽詞三卷及樂府二十餘種。嚴迪昌萬氏三考謂其『才學卓特，雅擅衆藝，足稱文學巨擘』。

初秋藥名詩

盈池曉水占鷗沙，宿樹秋枝沾蝶粉。輕幔垂紅流蕊香，乳調新燕窺簾隱。回文類聚續編卷十

虞美人 夜思迴文

花叢一夜殘紅落，雨細紗窗薄。颭風燈暗曉鴉啼，助冷早霜吹角畫樓西。孤衾鳳去人回夢，泪滴爐寒擁。帶圍消瘦慣心驚，處處斷腸愁殺太多情。全清詞·香膽詞選

沈爾燝

爾燝（一六三〇—一六八九）字冀昭，號鳳于，浙江烏程人。清康熙二年癸卯舉人，二十一年壬戌進士，官湖廣公安知縣。工小令，有月團詞選三卷二集一卷（康熙天葵堂刻本）。

菩薩蠻 閒情

約郎冬月緘書弱，弱書緘月冬郎約。真字小鈐文，文鈐小字真。筆含鸎語密，密語鸎含筆。因有夢來頻，頻來夢有因。

又

緑楊垂夢留鶯宿，宿鶯留夢垂楊緑。絃管弄芳年，年芳弄管絃。楚山横日暮，暮日横山楚。花夜燭催斜，斜催燭夜花。月團詞小令

菩薩蠻 寄家信

雲行夢去飛春羽，倦游人並鶯嬌語。持贈玉圓璫，垂絲粉蔌香。疎巵擎怕嬾，繡被誰曾管。小樓紅淚枯，添譜暈眉圖。

鬟珠卸嬾羞安鳳，雙成掠月和雲弄。梅結鬬酸心，關河恨轉深。情波廻遠驛，題思

卿卿筆。彩衫春似煙，飛燕倚南天。月團詞二集碧鮮山房詞

王觀正

觀正字覲光，號如水，山東淄川人。增生，與蒲松齡同時。著有問心集四卷，退省齋詩詞各一卷，藏於家。

中秋廻文

香生桂樹映池清，竹韻敲窗落葉輕。行雁動秋高閣閉，遠山横翠晚林平。塘空覆柳絲長短，草腐流螢火滅明。涼月沁堦垂露白，觴飛尚聽暮蟬鳴。王氏一家言卷二十二（民國七年順和堂石印局本）

湯思孝

思孝字次曾，又字元祥，江南宜興人。未週而孤，從母秦氏，授以經史，克自憤勵，儷體見稱於世，時值滄桑劇變，所著多散失，有陶珊詞。

菩薩蠻 飲杜鵑花前戲作廻文

小紅藏翠籠煙曉，曉煙籠翠藏紅小。春暮幾聲鶯，鶯聲幾暮春。對花須酒賽，賽酒

須花對。簾捲透香妍，妍香透捲簾。曹亮武、蔣景祁荆溪詞初選卷一（康熙十七年刻本）。

熊頤

頤（一六三一—一六九〇後）字養及，江西清江人。布衣，與八大山人朱耷最善，著麥有堂初集四卷二集四卷（光緒二十年刻本）。

山莊迴文詩

庄小寄居人世隔，亂離無擬自貧家。香浮壑曲澗棲芷，影入雲深潭弄花。麕逐衆峰遥起燧，鴈歸春渚遠明霞。蒼蒼曉澗摇晴雪，杖策間穿石逕斜。麥有堂初集卷三

周金然

金然（一六三一—一六九九後）字廣居，一字礪巖，號廣庵，又號越雪，江南上海人。清康熙二十一年壬戌進士，官洗馬中允，與修國史一統志。三十八年典山西鄉試，事畢卸職還。工書善詩，著有南浦詞三卷（康熙刻本）。

子夜晚景迴文

暮烟荒艸沙邊路，路邊沙艸荒烟暮。堤拍浪聲齊，齊聲浪拍堤。棹歸爭罷釣，釣罷

爭歸棹。村月掛黄昏，昏黄掛月村。（南浦詞卷一）

龔勝玉

勝玉一名眉望，字節孫，江南武進人。曾官奉天錦州通判、平遠知州。工詞，與宜興陳維崧齊名，著有仿橘詞。

醉公子 春莫迴文

砌烟如草細，細草如烟砌。紅落捲簾風，風簾捲落紅。恨埋花艷冷，冷艷花埋恨。春日幾時晴，晴時幾日春。（聶先、曾王孫名家詞鈔·仿橘詞（康熙緑蔭堂刻本））

張世美

世美字滌凡，清浙江烏程人。

碧湖晚酌 俱迴文

愁題舊葉紅浮水，醉暈新楓晚帶霞。游客幾回驚鶴唳，秋雲片影落帆斜。

春日

花含宿露迷狂蝭，柳拂輕煙凝静風。霞落映桃千嶂錦，月明空谷滿林風。

涼生

涼生簟枕攲眠晝，暑逼冰壺玉沁寒。香送藕花風細細，白摇扇影月團團。李令皙同岑集卷一（吴興叢書本）

嚴有德

有德字咸一，清浙江歸安人。

閨怨 迴文

秋聲聽雨夜窗疏，夢斷愁回幾度虚。流淚枕痕深拭却，裯單抱影獨唏嘘。李令皙同岑初集卷九（吴興叢書本）

金理

理字天和，一字水一，江南上海人。能詩精醫，尤擅幼科。著有水聲集詩詞鈔。

竹素堂觀雙發並頭蓮仿迴紋體

雙葩發處兩分莖（堂南北各發一莖），㬹㬹風揺艷色爭。幢繡似懸南北渚，燭華如列後前楹。窗紗射日迷紅影，檻石棲鴛窺絳英。缸酒泛來香合四，狂吟欲絶愛蓮名（有蓮花幢金蓮燭）。嚴昌堉海藻卷二十

（一九四三年海上嚴氏淵雷室排印本）

李礽燕

礽燕字及士，浙江歸安人。

迴文

鶼鶼望阻怨歧分，斷雩隨風送亂雲。匳鏡點慵蛾黛遠，鎖香開𦈡鴨爐熏。簾鉤下響移箏語，户網牽絲織錦文。添水海寬雙漏永，霑痕淚與驗羅裙。李令晳同岑集卷十

田元凱

元凱字卧山，陝西綏德人。順治八年拔貢，初任廣平府通判，陞松江府同知，以戇直忤上憲，降湖南桂陽知州，著楚客吟自娛。康熙十年，復獲譴左遷雲南定遠知縣。歲餘，見吴三桂與清廷矛盾日將激化，託目疾辭官，隻身脱歸。

疎柳閣秋望廻文

笳聲數拍竹窓幽，物景傷懷感客愁。花落趁堤盈舞蛺，水流隨岸繞浮鷗。斜陽夕嶂千層碧，遠浦晴天一色秋。鴉亂噪槐庭院小，霞烟蔽日滿高樓。　道光定遠縣志卷八藝文

朱爾邁

爾邁（一六三二—一六九三）字人遠，號日觀，浙江海寧人。弱冠補博士弟子員，隱居龍山，潛心實學。詩與屈大均稱南國二家。康熙中，王士禎等先後招致，入都館李天馥邸。年餘以疾南歸，卒於道。著有日觀集九卷續集八卷（黃宗羲序，康熙刻本）。

舟行戲作廻文

微雲接遠水，積霧見荒丘。歸客孤隨雁，落帆低趁鷗。　日觀集卷二（南國二家詩本）

釋大汕

大汕（一六三二—一七〇四）字石濂，一作石蓮、石湖，號厂翁，江州徐氏。初居燕之西山，歷住吳門竹堂、嘉興水西、吳興廣福諸刹。康熙六年，掃塔曹溪，應主獅子林及廣州長壽庵。三十年春，越南國王阮福周迎往說法，逾歲而歸。曾燦序云『和上爲吾鄉九江人，少事浮屠，

足跡幾遍天下』。工詩善畫，著有離六堂集十二卷（康熙三十五年懷古樓刻本），離六堂二集三卷（康熙刻本）。

菩薩蠻 冬景回文

凍雲浮日寒衣動，動衣寒日浮雲凍。醪熱進羊羔，羔羊進熱醪。雨窓宜細語，語細宜窓雨。長夜怨衾單，單衾怨夜長。離六堂集卷十二詩餘

次友人楓葉廻文韻

新霜傲木老紅生，隔岸如霞帶浦晴。人傍山林烟弄影，雁飛秋夜月傳聲。神流石火溪深淺，魄落天雲谷暗明。貧路忘看傍御宕，春花悮散舞風輕。離六堂二集卷二

傅爕詷

爕詷（一六三三—一七〇六）字浣嵐，一字玄異（或作去異），號繩庵，直隸靈壽人。清工部尚書維鱗子，以故蔭官，初任魯城令。康熙二十三年，遷邛州知州、後轉汀州知府，著有繩庵詩稿、繩庵詞、琴臺遺響。

重疊金 春日泛舟即景廻文

一舟輕泛中流急，急流中泛輕舟一。鷗白臥沙洲，洲沙臥白鷗。遠山青點點，點點青山遠。風舞杏花紅，紅花杏舞風。

菩薩蠻 秋夜回文

穿雲雁塞悲寒雨，擁衾獨眄孤燈語。無伴竟誰懷，閒愁耐不來。宵幽情更寂，窓下飛梧急。風聲一夜霜，秋冷數更長。

又 同上

透簾風入寒衾繡，繡衾寒入風簾透。無事一懷孤，孤懷一事無。暗燈摇影亂，亂影摇燈暗。秋晚嚛蛩愁，愁蛩嚛晚秋。繩庵詞聲影集（清初刻本）

黎祖功

祖功（一六三四—一六五一）字耆爾，江西南昌人。年未二十，爲盗所害，著有不已集選（清刻本）。

廻紋留別諸友

淨色江宜夜，閒光月帶秋。性情魚得化，還往雁如游。不已集選

陳允衡云：『秋帶月光閒，夜宜江色淨，更妙』

屠粹忠

粹忠（一六三四—一七〇六）字純甫，號芝岩，浙江定海人。清順治十五戊戌進士，授封丘知縣，遷禮科給事中，以議論與大臣不合，乞終養。後補兵科，陞工科都給事中，除大理寺丞，歷奉天府丞、大理少卿，擢兵部侍郎，進尚書，卒于官，著有栩栩園詩十二卷（康熙刻本）。

山莊即事丁卯六月偶成廻文

老樹閲人今古，清溪入影淡濃。鳥喚窓前滑滑，雲生榻下重重。栩栩園詩

王士禛

士禛（一六三四—一七一一），本名士禛，字貽上，號阮亭、漁洋山人，山東新城人。士禄弟。清順治十五年戊戌進士，選揚州府推官，行取禮部員外郎。康熙十七年，由户部主事改

翰林院侍講，累至刑部尚書。詩主神韻説，爲一代宗匠，與朱彝尊並稱『朱王』，著述豐富，有池北偶談、居易録、漁洋山人精華録等。

菩薩蠻 迴文

鏡臺移日朝紅映，映紅朝日移臺鏡。人玉照穠春，春穠照玉人。暮垂寒略略(叶料)略略寒垂暮(叶冒)花曉襯窗紗，紗窗襯曉花。衍波詞卷上（十五名家詞本） 阮亭詩餘

鄒祗謨、王士禛倚聲初集卷四選此，評云『紐結香生。此中亦具三昧，非仙手不能』

孔貞瑄

貞瑄（一六三四—一七一六）字璧六，號歷洲，晚號聊叟，山東曲阜人。清順治十七年庚子舉人，自跋云『未壯舉於鄉』。初官泰安、濟南，繼乃遠宰雲南大姚。歸後築聊園以自娱，卒年八十三。著有聊園詩略十三卷續集一卷（康熙刻本）。

秋思迴文

空庭曉露墮楓丹，落葉霜梧逼月寒。風語亂蛩吟細草，窮秋九怨泣江蘭。

又

明月奏簫紫鳳鳴，夜風輕散桂香清。英皇寄怨秋江晚，情繫遥天雁影横。聊園續集卷十四

章雋

雋（？—一六八五後）字千巖，清浙江赤城人。著有迴文詞一卷（汾右侯仲輅先生評定，康熙間刻本）。

虞美人 春遊

桃紅看遍遊來晚，捲幕飄煙澹。岸斜風細鳥聲嬌，樹隱小窓横浦泛輕舠。亭幽遶翠含山遠，望倚晴雲斷。緑翻波漾燕飛歸，寄語念君多處隔園西。

巫山一段雲 暮春送友

雲白迷空岫，侵衣薄暮寒。秋深分袂把山看，遠去路漫漫。人離悵日落，村荒墮葉丹。飄風門掩晝庭閒，曲溪流水潺。

思帝鄉 暮春即事

飛花舞蝶送春歸，醉客西樓倚看暮煙迷。柳垂塘曲依簾，繡閣傍雲低。樹老啼鵑晚翠，鎖重幃。

西江月 雨夕

細雨斜風隔岸，飛煙暮鎖横橋。柳堤雲黯亂山遥，鳥宿深林喚巧。砌緑苔新幔捲，欹樓翠遶峰高。遠移舟送幾帆飄，碧草湖浮水渺。

月中行 園遊

波清蕩影動荷池，緑水泛遊魚。羅裙濕露逗花籬，逕曲步輕移。態弱多嬌帶别恨，和風透體拂香襦。何緑竟阻怨過期，惜罷捲空幃。

相見歡 秋晚

秋江一樹棲鴉，晚煙斜。樓登漫捲簾鈎，轉增愁。流谿曲，窓敲竹。亂飛霞，遊來遠舟停客問山家。

浣溪紗初夏晚坐

緑樹千村暮鳥飛，青山萬壑亱猿啼，輕風度柳拂前溪。平浪碧波浮淡月，情孤逗影落花籬，屏巒滴翠野雲移。

眼兒媚春閨月夜

紅消綠減燕歸梁，畫倦繡慵粧。東墻映月，恨重山遠，間隔何郎。濛煙靜亱別離傷，暗滴漏更長。匆匆去路，客中朝暮，訴與誰行。

聯而斷，斷而聯，可想見筆花開艷，獨創千古之奇也。

玉樓春樓中獨坐

碧天空水環樓遠，微風晚渡舟歸緩。石峰奇接翠巒低，笛聲悽切傷懷感。白雲山掩鴻飛轉，香焚自醉將簾捲。隔窓斜日映紗紅，客中愁對偏腸斷。

訴衷情憶別

鵑啼月落怨春殘，夢別阻重山。箋題懶拈絨繡，倚久眄煙巒。恨路遠，瑟空彈，暗消顏。牽愁夜坐，倦看孤影，蹴碎柔繭。

南鄉子 春眺

樓對遠山青，翫景遊人喜乍晴。花豔散香浮緑水，啼鶯，隔岸舟歸晚浪平。

長相思 落花

啼鳥棲，叢花飛。雨逐紅飄滿徑迷，煙渺遲歸期。　期歸遲，渺煙迷。徑滿飄紅逐雨飛，花叢棲鳥啼。迴文詞

李應甲

應甲字山公，別號鳳山，廣東潮陽人。清順治十四年丁酉舉人，康熙三年甲辰進士。十二年，知利津縣。十四年，充山東同考官，擢内閣中書，卒於任。著有博古齋集。

七夕迴文

津東濯錦翠，碧影暎波清。新夢催殘葉，緑煙浮紫旆。銀將河織巧，鵲以漢飛平。因有雙星會，頻思結鶴盟。康熙利津縣新誌卷十

戚　珅

珅（一六三五—一六八七）字後升，一字莞爾、笑門，江南泗州人。康熙時由優貢授知縣。林任序云『適關中又南張公鎮閩，折簡相招，先生至閩，未數月即患暴下，遽返，次三衢而没』。工詩，好爲新語，著有笑門詩集二十五卷（黄周星選，康熙四十五年刻本）。

次韻髯公菴回文

興廢憂勞何問天，笑談生致老忘年。燈昏話鼠寒牀草，月遠鳴雞曉寺煙。僧髮帶霜殘帽脱，客心傷酒薄衾眠。能無醉眼支長夜，憎聽晨鐘高閣懸。笑門詩集卷十一

馬　宥

宥（一六三五—一六九九後）字書淵，原字千見，江南溧陽人。清侍讀世駿子，諸生。著有硯疇集七卷（康熙間刻本、復旦大學藏）。

和友廻文

秋深聽葉落清灣，寂寂思人一閉關。樓際雲空天際月，樹中泉響雨中山。不知鳥去同樵隱，早報鐘來入寺閒。遊罷欲傾頻醉酒，謳聲遠岸竹痕斑柳云澄江抱清灣

又

濛微曉霧散松涼，澮岫連天雲影長。叢菊有香藏緑徑，遠楓留葉點紅霜。融融樂圃喧禾藁，渺渺歸帆逐雁行。風雨乍收秋氣爽，窮途嘯咏一流觴。硯疇集卷一

『濛微』、『禾藁』：上海圖書館藏本作『濛濛』、『禾藁』

釋莊秀

莊秀（一六三五—一七〇二後），又署語峯，居黎平南泉寺，序云『語禪師家世儒業，超然性靈，不溺物累，爰託於禪』。好才人，喜吟咏，著有竹窓集三卷補遺一卷（康熙四十一年刻本）。

新秋寄友廻文

秋驚樹落葉空林，翠色山含紆徑深。溝鎖霞騰魚湧浪，谷聯雲足鴈傳音。浮光蕩影花飛彩，碧水流聲谿操琴。幽興筆狂顛句埜，樓虛月暢境舒心。

和君寵歐陽太先生四序廻文

春景

青陽伴柳緑窓西，目極山山近埜溪。汀傍林邊雲遶鴈，徑連峯頂霧藏鷄。星輝樹色晴

光偏，日映苔斑松影齊。屏結彩霞烟砌案，亭前落翠見鴉啼。

夏景

風繞花亭炎夏長，困人薰氣爽幽房。東窗絢彩暉臺碧，北海騰波湧谷暘。雄筆文騷詞淡淡，壯懷詩興酒狂狂。蓬棲晷影歸鴉晚，紅日連居山閣凉。

秋景

落葉梧驚秋色秀，臺蘭映菊亭開茂。閣中林燦曙光新，山外嶺飛霞影舊。鶴舞松兮月挂簾，蛙鳴苑矣風飄岫。壑連溪水碧生紋，脚冷先寒身體透。

冬景

樓飄雪冷畏寒冬，骨徹風霜狂露濃。舟結冰濤沙結岸，徑添珠粉玉添峯。颼颼怯面愁來往，隱隱迷戀遠跡蹤。鈎繫松枝梅吐透，幽林臥聽夜聲鐘。竹窓集卷中

高一麟

一麟（一六三五—一七〇六後）字玉書，號矩菴，河南登封人。諸生。嘗出游山左、吴越、閩中，設教嵩潁間，門弟子甚衆。著有矩庵詩質十二卷（乾隆間高莫及刻本）。

昭君出塞迴紋體

灣曲傍林遶，鳥飛倦憶還。閒雲浮北塞，細雨冷前山。鬟翠迎風亂，淚紅點竹斑。潺潺任水逝，渡出雁門關。

九日凌晨攜友遊川上亭迴紋體

星殘走曠野，帽落覺風凉。亭上川飛瀑，座中客引觴。青山壓露白，碧水映花黄。靈嶽慰瞻拜，志同歌放狂。

江行夜泊即事迴紋體

烟含靜氣冷蕭蕭，密樹荒村隔斷橋。船滿月明空鼓枻，水浮雲影夜吹簫。蓮紅裊露花堆岸，柳緑摇風雪捲潮。天遠飄蓬如轉轂，憐誰呼伴侶漁樵。

九日緱邙兩山登高迴文體

思秋覓渡小橋横，偏處登山兩屐輕。垂鬢怯風防帽落，好詩催酒喚禽鳴。籬東綻菊黄凝露，郭北浮雲白近城。枝上樹飛紅葉亂，池寒靜夜一霜清。矩庵詩質卷十二

余心孺

心孺（一六三六—？）字允孩，號慕齋、詅癡，又號孝庵，先世臨江，遷無錫，廣西宜山籍，自署龍水人。清康熙二十年辛酉舉人，著有詅癡夢艸二十卷（康熙燕臺刻本）。

遊龍城立魚巖

癡興野雲山□□，緩行登眺遠峯巔。奇巖積翠深藏埾，隔水凝紅□媚娟。滋草荒郊春露炫，映林殘寺隱谿連。依笻轉盻歸途晚，遲望孤松伴鶴僊。

孤村月夜

孤村寂照默生情，靜掩扉荆依漏更。珠暗明投星耀劍，玉藏輝映月膚瓊。厨清烹蟹嘗新稻，檻影移花伴宿醒。癯醉支笻恣我笑，愚人有梦久無醒。

宴鹿鳴

貞志惟天憑數居，古今隆負荷詩書。英含桂晚根盤節，浪煖桃開江躍魚。名利自輕儒素重，物民關切隱情迂。銘恩盛宴歌鳴鹿，明聖思賢爲席虛。

感遇

大主考翰林喬、刑部楊二夫子，揭曉後鑒別流品，嘉孺素行，慶制科得人，有不負科名之獎，敬愛至銘心漫賦。

殊遇恩銘心自乎，茹連茅拔先泥塗。居鑾待詔宣藜杖，市駿空羣超驥駒。徐待御爐香惹袖，永調羨鼎莫安圖。愚予好古崇音賞，祛俗嚴衡文運扶。詅癡夢艸卷十二

陳玉瑾

玉瑾（一六三六——一七〇〇後）字賡明、號椒峯、夫椒山人，江南武進人。清康熙六年丁未進士，官内閣中書。十八年，試博學鴻詞科，以順治十七年北闈案黜革。家居拂鬱，益發憤著書，有學文堂集文三十一卷詩八卷詞四卷（康熙刻本）。

菩薩蠻 迴文

半輪新月愁人伴，伴人愁月新輪半。春睡暗消魂，魂消暗睡春。　夢初鶯語弄，弄語鶯初夢。斜月動窗花，花窗動月斜。學文堂集耕煙詞

孫　琮

琮（約一六三六—？）字執升，一字賀聲，號寒巢，浙江嘉善人，原籍安徽黃山。庠生。因累毀家，筆耕贍老親，讀書山曉閣，與同里魏坤爲友，晚歲放迹山水間。工詩，著有山曉閣詞集（清刻本）。

菩薩蠻 廻文

亂雲江雁征帆斷，斷帆征雁江雲亂。秋暮起高樓，樓高起暮秋。　影消紅燭冷，冷燭紅消影。殘夢覺新寒，寒新覺夢殘。山曉閣詞集

王命策

命策字簡子，清江南建德人。

廻文四時閨怨

芳堤滿望遠來音，酒病難成易病心。腸斷早知君倖薄，香花落盡不思深。

林樹高棲鳥喚誰，聽來閒坐小簾垂。沈沈思夢難成睡，深恨晝長天暑時。

期歸少的病休休，燭淚紅消空上樓。悲動樹聲秋夜半，陣鴻飛老送人愁。

寒樓玉落雪沉天，酒對愁人引思綿。單影怕行孤燭畔，看來瘦病獨余偏。　王爾綱名家詩永

卷二

鍾嘉生

嘉生字彦徵，清江南當塗人。

客白門偶成廻文

多病感書方滿床，暑銷初爽漸生涼。荷殘撼雨風亭午，歌罷愁羈人異鄉。

虛窗好月孕簾鈎，冷被孤眠旅客愁。初雁度風驚落葉，徐干暫榻夜悠悠。　王爾綱名家詩永

卷六

陳錦宁

錦宁字㝗侯，清江南貴池人。

冬景廻文

村煙冷浸碧溪東，古樹疎籬一釣翁。暄曝獨看朝氣爽，凍呵時寫暮雲同。門含雪影梅橫白，逕滿花飛葉剪紅。尊倒醉吟閒曳杖，翻翩雁陣遠摶風。　王爾綱名家詩永卷十

余大浩

大浩字天其，江南江寧人。

春曉廻文送别劉貞垣

花映溪光春水流，曉天長路客情幽。霞生曙色籠高樹，露濕香風透小樓。斜徑草邊蜂近蝶，野堤沙畔鷺隨鷗。家園故守君歸早，寂寂雲山遠望眸。王爾綱名家詩永卷十

『近』、『隨』：朱緒曾國朝金陵詩徵卷四作『間』、『兼』

賀天銓

天銓字御六，清江南丹陽人。

秋閨怨廻文

紅綃淚染幾廻腸，别恨心牽暗減粧。蓬鬢兩經秋葉落，鎖幃孤聽晚蛩傷。朧朧月映窓紗碧，剪剪風飄砌桂黄。鴻雁唤殘驚夢好，東樓小倚倦調簧。王爾綱名家詩永卷十一

林長存

長存字尚孩，號鶴齡，廣東羅源人。清順治十八年辛丑進士，授靈山知縣，遷廉州同知，著有西靈囈語一卷、澹園詩集一卷。

秋江晚眺迴文

舟停晚照落紅霞，字字題雲雁印沙。愁望一天騰雪浪，冷侵雙眼入霜葭。鷗飛遠渚迴檣去，鶴傍孤帆落日斜。秋色暮煙山盡紫，悠悠緑水泛浮槎。道光羅源縣志卷三十雜識

沈榛

榛字伯虔，一字孟端，浙江嘉善麟溪人。明南昌司李沈德滋女，清順治十二年乙未進士錢黯室。幼失持，外父手授詩禮内則及三唐近體、香奩草堂諸集，故所拈小令長調皆清婉有致。年五十二卒，著潔園全稿、松籟閣集。

菩薩蠻迴文

白萍浮雪流波碧，碧波流雪浮萍白。春去忽驚人，人驚忽去春。雁飛高漢遠，遠漢高飛雁。樓上怯深愁，愁深怯上樓。徐樹敏、錢岳衆香詞禮集（毘陵董氏誦芬室重校本）

『漢』：小檀欒室彙刻閨秀詞引松籟閣詩餘作『岫』

釋見自

見自（？—一七一七後）原爲楚僧，後雲遊江浙，駐錫杭州。著有見自禪師餘閒草二卷（釋實葵等輯，康熙丁酉謝瑾序刻本）

明山廻文

層層翠色嵐縈絢，石上泉飛花片片。升磴攀蘿穿徑斜，凌雲白鶴棲松院。見自禪師餘閒草卷上

登金山廻文

金山耀日亙天擎，急浪排潮湧岍平。岑遠接歸南海嶺，塔高連鎖鎮江城。尋幽得暢游懷醉，擊目頻登愛境清。琴撫一樓香閣淨，沈沈韻託自閑情。見自禪師餘閒草卷下

張國泰

國泰（一六三七—一七〇九後）字履安，晚號白巖山叟，錢塘人。

寄内 迴文

别久心馳，茫茫異地。遠水遥山，鱗鴻阻越。雨雨風風，中懷積恨。我如思卿，隱隱兮深閨，卿若思我，迢迢兮岐陌。瑟琴生塵，雲天共隔。鏡臺掩映，啼淚應多。棘成翠眉，憂深怨密。人何以訴，言之心傷。嗟嗟，驅馳塵域，甚迫旋懷。歸夢遐而渺渺，驚魂斷而蕭蕭。裘霜寒結，鬢雪愁增，隻影單形，勞神役魄。散聚因何，浮沉月日。短楮長情，馳心久别。

又

别久心馳，情長楮短。日月沉浮，何因聚散。魄役神勞，形單影隻。增愁雪鬢，結寒霜裘。蕭蕭而斷魂驚，渺渺而遐夢歸。懷旋迫甚，域塵馳驅。嗟嗟，傷心之言，訴以何人。密怨深憂，眉翠成棘。多應淚啼，映掩臺鏡。隔共天雲，塵生琴瑟。陌岐兮迢迢，我思若卿，閨深兮隱隱，卿思如我。恨積懷中，風風雨雨。越阻鴻鱗，山遥水遠。地異茫茫，馳心久别。

陳枚寫心集

顧貞觀

貞觀（一六三七—一七一四）字遠平，一字華峰，號梁汾，江南無錫人。清康熙五年丙午順天舉人，授秘書院典籍。次年丁外艱歸。十五年復入京，館納蘭相國家，與容若交契。二十三年還里，構積書巖，讀書終老。文兼衆體，能詩，尤工樂府，所作彈指詞，聲傳海外。和陳維崧、朱彝尊稱『詞家三絶』。

菩薩鬘回文

暮煙空碧縈花霧，霧花縈碧空煙暮。來去莫教催，催教莫去來。　影疎侵夢冷，冷夢侵疎影。留醉倚香篝，篝香倚醉留。　四部備要本彈指詞卷上

陳　枚

枚（一六三八—約一七〇八）字簡侯、簡菴，一字東皐、爰立，號補庵，浙江錢塘（國朝杭郡詩輯云，海甯）人。諸生。所編寫心集（康熙十九年刻本）、寫心二集（康熙三十五年刻本），以及留青集、留青新集、留青廣集、留青全集，皆爲清代禁書。

與張履安迴文

別離興感，雲朵下頒，維時屋梁落月之思，時覺戀戀魂夢也。遐思故人，黛遠峰青，天寒渚碧，正嶺桂花開，手攜長兄同往湖西。憶今地北天南，爾我深情，腸迴九轉，玉露金風，居起珍重。

余子閎曰：『迴文尺牘，此㨂子創格也，展卷讀之，洵有天孫織錦之妙』

又

重珍起居，風金露玉，轉九迴腸，情深我爾。南天北地，今憶西湖，往同兄長攜手，開花桂嶺，正碧渚寒天，青峰遠黛，人故思遐也。夢魂戀戀覺時思之，月落梁屋，時維頒下朵雲，感興離別。（寫心二集（襟霞閣主人重刊本））

江幼闇曰：『語極自然，巧思慧口』。

繆樹中

樹中字恒天。

寄内迴文

縷縷之懷，罄匪墨楮。苦是秋深時，遠離人值淒風冷雨，聲淅淅，景蕭蕭，杵鳴砧，蛩吟砌，極恨驚魂夢半，地北天南耳。卿與愚惟此肺肝同然，千萬寵珍，寵珍千萬。貧家景暮，遣慰賴有秀慧女兒。杪冬擬必歸旋，曰余慘悽境遇。遇境悽慘，余曰旋歸，必擬冬杪。兒女慧秀有賴，慰遣暮景家貧，萬千珍寵，珍寵萬千，然同肝肺，此惟愚與卿耳。南天北地，半夢魂驚，恨極砌吟蛩，砧鳴杵，蕭蕭景，淅淅聲，雨冷風淒，值人離遠時，深秋是苦。楮墨匪罄，懷之縷縷。（寫心二集）

吳相如

相如字右廉，浙江仁和人。

答梁含素迴文

越南燕北，樓雁空遥。月黯黯，風蕭蕭，髮並愁長，思深寥寂矣。屋梁含素，能不依依。

又

依依不能，素含梁屋矣。寂寥深思，長愁並髮。蕭蕭風，黯黯月，遥空雁樓，北燕南越。《寫心集》（襟霞閣主人重刊本）

聞則徵

則徵字韭英，浙江餘杭人。

答陳簡侯迴文

景佳乎，愧無句以酬相招之雅，大爲竊笑同人。故與足下嬌花媚月中，閒情逸思，適興酣歌，平生願足。

又

足願生平，歌酣興適，思逸情閒中，月媚花嬌下，足與故人同笑。竊爲大雅之招，相酬以句，無媿乎佳景。《寫心集》《寫心二集》

翁哲胤

不詳

頌金陟三宗師 菩薩蠻迴文

嶺桂開花秋露冷，冷露秋花開桂嶺。琴譜共長吟，吟長共譜琴。誦聲同餞送，送餞同聲誦。題詠任湖西，西湖任詠題。

陳枚、陳德裕憑山閣增輯留青新集卷七

東皋心越

釋東皋心越（一六三九—一六九五），俗名蔣興儔，浙江浦江人。七歲出家，曹洞宗高僧。參加反清鬥爭，失敗後東渡扶桑，爲水户壽昌山祇園寺開山。多才多藝，尤以篆刻及琴道對日本影響甚大。近人陳智超輯旅日高僧東皋心越詩文集七卷。

風雪啼鴉 五言回文

飛雪暮鴉啼，冷風何處棲。非知自趨避，殊覺不勝悽。

旅日高僧東皋心越詩文集卷三長崎閉關開關

辛酉

富士山回文

瓊堆玉積幾千秋，過客行看更爽眸。瀛海自然天秀出，滄桑造就地相裒。晴暉八面好圖畫，雨勢三尖若鎧鍪。撑日拄星凌漢遠，傾雲吐霧任淹留。

旅日高僧東皋心越詩文集卷七

菩薩蠻 回文咏月

圓月皎潔麗中天，天中麗潔皎月圓。霱寂聞清籟，籟清聞寂霱。闌夜共誰看，看誰共夜闌。落處無思索，索思無處落。

菩薩蠻 回文咏堤楊

好風飄絮垂楊道，道楊垂絮飄風好。鶯巧織堪成，成堪織巧鶯。晚雲山黛遠，遠黛山雲晚。吟客步芳林，林芳步客吟。

董訥

訥（一六三九—一七〇一）字兹重，號默菴，又號俟翁，山東平原人。清康熙六年丁未一甲三名進士，授編修，進侍讀學士，超遷禮部侍郎，乙丑會試總裁。歷户部、吏部侍郎、左都御史，尋總督兩江，又改督漕運。爲人峭直沉雄，遇事果達，歷官中外，皆有政聲。著柳村詩集十二卷（康熙刻本）。

中秋迴文

西峰霽雨暮雲秋，夜月孤輪桂魄流。棲影客山寒入夢，蹊花對酒解人愁。柳村詩集卷三

夜坐詠梅迴文

扃户一宵深坐久，榻臨梅伴結心盟。青燈寫意花同靜，白眼生光雪共清。星掛晚梢懸細點，月含新萼吐幽情。亭雲入幕披香冷，小閣寒窗照夜晴。

西閣迴文

西閣半雲藏柳岸，小窗幽興寄閒心。低枝雪破寒梅早，冷日山空曉霧沉。谿竹聽風臨客坐，石松喧雨作龍吟。躋攀任意隨筇瘦，目極高樓抱遠岑。柳村詩集卷十一　民國續修平原縣志卷十一藝文

余尊玉

尊玉（一六三九—？）字其人，福建玉田人。明天啓補庠諸生兆昌女。母陳氏以夫早亡，無

嗣，自幼令其服男裝，延師與姊珍玉讀書塾中。年十二，學益進，能應賓客。清順治八年，許字崔氏，衣冠如故。善詩，著有綺窗逸韻一卷。

雁字

風敲竹影鳥穿籬，寂寂秋聲草色姿。叢菊茂開偏暎水，艷花嬌吐自臨池。東樓舞葉觀琴弄，北塞飛鴻對笛吹。空寄遠書傳信去，融光淡月落浮巵。回文類聚續編卷十

劉云份翠樓集、汪啓淑擷芳集卷三十六、周之標女中七才子蘭咳二集卷七，題作雁字迴文

『鴻』：女中七才子蘭咳二集作『鳩』

『信』：諸本作『雁』

『融光』：女中七才子蘭咳二集作『融融』

女中七才子蘭咳二集云：『迴文難，于巧心中有遠致，此已得其妙訣』

潘　陸

陸，清人。

金山訊閣百詩廻文

波澄向暮欲浮杯，片片霞晴山鳥廻。多病未如相憶苦，和風海月上高臺。乾隆鎮江府志卷

唐之鳳

之鳳（一六四一—一七〇四）字武曾，浙江烏程人。諸生。清順治十四年，父彥暉以闈獄累徒。之鳳步行至京上書，未遂所請，屢省戍鐵嶺。能詩，多愁苦之音，著有天香閣文集八卷詩集十卷詞集六卷（康熙四十三年刻本）。

菩薩蠻 春閨廻文

繡窻閒映垂絲柳，柳絲垂映閒窻繡。新樣巧花裙，裙花巧樣新。酒濃思客久，久客思濃酒。春去恨銷魂，魂銷恨去春。

又 秋閨廻文

曉霜新染閒庭草，草庭閒染新霜曉。秋晚怨多愁，愁多怨晚秋。繞溪寒荇藻，藻荇寒溪繞。樓上憶人遊，遊人憶上樓。天香閣詞集卷六

釋海與

海與，又號克成，清峨眉山僧。

宋王坪回文

卤峯積雪罨高空，日暎疎林鬬錦紅。題興幾經僊障疊，積靈頻繪彩雲彤。棲賢古洞因巖靜，積藥真人得地豐。擕手侶遊原稼綠，淒霜踏步緩謌風。蔣超、曹熙衡峩眉山志卷十七藝文（康熙刻乾隆增修本）

釋機微

機微，又號性通，清峩眉山僧。

宋王坪回文

卤窻綠暎錦屏空，蚤挂殘霞帶日紅。題筆綵傳新賦客，耀臺靈繪巧圖工。棲鸞鳳處温山繞，出聖賢時協氣通。畦半落星明月夜，谿清倒影現玲瓏。蔣超、曹熙衡峩眉山志卷十七藝文

孫申之

申之字崧岳，雲南石屏人。三歲而孤。清康熙八年己酉舉人。仕宦不遂，隱居湖南養母，詩酒自娛。著有鏡舫詩集。

鏡舫別業回文

携笻信步緩尋幽，遠墅環山接水流。池噴碧荷香靄靄，岸鋪青草嫩油油。棋獻震響驚飛鳥，酒醉忘機息睡鷗。奇境置成天用巧，支撐任樹古潛虬。乾隆石屏州志卷七藝文志三

胡應宸

應宸一作胤瑗，字殿陳，浙江嘉善（自署西吳）人。清康熙十二年府學生員，四十七年戊子恩貢。與李葵生、顧景芳同選蘭皋詞，風行一時。

菩薩蠻 廻文

白雲籠斷山連石，石連山斷籠雲白。鐘遠落深松，松深落遠鐘。暮鴉棲古木，木古棲鴉暮。樵徑一山遥，遥山一徑樵。蘭皋詩餘近選卷上（康熙三年刻本）

回文集卷三十三　目録

回文集卷三十三

曹封祖

封祖（？—一七〇一後）字子峻，一字紫山、子山，奉天遼陽（一説瀋陽，自署襄平、長白）人。廕生。清康熙八年官浙江安吉知州，英敏廉介，善政甚多，州人有冰清玉潔之謡，遠近慕之。十八年，轉知涿州。性耽書史，工詩詞，著種瑶草堂集、聽月樓集。朱象賢回文類聚續編卷十載其春閨花月詞。

香奩廻文詩小引：『少陵性耽夫佳句，長吉才癖于苦吟。曲折□得其通，盡比物言懷之什；踟躕以滿其志，亦感時賦事之章。要之學本天成，故能詞隨意達。余識慚窺豹，技類雕蟲。當境會之所遭，亦永言而自矢。時而贈當芍藥，結遐思於伊人；抑或夢託蒹葭，寄驪歌於我友。琴書得少趣，胷中之俗慮可忘；筆墨悵多情，紙上之天機難已。吟來偏苦，偶拈韻府之中；句未能工，敢附詞場之末。聊因鄙念，用寫廻文』。

春閨花月詞

辛巳仲春，余客武林，偶作香奩六十四詠，題與詩俱屬廻文，聊自怡悦。適施子錦帆見而奇之，欲以授諸梓人，既而曰題句渙散，覽者不知其由。余乃復綜其目，集成一詞，弁之篇首，因概之曰，春閨花月詞云。

春吟獨酌小窓幽，影對寒燈一結愁。鄰女倩妝停繡彩，管弦新學見人羞。節按曲聲金滴滴，嬌語解花春寂寂。月夜深吟自審愁，愁深畏聽人吹笛。亭間竹玩自題詩，影弄花陰月伴癡。青青踏去閒遊騎，袖斂輕歌贈別離。慘慘歌音簫贈答，攜人倩影花憐踏。淡濃情味細嘗詩，圖畫展愁閒倚榻。斜月當窓夜煑茶，水臨花檻半攲霞。花落帳深琴寄恨，永夜懷人感歲華。書枕自眠春倦酒，面如花瘦腰如柳。裾曳閒遊過小園，興幽適癖成花友。春惜花陰竹繞亭，夜深聞瑟奏湘靈。人歸待夜虛衾枕，恨別春深倚畫屏。前庭繡罷數歸鴉，晚妝人見影窓紗。煙過遠山青擬黛，月依情態媚憐花。席花延月乘虛步，濃陰讌詠春憐暮。惜剖雙生竝蒂柑，梅妝倩笑凝脂素。臨水春憐自綰雲，畫成詩句韻成文。深深夜繡閒窓佛，鏡對寒花惜夢分。分夢曉煙含藻香，月臨花榻半生涼。雲卿畫筆銜脣小，淡寫秋英素愛黃。苑柳深眠人罷浴，鍼停語醉春妝束。晚眺春山遠憶人，鴻歸贈句敲窓綠。函書附語致郵傳，夜卜燈花惜欲眠。酣睡半驚春夢遠，舫坐人歌晚吹煙。詩留女伴詰花晨，壽祝華堂錦畫春。私語小窓閒惜玉，錦箋書句贈歸人。媚如晚煙春倚翠，花飛擁坐人憐醉。醉娥春夜試新歌，梅放半山孤鶴唳。春懷歌罷舞卿卿，醉花留月映波清。人近水樓山近月，月輪斜照合歡情。

回文類聚續編卷十春閨花月詞并序：『余客武林，偶作香奩六十四詠，題與詩俱屬回文，聊藉自怡。既而以題句涣散，乃復綜其目集成一詞，因概之曰春閨花月詞云集成之詞已作題列不復重録』

春吟獨酌小窓幽

華春惜物詠詩工，韻步閒吟小閣東。茶煑夜煙沉院竹，硯飄時雨過窓桐。花生粉面三分白，酒濕朱脣一點紅。譁隔遠塵香踏玉，紗廚透影碎簾風。

影對寒燈一結愁

卿居別苑小西湖，薄命人悲自向隅。清影妾知方照燭，煖心郎比那薰罏。名成爲恨留花譜，面對如看入畫圖。更盡夜含雙眼淚，情深感泣復還珠。

鄰女倩妝停繡彩

東鄰女過晚慵妝，繡罷仍拈恨線長。絨唾碎霞春茜色，鏡開新月夜涵光。紅顔玉盞三分酒，紫鈿金罏一炷香。風信惜花看去倦，桐窓倚醉獨吟芳。

管弦新學見人羞

湮湮夜雨灑簾旌，袖裊餘香艷惜聲。脣動暗歌時曲細，眼擡偷見晚妝輕。神情寓意深調瑟，語笑迎歡乍弄笙。新試巧音嬌澀指，人憐弱柳暮啼鶯。

節按曲聲金滴滴

情牽若斷藕絲縈，滿地飛花惜碎瓊。輕膜玉音纖弄笛，脆簧銅韻細調笙。聲形辨去吟長短，舌齒分來叶仄平。生寫畫工難著筆，明妝寶色月盈盈。

嬌語解花春寂寂

廊迴映水碧波清，遠樹煙開驟雨晴。長袖倚風隨柳弱，素衣翻翠疊雲輕。香憐繡閣花憐色，影息幽窓竹息聲。涼夜深吟人默默，妝成不語自含情。

月夜深吟自審愁

年少惜花春恨添，剪裁慵坐獨垂簾。煙凝素手纖縫練，月對幽心細織縑。傳語得情疏硯墨，贈詩無奈近香奩。仙遊弄玉秦鳴鳳，天貯愁人伴老蟾。

愁深畏聽人吹笛

悠悠憶遠夢生蘭，好曲憐人幾罷歡。幽徑柳含春水綠，碧窓梅鎖暮煙寒。愁添繡袂衣雲薄，淚濺香函枕夜殘。樓卧獨悲聲裂石，憂時一聽一心酸。

亭間竹玩自題詩

菁菁竹墅小窓明，月夜吟來寄遠情。聲過燕如聞細語，影飛鴻若見遲行。清香暗燧穿芸晚，碧沼微瀾墜柳晴。鳴玉雜環金落索，名花譜上馬卿卿。

影弄花陰月伴癡

東窓小立夜清清，曲徑依欄玉珮鳴。紅襯綺羅輕染色，碧凝煙水遠遺聲。同心兩結花拈笑，共影雙留月伴情。工巧自然天質素，風乘我醉入飛英。

青青踏去閒遊騎

晨花數徧踏芳芬，半寸紅尖出綀裙。人醉看山青到酒，女遊乘騎白如雲。新妝倩去吟聲細，淺笑扶來逐隊分。嗔見面霞輕斂袖，頻頻顧影惜離羣。

袖斂輕歌贈別離

晴初玉蘂半含煙，色唾新霞晚襯妍。情送眼波秋送遠，恨生眉語夜生憐。笙吹細韻脣依齒，曲奏低音管和絃。明月對花攜共飲，輕衣短袖襲香蓮。

慘慘歌音簫贈答

眉攢淺黛兩煙分，綠映蕉窓倚鬢雲。詞會素心深會意，曲生情語媚生文。脂含半笑卿憐我，指弄纖音妾愛君。池上月依人影瘦，吹簫和泣訴聲聞。

攜人倩影花憐踏

東蹊語笑共聯肩，踏踏歌來步步蓮。風信始晴花墜露，日臨初煖玉生煙。同心一結分羅袂，竝蒂雙簪壓翠鈿。紅碎蹴尖鞋繡鳳，弓移弱影小飛仙。

淡濃情味細嘗詩

遲遲出户啓新妝，鏡照斜窺故問郎。癡我似葵丹向日，瘦卿如菊白凝霜。奇香得茗求泉試，異味知花覓路嘗。絲斷煑蠶氷繭碎，詞嗔苦句續心傷。

圖畫展愁閒倚榻

紋綾若水接煙蒲，片片寒花到月孤。裙擘效歌酣擊箸，珮留欣色媚懷珠。雲飛白練秋書頴，葉落黄山晚繪圖。熏袖綰香餘半榻，紛紛惜翠映流蘇。

斜月當窗夜煑茶

予愁獨夜擁羅襦，椀漱餘香味覺殊。徐疾辨聲泉沸鼎，煖寒知候火炊罏。盧邊竹壓煙籠玉，月底花翻雪湧珠。書架半窗閒對坐，疎情孰念舊眉圖。

水臨花檻半欹霞

鴉鬢疊煙籠翠翹，鏡銅秦鑄夜顏嬌。花籬過盼低回眼，柳徑潛行暗轉腰。霞變晚雲晴岫遠，日涵春水碧天遥。紗簾透影人依玉，華萼看深竚綺寮。

花落悵深琴寄恨

文君繡罷理絲桐，指半餘音寄遠鴻。雲變盡看新髮白，玉埋長恨舊顏紅。芸舍薄縷衫穿月，麝注輕羅褶透風。分袂惜花春却老，懂懂自隱小牆東。

永夜懷人感歲華

囊攜好句得閒工，詠筆停看遠樹紅。黃菊晚嬌花泣露，碧梧秋老葉悲風。蒼蒼石壁橫烟斷，靄靄雲山疊翠空。長劍倚天霜冷月，鄉思一語寄歸鴻。

書枕自眠春倦酒

深情贈語若蘭馨，好夢人依半醉醒。今古博觀春案雪，史書勤讀夜囊螢。陰陰綠草生奇石，綻綻紅花插小缾。心悄畫圖看欲倦，琴橫一榻臥閒庭。

面如花瘦腰如柳

風和惜語倦殘春，遠夢隨君憶苦辛。鬆鬢綰雲眠月夜，素心凝露泣花晨。紅脂落盡香梅老。綠黛分餘嫩柳新。同笑强持難照鏡，蓬飛亂影瘦憐人。

裾曳閒遊過小園

陰陰綠柳苑歸遲，曲徑低回幾步移。深恨寄人悲藻麗，素心酬我贈花奇。襟披一水春憐媚，袖綰雙雲畫寫癡。音叶句成書穎細，臨風愛竹數離離。

興幽適癖成花友

東苑落花飛滿蹊，軟鉤蓮底粉沾泥。紅桃玉惜鶯深啄，碧樹春吟鳳穩棲。風咽石音松徑曲，雨含烟影竹軒低。叢蘭小立羞人見，空自閒來聽鳥啼。

春惜花陰竹繞亭

來青小閣幔褰紅，袖綰輕羅綺襯風。梅落惜英飛曲徑，籜殘披竹亂幽叢。胎含碧露凝香暗，玉聳寒烟襲翠空。臺半月陰春蘚綠，開窓一語寄詩筩。

夜深聞瑟奏湘靈

絃聲一聽似深山，渺渺人歸贈珮環。箋寫淺愁和露冷，玉敲清韻入雲閒。憐猶見妒花分色，好更看嬌月比顔。天映水靈湘鼓瑟，煙凝竹淚灑斑斑。

人歸待夜虛衾枕

鴻驚顧影失寒煙，鴈帶歸雲薄暮天。風斂竹陰清伴榻，月沉松韻素揮絃。紅衫著體春憐瘦，綠髻簪花晚惜蔫。通喜暗傳輕語細，中心入夜一旌懸。

恨別春深倚畫屏

飛飛燕語倦人思，絮落風憐又別離。微意天心波弄影，亂痕煙際柳牽絲。幃屏映日春開畫，錦繡如雲晚入詩。衣寄幾時來薊北，歸期未定更何爲。

前庭繡罷數歸鴉

前庭繡罷數歸鴉，冉冉輕飛墨點霞。肩泊晚風翔袖練，面侵斜日映窓紗。卷卷自恨書屏畫，默默人愁語徑花。天暮悵深春北望，憐生倦眼入煙賒。

晚妝人見影窗紗

明窗映雪透澆紗，喜見人名小麗華。鶯語似歌疑聽遠，蝭飛如舞若攲斜。清涵沼月籠寒霧，翠疊山雲斂暮霞。迎笑帶煙凝碧水，橫簪寶髻一攢花。

煙過遠山青擬黛

西軒坐倦聽鳴鳩，路隔溪塘過雨幽。隄柳拂烟春入夢，徑花迷月夜懸愁。悽含靨暈微舒笑，語結眉灣半引羞。低染黛螺如遠岫，萋萋綠草惜閒遊。

月依情態媚憐花

箋雲註意託歸鸞，水碧怡情解佩蘭。烟化夢深愁玉碎，月藏人拙計花殘。憐生又過聽鶯館，怯避剛來鬭鴨闌。眠柳似分春影瘦，鮮衣濕露惜叢寒。

席花延月乘虛步

江濯錦霞看與偕，拽人扶立悄兜鞋。雙雙璧玉連環珮，縷縷金花竝蒂釵。窗透碧紗攲影媚，月留清夜語音佳。降心我却輸瓢樂，缸滿春雲綠滿階。

濃陰譏詠春憐暮

平橋遠水帶煙輕，柳徑三春暮囀鶯。聲斷玉梟憐瘦影，夢分香蝭愛癡情。生愁畏去看花落，緩步閒來伴月明。清夜詠成詩限韻，傾尊一笑醉貽瓊。

惜剖雙生竝蒂柑

涼生異味共新嘗，齒濺微酸蹙黛長。霜破晚叢丹結子，露凝秋實紫含漿。黃羅袱貯雙姿美，碧玉盤分一瓣香。郎贈合歡春釀酒，傷心暗剖惜芬芳。

梅妝倩笑凝脂素

嬌助艷香花助詩，粉郎何惜更調脂。潮紅散頰吹風細，麝暗沾衣襲露滋。貂卸煖幃褰玉軟，鴨偎寒袖綰雲奇。瑤英贈語分環珮，邀醉春山遠畫眉。

臨水春憐自綰雲

顰含自恨舊題詩，漠漠情生月湧池。春病爲花看却瘦，夜愁因雨聽偏癡。人憐媚影蟬分鬢，妾愛柔波翠斂眉。新髻竝頭梳緩緩，神傷一縷一悲絲。

畫成詩句韻成文

帷披靜夜此誰知，好夢留人倦起遲。眉柳蹙煙分淺黛，額花沾露濕殘脂。池當遠岫春臨畫，枕就閒窗晚賦詩。癡若淡雲愁脉脉，減情風味幾銜卮。

深深夜繡閒窗佛

紗窗透月慧生芸，細細傳音妙語聞。茶碗半添禪悦味，帕羅新受戒香熏。花幡繡靜燈燃夜，錦貝翻閒衲補雲。家出勝心慈結念，華鉛洗盡典釵裙。

鏡對寒花惜夢分

鸞鳴一鏡寶妝開，髻綰低雲翠壓堆。殘夢曉迷煙徑竹，冷香清逗雪窗梅。安吟小字留花檻，臥起閒情得酒杯。難撇兩蛾愁寫黛，寒生又怯避高臺。

分夢曉煙含藻香

羅綺拂塵香滿樓，砌花臨榻下簾鉤。波橫遠翠環橋曲，雨帶寒煙人徑幽。螺黛減妝勻澹澹，簡箋餘恨寫悠悠。娑婆樹老蟾宮月，多病春添暗裏愁。

『勻』：回文類聚作『勾』

月臨花榻半生凉

眸凝幾點淚沾巾，幅半裙腰瘦減春。幽語贈花憐弱體，素心棲月惜閒身。秋雲白社詩留客，夜雨紅樓酒謙人。愁盡未消香榻病，悠悠思遠夢來頻。

雲卿畫筆銜脣小

粼粼碧沼墨塗鴉，麗藻含煙竹倚斜。嗔見靚妝臨鏡玉，慣耽嬌病掩窗紗。春長喜坐人留月，夜靜閒吟自對花。真語寄情深入畫，貧愁莫詠一天霞。

淡寫秋英素愛黄

霞心似玉惜居貧，菊斂霜容自寫真。花詠舊愁閒伴月，竹移新影媚生春。紗裙浣水溪憐潔，練袖凝煙柳寄嗔。斜照晚雲晴樹遠，鵶鳴一鴈過寒粼。

苑柳深眠人罷浴

横波綠映柳絲絲，翠黛分來染秀眉。情定爲詩新有約，語傳因夢遠無期。明窓繡倦春眠早，薄鬢梳慵晚浴遲。英落襯霞紅隔幕，晴煙裊月弄柔枝。

鍼停語醉春妝束

嚬含淺笑半凝脂，體勝輕衫薄醉時。脣合齒音低作語，線穿鍼眼細抽絲。人閒屬意留詩賦，事韻成文共酒巵。春釀雨花天布錦，新妝晚見又憐伊。

晚眺春山遠憶人

梁高語燕小飛輕，柳徑餘音笛送聲。芳草綠深春水隔，遠山青斷暮雲横。長愁怯瘦吟花落，冷韻依殘傍月明。妝罷自憐人默默，香飄暗地兩多情。

鴻歸贈句敲窓緣

風流欲語笑盈盈，綠鬢雙眉黛染輕。紅雨夜殘花惜影，碧煙春冷月怡情。桐窓小甜閒書素，竹徑深吟叶韻清。鴻鴈寄詩能不恨，空幃繡罷聽琴鳴。

函書附語致郵傳

箋題小楷細行行，默語含毫惜夜凉。綿減舊情春體瘦，線添新夢午愁長。鈿花點映紅輝燭，帳錦縈消碧燧香。傳使附書情亹亹，遷延恨折九廻腸。

夜卜燈花惜欲眠

驪歌聽盡怨來遲，半過春寒暖自知。絲亂攪腸縈別恨，燭殘零淚和愁詩。脂微映玉雙勻靨，黛淺橫波兩蹙眉。枝上月明分夢蜨，期歸卜夜問還時。

酣睡半驚春夢遠

多愁拊枕薦瓊芳，子燕棲飛學繞梁。波漾柳梢眉斂翠，影留花畔體生香。莎煙寫盡難懷遠，牖月吟深轉恨長。羅被冷廻驚夢短，歌聲一串雜鳴瑺。

舫坐人歌晚吹煙

晴花映袖錦翩翩，弱手纖音弄管絃。清韻玉顔慚帶笑，細聲鶯語媚生妍。輕帆挂月春流藻，短棹橫波晚入煙。平放一舟隨浪軟，情深逐水詠漪漣。

詩留女伴詰花晨

亭開一水隔溪東，地僻居人近雅風。青翰染雲留苑竹，緣天分月到窓桐。萍浮亂躍魚遊沼，絮落輕飛蜨舞空。屏畫展詩新詠夜，停車小飲醉香紅。

壽祝華堂錦晝春

椿萱賦罷讌高臺，内助賢名舊重推。人望續成雙立玉，世稱聯提二難才。頻頻放鴿分留去，款款攜鳩策往來。新詔鳳書函字錦，綸恩得喜近妝開。

私語小窗閒惜玉

飛雲帶鴈過亭東，冷露含花近卧叢。衣錦摺香微映月，袖紈攲影瘦臨風。非煙惜老春煙碧，小玉憐深夜玉紅。扉掩自吟閒倚竹，依依柳篆類書蟲。

錦箋書句贈歸人

春初别夜驛停車，訊問徐娘謝寄書。塵雜飯筵當紫袖，粉沾香帙贈紅蕖。人歸惜月吟腸斷，客過憐花到眼虚。身託醉鄉柔若夢，新詩賦罷寫愁餘。

媚如晚煙春倚翠

紗簾隔柳綠垂塘，曲水春煙半繞廊。鵶髻竝頭搔玉紫，雀環連索落金黃。花寒糝袖衣分色，月冷攤衾枕透香。茶沸曉窓閒倚笑，霞攲艷擁坐書床。

花飛擁坐人憐醉

茵文濺緑染晴沙，席坐人歌擁欝華。春減瘦腰柔若柳，月臨嬌面醉如花。真真寄恨書屏雀，惜惜閒愁理鬢鴉。䰀翠淺含輕語媚，新妝晚酌一觴霞。

醉娥春夜試新歌

清歌一轉暗魂消，嫋嫋餘音鳳引簫。情淺淺含春影媚，語深深醉夜顔嬌。明珠綴鎖金纒臂，彩貝懸絲玉繫腰。聲豔鬬來翻曲細，輕煙襲緑柳垂條。

梅放半山孤鶴唳

晴煙晚渡一舟横，鶴睡閒亭半落英。輕翠疊峰奇纍石，碧流臨屋小編荆。情含若味香濃淡，影見猶分色淺清。名著宋時林處士，月留花畔水盈盈。

春懷歌罷舞卿卿

和雲抱月共依依，紫鈿金翹翠擁圍。螺黛舊供愁記斛，箔簾新製笑分衣。歌憐細齒香含玉，舞試纖腰瘦著緋。羅襪剪開春水緑，波摇錦袖逐花飛。

『卿卿』：回文類聚作『盈盈』

醉花留月映波清

輕輕柳絮拂窓紗，韻入晴湍碧映華。清夢繞花飛送月，素心期月醉邀花。盈盈緑水春容淡，靄靄青山晚照斜。英落半階空惜玉，情留眼角鬢堆鴉。

人近水樓山近月

裘易幾寒春復秋，月明長見那人愁。頭回若應低聲語，面轉如敧顧影羞。幽徑入山臨北屋，曲池環水近南樓。眸凝一笑含波緑，甌泛花香漱碧流。

月輪斜照合歡情

情深得見寫容璣，曲罷人歸夜掩扉。聲弄竹風清透枕，影移蕉月碧侵幃。輕輕囑語低銜袂，緩緩云歡盡解衣。卿愛軟綃紅襯玉，櫻唇濕露濺香微。種瑶草堂集

『緩緩云歡盡解衣』：回文類聚作『嬾嬾春眠未解衣』

春風婉轉，吹好夢於揚州；芳草逶迤，縈斷魂於杜曲。良以情深我輩，因之託贈伊人。僕夙負情癡，時多癙想。薄遊江海，浪擲韶華。何處結三生，偶遇鶯花有色；悠然窺半面，却憐風月無端。萍踪破緑，塵世迷紅。搴沅湘之蘭芷，徒望靈脩；溯秋水之蒹葭，虚期宛在。既援琴而輟響，聊搦管以行吟。匪云雅音，用寫幽思。紫山曹溪髪僧識。

徐崇岳

崇岳字石公，雲南保山人。清康熙二年癸卯舉人，赴公車不第，樂志林泉，殫心著述，有造適軒詩集。吴三桂重其名，屢召未應。

菩薩蠻　蘆科賞蓮

小船輕向花叢繞，繞叢花向輕船小。涼酒吸花香，香花吸酒涼。　濕紅連雨碧，碧雨連紅濕。橈轉更香飄，飄香更轉橈。李根源永昌府文徵卷六〇（民國三十年排印本）

郁楊勛

楊勛（約一六四二—一七一五後）字卿耶，江南吴江蘆墟人。少習舉業，補博士弟子員。三十多年屢試屢北，終困場屋，隱居汾湖、松隱。五十餘歲始爲詩，著有娱老吟六卷（康熙五十四年刻本）。

迴文四季歌

風輕拂翠落殘紅，怯怯啼鶯惜老翁。翁老醉眠慚永夜，空教一夢入花叢春

香蓮濯錦似新粧，座遠琴樽一曲狂。長夢舊遊偕女侍，晚霞紅日落横塘夏

鷁浮碧月泛輕航，樂得偷閑遣夜長。黄葦岍摇新漲緑，白蘋江送晚風香秋

凍合煙濛空落葉，閒窻曉臥高飛雪。送寒把酒醉成歌，夢繞花欄春忽忽冬 娱老吟卷六

徐吴昇

吴昇字東建，浙江錢塘人。清康熙諸生，著有蕊珠詞。

菩薩蠻迴文

小亭深院春啼鳥，鳥啼春院深亭小。春暮最傷情，情傷最暮春。恨時常寄燕，燕寄

常時恨。花落舞窗紗，紗窗舞落花。全清詞·蕊珠詞

趙　炯

炯（一六四四—一七三一）字子藏，號鶴齋，晚號半山先生，直隸鹽山人。清康熙三十辛未進士，官廣西來賓縣令，著有香魚山房詩草。

同友人江郊看梅偶成廻文

紅梅老榦曲藏蛇，醉後題詩爲好花。風遞暗香聞細細，月分清影照斜斜。翁頭白就嘶瓊玉，鶴頂丹成散綵霞。同事幾人同此賞，東江觸處起余嗟。賈恩紱明清鹽山詩鈔卷四（民國二十四年北京賈氏家塾本）

王承時

承時字象先，清湖廣麻城人。明經，官西寧令。

金陵紀勝謾成十二韻廻文

遇奇忻勝地，過此自心雄。步舉遲明月，巾揮快大風。雨花催疊鼓，桃葉爛浮舸。潞楚分潮會，秦燕合騎通。護山多向北，洄水盡歸東。路古懸崖竹，亭虛夾岸蓬。趨樵

來嶺半，閒網撒湖中。露湛將沉日，雲淩欲斷虹。鷺鴉翻羽白，荷芰綻英紅。暮渚牛環塔，涼磯燕遶宮。霧清消野闊，霖沛望天空。悟處何臨眺，行歌且韻工。姚佺期詩源初集卷四楚（清初抱經樓刻本）

廖元度楚詩紀卷十五（乾隆十四年際恒堂刻本）

姚辱菴曰：『廻文大約七言律絶耳，未有長韻如此者。且冶詞易工，而莊語難叶，今獨蒼然甚老，可與蘇伯玉盤中詩並永矣。盤中，謂婉轉書于盤中者，其詩絶奇古，如空倉雀，常抱饑，吏人妻，夫見希，黄者金，白者玉，姓者蘇，字伯玉，家居長安身在蜀，皆三七言，不知當時如何讀法，或云當從中央周四角，即讀法也，不可考矣。象先蒼古，豈祖此與。又高達夫集有進王氏瑞詩表云，瑯琊王氏于天寶二載，撰廻文詩有八百一十二字，循環有數，若寒暑之推遷，應變無窮，謂陰陽之莫測，則亦當不在蘇下，而湮没莫傳，可慨，何圖今日猶彷彿之』。

華彦博

彦博（？——一六九八後），江南江陰（澄江）人。諸生，清康熙十二年癸丑，嘗赴常州府試。著有閒情集一卷（珊瑚閣藏鈔本）。

戲倣東坡廻文體詠四景七言絶句

春景

溪西遶緑柳烟迷，緑柳烟迷春鳥啼。啼鳥春迷烟柳緑，迷烟柳緑遶西溪。

夏景

涼風喜坐對荷香，坐對荷香清夏長。長夏清香荷對坐，香荷對坐喜風涼。

秋景

秋宜月好月宜樓，好月宜樓醉客留。留客醉樓宜月好，樓宜月好月宜秋。

冬景

寒梅雪凍雀愁眠，凍雀愁眠曉夢殘。殘夢曉眠愁雀凍，眠愁雀凍雪梅寒。（閒情集）

蕭　瑄

瑄字玉宣，江南上元人，雲南建水籍。明崇禎丙子舉人、清揚州知府琯之弟。早歲遇亂，隨父避兵於外，長就讀，補郡學諸生，不應鄉試，閉户著書。

新秋抱病迴文

收殘暮靄碧沙洲，日射紅霞映晚樓。幽徑緑苔凝石冷，小山寒寺鎖雲愁。舟維柳岸孤村遠，水漲平江一夜秋。裘敝透風寒寂寂，丘林卧病日攸攸。姚佺期詩源初集卷九滇（清初抱經樓刻本）

姚佺期曰：『傅咸温嶠迴文詩，反覆念去不知是迴文，所以神化，後人模擬，有痕迹輒露，此不覺入扣』

倪正模

正模，浙江金華人。官萬年教諭。

黿峯迴文

峩峯幾處掛蒼苔，望際遥空半壁開。蘿幔織成新藻室，石形肖有舊黿臺。摩天若阻星河渡，接日懸看霰霧來。多最奇嵐名六六，窩雲白照晚卿杯。康熙弋陽縣志卷八下藝文五

『最』：同治弋陽縣志卷十三藝文引陶志作『許』

范維憲

維憲，清福建松溪人。

秋夜湛廬懷古迴文

涼色夜來過洞遊，滿壇金氣劍山秋。霜侵竹徑籠煙散，月映松軒夾水流。崗内守爐巖距虎，壑前埋匣木蟠虬。茫茫四望南天遠，入步高林石室幽。康熙松溪縣志卷十藝文志

郭遠

遠，清江西萬載人，預修萬載縣志（康熙二十二年刻本）。

遊白楊和黔嬴和尚秋思迴文

秋砧逐葉蝶雙雙，冷聽秋蛩似吠厖。流火映螢明弱草，緩風唳鴈暗寒窻。幽間籬隱懷高臥，廣院丹飄憶滿腔。舟泛浮槎登眺後，留傳月白照清江。康熙萬載縣志卷十五藝文下　雍正萬載縣志卷十五藝文下

馮其恒

其恒，清浙江慈谿人。預修萬載縣志（康熙二十二年刻本）。

遊白楊山寺留贈特菴上人迴文詩

岑高遯跡避人幽，險石橫流溪斷舟。禽伴閒雲孤岫晚，竹披斜徑野煙秋。深衣曳露花侵杖，小院浮香月滿樓。今古空名遺寂寂，心身潔靜渚眠鷗。

康熙萬載縣志卷十五藝文下　雍正萬載縣志卷十五藝文下

陶式金

式金，清浙江會稽人。預修萬載縣志（康熙二十二年刻本）。

遊白楊山寺留贈特菴上人迴文詩

山遠流分橋斷徑，院深映竹綠啼鵑。閒雲嶺月明幽夜，溼露花臺香散煙。還道世情忘愛憎，悟知真性見機緣。斑斑鬢白頭盈雪，寂寂空堦梅影偏。

康熙萬載縣志卷十五藝文下　雍正萬載縣志卷十五藝文下

張茂

茂字元子，號竹中，清江南江寧人。

惜春吟擬香奩廻文體

毫枯墨涸，慚説嘔心；字短情長，羞稱織錦。時值殘春，别我杜鵑，淚血迷離；會當長晝，懷人燕子，泥香零亂。凄凄江山，虚賈誼獻策之時；忽忽客中，類王粲登樓之日。飛愁心於柳絮，偶託香閨；結幽想於梨花，但愧綺語耳。

冥樹煙深愁遠人，淡妝曉立悄傷神。亭遮綺苑啼鶯小，幙冷紅窗飛燕新。停繡午餘催夢薄，倚欄春别繫情真。青青草軟怯移步，零雨微風輕染塵。

憐我欲焚香傳寄，封書空淚垂。病增愁候起遲遲。天連碧樹柳風弱，屋繞青芽梅雨滋。

羅襪襯香殘縷縷，恨誰曾減鬢絲絲。前亭小戲飛雙蝶，煙鎖花寒清露披。

婆娑月愛垂絲柳，瘦損人嫌落片花。羅襪襯香殘香雨，風柔春徑遮。遠峰前斷緑雲斜。

地錦，繡針穿淚濕窗紗。多情睡覺鶯啼鳥，何處深深夢到家。

流水池含煙樓，倚斜風飄絮狂。薄衫羅冷怯焚香。悠悠望眼空勞夢，渺渺愁懷遠斷腸。

嫩緑，淡雲溪漾月昏黄。浮生此際天誰問，幽思新知今夜長。王爾綱名家詩永卷十三

張學賢

學賢字古明，清山西太原人。貢生佚幼女，金壇諸生于星緯室。隨父流寓蘇州，著有華林集。

菩薩蠻 月夜回文

夜寒垂幕消蘭麝，麝蘭消幕垂寒夜。鬟鳳冷莓苔，苔莓冷鳳鬟。月華鋪砌雪，雪砌鋪華月。看得幾時圓，圓時幾得看。

周銘林下詞選卷十三　徐乃昌閨秀詞鈔卷一　林葆恒續詞綜補卷四十二

吳灝歷代名媛詞選卷四

『寒』：徐樹敏、錢岳衆香詞樂集作『闌』

胡之棟

之棟字元馭，清江南涇縣人。由歲貢任天長縣訓導，陞安慶府教授，司鐸掌印垂三十載，後保薦爲河南新安令。公事之暇，輒以詩酒自娱，因號陶庵，年七十卒於官。著有師儉堂詩鈔一卷。

咏雪中絳梅 迴文

長陌遶雲横岫巒，寂寥何處盡霳霳。香飄靜院西風冷，影映高樓玉蘂寒。粧滿瑶華凝

白淺，積成瓊色掩紅殘。煌輝碧間渾霞彩，狂飲清斟頻把看。胡承珙奕世傳芳集·師儉堂詩抄

（乾隆四十年種義園刊本）

鄭景會

景會字丹書，一字慕韓，又字聚瞻，號海門，浙江慈谿人，寄籍錢塘。諸生。清康熙十五年咏西湖十景，爲時人所賞。著有柳烟詞。

菩薩蠻 春閨迴文

小樓紅映人年少，少年人映紅樓小。鶯夢曉啼鶯，鶯啼曉夢鶯。曲江新草緑，緑草新江曲。魂消奈暮春，春暮奈消魂。全清詞·柳烟詞

王　著

著（一六四九—一七三七），原名戸，字宓草，號湖村，浙江秀水人，寓居江南上元。工詩，善畫花卉翎毛，兼擅隸書、篆刻，著有瞰浙樓集。

賀黄師魏合卺 迴文

脂凝玉煖霽生烟，檻暎秋光月暎筵。籬遶黄花香倚徙，鳳來屏雀舞翻翩。巵浮緑酒新

醅熟，卷滿芳辭綺韻傳。眉畫好風清艷景，遠山青擁繡窓前。陳枚憑山閣留青二集選卷四　陳枚憑山閣增定留青全集卷十三

吴宗愛

宗愛（一六五〇——一六七四）字絳雪，浙江永康游仙鄉厚堂人。嵊縣教諭士騏女，適同邑諸生徐明英，早寡。康熙十三年，耿精忠部總兵徐尚朝進犯浙東，將掠永康，揚言以絳雪獻者免。衆議訩訩，皆主其行以紓難。宗愛自分不免，慷慨請行，至三十里坑，乘間投崖死，年僅二十四。嗚呼，永康城中，『更無一個是男兒』。著有絳雪詩鈔二卷。

廻文閨詠

華年悶坐對妝奩，寂寂頻教昨夢占。斜雨細風春閉院，淡煙微茗曉垂簾。花開半畝濃陰溼，燕觸雙鉤舞影纖。衙柳灑塵飄絮薄，紗窗映樹傍高簷。陳鳳巢永康詩鈔卷十七（咸豐元年士厚雨香山房刻本）　徐烈婦詩鈔卷一六宜樓稿

俞陛雲清代閨秀詩話：『吴絳雪，才色并絶，嘗倣璇璣圖例，作同心梔子圖，寄其女友吴素聞。圖作六出象梔子花，其緣各書七言詩一聯，内書八十一字，以雪字居中，析爲雨山二字，縱横回互讀之，得五六七言詩及長短句四十餘首。歸永康徐氏，早寡』。

徐基

基字宗項，又字十峯，號後坡、六塘野人、閒閒道人，江南華亭人。明經張止鑒婿。由嘉定學廩貢生官蕭縣訓導。歸後閉户讀書，足不入城市。著有十峯集五卷(康熙刻本)、景蘇閣集句。

迴文秋興

仙懷獨寄得風清，白水秋江泛月明。千縷波盈光渺渺，前川在望酒飄旌。

其二

遊遨共適自清幽，月上江盈渚水流。牛斗横天飄露白，舟孤泛壑萬山秋。十峯集卷二集前赤壁賦

倣一韻疊字詩

聽更盈明星，行旌登曾同與層陵。名興生能成，聲清鳴應鷩。

春雪回文二首并序

東坡老夢作回文雪詩，起而續成二絶，内一句云，夢驚松雪落空巖，恰與賦字合。甲申正月

二十七日，及如月二十四日，大雪盈尺，雖遇東風未消。且予平生無夢，近於夢中亦曾得句，因就蘇詩續貂二首。正如夢囈，但知夢中詩、雪中夢，不知詩中韻、賦中詩矣。

如月雪光飛半天，夢驚松雪落空巘。徐歌步賦蘇堂雪，餘雪風飄波泛川（巘字係原韻不敢更改賦中止有巉巘兩韻因借一先）

光生夜飲雪山空，雪下横蘭幽谷中。良夢得詩回雪賦，霜明雪月正雄風。

一韻回文詩并引

蘇長公既作夢廻文雪詩，復作夢雪一首，蓋一事兩記也。予慕雪堂雪天落成，更慕蘇仙步自雪堂，因以天仙二韻爲一句起結，復作回文，亦聊以步夢雪一章云爾。

天雪落成堂步仙，草蒼無色影翩翩。千巘白處廻風舞，川涌舟横縞岍前。 十峯集卷三

四時廻文十字詩

波生水美景風和、飲客歌

松高出谷起清風、夏木茸

秋江一鶴舞前舟、小水流

明霜白雪夜稀星、歲酒清（歲星即福德星歲酒春醖夏成秋藏冬發） 十峯集卷四

廻文秋閨調寄菩薩蠻

月明山上歌聲竭，欝懷悲困秋飛葉。清怨訴長更，旌飄酒望盈。壁蒼横露白，客泛來江適。天上盡成仙，焉知我不然。

秋江夜泛調寄重疊金廻文一首

清風起舞歌明月，秋山壁赤黄飛葉。霜白影披星，稀光夜藉行。江長流水順，舟涌驚波震。無懷寄洞仙，遊客步前川。十峯集卷五

卷首徐基自識：

一、廻文各式，悉依古本，惟五七言廻文用平仄兼收者，五字化爲十五音，此古體所無，師其意勿泥其式也。

一、重叠金即菩薩蠻末二句第四字，應先平後仄，因礙廻文稍爲變通，更倣爲詞餘，豈曰聲諧宫羽，惟用韻不複安排良苦耳。

四庫全書總目卷一八四十峯集提要云：『是集自詩賦文及填詞，皆集前後赤壁賦中字，錯綜盡變，極有巧思。若其中遊小赤壁賦、春日遊小赤壁賦及道德篇諸作，皆洋洋數千言，而伸之縮之，不出四百餘字之外。雖才人狡獪，不足以語大雅，而專門之技，别開奥窔，亦詞苑中之奇作，亘古所未有者也。末卷倣梁簡文、蘇蕙蘭、古聲鑑圖、及宋庠寄范仲淹諸迴文，皆

有思致。卷首有康熙丙戌陳元龍序，序集聖教序中字，亦如自己出，以弁此集，可云勁敵』。趙慎畛榆巢雜識卷上：『華亭徐基，字宗頊，由貢生官訓導。所著自詩賦文及填詞、回文詩，皆集前後赤壁賦，洋洋灑灑數千言，伸之縮之，不出四百餘字外。卷首有陳文簡公元龍序，集聖教序中字，亦如自己出』。

鄭熙績

熙績（？—一七〇五）字懋嘉，江南江都人。清康熙十七年戊午舉人，官刑部主事。工詩詞，著有含英閣詩草十卷（康熙刻本）、蕊棲詞。

隱居漫興 廻文集字

清風戛竹咏前軒，曲徑蒼苔繡古園。楹滿月陰花皎皎，水旋螢火夜屯屯。更殘倦鳥棲枝穩，夜靜哀猿掛樹翻。榮與辱忘吾谷隱，酒酣高臥偃荒村。含英閣草卷六

子夜歌 舟行夢中作廻文詞一調醒來索筆紀之

靜波橫月明如鏡，鏡如明月橫波靜。霞落映牕紗，紗牕映落霞。落霞 琴名　暮煙迷遠樹，樹遠迷煙暮。粧晚憶歸航，航歸憶晚粧。含英閣詩餘（蘂棲詞）　全清詞·花鈿集選

邗江同學諸子曰：『八句之中，具有八意，顛倒讀來，又極自然，尤奇在于夢中得之，其巧

生于熟時乎』。

郭晉光

晉光字旭升，山東德平人。清廩生。博學，尤善填詞，著有玉韞齋集。

雁字迴文

青天碧處淨塵囂，雁陣排空望遠遥。形象宛同書字字，勢成揮翰羽翛翛。仃伶幾去雲生巧，草戲如飛風起颸。坰野奮霄凌翮健，冥鴻近得喜朋邀。光緒德平縣志卷十二藝文

『坰』：疑『垌』字之訛

愛新覺羅·玄燁

玄燁（一六五四—一七二二），在位六十一年，廟號聖祖，建元康熙。統治期間，大興文字獄，鎮壓漢族人民，最著者有莊廷鑨明史輯略案、戴名世南山集案和方孝標滇黔紀聞案，刑罰殘酷，誅連衆多。撰聖祖仁皇帝御製文四集三十六卷（文淵閣四庫全書本）。

雨後戲題回文詩

雲收曉景霽烟開，曲檻香凝露染苔。分徑花光清氣爽，紛紛雨思綺文裁。聖祖仁皇帝御製文集

戲作廻文

年豐足雨和時，穀賤家家展眉。專意民安物阜，先爲德廣恩施。聖祖仁皇帝御製文集第四集卷三十六

案：康熙四十四年四月，玄燁南巡，合肥田實發恭進聖主春日南巡廻文七言律詩二首、歸安沈樹本上敬觀御製書西湖十景榜額恭紀廻文。四十六年，玄燁南巡，仁和王錫獻聖駕南巡喜作廻文詩二章。五十二年三月，玄燁六旬壽辰，内閣及部院衙門諸臣先後進獻古玩書畫詩册等物慶祝，兵部尚書殷布特、孫徵灝、侍郎覺和托、李先復、巴顔柱、宋駿業『恭進蘇夫人織錦廻文、管夫人璇璣圖』（萬壽盛典初集卷五十七）。

林企忠

企忠字中水，號寓園，清江南華亭人。嘗幕遊楚地。著有翠露軒詩餘初集三卷（清刻本）。

菩薩蠻 春閨廻文

小鶯啼樹籠烟曉，曉烟籠樹啼鶯小。花影亂窗紗，紗窗亂影花。　淺寒春語燕，燕語春寒淺。人遠繫情深，深情繫遠人。

菩薩蠻早春陰雨廻文

嘗見作者多將末聯倒轉，以調平仄，畢竟牽强。今皆以平仄二音之字填入，庶幾合調，但才拙學疎，深愧不能工耳。

欄凭獨冥微寒凝，雨和雲淡添春病。花暗語鶯慳，香胎粉蝶孱。芳梅飄砌舞，如夢隨風去。倦醒怯重愁，新諳舊思幽。翠露軒詩餘初集卷上

許周仁

周仁字汝公，號思齋，清江南歙縣人。著有稽古堂詩草六卷。

旅情菩薩蠻廻文

日斜穿透紗牕碧，碧牕紗透穿斜日。離别苦多時，時多苦别離。有情閒醉酒，酒醉閒情有。寥寂奈魂銷，銷魂奈寂寥。稽古堂詩草卷六

納蘭性德

性德（一六五五—一六八五），原名成德，字容若，别號楞伽山人，滿洲正黄旗人。太傅明珠子。清康熙十二年丙辰進士，授乾清門侍衛。二十四年，遽卒。善詩，尤長倚聲，著有納蘭

詞五卷補遺一卷（四部備要本）。

菩薩蠻回文

霧窗寒對遥天暮，暮天遥對寒窗霧。花落正啼鴉，鴉啼正落花。袖羅垂影瘦，瘦影垂羅袖。風翦一絲紅，紅絲一翦風。納蘭詞卷一

又回文

客中愁損摧寒夕，夕寒摧損愁中客。門掩月黄昏，昏黄月掩門。翠衾孤擁醉，醉擁孤衾翠。醒莫更多情，情多更莫醒。

又回文

砑箋銀粉殘煤畫，畫煤殘粉銀箋砑。清夜一鐙明，明鐙一夜清。片花驚宿燕，燕宿驚花片。親自夢歸人，人歸夢自親。納蘭詞卷五

並見通志堂集卷七詞二（康熙三十年徐乾學刻本）、飲水詞集卷中（顧貞觀閲定本）

吴　湘

湘字婉羅，清浙江錢塘人。萃圖女。年十二即工詩，著有組紃草，其詞可『分鑣漱玉，平睨

清真』。

菩薩蠻 廻文

好花開遍啼鶯老，老鶯啼遍開花好。香暖透輕裳，裳輕透暖香。燕來春待晚，晚待春來燕。流水碧悠悠，悠悠碧水流。徐樹敏、錢岳衆香詞樂集

徐乃昌閨秀詞鈔卷七錄此，惜闕字甚多

曹鑑冰

鑑冰字月娥，江南金山人。自幼得祖母吳朏、母李玉燕訓，工詩詞書畫，長適婁縣張日瑚。家貧，授徒自給，人稱葦堅先生，王原謂其有朱淑貞、管夫人之風（顧傳金蒲谿小志）。著清閨吟二卷。

夏閨 迴文

薰風散盡暑炎炎，剪落聲驚燕寢恬。裙褶浪成紋細細，步生蓮似瓣尖尖。雲鬟整未猶眠柳，翠黛描殘怕捲簾。聞昔句吟頭白歎，分鸞鏡對怨愁添。清閨吟

釋照純

照純（一六五六—一七一七）字性牧，黄氏子。

對雨迴文

朝朝雨點打牕紗，久坐人間對落花。橋斷遠溪推水急，燕低前浦撼風斜。遥天隔處遮重霧，曲澗遊時泛短槎。蕉破滴聲亂入耳，囂塵洗淨喜山家。曇現、慈修靈石寺志卷八（乾隆初年鈔本）

宫鴻曆

鴻曆（一六五六—一七一八）一名鴻律，字櫍鹿，一字友鹿，號恕堂，江南泰州人。清康熙四十五年丙戌進士，改庶吉士，授翰林院編修，移武英殿纂唐詩注。五十一年，充會試同考官。『江左十五子』之一，著有恕堂詩稿二十八卷。

菩薩蠻 迴文

曉山青黛雙娥小，小娥雙黛青山曉。幽雨夜添愁，愁添夜雨幽。冷香沉瘦影，影瘦沉香冷。纖手玉花簪，簪花玉手纖。全清詞·墨華詞

龍　震

震（一六五七—一七一三後）字文雷，號東溟，清直隸天津人。布衣。著有玉紅草堂詩文十六卷（康熙五十二年刻本）。

六月初五日在抱甕園作向夕廻文三首消暑

七律拈得文侵二韻

君招欲到早秋尋，却負閒人懷遠心。雲嶺横烟飛鳥倦，水村隔樹一蟬吟。紛紛白露濕花滿，拂拂清風入竹深。帬屐冷光苔徑雨，夕凉最喜客彈琴。

目次題作向夕廻文三首

五絶得元鹽二韻

簾捲一軒竹，鳥歸對酒罇。纖纖月動影，水遠照孤村。

七絶得蕭尤二韻

潮風弄影晚帆秋，冷日斜明樹外樓。摇櫓小郎吴語軟，迢迢水色滴花舟。

六月初七日作廻文三首

五律得支微二韻

池花水弄影，倦鳥與雲飛。隨客吟中野，晚風拂短衣。馳波白泛泛，暝樹緑霏霏。時起一聲笛，思秋多緩歸。

目次題作五律廻文一首

五律帶古律寒韻古魚韻

虛夢蝶屏煖，深情惜夜殘。梳風凉院柳，醉露晚亭蘭。魚簡雙傳恨，酒盃一送歡。如何將罷飮，孤影小燈寒。

目次題作五律帶古廻文

新月得文尤二韻

雲開斧影白，水化半輪秋。分外天光冷，竹簾上玉鈎。

目次題作新月廻文。

六月初八日作七古廻文帶排律古灰韻律庚韻

傾倒天河秋滿水，冷香空夜凉風回。明星幾點幾螢流，落葉一聲一鶴來。横影樹烟籠翠屏，暝光花露飄霞盃。情多便許神同心，恨致通靈鬼比才。擎月寶釵鸞鏡開，緑峰高髻螺雲堆。箏彈軟手雙瓊飛，酒醉閒人仙著陪。

目次題作七古廻文帶排律

島花廻文得東齊韻初九日玉笈山房作

啼鳥翠雲空，水飛群蝶紅。泥香石落雨，錦散海飄風。迷路仙樵采，煖春古洞通。西峯玉女老，遠夢小洋東。

目次題作島花廻文

塞鳥廻文豪侵韻

高秋苦絶塞，定不集荒林。濤倦驚沙冷，樹迷早雪深。號烏列海曲，怒馬走山陰。毛羽落烽堞，勞勞審顧心。

調氷詞廻文得蕭微韻

飛光碎玉水香飄，冷向郎心熱處調。衣濕寒花氷褁袖，渴如相惜暗魂銷。

雪藕詞廻文得東麻韻

花香藕滿雪盤空，腕玉雙開捲袖紅。拏取幷刀吴剪快，誇儂不斷一絲風。

雨後廻文

荷風積雨濕晴沙，水滌香盃一試茶。何若意中詩客冷，波含樹影落蟬花。

老夫醉後吟七律廻文

豪飲獨揮盃影殘，老夫老愛醉聲歡。高秋打鼓漁陽夕，落日吹簫吴市寒。號鴈過蘆風入水，溢花拂劍雪飛湍。勞勞太苦何爲爾，酒滿槽香芝滿盤。

目次題作老夫醉後吟廻文

題玉笈山人所畫亂草圖七律廻文六月晦日作

靈風運到筆花生，野草成圖只遣情。形影見時空水墨，淺深分處辨枯榮。青螢出夢秋池冷，老蝶藏烟古岍平。停手入神全得意，屏高一畫亂撑横。玉紅草堂戊子稿卷十一

目次作題玉笈山人亂草圖廻文

橋邊小飲廻文

殘風晚送緑楊堤，影落霞天一鶴啼。歡酒對人漁弄笛，寬懷野艇小橋西。

山中納凉廻文六月初七日同陳子翽作

流泉暗引竹林風，穩臥高樓石澗中。愁破閒雲白泛泛，暑消晴雨緑濛濛。秋聲夜落孤猿嘯，爽氣朝來群鳥翀。留去任人僧寺野，悠悠客笑冷山空。

溪女廻文

灘外花紅水弄波，櫂回低唱一聲歌。寒溪晚照髻雲緑，殘雨香風吹袖羅。

迴文一首限殘年二韻十二月廿五日高唐署中樓上作

殘雲凍碎破城烟，落日斜荒垂遠天。寒鳥孤飛風草路，病牛群卧水沙田。安心醉放難高興，薄酒閒貪誤老年。酸眼淚橫霜影樹，官埸熱染一名羶。玉紅草堂己丑稿卷十二

目次題作迴文一首高唐署中作

春日飲酒作 迴文

紅蘭玉露滴香槽，酒對花枝一飲豪。風柳新梳春草緑，鴻歸叫處遠天高。玉紅草堂壬辰稿卷十四

目次題作春日飲酒迴文

甘國基

國基字靖之，號鴻舒，遼寧潘陽人，隸漢軍正藍旗。清康熙年間在世，著有勁草堂詩稿三卷詩餘一卷（清方氏碧琳琅館鈔本）。

後庭花 秋日閨情 迴文

洌風秋冷衾如鐵，怯心寒徹。熱魂香夢驚難别，月明情結。 鐵如衾冷秋風洌，徹寒心怯。别離驚夢香魂熱，結情明月。全清詞補編·勁草堂詩餘稿

回文集卷三十四　目錄

回文集卷三十四

陳枋

枋（約一六五七—一六八六後）字次山，江南宜興人。迦陵從侄，鄒祗謨甥。以諸生入國學，年未三十卒於京師。詩古文詞，工絶一時，與陳維崧齊名。著有水榭詩稿、香草亭詞。

迴文

繞廊花影横庭小，小庭横影花廊繞。雲底月鱗鱗，鱗鱗月底雲。　者邊儂坐夜，夜坐儂邊者。衣上暗風微，微風暗上衣。蔣景祁瑶華集卷二

汪灝

灝（一六五八—？）字紫滄，改名淏，號石梁、竹農，江南休寧（自署海陽）人，居江都。清康熙四十二年進士，官翰林院編修，著有披雲閣詞。

重疊金 廻文

少年嬌艷新粧巧，巧粧新艷嬌年少。長恨掛垂楊，楊垂掛恨長。上樓春思蕩，蕩思春樓上。多悔妾如何，何如妾悔多。

吴成瑄曰：『紫滄初稿有樓上莫春愁，愁春莫上樓，影孤憐日永，永日憐孤影之句，同人擊節。一日，讀坡仙詞，驚其相類，遂削去，可見才人亦有暗合古人處也』。

其二

晝長人倦閒鍼繡，繡鍼閒倦人長晝。郎別惜荷香，香荷惜別郎。草青鋪遠道，道遠鋪青草。知得甚時歸，歸時甚得知。

其三

月摇烟樹梧飄葉，葉飄梧樹烟摇月。吹怯妾羅衣，衣羅妾怯吹。鴈來空信斷，斷信空來鴈。驚夢惱雙成，成雙惱夢驚。

其四

絮飛飛雪催天暮，暮天催雪飛飛絮。單怨妾衾寒，寒衾妾怨單。淚氷沾袖翠，翠袖沾氷淚。梅樹幾花開，開花幾樹梅。

前調 秋別廻文效瓊山體

天迷遠浪秋烟碧，掛帆孤艇人離驛。霜影客單衣，寒風柳亂飛。　聞鐘愁曉月，殘夢同誰結。魂牽淚送郎，將別恨茫茫。披雲閣詞（毛會侯點閱，清刻本）

趙吉士林卧遥集卷下云：『余家所藏右軍修禊圖，題咏最多，汪紫滄作廻文一詞于帙，寄余山居索和。余笑曰，是增吾林卧集中一格也，搦管應之，即書卷末』。案：此詞本集未見。

施世綸

世綸（一六五八——一七二二）字文賢，號潯江，一號靜齋，漢軍鑲黄旗人。漢奸施琅子。康熙二十四年，以蔭生知泰州，歷守維揚、秣陵，擢淮徐道副使、湖南布政使、順天府尹、户部右侍郎、副都御史，卒於漕運總督。性喜吟咏，著有南堂詩鈔十卷詞賦一卷（康熙二十四年刻本）。

夏雨即景廻文

樓遮柳暗緑煙低，靜院閒聲一鳥啼。愁裏夢歸春色暮，鈎簾對雨小軒西。南堂詩鈔卷七後集

熊履廷

履廷（一六五八—一七三九）字來周，號甓園，江西豐城瓘山人。清康熙乙酉、丙午薦元不售，以歲貢終，有也魷吟四十卷（乾隆刻本）。

小齋回文詩一首

踈竹綠陰垂外簷，燕來時碍不懸簾。居幽喜對遥山好，舒興吟詩索酒添。也魷吟卷四

齋中即事回文詩一首

茶新品罷客齋孤，曲檻圍花風起扶。斜影日穿窗隙過，鴉歸暮柳綠平蕪。也魷吟卷八

挹清軒回文詩

閒軒一水近南城，夕月圓來挹趣清。删盡俗詩吟興發，環堤柳影鑑湖明。

挹清軒用回文體

門當綠水挹清軒、蔭柳繁

春回文詩次韵

花籠檻外牖籠紗、漾月斜

夏回文詩次韵

蓮舒嫩葉綠鋪錢、小沼圓

秋回文詩次韵

悠然爽氣冷侵楼、半入秋

冬回文詩次韵

梅寒綴雪似花開、競當來 也甈吟卷十六

秋日出郊回文一首

垂楊綠岸接横洲，網晒漁舡漾水秋。隨步緩遊同好伴，奇峯露影破雲流。也甈吟卷二十三

暮秋 廻文

秋殘遺興客豪吟，紫色山連紅葉林。收盡稻畦半野曠，繫將漁艇小溪深。悠悠鴈影寒汀落，唧唧蟲聲暗夜侵。楼矮獨居閒事謝，幽芳晚愛菊粧金。

山行 廻文

坡連谷轉路東西，半里聞聲水瀑谿。蘿薜擺風高樹挂，竹松環寺遠煙迷。歌調巧鳥窺林隔，翠染晴嵐帶杖携。莎綠暎花山似錦，螺旋步踏怯危梯。

九日登高 回文

峯高上盡徑回紆，翠聳遥山衆壑殊。濃酒吐香杯泛菊，遠空排陣鴈銜蘆。笻扶險處飛雲濕，石响乾聲落葉枯。逢節喜晴天氣爽，重陽樂縱放懷孤。也毹吟卷二十八

壽劉旋吉廣文 回文體

光燃夜閣古傳家，化雨時敷羡笄遐。梁棟育材資世盛，管絃鳴晝□風斜。堂環綠水溪名寶，座繞紅雲帳設紗。香酒壽筵賔出獻，黄金美色菊浮花。也毹吟卷三十三

徐旭旦

旭旦（一六五九—一七一六後）字浴咸，號西泠，别署聖湖漁父，浙江錢塘人。副貢生，充康親王尚善幕。清康熙十八年，舉鴻博。三十三年起，任興化縣丞、知縣，移寧遠。四十九年，遷連平知州兼攝海豐令。工詩詞，善集句，著有世經堂詩鈔三十卷（名山藏梓行）。

詠雪和韻七言近體

飛蓋虎壑漫寒江，月滿航梢玉作樁。微剪水傾花瓣雨，碎翻風沸隴頭瀧。暉凝石閣梅添潤，絮舞氷亭柳弄腔。肥帶瘦蟠虬幹老，歸來鶴拍羽雙雙。

春日登望海樓

濵水天光煙滿樓，望中閒逐景深幽。春涵暖日黄金涌，曉激寒氷碎玉浮。身避繒光鷗似狎，目窮山外鹿仙遊。神波戰躍驚雷怒，伸屈分眠龍與虬。

其二

開懷勝攬坐陵陂，對景清歌矢軸薖。來去水聲寒吼颶，淡濃嵐色黛浮螺。臺蒙草樹朝生彩，閣遶煙濤早沸渦。苔石臥雲看曙海，梅窓咏泌樂如何。

水香園余家別業也壬戌之秋同毛大可王仲山邵戒三諸先生小憩分賦

秋庭滿襯蘚紋蒼，翠擁晴窓竹倚床。幽墅別通堤外柳，小亭閑接路邊桑。鷗馴狎水萍分緑，蝶睡迷香菊吐黄。舟繫蓼汀漁鈎穩，浮踪任嬾醉吟長。

豐山禪林和嘯公原韻

空虚碎擊一椎懸，鳥語花香别有禪。叢桂護巖蒼鬱鬱，蔟莎環澗碧芊芊。風林道唱毛吹細，月鏡宗披鼻觀圓。融雪白浮金映玉，中堂挂鉢淨生蓮。

夏日漫興

研朱把閲手删詩，筆閣閒窓竹杖支。煙鶴避飛茶熟鼎，渚鷗盟泛酒盈巵。年昇對局敲前墅，日永持竿釣曲池。眠石枕琴蕉蔭緑，蟬鳴抱樹碧簾垂。

秋閨七言絶

孤飛雁字寫紅霞，淡月情多許我賒。梧葉風飄寒夜盡，烏啼覺夢趨牕紗。

即事

鮮鮮翠竹剪詩簡，灼灼丹榴照綺櫳。眠月枕書窓印緑，煎雲碾茗鼎添紅。

對月五言絶

讀月披雲錦，明鏡一窓横。玉軫調歌曲，拈詩謝兎蟾。

酤飲

煙凝碧樹原，肆酒剩孤村。錢百懸筇瘦，傳杯覔哾喧。世經堂詩鈔卷十九

菩薩蠻迴文

緑鬟煙挽斜勾玉，玉勾斜挽煙鬟緑。郎贈口脂香，香脂口贈郎。影鸞交彩映，映彩交鸞影。傍鏡笑成雙，雙成笑鏡傍。

其　二

草芳閒院春啼鳥，鳥啼春院閒芳草。情薄怨來生，生來怨薄情。蝶間花笑妾，妾笑花間蝶。遮莫妾如花，花如妾莫遮。

其　三

數重花幔穿金縷，縷金穿幔花重數。愁處是高樓，樓高是處愁。鳳釵横壓夢，夢壓横釵鳳。通夢兩心同，同心兩夢通。

重疊金 夏閨 集名媛句 迴文

緣波晴泛雙鳬浴，浴鳬雙泛晴波緣。薛濤 龍成貴主 長夢午風凉，凉風午夢長。換衣將帳掩，掩帳將衣換。葛亞兒 楊監真 煙柳動鳴蟬，蟬鳴動柳煙。

其　二

見人羞着單衣短，短衣單着羞人見。魚玄機 李弄玉 香汗透背凉，凉背透汗香。緣窓踈映竹，竹映踈窓緣。姚月華 戚逍遥 新恨又何因，因何又恨新。

世經堂詩鈔卷二十三詞鈔卷二

張　榮

榮（一六五九—一七二八後）字景桓，號玉峰，又號空明子，江南華亭人。清康熙三十年拔貢，五十七年十月，授崇明縣儒學訓導，翌年到任，五十九年即告致歸里，不復出。工詩詞古文，著有空明子全集四十一卷（康熙間寫刻本）

本句迴文

煙捲暮愁牽，牽愁暮捲煙。天遥接遠樹，樹遠接遥天。眠短驚殘夢，夢殘驚短眠。前春憶歲晚，晚歲憶春前。空明子詩集卷六

無題迴文同介山姪作

啼鶯亂處是晴天，早起先來望柳烟。鷄唱曉寒驚夢短，燭摇奩影弄妝妍。萋萋草濕苔堦潤，剪剪風輕燕語便。西閣小窓蕉長緑，低闌碧樹繞流泉。蛩聲一夜徹西堂，老榦桐陰碧蔭長。胷鎖舊愁懸玉佩，帶圍新恨散蘭香。龍盤繡額遮高髻，鳳舞金鞵踏響廊。峰遠暗消雙翠黛，鐘鳴聽罷理殘妝。

即事迴文

天陰緑樹拂寒香，謖謖松濤引籟長。泉挂瀑晴懸白練，竹摇春靄散清霜。鵑啼獨悵空殘夢，蘚緑凝愁傍短牆。眠起數看驚宿鷺，綿抛柳岸點閒塘。川晴照眼柳回青，望遠徒憐似醉醒。烟捲暮愁牽斷岸，草潆波影動孤亭。年華記恨空流水，語笑追歡憶落星。妍態弄花梅榦瘦，天遥映閣繡圍屏。

秋深悵望空鷗閒伴我許開襟，遍立欣看愛翠林。酬唱寄情怡碧水，潔清標意戀遥岑。銅鏡照簾摇槐柳，日落悲懷動古今。幽徑曲廊環石砌，愁多鬢白雪霜侵。深烟釣艇漁風打空庭閒落英，醉殘惟坐小窗明。東牆臥老嗟頭白，北閣看魚釣澗清。空巢鶴嶺丹日麗，玉環懸帶壓衣輕。叢叢桂樹添蒼翠，桐鼓新聲聽鴈鳴。空明子詩集卷八

李茹旻

茹旻（一六五九—一七三五）字覆如，號鷺洲，江西臨川人。清康熙五十二年癸巳進士，官内閣中書。雍正間，主宣城書院講席。十二年，應博學鴻詞試，北上，至杭卒。嘗預修廣西通志及撫州府志。與兄事之，均工詩文，京師稱爲『臨川二李』。有李鷺洲詩集二十卷（乾隆十三年無逸軒刻本）、二水樓詩集十八卷（光緒十七年味腴廬重刻本）行世。

登滕王閣二首

襟胸一向瀉瀛溟，况此傾罇滿醁醽。陰接浦雲飛入座，響春江雪噴當庭。深烟釣艇漁蓑緑，遠溆歸橈畫舫青。今古落霞孤館舊，壯風天假幾揚舲。

桐封舊隔幾滄桑，屧步新憑數詠觴。紅綴晚霞孤鶩落，碧澄秋水一天長。空巢鶴嶺丹留訣，古匣龍精鐵吐光。東郡此來還對鯉，風當馬驟幾帆張。

百花洲

熏花百草石淙淙，此上時來蠟屐雙。雲綰濕鬟青浸水，雨添新漲緑環窓。分香藕葉吹殘芰，引隊漁罾放小艭。氛垢遠闢禪院曲，焚修淨業素心降。

徐孺子祠二首

中人黨錮幾簪纓，也見先生老蓽衡。東閣舊懸塵榻小，北天遥返幣車輕。蓬蒿滿逕幽居僻，麥稻分疇緑野平。風節高標誰得近，鴻冥一舉遠空横。

寒原古樹野烏號，束一生芻剪徑蒿。蘭蕙有香幽谷滿，璧圭藏櫝寶光韜。難支獨惜方傾大（孺子謂茅容日爲我謝郭林宗大樹將顛非一繩所維何爲栖栖不遑寧處），速謗羣無早蹈高。盤澗自君徵得起，桓靈見可復虞陶。

二水樓詩集卷三無夾注。『原』作『源』、『束』作『束』、『盤』作『槃』

先大人服闋後述哀六首

戊辰冬月，既遭大故，哀毁無狀，哭不成聲，潦倒苫廬，倏逾三載，廻腸尚曲，血淚難乾，時當讀樂之餘，爰有述哀之作，凄然得句，不知所云。

盲膏竟易兩星霜，是處何從覓扁倉。香散墨花江管壞，屋連書草鄭齋荒。黄腸柏櫬歸南浦，白鬢孀親老北堂。償以百身誰許可，茫茫轉問一穹蒼。

荒庭一逕竹蒼寒，寢問虛幃夜燭殘。腸斷已哀莪蓼蓼，骨存猶見棘欒欒。裳衣賸有空懸桁，色笑承難永盍棺。長跪拜呼歡繞膝，湯羮幾歲獻辛盤。

氈寒一榻坐棲棲，冷舍空囊謚取携。鮮不數供誰鱠鯉，淡堪常適自羮藜。傳薪火失迷途黯，攬樹風驚宿鳥啼。絃古太難追絕響，肩肩脰媿等群雞。

徧爛淚染袖重重，短夢驚殘漏盡鐘。顔甲久題門以鳳，歲妖真值次於龍。山青舊宅荒蘿薜，草緑新阡冷桂松。還紼引來紛素縞，閒堂講座半塵封。

田園故墅菊將蕪，晚棹歸帆一柩扶。玄草舊封塵篋滿，黑花新著病眸枯。眠牛卜處無囊錯，弔鶴來時有束芻。烟斷竹鑪茶竈冷，蟬聯復不話東湖。

謾慈一痛轉凄凄，慰解還來掩袖啼。婚嫁在心關弟妹，死生殊路隔雲泥。魂歸些遶青田墓，淚墮碑殘緑柳隄（吾鄉居瀕干河歲苦滂患康熙十二年癸丑大人條陳于部請頒行直省檄諸州縣令民自爲力各完隄防以備水潦歸即倡集鄉人建議度形勢定規制計丁田出力慮有不率者復請府縣委官監督冬十月經始再閱月而竣隄亘二十五里田數萬頃得無災鄉人于是役也初甚難之今食其利已十餘年乃有輿人之誦）。鐏酒薄澆春日社，昏煙土雨濕棠梨。

二水樓詩集卷三無夾注，僅句末有『長隄出先大人糾築』

悼内三首

寒梅瘦伴曉幃孤，是處何從寄鶴雛。彈一指空雲裏夢，折三肱隱市中壺。盤春獻罷新椒柏，茗夜烹殘舊鼎鑪。桓少妖爲天命薄，潘生白鬢黑將枯。

規箴一斷復踈狂，憶汝空廻數曲腸。支枕病銷春鬢緑，返魂香盡夜臺黄。炊多不足常無米，具小爲謀輒可觴。時歲幾經同坐起，遺袿舊挂冷幃房。孤雲野鶴獨跚跚，曲亂哀絃軫斷彈。無復�妻鴻案舉，老將空呰鹿裘寒。蛛懸曉閣封塵暗，燕語宵梁落月殘。枯木藁灰心燼碎，趺跏擬向一蒲團。

觀　瀑

開將磴道一蜂坳，澗飲垂虹白下抛。廻軫玉絃驚怨鶴，濕綃珠淚灑潛鮫。雷奔雨漲山傾峽，雪濺風馳沫起泡。盃茗瀹泉清沁齒，埃氛絶可住由巢。

李鷺洲詩集卷四

舟進章門廻文

巖綴晚霞丹嶂疊，練拖秋樹碧烟輕。帆揚幾趁長風快，棹放還看好月明。

二水樓詩集卷三

詠團殿松竹梅連環廻文四首

中流玉練飲飛虹彩映宫

右團殿順讀以中流玉練飲飛虹爲句下三字連上四字讀之倒讀亦同後倣此

松株一幹老蟠龍玉砌封松

竹逕籠烟晴繞屋墻陰緑竹
梅枝數點雪粧來藥遍開梅
李鷺洲詩集卷九　二水樓詩集卷六

丁家城廻文

丁家城在余家對岸，其山蜿蜒環抱，因而增土城之者，中皆山麓，縱廣可百餘畝，風氣完固，余家及近地諸姓墓地在焉，下者可十餘畝，今以爲田。土人相傳，昔有丁七丁八者，不知何代人，亦不詳其名字，並爲時相，築此以爲家城。其南一山名萬工嶺，遺跡猶存。其北主山上爲佛寺，旁設兩像，皆白面而鬚，幞頭朱衣，執笏竝坐，以爲伽藍，蓋不忘其朔也。山下居人亦祀之，以爲土神。余考諸史宰相表中無有二丁同相者。又築城，蓋以禦亂，亦似非太平時事，當是蕭梁時因侯景之亂，從周續、周迪輩起兵討賊者。自劉宋來以臨川郡爲王國，其太守稱内史，以諸王及列五等爵者領之，其官屬有王友王長史王司馬王參軍主簿之類，亦猶漢制，諸侯王之有傅相時始。興王蕭毅以郡讓續，此或爲續部之參佐，後人訛以爲相耳。按周迪傳稱續部諸帥皆郡中豪族，多驕横，續稍抑之，並怨望，于是殺續，推迪爲主。既曰驕横，安知其時不嘗自僭擬於宰相耶。迪當時倚踈山爲砦，於其上數谷築城曰洛城，又于其南築工塘城。此亦有城，非其同時舉事者而何哉。迪由臨川内史至江州刺史，封臨汝縣侯，入陳後以叛見誅。而瑶湖以南，至今祀之，廟曰周王，廟以迪爲王，亦以郡爲王國之故。當時臨郡必多踰制僭越之處，二丁之號爲相，亦若是而已矣。又其牧守官吏，多非朝命，聽其自署，聊示覊縻而已。故周敷之兄周象，繼敷爲臨川内史，黄法氍之弟法慈法惠竝相繼爲巴山太守，此二丁者亦大率類是。第侯景之亂，百姓皆棄本業，羣聚爲盜，惟迪所部毫不侵擾，政教嚴明，故人皆德之，然則此地之祀二丁，無亦其時亦有保障之功耶。余臆度之如此，是否當以俟之博識者。

鴒原故第列東西，築版勞人萬鍤攜。青穗午吹畦上下，緑蕪春臥塚高低。丁爲鶴姓從風御，宇是鵑名向月啼。經幾刼灰殘堞廢，庭堦寢戟繡沙泥。李鷺洲詩集卷十七

二水樓詩集卷十三無序言，『鍤』作『插』

失題迴文 雜彙四首

長風岸草緑依依，日逗斜簾過影低。方沼碧荷新貼水，近山青柳弱垂隄。雙雙玉鷺歸巢遠，點點金鶯宿澗西。蒼樹數聲蟬斷續，白雲浮影弄前溪。

香迷蝶使最多姿，癖性生成已絶癡。腸斷一天横雁候，恨分三徑落花時。行行妙墨揮輕腕，的的清歌度好詞。長别此遭殊鬱鬱，房幃冷帳繐垂絲。

香雲紫黡玉流姿，引夢春凴一蝶癡。腸浣露華清語夜，頫迴風韻雅歌時。行分燕翼輕辭壘，墨舞鸞箋錦製詞。長晝掩窗幽檻曲，房櫳隔絶斷雍熙。

途歧帳斷隔塵凡，極目驚飛雁去南。珠細細明添露白，玉雙雙出憶田藍。烏痕墨染柔

絲帕，暮色天寒薄紵衫。殊不定魂梅比淡，株株抱影雪邊巖。二水樓詩集卷十四

李鷺洲詩集無此四首迴文七律。

俞益謨

益謨（？—一七〇七後）字嘉言，號澹庵，寧夏人。清康熙四十二年官湖廣提督，在職時曾鎮壓苗民起事，攻奪小天星寨、大天星寨。著有青銅自考十二卷（康熙四十六年餘慶堂刻本）。

水中菊影戲爲迴文

黄朶兩開映日明，始終同體自良朋。芳花傲盡三秋老，塘水傳神像画能。青銅自考卷十二

堵　霞

霞字綺霞，一字岩如，號綺齋，又號蓉湖女史，江南無錫人。清進士廷棻女，同邑庠生吴元音室。博學工詩，尤善寫生，著有含烟閣詩詞合集（上海圖書館藏玉烟堂舊鈔本）。

强唫詩集

題畫梅迴文

清院遶香梅朶朶，淡烟輕寫筆遲遲。明妝曉鳥啼春早，瘦影疎花映碧池。含烟閣詩

菩薩蠻 閨情廻文

晝長消遣垂簾繡，繡簾垂遣消長晝。烟滿緑窗閒，閒窗緑滿烟。　斷魂芳草亂，亂草芳魂斷。歌嘯莫如何，何如莫嘯歌。

虞美人 閨情廻文

青青柳拂輕烟裊，處處鶯啼悄。緑肥紅瘦映窗紗，淡月影移頻上石欄斜。　巢新語燕歸來晚，却怨綃簾捲。夜深閒坐淚愁添，遠望黛眉低鎖暗情牽。含烟閣詞

案：『鶯啼』原作『啼鶯』，回文不叶，乙

管　清

清字水心，號嵋村武生，山東諸城人。

蓮池館中卧病初起廻文

蓬蒿半壁古琴懸，語燕飛來去復旋。紅粉墜花翻細雨，緑窻横竹聽流泉。叢芳愧少人閒日，鬢雪偏多病老年。空色倦添愁客卧，風清惹向一池蓮。王賡言東武詩存卷七上（嘉慶二十五年化香閣刻本）

陳德裕

德裕字子厚，浙江錢塘人。陳枚長子。

柬徐幼直以畫箑見惠迴文

公名轟耳已久，畫之奇特，真筆筆寫生手。隨處布景，飛鳴宿食則鳥，風晴雨露則花。峰迴徑曲，泉湧雲飛。幻態奇情，心賞目悦。神絶之技，古今無幾。幾無今古，技之絶神。悦目賞心，情奇態幻。飛雲湧泉，曲徑迴峰。花則露雨晴風，鳥則食宿鳴飛。景布處，隨手生寫，筆筆真特奇之畫，久已耳轟名公。寫心二集

鄧實談藝録選此，題作陳子厚德裕柬徐幼直以畫箑見惠迴文

陳聶恆

聶恆（?——一七二三後）原名魯得，字曾起，一字秋田，江南毗陵人。清康熙三十九年庚辰進士，授廣西荔浦縣令，雍正元年，由長寧知縣自粵内任刑部主事，改檢討。著有栩園詞弃稾四卷（康熙四十三年自序刻本）。

菩薩蠻回文

落花如夢春情薄，薄情春夢如花落。啼鳥怨空枝，枝空怨鳥啼。　夜窗閒繡罷，罷繡閒窗夜。風翦一鐙紅，紅鐙一翦風。栩園詞弃稾卷三

孫在中

在中（一六六〇—一六九五後）字鞠懷，又字孚尹，浙江德清人。内閣學士在豐弟。清康熙二十三年甲子舉人，官刑部郎中，著有大雅堂詩初集六卷（康熙刻本）。

迴　文

西東悵望一高樓，脉脉情詩好得留。迷路客來歸艇小，溪橫帶樹遠山秋。大雅堂詩初集卷五

王　錫

錫（一六六〇—一七〇九後）字百朋，自署雪巖居士，浙江仁和人。諸生，早歲師事毛奇齡。累試不第，清康熙四十二年，嘗應南巡召試，亦未遇。著有嘯竹堂集（康熙三十五年刻本）。

春暮迴文

春花落徑滿，雨細漸黄昏。蘋澗潛魚躍，竹林歸鳥喧。人幽倚怪石，客好對殘樽。塵俗遠門閉，薜蘿垂小軒。

小窻晚坐迴文

卷開還醉飲，人坐小窻紗。剪剪風摇柳，盈盈月逗花。篆香餘宿火，泉碧試新茶。遣興幽居僻，林深翠竹斜。

春暮書懷倣迴文體

沉水新燒香影斜，薄寒春盡透窻紗。陰陰緑重烟迷柳，點點紅多雨落花。吟咏細聞蜂教子，苦辛頻見燕成家。心塵滌却憑甌茗，琴尾焦餘空嘆嗟。

戲和閨人秋夜迴文

東亭小飲夜如何，久坐清寒透薄羅。風瑟瑟秋三徑竹，雨瀟瀟夕一池荷。紅燈暗照驚魂斷，翠袖新凝血淚多。同夢有時悲道遠，蟲鳴聽處蹙雙娥。

洪昇曰：『一氣迴環，自然合度，而能每句必作閒姿，真異才也』

春曉坐孤山葛氏池亭感賦 迴文

屏翠當軒侵碧空，景清多愛坐林中。萍池曉躍魚鱗白，柳岸春鳴鳥嘴紅。亭畔石凝芳蘚露，水前簾捲落花風。星星鬢任儀容老，醒醉齊忘窮與通。

雨中送春 迴文

紗窓暗灑雨纖纖，物感深時酒病兼。花落亂紅飄曲徑，竹摇新翠濕踈簾。斜烟冷帶金鶯逐，細草芳餘粉蝶沾。華歲任多來復去，好風光看滿前簷。

秋暮旅懷 迴文

長路歸愁時早寒，客心驚嘆爲衣單。黄花菊老秋風疾，赤葉楓含夕照殘。行斷鴈迷雲漠漠，夢多人阻水漫漫。傷神弔影憑誰問，狂醉空迴一劍看。

聖駕南巡喜作迴文詩二章 丁亥　蒙取第三名

今古長推真治河，庶民安止得丘阿。深恩帝受蒸魚詠，盡職臣傳梧鳳歌。林樹碧浮春日暖，岸花繁拂曉風和。琴聲一鼓應財阜，臨幸頻邀純嘏多。

其　二

年豐屢幸浙西東，聖主因民惠澤隆。烟淡染時垂柳緑，雨微飄處落花紅。翩翩雉扇雙輪月，隱隱龍帆一片風。船小坐來偏極穩，天吴静浪碧流中。

案：康熙四十二年癸未，玄燁南巡，百朋獻詩行宮。四十四年乙酉，三月晦日，玄燁抵禾中，百朋又隨翰林院檢討毛奇齡、内閣中書毛遠宗迎于白蓮寺下塘。

爲陳西山哀逝虞美人　廻讀成七律一首

年華促去東流水，淚下時無已。夢魂天曙怯鰥魚，訝甚月明還顧兎隨虚。妍花鏡裏空成讖，冷氣香餘枕。斷腸烟草碧絲絲，恨怯鵑啼早處咏螽斯時因産亡臨死前數日曾有句云月照粧臺鏡裏花　嘯竹堂集

蔡衍鎤

衍鎤（一六六一—一七二〇後）字間清，又字宫聞，號操齋，福建漳浦人。貢生，考授州司馬。嘗應張伯行之聘，主鼇峰書院事。著有操齋集（康熙刻本）。

野望廻文

墖入青雲遠，河平碧水流。颯颯風中樹，蕭蕭雨後秋。　操齋集詩部卷九

焦袁熹

袁熹（一六六一—一七三六）字廣期，自號南浦，江南金山（一作華亭）人。清康熙三十五年丙子舉人，不赴會試。五十二年，李光地、王項齡俱以實學通經薦，因親老固辭。後銓授山陽教諭，仍乞終養未就。工鴻緒輯明史，招其預事，月餘，以持論不合，辭歸。著有此軒木直寄詞二卷（乾隆十七年澹竹軒刻本）。

菩薩蠻 秋閨怨

唳鴻飛到將書寄，寄書將到飛鴻唳。魂斷欲黄昏，昏黄欲斷魂。細風涼葉碎，碎葉涼風細。頻夢遠行人，人行遠夢頻。

又 燕

晚花穿入重簾捲，捲簾重入穿花晚。紅影舞輕風，風輕舞影紅。伴伊憐語軟，軟語憐伊伴。儂去莫匆匆，匆匆莫去儂。

又 蜂

好風春聚花房小，小房花聚春風好。腰細倚多嬌，嬌多倚細腰。　窩香濃暝日，日暝濃香窩。狂蝶趁年芳，芳年趁蝶狂。此木軒直寄詞卷一

周穉廉

穉廉（約一六六一——一六九〇前後），一作汝廉，字氷持，號可笑人，江南華亭人。諸生，清康熙十二年援例應試，不遇。卒年僅二十九。著有容居堂詞鈔（清刻本），兼擅曲劇。

菩薩蠻 山居迴文

亂流溪樹烟横岸，岸横烟樹溪流亂。橋斷接峯遥，遥峯接斷橋。　焙茶山雨細，細雨山茶焙。秋到等閒鷗，鷗閒等到秋。

前調 仿王修微迴文

鏡開羞學新妝靚，靚妝新學羞開鏡。離别怕遲歸，歸遲怕别離。　緑痕螺黛促，促黛螺痕緑。千萬約來年，年來約萬千。容居堂詞鈔

徐樹敏、錢岳衆香詞射集作蓉湖女子撰，並云：『江陰人，本名家女，爲宦室婦，文才敏妙，篇什甚多，特以外君戒其吟咏，故不以姓氏傳』。近世徐乃昌閨秀詞鈔卷七、吴灝歷代名媛詞選卷四、畢振達銷魂詞皆襲其説。按蓉湖女史爲清初無錫堵霞之號，而含烟閣詞未見是作。蓉湖又不在江陰境内，豈可命此名號，所以頗疑其人爲子虚烏有也。雷瑨、雷瑊閨秀詞話卷三：『近讀衆香詞，蓉湖女子有菩薩蠻仿王修微廻文一首，殊極其妙。詞云，鏡開休學新妝靚，靚妝新學休開鏡，離别怕遲歸，歸遲怕别離，緑痕螺黛促，促黛螺痕緑，千萬約來年，年來約萬千。迴環一氣，情文相生，當不在丁藥園之書寄待何如，如何待寄書下也』。案王微字修微，明末揚州人。七歲失父，流落風塵。初依茅元儀，後歸許譽卿。常輕舟載書，往來五湖間。晚年皈心禪悦，自號草衣道人。工詩，著有期山草，樾館詩存、遠遊稿等行世。所作菩薩蠻回文，未見。

歐陽明

明字同輝，清江西廬陵人。布衣。著有東澤詩稿。

秋夜吟回文

鳴夜琴聽風入松，坐深醉酌酒香濃。輕陰散影花篩月，重露凝寒草泣蛩。城近寺傳鐘隱隱，水連天遠雁嗈嗈。横江大覺夢來鶴，清味睡宜埜性慵。 胡友梅廬陵詩存卷八（光緒十三

年石陽書院刊本）

屠文漪

文漪字漣水，號蒓洲，江南青浦（國朝詞綜作婁縣）人，家珠谿。清康熙間諸生。著有蒓洲詞。

虞美人 秋閨迴文

香肌玉減消脂粉，被擁長更恨。黛凝波斂醉還醒，殢酒翠鬟雙嚲亂雲輕。孤鸞鏡對山屏畫，月皎烏啼夜。碧窗烟鏁夢成空，往事鳳衫羅染淚痕重。

又

新寒惹砌鳴蛩亂，夜夜人愁慣。露輕風細雁來初，向寄萬千情字一緘書。花紅暈燭銀屏背，寂寂紗窗閉。澹烟沉水在香篝，掩帳待誰和月望清秋。王昶國朝詞綜卷十八

王昶青浦詩傳卷三十四，題作虞美人秋閨二首廻文

凌應治

應治字允康，號鳳林，江西彭澤人。清康熙二十三年甲子舉人，選山東金鄉知縣，未抵任卒。精周易，著有鳳林存稿四卷。

北隴庵迴文

幽僧伴鶴宿雲間，寂寂禪堂靜對山。流水送香花落澗，暖風噓翠竹環關。甌盈碧露和烟篆，衲補紅霞染袖斑。留客共談經入妙，悠然自覺夙心憪。乾隆彭澤縣志卷十三詩録

嘉慶彭澤縣志卷十四藝文題作北龍庵迴文、同治彭澤縣志卷十七藝文題作北壠庵迴文。

『噓』、『紅』：同治九江府志作『吹』、『江』

『憪』：嘉慶、同治彭澤縣志作『閒』

侯中毓

中毓字位宏，河南杞縣人。内閣中書舍人方曾子。諸生。著有棣軒遺藁。

春夜廻紋

花開未遍隔牆隣，夜靜挑鐙乞火新。茶釅飲宜宵破睡，酒醲藏待坐留賓。紗窗動竹風篩月，蘚徑埋香雨洗春。家住小村環水緑，雅棲有樹好依人。侯資燦大梁侯氏詩集卷四棣軒遺藁（嘉慶二十四年刻本）

『雅』：原文，疑爲『鴉』字之誤

管　棆

棆（一六六三—一七二三）字青村，一字宇文，江南武進人。少育于外家楊氏，隨舅觀察大鯤貴西任。清康熙二十六年，以軍功授江西餘干知縣，歷貴州普安、新昌知縣，雲南姚州、師宗知州，擢工部水司員外郎，終刑部雲南司郎中，治獄詳慎，多平反。學問淵博，尤以詩名，著有據梧詩集十五卷（康熙刻本、乾隆刻本）。

迴文詩二首

新雨寒花蝶影香，遠天歸夢曉茫茫。馴鷗伴水歸斜渡，匀柳吹煙籠短牆。

鈿花插鬢晚妝新，月夜濃香暗立身。憐汝只題新寫句，牽予獨夢隔花津。

據梧詩集卷六修

琴閣集下

吴之章

之章（一六六三—一七四〇）字松若，號槎叟，自稱清初逸民，江西長寧人。諸生。康熙間與修贛州府志。雍正十三年，詔舉博學鴻詞，時已年老，辭不就試。著有泛梗集八卷（光緒六年文謙堂刻本）。

挹青樓晚眺連珠環

林霧出清溪，遠山低碧漢。深暮入平隄，淺寒迷隔岸。賴鯤升、賴鳳升霞綺園友聲集詩卷三（康熙五十六年賴氏霞綺園刻本）

綺園晚晴迴文

東軒出看晚開花，冉冉晴芳簇綺霞。桐葉暗穿烟縷細，竹梢新挂月鈎斜。風生砌草颺歸蝶，水動池荷聒吠蛙。空翠滴衣苔徑滿，紅殘映照夕窗紗。泛梗集卷三漚泊草下

『晚開花』：霞綺園友聲集詩卷五作『曉開花』，疑誤。

胡以旌

以旌字浚城，江南涇縣人。諸生。清康熙甲辰進士開生侄，年四十病逝。著有松坡集、聽松閣集。

春興迴文

芊芊緑望一隄斜，雨過山樓映彩霞。簾捲風來香處處，柳垂庭院舞家家。鶡啼亂樹深藏葉，燕啄新泥和落花。緣有近村村店酒，醉堪春水曲浮槎。胡鼎丹溪詩鈔卷上

吴庸熙

庸熙(一六六四—一七一八後)字公亮,號西柳,江南吴江同里人。諸生。少時幕游中州,家於祥符垂三十年。甲午,隨弟庸勳赴新寧任,著有楚遊草(上海圖書館藏鈔本)。

菩薩蠻 廻文

同署諸公每欲對愁言愁,聞皐爲之寢不成寐,迄明,而竟日不懌,作此貽之以解嘲,至於齵齒學步,知難免大方之誚也。

客窻閒向爲愁窒,窒愁爲向閒窻客。縶短訴長情,情長訴短縶。　漏沉簷雨驟,驟雨簷沉漏。成夢怕多驚,驚多怕夢成。

悄庭春曉鳴禽好,好禽鳴曉春庭悄。幽致自情抽,抽情自致幽。　省思貪夢整,整夢貪思省。詩底旅魂羈,羈魂旅底詩。楚遊草

後者,近代顧旡咎輯入笠澤詞徵補編卷二(上海圖書館藏手稿本)

詹　賢

賢(一六六四—一七二四後)字左臣,一字鐵牛,號耐莊,江西樂安衙背人。少孤。清康熙二十四年乙丑拔貢,四十八年授德化教諭,『司鐸溢城』,陞知縣。雍正二年,官國子監學録,後補光禄署

正講書，記名以主事用。著有詹鐵牛文集十五卷詩集十五卷續集十二卷(清活字本)。

菩薩蠻 廻文　壽陳予嘉學博六十

菊籬清瘦香團緑，緑團香瘦清籬菊。春生座少塵，塵少座生春。　雁來歸子燕，燕子歸來雁。長齡祝巨觴，觴巨祝齡長。詹鐵牛詩集學步詞卷一

柯　煜

煜(一六六六——一七三六)字南陔，一字玳書，號實庵，浙江嘉善人。清康熙六十年辛丑進士，以磨勘黜落。雍正元年復中進士，授宜都知縣，改衢州府教授。嘗充明史纂修官。乾隆元年舉博學鴻詞，未及試而卒。工詩詞駢體，著有小幔亭詩二卷月中簫譜二卷(康熙間刻本)。

瑞鷓鴣 廻文

樓高夢斷樹啼鴉，憶遠經時簾捲斜。秋氣雲連寒徑石，夜光蟾對靜牕紗。　颼颼竹外池棲鷺，綽綽風前檻倚花。愁帶一痕眉翠薄，浮烟綺户掩家家。月中簫譜卷一

姜兆錫

兆錫（一六六六——一七四六）字上均，號夾齋，自稱桐廬素清學者，江南丹陽人。清康熙二

十九年庚午舉人，當過蒲圻知縣。乾隆初，以大學士鄂爾泰薦，充三禮館纂修官。著有寅清樓方音集六卷（嘉慶二十四年刻本）

廻文體北遊道中作

寥寂春帆江畔槎，遠城孤[illegible]隔平沙。蕭蕭雨樹凝烟冷，冉冉雲峰倚日斜。遥騎暮遊頻客旅，斷猿晨夢有山家。橋邊驛社林邊寺，雁塞驚聽亂鼓笳。

其二

潮迎紫氣海山空，瑟瑟凉天旭影紅。騷漢楚歌悲薊北，鱠魚蓴味憶江東。簫聽遠棹孤眠客，月傍閒磯野釣翁。鵰隼笑來秋爪角，鳳儀看映碧梧桐。寅清樓方音集卷六

劉　璋

璋（一六六七—一七四五）字于堂，號介符，别號烟霞逸子、烟霞散士、樵雲山人，山西太原人。清康熙三十五年丙子舉人，雍正元年知深澤縣令，在任四載被解職。所作小説有巧聯珠四卷、鳳凰池、飛花艷想。

回文詩 美人病春

亭邊過雁塞天遥，日極晴樓倚細腰。庭滿落花春寂寂，漏和寒雨夜瀟瀟。青山遠共愁痕黛，緑柳織同病態嬌。瓶墜井空釵斷股，屏雲冷艷僂金銷。巧聯珠第二回

張令儀

令儀（一六六八—一七四六）字柔嘉，號蠹窗，江南桐城人。清大學士英三女，同邑姚士封室。著有蠹窗詩集十四卷二集六卷（雍正二年刻本）。

春日成回文詩二絶

蕭蕭竹影暗前庭，娲娲花香護曲屏。蕉緑映窗閒永晝，條攀戲摘小梅青。

明窗小坐獨焚香，蝶亂花殘春日長。鶯語聽時凭檻竹，輕煙碧處裊絲楊。蠹窗詩集卷四

朱載曾

載曾（？—一七一八後）字子敬，號魯齋，浙江錢塘人。在雲南開化爲幕客，清康熙三十九年蒙冤而歸，著有聖湖草堂集（復旦大學藏稿本）。其中東粤草作於康熙四十三、四年。

題施光猷書齋六言廻文

雙雙鹿藏幽徑，對對鶴舞閒亭。窓晴愛看遠岫，夏長宜坐深林。聖湖草堂集·東粵草

盛本枏

本枏字讓山，浙江嘉興人。年未三十而歿，著有滴露堂小品二卷（見盛熙祚棣華樂府，乾隆二年檇李盛氏刻本）。

菩薩蠻廻文

晚晴啼鳥春山遠，遠山春鳥啼晴晚。斜日照牕紗，紗牕照日斜。　絮沾初過雨，雨過初沾絮。離別惜花飛，飛花惜別離。棣華樂府卷六滴露堂小品卷下

石　龐

龐（一六七〇—一七〇二）字晦村，一字天外，江南太湖人。早慧，九歲能詩，十七作因夢緣，十八作壺中天，十九作無因種，二十作詩囊恨，以擅詞曲著名。與尤侗結忘年交，有天外談初集三卷續集三卷（康熙二十六年文富堂刻本）、晦村初集四卷（康熙三十五年刻本）行世，皆爲清廷禁書。

迴文雪賦己巳

微風蕩月，薄煙籠霧。柳藏饑烏，日落飛絮。舞衫點片，花圍深樹。練鎖荒山，曰歌歲暮。寒陰石潮，風擲羽毛。翠踈巢曉樹，驢瘦踏危橋。寺深藏徑，天遠隱蛟。林陰響澗，岫晚歸樵。庭垂筯玉，座滿瓊瑶。鷹飢避冷，草舞迴風。僧歸踏影隨明月，鶴睡籠陰暗老松。星沉澗碧，犬吠山空。輕翅墜香飄粉蝶，細鱗飛彩鬭潜龍。層波現璞，枕石鳴泉。青拖竹徑兮金篩玉戛，影鎖槐庭兮幹老根盤。清露引笙兮鳴鳳，淡梅浸鏡兮窺鸞。凝堦兮剪水，禁煖兮添寒。成山鑄玉，刻獸堆鹽。烹茶煖竈，煮酒書箋。虚谷晚開霧，翠嵐朝帶烟。魚沉淺水，日漏空巒。書排婦鴻奴鴈，画送遥水遠山。枯枝老樹寒依石，野店荒村遠接天。雨雲勞夢兮迷衾枕，烟篆鎖香兮繞麝蘭。古今兮來往，塵世兮凉炎。曙光幽動珠簾竹，圓露薄腥玉砌苔。語鳥棲陰梅野霽，啼雞聽曉桂窻開。光浮短燭，煖帶寒灰。囊詩覓景，鬢霧扶釵。長漏玉温冬夜永，瘦容山色暮風悲。觴開臘破，瑞接春催。香吹短笛兮殘花落，葉舞旋風兮冷鴈哀。凉潭隱月夢魂清，緑生空水；細蕋凝香幽骨透，陰倒老梅。江渡晚漁，浪破聽移孤艇去；路隨斜柳，潮殘響帶暗簑歸。茫茫斷岸兮荷敗，漠漠空庭兮草衰。鄉思客恨閒敲韻，夜醉魂摇獨夢槐。鏘鏘斧響幽林，緑笠風寒松葉細；寂寂扉關曲徑，枯薪擔冷岫雲微。缸籠淡影竹移窻，剪收香袖；玉種空花蘆擁浪，衣冷繡閨。狼虎縱横樹塢荒，石綰蒼苔瑟瑟；鴈鴻飛盡江天遠，雲環翠嶺巍巍。崗平兎走，野壙鴉飛。長亭兩岸草連烟，碧流茶甕；叠嶂雙峯屏寫画，清泛酒杯。窻晴皎皎，院冷皚皚。亂曰飄花兮飛玉，凄其舞絮兮敲竹。斷橋兮布密雲，鳴鐘兮掃輕塵。片片翻兮穿幕簾，娟娟白兮積石巖。殿繞濃烟兮壁彩，庭書淡墨兮山矮。

矮山兮墨淡書庭，彩壁兮烟濃繞殿。巖石積兮白娟娟，簾幕穿兮翻片片。塵輕掃兮鐘鳴，雲密布兮橋斷。竹敲兮絮舞其凄，玉飛兮花飄曰亂。皚皚冷院，皎皎晴窻。杯酒泛清，画寫屏峯雙嶂叠；甕茶流碧，烟連草岸兩亭長。飛鴉壙野，走兎平崗。巍巍嶺翠環雲，遠天江盡飛鴻鴈；瑟瑟苔蒼綰石，荒塢樹横縱虎狼。閨繡冷衣，浪擁蘆花空種玉；袖香收剪，窻移竹影淡籠缸。微雲岫冷擔薪枯，徑曲關扉寂寂；細葉松寒風笠緑，林幽響斧鏘鏘。槐夢獨摇魂醉夜，韻敲閒恨客思鄉。衰草兮庭空漠漠，敗荷兮岸斷茫茫。歸簑暗帶響殘潮，柳斜隨路；去艇孤移聽破浪，漁晚渡江。梅老倒陰，透骨幽香凝蕋細；水空生緑，清魂夢月隱潭凉。哀鴈冷兮風旋舞葉，落花殘兮笛短吹香。催春接瑞，破臘開觴。悲風暮色山容瘦，永夜冬温玉漏長。釵扶霧鬢，景覓詩囊。灰寒帶煖，燭短浮光。開窻桂曉聽雞啼，霽野梅陰棲鳥語。苔砌玉腥薄露圓，竹簾珠動幽光曙。炎凉兮世塵，往來兮今古。蘭麝繞兮香鎖篆烟，枕衾迷兮夢勞雲雨。天接遠村荒店野，石依寒樹老枝枯。山遠水遥送画，鴈奴鴻婦排書。巒空漏日，水淺沉魚。烟帶朝嵐翠，霧開晚谷虛。箋書酒煮，竈煖茶烹。鹽堆獸刻，玉鑄山成。寒添兮煖禁，水剪兮堦凝。鸞窺兮鏡浸梅淡，鳳鳴兮笙引露清。盤根老幹兮庭槐鎖影，戛玉篩金兮徑竹拖青。泉鳴石枕，璞現波層。龍潛鬭彩飛鱗細，蝶粉飄香墜翅輕。空山吠犬，碧澗沉星。松老暗陰籠睡鶴，月明隨影踏歸僧。風迴舞草，冷避飢鷹。瑶瓊滿座，玉筋垂庭。樵歸晚岫，澗響陰林。蛟隱遠天，徑藏深寺。橋危踏瘦驢，樹曉巢踈翠。毛羽擲風潮，石陰寒暮歲。歌曰，山荒鎖練樹深圍，花片點衫舞絮飛。落日烏饑藏柳霧，籠煙薄月蕩風微。

『現璞』：同治太湖縣志卷四十五、民國太湖縣志卷三十九作『現樸』

『刻獸』：回文類聚續編卷十作『刻石』

『虛谷』：回文類聚作『虛閣』

『薄腥』、『棲陰』：晦村初集卷一作『薄寒』、『棲殘』

『囊詩覓景，鬢霧扶釵』：晦村初集無此二句；『囊詩』，回文類聚作『囊書』

『緑生空水』：晦村初集作『緑長空水』

『陰倒老梅』：晦村初集作『陰生古梅』；『陰』，回文類聚作『影』

『雲環』：回文類聚作『雲鬟』

薊門張逸峯（坦）曰：『引商刻羽，巧奪化工，煉句寫景，新英璀璨，無不入畫，即不作迴文觀，已儼然一幅灞岸尋詩圖，宜其絃誦海内，好古之士，皆推此作爲前無古人，後鮮來者也』。同邑陳蘂菴（五典）曰：『自古無回文賦，看其創筆特奇，且迴讀更覺天然』。王仲厚回文文學奇觀：『經多方研究，始悉順讀爲百另四句，回讀爲百另一句，因迴讀爲叶韻計，必須變更句逗，已有三句，併入上下文中也』。

回文類聚續編卷十雪賦，題下注云『回讀至毛羽擲風後，與順讀句不同』。

迴文春賦

花飛片片春曉，草碧纖纖花深。紗窻映緑，落院生青。霞爛遠岫，霧濕陰林。斜日西堂晚，煖風東閣晴。笳吹北塞，客醉前庭。蛇龍蟄雨風雷烈，虎豹棲岩石壑深。家家絃管，處處簫笙。槎浮海潤，笛奏舟横。沙流澗碧，屐印苔青。潮隨浪白，月逐人行。橋臨道野，石漲泉清。桃紅簇簇而暢和風晚，袖舞翩翩而擾拂雲輕。嬌鶯啼兮嫩柳，浴鷺浮兮芳汀。銷恨暗酣酒，釋愁閒奏箏。宵永鳴鐘兮寺野，漏殘驚夢兮燈孤。巢前囀鳥，澤下遊魚。敲推欄曲，話別窻虚。遨遊以醉酒，笑語而閒書。月殘啼鳥宿，風曉醉人幽。別離悲而志失，歌詠久以思悠。白練拖而空天碧，清江漾而遠水流。鼓擊以催花静苑，絃鳴而奏曲高樓。栩栩兮前檽化蝶，飄飄兮野渡摇舟。賦成而驚神鬼，詩詠以哭途窮。塵掃而揮平石，窻開以拂疾風。低枝花影瘦，碧嶂暮雲紅。

雞鳴夜靜，斗轉天空。溪後溪前明月，嶺南嶺北青松。池映高山遠近，步隨露艸西東。

天外談初集卷一

四庫全書總目卷一八三天外談提要謂『迴文雪賦一首，春賦一首，爲自古所無之格』。同治太湖縣志卷二十二文苑：『石龐字晦村，嘗著雪賦春賦皆迴文，一時以爲驚才絶豔』。陸鎣問花樓詩話：『安慶人文薈萃之區，國初詩人遺集鮮存。傾於書肆購得石孝廉天外……詩卷』，『其迴文賦尤多，每首千有餘言，屬對工緻，絶無飣餖習氣』。俞樾九九消夏録卷八：『石龐撰回文雪賦、春賦各一首，回文之體施之於賦，此則未有之創格』。何鵬記晦村初集云：『賦共十二篇，而迴文雪賦，更爲自古所無之格。其詞甚華，想像亦豐富，即置之六朝文中，亦無遜色』(越風第十六期)。

春日迴文集唐

清漪碧浪遠浮天，鳥弄歌聲雜管絃。明月斷魂清靄靄，地開荒徑草綿綿。鶯啼細柳臨關路，燕蹴飛花落舞筵。鳴笛急吹爭落日，平原花木好高眠。

雪景迴文集唐

濛沙惹草細如毛，石路荒塘接野蒿。清落曉光鋪碧簟，雁迷寒雨下空濠。輕輕舞汗初沾絮，片片飛花落剪刀。明月滿庭池水緑，平原一望戍樓高。

秋興迴文集唐

中天積翠玉臺遥，小院閒眠微醉消。楓葉荻花秋瑟瑟，月窗風簟夜迢迢。風泉韻遶幽林竹，綠水迴通宛轉橋。紅葉下山寒寂寂，空江月色帶迴潮。同治太湖縣志卷四十四　民國太湖縣志卷三十八

魏荔彤

荔彤（一六七〇——一七二六後）字賡虞，一字淡庵，號念庭，直隸柏鄉人。裔介子。十二歲補諸生。以資入爲内閣中書，選鳳陽同知，因優異叙授漳州知府，擢常鎮道，署江蘇按察使，忤大吏去官。雍正四年返里，杜門點勘四庫、七略。著有懷舫詩集十二卷别集六卷懷舫詞二卷别集一卷（雍正四年刻本）

鴈字廻文三十首首尾悉和姑溪邢喬若原韻

一東　二冬

重重碧落掃晴空，湛露秋毫霜夜中。胸蘊文光瞻極紫，筆生花彩映霞紅。鋒藏樹外烟疎淡，月掛林邊字拙工。龍鳳飛成形舞躍，濃雲繞墨趂紗籠。

三江　四支

誰擬高文鴻鼎扛，秃毫烑老欲心降。移來鳳詔裁雲五，換得鵞經鈎墨雙。姿態生花簪美女，雪霜傳信望遥邦。時乘興起塗鵶亂，持字錦歸懷暮江。

五微　六魚

餘烑奮筆運霄飛，墨翰成空留素徽。初自作詩唐島瘦，久經學字宋蘇肥。舒毫兎起聯明月，滿壁雲來寫落暉。書契開時神鬼泣，如何問世著名微。

七虞　八齊

溪澄鑒影浴深湖，結字高峰清興孤。低繫書辭傳武皓，遠遊客國列張蘇。梨園落雨寒題咏，月夜縈絲錦叙鋪。鷄犬昇空飛籙紫，携提兩翼振仙凫。

九佳　十灰

裁箋錦字綺雲排，得句佳時四序諧。才賦天人高嶽斗，舞成鸞鳳結倫儕。開花一筆夢長晝，炫色千霞落小齋。來往如文廻折轉，埃塵絶跡著奇懷。

十一真　十二文

瞟落書空揮黯塵，嶺高幾遍寫詩新。分章半歲記寒煖，合曆千年隨餞賓。文印雪踪鴻似幻，嶺横雲篆鳳如真。軍傳羽檄飛烽塞，勤苦愁音寄遠人。

十三元　十四寒

觀海奇文雄勢奔，碧空書字有痕捫。寬懷吟雪盟梅友，短翥揮風弄竹孫。摶翼彩雲生變態，滿毫沾露湛弘恩。丸輪小看雙烏兎，翰運飛鵬爲大鯤。

十五刪　一先

烟霞有句好增刪，渺渺愁歌夜渡關。鐫字麗雲開智慧，著文元象警愚頑。便便鼓腹吟鬚斷，咄咄書空對髮斑。懸月斜行成綺錦，天人淨界法書閒。

二蕭　三肴

郊晴起草一羣超，榜掛儷靈奇字描。嘲月秋霄清興暢，御風春日麗文飄。巢由寄隱龍章闇，管籥協歌鳳律調。饒致高懷舒翰彩，鮫梭濡墨織輕綃。

四豪　五歌

訛傳勝事記遊遨，雨雪紛飛集澤臯。過處晴光烟與月，寫來愁句雅同騷。多情客倦賦長漏，斷夢香殘揮短毫。何若鴉羣栖靜夜，波文細作枉心勞。

六麻　七陽

行行字到寄山家，樹遠留烟暮噪鴉。章彩映霞紅日近，藻文沉水碧峰斜。藏雲幻跡鸞兼鳳，急雨衝飛龍逐蛇。揚武高空長陣結，黄元炫色煉皇媧。

八庚　九青

停機倦賦遠人征，小閣空傳愁怨聲。螢照細書成錦織，頴囊終老欲心驚。丁年惜日秋毫濡，丙夜衝寒霜字横。靈蹟開天昭蕅麗，形殊巧舌鼓簧鶯。

十蒸　十一尤

秋清得意遑書能，古調長歌和友朋。頭白自憐常雪臥，眼青爭路捷雲騰。游絲綴尾增文麗，舊稿藏山迷霧層。稠叠墨花風洒洒，留名塔上獨高登。

十二侵　十三覃

南峰障字錦裁侵，寄得書時浮與沉。談客肆游常脱頴，别離成賦有豪吟。三山紀日閒來往，滿澤悽心愁黯深。函達遠邊秋寂寂，酣餘趂夢往追尋。

十四鹽　十五咸

鑱長共筆載甾淹，避地隨時遠暑炎。巖接霜霄騰足捷，霧披風翮運錐銛。凡庸警字觀踪跡，卦畫懸圖著揲占。緘發神靈羲繼禹，芟除近體陋纖纖。懷舫詩别集卷四

沈確士云：『咏鴈字極難，限以韻脚更難，重以廻文首尾俱限韵，難中之難也，運以錦梭織成巧製，當自爲一集，以誌詞場佳話』。

鄧裴

裴（一六七〇—一七四八）字維建，一字又楷，江西新城人。幼習劍，入武選，繼折節讀書，工詩知醫，晚年精研濂洛生命之學，邑人稱東湖先生。著有藥房詩集六卷蛩音詞草一卷（乾隆刻本）。

菩薩蠻 春晚念別廻文

暮烟堆處悠悠路，路悠悠處堆烟暮。人去獨銷魂，魂銷獨去人。　寂寥庭柳碧，碧柳庭寥寂。花落舞風斜，斜風舞落花。藥房詩集蛩音詞草

失名

平湖送客

平湖一望遠峯晴，日暮隨潮送客行。城塝柳邊煙漠漠，月移舟上水盈盈。盟鷗向欲同心素，梦蝶還依共眼青。成合空花漚見得，明星悟處了無生。回文類聚續編卷十

張奕光

奕光字佩蘭，號東亭，浙江仁和人。著張東亭廻文集（又稱東亭別集）一卷，共詩六十七首，前有毛際可、毛奇齡、曹封祖序，後有趙嘉楫跋。朱象賢回文類聚續編卷九選録其中五十八首。

閒居

午日坐軒東，廻廊短徑通。雨微驕樹緑，花晚鬬霞紅。鹵莽笑人世，癡迂寄困窮。杜蘅香挹細，時立小亭中。

坐放鶴亭

中亭小坐對山青，白霧寒煙起晚汀。風遞暗香梅放樹，艣摇輕葉柳牽萍。紅墻短徑新開築，碧草芳墳舊閉扃。空望一湖春寂寂，鶴飛無處客留停。

岳武穆王墓

今古垂芳遺廟立，拜瞻空恨一秦奸。森森柏樹枝南向，凛凛忠魂夜北看。心赤負寃沉獄死，草青埋骨痛碑殘。欽徽是日無家返，深怨讒書封蠟丸。

弔鄂王詩，作者林立，從未有以廻文見者，東亭可稱獨步

題澮園雅集圖

圖繪仇滄柱太史毛會侯明府徐五其處士宋子京貢士唐州孝廉

涼風來高梧，園林此幽曠。長溪水粼粼，遠山雲颺颺。良朋忻笑言，好景快觀仰。芳蘭尋巖石，鳴禽聽下上。囊琴攜古歡，歌詩爲宕放。忘形樂主賓，人各省貌狀。

潘衍桐兩浙輶軒續録卷三選此，回文類聚題下無注

讀王丹麓先生霞舉堂諸刻賦贈

墻東隱士名傳盛，刻選新詩幾贈予。香徑草深泥屐齒，曲欄花墜月牕虛。忘年老友邀酬倡，得句奇雲看卷舒。廊廟辟書徵應未，緗縑托跡溷樵漁。

回文類聚題作讀霞舉堂諸詩，『刻選』作『録選』，『屐』作『屧』

春　雨

花落又愁春日去，雨多偏厭聽啼鳩。斜風舞燕憐毛濕，軟草藏蛙喜水流。賒酒有時留客醉，撫琴無意寫心憂。紗牕曉映垂垂樹，坐向南山青滿樓。

泛舟横塘

黄葉村鄉幾遍遊，細香飄岍稻花秋。茫茫水渚連雲白，小艇横塘立鷺鷗。

題金軒磊夢游天台圖

石梁橋挂飛泉急，奇夢君遊秋與春（軒磊二次夢游時值春秋）隔澗千桃紅歘歘，平山萬樹緑牲牲。闢開圖徑人間世，舒卷雲閒物外身。策竹攜筐將藥採，碧溪偃洞石磷磷。

回文類聚目作題夢游天台圖，句中無注

送王震舒歸嚴陵

風帆一挂輕舟去，永夏長江照日曛。紅灼灼霞朝映樹，白層層浪暮疑雲。空臺釣客無船泊，小縣桐溪有水分。通夢兩心愁別話，促裝歸里故思君。

回文類聚題作送人歸嚴陵

古別離

郎念妾居家，妾思郎去遠。長亭與短亭，離別苦天晚。

關山月

明月照空山，遠行夜上關。情知獨夢醒，枕染淚斑斑。

折楊柳

柳枝一贈行，傷悲重墮淚。舅姑兩衰年，望遠將門倚。

紡績娘

蕭蕭絡緯織更深，女婦悲秋感淚淋。銷盡蠟紅殘夢醒，剪刀寒冷夜沉沉。

江行書事

客舟江岸泊，閒望野橋圯。石塔栖鷹老，原田走馬羸。白蘆秋瑟瑟，紅樹晚離離。隔水煙山遠，吟行慢起悲。

曉過宣何嶺

寒峰幾露白，曉發正雞鳴。酸鼻風颼冷，折腰客轎輕。殘星看隱隱，起鳥聽嚶嚶。湍急流泉響，嶺高落月明。蟠虬老樹古，險石怪松橫。難路行歌緩，安居豈計程。

『峰』：回文類聚作『風』

題嚴陵黄次萬坐樸巢園遺卷

深深樹裏雲藏屋，石几横開一卷詩。吟咏半愁緣旅客，画圖留跡寄迂癡。禽鳴畫院春歸夢，月照梨花雪滿枝。琴碎久悲人蚤逝，小牕閒玩把君思。

回文類聚目作題樸巢園遺卷，兩浙輶軒續録卷三選此禽鳴畫院一聯，豈復有廻文之跡

螢火 用杜工部韻

叢花點草碧飛飛，幻作明星亂照衣。風落樹來飄近遠，月移墻去看疎稀。空樓画壁高添亮，細火流牕半弄輝。終夜坐余愁散懶，東林一步慢唫歸。

『添』：回文類聚作『看』

鷓鴣 用鄭谷韻 鷓鴣一名逐影

冥冥晝樹萬山齊，逐影禽同錦翼雞。汀柳暗時晴雨喚，岍煙籠處暮朝啼。停車客起思鄉遠，罷繡姬愁別語低。醒夢曉來聽轉婉，北邨飛過叫村鹵。

回文類聚題下注『又名逐影』

鄭谷以是詩得名，東亭翻新以廻文出之，殆欲壓倒前人也。

東陽道上

東流澗水碧灣灣，別路村橋小徑閒。紅簌簌花霜滿樹，白層層霧曉連山。

村　居

陰陰柳徑小橋斜，酒買一邨山路遐。尋過遠洲芳草碧，鴨頭船放春溪花。

宿東陽景明府署樓作

回文類聚題作宿東陽署樓

樹隱紅燈花照樓，殘更坐聽客生愁。露寒凝草堦侵月，飛雁一聲無意秋。

江　行

乂丫老樹横橋小，冷入秋江半護雲。斜望一天連水遠，短篷孤櫂暮煙分。

雪霽江樓晚眺

暮霽春消雪，高樓望野汀。霧迷全岸白，山露半痕青。度鳥寒波映，歸雲遠樹停。

住舟江色晚，煙起水溟溟。

『霧』：回文類聚作『露』。

禹航舟中作

東行又過一橋斜，纜急牽舟劃淺沙。紅葉秋林霜染岸，白楊殘寺暮啼鴉。篷低側坐人看醉，柏熟新枝樹放花。空際遠山青歷歷，望中遥店客家家。風迎竹響瀟瀟雨，日映波摇澹澹霞。通縣小塘平箭似，濛濛水路接天遐。

『歷歷』回文類聚作『瀝瀝』

題明皇並轡圖

獨占君恩寵，春遊曾並轡。僕僕走川山，何爲乃棄置。

『川山』：回文類聚作『山川』

半月泉和蘇東坡韻

蘇大傳題咏，石流半月泉。無雲白似霧，有水碧于天。

拜柴虎臣先生墓

幽林萬樹曉含煙，寂寂松墳拜肅虔。秋早望歸思鶴化，日前聞葬卜牛眠。流風墜地理冠履，祭祀崇祠薦豆籩。丘隴行吟悲物感，楸梧冷露草芊芊。

回文類聚題作拜柴虎臣墓

夏日喜丁公銓方閬客見過

墻半紅榴照日斜，客來欣話對牕紗。長離別後會時少，好句得來歸路遐。梁繞衆鶵新出燕，屋遮半樹老開花。黄梅正值纔初夏，永日談詩把手乂。

回文類聚題作夏日喜客見過

白　燕

身輕逐絮舞，羽潔映波流。銀剪雙飛夜，玉釵一墮樓。真疑雪苑過，暗覺月牕留。春曉唧泥燕，純姿少匹儔。

題丁公銓北征圖

蕭蕭風雪捲塵沙，遨遊作歌長歎嗟。腰懸劍光寒鐵冷，驕嘶馬裂氷路遐。驍騰羨君貌圖画，遥望北行悲老邁。鵰秋摶兮别余話，寥寂破兮鞭揚快。

回文類聚目作題北征圖，『捲』作『飛』，『嘶馬』作『馬嘶』，『路』作『途』

題柴陛升舉觴白眼望青天圖

大睜雙眼白，高望一天青。荷負悲今古，顛癡寄醁醽。和稀人踽踽，身短立亭亭。挫折遭時忤，名同籍與伶。

題吴尺鳧吟詩秋葉黄圖

黄葉秋飛亂下林，短衫青映樹深深。長溪碧草連天遠，曲徑花籬覆柳陰。囊貯詩時隨遣興，手拈鬚坐静哦吟。莊村水隔横橋小，眺晚欣余過訪尋。

回文類聚目作題吟詩秋葉黄圖

秋夜泛湖

篙撑一艇小，淡月秋波灝。高樹閣踈星，細螢依亂草。

題陸梯霞夫子閒步東皐

東樓戍角吹殘日，執杖將從過野田。紅樹掛藤秋結子，白煙浮水晚連天。鴻飛見字斜行欸，鶴唳聞歌清管絃。空碧澹雲閒看緩，朧朧月印半灣泉。

南郊遣興

回文類聚題作隨師閒步東皋

行吟謾過一村南，曉嶂晴山遠望貪。清且碧泉寒日照，秀而老木夏雲含。耕夫野犢犁驅雨，衲老閒田草結庵。横渡小舟輕泊岸，平橋緑映柳毿毿。

蝶

林園逐隊幾翩翩，撲盡花心春却憐。深院梨枝寒入夢，小牕梅影瘦含煙。臨池水映雙雙翅，滴露秋驚栩栩眠。陰砌石欄長結伴，粉飄輕影趂晴煙。

文淵閣四庫全書本回文類聚補遺原署『何出光』，題下注云：『明詩統内錄出』；麟玉堂本回文類聚續編卷九復爲『張奕光』，續編卷十重出，又題『失名』。『晴煙』：各本回文類聚俱作『晴天』，是。

秋日小飲酬洪昉思先生韻

水池交藻荇，籬竹覆花藤。起看雲邊月，深藏樹裏燈。美人懷地遠，閒事話親朋。螘緑浮樽滿，狂歌笑躍騰。

回文類聚題作秋日小飲。『狂歌笑躍騰』句，作『清歌雅興騰』

送金軒磊之七閩

東去水溟溟，送君將櫓停。通衢一徑路，險涉幾洲汀。紅荔新堆市，素蘭香滿町。鴻飛繞岍浦，目斷遠山青。

回文類聚題作送人之閩

送李紫翔歸東陽

船開一水急，掛席片帆輕。天凍雪雲白，樹枯江月清。玄譚憶娓娓，别話重行行。憐爾將歸遠，煙生暮浪平。

上虞訪周叔茂孝廉不遇

紅林半照夕陽斜，晚徑行來歸路遐。空訪幽人無渡覔，野田飛鳥宿平沙。

文淵閣四庫全書本回文類聚補遺作張旴江訪友不遇，題下注云：『明詩統内錄出』；回文類聚續編卷八因之，續編卷九復爲張奕光，題上虞訪友不遇。

秋蓮

蓮放秋池曉露寒，盪揺紅影飄風急。煙含波面水濛濛，拳足一鷺雙塘立。

兩浙輶軒續録卷三録此

維楊許茹征招集同人讌遊湖上余以事阻不赴遥和原韻

西湖是處好留停，水碧圍山列翠屏。題咏徧傳還醉酒，落陽斜照柳梢青。

回文類聚題作友人讌遊湖上遥和

哭先嚴墓

親亡痛五十先嚴見背壽僅五旬余齡十五暑酷憶成塋。辛苦獨慈母，困窮並弟兄。春秋列祭祀，墓表待褒旌。新薦悲哀草，潾潾水澗清。

回文類聚注移題下云『先嚴亡年五十余時十五』

初夏一橋小憩

閒雲看我停橋半，緑草芳湖一望平。山遠聞鐘敲古寺，塔高遮日照孤城。殷紅落徑花飛暖，軟翠浮煙柳放晴。還路別尋僧舍舊，石欄長繫小舟輕。

『僧舍舊』：回文類聚作『幽徑曲』

郊外即事

東城過雨飛城北，水浸平橋石柱無。紅蓼灘頭船泊岸，白雲嶺上樹啼烏。風敲竹閣鈴摇響，霧起山樓客坐孤。空望一溪漁火遠，夜深吹笛聽嗚嗚。

姊妹辭

看花將姊約，新粧妹起曉。半夜夢人歸，低聲語悄悄。

採蓮曲

採蓮將伴結，紅花插緑鬢。載船把郎呼，轉愁郎錯認。

湖樓同金小剡作

舟停喜上湖樓坐，畫入青山碧水圍。幽寺出鐘鳴度嶺，遠堤垂蔓細牽衣。鷗浮狎浪翻魚小，絮落迎風帶燕飛。留久愛看斜日晚，白雲連樹暮煙微。

回文類聚題曰湖樓作

擬曲江宴紀恩八韻

春遊賜進士，設宴曲江横。晨麗日浮水，遠飄雲颺旌。塵香走駿馬，柳密聽鳴鶯。珍錯羅盤鼎，伎歌呈管笙。人才得濟濟，爽氣露英英。銀筆揮詩賦，綵旗遮仗迎。新恩樂醉酒，迴塔愛題名。辛苦酧勤學，甄陶荷聖明。

踏　燈

豐歲樂歌詩，夜深醉酒卮。東郊幾樹火，北巷一燃藜。宫舘陳佳讌，綵棚垂細絲。風清響竹爆，月皎聽彈吹。同伴女釵墮，擁街官馬馳。紅燈挂路滿，主聖頌清時。

書洪昉思先生長生殿傳奇後

長恨有歌悲國破，返魂無術少仙遊。傷心最是鈴淋雨，讀罷常呼大白浮。

章培恒洪昇年譜：『倒讀之爲浮白大呼常罷讀，雨淋鈴是最心傷，遊仙少術無魂返，破國悲歌有恨長，此則明言長生殿隱寓國破之悲』。朱象賢顯然爲規避文字之禍，故不録此也。

孤山尋小青墓不得

孤山一望裏湖西，漠漠飛花柳岍迷。無處是墳空覔遍，遠雲晚樹老鴉啼。

『裏』、『晚樹老鴉』：回文類聚作『在』、『殘樹野烏』

月夜泛湖登烏石峰招恬上人

西湖一艇泛深夜，結伴僧房松逕幽。低柳緑穿螢火細，遠山青映月波留。迷離樹影高移岸，斷續歌聲清出樓。棲鳥驚呼船泊纜，半天空碧漾雲浮。

回文類聚題作月夜泛湖登烏石峯，『僧』、『山』作『山』、『峯』

聞姚二京訃

盟主憐君交道古，客遊聞死一悲傷。驚予此後别經久，想爾將來魂夢長。行遠但愁歸計來，病多常説寄詩將。程途隔處無人問，哭奠遥江空斷腸。

曉　行

殘月落溪灣，遠行客路還。寒鴉宿老樹，細水咽空山。巒翠露深淺，嶺雲分曲彎。丹霞照赤日，曉霽愛躋攀。

文淵閣四庫全書本回文類聚補遺署名『張豫源』，題下注云：『明詩統内錄出』，類聚續編卷八因之，續編卷九重見，復爲張奕光。

梅

香暗繞牕紗，半簾疎影遮。霜枝一挺榦，玉樹幾開花。傍水籠烟薄，隙墻穿月斜。芳梅喜澹雅，永日伴清茶。

毛會侯夫子寓聽馬廣文鼓湘梧怨

小院一罍賔，琴聲幾轉宛。鳥飛驚音哀，魚遊出聽遠。皎皎涼月明，寂寂秋花晚。遶座入煙雲，亭松落照返。

回文類聚題作聽馬廣文鼓湘梧怨

獨酌

松風聽謖謖，月浸草堂斜。儂醉一樽酒，菊開半朶花。

夏日漱芳亭即事

紅榴着雨飄花砌，閣閣蛙聲喧小池。通徑石欄圍曲渚，釣竿垂水拂絲絲。

和吴尺凫咏红叶押题红字

霜林一望遠叢叢，冷作秋聲樹鬭風。狂咏客亭閒把酒，愛看都是晚霞紅。

回文類聚題作咏紅葉押紅字

秋日同人飲毛又蘇園亭

霜染紅花石砌陰，滿園芳樹橘懸金。良朋快聚忻秋晚，白露凝寒月照林。

回文類聚題作秋日同人園亭讌飲

與戴斐男孫喻詵宿雲居山房聽雪

寒牕坐夜半，響霰急空林。殘葉山風捲，冷泉溪月沉。漫漫入隙小，細細積堦深。拚醉一天雪，寢忘共咏吟。

回文類聚題作宿雲居山房聽雪

坐鍾翠亭懷雲和馬廣文

濛濛白氣山嵐晚，翠積空亭古樹陰。東望一天江隔遠，美人何處靜彈琴。

過徐紫凝

低橋小徑竹林幽，緑蔭松軒抱水流。溪漱泉聲清入夢，雨飄荷氣馥盈樓。題詩寫石青花硯，挈榼遊山黄葉秋。啼亂鶯時君訪我，西湖一槳盪輕舟。

『槳』：回文類聚作『漿』

横河月夜同五星樓諸子

涼影動星明，碧空如水清。霜橋兩岈接，月夜一河横。裳落槐花細，漏催城鼓輕。良朋快景好，長話立深更。

回文類聚題作横河月夜

題程立武小楷册子

横箋小作楷，古法運靈心。清喜肉藏骨，勁看綿裹針。烹茶愛賞玩，洗硯待摹臨。名盛得年少，精書學力深。

和孫半菴襟丈自壽詩一首兼二首韻

傳經一德世無非，脱灑心身隱石磯。筵講侍兒紅揭幔，譜歌催酒緑沾衣。穿池水映雙

鸞舞，出岫雲隨獨鶴飛。全行素稱人友孝，年季事母供鮮肥。東亭別集

回文類聚題作和孫半菴自壽詩，無注

潘衍桐緝雅堂詩話卷上：『東亭別集經洪昉思、吴尺鳧諸先生搴采，雖體鄰纖小，而情均沈麗。七言如風敲竹閣鈴搖響，霧起山樓客坐孤，題詩寫石青花硯，挈榼遊山黄葉秋，殆非凡調。五言如天凍雪雲白，樹枯江月清，尤有浣花風骨』。

回文類聚五卷本（朱氏正刻本卷五、文淵閣四庫全書本補遺）之張盱江訪友不遇、張豫源曉行兩詩題下注云：『明詩統内録出』，又於張豫源牡丹二首題下亦注云：『以下十一首明詩統内録出』（此十一首詩，包括牡丹二首、失名美人八詠、何出光蜨）。回文聚類十五卷本續編卷八，録張盱江訪友不遇、張淮曉行、牡丹二首；卷九録張奕光上虞訪友不遇、曉行、蜨；卷十録桂紫誥美人八詠、失名蜨，前後重見。案萬曆刻本李騰鵬皇明詩統，既無張盱江訪友不遇、張豫源曉行，也無牡丹二首、失名美人八詠、何出光蜨諸什。觀東亭別集，知訪友不遇、曉行、蜨三詩，實爲張奕光所作。朱象賢失察，致成此誤。

回文類聚續編未收詩爲：江行書事、半月泉、題柴陛升舉觴白眼望青天圖、南郊遺興、踏燈、書洪昉思先生長生殿傳奇後、聞姚二京訃、夏日漱芳亭即事、坐鍾翠亭懷雲和馬廣文等九首。

回文集卷三十五　目錄

鷄冠花
朱槿
秋海棠
桂花
丹楓
芙蓉花
菊花
白菊
楊妃菊
臙脂菊
殘菊
蘆花
躑躅又名山茶
臘梅
蜨
蜂
蟬
蜻蜓
螢
蛩
絡緯
秋蜨
鶴
鸚鵡
孔雀
錦雞
鷓鴣
鷗
白鷺
鶯
白頭
燕
白燕
百舌

回文集卷三十五

田實發

實發（一六七一—一七三六後）字玉禾，號梅嶼，江南合肥人。清康熙四十四年，玄燁南巡，迎鑾獻詩。屢試未中，困於諸生者數十載，待雍正七年己酉，八年庚戌聯捷舉人進士，已届六旬花甲，授知縣。壬子、乙卯，歷充山東、湖北鄉試同考官。乾隆初，以頹老改徐州府學教授。著有玉禾堂詩集十卷（康熙兩衡堂刻本）。

恭進聖主春日南巡廻文七言律詩二首

新恩特慰望喁喁，澤沛勤宣詔課農。春甸遠環青輦鳳，曉煙輕繞翠旗龍。塵飛恰映花邊路，日出初高天外峰。麟趾仁聲騰叟稚，巡遊屢見喜年豐。

仙羣列岸遠飄香，嘒鳳簫韶雲樂張。綿卸柳深初蔭緑，鏡澄河廣不流黄。天南麗日紅輪曉，斗北高星紫極光。年卜萬兮千卜世，聖時清代盛虞唐。　玉禾山人詩集卷三秦淮集

菩薩蠻回文閨怨

月明虛檻遥簾隔，隔簾遥檻虛明月。寒夜五更殘，殘更五夜寒。粉香和淚搵，搵淚和香粉。情裏夢卿卿，卿卿夢裏情。玉禾山人集卷九綠楊亭詞

李國模合肥詞鈔卷二，題作菩薩蠻閨怨迴文體

沈樹本

樹本（一六七一—一七四三）字厚餘，號曼真，操堂，晚號艑翁、竹溪，浙江歸安人。監生。清康熙五十一年壬辰一甲第二名進士，官編修。生平恬澹，喜奬進後學。工詩、有艑翁詩集、湖州詩摭、竹溪詩略、玉玲瓏山閣詞。

敬觀御製書西湖十景亭榜額恭紀迴文

蘇堤春曉

春堤滿放桃深碧，曉徑芳舒柳嫩黄。人近樂看遥煥采，新書御墨灑煌煌。

三潭印月

明鏡一輪圓照檻，碧潭三影靜涵空。清輝夜淡天如水，墨寶看懸石壁東。沈玉亮、吴陳琰

鳳池集（康熙四十四年刻本）

顧　英

英字若憲，一字蘭谷，江南長洲人。安女，印江知縣、青浦張之頊室。年六十二，卒於貴陽官舍，著有挹翠閣詩詞。

戲倣迴文和高青邱韻

風摇柳影月依花，久坐清寒薄透紗。空怨别來愁覞覞，東樓翠減鬢消鴉。王昶青浦詩傳卷三十一（乾隆五十九年刻本）

『依』、『消』：錢學坤青浦閨秀詩存作『移』、『銷』（一九三〇年影雙廬排印本）

姚之駰

之駰字魯斯，號仲容，浙江錢塘人。清康熙四十六年，玄燁南巡，以所著類林新詠進呈。六十年進士，改庶吉士，授翰林院編修，雍正四年，官陝西道監察御史，著有鏤空集。

浣溪沙 回文

腸斷空憐誰得知，郎遊遠塞絶尋思，香塵印處亂紅飛。　粉蝶粘花嬌貼鬢，黃鶯愛柳嫩如衣，妝成不語獨遲遲。

菩薩蠻 閨情　迴文

錦袍新樣宮妝靚，靚妝宮樣新袍錦。文繡壓長裙，裙長壓繡文。小窗紅日曉，曉日
紅窗小。樓上怯新愁，愁新怯上樓。

前調 刺繡　迴文

瘦來慵向花牀繡，繡牀花向慵來瘦。雙鳳怕形相，相形怕鳳雙。線長添日晚，晚日
添長線。蜂誤錦芳叢，叢芳錦誤蜂。

前調 迴文

縷金成柳歌鶯語，語鶯歌柳成金縷。花影半窗紗，紗窗半影花。鵲橋空負約，約負
空橋鵲。真是薄情人，人情薄是真。

前調 秋夜　迴文

井梧飛起驚鴉寢，寢鴉驚起飛梧井。屏畫小山青，青山小畫屏。縷長愁織女，女織

愁長縷。關雁寄書殘，殘書寄雁關。

前調 迴文

凉秋九月簷霜薄，凍花黄墮鳴寒籜。殘火細螢沉，空階響夜砧。　幽崖雙落雁，新月催如箭。銀釭蘭室明，燈語暗含情。

雙帶子 迴文

長亭小立怕分釵，去棹愁深積水涯。望處無邊堤斷影，郎舟别認錯看回。　回看錯認别舟郎，影斷堤邊無處望。涯水積深愁棹去，釵分怕立小亭長。

前　調

來時幾日去成真，别贈將離惜遠人。杯酒滿行千滴淚，黛眉低蹙半宜顰。　顰宜半蹙低眉黛，淚滴千行滿酒杯。人遠惜離將贈别，真成去日幾時來。鏤空集

李　紱

紱（一六七三—一七五〇）字巨來，號穆堂，江西臨川人。幼有神童之稱，十二歲即與里中

諸先生結詩社。清康熙四十八年己丑進士，選庶吉士，散館，授編修，官至工部右侍郎。雍正間，因參劾河南巡撫田文鏡，下獄幾死。乾隆初，召授户部侍郎，累遷内閣學士、户部尚書、直隸總督，以病致仕。著穆堂別藁五十卷（乾隆十二年奉國堂刻本）。

游昆源以葵葉團扇索詩爲題廻文一首

長風岸草緑依依，日透斜簾幔影低。方沼碧荷新貼水，近山青柳弱垂隄。行行玉鷺歸巢遠，點點金鶯宿澗西。蒼樹幾聲蟬斷續，白雲浮影弄前溪。穆堂別藁卷八

嘗疑宋文鑑奉敕纂修，不當載雜體詩。余少時嘗盡和皮陸雜體諸篇，及陳亞藥名、山谷建除、無咎四聲、荆公古今體迴文，殆逾百篇。稍長，疑其兒戲非理，盡焚棄之。因閲朱子大全集有十二辰詩，怪大儒乃亦爲此。因就所記憶者存二十餘首，列之別稿。

桂時颺

時颺字紫誥，號梅溪，浙江慈谿人。增廣生。慈水桂氏清芬集卷三云：『力學能文，兼工詩詞，嘗往來吴越間，所與遊者皆東南名士，有天香書屋詩鈔、梅溪寄興艸諸集』。

美人八咏

麗華髮

斜翹翠壓半釵横，巧様新妝鳳輦迎。花罩錦籠蟠月小，髻垂青鬟帶煙輕。鴉飛濕水沾雲緑，黛掃香塵拂鏡明。華麗張妃宫帳暖，遮欄枕玉惜卿卿。

梅窓咏美人廻文八首題作張妃髮。『籠』作『龍』

文君眉

留情暗鎖玉交枝，粉抹羞看醉臉攲。稠葉柳含煙淡淡，遠山青溼雨絲絲。愁容照鏡金蠶臥，廣額遮鈿翠鳳儀。鈎月新描輕筆好，秋雲碧掃淡蛾眉。

『羞』：梅窓咏美人廻文八首作『着』

雙文目

酡顔醉月對西樓，影動花簾隔遠眸。蛾撲戲看停㚇步，蜨飛交盼欲回頭。傞傞舞態癡情種，怯怯嬌腮玉淚流。梭眼似潭寒入畫，波清淡瀉一江秋。

樊素口

融脂濕粉唾壺清，巧笑多般百媚生。紅藥翻花新吐蕋，小桃垂萼半含櫻。風微入韻流鶯囀，月夜吹簫紫鳳鳴。籠錦倚腮嬌掩袖，濛濛淚雨暮啼輕。

『腮』：梅窓咏美人廻文八首作『腮』

西子臂

西邨處女美摻摻，曲徑逢君贈白縑。低柳舞腰翻彩鳳，戲魚紅指弄新蟾。溪深浣水香流膩，袖拂花窻風捲簾。啼鳥雙飛驚撲扇，齊鈎玉筆把詩拈。

『彩』：梅窓咏美人廻文八首作『影』

『溪』：原爲『浮』，據鈔本梅窓咏美人廻文八首改

太真乳

酥胸印汗溼紅妝，帶解新衣舞夜凉。珠吐蓮房花結露，粉彈菰米玉流香。巫雲入梦雙峯倒，暮雨成行兩淚長。扶醉欲歸春色暖，壺清吸盡賣癡狂。

小蠻腰

腰圍半減爲情牽，偶鳳離愁憶遠年。嬌態舞風迎嫩柳，怯肢輕折倒垂蓮。飄飄絮影寒林雪，嫋嫋雲騰爐篆煙。銷骨氷肌香沁玉，綃紅浥雨妒花鮮。

潘妃步

占夜寒燈添寂寥，別郎留步欲魂消。纖纖玉印苔痕淺，窄窄金鈎月影揺。簾隱香裙羅

襪小，樣描花鈿碧蓮嬌。奩開半恨離情遠，尖笋春風迎瘦腰。回文類聚續編卷十

『鈿』：梅窓咏美人廻文作『簟』

此詩亦見鈔本回文花鳥吟附梅窓咏美人廻文八首，末後題云『秦樓弄玉，瑶島飛瓊。錦雲恍出天孫，綵筆還推國士。才欽李杜，頡頏星翼之中；句擁珠璣，掩映藻蘋之上。綴葡萄之雅製，宛轉廻文；度楊柳之新聲，參差叠韻。風流同宋玉，浩瀚擬長沙。花箋綴玉，疑登縹緲之峯；[illegible]管流香，如入芝蘭之室。爭傳紅藥當堦，竚看金蓮歸院。同學弟約菴汪士杰跋』。

乾隆四十六年十一月初六日，内閣奉上諭：『昨閱四庫館進呈書有朱存孝編輯廻文類聚補遺一種，内載美人八詠詩，詞意媟狎，有乖雅正。夫詩以温柔敦厚爲教，孔子不删鄭衛，所以示刺示戒也，故三百篇之旨，一言蔽以無邪。即美人香草以喻君子，亦當原本風雅，歸諸麗則，所謂托興遥深，語在此而意在彼也。自玉臺新咏以後，唐人韓偓輩務作綺麗之詞，號香奩體，漸入浮靡，尤而效之者，詩格更爲卑下。今美人八詠内所列麗華髮等詩，毫無寄托，輒取俗傳鄙褻之語，曲爲描寫，無論詩固不工，即其編造題目，不知何所証據。朕輯四庫全書，當採詩文之有關世道人心者，若此等詩句，豈可以體近香奩概行採錄。所有美人八詠詩，著即行撤出，至此外各種詩集内有似此者，亦著該總裁督同總校分校等詳細檢查，一并撤去，以示朕釐正詩體，崇尚雅醇之至意』。四庫全書本回文類聚無有桂紫詰美人八咏，便是這等緣故。嗚呼，城門失火，還殃及其他詩集内『似此者』。

胡瓊

瓊字佩清，號秦臺女史，江南長洲人。朱友倩室。著有小瓊臺詩草。

讀回文類聚 即用回文體

玉山仙史衒珠旋，綴補新詞卷百千。軸錦留霞飛滿袖，竹凝甘露灑虛天。 裕文堂本回文類聚

汪士杰

士杰字維時，號約庵，清江南吳縣人。有廻文花鳥吟百律（古吳汪士杰維時著，同學桂時颺紫詰、韓眙豐燕孫校定，霞影廔鈔本）。

梅花

寒生夜帳倚黃昏，凛凛霜姿濕粉痕。巒翠擁雲梨遶夢，袖香迷蝶玉消寬。歡歌醉曲調絃管，淡月含嬌泛酒樽。攢影弄枝遥映水，漫漫雪萼覆南村。

紅梅

斜枝拂影曉煙籠，薄點脂唇笑倚風。紗幕透寒霜擁翠，艷嬌含暈臉欹紅。霞林覆萼氷

魂斷，錦帳凝姿粉淚融。華麗逞芳迎景媚，花叢醉舞戲庭中。

緑萼梅

花林簇萼曉芬芳，冉冉輕雲擁緑裳。紗帳拂煙含粉額，翠眉凝露濕新妝。斜枝玉遶春山碧，冷月溪浮雪骨香。遮影竹叢依媚嫵，華光弄影照東墻。

『妝』：鈔本原文，正字通云『妝字之譌』，下同

雪梅

綃輕怯冷夜膍風，漠漠雲窺月影同。條玉覆香凝翅粉，珮瓊含艷壓珠融。貂簪映萼瑶林滿，鳥宿驚寒翠帳空。嬌額點英穿幕繡，飄花逐雪舞庭中。

月梅

斜枝玉彩鬬風清，月映梅花覆短楹。紗幕透香浮冷萼，夜長愁咏坐殘更。霞杯泛影飛鸞舞，碧幹凝烟繞竹横。笳奏一聲新恨遠，華光簇艷曉迷情。

映水梅

濵寒照蕊玉凝霜，緑水含嬌逞淡妝。新色一枝浮影亂，雪林千萼泛泉香。春溪碧繞雲

鬟濕，月夜清流粉頰涼。顰翠拂風輕冉冉，人迷冷艷倚昏黃。

殘　梅

東墻繞笛弄聲柔，滿徑殘花對酒甌。風逐粉姿憐魄冷，雨摧香艷怯魂愁。融融淚擁雲鬟亂，寂寂春含翠影浮。叢碧點英飛雪舞，空庭照眼恨悠悠。

瑞　香

裘雲翠色紫籠冠，冷艷凝珠綴露團。球簇錦香幽閣暖，月窺花影夜窗寒。悠悠夢醒驚啼鳥，寂寂春情逐鏡鸞。甌酒泛霞輕袖舞，樓西照彩素光殘。

水仙花

裳衣素染獨迎春，色共梅枝映水濱。妝靚試嬌多婥約，媚姿凝艷絶埃塵。香魂夢醒驚綃薄，冷露清含夜月新。長袖舞風依檻碧，黄塗半額翠眉顰。

杏　花

芬芳遶苑上林春，淚浥紅綃覆翠茵。妝艷逞嬌依曲岸，露花凝萼透西隣。香流細雨疎簾隔，色弄微風漾影新。腸斷惹愁驚蝶夢，墻高倚臉醉窺人。

海　棠

籠紗覆徑曉蒼蒼，錦帳春藏半面妝。紅淚浥嬌新濕露，彩霞浮影艷冷光。空庭夜月驚殘夢，遠憶朝雲逐斷腸。風遶翠帷屏映色，叢叢蝶戀獨含香。

垂絲海棠

枝横緑影拂東墻，巧樣新成織錦囊。絲鬢裊風愁緒亂，綺窓凝日覆寒香。姿容退雨啼鶯倦，色艷迷烟舞蝶狂。肌玉沁紅輕暈酒，遲遲夜月映殘妝。

梨　花

芳芬湜媚簇堦雲，夜永愁寒擁練裙。香沁夢魂愁寂寂，艷含清影蝶紛紛。妝啼濕露凝姿玉，月淡浮煙舞袖薰。墻粉映嬌輕剪雪，堂空坐咏怯斜曛。

桃　花

遮簾綉彩傍窗開，寂寂春愁語燕來。紗帳簇雲香弄色，錦裳凝色翠侵苔。霞流醉暈含羞靨，雨浥新妝濕粉腮。花院覆嬌添景媚，斜陽夕影艷浮杯。

白桃花

春簾一簇曉華光，色競瑶池覆淡妝。新影弄嬌浮夜月，媚姿凝萼妬清霜。顰眉蹙艷冰綃薄，碧檻含羞玉骨香。唇啓笑容遮袖舞，茵花遶蝶戀蜂狂。

李　花

翩翩蝶影傍屏帷，葉嫩含煙鎖玉姿。蓮渚異香流曲徑，簾園輕粉綴疎枝。天晴弄彩霜爭艷，月夜浮華雪映肌。鮮露滴嬌凝縞素，淵清漾色曉雲移。

辛夷又名玉蘭

叢芳斗彩素光寒，膩粉凝枝遶玉蘭。融露夜浮香茈竝，碧烟輕裊翠眉攢。風迎曉艷含綃薄，日麗花堦弄影團。同夢蝶情春寂寂，朦朦月色映流湍。

櫻桃花

歡歌共遶玉樓妝，遠恨幽然蕭士狂。寒月映綃輕點雪，細風吹鬢翠凝霜。殘雲曉夢驚啼鳥，滴雨愁情逐斷腸。團影弄嬌春景媚，盤珠簇處染脂香。

柳　花

幃空怯冷夢悠悠，翠擁紗窗弄玉柔。飛絮遶簾窺命薄，落綿隨蝶引心愁。微光曉雪迎風舞，暮景春英逐水流。稀影覆看驚瘦骨，依依恨遠望高樓。

牡　丹

霞飛映色耀窗東，淚浥新妝濕露融。斜影弄煙輕袖舞，艷姿含暈薄綃紅。鴉雲亂處驚酣酒，夜月歌闌倚暖風。家世古称應繡錦，華光射彩斗花叢。

白牡丹

塵埃絶點半含芳，約綽偏匀淺淡妝。新色月留嬌態舞，碧雲煙鎖玉羞藏。春生坐映華山雪，艷逞風流粉骨香。茵繡滿堦花戀蝶，顰眉蹙蹙逐蜂狂。

芍　藥

晴霞曉色覆堦前，日映花開列錦箋。情蝶夢回驚語燕，黛蛾顰鎖亂雲蟬。名垂獨艷誇西洛，景媚尋歡醉管弦。鶯囀聽殘歌調起，�船泛影月娟娟。

蘭　花

芳叢照日弄紅芽，兆應鶯傳夢徑花。香茝露寒迎佩紉，淡容霜節老雲霞。黄金嫩蕚浮蘭石，紫玉含芬透幕紗。長葉舞風凝澗碧，囊琴入晼泛光華。

玉蕋花又名雪毬

盈盈雪蕋映窗寒，嫵媚凝嬌簇影團。明月弄堦迷舞蝶，碧雲留蕚遶飛鸞。瓊瑶擁翠匀妝淡，艷色盈枝浥露殘。横筆醉吟愁亘永，輕風颺珮玉珊珊。

杜鵑花

新痕淚血染籠紗，寂寂愁看曉徑花。顰翠鎖煙清亘月，靨嬌含艷覆林霞。茵苔濕雨紅綃薄，繡幕凝雲碧篆斜。春蝶夢殘啼鳥倦，津迷恨遠隔山家。

薔　薇

墻東倚笑吐朱唇，晝永開簾一色春。芳壓露花青映幕，蕋迷雲艷錦鋪茵。妝匀半臉嬌沾雨，酒暈輕羅袜染塵。狂蝶戀情多媚嫵，香衣遶徑覆烟新。

木香花

柔芳浥露曉簾窺，冉冉輕綃碧遶枝。稠影覆煙凝茈緑，密心含艶吐香脂。悠悠夢醒鶯囀，寂寂愁情引蝶癡。甌酒弄花吟亱月，樓高醉飲獨眠遲。

鶯粟

霞紅戀蝶亂紛紛，影弄花牕拂繡雲。華麗似看鶯暈酒，燕飛如舞颺羅裙。紗粘濕淚含絲雨，袖擁香風倚日曛。斜鬓緑烟籠砌石，遮簾錦艶競芳芬。

芳艸

叢叢翠羽簇堦茵，露浥鶯看曉色新。風帶㬵煙浮岸碧，雨絲含影入簾春。紅裙舞襯飛花艶，緑扇歌翻錦水濱。融淚滴愁新憶遠，蔥蔥玉遶夢寒津。

虞美人

休歌楚調別殘春，血劍看來尚損神。幽閣曉妝舒繡錦，緑鬟雲影化前身。眸凝醉舞輕腰細，雨浥嬌含濕翠顰。愁景觸情心憶遠，悠悠恨眼照花茵。

蛺蜨花

霏煙繞髩拭新妝，艷色迎風舞態狂。晞露乍憐羞褪粉，扇揮驚醒夢迷香。依依日暖春酣酒，寂寂情含曉月涼。幃繡映嬌凝倦翅，飛花逐影漾芬芳。

含笑又名佛見笑

津津笑臉倚疎籬，月夜清香透玉肌。春戀蝶情留色艷，雨零花淚浥紗幃。人迷欲語含羞靨，客惱多嬌蹙黛眉。塵軟醉眠橫砌石，新枝颺影覆簾窺。

棠棣花

籬藩傍日曉蒼蒼，水映裙拖翠帶長。枝繞碧烟浮嫩葉，蕋凝華露浥新妝。怡怡笑靨花聯蕚，怯怯嬌羞艷竝芳。絲髩緑垂紗帳暖，帷屏裊篆噴爐香。

洛　陽

妝匀曉閣畫眉顰，景綴朝陽洛苑春。芳透碧綃輕漾影，雨含嬌靨半窺人。裳衣織錦仙機巧，幕繡穿花艷色新。狂蝶舞風迎翠葉，香脂口遞暗沾唇。

酴醾

狂風逐雨覆花蔭，嫩葉凝姿覷眼新。香院一簾依素縞，翠條千萼遶華茵。長吟助景含妝淨，逸興添嬌簇粉勻。廊曲醉歌清月夜，光浮玉艷惜殘春。

『花蔭』：原爲『花茵』，從徐元回文詩詞五百首改

七姊妹又名十姊妹

紅綃鬬彩覆中庭，曉幕團看列畫屏。同笑一簾窺臉醉，竝肩雙艷掃眉青。童兒鬧舞驚飛燕，蝶粉迷香觸護鈴。空帳翠寒春夜永，融融露冷透踈櫺。

月季又名月月紅

茵花遶砌緑侵苔，舞蝶迷香泛酒杯。新月逐嬌依砌石，碧枝凝艷覆塵埃。春含獨邉霜前菊，錦門偏迎雪裏梅。顰淚濕腮芳浥露，津津笑臉倚高臺。

萱　花

莖輕簇萼曉呈祥，秀植孤根遶北堂。鸚護翠翎穿葉緑，鳳含金爪弄花黄。情同菊艷凝嬌靨，色竝葵姿競淡妝。迎笑一簾侵草碧，傾杯酒度暗浮香。

玫瑰華

叢叢緑蔕遶西廊，眼照鶯看簇紫囊。融露滴花珠樹滿，斷霞凝繡錦屏張。紅綃浥雨含嬌靨，碧榦欹風颺裂裳。虹彩覆香華戀蝶，中庭列艷競芬芳。

紅　葵

酡顔照影碧森森，錦繡圍看乍滿林。羅綺颺風薫日暖，彩霞籠蕊覆雲岑。螺青濕露凝嬌艷，鈿翠含芳簇嫩金。多興逸情閒夜月，何如更酌助詩吟。

『興』：原爲『典』，從回文詩詞五百首改

榴　花

煌煌晝錦映苔茵，眼照花眠欲醉人。香尾鵲含嬌蕊密，血唇猩染絳袍新。裳衣濕雨凝珠淚，繡幄浮煙蹙翠顰。墻苑覆綃輕弄色，芳容逞日笑津津。

瑪瑙榴花

東西遶艷綴庭榴，異品驚看醉酒甌。紅雨亂隨香雪冷，碧雲輕漾彩虹流。融融月影緋含萼，冉冉霞光玉映羞。叢露曉姿迎檻石，風簾簇繡錦懸毬。

梔子花

廊西照影日遲遲，眠逐清光透粉肌。香雨細含斜壓鬢，翠烟輕掃半彎眉。芳叢醉舞飛環珮，月夜吟花泛玉巵。凉簟枕籠紗映緑，妝匀淡艷繞屏帷。

夜合

芳容逞媚擁紅芽，酒暈輕綃覆苑花。墻拂繡枝凝粉蜨，葉浮烟霧簇雲鴉。妝匀曉艷吹風細，錦濯新嬌浥雨斜。凉月夜吟清興逸，香庭繞萼透窗紗。

珍珠蘭

爐熏擁麝噴衣香，露浥花容玉吐光。糯襯碧綃輕冉冉，蕊凝華月夜煌煌。珠盤漾色嬌娥舞，約婥含情惹蝶狂。隅座拂風飄雨細，無詩有景寫枯腸。

茉莉

鴉啼曉色弄牕明，日麗開簾一笑迎。斜鬟壓雲香冉冉，淡容窺月夜盈盈。花凝玉蕋梅同艷，幕透光華露共清。遮影翠煙浮篆碧，紗籠颺彩素羅輕。

蓮花

亭亭淨植遶西塘，眼照新羅越繡裳。醒夢醉妃嬌映水，細腰潘女艷凝香。屏圍翠羽輕摇扇，鏡簇花容整媚妝。汀滿月窺初罷浴，萍穿錦色漾芬芳。

竝頭蓮

團花簇錦覆蓮塘，語笑同含緑帶長。溥露浥嬌雙擁蔕，細風迎艷兩浮香。鸞飛曉鏡窺联影，鳥宿朝雲妬竝妝。殘色月浮鷩合璧，歡歌共舞醉吟狂。

白蓮

羅輕覆彩泛深淵，碧扇迎風颺葉圓。灑翠弄香秋冉冉，媚姿凝蕋玉娟娟。波清照影寒留月，萼粉含光夜鎖烟。多恨惹情迷夢蜨，螺青擁髻簇雲鈿。

荷　花

鮮華吐艷擁池荷，臉暈紅霞漾碧灑。圓影扇風涼遶座，淨光湖水緑浮波。田田葉簇珠凝露，灧灧香鋪翠蹙羅。蟬乱逐愁驚覺夢，船航醉調越中歌。

石竹花

鸞飛繞翠鎖娟娟，臉笑含嬌傍石眠。攢玉亂抽香篩瘦，薄綃輕擁絳英圓。丹霞列錦如屏畫，碧露凝珠似淚懸。殘影月窺閒酌酒，瀾波溢墨掃雲箋。

菱　花

流霞暮彩泛微波，冉冉香風弄碧灑。稠葉擁嬌凝粉鈿，密窠浮艷簇青螺。愁生半影清潭月，恨遠牽情逐棹歌。秋樹碧蟬鳴韻細，漚輕漾景戀情多。

玉簪又名白鶴

娟娟玉色漾雲簪，眼照新華遶徑深。蟬亂逐風香馥馥，鶴飛空澗夜沉沉。筵前舞態嬌含月，苑北凝珠乳溜衿。联影婕迷花傍石，船航泛影入園林。

金銀花

名聲好古惜叢叢，錦繡鋪來照眼空。醒病破除驚異品，困窮賙濟罕奇功。盈盈月彩浮嬌艷，漠漠煙雲裊翠籠。輕重自誰知蔓草，榮敷一載一葱葱。

金鳳又名鳳仙

愁生轉眼照茸茸，鳳去招魂傍影重。秋色一庭空語燕，冷風微月夜吟蛩。浮波弄色春含指，滴露凝珠淚浥胸。流水逐情新憶遠，留名恨處惜嬌容。

紫　薇

花林暮彩漾東廊，影弄秋庭覆錦囊。霞落鎖煙凝檻綠，艷舒新月映寒光。紗牕繞霧籠袍紫，繡衮迎風拂袖香。斜縷篆雲浮鼎鴨，笳鳴聽漏夜愁長。

丁香花

遲遲夜月倚西樓，萼粉凝柯繞指柔。歊雨浥香濃結桂，碧溪浮影鬥蟠虯。眉含黛色輕筠綠，茈簇金花笑菊秋。枝裊麝蘭熏帳錦，垂環玉彩映簾鈎。

金錢花

人愁對徑曉煌煌，舞蜨迎風遶曲廊。貧困怯窺花弄色，鬓秋驚對月浮光。塵埃落艷凝華露，石砌依嬌逞曉妝。新樣巧鎔初照眼，春堂錦覆獨含香。

芭　蕉

東牕覆影弄輕寒，冷燭凝煙緑蠟乾。濛雨夜眠愁客旅，碧雲朝恨捲羅紈。風凄怯夢驚飛燕，日麗迷情逐舞鸞。叢翠倚簾窺媚嫵，空緘半展獨眉攢。

秋葵花

裳衣染色嫩鵝黄，瑟瑟秋風舞袖長。妝淡效顰含薄霧，額塗新艷對華光。香微漾盞金浮翠，紫暈輕綃碧襯芳。凉氣夜闌歌罷曲，蒼蒼月影照東墻。

鷄冠花

昂頭雉影傍前楹，彩鳳垂看獨擅名。凉月曉窺疑鬥舞，颺風微動若飛鳴。裳羅薄襯輕綃紫，錦帳新含夜露清。黄鈿簇開初浥雨，霜林覆冷夢魂驚。

朱槿

籬疎遶蕚颺牕紗，約婥歌風鄭女華。遲日趂妝新覆錦，薄綃凝靨醉流霞。姿容惜處多離恨，謫貶遭逢不怨嗟。思遠亂蟬鳴晝永，帷侵月影竹陰斜。

秋海棠

沉沉夜影弄華光，寂寂愁眠欲斷腸。襟翠拂風欹醉臉，淚珠凝露濕啼妝。深堂玉冷秋容麗，曲徑花窺月色凉。岑碧映綃紅袖舞，簪雲覆錦蜀林香。

桂花

連雲翠蕚綴金黄，永漏清含月色凉。妍露滴枝凝髓碧，細風飄艷簇蕤霜。娟娟夜幕浮姿媚，冉冉秋林覆茝香。箋錦寄吟新醉酒，筵前颺影照芬芳。

丹楓

融融露冷絳籠紗，遠恨新情逐水涯。紅葉映江園繡錦，碧天浮影照雲霞。叢花鬥艷驚秋暮，媚色凝春似麗華。虹彩列看横岸曲，楓林覆景夕陽斜。

芙蓉花

芳容逞媚倚輕風，臉醉含羞映日紅。裳褧覆嬌爭女艷，彩霞浮萼鬥林楓。光華簇景三秋暮，約婥迎汪一色同。傍岸繞看圍繡錦，霜凝曉幄翠融融。

『汪』：回文詩詞五百首改作『江』

菊　花

前庭覆萼簇金黄，嫵媚迎風遶徑芳。妍露曉含秋色艷，鋭毫輕掃墨雲香。烟霏鎖葉侵苔碧，日麗依嬌擁繡裳。偏影月窺花影瘦，錢飛颺彩夜凝霜。

白　菊

籬疎綻菡弄妝新，冷萼垂簾拂翠茵。肌玉沁魂梅鬥艷，靨嬌窺影月含真。枝留粉蝶迷香袖，葉覆輕煙蹙黛顰。欹雨逐芳寒夜静，帷紗映色絶埃塵。

楊妃菊

紗牕透冷怯經霜，鹿去思情惹斷腸。霞彩弄嬌含暈酒，雨絲凝淚濕新妝。花迷蝶影窺容媚，髻擁螺鈿遶徑香。華麗逞風秋瑟瑟，斜陽夕影覆西廊。

臙脂菊

霜凝曉色弄芳柔，冉冉輕烟遶翠幬。囊繡颺風秋徑滿，臉霞窺蝶晚林幽。香泉渭水波流艷，彩殿陳妃醉逐愁。妝額半含嬌暈酒，裳衣覆錦絳纏頭。

『幬』：原爲『幬』，據文意改。回文詩詞五百首作『樓』。

殘　菊

殘花照眼滿東籬，寂寂愁懷怨别離。團月曉窺驚覺夢，綠醅新泛懶題詩。攢眉翠冷霜英落，亂鬢香摧露茈欹。寒雨滴聲愁静夜，珊珊弄影覆空枝。

蘆　花

茫茫曉色映波清，雪點蘆花逐雨傾。霜徑簇煙迷岸曲，月潭遮穗舞風輕。香浮夜笛漁歌起，葉弄秋聲雁影驚。湘沅隔情愁寂寂，光寒漾槳蕩舟横。

『槳』：回文詩詞五百首改作『楫』

躑躅又名山茶

空庭繞繡錦雲堆，嫩葉垂枝擁碧苔。融露浥姿浮幕冷，媚妝凝艷倚窗開。風迎醉暈含嬌靨，雪綴花羞映粉腮。紅頂鶴呈新照眼，叢芳弄彩泛霞杯。

臘梅

枝疎綴臘覆西廊，嫩色凝寒透薄裝。欹雨傍嬌浮碧檻，舞風迎艷簇金囊。遲妝曉露中心素，冷萼新塗半額黄。姿媚遶煙迷夜月，梔含玉蕊弄濃香。

蜨

翩翩玉蜨遶芬芳，嫵媚窺情引興狂。眠影傍花凝北苑，舞風迎絮裊東墻。鈿雲擁翠含烟暖，翅粉穿簾倚曉妝。鞯錦綉來飛對對，前庭耀彩艷浮香。

蜂

籠紗覆艷曉蒼蒼，石砌依蜂舞態狂。風逐細腰欹翠幄，露沾輕翅倚濃香。空巢霧暗凝簾碧，闊徑花妍弄日長。紅萼萬枝新照眼，叢芳傍暖趂飛忙。

『闊』：原爲『溝』，從回文詩詞五百首改

蟬

東窓碧樹遶蟬鳴，斷續吟懷旅客驚。風細逐絲青影亂，露香凝鬢緑雲輕。中庭滴雨愁聲咽，曲徑浮烟簇韻清。空槖鼓情牽遠憶，櫳簷覆景弄霞晴。

『槖』：原爲『囊』，從回文詩詞五百首改

蜻蜓

晴霞弄影漾雲溪，欻欻飛蟲拂柳堤。翎翠舞風依苑北，軟綃凝日遶塘西。盈盈玉映光晴碧，冉冉香含薄翅低。迎笑倚花新簇錦，輕腰倚水覆烟迷。

『翎』、『晴』：原爲『翅』、『晴』，從回文詩詞五百首改

螢

波微照焰佛亭前，閃閃熒華遠捞天。灑翠映光星映月，幕紗浮彩玉浮烟。羅紈颺影輕簾隔，艸腐凝珠碧蕊懸。摩揣共吟清夜永，多情樂借一燈燃。

蛩

秋雲碧遶帳林空，石砌鳴蛩泣露融。幽色夜華浮徑滿，濕窓花霧裊庭中。愁吟和笛驚回夢，急韻催砧怯冷風。流影月殘聲唧唧，憂心動處恨忡忡。

絡緯

鳴蟲遶樹覆西廊，碧影梧侵月色凉。清韻泣愁閨恨遠，急聲催夢客思長。輕風舞竹依窗緑，冷露凝堦拂艸香。驚frac逐懷吟細細，情關玉斷惜空房。

秋蜨

墻東傍影怯風吹，凛凛霜花遶竹籬。香夢粉殘驚月曉，薄綃氷冷惜容衰。裳衣濕露凝雲淡，艷色浮烟弄雨欹。腸斷引愁閒寂寂，芳含倦蜨戀空枝。

鶴

羣雞混鶴伴閒情，寂寂空林覆遠聲。芬露夜殘驚翮羽，碧天秋晚憶途程。雲巖拂翼飛裳縞，月島迷煙簇影清。嘌日舞衣霜映水，紛紛落葉和臯鳴。

『驚』：回文詩詞五百首改作『翻』

鸚鵡

輕身怯影傍簾幃，恨惹多言弄是非。明月逐懷吟夜冷，落花愁望曉雲飛。驚魂夢斷歌聲巧，遠憶春寒曙色微。情别感音流羽翠，盈盈淚滴雨霏霏。

孔雀

籬樊拂翅碧葱葱，啄飲愁鄉蜀夢空。奇色颺來飛羽翠，繡裳圍處列屏風。遲遲日麗華凝尾，漠漠煙雲錦簇櫳。眉溢笑眸雙射箭，思長抱影對芳叢。

錦雞

巒高怯影傍斜暉，閃閃光花颺繡衣。攢石溜溪晴弄日，亂枝横月亱含輝。冠雲簇彩凝烟曉，羽翠乘風拂露晞。鸞鳳引飛驚列錦，寒林覆色草菲菲。

鷓鴣

籬疎映血淚沾衣，錦繡凝烟傍影飛。垂幕倚情啼月曉，暗燈窺恨逐光微。枝棲怯冷驚花落，竹嶺含愁引夢稀。離别怨懷空寂寂，辭哀唱斷思依依。

鷗

清波照影傍横舟，麗日晴風逐浪浮。輕羽曉飛烟渚闊，冷衣霜映碧江秋。情閒樂處眠沙暖，艷色含來遠岸幽。明月弄花蘆徑遠，盈盈雪翅拂雲愁。

白鷺

葭青覆色柳垂陰，裊裊輕絲映水深。華髩拂來牽荇藻，碧蓮依處怯追尋。斜飛鷺掩雲峯翠，斂翼霜含月影沉。沙暖傍眠欹瘦骨，花溪繞樹碧森森。

『斂』：原爲『㪘』，從回文詩詞五百首改

鶯

輕寒曉月映西廊，恰恰鶯啼繞徑芳。驚夢午牕吟舌巧，薄綃春暖調聲長。清音簇雨飄林杏，艷色迎花惜舊妝。鳴候應韶簫雜韻，嚶嚶弄影拂垂楊。

白頭

遲遲日色弄窗幽，翠幄凝妝怯髩秋。痴蝶舞迷情怯怯，落花飛繞恨悠悠。枝盈緑艷飄紅淚，徑擁香衰怨白頭。垂柳細看驚滴雨，窺簾傍影惜春愁。

燕

塵埃挹露玉纖纖，上下爭飛遶翠簾。春色一庭窺曉夢，語愁雙影傍香奩。茵花舞蝶和風趂，絮落沾泥帶雨啣。人遠憶樓空惹恨，身輕颺羽拂前簷。

白 燕

堂前颺影隔簾遮，水映霜翎簇鬓華。妝淡趁風迎舞絮，夢殘驚蜨繞飛花。茫茫曉月侵衣冷，冉冉輕雲拂羽斜。腸斷引愁空伴侶，香泥弄暖透窗紗。

百 舌

春簾覆影照園林，永夜閒情引恨深。頻語調寒驚覺夢，巧聲啼月對愁吟。新音弄日遮陰樹，疾雨翻風倚碧岑。茵翠落花飛冉冉，人眠曉起逐鳴禽。

畫 眉

春山碧掃淡蛾眉，恰恰鳴禽惜別離。新影月窺慵翩羽，艷容嬌哢獨棲遲。人愁引恨啼音巧，夢覺驚懷訴語奇。鬟翠簇螺青鈿合，唇香啟處惹情癡。

『棲遲』：原爲『棲棲』，從回文詩詞五百首改

子 規

悠悠恨魄引鳴禽，暮景悲風訴遠林。愁血滴花春色艷，月明飄浪冷光沉。樓空倚夢驚飛雨，夜靜思情逐慘音。流淚濕英摧徑滿，憂心獨怨蜀江深。

翡翠

翩翩舞翅漾清灑，柳岸迷烟亂擲梭。眠影傍香依緑荇，倚風迎雨滴嬌荷。鈿花簇處凝紋繡，帳錦垂來颺翠羅。圓葉點池盈色艷，娟娟月彩照青螺。

雁

黄條葦映翏花稠，切切聲悲獨倚樓。霜冷逐情離北塞，月明窺影落寒洲。湘湖遠思歸雲暮，澤水迷魂夜雨愁。長笛弄風秋色淨，茫茫路遠恨悠悠。

『翏』：回文詩詞五百首改作『蓼』

雁字

秋江一掃淡雲烟，篆列横霞覆錦箋。愁婦惹情迷亂影，雁羣分斷惜殘編。樓南寫怨窺明月，塞北書懷繞碧天。洲水傍鳴悲夜冷，悠悠恨遠寄詩聯。

鴛鴦

依依竝影蕩波浮，冉冉香華遶岸幽。微浪溶風迎殿曉，暖沙眠日傍霞流。衣籠綵繡凝蓮渚，水漾雲煙簇翠裯。機錦逐情驚女艷，歸思怯處動心愁。

徐元回文詩詞五百首云：『歷代咏花鳥詩甚多，而以回文七律咏花鳥篇數達百首之多者，此爲僅見』。

郭懋連

懋連字岸先，清浙江東陽人。王崇炳家西席，著有迴文詩草。

旅店送别

蒼蒼野店夕陽斜，遠旆横飛趁落花。長短亭懸青幔酒，險夷路控白蹄騧。行行雁渡春溪荻，點點萍黏曉岸莎。腸斷客途行宿倦，涼風水館柳陰遮。

春　宵

挑燈夜照落英紅，滴滴鵑啼野郭東。桃葉翠含初上月，竹梢初動漸生風。高樓倚眺人愁絶，静院歸飛蝶夢空。搔首頻挑閒句好，豪吟爛醉坐花叢。

夜　燕

闌邊竹徑小車停，亂歷春筵醉墮星。寒館柳迷鐙暈緑，曉隄松漾月波青。彈箏帶落珠盈手，舞袖連飛花滿庭。寬飲劇場歡入夢，殘更幾點漏泠泠。

春遊雜興

新煙柳濯水隄平，往復閒遊漫寄情。春舍酒酣微雨夜，曉郵花靳軟風晴。仁生翠實梅梢壓，籜解春林笋葉撐。頻手叉吟憐景好，身棲倦榻臥窗明。

聞　簃

腸斷空天拍調輕，倚樓延月喚深更。香飄暗唾殘梅落，翠卷斜攀細柳橫。翔雁塞雲微促恨，臥龍江浪迴拋情。鄉懷盡起人惆悵，涼枕欹聽惹夢清。朱琰金華詩録卷四十八（光緒九年退補齋重刊本）

李鍾峩

鍾峩字雪原，一字西源，號芝麓，四川通江人。清康熙三十二年癸酉舉人，四十五年丙戌進士，授檢討。五十八年督學福建，官至太常寺少卿。著有雪鴻堂文集二卷（康熙五十七年刻本）。

步鄒念蕁上巳同人雅集韻迴文

香風遠送緑垂條，囀鳥聞時馬度橋。張樂妙音諧雅調，集朋高會趂晴朝。陽坡鬪草芳郊遍，曲水流觴飛葉飄。光日曉擎雲澹澹，塘橫小飲偶同招。雪鴻堂文集卷二

姚炳

炳字彥暉。號蓀谿，浙江錢塘（自署遼陽）人。清康熙四十二年癸未玄燁南巡，進祝詞。與仲兄之駰齊名，著有蓀谿集十三卷（康熙四十五年姚氏聽秋樓刻本）。

菩薩蠻 顛倒字體

落紅飛墮勾欄藥，藥欄勾墮飛紅落。春睡獨愁人，人愁獨睡春。　滿庭鋪草軟，軟草鋪庭滿。纖手怯來拈，拈來怯手纖。

前調

井梧飄葉秋風冷，冷風秋葉飄梧井。沉漏急清砧，砧清急漏沉。　露涼鳴雁度，度雁鳴涼露。寒夜覺衾單，單衾覺夜寒。

蓀谿集卷十二詩餘

易宗瀛

宗瀛（一六七八—？）字公仙，一字島庵，號島民，湖廣湘鄉人。天資明敏，與弟宗涒有『機、雲』之譽。清乾隆元年，兄弟同舉博學鴻詞。多羅慎郡王慕其名，延致邸中，頗爲禮待，因選得浙江曹娥鹽場大使。工詩文，著有翠濤書屋昨非集（嘉慶間刻本）。

重疊金 春閨廻文

倚簷春樹含烟霽，霽烟含樹春簷倚。雙燕掠虛窗，窗虛掠燕雙。淺綃紅淚染，染淚紅綃淺。遮莫恨欄斜，斜欄恨莫遮。

又 江樓聞鴈廻文

雪蘆低露涵斜月，月斜涵露低蘆雪。樓靜過聲愁，愁聲過靜樓。漏殘驚夢透，透夢驚殘漏。多半恨遥波，波遥恨半多。翠濤書屋近稿詩餘

謝帝颺云：『迴文詞正難得如許靈穩』

顧陳垿

陳垿（一六七八—一七四七）字玉停，號賓陽，江南鎮洋人。清康熙四十四年乙酉舉人，以薦入湛凝齋修律數淵源、中和樂府，書成議叙，授行人司行人。又考算學，列第一，稱算狀元。雍正元年，奉詔出使山東、浙江，監督通州倉。三年，以目疾乞歸，閉户讀書。乾隆初，舉鴻博，不赴。平生絕學有三，爲字學、算學、樂律，著有洗桐軒文集九卷（乾隆精刻本）。

回文題畫扇次毛大用雨韻

明波著影小橋横，遠籟空涼晚送聲。聲裏秋烟籠樹碧，横山斷處落霞明。洗桐軒文集卷三

程嘉則

嘉則字文靜，江南寶山人。吴興施峮宗室。著有繡餘隨筆四卷、輟績閒吟四卷。

寒窗眺雪兒輩索詩戲作迴文二首

啼鴉亂盡欲昏黄，筆凍吟寒卻舉觴。溪小聚花沾水淺，徑空飄絮趁風狂。低雲濕處封斜樹，冷玉浮來補缺牆。迷目遠山南去望，齊天積素白茫茫。

紅爐撥火漫煎茶，好景寒村一望賒。風刮松聲濤捲樹，凍舒梅影日移花。鴻歸遠渚沙鐫亂，鵲立危簷玉墮斜。空與色分何處是，朦朦夜月淡籠紗。施贊唐吴興家粹輯存（近代刊本）

王霖

霖（一六七九—一七五四）字雨豐，號弇山，浙江山陰人。清康熙四十四年乙酉舉人，四十八年考授内閣中書。雍正間，充江南、福建同考官。乾隆元年，薦舉博學鴻詞，改知南宫縣。晚居鄉，以筆耕自給。工詩，爲越中前七子之一，著有弇山詩鈔二十二卷（道光七年刻本）。

南塘晚棹效迴文體

遲歸棹轉曼聲歌，上下天光映夕波。池小狎船隨白鷺，盞深行酒瀉黄鵞。絲絲緑雨拖楊柳，冉冉香風動芰荷。迷眼乍回吟影瘦，嬉春倦踏徧晴莎。弇山詩鈔卷十四

南亭秋眺效回文體

魂斷黯然依泛梗，凭欄危望悵途窮。昏煙野動茫茫白，遠火林摇隱隱紅。村晚入雲寒帶水，樹衰辭葉亂飄風。尊空對影愁誰共，覔便無書寄鴈鴻。弇山詩鈔卷十五

張　漢

漢（一六八〇—一七五九）字月槎，號莪思，晚號蟄存，雲南石屏張本寨人。自幼力行讀書，備極攻苦。清康熙四十七年戊子舉人，五十二年癸巳恩科進士，改庶常，授檢討，遷河南知府，因與當事牴牾，解組歸。乾隆元年，以博學鴻詞一等第三名，復授檢討，轉山東道御史，有直聲。尋又引疾辭職返里，家徒四壁，著留硯堂詩七十三卷文集十卷駢體文二卷。

西村秋夜小集回文

烟深臥閣草凝愁，冷夢驚回幾樹秋。懸壁四山雲上下，隔窻一月水沉浮。翩翩影落飛

鴻雁，皎皎光涵靜斗牛。前路客歸螢點點，邊城夜火似星流。　乾隆石屏州志卷七

晚晴簃詩匯卷七十一、吴繼志三養齋輯迴文賦詩詞對合編題作秋夜。

『樹』：晚晴簃詩匯作『度』

『隔窻一月水沉浮』句，晚晴簃詩匯、三養齋合編作『隔簾一水月沈浮』

『涵』：晚晴簃詩匯、三養齋合編作『寒』

袁枚隨園詩話卷十四：『丙辰召試，有康熙癸巳編修雲南張月槎先生，名漢，年七十餘，重入詞館。先生以前輩自居，而丙辰翰林欲以同年視之，彼此牴牾。後五十年，余遊粵東，飲封川邑宰彭公竹林署中。西席張旭出見，詢知爲先生嫡孫，急問先生遺稿，渠僅記秋夜回文一首云，烟深臥閣草凝愁，冷夢驚回幾樹秋，懸壁四川雲上下，隔簾一水月沉浮，翩翩影落飛鴻雁，皎皎光寒靜斗牛，前路客歸螢點點，邊城夜火似星流。余按，回文詩相傳始于蘇若蘭，其實非也。文心雕龍云，回文所興，道原爲始，傅咸有回文反覆詩，温太真亦有回文詩，俱在竇滔之前』。

徐錫齡熙朝新語卷十：『回文詩，詩家以爲小道，罕有爲之者。如張月槎漢秋月一首云，煙深臥閣草凝愁，冷夢驚回幾樹秋，懸壁四山雲上下，隔簾一水月沉浮，翩翩影落飛鴻雁，皎皎光寒靜斗牛，前路客歸螢點點，邊城夜火似星流。字字熨貼，巧合自然，豈復庸手所能爲』。

此詩凡四見，〔光緒〕定遠廳志卷二十六李芳、李根源永昌府文徵詩二十趙司成、仲鋸雙瓣香編卷三吴陳勲。

朱倫瀚

倫瀚（一六八〇—一七六〇）字涵齋，又字亦軒，號一三，先世山東歷城人，曾祖編入漢軍正紅旗。康熙五十年辛卯舉人，五十一年壬辰武進士，選三等侍衛，改刑部郎中。雍正三年，遷寧波知府，補衢州知府，陞浙江糧儲道、驛鹽道，移湖北驛鹽道。乾隆六年，授陝西道監察御史，調山東道監察御史。十年，除正紅旗漢軍副都統，卒。工丹青，從舅高其佩傳指畫，旁及詩文，著有閒青堂集十卷（乾隆四十五年刻本）。

秋日同僦昭弟登城樓戲爲迴文體

還未還兮愁獨客，淡雲飛過雁聲聲。閒僧叩磬疏籬隔，冷寺依橋古渡橫。山滿暮林平靄斷，水迎寒照落霞明。攀登共喜頻來興，寂寂秋風晚上城。閒青堂詩集卷二

毛　咸

咸，清浙江遂安人。監生，候選州判。

文筆庵迴文讀成四首

中林一刹開禪律，勝絶多聞時鳥啼。通印法筵初譯帙，賸菘秋院小分畦。風催雨瀑寒

巖溢，磴隱松雲曉岫迷。同客有誰勞問詰，磬敲清響引橋西。民國遂安縣志卷十藝文

戴繼麒

繼麒（？—一七三三後）字履端，號玉岑，浙江杭州人，著有玉岑詩稿（中山大學藏稿本）。

依韵和柴漢威甥閨情作廻文體

情深轉忍轉情幽，落葉黄時衰草秋。横檻曲廊閒倚止，冷衾孤枕倦凭休。撑窓把鏡思憂怨，擊杵聞聲数恨愁。清靄夜飄風樹綠，更殘伴夢短悠悠。玉岑詩稿

薛雪

雪（一六八一——一七七〇）字生白，號一瓢，又號横雲道人、磨劍道人，山西河津籍，江南吴縣人。諸生。清乾隆元年，薦博學鴻詞，以母老未應。隱居掃葉山莊，行醫濟世，與葉天士齊名。工詩，解畫事，善拳勇。著有一瓢齋詩存（吾以吾鳴集鈔、抱珠軒詩存六卷、斫桂山房詩存一卷、一瓢詩存，乾隆五年埽葉村莊刻本）。

社集蕭遠齋廻文

田田葉映妍紅蓮，細細香聞客滿筵。前檻水摇踈影竹，煙飛柳動欲風天。抱珠軒詩存卷六

楊淳韶

淳韶字穗田，舉人，廣西思恩縣訓導。

題柱笏山莊迴文

朝山拄笏一莊名，近浦漁舟釣月明。橋對院門松徑小，檻當泉眼石波清。迢迢綠樹春天曉，靄靄紅霞落日晴。招隱好將行樂境，瀟瀟夜雨聽鷄鳴。

題枕霞樓

朝霞散錦好樓名，卓望臨溪映耀明。橋跨小江横石碧，榻懸高閣送風清。迢迢夜聽春膏雨，旭旭晨開霽色晴。招酒又歌閒作興，瀟瀟落葉竹窗鳴。民國思恩縣志第七編文藝

沈思綸

思綸字契掌，江南石埭人。清康熙間諸生。著有咫顔齋集。

秋江晚眺回文

孤舟一水抱江寒，鳥倦歸林月夜看。蘆畔遠燈漁泛泛，圖書枕穩卧雲瀾。陳詩皖雅初集卷

趙日暉

日暉字炳初，山西鳳臺人。清康熙拔貢，有文名，時號通才。

春社郊遊廻文

橫橋斷處曲隄廻，遠望遥空接澗隈。晴絢日光紅靄靄，秀呈山色翠嵬嵬。輕烟淡鎖深塘柳，濕露濃封密砌苔。清氣爽然幽極目，傾樽玉簟小筵開。乾隆鳳臺縣志卷十八藝文

莊　檑

檑（一六八二—一七五五）字書雲，號硯溪，又號晚菘，江南武進人。清康熙五十九年庚子舉人，任湖廣黃梅、黃陂知縣，署蘄州知州。乾隆初，兩充湖廣鄉試同考官。著有晚菘詩稿六卷（一九三六年張惟驤鈔本）。

春閨戲效廻文體

春山遠蹙愁眉黛，上日紅窗小鬪茶。人趂蝶時茵似草，柳藏鶯處幄如花。晚菘詩稿卷二烏吟集

周宗旦

宗旦（？—一七五六後）字清溪，江南金陵人。康熙四十七年武舉人，五十一年武進士，授侍衛。雍正十三年官宣化，乾隆六年調蠡城、丹崖，十四年移吳陽，終廣東大鵬營參將，攝南雄副將。著有清毖堂集十卷（乾隆刻本）。

偶成廻文二首

青青柳色野山碧，滿徑香泥壘燕巢。屏翠列開眉黛遠，靜軒琴韻鳥聲交。

又

晴閣香風凝靄色，碧牕明月映清輝。鶯啼亂柳楊梅熟，院滿紅花戀蝶飛。清毖堂集卷四

張梁

梁（一六八三—一七六五）字大木，一字奕山，自號幻花居士，江南華亭人。清康熙五十二年癸巳進士，授行人司行人，轉武英殿纂修官，入内廷校書，既竣，會裁決別補，遂告歸。絶意仕進，與黄之雋、繆謨諸人，以詩酒爲樂。晚歲專修淨土，户庭蕭寂。著有澹吟樓詩鈔十六卷（乾隆二十一年刻本）、幻花庵詞鈔八卷（乾隆二十四年寫刻本）。

菩薩蠻 廻文

別離人似難明月，月明難似人離別。時斂半彎眉，眉彎半斂時。小庭寒悄悄，悄悄寒庭小。明月怕多情，情多怕月明。

又

客中愁雨寒窓滴，滴窓寒雨愁中客。醒醉一燈青，青燈一醉醒。曉鐘聽杳杳，杳杳聽鐘曉。魚目比何如，如何比目魚。幻花庵詞鈔卷二

失名

廻文詩説：『自蘇氏若蘭撰織錦廻文，讀得去廻得來，循環有致，變化無方，能旋機中之錦，足生舌上之花，聊選數韻，以備取法』。

春曉

廊濕露光霄靄靄，院籠花影閣沉沉。香生早蕙開春曉，曲度新鶯囀兩聲。

移舟

舠小放來春草岸，柳深飄過緑烟津。高低任浪浮鷗遠，上下隨風舞燕新。

月夜

猿唫斷峽鐘幽欝，鶴載孤舟月舞飛。奔勢雨濤歸亂澗，瘦枝霜樹傍寒扉。

憶景

啼鳥山花繁映日，暗林村樹遠籠烟。凄凄意况詩懷遠，冉冉春愁客路前。低照落霞紅接水，靜關禪院曲依田。迷飄片影遥歸棹，西浦南州江夢懸。

山居

萋萋草色日頃西，險逕幽峰高隱棲。低覆枝横梅影瘦，遠聞音囀鳥聲啼。霓虹映岫雲霞晚，雨露連嵐烟霧迷。齊魯懷深思故舊，携琴共酒命攀躋。

偶成

潮平瀊影日西傾，曲逕斜分沙渚明。橋嵌遠溪臨渡小，月生横岫映波清。迢迢寺去僧

歸晚，漠漠烟飛鳥送晴。遥望一林松竹暗，飄萍似客泛舟輕。錢思敏、白璧、錢國琛增訂詩法卷四廻文（沈德潛鑒定，清刻本）

洪交泰

交泰（一六八四—一七四二後）字明良，號賡齋，江南廣德桐汭人。著有閑軒詩集五卷詞一卷、賡齋詩集六卷詩餘一卷（乾隆元年至七年刻本）。

庭月廻文

明月過空庭，夜螢飛度星。情思驚夢破，烹茗裊香馨。閑軒詩集宫集五言絶

陸鳳池

鳳池（一六八五—一七一二）字元宵，自號秀林山人，江南青浦人。惠潮兵備道振芬女，給事中上海曹一士繼室。幼承兄教，於詩最工，好吟咏，尤喜讀離騷，著有梯仙閣餘課一卷（乾隆刻本）。

夜坐廻文

凉亭浸月伴花香，月伴花香對小堂。堂小對香花伴月，香花伴月浸亭凉。梯仙閣餘課　嚴

昌堉海藻卷二十八

欽璉

璉（一六八五—一七四五後），榜姓葉，名漣，字寶光，一字幼畹，號熙甫，舊住太湖，客居金陵，自署畫溪，浙江烏程人。清康熙三十八年補博士弟子員，雍正元年癸卯進士，官南匯知縣，以蜚語落職，後起爲知州。著有虛白齋詩集七卷（乾隆十三年欽履乾刻本）

秋江夜泛廻文和李二少蓮韻

船行凝緑萍，夜月落江横。泉汲新烹茗，句成遲罰觥。煙濃帶霧密，樹古撼風輕。天半飛鴻冥，寂寥振響清。

閨怨廻文依李二少蓮韻

空房繡倦倚高樓，遠道傷心從淚流。紅樹落花庭寂寂，緑楊垂絮晝悠悠。鴻歸帶月新凝恨，燕語聞春長閉愁。曚眼還時尋好夢，鳥啼驚斷寸腸柔。虛白齋詩集卷五粤遊草

鄒一桂

一桂（一六八六—一七七二）字原褒，號小山，又號二知、讓卿，江南無錫人。清雍正五年

丁未進士，選庶吉士。乾隆時，由大理寺少卿，累遷內閣學士兼禮部侍郎，以老歸。工畫，尤擅花鳥。著有小山詩鈔十一卷（乾隆三十五年刻本）。

送　香

鳥啼驚夢曉，花落惜春深。嫋嫋聞歌楚，薰風送好音。

咏　竹

盟心同士志，外勁而中虛。清風鳴珮鏘，德比玉何如。

七　夕

幽香晚坐小園屏，露濕花苔暗渡螢。秋色一分誰巧拙，鉤簾半月映踈星。　小山詩鈔·孚在集

張用易

用易，山東諸城人。著有其樓詩草。

四季迴文

花枝幾朶紅凝樹，柳線金垂緑繞隄。斜徑草披風淡淡，紗牕照影日遲遲。

團團葉露濺池荷，白白輕鷗漾緑波。紈扇寫詩新句得，蟬聲幾遍咽涼柯。

蕭蕭葉落風摇樹，豔豔花香菊綴枝。寥寂伴蛩秋夜永，消愁旅館客題詩。

人歸遠阻路迢迢，雪片飄風暗柳條。狺犬吠驚宵夢冷，落花鐙對客魂銷。

王賡言東武詩存

卷七上（嘉慶二十五年化香閣刻本）

回文集卷三十六　目録

回文集卷三十六

張鵬翀

鵬翀（一六八八—一七四五）字天扉，一字抑齋，號南華山人、漆園散仙，江南嘉定（先世崇明，後徙居安亭里）人。清雍正五年丁未進士，選庶吉士，改編修。十三年，充文穎館纂修官，主雲南鄉試。乾隆二年，大考二等，進侍講學士，擢詹事。十年，乞假南歸省墓，舟抵臨清病歿。才思敏捷，早擅詩名，又工繪事，兼善書法，時稱三絕。著有南華山房詩鈔六卷（乾隆間寫刻本）。

回文賦

夫物以負異招尤，人以獨醒見擯。誹俊疑傑，自古而然。矧予少被清狂之名，長無鄉曲之譽。任天而動，與世寡諧。畏嫌我真，耻因人熱。雄鳩惡其佻巧，眾女嫉予蛾眉。索之成癖，悠悠斯世，蓋可知矣。每欲游情八遐，極目千仞。星漢少乘槎之路，浮邱無把袂之期。違親遠游，魯叟是誡。是以養真衡茅，屏迹朝市。少私自足，多口何傷。飄飄乎御風而行，亭亭然遺世而立。倚山陰之修竹，餐東籬之落英，古之人與吾所師也。閒居孟夏，嘉蔭扶疏，偶依回文作賦自廣。嗟乎，世無知己，誰喻吾志，莊周有言，自喻適志云爾。其辭曰：

嗟嗟咄咄兮我生爲何，姱修厲志兮讒謗滋多。遐幽怨憤兮慷慨成歌，華年冉冉兮靈曜飛梭。氓之蚩蚩兮知我其誰，珉貴玉賤兮愴惻心悲。津關緜連兮漫漫路岐，輪摧軔絶兮失之豪釐。純消廉潔兮冰容雪肌，塵埃污面兮素衣染緇，神鑒明昭兮喟感陳詞。鶵籠鳳縶兮牛阜麟羈，均平地天兮旋斡傾攲。身苦煢獨兮報施何基，人神阻遐兮心中逶遲。游曲階兮步東廓，流英盼兮騰飛光。儔卿雲兮頌軒皇，酬雪白兮儷春陽。逑好女兮齊芬芳，憂顔華兮薄榆桑。投鑿枘兮乖員方，球琳棄兮揚秕糠。中庭騁兮困驪黄，空懷遠兮戀土鄉。從尹詹兮卜遯飛，龍爲驂兮虎爲騑。風舒舒兮雲翻旂，雄豪騁兮蕩靈威。東西薄兮適安歸，窮北南兮家疇依。終罔悵兮中心違，虹惓惓兮雲蘳蘳。熊咆虎嘯兮吟猨哀，蜂壺螘象兮髴髴駓駓。躬傷鬼蜮兮人投狼豺，慍煩心兮罹殃災。休乎歸兮鋤艸萊，幽幽户庭兮碧艸青苔，悠悠歲年兮燕去鴻來。流雲月澗，泣露花臺。楸梧離披兮松鞠環迴，謳吟爛漫兮全天才。篘新醪兮湛深盃，颼飀風兮醉容頹，浮雲澹兮顔微開。餐高霞兮御泠風，寒歲懍兮秀孤松。肝澄雪兮冰凝胸，瘢予索兮恣頑凶，鸞鳳舉兮羅罻空。嗟嗟佩蘭兮索索狺牙，娥娥長眉兮嫉誘騰譁。歌哀切激兮世衒奇衺，何爲生我兮咄咄嗟嗟。多暇錄卷二（觀自得齋叢書本）

清嘉定程庭鷺多暇録卷二回文賦云：『吾鄉張詹事南華先生鵬翀，天才卓犖，時有謫仙之目。

其詩鈔有刻本六卷，而文集則未之見，然其家藏散襍底稾中，有丙午六月上浣錂刻文稾自序，則已曾付梓，豈未及竣事而散棄不傳歟。頃於扇頭見自書回文賦一篇，楷法精詳，作於戊戌五月，猶在丙午前六年。錢竹汀先生跋謂生於康熙戊辰，書扇時三十一歲，並謂昔人但有回文詩詞，若賦則始剏，音節自然，無生吞活剥之病，真曠代奇作，因備録之，俾後之人有所攷焉。序云，夫物以負異招尤，人以獨醒見擯。誹俊疑傑，自古而然。矧予少被清狂之名，長無鄉曲之譽。任天而動，與世寡諧。畏嫌我真，恥因人熱。雄鳩惡其佻巧，眾女嫉予蛾眉。索之成癡，悠悠斯世，蓋可知矣。每欲游情八遐，極目千仞。星漢少乘槎之路，浮邱無把袂之期。違親遠游，魯叟是誡。是以養真衡茅，屏迹朝市。少私自足，多口何傷。飄飄乎御風而行，亭亭然遺世而立。倚山陰之修竹，餐東籬之落英，古之人與吾所師也。閒居孟夏，嘉蔭扶疏，偶依回文作賦自廣。嗟乎，世無知己，誰喻吾志。莊周有言，自喻適志云爾。其辭曰，嗟嗟咄咄兮我生爲何，姱修厲志兮讒謗滋多。遐幽怨憤兮慷慨成歌，華年冉冉兮靈曜飛梭。氓之蚩蚩兮知我其誰，珉貴玉賤兮愴惻心悲。津關緜連兮漫漫路岐，輪摧軔絶兮失之豪釐。純消廉潔兮冰容雪肌，塵埃污面兮素衣染緇，神鑒明昭兮喟感陳詞。鶉籠鳳縶兮牛皁麟羈，均平地天兮旋斡傾攲。身苦煢獨兮報施何基，人神阻遐兮心中逶遲。游曲階兮步東廓，流英盼兮騰飛光。儔卿雲兮頌軒皇，酬雪白兮儷春陽。逑好女兮齊芬芳，憂顔華兮薄榆桑。投鑿枘兮乖員方，球琳棄兮揚秕穅。中庭騁兮困驪黄，空懷遠兮戀土鄉。從尹詹兮卜遯飛，龍爲驂兮虎爲騑。風舒舒兮雲翻旍，雄豪騁兮盪靈威。東西薄兮適安歸，窮北南兮家疇依。

終罔悵兮中心違，虹惓惓兮雲蘿蘿。熊咆虎嘯兮吟猨哀，蜂壺螘象兮贅贅駆駆。躬傷鬼蜮兮人投狼豺，慍煩心兮罹殃災。休乎歸兮鋤艸萊，幽幽户庭兮碧艸青苔，悠悠歲年兮燕去鴻來。流雲月澗，泣露花臺。楸梧離披兮松鞠環迴，謳吟爛漫兮全天才。篘新醪兮湛深盃，颸颸風兮醉容頽，浮雲澹兮顔微開。餐高霞兮御泠風，寒歲懍兮秀孤松。肝澄雪兮冰凝胸，瘢予索兮恣頑凶，鸞鳳舉兮羅罻空。嗟嗟佩蘭兮索索狺牙，娥娥長眉兮嫉誘騰譁。歌哀切激兮世衒奇衰，何爲生我兮咄咄嗟嗟（戊戌五月下浣録奉襄翁老伯教定張鵬翀稾）又按先生二十六歲喪父，家貧資館穀以養母，未嘗遠離，故賦序中有違親遠離，魯叟是誡之語」。

阮葵生茶餘客話卷三：「張南華詹事，今之謫仙人也。天才敏捷，詩俱宿慧，興到成篇，脱口而出，妥帖停匀」，「少時作迴文賦八首，自然清麗，亦前人所無也」。鄭方坤國朝名家詩鈔小傳：張鵬翀「又嘗出己意創迴文賦八首，芊眠清麗，無一字不工穩，弱冠補諸生，壯歲掇科第去，授史職，有聲館閣間」。

擬撰回文春帖六首

新年一氣轉林芳，淡靄凝梅早吐香。銀勝疊雲裁歲首，綵豪書日紀春王。
清琴奏叶歌財阜，緑酒斟宜度歲華。横嶺雪香浮翠暖，輕雲曉日逗窗紗。
廻文錦似回春早，繡被推看麥隴晴。梅賦麗辭新柏頌，才多感遇喜時清。
陽春奏曲倚和音，麗藻天垂合雅吟。香滿袖携歸院省，光榮染袂拂花林。

高雲映曙轉光風，歲肇勤民念切躬。膏溢土時耕雨緑，渚浮香處浴蠶紅。天開治世御飛龍，福祚綿餘積慶重。聯佩玉聲和樂奏，烟新着草醉春濃（回轉讀至一年新）。南華山房詩鈔·賡韻集

清婁縣楊秉杷應體詩話卷六張南華回文詩：『回文，詩戲也。南華回文春帖曰，新年一氣轉林芳，淡靄凝梅早吐香，銀勝叠雲裁歲首，綵豪書日紀春王。清琴奏叶歌財阜，緑酒斟宜度歲華，横嶺雪香浮翠暖，輕雲曉日逗窗紗。迴文錦似回春早，繡被推看麥隴晴，梅賦麗辭新柏頌，才多感遇喜時清。陽春奏曲倚和音，麗藻天垂合雅吟，香滿袖攜歸院省，光榮染袂拂花林。高雲映曙轉光風，歲肇勤民念切躬，膏溢土時耕雨緑，渚浮香處浴蠶紅。天開治世御飛龍，福祚綿餘積慶重，聯佩玉聲和樂奏，烟新着草醉春濃』。

張　焕

焕，四川華陽人。南部訓導，乾隆三年府學。

秋日登同慶閣（迴文體）

秋江一色共天長，水外雲飛漠漠黄。舟别柳灣隨去馬，雁棲蘆渚向斜陽。樓翻浪捲追風急，樹密烟交過客忙。牛牧下山歸霧遠，頭當月照晚生涼。嘉慶華陽縣志卷三十九上藝文

卓夢采

夢采字猬夫，台灣鳳山人。縣庠生。方正自持，精醫濟人。清康熙六十年，杜君英陷縣治，曾挈家遁鼓山深處避禍，吟咏自娱，年八十卒。

秋步龜山迴文

飛還倦鳥翠烟迷，曲徑荒蕪草拂堤。微緑動時翻蝶舞，靜林幽處住鵶啼。衣迎落葉秋風冷，洞鎖斜陽夕照低。揮麈話僧閒白鶴，依依影映碧雲栖。乾隆鳳山縣志卷十二中　盧德嘉鳳山縣采册癸部藝文二　賴子清臺灣科甲藝文集（臺北文物第八卷第一期）

陸文蔚

文蔚字藹卿，江南青浦人。著有西霞詞（乾隆二十八年張夢鰲校刻本）。

菩薩蠻

滿隄芳絮飛春半，半春飛絮芳隄滿。冰散水添萍，萍添水散冰。　暮山千點雨，雨點千山暮。春去欲銷魂，魂銷欲去春。

前調

緑烟溪倚横梢竹，竹梢横倚溪烟緑。屏畫遠山青，青山遠畫屏。　醒眠春晝永，永晝春眠醒。携酒趁鶯啼，啼鶯趁酒携。西霞詞

胡應昌

應昌，湖廣芷江人。庠生。

景刹廻文詩分天星二韻

天花雨落斷囂塵，吸盡春江一小亭。眠穩獨侵香蔭緑，興酣猶眺遠峯青。箋裁短韻評長日，竹刻新枝杖舊形。緣分過貪羞薄俗，寒霜壓髩兩星星。同治芷江縣志卷四十九藝文

失名

戲仿三七回文二首

飛魂悵别遠思歸靜掩扉
囊空嘆别久悲傷暗斷腸　品雅集（一名管蠡遺稿，弁嶺樵民手題，上海圖書館藏清鈔本）

來學林

學林字再虞，廪生。

和而發兄春閨韻 廻文

簫吹伴我獨傷情，積怨春閨空月明。橋舞柳絲飛嬝嬝，院歌鶯韻叶輕輕。挑簾細玩躭蜂蝶，卧檻斜聞厭鼓笙。寥寂數年何命薄，銷魂半夜一燈檠。來畹蘭，來鴻瑨來氏家藏冠山逸韻卷三（光緒二十六年會宗堂重刻本）

楊士凝

士凝（一六九一——一七四〇）字妙合，又字笠乘、立誠，號芙航，江南武進人。清康熙五十六年丁酉舉人，官山東單縣知縣。著有芙航詩襭二十九卷（雍正元年刻本）。

枕上偶作回文一首

風笛弄花催過客，火爐添炭送寒宵。東山太近天邊日，紅暈新春晴雪消。

春怨回文

梅枝半剪暗香添，小院春陰晝捲簾。開閣畫眉雙鎖恨，來書看後病懨懨。《芙航詩襭》卷二十

《四四留集》

陶本華

本華（一六九一——一七四五後）字淞南，世居方窯鎮。八年滇南，兩遊冀北，長年流寓異鄉。著有《陶氏詩稿》（上海圖書館藏稿本）。

夜坐廻文一絶（乙丑歲客遊豫章公廨每值夜静無聊）

花落微風冷院庭，静龕閒坐對燈青。紗牕映月憐長夜，茶煮還來斟緑醽。《陶氏詩稿》

周斌迪

斌迪，雲南蒙化人。知州吴元鼇（錢塘人，雍正元年任）倡十景詩，斌迪分咏其一。

中秋坐環山樓小飲廻文

秋林滿月印高梧，院竹分香桂影疏。留客勸杯和玉漱，捲簾空榻半塵無。幽尋怪跡仙

巖近，靜寂忘懷喜路殊。樓上獨登頻遠望，舟虛擬發鏡中湖。光緒續修順甯府志稿卷三十三

楊枝遠

枝遠（一六九四—一七三〇）字季重，江西瑞金人。雍正七年拔貢。少聰慧，及長，致力古文辭，尤長於詩。與查慎行交往。扼于舉業，屢試不售。著有狎鷗亭詩八卷（康熙間刻本），爲清廷禁燬之書。

戲效回文體

寒衫翠膩軟羅輕，佩玉摇風冷夢驚。團淚曉花紅泣露，鬧歌春柳緑藏鶯。盤雲黑鬢殘香暖，剪水清眸怨涕傾。闌曲小依時遠望，珊珊影畔鏡鸞鳴。

曉起回文

中牕落月殘燈冷，破夢驚鴻唳半天。紅徑野花新坼露，碧溪春竹細梳煙。狎鷗亭詩卷三自鳴集下

【落花燕子詩自序】歲癸卯秋七月，余客郡城飲尹種雨先生家，酒闌出詩相示，因豔稱其友人作燕子落花詩六十首，又回文各三十首。予聞而慕之。次日抵信豊，主同學郭波千家。客中無事，因勉强爲之，幾半月矣，始成六十首。由信豊至龍南，客徐明府幕中，又過半月，始

成回文六十首。〔張豫源〕作牡丹詩，一日百首，唐寅落花詩三十首，信筆揮灑，詩皆工甚。余以一月作百二十首，久甚矣，尚不能工，才分之相懸，盖有天也。昔先君子在日，嘗戒不孝，不令作此等詩，謂當穠華之年，不宜作飄零之想。不知頻年以来，江湖落魄，門户依人，既無逢春之歡，更有㶣巢之苦，比之燕子無家，落花委地，凄涼景况，殆欲過之。微情寄托，竊附風人，悲羽毛之摧傷，惜娥眉之遲暮，詞雖不美，君子或哀其志焉。詩成自題其端，更寄尹君爲余訂之。雍正癸卯秋九月，瑞金楊枝遠題於粤川舟中，時舟過惠州白鶴峰。

落花詩回文三十首

十五咸　一東

芟愁把盡吟邊筆，倍覺深愁怨落紅。衫碧透垂雙淚冷，鳥嬌同哭一春窮。嵌芽嫩草香階滿，掃葉殘枝晚砌空。啣罷花歸飛蝶倦，濕叢寒雨細濛濛。

十四鹽　二冬

蟾脉脉臨光冉冉，鳥幽幽語恨喁喁。厭厭病影描詩瘦，澹澹春愁滴酒濃。簷觸細香飄箇箇，屐沾融粉印重重。纖纖碧襯深深草，陣陣紅遮遠遠峰。

十三覃　三江

含恨别花愁對酒，酒杯斟滿恨填腔。毵毵暮雨紅流澗，寂寂春陰緑滿窓。貪共燕泥融暖日，冷同楓葉落空江。簪花折去羞人老，點點寒燈照淚雙。

十二侵　四支

深徑積花閒罷掃，影嬌看久立移時。沉香翠斷春亭廢，老玉紅凋晚髩衰。林隔遠山遮嫩葉，地臨寒月寫空枝。禽鳴愛客留嬌語，晚去尋春怨暮遲。

十一尤　五微

樓對晚紅嬌滴滴，並憐相見一沾衣。羞含死態留奴念，減盡香容妬婢肥。頭滿插時看合早，手隨飄處折來稀。愁深積地閒堆遍，起觸風狂欲亂飛。

十蒸　六魚

騰湧恨驚池雨驟，水隨花去事空虛。燈殘怯照春魂睡，髮薄愁臨曉月梳。層起碧泥翻過馬，亂吹紅浪唊游魚。憑欄曲就寒花望，點點含枝好盡疎。

九青　七虞

醒醒笑我客窓孤，痛飲將花到酒無。瓶玉護香遮嫩蝶，網絲牽恨綴高蛛。庭空啄鳥饑爭瓣，日落喧蜂亂惹鬚。扃就户來眠冷榻，盡撡春色濺泥途。

八庚　八齊

生恨幽窓當鳥啼，滿階花落露凄凄。城傾豔色朝迷目，地委嬌香晚逐泥。明月塞笳吹漠北，遏雲宫舞罷湖西。榮枯迭怨成今古，日落寒煙罩柳溪。

七陽　九佳

茫茫眼底花来往，醉自斟杯把悶排。香緑嫩吹風底扇，瘦紅嬌洗雨前堦。粧濃减去臨波照，淚冷傾来向露揩。光照夕陽斜映帶，夜遥悲念動人懷。

六麻　十灰

斜欹翠樹倚樽罍，勸客當歡盡酒杯。花落易催春色晚，恨銷難遣笑顔開。鴉栖帶柳垂空館，草腐流螢冷廢臺。霞彩散飛雲黯黯，蛙鳴鬧處斷絃哀。

五歌　十一真

多謝晚花閒點地，古今成恨積傷神。荷池一破吴宫月，豔婦三埋隋土塵。羅綺綴香空剪綵，畫圖留影淡描真。歌終惜别將衣挽，未必能留欲去人。

四豪　十二文

高窓掩卧醉醺醺，懶更遊春暮逐群。桃露泣垂紅淚滴，柳烟顰斷翠眉分。牢愁破處空香色，冷夢驚時散雨雲。騷楚咏懷情渺渺，隔墻隣女怨歌聞。

三肴　十三元

梢殘在許少留存，脉脉愁他對掩門。抛碎碧華飄月徑，散飛紅玉墮煙邨。巢鷺接葉新交影，夢蝶尋香暗斷魂。郊島瘦因詩思苦，句成難遣過黄昏。

二蕭　十四寒

寥寂銷窓春夢殘，落花穠對悶時看。簫吹夜月飄香冷，瑟鼓春波洒淚寒。摇動鳥驚紅亂散，往来風攪碧成團。招魂把酒憑空望，遍倚閒亭小曲欄。

一先　十五删

牽情爲汝弔衰顏，悶倚閒屏九曲山。炯化玉宫吳女哭，影垂羅帳李魂還。娟娟映日臨香佩，嫋嫋披風解翠鬟。妍極倍愁含别恨，散飛紅地綴斕斑。

十五删　一先

斑斕綴地苔鋪遍，懶更彈琴抱醉眠。閒破晚香添睡鴨，怨含春血洒啼鵑。關門玉雪霏邊柳，苑粉紅衣孕渚蓮。環似日輪推轉速，買春將盡擲榆錢。

十四寒　二蕭

酸楚夢来悲往事，卧窓幽閉夜蕭蕭。殘紅舊淚啼花燭，冷翠新泥墮雀翹。寒樹玉凋歌曲豔，古囊香戀女魂嬌。丹成欲盡餐英露，洗雪春思暗恨銷。

十三元　三肴

村陋僻居閒寂寂，苦思吟盡費推敲。魂香暖日烘簾繡，粉細縈塵聚硯凹。昏眼老花遥起纈，晚粧殘髮亂垂髫。蓀蘭採去愁春暮，轉意芳凋恐化茅。

十二文　四豪

雲暮日含春恨遠，送春將淚滴蘭皐。薰香怯甚寬圍帶，照鏡愁来改髩毛。分碎碧痕浮緑酒，亂沾紅跡着青袍。裙釵鬬色花爭豔，盡興高歌笑客豪。

十一真　五歌

春来待發花消恨，疊疊花增恨倍過。人美似他偏命薄，客狂憐爾獨情多。塵生不污香羅襪，色落時沾紅錦靴。新舊迭来開復落，愛時看徹怨時歌。

十灰　六麻

煤麝炷来飛片片，篆煙低地裊殘花。梅梢一返香魂冷，杏蔕雙飄玉影斜。灰燼冷心芳恨積，霧塵迷睫遠愁遮。開窓晚對休牽夢，豔色由来自破家。

九佳　七陽

齋空對影澹生凉，亂逐斜風過曲廊。鞋鳳點香沾得幸，髩鴉驚豔觸来忙。階臨一哭悲邢尹，井入雙魂怨孔張。牌小記名嬌刻玉，種留春色護東墻。

八齊　八庚

梯上獨来休望遠，落紅深處到關情。低眉照恨長臨月，嫩舌含愁獨囀鶯。啼恰恰催春夢破，影雒離寫暮魂驚。擕琴把酒對君勸，泣訴幾回腸斷聲。

七虞　九青

扶花要立同花醉，恨別懷深怕酒醒。壚廢感人愁問婦，閣寒垂雨苦聞鈴。珠盤滴淚沾綃碧，玉珮歸魂怨塚青。無盡已前春色豔，夜殘明月缺荒亭。

六魚　十蒸

餘香冷泣莫沾膺，盛極還衰理是應。虚墓玉魚垂古佩，舊臺銅雀散荒陵。疎星曉似人寥寂，細草春如恨滿凝。鋤罷晚園閒倚醉，亂欹芳地卧花棚。

五微　十一尤

歸去人隨青草屽，恨他消歇事悠悠。飛雲綵化春衣豔，滿月高懸晚鏡愁。晞露薤殘歌調苦，古香槐冷夢魂幽。欷歔欲語嬌誰共，破影窺人望眼偷。

四支　十二侵

眉蹙爲他憐落魄，滿庭芳草積春深。枝枝恨洗黄梅雨，蔟蔟愁濃緑樹陰。時鳥變聲新换節，隙駒催日老傷心。癡情苦意春回轉，日日過余伴嘯吟。

三江　十三覃

雙槳畫船遊水曲，並鞭玉馬走隄南。江波碧滿十分十，砌雨紅飛三月三。撞碎翠林過鬪鳥，亂翻金葉逐飛蠶。降心我把春愁寫，鼻襲香來破醉酣。

二冬　十四鹽

攻来枉爾憎風雨，命是多愁與病兼。松老妬香留晚徑，杏嫣飄色傍飛帘。峯青對閣高歌罷，草碧臨波冷淚淹。慵懶笑余如墮絮，墜時同爾向泥沾。

一東　十五咸

風狂刮樹樹花殘，倚醉時来坐曲巖。紅錦褥連青錦帳，白羅裙襯紫羅衫。蘂芳委地遺香靨，豔粉飄流逐綵帆。籠護好枝垂結子，鼎調終可適酸鹹。狎鷗亭詩卷六落花詩

燕子詩回文三十首

十五咸　一東

啣將恨去苦匆匆，寫怨含情曲盡終。衫濕唾痕花點碧，鬢臨燈影玉啼紅。巖巘故壘懸高屋，脉脉愁人感廢宮。凡骨換来生羽翠，願如君意任西東東坡回文衫碧唾花餘點亂暗用趙飛燕事

十四鹽　二冬

厭厭意爾還来日，久約相從過暮冬。霑絮泥融香濕濕，落花砌冷月溶溶。嚴霜曉逼危巢薄，細雨秋催歸興濃。簾捲自嗟含別恨，首回空爾望遥峯。

十三覃　三江

喃喃語到歸時喜，樹外峯連樓外江。探蝶帶花窺曲巷，啄泥和雨濕寒窗。含雲曉徑藏身小，積水春池照影雙。慙我令君巢朽棟，舊情多戀肯来降。

十二侵　四支

沉沉信斷望前墀，渺渺情人故繫思。音好惠予愁遠隔，夜寒憐汝爲秋悲。深林宿雁鳴空野，落葉哀蟬噪晚枝。尋影傍花閒對語，未知君去別經時。

十一尤　五微

愁君爲我獨遲歸，落盡紅林故自飛。鈎月帶簾珠的的，翦雲和尾翠依依。樓空語恨花垂淚，徑小穿香露濕衣。流水曲欄憑眺晚，幽幽樹色遠開扉。

十蒸　六魚

凌侵暮雨冷空廬，甚苦殊方遠寄居。興廢幾看人世異，徃来常伴客窓虚。藤垂老瓦寒松古，水蘸斜扉舊柳疎。曾未惜春探去早，層層啄盡落花餘。

九青　七虞

青青草色着霜初，訊問愁芳晚有無。翎染翠深霑露雨，眼經花慣識榮枯。亭長送客悲蟬斷，日落呼群惜雁孤。屏掩暮寒秋寂寂，柳垂庭樹落栖烏。

八庚　八齊

明月春深愁極目，望君曾立向花溪。盈盈聘就金塗屋，小小儲來玉作閨。輕袖舞飄如軟翠，膩香衣污欲沾泥。生憐可意含嬌態，冷露依窓夜並棲。

七陽　九佳

芳徑滿含新草嫩，暮樓重對遠山排。香生翠幙風開户，影弄花陰月上堦。忙雀噪春爭聒聒，亂鷄催曉恨喈喈。房空閉妾愁長夜，未得沾泥點繡鞋。

六麻　十灰

紗窗護碧映深苔，曲徑幽尋任去来。華屋愛君同客賀，遠天愁我寄書回。花分雀主矙分柳，使共蜂爭蝶共媒。斜日透光寒樹隔，影雙雙入待簾開。

五歌　十一真

多情愛汝巢梁屋，點撿閒花向暮春。窩滿漸乾黄蠟口，户開時入紫衣人。梭鶯擲亂迷煙雨。瓦雀行来認主賔。蘿薜掛簷高樹緑，往還勞苦自頻頻。

四豪　十二文

桃梅啄散蕋紛紛，細語聽来晚恨分。毛羽困憐鸚舌慧，網羅殲痛雀身文。高高影並簷邊月，隱隱聲藏屋裡雲。蒿艾處時常絶粒，稻香羞食共鷄群。

三肴　十三元

嘲咏互隨閒伴侶，住居常占好林園。巢樓夜傍雙鳴翠，鎖殿春愁獨宿鴛。交柳共飛斜入画，掠花將影澹臨軒。梢梢緑尾摇誰向，又去穿雲過短垣。

二蕭　十四寒

飄飄共此惜春殘，遍啄呢香拾杜蘭。霄漢傍来慚翼短，洞房歸去怕更寒。嬌多愛並飛車鳳，影獨愁臨舞鏡鸞。描畫可憐生媚態，尾穿雙翠剪輕紈。

一先　十五删

仙仙欲去臨風舞，冷露秋来斷往還。圓月夜窗當舊壘，早梅春雪隔遥山。天長望影孤飛鶩，道遠思歸獨放鷴。牽掛苦緣塵世入，柳園鳴鳥羡關關。

十五删　一先

山前過影並翩翩，處處隨飛比翼連。攀茈濕沾梅塢雨，入林斜帶竹村煙。閒鷗笑我覊塵世，餓雀憐他困野田。還往日逢相愛久，客情多感主情賢。

十四寒　二蕭

寒苦身如花蕩飄，客途窮對汝魂銷。酸心説共斜陽夕，滑路愁當細雨朝。摶作翠毬香蹙地，盼留青眼柳垂橋。漫漫恨觸重簾捲，隔苑隣歌鬧管簫。

十三元　三肴

魂斷暗悲春向晚，老將身力盡營巢。昏窓月映遮深柳，破屋風掀捲薄茆。繁草翠殘唧徑曲，墮泥香滿積堂凹。黐飛夢繞花枝亂，並影雙栖夜頸交。

十二文　四豪

分去早愁歌落葉，到來初喜賦夭桃。烡宮舊夢悲羅綺，繡閣春心觸剪刀。薰透麝煙香度幙，掃匀蛾翠膩沾毛。雲窓小立孤情倦，語共閑人訴苦勞。

十一真　五歌

春岸水窺低處浴，芔欄花倚靜時過。蹲身一到藏紅徑，蘸尾雙來皺緑波。新恨洗陂臨姊姊，遠愁呼路困哥哥。塵泥混跡心將慣，免得希時觸網羅鳥言姊姊洗破陂

十灰　六麻

開閣倚風斜翦玉，捲簾和月澹當花。才郎愛潔垂衣白，老后逢春感髮華。梅雪滿天遥入夢，絮香沾徑晚尋家。苔深映碧飛紅間，亂點微林遠莫遮。

九佳　七陽

揩雨細將濃翠洗，婢衣青擁白衣娘。懷投玉女迷春夢，色染梨花點雪香。釵翦水晶明映鬌，疊摶紅粉膩沾裳。階庭照影銀燈並，永夜寒生澹澹光白燕至則群紫燕擁之

八齊　八庚

泥落晚庭春色暮，乳雛分去遠關情。西村嫁女嬌娥翠，曲巷迎郎媚骨輕。低處軟腰垂宛宛，怯時私語乍生生。迷魂夢逐歌梁繞，小閣香棲夜月明。

七虞　九青

盧姓本来生女艷，夜栖孤影對空屏。夫征一别愁魂斷，燕宿雙窺冷夢醒。珠淚滴殘銀燭暗，翠翎描罷繡針停。雛兒養滿豊毛羽，對對隨飛並影形。

六魚　十蒸

虚窓竹榻寒同夢，舊識相從似友朋。廬敉欵歸知落日，壘孤懸影背深燈。居鳩逐去羞爭鬪，語鷃隨來共躍騰。踈世任情高寄好，茸巖重入雪層層。

五微　十一尤

微身客寄小齋幽，雀與鶯同恥輩流。衣染皂時来自國，頜含紫日老當矦。飛飛影亂風花片，婁婁聲含雨閣愁。磯上水深春草緑，好成盟去狎馴鷗。

四支　十二侵

枝枝樹繞遍幽尋，晚更歸來説恨深。眉月畫窗春弄影，震雷驚幕夜關心。帷孤向女聞長嘆，燭燼依人笑苦吟。悲喜共期常聚首，早愁秋巷搗踈砧。

三江　十三覃

邦國鼜聲稱燕燕，古今聞此自嬌含。雙文愛汝題名好，小妹憐他對色慙。降到春磯留雪跡，透衾禪院映花龕。窓虛對壘寒當榻，舊事從君與我談。

二冬　十四鹽

容媚舞来嬌弄影，柳如身弱瘦纖纖。濃愁滴雨春泥釀，冷夢含花晚翠霑。慵懶共予依僻巷，怨嗟同汝困低簷。重重繫足縫書寄，紙濕啼痕淚透淹。

一東　十五咸

紅花映色柳彡彡，入柳穿花傍曲巖。風軟度簾春翠剪，月明歸浦夜珠啣。融香暖夢薰煙篆，並影嬌飛倚鏡函。蓬轉類君憐遠客，苦思離別泣青衫。狎鷗亭詩卷七燕子詩

華浣芳

浣芳（一六九五—一七一七），江南長洲人（祖籍梁溪）。華亭張榮側室，以難産身殞。工詩，著有挹青軒詩餘（附於空明子全集，康熙刻本）。

鷓鴣天 廻文

明遠樓高山外城，薄衣寒後看鷗盟。萍浮水際無雲彩，晴摇柳葉弄風聲。窗紙響，

竹幽清，火如紅橘映黄橙。屏圍小閣焚香細，鳴鳥飛來先動情。挹青軒詩餘

褚鳳翔

鳳翔（一六九五—一七四九後）字愚一，又字大愚，浙江嘉興人。著有大愚藁一集十卷、二集七卷（乾隆九年刻本）。

無題回文二首

紅霞似靨咲羞花，艷質驚看一麗華。桐葉數聲秋肅肅，櫳簾浥露怯輕紗。大愚藁二集卷七

雲行又雨早秋凉，夢醒驚尋枉斷腸。裙履接歡追憶得，醺醺共醉咲昏黄。

尋樂處詩下

阮玉堂

玉堂（一六九五—一七五九）字履庭，號琢庵，江南儀徵人（原籍淮安山陽）。阮元祖父。清康熙五十四年乙未武進士，分鑲藍旗教習，歷湖北撫標中軍游擊、河南衛輝營參將、廣東羅定協都司，至欽州營游擊。著有珠湖草堂詩集三卷琢庵詞一卷。

秋夜回文

夜月歸舟晚，蛩鳴落葉飛。榭高來氣爽，林密透風微。

秋意迴文

森森翠竹弄清風，鬱鬱蒼松繞碧空。林蔭生涼微退暑，岑雲絢綵耀飛虹。阮元淮海英靈集戊集卷四（嘉慶三年刻本）

呂　琳

琳（一六九六—一七六五後）字牖予、幼輿，號愚畦，江南太倉人。諸生。綏德馬豫視學浙江，延入幕。著有愚畦詩鈔八卷（乾隆三十年柏謙序刻本）。

夜泊回文

淙淙愛聽遠來潮，曲岸回環竹翠遥。窻映月華光泛酒，江清醉客獨停橈。愚畦詩鈔卷二墨尿集

迴文絶句

溶溶澹月鈎簾夜，颯颯涼風度閣秋。蛩語砌寒庭桂老，同君得酒酌南樓。愚畦詩鈔卷三虚居集

曹培亭

培亭（一六九六—一七六八後）字汝咸，號孺巖，浙江嘉興人。清乾隆三年戊午舉人。績學砥行，日事鉛槧，以著述自娱。工詩，精篆隸，有松風堂集（鴛湖沈氏海日樓藏鈔本）。

回文再題（新安友人以扇頭美人索題）

魂消獨立悄多情，玉似貞心氷似清。門掩深閨春寂寂，鏡開明月夜盈盈。

回文題田永年小照

濃陰緑柳覆前除，靜日遲時把卷書。空院小留偏愜意，石苔深坐愛閒居。

回文題畫

春林上日映霞紅，柳嫩含烟颺曉風。新句得時隨意適，瘦筇扶客過墻東。

松風堂集・載酒草

回文書徐諤菴單條

幽桂傳香風拂拂，古松撑影月亭亭。鷗閒伴我容頭白，驥逸逢君許眼青。

題心存小照回文二首

長風趂爽好開襟，奕譜閒拈獨會心。涼嫩送清香拂席，堂高蔭碧樹垂陰。

妍態清姿童稚驕，晝長消得弄輕舠。蓮雙摘取添佳讖，日麗欣看並影摇。

題釣罷歸來圖廻文

蕭蕭晚影荻風秋，棹倚空巒遠翠浮。寥寂夜溪寒罷釣，遥情寄爾伴閒鷗。

又回文聯

花映簾深春灑翰，月窺堂靜夜調琴。

槎孤去使星傳舊，舄兩來飛鳧見今。

松風堂集·癸酉詩稿

題張組青扇頭小照回文

空溪小憩暫停橈，逸調才高興寄遥。風下松聲寒謖謖，篷邊荻影暮蕭蕭。

松風堂集·甲戌詩稿

春閨回文

紗牕碧掩晝閨深，遠意仍思寄短吟。花掠檻飛紅陣陣，柳垂簷暗緑陰陰。

春遊回文

低樹烟開新畫圖，巧聲偷囀曉鶯雛。堤長走馬有時有，港小停船無處無。

題洗硯烹茶圖回文

何如寄志有人斯，靜境圖成結想時。歌嘯只君多逸興，澹寧惟我獨深知。波澄洗硯消殘墨，火活烹茶試古瓷。蘿薜冒枝松樹老，坡平坐處卷書宜。

端午詞回文

雲認飄馳檣認駛，沸聲鑼鬧鼓聲高。紛紛競渡划船快，攘攘爭先逞客豪。新妝閨畫細眉長，別調翻歌緩頰香。津遠粲如紛艷彩，目迷真覺倍輝光。龍色五方分隊異，櫂聲一派合腔同。濃香酒切蒲根細，集讌高歌頌歲豐。

回文絶句

翠牽風線柳，珠轉露盤荷。地僻來羣鷺，村深冒蔓蘿。

雪滙十詠回文

環滙清流

永念幽人異，長懷逸士貞。境閒欣滙僻，心遠契流清。

繞隄緑樹

緑樹藏鶯老，香泥掠燕低。曲塘緣窄路，流水繞平隄。

雉堞曉霞

曉霞紅影動，高堞粉光融。鳥語喧晴旭，烏翔起海東。

虹橋夕照

落日餘殘照，長橋亘彩虹。鑠金流處映，喧浪湧中空。

東園桑蔭

美添青圃近，濃蔭緑桑柔。滓淨知居隱，身閒適境幽。

南圃竹聲

竹圃含風輭，篁蓛滴露輕。俗腸涴自淨，塵耳洗乃清。

水田浴鷺

漠漠水田平，霏霏雪羽縈。薄陰看浴鷺，長日愜閒情。

野渡觀魚

照影寒泉落，籠烟野渡荒。釣收從淺渚，魚躍善深塘。

秋宵唳鶴

曉河明遠渚，秋鶴舞空階。皎月霜凄唳，嚴風夜永懷。

古寺踈鐘

乍覺迷途客，頻醒醉枕翁。夜燈孤逈意，清夢一聲鐘。

松風堂集·漱石殘稿

回文詩可回環寫逐字讀起皆得成句順逆計詩四十首

明月歛閒亭，碧天臨迴閣。晴雪點山屏，夕烟侵冷箔。

案：此乃宋初錢惟治春日登大悲閣詩

回　文

花色幾枝深映閣，鳥聲一院靜垂簾。斜風細雨春庭濕，密霧濃陰曉袖霑。

題何靜之荷淨納涼圖調寄菩薩蠻回文

適情高蔭雙梧碧，碧梧雙蔭高情適。思逸寄新詩，詩新寄逸思。靜閑欣晝永，永晝欣閑靜。涼晚送風香，香風送晚涼。

曲池荷葉圓鋪綠，綠鋪圓葉荷池曲。紅粉綴酥融，融酥綴粉紅。晚坐孤情遠，遠情孤坐晚。光膩照何郎，郎何照膩光。

松風堂集·癸未草

嘉禾雜詠回文和吳幹岐

太古聞琴限琴字

澂心道院靜調琴，別操知傳空外音。氷澗咽流寒水淺，藤崖帶雨暮山深。

苧柳覯荷限荷字

羅香帶氷一溪斜，縠皺生紋細槳划。歌聽晚風飄白苧，荷看曉露浥紅花。

『氷』：原文，疑爲『水』字之誤

茶禪忝偈限禪字

時聞妙指一忝禪，日悟閑緣萬慮蠲。枝動松聲茶鼎沸，詩談客座佛燈然。

裒島聽雨限聽字

低牕小閣抱廻汀，瘦鶴孤松傍古亭。畦菊繞花秋臏摘，凄風帶雨夜殘聽。

湖樓擫笛限樓字

聲新認處落高樓，怨笛長聞動客愁。晴日煖雲輕冉冉，平山遠水隔悠悠。

東寺踈鐘限東字

窗曙清鐘秋寺東，客心驚曉色璁瓏。缸停背壁昏殘漏，厖吠遥邨空迅風。

釣磯遅月限磯字

清襟自淨滌塵衣，遠思閒來坐石磯。明月漸高憑客醉，輕風帶浪狎鷗飛。

鴛水吴歌限歌字

春時倚櫂一聲歌，月裡空堆幾疊波。新調變來翻譜好，身閒趂得且婆娑。

雙溪晚眺限溪字

長橋一鏁合雙溪，樂歲充街散犬雞。檣亂聚船商泊晚，光留暮色日沈西。

春波歸櫂限歸字

燈閃遥看齊掩扉，夜深常櫂一船歸。罾排水靜春波渺，曾記猶鳴宵織機。

春曉回文

墻倚紅花浥露清，砌餘綠草拂風輕。香濃入夢春迷蝶，管脆流聲曉度鶯。

松風堂集·甲申草

題周方衡小照回文二首

練瀑怡情遠，松雲寄意深。眩睛知異境，圖畫足娛心。

美髯脩愛撚，真貌古能傳。喜引雙雛鳳，人間一地仙。

題蓮溪八景畫册廻文詩

柳岸鶯聲

柳岸停舟小，鶯聲幾樹圓。酒杯同客領，清管與嬌絃。

曲水流英

曲水稱幽絶，紅英落漫流。俗塵消永晝，閒日喜佳游。

綠徑榆錢

小錢堆綠徑，斜影送高榆。擾擾憂貧客，區區砥行儒。

青溪晚唱

晚唱聞遥渚，寒溪集衆漁。遠沙秋雁落，斜照夕嵐虚。

水閣荷香

碧水散荷香，清風拂檻凉。客逢秋閣淨，門掩晝吟長。

秋林紅葉

肅霜清霽野，紅色一林秋。木古寒烟晚，何人向此留。

古寺寒鐘

古寺佛燈暗，寒雲野徑封。雨牕獨醒客，踈杵一聲鐘。

雪村酒墟

雪村寒徑遠，孤店小帘清。潔抱惟心契，高情托酒缾。松風堂集·鳴春集

題查查客垂綸圖回文調寄菩薩蠻

嘯歌閒把長竿釣，釣竿長把閒歌嘯。鉤直想綸投，投綸想直鉤。　玉如人映竹，竹映人如玉。魚得在心無，無心在得魚。松風堂集·戊子集

白燕回文

霏霏曉雪皓侵牕，蠟淚吟殘照影釭。稀見瞥來初過社，依人傍樹玉雙雙。
雙飛映幕曉光清，玉比毛衣雪比瑩。牕掩深閨春寂寂，鏡開明月照盈盈。

松風堂坐月回文

清光月逗秋雲薄，細語人寒夜閣深。傾酒寄懷天落落，鳴琴託意靜愔愔。
桐飄井冷露凝階，永夜清閒坐小齋。風扇荷香清氣靜，東墻過雨亂啼蛙。

又回文（題墨菊集陶）

依依影對憐高節，泛泛香浮愛逸情。

秋日回文

虚庭小坐喜清涼，桂樹千枝閗影長。書卷對時遲日靜，畫圖披處好風香。

春曉廻文

雛鶯小囀乍驚眠，内苑花開未禁烟。爐鴨凝寒春夢淺，鏡鸞呵凍曉妝妍。舖階玉鈿梅

飄粉，覆殿金條柳鞾緜。珠露滴殘鐘漏斷，烏啼繞樹碧窗前。松風堂集·拾鈔散稿

盛　金

金字兼山，號茝濱，江南江陰人。諸生，援例入國學。與夏宗沂、敬渠叔侄爲詩友，著有浣香集。

夏日雜咏和韻迴文

午風清坐默，溪竹細生涼。古樹鳴蟬靜，虚窗煮茗香。苦吟知俗遠，幽夢覺情忘。户映青山好，煙蘿嘯日長。顧季慈江山詩鈔卷九十三

吴　墜

墜字粉蓮，江南歙縣人，蘆溪汪亦卿室。

秋閨迴文

輕花落盡酒瓶空，燕燕歸時幾樹紅。明月霜堦桐弄影，晚蟲鳴破夢怱怱。汪啓淑擷芳集卷六十一（乾隆間刻本）

宋芳斌

芳斌，福建莆田人。湖州同知萬略女、犟昌知府林燁室。

秋閨廻文

笳落暮天遠憶郎，雁聲寒色野茫茫。鵶飛玉鏡窺新黛，鳳舞珠釵墜澹粧。斜樹夜迷城月白，暗沙秋入塞雲黄。花依冷艸青閨静，遮帳蕙殘怨夢香。鄭王臣莆風清籟集卷五十一　紅梅閣主人清代閨秀詩鈔卷一

『鵶』、『蕙殘』：汪啟淑擷芳集卷六十一作『雅』、『殘燈』

梁章鉅閩川閨秀詩話卷一：『宋芳斌，莆田人，湖州同知萬略女，歸犟昌太守林燁章。有秋閨回文句云，鵶飛玉鏡窺新黛，鳳舞珠釵墜澹粧，斜樹夜迷城月白，暗沙秋入塞雲黄，亦見巧思，惜首尾聯音調未能悉協』。福建列女傳卷六辨通五，同。黄秩模國朝閨秀詩柳絮集卷四十二選入此詩，也祇四句。

馬飛霞

海島仙崖廻文一律

崖前松徑足音無，滴露枝頭林鳥呼。才客引尊遊上刹，老僧歸韻玩中途。排分兩崖青

隄柳，遠望四天碧水湖。峽下擁仙羣聚會，台層接漢聳高梧。乾隆河西縣志卷四

熊啓冀

啓冀字薊門，河南商城人。恩貢，候選州判。

秋興迴文

秋深葉落望楓丹，處處香聞數去看。幽逕花明芳草緑，樓高送雨夜窗寒。

輕風晚雨帶花嬌，落葉驚懷興寂寥。明月映窗秋景好，清華繞户竹蕭蕭。熊氏遺集卷一

姚聯

聯字及三，號拗堂，江西玉山人。邑廪生。同治玉山縣志卷八中云：『性穎敏，讀書一目十行。郡守陳世增重建玉虹橋，七洞洞各嵌以二字，屬聯撰書，讀之迴環成文，郡守敬服，敦請掌紫陽書院講席。明年常中丞召試博學鴻詞，屬郡得三人，聯名第二，將以應詔，會丁繼母憂，不果』。江西詩徵列爲明人，誤。

迴文

廣信玉虹橋落成，凡七洞。太守陳屬姚聯，洞各顔以二字。聯咄嗟爲額：玉虹、帶霞、環彩、

波鑑、文徹、簇香、錦溪十四字，每洞二字，顛倒廻環讀之皆成文。太守驚服。

玉帶環波文簇錦，虹霞彩鑑徹香溪。

錦簇文波環帶玉，溪香徹鑑彩霞虹。

波環帶玉溪香徹，鑑彩霞虹錦簇文。

彩文簇錦虹霞鑑，徹香溪玉帶環波。

文簇錦溪香徹鑑，彩霞虹玉帶波環。

帶玉虹霞彩鑑徹，香溪錦簇環文波。

曾燠江西詩徵卷九十四（嘉慶九年賞雨茅屋刻本）

乾隆廣信府志卷二十六引五雲館録云：『玉虹橋落成，凡七洞。太守屬姚聯，洞各顏以二字，廻環成文。聯咄嗟爲額玉虹、帶霞、環彩、波鑑、文徹、簇香、錦溪十四字，顛倒讀之云，玉帶環波文簇錦，虹霞彩鑑徹香溪。錦簇文波環帶玉，溪香徹鑑彩霞虹。波環帶玉溪香徹，鑑彩霞虹錦簇文。彩文簇錦虹霞鑑，徹香溪玉帶環波。文簇錦溪香徹鑑，彩霞虹玉帶波環。帶玉虹霞彩鑑徹，香溪錦簇環文波。太守驚服』。其中『彩文簇錦虹霞鑑，徹香溪玉帶環波。文簇錦溪香徹鑑，彩霞虹玉帶波環。帶玉虹霞彩鑑徹，香溪錦簇環文波』三聯，同治廣信府志卷十二、乾隆玉山縣志卷十三、道光玉山縣志卷三十二作『波文簇錦虹霞彩，鑑徹香溪玉帶環。波文簇錦溪香徹，鑑彩霞虹玉帶環。波環帶玉虹霞彩，鑑徹香溪錦簇文』。同是引自五雲館錄，字句迴然不一。陳世增，錢塘監生，雍正十二年十二月到任玉山知縣，不久陞贛南道。

案：江西詩徵所錄後三聯，不符字序，當作『文簇錦虹霞彩鑑，徹香溪玉帶環波』(係第三聯之回文)；『波文簇錦溪香徹，鑑彩霞虹玉帶環』；『環帶玉虹霞彩鑑，徹香溪錦簇文波』等。

劉　氏

氏，遼陽人。淮徐觀察廷璣女，兩淮鹽分司張涵繼室。

秋夜迴文

傷心獨月伴庭前，句痛題哀悲展箋。腸斷日空書咄咄，黛顰時集恨綿綿。香殘怨思秋生倦，燭盡愁深夜懶眠。粧卸喚催嗔婢劣，黃花對語不儂憐。汪啓淑擷芳集卷五十

劉埥片刻餘閒集：『從姊適張門者，先伯觀察公第三女也，幼隨觀察讀書袁浦署中。稍長，工詩賦，才思清麗，有父風，詩不多見。雍正癸卯夏，予晤姊丈張淵度於袁浦，淵度時爲淮安鹽運分司，以公務往來淮徐道上，病卧舟中，適接姊所寄家書併七律一首，出以示予，猶記中二聯云云。後二十餘年，予官畿東，與從姪永鑑時相見，蓋姊之胞姪也。每談及姊生平諸詩，永鑑偶於故帙中，檢得秋夜迴文詩一首云云，此乃痛觀察公所作也』。

党　直

直字靖共，陝西南鄭人。諸生。

秋興迴文

明月夜來倦鳥歸，淡星摇處冷風微。横江錦浪長天湧，清露秋寒驚雁飛。嚴如熤山南詩選卷二（光緒十三年刻本）

張汝泰

汝泰字萬通，浙江平湖人。

風

池柳緑摇影，樹鶯黄弄聲。時清話解愠，拂拂長吹輕。張雲錦鳴盛集卷五（乾隆三年刻本）

張汝震

汝震字方大，浙江平湖人。

花

黄紫分花種，久傳陶與潘。香風晚挹好，緑酒傍燈寒。鳴盛集卷五

張汝鼎

汝鼎字一元，浙江平湖人。

雪

銀糝半庭草，玉彫滿樹花。新年誇兆瑞，句妙咏牕紗。（鳴盛集卷五）

張汝豐

汝豐字發若，浙江平湖人。

月

明鏡圓同照，碧涵天宇高。平心覘治化，處處揚清操。（鳴盛集卷五）

王舜田

棲霞寺玉液泉廻文詩

前山古井露開蓮，井露開蓮玉液泉。泉液玉蓮開露井，蓮開露井古山前。（乾隆雅州府志卷）

佟雅慶復

慶復（？—一七四九）字國瑞，號邵亭，滿洲鑲黄旗人。佟國維第六子，清雍正五年襲一等公，授散秩大臣，遷鑾儀使，兼領武備院事。九年，列議政大臣。十一年，任工部尚書，調户部尚書。十二年，領侍衛内大臣。乾隆間歷官川陜總督，因鎮壓少數民族土司班滾反抗有功，授文華殿大學士，旋以妄報賜死。著書鞭小草（清代瑞園書屋刻本）

雨中迴文

蒼蒼獨我憐鬅鬙，碌碌勞力幾處同。鄉水繞雲重嶺隔，野村浮艇一江通。香生翠葉荷翻雨，聽入清聲竹弄風。長短夢迴驚點點，濕簷虚暗小庭空。書鞭小草

林良銓

良銓（一七〇〇—一七五五後）字衡公，號睡廬，廣東平遠人。貢生。保舉賢良方正科，初任大竹縣，陞瀘州直隷知州，再遷雲南楚雄知府，改補蘇州府總捕同知，居官四十餘年。著有睡廬詩選二卷（乾隆二十年平遠林氏咏春堂刻本），乾隆間列入禁書。

閨思廻文

春花浴候燕歸梁，柳拂輕鶯織翠蒼。人意可憐誰語笑，客途長念我昏黄。真真夢斷聲聲喚，愛愛思深曲曲腸。身一似鷗閒泛泛，神傷幾久望沅湘。睡廬詩選卷下

湯懋綱

懋綱字維三，號奕園居士，亦號逸泉，安徽巢縣人。長入貲爲户部員外郎，轉刑部郎中，清積牘，决疑案，有能名，後以親老乞養歸。善詩工畫，著奕園正續集十二卷、婆娑館詞一卷、亦暢樓文集四卷。

菩薩蠻回文

展愁閒算春深淺，淺深春算閒愁展。晴日半窗明，明窗半日晴。看得花開慢，慢開花得看。空落雨和風，風和雨落空。

樹頭山碧凝雲暮，暮雲凝碧山頭樹。風度幾聲鐘，鐘聲幾度風。客舟孤岸隔，隔岸孤舟客。喧鳥亂歸村，村歸亂鳥喧。

暖風香逕幽尋緩，緩尋幽逕香風暖。啼鳥百花溪，溪花百鳥啼。我憐春覺可，可覺春憐我。新柳故親人，人親故柳新。劉原道居鄴詩徵卷五婆娑館詞（一九二一年居鄴劉氏蟄園活字本）

倪國璉

國璉（一七〇二—一七四三）字紫珍、西昆，號稼疇，浙江仁和人。清雍正八年庚戌進士，改庶吉士，入翰林。乾隆初，官吏科給事中，嘗典試于楚于滇，遷湖南學政，轉安徽鳳潁泗等處宣諭化導使。工書畫，善彈琴，著有春及堂詩集四十三卷（乾隆三十七年劉綸序刻本）

廬山迴文

峯老五雲迷近遠，好秋晴日一支筇。松邊澗發潺潺水，寺後山傳杳杳鐘。龍化斷橋蒼壁對，字鐫奇石古苔封。重圍翠巘仙廬小，勝友詩緣快此逢。春及堂詩集卷十六西江遊草下

阮學浩

學浩（一七〇二—一七六四）字斐園，號綏堂，又號澹寧，江南山陽人。葵生父。清雍正八年進士，授翰林院檢討。乾隆七年督學湖南，乞養歸，講學勺湖。今存綏堂詩鈔十一卷，稿本，冒廣生跋。

迴文體二首蘭亭集字詩

年當感事述春悲，遇會齊觀靜與期。弦管暢懷欣永日，竹蘭因興托幽時。天和惠及群

觴引，地峻清於曲坐隨。賢者昔遊同有得，遷流一世聽曾知。時和氣靜聽隨遊暢寄趣能嘗，嶺帶流湍一覽將。知盡興由初地盛，契同群與暮天長。林竹，歲樂人娛合詠觴。悲遇感懷無放誕，期修叙集禊年當。

迴文一首

修修竹映集群賢，朗日今觀化宇天。幽極坐知欣永詠，激隨湍聽快清弦。流風引興閒曰地，會遇同懷樂及年。由有盛林春領茂，遊同列叙歲將遷。緩堂詩鈔卷十一

馮履端

履端（一七〇三—一七三二）字正則，江蘇南匯周浦人。慕孺長女，監生丁岵瞻室。著有繡閒艸（雍正九年自序）。

菩薩蠻春思迴文

落花飛雨飄香閣，閣香飄雨飛花落。愁燕礙簾鈎，鈎簾礙燕愁。斷魂驚夢短，短夢驚魂斷。春半一傷心，心傷一半春。朱益明周浦二馮詩草·繡閒艸（一九二七年排印本）

史承謙

承謙（一七〇七—一七五六）字位存，號蘭浦，江蘇宜興人。諸生。與弟承豫並擅詩名，著有小眠齋詞二卷（乾隆中刻本）。

菩薩蠻 回文

媚霞輕映嬌容睡，睡容嬌映輕霞媚。窓裊半篝香，香篝半裊窓。應教誰喚醒，醒喚誰教應。孤夢憶人無，無人憶夢孤。小眠齋詞卷一

李心敬

心敬字一銘，別號申江女史，江蘇上海人。梧州知府宗袁女，心耕姊，常熟觀察歸朝煦室。著有蠹餘草、小窗雜詠。

四時迴文連環詩

輕雲曉樹亂啼鶯，樹亂啼鶯春日晴。晴日春鶯啼亂樹，鶯啼亂樹曉雲輕。

紗牕漏影舞飛花，影舞飛花落月斜。斜月落花飛舞影，花飛舞影漏牕紗。

楓林遠岫晚飛鴻，岫晚飛鴻秋葉紅。紅葉秋鴻飛晚岫，鴻飛晚岫遠林楓。

踈林玉舞雪牕虚，舞雪牕虚影小廬。廬小影虚牕雪舞，虚牕雪舞玉林踈。李心耕二餘詩集·蠹餘草（乾隆五十六年上海李氏刻本）

五詩摹仿璇璣，匠心獨運，具有繚而曲往而復之妙，勿以雜體少之。

黄淑畹

淑畹字紉佩，福建晉安人。四會知縣任次女。諸生林春起室。著有綺窗餘事一卷（嘉慶十四年寶章堂刻本）。

和四時閨咏叠字迴文詞

金金翠鈿和釵緑，髻挽新粧倚小窓。深院落花紅簌簌，隔簾飛燕紫雙雙。

雙雙鬢插花簪玉，小扇輕風撲細腰。窓緑映荷新葉翠，碧紗簾下坐朝朝。

朝朝冷露浥廊西，落葉楓林滿曲隄。簫遠度聲風裊裊，月殘飛影雁低低。

低低袖凍熏籠盖，冷帶衣寒怕雪侵。犀玉拔添香篆火，繡鍼停線縷金金。綺窓餘事

回文集卷三十七　目録

回文集卷三十七

朱瑶

瑶（一七〇九—一七七一後）字崑英，號樂天，山西汾陽人。諸生。明翰林院侍講之俊曾孫，少隨父眉居入幕蘭谿。博覽羣書，尤長於詩。著有螢窓草集八卷（新興治菑周天益謙庵、汾邑北郵王世錫佑申閲，乾隆五十三年玉衡堂刻本，又嘉慶十五年啓祥齋刻本）。

廻文春賦

陽春兮布暖，麗景兮浮烟。光晴兮雲薄，氣淑兮靄連。長葉濃兮柳密，落花疎兮梅殘。揚天彩兮霞亂，注地光兮月圓。忙燕翾翾而巢幕，躍魚洋洋而戲淵。香風細細而撲鼻，曉日融融而隨肩。芳園樹緑，軟徑塵妍。祥飛遠碧，瑞起遥巔。裳輕餙兮花襍佩，蓋柔綴兮蕊繁聯。床結翠兮堪穩坐，簟鋪紅兮足懶眠。爾乃士有勝賞，贈芍而採蘭；妓有遊戲，涉水而陟巒。徙徙倚倚，行行看看。履芳草而拾翠，攀柔條而尋歡。紫杞知寘菊，槐解族檀。李舒素而岸夾，桃燦夭而江攢。起月兮窓緑，添香兮篆丹。笱兮設饌，朱櫻兮陳盤。蘂萬浮紅而户啟，苞千抹黛而門闌。藹雜晨霞而樹樹，芬輕晚露而溥溥。乃若幽客而酌酒，良朋而裁詩。酧以撲蝶而會集，樂以鬻蠶而市馳二月十五日爲花朝爲撲蝶會蜀人以是日鬻蠶於市因作樂縱觀謂之蠶市見唐紀周天北斗而舒燦，拂地東風而漸吹。洲浮萍葉而轉緑，地出雷聲而驚時。籌司卯宿，鼓職女夷。抽潛故節，啟正新期。愁乃崴華之去易，恨乃音信之来遲。羞舊事而腸断，賦閑情而魂離。憂憂戚戚，忽忽癡癡。留余空想，適誰爲思。嗟嗟，妍和春兮地天普，旋徃来兮歴今古。緣無留兮心盡菩，搴大白兮看帔舞。摹画春色，天時人事，古意今情，無不活現筆底，在以廻文出之，彌覺自然，此事故應讓崑君獨步。謙庵僭識

廻文夏賦

首夏建已而應節兮，修景清和而散芳。阜奇結雲而横空兮，林茂出月而疏光。手持素翮而住暖兮周成王時塗循國獻丹鵲一雄一雌孟夏取翅爲扇一名條翮一名素影見拾遺記體遮輕絺而飄涼是月也天子始絺。薮梅翻風而揺寔兮，壠麥含露而飛芒。藕出細葉而塘碧兮，菱生軟角而渚香。柳聞乃鶯而弄響兮，桃名以含而薦嘗。莠除紛紛而農急兮，蠶繅軋軋而婦忙。右堂鳴狐而兆吉兮，寺僧浴佛而迎祥。宿斗指午而月暑兮，帝黎執衡而司權。燠氣蒸蒸而户滿兮，炎風拂拂而樓穿。屋殿頒氷而笑語兮，臣僚賜扇而歌絃。馥蘭體浴而去垢兮，朱絲臂續而延年。煜燦紅榴而院落兮，香浮緑艾而門懸。竹繫新蟬而嘒嘒兮，角解野鹿而鮮鮮。服挂石壁而小步兮，頂

露松風而散眠。逐慮寘心而銷煩兮，枕氷簟玉而忘煎。時逢大雨而潤濟兮，虞命入山而行林。曦赫氷井而熱興兮（魏王氷井在臨漳縣見一統志）日驕寒溪而焰臨（吴王避暑宫在寒溪上見一統志）池涸水澤而焦土兮，蒸起山石而流金。尼壁居蟀而上下兮，草腐生螢而浮沉。宜伏湯餅而来古兮，避暑紅紗而聞今（宋王伯虎詩云聞説吴王避暑宫滿山六月絳紅紗見一統志）持觴沉李而曲沼兮，望月浮瓜而高岑。斯何貧富而同世兮，獨又炎凉而異侵。誰是披裘而高志兮，予惟獻鯉而虚心（孔子之楚有漁者獻魚孔子不受漁者曰天暑市遠無所鬻之棄之糞壤不若獻之君子孔子再拜而受之掃地祭之見家語）

句句用典，反覆讀之，無不自然，具此奇才，金馬玉堂之中，允當獨置一座，奈何以布衣老耶。謙庵識

廻文秋賦

退以殘暑，立以新秋。涯涯峭峭，清清幽幽。古亭隱客，惜愛良時。鼠毫繭紙，書進賦詞。碧漢兮烟霏，橋成兮鵲舞。脉脉兮清風，蕭蕭兮細雨。高樓兮巧針，野邨兮機杼。捺篗兮果瓜，覆盆兮稻黍。緑野兮新晴，青山兮薄樹。扑蝶兮迎扉，絲蛛兮織户。天變炎精，地銷霸氣。巔留意靈，水濺情淚。川瀠恨兮月增瀾，山積愁兮歲添翠。律坤指斗，中元告祀。七以稱月，秋以稱始。烏減赫、兎添明。庾有樓、宣有城。霜沾而樹砌，雁動而天横。光馳而慨係，節易而魂驚。秋復春兮今古矣，海變桑

兮苦樂斷。愁遇酒兮鬼徃来，景遭詩兮祟作亂。衛芳兮選木，幽蘭兮翠竹。蕙畹兮容膝，芝圃兮寓目。茫炯淡淡兮葉落桐輕，香霧沉沉兮花發桂清。長湖瀲灎兮潮隨浪平，光天霽薄兮月逐人行。殺殺肅肅，晶晶融融。八之稱月，秋之稱中。望遠兮登高，陳殽兮設醴。蕩性兮怡情，落帽兮爽體。雅量兮卮翻，雄怌兮劍起。寫景兮倩毫，呑芳兮用匕。盈盈水兮流殘景，靄靄山兮落夕陽。清風湛兮帷帳肅，冷陰覆兮池館凉。舒羅散彩殿廻風，綴玉垂珠簾映靄。疎桐階繞意沉沉，孤菊庭摇情密密。紅女勤而短晷，織婦動而長更。風寒聆而心悸，天高眄而神驚。蛩蟬嗓樹花英落，虎豹棲岩石壑深。鐘簫雜續来凄響，屋棟空虚絶遠音。柳卸挂月，柚脱摇風。九斯稱月，秋斯稱終。嗟嗟，與人比秋兮雪貌氷腸，暑徃寒来兮棲居山藏。府仰水月兮衣雲吸霜，古今嘆短兮天地歌長。

抒八斗之鴻才，寫三秋之妙景。經以卓識，緯以名言。具此錦心繡口，何難琢月裁雲。窃恐宋玉登高，反生連環之怨；直教張衡望遠，益動宛轉之愁。玩来爽氣迎人，讀竟大呼浮白。社

弟周治藺僣評

廻文冬賦

天地成冬兮氣二以塞閉，聯空雪白兮飄輕而吹飈。泉寒氷結兮斷流而冽渹，連山木脱

兮澄淨而抹霽。躔度白日兮晼晚而易逝，堅寒清夜兮綿邈而難遭。田野成剛兮氣勁而陰濟，綿絮斷折兮霜威而霧利。川梅發蕊兮北南而放麗，巔松守節兮始終而青繼。懸虹失彩兮陰感而伏避，旋乾轉坤兮默運而歷歲。爾乃煌煌火城（冬至宰相朝賀華燭至数百炬曰火城宰相至百官滅燭以避之見國史補）兮百炬而華新，堂設溫犀兮暖氣而舒神。香焚讀書兮雪映而光陳，鐺沸茶烹兮味美而色珍。茫茫雪絮兮詩敲而絕塵，徉徉蹇策兮梅尋而遠巡。長笛弄聲兮樓高而倚人，粧點筆呵兮幭綉而留春。芳生藥脂兮明星而燦晨，防清列隊兮繡擁而多嬪。嫱妃刺錦兮線添而增辰，鄉邨歌馬兮豐年而願頻。乃若池臺罷役兮名稱而今古，期冬釋獄兮譽揚而世數。離氷解狗兮躍魚而孝溥，遲歸待閭（魯之母師魯九子之母也臘日休家作合諸子謂曰婦人之義非有大故不出夫家然吾父母家幼初歲時祀不理吾從汝謁徃監之慎房中之守吾夕而返於是天陰還失早至閭外而止待夕而入魯大夫從臺上見而怪之使人問之對曰妾歸視移家語諸奴孺子逮夕而返妾恐其醻歡醉飽人情公有也妾返早故止閭外穆公聞之賜號母師見列女傳）兮家訓而信主。祠官問禮兮紛紛而廊廡，時迎荔挺兮欣欣而緑圃。枝棲穴處兮鵲巢而雞乳，移節星回（十二月十六日爲星回節登避風臺清平官賦詩見太平廣記）兮賦作而高處。知斯至二兮衡炭而權土，持筆書祥兮雲仰而物俯。戲嗟，生我兮空空而苦苦，蠡測管窺兮終難而言吐。螢窗草集卷一

錯綜評明，羅三才於寸管；廻環便利，運四氣於一心。真可裁虹霓而作錦，奚但製芰荷以成衣，古今多少文人，應爲首屬一指。社弟周天益僭識

迎歲早梅新五言廻文

早見春華麗，梅林入暖横。好容籠日淡，斜影落風輕。縞素和烔擁，芳辰接樹盈。藻隨香逐夢，神寫月移情。杲氣融簾曉，寒光點雪晴。皓飛花樣靜，氷結骨半清。抱屋宜松近，披霞許竹迎。草亭閑寂寂，深意語遷鶯。

我愛夏日長得長字

晴嵐暑氣吐山蒼，喜我偏逢正日長。清水澗邊棋得興，白雲堆裏酒生香。盈盈樹覆樓臺遠，習習風開殿閣凉。精意入神多勝事，迎來夏景好寬腸。

次余曾祖晚過紅寺村四柳泉原韵

泉圍四柳浮光緑，片片清幽散碧塘。懸日斜穿林影莫，晚風吹急鳥聲忙。田盈草翠封低榻，座對山嵐護遠陽。延思人生勞夢想，傳觴覔劍舞來狂。

春水滿四澤得春字

陽和暖日淡容春，緑水溪流四野新。香散遥天花潤澤，長風到處動紋勻。

夏雲多奇峯得雲字

長夏時飛怪壑雲，極多奇致幻灵氛。蒼蒼古態流輝遠，狂虎群龍亂列分。

秋月揚明輝得明字

天高亂木落盈盈，白月初懸四野横。鮮色秀飛開匣鏡，圓光浸桂影河明。

冬嶺秀孤松得冬字

蒼松藹藹棲山封，秀色遥飛高嶺衝。長夜響風鳴怪壑，茫茫獨守歲寒冬。

女壽四首

遥望南山繞婺光，紫輝流嶽降辰良。飄飄綵服浮風瑞，奕奕灵萱映日祥。喬桂幽蘭香弄影，壽堂金屋繡垂芳。霄青遠下飛仙侶，遥祝華封更舉觴。

其　二

荷生艷色彩雲鮮六月壽點點輝光燦綺筵。歌散雲謡華滿殿，宴懸錦帨繡簾翩。佗顔映酒春風好，淑德如花麗日妍。多壽比山横氣紫，瑳瑳玉樹緑芊芊。

其　三

乾坤鍾秀降灵光，靄靄輝飛月照堂。延算添籌遣鶴舞，永年祝頌賁龍翔。賢聲遠矣名垂帛，勁節咸兮壽且康。仙景逐前娱綵耀，天中日影翠松芳。

其　四

東挂媊星飛彩明，照汾臨水碧川清。風薰寫藹槐生瑞，氣紫流霞月照暎。隆範慈儀香継世，美容令德秀傳名。紅雲繞砌隨絃管，壽祝仙桃献女貞。

又女壽四首

南天煥婺繞光祥，綵結斑衣舞壽長。三樹槐陰崇德厚，五株桂浪秀標芳。籃提藕味香盈座，席燦桃容錦滿堂。添去鶴壽傳比海，嵐生遠下衆仙行。

其　二

屏錦輝光耀彩媊，渥顔開笑偶群仙。青松共節高風遠，白鶴同年大德緜。馨�供珍奇味美，錦堂盈軸古容妍。亭前對列南山峻，灵草異生玉樹鮮。

其　三

陽和布暖景浮炯，帨設華堂祝壽繇。芳坐滿樽迎貴客，彩雲飄鶴下真仙。長眉介酒春風好，淑德如花麗日鮮。廊月玩來孫抱膝，哺飴含笑樂高年。

其　四

芳樹晴川遠麗春，婺輝流嶽降辰珍。香焚鼎席歌長壽，樂舞仙堦躍錦麟。黄蕊綻萱金面古，緑芽舒柳翠楣新。康軀喜伴鳩頭杖，拜闕迎祥慶錫綸。

立　秋

輕葉一飄遠樹蒼，落霞高霧彩生光。盈簾翠織苔痕緑，滿砌香鋪草色芳。清夜露桐留月白，小山霜桂待花黄。平生適意無秋夏，笑説由吾問煖凉。

其　二

微雲淡洒漸生凉，暑退新蟬挂樹旁。歸雁高飛行獇獇，小螢輕舞亂忙忙。扉封靜影留潭碧，夜入清聲作賦長。韡薄柔風因意爽，舉杯邀月步回廊。

又廻文五十六言 遊黑龍泉

乙酉閏二月二十五日，偕友温肇賢、賀鳳圖、賈雲行、桑文傑、趙聰、既皆一時之英，又托夙契，即鋪章以如茵，亦競花而挂錦，酣飲懽暢，日斜始歸，遂援筆以誌。泉在紅寺村，舊名四柳泉。

平波四柳挂烟光，月閏春長天道黄。清靄半垂山氣静，遠風微動水紋茫。輕蜓點浪浮溪滿，亂蝶穿花繞樹行。横日斜穿凝望眼，陳盃集韵筆生香。

又廻文五十六言次前韵 再遊龍泉

四月三日，復偕友輩，再玩龍泉，席坐雲林，觴浮水際，神纚碧樹，性濺紅英，水勢依人，山情附我，肆意剥琢，入我文章，喜能滌俗，聊以誌懷。

圓陰浸水緑疎疎，勝景隨人逐夏初。連岫出雲生石怪，接田盈麥疊波餘。仙仙蝶態飄衣舞，片片風凉洒面噓。緣事此來頻步野，泉深是羡豈肥魚。（螢窗草集卷八）

尹嘉銓

嘉銓（一七一一—一七八一）字亨山，直隸博陵人。清雍正十三年乙卯舉人，發貴州思南府楝選。乾隆二十八年觀察濟東，歷官刑部總辦、大理寺卿。後因爲父會一爭謚號事，惹怒弘曆，被處絞刑，著述禁燬。今存偶然吟四卷（南徐鮑臯品選，乾隆二十九年六有齋刻本）。

集字廻文

心同素水映氷壺，閣望高山遠樹無。林杏度霞浮濯錦，野蘭霏雨滴明珠。琴清曉韵蟬分露，雀引羣棲鳳遶梧。吟細近窓圍石榻，尋幽愛靜夕添罏。偶然吟卷三近體

愛新覺羅弘曆

弘曆（一七一一—一七九九），在位六十年，廟號高宗，建元乾隆。其統治期間，更將乃祖所興之文字獄，推向極點，大小八十餘起。三十八年，又敕編四庫全書，『以廣流傳』爲由，飭令館臣將内府所藏和全國各地督撫學政及私家進獻之圖書，『逐一覆加檢閲，詳細磨勘，務將誕妄字句删毁淨盡』，寓禁於徵，大肆摧殘古代文籍，厲行思想專制，給中華民族帶來之災難和負面影響都是前所未有。即使五十多載後，人們尚心有餘悸，龔自珍咏史詩云『避席畏聞文字獄，著書都爲稻粱謀』。撰御製文初集三十卷、御製詩二集九十卷等。

擬瀛臺曉春廻文詩

煙籠柳岸移舟櫂，雨過桃蹊散步輮。妍景畫同春日曉，脆聲管似鳥音諧。鳶魚妙趣悟

飛躍，巧質論文諭陛階。钃靜慮惟耽日永，法書叅學辨痕釵。御制詩二集卷五十五

陳　敬

敬（一七一二—一七三七）字髫儒，號端寧，江蘇華亭人。虞在女，婁邑進士周忠炘室。年二十九卒。能寫花卉翎毛，並工詩詞，著有山舟紉蘭集二卷（乾隆十八年四宜軒刻本）。

迴　文

寒鴉宿樹曉溶溶，日映紅窓奈起慵。難別話多情脈脈，殘粧粉淚落盈胸。山舟紉蘭集卷下

徐繼穉

繼穉（一七一二—一七七六後），字惠南，號南邨，江蘇吳江人。著有璇璣分錦圖一卷。仲廷機盛湖志卷九：『繼穉字蕙南，盛湖人。監生。少賈，中年折節讀書，性喜吟咏，嘗集唐宋元明句爲迎鑾詞百首，每首有一壽字，於乾隆二十七年高宗南巡獻諸行在，蒙獎花様新鮮，恩賞福字并荷包兩對，因顔其堂膺福，遂自號集壽老民，著有南邨詩藁』。

扇枕吟五絶迴文

持者孝堪思，安親得暑卧。時在扇風清，莫嗟歲遭莫。璇璣分錦圖

原注云『末句内兩莫字，一音暮和相讀』。此係第六圖黄郎執扇，爲稿中唯一之回文詩。

趙婉揚

婉揚（一七一三—一七三一）字茀芸，江蘇上海人。充寓長女，徐秉哲聘妻，年十九，未嫁而卒。著有幽蘭室五七言詩草二卷詩餘一卷（乾隆間刻本）。

賦得愛月夜眠遲回文

竹窓凝露香廊曲，曲廊香露凝窓竹。幽月碧天秋，秋天碧月幽。　起焚芸篆細，細篆芸焚起。深夜獨鳴琴，琴鳴獨夜深。幽蘭室詩餘

愛新覺羅恒仁

恒仁（一七一三—一七四七）字育萬，號月山，清宗室。英親王阿濟格四世孫，西安將軍普照子，襲封輔國公。後以議失爵，居家讀書，專意吟咏，有月山詩集四卷（乾隆六十年刻本）、白山詞介五卷（宣統二年刻本）。

菩薩蠻寒夕回文

宿簷歸鳥飛庭竹，竹庭飛鳥歸簷宿。涼月浩如霜，霜如浩月涼。　景幽貪夜永，永

夜貪幽景。卮進輒成詩，詩成輒進卮。白山詞介卷三　丁紹儀清詞綜補卷一

朱　逵

逵（一七一三—一七六二）字虔齋，浙江海昌人。陳克鉉室。克鉉官海陵簿書、遷陞豫晉，隨夫之任，卒於公廨。著有慈雲閣詩存（乾隆三十年族叔朱琰序刻本）

蟹園觀荷迴文一首

芳荃緑映碧牕紗，捲起簾看披錦花。香冉冉含秋雨細，葉田田映夕陽斜。塘窺鷺立深波蓁，竹隱鳩啼遠嶼沙。廊水遶烟青漠漠，蒼苔長石選烹茶。慈雲閣詩存

李化楠

化楠（一七一三—一七六八）字廷節，號石亭，又號讓齋、醒園，四川羅江人。調元父。清乾隆六年辛酉舉人，七年壬戌進士，分發浙江，補餘姚知縣。二十一年調秀水，移署平湖。以循卓薦，進秩司馬，遷滄州牧，官至順天府北路同知。喜藏書，工吟咏，著有萬善堂集十卷。

五日同人讌集迴文

同人喜讌酒重斟，樹樹榴花對客吟。風晚拂窓横鬪草，空庭映翠積輕陰。萬善堂集卷一

（叢書集成初編本）

許在璞

在璞（？—一七六六後）原名企瓊，字玉仙，一字冰壺，江蘇常熟人。灝女，長洲陸揆室。早寡，守志六十年，以苦節稱。著有小丁卯集、梅花百律、茹荼百咏三種（合稱許冰壺集，乾隆三十一年自序，常熟圖書館藏丁氏淑照堂鈔本）

秋夜迴文一律

吟蛩聽倦正昏黄，皎月明窗入内望。侵體着涼風細細，浥塵輕露滴瀼瀼。陰森竹動摇清影，點火螢飛散焰光。斟滿盞茶空勝水，深沉院静夜眠忘。小丁卯集

依原韻迴文一律

華飛點片雪傷神，怨悵新愁舊恨真。斜影過庭聞趁月，暗香清骨瘦憐人。霞浮瓣玉雲爲朵，雀啄餘英粉染塵。家世傳枝南嶺庾，花名應占獨魁春。梅花百律

梅花百咏自序：『予歸寧於家，見案上有明秀士張淮豫源牡丹百咏以及廻文，因思古之詩人俱以咏物爲難，此則一韻一題，竟成律詩百首，而胸中才思未竭，餘賦廻文，串珠貫玉，韻

穩題切，不窘不迫，長才若是，而其人終厄塞，以酒狂類太白捉月而逝，知才命之不兩全歟。不揣固陋，依韵戲成梅花百首，以效續貂，敢擅録者，百篇之中，不露一梅字耳。時歲次丁卯二月上浣歸河南高陽氏自序』。

案：梅花百律係仿張淮牡丹百咏之作，回文祇一首。而李銘皖蘇州府志卷一三九藝文四、曹允源吴縣志卷五十八中藝文考五俱題梅花回文百律，詎容有此稱耶。

王必昌

必昌（？—一八〇三後）字喬嶽，號後山，福建德化人。有夙慧，十五試入泉州府庠。清雍正十年壬子舉人，乾隆十年乙丑進士，授湖北鄖西知縣，課農桑，立學校，精於吏事，兼署竹谿劇邑，不假幕僚，而案無塵牘。二十一年又分校鄉闈，所得皆名士。以病掛冠，林居三十載，癸亥重游泮水，卒年八十五。

龍潯山廻文

鍾靈地角抹雲山，勝覽頻來同侶扳。封磴古苔滋翠點，拂嵐晴岫擁青環。峰攢怪石危亭倚，郭繚長虹雙水環。鐘外花城春靄靄，龍潯起色瑞穹寰。乾隆德化縣志卷十五藝文

『扳』、『繚』：民國德化縣志卷十六藝文作『攀』、『繞』

陳　鑾

鑾字仙仗，號雲巢，江蘇泰州人。清乾隆三年戊午經魁。善詩文，殁於京邸，遺稿散佚過半。

舟中即事迴文

輕艇歸山千折路，嘯歌長日幾人同。縈堤柳色侵窗緑，遶岸花光映水紅。清若瀹回孤客夢，好詩吟度滿帆風。驚心夜雨生涼嫩，漸漸秋情寄羽鴻。王叶衢海安考古録卷四（韓國鈞海陵叢刻本）

『若』：原文似應爲『茗』，疑手民誤植

朱元載

元載（一七一五—一七七五）字仲升，號厚所，又號玉峰，江蘇崑山人。諸生。資敏才絶，文名藉藉，閒從長洲沈德潛遊，嘗續邑中人物志，甫草創未就卒。著有厚所詩稿八卷詩餘草一卷（復旦大學藏朱鈞鈔稿本）。

咏佳人迴文

花羞却坐斂姣容，淺淡粧成態艷濃。華彩焕光流黛碧，霞明耀體氣溶溶。厚所詩稿卷八

塔金泰

塔金泰（一七一五—一七八五後），滿人，馬甲。

回文體

重重慶典國徵祥，沛澤鴻叨普地翔。笷倚壽符鳩輯瑞，仗排仙序鶴分行。濃花聚候呈春好，翠莢開時計日長。逢此共占眉溢喜，從來福宴協期昌。欽定千叟宴詩卷三十二

汪　堂

汪堂（一七一六—一七六五後）字仲升，一字磽巖，安徽歙縣人。諸生，與鄭板橋交遊。著有水香村墅詩十二卷（乾隆三十年刻本）。

春閨回文

空庭悵立漫俄延，舞蝶雙來乍暖天。紅放小花閒恨惹，緑垂新柳暗情牽。濛濛雨落嫌深坐，習習風吹怕獨眠。通夜一慳春夢好，枕邊愁滴淚涓涓。水香村墅詩卷五

楊天培

天培字孟瞻，一字西巖、筠亭，廣東大埔人。清乾隆十三年戊辰進士，任官黔中。晚年休致歸里，以教讀爲生。著有西巖詩鈔十二卷附集唐稿一卷集杜稿一卷（乾隆間刻本）。

題畫迴文

歸雲澹暮巘，谷岫殊委宛。微徑樵山空，滅明煙樹遠。

楊朝珍百侯楊氏文萃卷下（一九二九年排印本）

陸炌　陸炘

炌、炘，浙江平湖人。諸生烜弟，早夭。遺詩由烜删定，統名之曰春草遺句，輯入梅谷十種書（乾隆中平湖陸氏刊本）。

迴　文

讀書將夜靜，明月愛窺簾。竹逕吹風細，荷池滴雨纖。

梅谷十種書·春草遺句

薛宁廷

宁廷（一七一八—一七九二）字退思，號補園，河南雒南人。清乾隆十六年，隨父謫居山東樂陵。十八年舉順天鄉試，授華山學正。二十二年丁丑中進士，改庶吉士，官編修，越六載休致歸養。著有洛間山人詩鈔十二卷（嘉慶十五年樹德堂刻本）。

迴文二首

飛處愁魂花斷腸，晚春將子燕棲梁。衣生水面甌停茗，微火爐烟裊篆香。

雞鳴送恨觸人懷，豹似聲聲鼓靜街。西轉月闌驚夢好，低雲鬟亸鳳頭釵。洛間山人詩鈔卷六芥舟集

吴烺

烺（一七一九—一七七〇春後）字荀叔，號杉亭，安徽全椒人。敬梓長子。清乾隆十六年召試舉人，授内閣中書，官至山西寧武府同知。著有春華小草一卷靚粧詞鈔一卷（一九五七年古典文學出版社排印本）。

雨夜迴文

如何覺夢殘，雨細濕紅闌。爐鵲飄香冷，書窗半夜寒。春華小草　陳詩皖雅初集卷三十七（一九二九年排印本）

虞美人 迴文

稠花亂蕊瓊階滿，院小留寒淺。困人歸燕語喃喃，醒酒舞風春柳嫩枝殘。重簾繡幌飄香穗，日永眉山翠。綠牕紅粉恨迢迢，檻倚鏡匳窺客溜波嬌。（靚粧詞鈔）

張世昌

世昌（一七二〇—一七五九後）字振西，號斅坡，浙江平湖人。諸生。著有斅坡詩鈔（與張世仁香谷詩鈔合刊稱對牀吟、乾隆三十九年刻本）。

閨怨迴文

村前老柳綠重重，恨拂寒衣寄遠蹤。尊酒對花愁繞夢，粉香侵枕病銷容。昏昏夜雨淋窗暗，寂寂春粧點淚濃。門掩曉琴哀歲去，覊傷靜處亂吟蛩。（對牀吟卷上斅坡詩鈔）

江聲

聲（一七二一—一七九九）本字鯨濤，改字叔澐，晚號艮庭，江蘇吳縣人。性耿介，不事帖括，師從惠棟治尚書。嘉慶元年，舉孝廉方正，賜六品頂戴。工詩餘，著有艮庭詞三卷（乾隆間近市居刻本）。

菩薩蠻 迴文

月斜穿牖疎簾隔，隔簾疎牖穿斜月。長夜怯空床，床空怯夜長。　影孤嫌被冷，冷被嫌孤影。清漏滴聲聲，聲聲滴漏清。王昶國朝詞綜卷三十七

周捷英

捷英字鵬薦，號墨仙，安徽桐城人。清乾隆十八年癸酉拔貢，授景山教習。弘曆南巡，欽賜舉人，仍著中書處行走。有墨仙文稿、墨仙讀史詩稿藏於家。

山𡶶即事迴文

栖幽是處好林泉，日半閒來坐晚天。西崦種芝黄蓋小，北窗留竹翠陰連。迷雲野寺山遮雨，繞樹江帆夜泊船。携得釣竿長幾尺，溪平水滿躍鱗鮮。周方林清芬詩集卷十三（光緒十九年桐城周氏殖學堂木活字本）

富察明義

明義號我齋，滿洲鑲黄旗人。與曹雪芹同時，曾官上駟院侍衛。著有緑烟瑣窗集（一九五五年文學古籍刊行社影印本）

和迴文三首 調寄菩薩蠻

骨銷愁影臨明月，月明臨影愁銷骨。孤枕怨誰夫，夫誰怨枕孤。綺羅空薦美，美薦空羅綺。人諱病情真，真情病諱人。

浮荷碧水凝愁遠，動簾風逼花香晚。坐得笑歌音，傳聞處處深。更薰彈甲細，籠妒嬌鸚閉。窓迴遲素書，憑夢寄如何。

何如寄夢恁書素，遲迴窓閉鸚嬌妒。籠細甲彈薰，更深處處聞。傳音歌笑得，坐晚香花逼。風簾動遠愁，凝水碧荷浮。 緑煙瑣窗集

黎毓賢

毓賢，四川廣安人。清乾隆間舉人，選什邡縣教諭。

積慶庵迴文

揪林滿寺接前庵，秃筆狂書作笑談。流細泛花依艸碧，岫高拖翠潑天藍。浮杯嘯月掠清影，舞詠乘風弄晚嵐。樓鼓暮驚忽醒酒，幽窗竹葉煮甘泉。

報恩寺迴文

楸梧護矮庵，秃老將經談。流水一谿碧，秀峯千點藍。浮雲看澹影，舞鶴放晴嵐。樓上頻酣酒，幽居隱石泉。光緒廣安州志卷十二

莊肇奎

肇奎（一七二八—一七九八）榜姓杜，字星堂，號胥園，祖籍武進，後卜居元和，復遷浙江秀水。清乾隆十八年癸酉舉人，官瑞安教諭，歷貴州施秉、貴筑知縣、松桃同知，調雲南永北直隸廳，擢廣南知府。四十六年，受雲貴總督李侍堯牽連，遣戍新疆伊犁。五十四年釋歸，起廣東惠潮嘉道，累陞按察使、布政使。著有胥園詩鈔十卷（嘉慶二年刻本）

迴文一首

塵棲弱草路悠悠，節令催河渡女牛。人命薄如殘月夜，客心寒似亂雲秋。胥園詩鈔卷四

陳東注

東注字芑川，福建上杭人。家貧，年十六，傭讀於江西瑞金，弱冠授徒其地。年三十一，郡試冠軍，入泮。清乾隆二十七年壬午舉人，大挑知縣，分發山東署蘭山丞，丁内艱歸。服滿，

歷知嘉祥、海豐、蓬萊縣篆，題補泗水。四十五年，弘曆將南巡，以無力供需，乃挂印返里。後任順昌教諭，漳州教授，年八十致仕。著有芑亭詩草一卷。

松濤雁影迴文

霜風凛冽響洶洶，激盪爭鳴物感冬。旁谷應聲松嘯雁，北園騰籟雁鳴松。茫茫錦字凌波捲，浩浩流音振翮嚨。張目遠天雲拂樹，簧笙吭語奏高峰。 丘復杭川新風雅集卷五（一九三六年排印本）

王介禧

介禧字綏甫，號澮亭，山東濟陽人。清乾隆十五年副榜，十七年壬申舉人，十九年甲戌進士，終於燕邸。卓犖魁奇，雅好讀書，興酬落筆，千言立就，生平著作，卒多散佚。

夏日漫興迴文

濃陰綠樹繞東堂，地僻幽棲夏日長。峰外屋連横黛翠，水邊荷積暗螢光。溶溶月映書窗静，淡淡風生竹榻涼。龍卧擬身閒是好，慵疎足意樂居鄉。 乾隆濟陽縣志卷十三

『疎』：民國續修濟陽縣志卷十九作『悚』，誤

於國裳

國裳字治光，江蘇江陰人。清乾隆十一年丙寅歲貢。

即景回文

虛窗夜色清涵水，別館秋聲冷送風。徐度曲廊閒弄笛，伴人誰遣月明空。

排雲雁字書空碧，咽砌蛩聲泣曉寒。懷遠獨窮江外樹，怨離偏繞菊邊闌。顧季慈江上詩鈔

卷二一九（一九三一年陶社校刊本）

丁煒

煒，江西彭澤人。庠生。邑志分纂。

集賢亭廻文

賢群晤對把情怡，兀突亭撐並石奇。筵肆主豪賓縱酒，句敲花落葉催詩。翩翻舞竹青垂壁，倚徙香芹緑滿池。天普暖風春熳爛，妍生四座噴蘭芝。乾隆彭澤縣志卷十三詩録　同治彭澤縣志卷十七藝文三詩

湯元芑

元芑字稻村，里籍生平不詳。

菩薩蠻顛倒韻姜貽經夢田詞題辭

好詞新詠閒愁掃，掃愁閒詠新詞好。摹揣儘情多，多情儘揣摹。解人何處在，在處何人解。深致雅孤吟，吟孤雅致深。姜慶成姜氏家集·夢田詞（道光二十五年天雄姜氏采麗堂刊本）

彭貞隱

貞隱字玉嵌，浙江海鹽人。孫遹女孫，平湖庠生陸烜室。著有鏗爾詞一卷（近代戔華館刻本）

菩薩蠻別意

夢思相耿燈花弄，弄花燈耿相思夢。林葉落驚心，心驚落葉林。瘦蹙山眉秀，秀眉山蹙瘦。拈管一螺添，添螺一管拈。

鏡如明月疎簾映，映簾疎月明如鏡。秋點萬蟲愁，愁蟲萬點秋。弄人無好夢，夢好無人弄。沈水透香衾，衾香透水沈。鏗爾詞下

顧端士

端士，江蘇丹徒人。弢菴姑母，程潤室，早寡，年七十一卒，著有寄樓集。

即景迴文

西城落日倒銜山，柳鴟煙銷晚翠殘。泥引燕香紅墜几，竹勾風影緑圍欄。低高柘盡蠶眠早，近遠疇平麥浪寒。溪滿月光雲滿樹，啼鶯喚酒問春看。王豫羣雅集卷三十五（嘉慶十二年刻本）

『勾』：黄秩模國朝閨秀詩柳絮集（咸豐三年蕉蔭小幌刊本）卷四十二作『句』

『樹』：張學仁、王豫京江耆舊集（宣統元年柳牲堂刻本）卷十二、王豫江蘇詩徵（道光元年焦山海西庵詩徵閣刻本）卷一七五、柳絮集俱作『榭』

蒲永信

永信，四川廣安人。邑庠生，不樂仕進。性嚴正，雖暑時必整衣冠，未嘗跣足露體。所居四圍種菊，有靖節風，年九十三，以壽終。

秋步春山晚眺迴文

春山碧鎖翠横煙，目極秋沈日暮天。津渡孤僧歸寺遠，鳥嘑羣樹遶村前。人行少處低松暗，月挂初時倦鶴還。神爽獨游經興盡，身閒散步約來年。光緒廣安州志卷十二

黄體德

體德號芝亭，湖南桂東人。清乾隆十八年癸酉舉人，授主事。德性好施，見善必爲。援例選雲南永昌府同知、攝河西縣事，後任湖北安陸府同知。三十九年，調湖北内監試襄陽府同知。

愛蓮池

紅翻緑水濯新容，秀質天然渺跡踪。篛酌晚霞醺色醉，葉凝朝旭曉粧慵。風光點透輕香細，日霽分披翠莚濃。空竅藕牽絲斷續，東池布錦麗溶溶。光緒郴州總志卷三十七藝文下

葉大珩

大珩，福建壽寧人。貢生。

西巖寺夜景迴文在壽甯

山青隱寺古蕭蕭，月照溪頭灘下橋。閒聽微風輕發籟，靜聞野鳥獨鳴宵。灣前暗樹浮烟亂，梵暮疎鐘和雨飄。閒却俗塵避澗谷，關門適意任寥寥。乾隆福甯府志卷四十一

方成嵦

成嵦（一七三一——一七八九）字仰松，號岫雲，安徽歙縣環山人。幼年多病，日在藥間，遂閉户習醫，解道家養生術。恥赴童子試，博覽經傳及諸子百家，尤肆力於倚聲，精通音律。乾隆三十八年客揚州，據舊本改定珍珠塔傳奇。四十八年遊漢皋，不久死于該地。著有味經堂詞稾（周暟布衣詞合稾），聽奕軒小稿三卷（安徽清代名家詞第一輯）。

虞美人迴文二首

疎簾映雨紅樓小，倦繡爐熏裊。晝閑斜日奈無情，脉脉態憨粧嬾倚山屏。　輕衫碧唾凝花亂，袖廣明金釧。愛偏香軟記餘歡，絮語墜釵尋夢惱春殘。

味經堂詞藁題作虞美人廻文，『偏』、『軟』作『偏』、『暖』

菩薩蠻

近林寒雨和煙暝，暝煙和雨寒林近。簾捲怕風嚴，嚴風怕捲簾。曲欄空黛蹙，蹙黛空欄曲。人遠間重雲，雲重間遠人。聽奕軒小稿卷三後巘簫雅

周　暟

暟字用昭，別署梅花詞客，安徽歙縣巖溪人。工詩善書兼畫蘭，亦致力於音韻律呂之學。與方成峼爲友，刻布衣詞合稟（瀟湘聽雨詞五卷、香草題詞一卷，乾隆五十六年刊本）。

望江南回文

舟横渡，舟横渡看愁。愁思不禁難離遠，遠離難禁不思愁，愁看渡横舟。瀟湘聽雨詞卷一

菩薩鬘回文

暖風香散簾垂蒜，蒜垂簾散香風暖。蘭若妾幽嫻，嫻幽妾若蘭。蕙蘭心故慧，慧故心蘭蕙。春去寄廻文，文廻寄去春。香草題辭卷一

王如玉

如玉（一七三三—一七七三）字嵐溪，號樸園，山西靈石人。清乾隆間貢生。歷官貴西道，兼署按察使。坐前察屬不嚴，降職。三十七年，兩金川之役，從大學士温福治餉，駐木果山。三十八年六月，陣亡。著有嵐溪詩鈔二卷（道光十四年刻本）。

宿核桃園感懷用迴文體

消魂暗月樹啼烏，冷落村煙暮草枯。遥路歸心愁上枕，迢迢夜夢一燈孤。嵐溪詩鈔卷上

袁　棠

棠（一七三四—一七七一）字雲扶，號秋卿，浙江錢塘人。枚從妹，儀徵諸生汪孟翊室。以娩難卒。工詩，著有繡餘吟稿一卷、楹書閣遺稿一卷（附見隨園全集）。

春興迴文

沉沉緑柳新條長，艷艷紅桃曉日晴。深苑春鶯啼舌巧，林花亂蝶舞翻輕。繡餘吟稿

『新條長』、『翻』：汪啟淑擷芳集卷六十三、徐世昌晚晴簃詩匯作『和風暖』、『風』

李調元

調元（一七三四—一八〇三）字羹堂，又字贊庵、鶴州，號雨村、墨莊，四川羅江人。化楠長子。清乾隆二十八年癸未進士，改翰林院庶吉士，歷遷考功員外郎，擢直隸通永道。因劾永平知府，遣發伊犁。尋以母老贖歸，家居二十餘年，以著述自娱。與從弟鼎元、驥元，並著詩名，時稱『緜州三李』，有童山詩集四十二卷文集二十卷等。

回文詩

岸柳含烟曉，殘月落天高。宦游悲夢遠，帆歸待漲潮。
曉烟含柳岸，高天落月殘。遠夢悲游宦，潮漲待歸帆。

詩見張少華、胡泊詩苑趣談，題爲李調元解途題寫回文詩，童山全集未載

關文運

文運字慶昌，廣東河源人。清乾隆二十一年丙子舉人，著有丙峰詩草。

逍遥巖迴文

山雲鎖樹緑萋萋，靜院鐘聲數鳥啼。彎徑晚花寒蕊吐，曲欄斜石古詩題。閒僧坐對層

峯碧，醉客遊來遠鴈低。還往日邊晴嶂疊，關門寺外野煙迷。

夏日迴文

前溪遠送晚風涼，笛弄閒吟愛日長。鮮雨著荷池吐緑，淡雲飛竹隝添黄。眠蟬見影隨花落，語燕驚雛掠草芳。天隔樹陰山隔水，煙生密檻繞虚堂。同治河源縣志卷十五

仲蓮慶

蓮慶字碧香，江蘇泰州人。素女、洪仁遠室。著有碧香女史遺草一卷，輯入泰州仲氏閨秀集合刻（嘉慶十二年刻本）。

夏夜迴文

長宵月影清篵竹，靜署更聲遠報籌。牆短過螢飛閃閃，閣深歸燕語啾啾。碧香女史遺草

愛新覺羅永忠

永忠（一七三五—一七九三）字良輔，號敬軒，又號蕖仙、臞仙，栟櫚道人、延芬居士。胤禵孫，封鎮國將軍。精書法，擅繪畫，在宗室詩人中享有盛名，著延芬室集（一九九〇年上海古籍出版社景印本）。

迴文

遺佩仙人逢少年，漢江思詠未成篇。遲移日影花間午，痴是情長夜怕眠。延芬室集癸酉稿

孫起棟

起棟字天擎，號白沙，湖南新化人。清乾隆十八年癸酉拔貢、正紅旗官學教習。二十四年，因科場事讁戍臨榆，居遼西四十載，至嘉慶初始放歸。無以爲生，久之往依粤西中表戚，未半歲，怏怏還里。中途遇盜，詩稿同行李盡被攫去，憤甚，死於東安旅店。

秋夕迴文示王生

流水落花桐影秋，月明和露泫窗幽。啾啾鳥宿池頭樹，鉤中魚如哽客愁。鄧顯鶴資江耆舊集卷二十七（道光十九年序刻本）　鄧顯鶴沅湘耆舊集卷九十八（道光二十四年刻本）

張塤

塤（一七三六—一七八九）字商言，號瘦銅，一號吟鄉，江蘇吴縣人。清乾隆三十年乙酉舉人，三十四年己丑進士，官内閣中書。四十二年，丁憂歸。翌年，陝西巡撫畢沅邀至關中，以興平、扶風、郿縣三志屬爲重輯，纂列金石門。事畢，仍還京師供職。詩名與蔣士銓相埒，

著有碧簫詞五卷（乾隆四雨莊刻本）、竹葉庵文集三十三卷（乾隆五十一年刻本）

長相思 春夜雜詞回文

烏亂呼，鐙暗初。夜午亭亭玉貌蘇，熱心嘘冷鑪。鑪冷嘘，心熱蘇。貌玉亭亭午夜初，暗鐙呼亂烏。

參遠沈，寒夜心。負你腸真淺淺斟，苦栢禁苦吟。吟苦禁，栢苦斟。淺淺真腸你負心，夜寒沈遠參。

竹葉庵文集卷二十七林屋詞一題作春夜雜詞二首回文

菩薩蠻 春思回文

碧窗和夢春煙溼，溼煙春夢和窗碧。牀上照紅釭，釭紅照上牀。雨花黏繡譜，譜繡黏花雨。空信接歸鴻，鴻歸接信空。

又 秋思回文

細霜舍冷蟲吟砌，砌吟蟲冷舍霜細。涼簟玉釵香，香釵玉簟涼。夜深鐙影怕，怕影鐙深夜。樓上不宜秋，秋宜不上樓。碧簫詞卷一

林屋詞一題作菩薩蠻回文二首，無分題

瑞鷓鴣春夜雜詞回文

樓西柳影望儂愁，水浪湘空一碧幽。甌素隱香黏緑鬢，墨痕浮鏡寫青眸。眸青寫鏡浮痕墨，鬢緑黏香隱素甌。幽碧一空湘浪水，愁儂望影柳西樓。

牋題寄託付雲煙，短夜春遲怕未眠。絃細顫時成調冷，繭空抛處斷絲牽。牽絲斷處抛空繭，冷調成時顫細絃。眠未怕遲春夜短，煙雲付託寄題牋。

南鄉子春夜雜詞回文

簫冷拂紅綃，幅繞蟰蛸未得抛。煤麝細勻消夜永，迢迢，影瘦摇輕嫩竹梢。梢竹嫩輕摇，瘦影迢迢永夜消。勻細麝煤抛得未，蛸蟰，繞幅綃紅拂冷簫。

橫月見空亭，滴露翎梳睡鶴驚。尋偏落花瓔珞亂，聲清，釧響玲玲玉膽瓶。瓶膽玉玲玲，響釧清聲亂珞瓔。花落偏尋驚鶴睡，梳翎，露滴亭空見月橫。

虞美人春夜雜詞回文

林屋詞一僅有後首，題作春夜回文

青鐙凍入寒梅小，歷歷箏彈玅。細香東閣夢成初，煞怕鳳綃鮫淚隱衾孤。孤衾隱淚鮫綃鳳，怕煞初成夢。閣東香細玅彈箏，歷歷小梅寒入凍鐙青。

廊空賸下花前絮，事往香沈水。合金釵玉送牆東，犬吠動情幽巷隔殘鐘。
鐘殘隔巷幽情動，吠犬東牆送。玉釵金合水沈香，往事絮前花下賸空廊。碧簫詞卷二。

林屋詞一題作春夜雜詞二首回文。王昶國朝詞綜卷四十二選録前首，題作春夜回文，『煞』作『只』。

張鳳翼

鳳翼（一七三六—一八〇六），乳名補元，字儀廷，江蘇長洲人。幼聰慧，有神童之名。清乾隆四十六年進士，以知縣用，就教職。四十七年冬，選太平府教授。丁母憂，服闋，補鳳陽府教授，引疾不赴。著芝岡詩鈔三卷補遺一卷詩餘一卷（清刻本）。

題家雨春照迴文

紅霞映樹綴春濃，磴石攤書哦澗松。童自携琴囊綉古，風清拂逕竹重重。
枝枝雨濕紅雲亂，淡淡風吹遠岫踈。遲日映窓長晝靜，奇香透焚乍開書。

題照迴文

秋深愛坐小山幽，馥馥香飄冷桂稠。遊釣追思猶昨夢，浮雲澹處映巒邱。

青山露角半輕霞，遠水含波泛白沙。屏列桂林如曲障，經遊舊日向人誇。芝岡詩鈔補遺

李孝溱

孝溱字僑濟，江西臨川人。

夏日即景 廻文

醽醁透雨細飄烟，水漲溪橋遠接天。螢引夜光浮草碧，蝶迎朝露帶花鮮。青青柳葉垂堤暗，淡淡山雲繞徑連。鈴響一聲新奏曲，醒來到處院生憐。王錫侯國朝詩觀卷四（乾隆三十年三樹堂刻本）

汪志仁

志仁字復初，號雪蘭，湖北漢陽人。清乾隆二十四年己卯舉人，三十五年時官江西縣尹。

閨怨廻文

凄凄雨夢殘深夜，裊裊香烟寒晚爐。西閣小窓燈暗影，淚絲紅盡滴水壺。王錫侯國朝詩觀二集卷一（乾隆三十五年刻本）

劉開兆

開兆（一七三七—？）字肇啓，一字靜觀，號芸莽，安徽南陵人。乾隆嘉慶間布衣。其父官兩浙鹹副，少時隨任，廣交游，博學能文，尤工於詩，得杭世駿賞識。著有芸莽詩集八卷（嘉慶二十三年冢婦陸氏刻本，徐乃昌輯入南陵先哲遺書）。

次英懷回文韻

綿延苦雨晚清泠，拉瑟淒風透小櫺。連夜五更聞轉漏，却愁千滴倒空瓶。鮮茅補漏移横榻，活水穿堦到短亭。眠去畏寒驚枕簟，前溪漲溜響時聽。

次記方回文韻

凉飈拂樹柳迷離，接翅鴉歸噪晚時。藏處密雲愁黯黯，漲來秋水野瀰瀰。廊迴灑遍垂簾幕，閣迴光含捲幔帷。良錦織成鮫淚滴，茫冥意思懶題詩。芸莽詩集卷五

孔繼熥

繼熥（一七三八—一八〇三後），山東曲阜人。清乾隆五十四年己酉舉人。自云『予生江蘇，遊浙閩，滇南遠宦』。著有述耐堂詩集八卷（山東省圖書館藏清稿本）。

庭前梅花效廻文體咏之

深情自信每多情，雪裡梅粧好潔貞。侵鼻觘香飄上座，對人幽幹老前楹。森森瘦影籠清月，淡淡芳顔照碧晴。吟遂有詩成杜老，今於揆賦愛杯傾。（述耐堂詩集卷二下）

趙瓊

瓊（約一七三八—一八〇六後）字曉峯，一號萍栖散人，江蘇吴縣林屋人。遊跡半天下，著有行餘草堂詩鈔四卷（嘉慶七年俊儀堂刻本）。

雪廻文

寒風夜冽冷凄凄，落盡銀花雪滿堤。丹葉染林楓閒色，白雲鋪徑竹垂低。安居隱託深山北，穩卧高懷遠郭西。看徧四郊前極目，團團玉蝶舞空迷。

夏日閒遣廻文

多炎暑氣嗜雲紅，對局尋閒消日終。荷放小池清映日，竹敲深院静鳴風。歌聲是處添愁悶，志節非移見達窮。莎緑滿庭門掩晝，何如竟就學痴聾。（行餘艸堂詩鈔卷一）

楊駿賢

駿賢字惠兹，號樂亭，廣東大埔人。年二十一，入邑庠，屢例優等，以數奇躓棘闈，鬱鬱不得志，三十歲而終。著有囊中錦、竹窗詩文稿，藏于家。

傷秋十字迴文八首

秋山木葉落溪流、泛水洲。
秋煙晚日淡城樓、看雨收。
秋雲暮靄碧天浮、自散收。
秋江徹夜水長流、月趁舟。
秋風晚寂夜深愁、冷枕頭。
秋霖暮雨入高樓、一夜悠。
秋原緑草遍荒陬、遠望愁。
秋思永日動心憂、獨上樓。

楊朝珍百侯楊氏文萃卷下

吴必達

必達，福建馬巷同和里人。

梧江秋思 迴文

飛鴻隻影照江寒，落盡空林楓葉丹。巍枕半斜燈寂寂，薄衾孤冷露霮霮。衣添病起驚風厲，扣減愁來束帶寬。違願故園家夢遠，歸思萬丈數深湍。乾隆泉州府馬巷廳志卷十七藝文

崔述

述（一七四〇—一八一六）字武承，號東璧，直隸大名人。清乾隆二十七年壬午舉人。嘉慶間，選授福建羅源知縣，調上杭，未幾，投劾歸。卜居相州，閉門著述而終。學術以辨僞，考信爲主，有知非集等。

春日迴文

細雨春濡柳，輕風晚落花。砌幽生碧草，城古帶烟斜。崔東璧知非集（一九三一年燕京大學圖書館影印本）

陳昌圖

昌圖（一七四一—一八〇〇後）字南琴，號玉臺，一號南屏，浙江仁和人。清乾隆三十一年丙戌進士，改庶吉士，授編修，充四庫全書纂修，命校永樂大典。四十年，考選山西道監察

御史，轉刑科給事中，兵部掌印，調通永道，官至直隸天津道。著有南屏山房集二十四卷（乾隆五十六年刻本）

寶月咏白牡丹廻文詩余亦戲作

葩叢吐白綴苞柔，別種仙姿素質幽。斜朵放含霜影顫，淡香留伴月光浮。些些似處瓊敷煩，宛宛看來玉簇毬。瑕洗淨時團粉片，華清曉苑小枝抽。南屏山房集卷三

雨窻遣興戲作十景回文體詩

蘇隄春曉

春隄一碧草鋪新，碧草鋪新曉露匀。匀露曉新鋪草碧，新鋪草碧一隄春。

平湖秋月

秋蟾夜碧浸波流，碧浸波流水鏡浮。浮鏡水流波浸碧，流波浸碧夜蟾秋。

柳浪聞鶯

差差浪緑柳藏鸝，緑柳藏鸝曉聽宜。宜聽曉鸝藏柳緑，鸝藏柳緑浪差差。

花港觀魚

魚遊水碧暎紅蕖，碧暎紅蕖照鏡虛。虛鏡照蕖紅暎碧，蕖紅暎碧水遊魚。

兩峯插雲

南連北抹遠雲含，抹遠雲含碧玉簪。簪玉碧含雲遠抹，含雲遠抹北連南。

三潭印月

湖澄落月印冰壺，月印冰壺三顆珠。珠顆三壺冰印月，壺冰印月落澄湖。

曲院風荷

瓏玲閣曉颭荷風，曉颭荷風倚日紅。紅日倚風荷颭曉，風荷颭曉閣玲瓏。

雷峯夕照

西林晚日墮輪低，日墮輪低翠黛迷。迷黛翠低輪墮日，低輪墮日晚林西。

斷橋殘雪

瑶瓊踏曉雪寒消，曉雪寒消半露橋。橋露半消寒雪曉，消寒雪曉踏瓊瑶。

南屏晚鐘

峯前落日晚催鐘，日晚催鐘山靄重。重靄山鐘催晚日，鐘催晚日落前峯。

南屏山房集卷八

七夕幼女輩乞巧笑謂之曰支機織錦巧擅天工能以錦心織錦句者天孫不汝吝也因戲作七錦回文詞示之亦準七襄之義云爾

莊姜衣褧詩衛風碩人其頎衣錦褧衣

璘彬内襲綵絲新，粲粲含章錦附身。人美看應分素絢，顰眉羡歎咏蛾蓁。

麗娟舞花南史武帝賜麗娟吸花絲錦命作舞衣袖拂落花滿身都着謂之百花舞

娟娟女舞散花天，袖領披香裙衩圓。鈿翠落枝花妬錦，筵前拂綵鬥衣鮮。

文君濯江唐張何有蜀江春日文君濯錦賦

攢花五采織文鸞，幅幅沉江錦簇團。灘淺照人留艶影，盤龍對鳳漾迴湍。

石尉步障晉書石崇製錦步帳五十里

香園翠繞緑珠藏，迤逦遮來面面張。廊曲扇飈金谷曉，廂西立久避風翔石崇妾緑珠婢翔風

蘇蕙織詩（晉書竇滔徙流沙若蘭織迴文詩寄之循環若干首詞甚悽惋）

離還合了合還離，絶妙詩圖構巧思。癡絶笑無人解領，詞成字織淚絲絲。

譙國繡蓋（北史列女傳隋文帝時冼氏歸化夫人被甲介馬張錦傘領彀騎衛護詔使封譙國夫人）

圍開帥領騎騑騑，頂覆圓輪一蓋飛。歸馬散營前隊肅，幃香息甲捲紅旗。

孟蜀鴛衾（輟耕録蜀主錦被一梭織成被頭作二穴若雲板樣扣于項下以餘錦覆肩謂之鴛衾）

籠熏翠疊繡叢叢，暖覆雲肩比樣工。同枕況開花芷艷（花芷夫人），紅衾壓曉夢西宮。

南屏山房集卷九

王汝璧

汝璧（一七四一—一八〇六）字鎮之，四川銅梁人。清乾隆三十一年丙戌進士，授吏部主事，歷禮部郎中、順德、保定、正定知府、山東按察使。嘉慶間，官江蘇布政使、安徽巡撫、内閣學士、禮部右侍郎、兵部左侍郎。著有銅梁山人詩集二十五卷詩餘四卷（光緒二十年京師刻本）。

鏡背迴文栢梁體詩十二韻

清虚耀魄涵圓規，晶晶寒玉胎娥羲。縈回井絡鈎尾箕，擎蓋天矩環周髀。平輪地軸圜浮杯，瀛溟吞縮蟠龍螭。精金騰冶神工施，靈符玉女丁星奇。形神闞瞿含陽曦，貞心憐影雙鸞飛。纓予濯兮髮予晞，泓崢秋碧凝山眉。

『工』、『曦』、『崢』：孫桐生國朝全蜀詩鈔卷十六作『功』、『曦』、『澄』（光緒五年長沙刻本）

又回文五言律一首

秋月停雲嶠，夜珠懸玉幢。蚪盤看乙乙，鳳舞要雙雙。游泳思蘭澤，潔清懷珮瑽。樓寒遲霧鬢，夢遠凝花釭。銅梁山人詩集卷四藤花集

王 氏

氏，貴州遵義人。永寧學正德洵女，綏陽諸生陳熉農室。卒年七十，著有繡餘集。

四時廻文

春

花飛舞蝶戲殘紅，柳囀鶯聲送遠風。斜日射光銜晚岫，紗窗綠映碧桃叢。

陳田黔詩紀略後編卷二十九選此，題作春日迴文（宣統三年陳氏京師刻本）

夏

塘荷緑暈水漫漫，袖滿薰風小扇團。涼枕半推驚夢醒，堂中灑地掃香盤。

秋

蘆飛雪處幾迷霜，客旅悲秋憶遠鄉。孤影雁驚寒夜月，艫依蓼岸水蒼蒼。

冬

天寒漏靜夜彈箏，觱栗籬吹風冷檠。鮮雪白烘梅色淺，娟娟月照碧池清。

鄭珍播雅卷二

十三

鄧熙鸞

熙鸞，江西宜黄人。清乾隆二十五年舉人。三十六年，官安徽廬州衛千總。

雙壽詩迴文體

飛觴壽旦慶春芳，獻頌作朋賓滿堂。衣舞彩霞輝燦燦，佩摇仙玉振鏘鏘。

楊天文雙壽詩卷

五（乾隆四十一年刻本）

九容樓主人

九容樓主人，松雲，江蘇震澤人。著有英雲夢傳十六回。

秋閨回文詩

清清冷露潤窓紗，小院愁雲伴月斜。鳴鴈空聞常怨曉，喚規遠聽靜憂家。聲敲雅竹摧梧落，雨洒文蕉傍菊華。情有閨香花有色，平秋捲綉自咨嗟。

『曉』、『捲』：光緒十四年蘇州緑蔭堂刻本作『晚』、『倦』

回　文

沉沉月上樹林秋，白露連雲護翠樓。音助亂蛩憐夜靜，响聞殘杵和更籌。琴桃怨室蘭存調，笛弄閒房花韻悠。深漠銀河星寂寂，金風拂動桂枝幽。英雲夢傳十二回（咸豐三年經元升刻本）

『桃』：緑蔭堂本、華夏出版社排印本作『挑』

『存』：緑蔭堂本、春風文藝出版社排印本作『成』

『漠』：緑蔭堂本作『漢』，春風文藝出版社本作『嘆』

失名

徐元回文詩詞五百首署名李禺，『清乾隆、嘉慶間在世，廣東韓江人』。題作夫憶妻，回讀爲『妻憶夫』。

夫憶妻

枯眼望遥山隔水，往來曾見幾心知。壺空怕酌一盃酒，筆下難成和韻詩。途路阻人離別久，訊音無雁寄回遲。孤燈夜守長寥寂，夫憶妻兮父憶兒。王仲厚回文文學奇觀

回文集卷三十八　目録

回文集卷三十八

許蘭似

蘭似，江蘇人。錢塘盧文弨長子慶貽室。

題蘇香嚴夫子閨吟集秀迴文

眉掃春山遠世趨，賞心興慣擷詩腴。知誰累日長吟苦，窺得幾微探頷珠右漫興

烟霞長護彩霓旌，錦字新裁要主盟。絃管和餘聲細細，仙羣重見許飛瓊右游仙　汪啓淑擷芳集卷六十五

吳振棫國朝杭郡詩續輯卷四十二目作題蘇香嚴夫人閨吟集秀迴文

魏瓊

瓊（一七四二—一八一四）字予石，號磻湖，湖南衡陽人。諸生。著有魏磻湖先生遺稿二卷（一九一五年刻本）。

回文

香風撲處散飛花，樹影横窗挂月斜。長夜覺來愁漏促，腸迴九曲一聲笳。魏磻湖先生遺稿卷上

戚學標

學標（一七四二—一八二五）字翰芳，號鶴泉，浙江太平人。清乾隆四十五年庚子進士，知河南涉縣，在任十三載，以忤學使鮑桂星罷。改寧波府教授，三載亦歸。歷主鶴鳴、紫陽、崇文書院講席。曾館曲阜孔氏，盡讀其藏書。有景文堂詩集十三卷（乾隆五十六年刻本）、三台詩録三十二卷詩餘二卷（嘉慶元年刻本）行世。

和鄭青墅秋夜軍次迴文韻

遥天一望極心愁，陣列鴻飛見暮秋。簫管咽時殘照落，鼓鼙喧處亂雲流。飄飄白髮添霜渚，耿耿疎燈伴月洲。匏繫似予悲拓落，有何知計佐邊籌。景文堂詩集卷九

吴蔚光

蔚光（一七四三—一八〇三）字哲甫、執虚，號竹橋，别號湖田外史，江蘇昭文（祖籍安徽

休寧）人。清乾隆四十五年庚子進士，改庶吉士，授禮部主事，未幾乞假歸。家居二十餘載，覃研文史，以藏書、著書爲樂。有小湖田樂府十卷（嘉慶二年刻本）、執虛詩鈔二卷詞鈔一卷（光緒二十年刻本）。

菩薩蠻 回文

曉牕春嫩啼鶯早，早鶯啼嫩春牕曉。寒雨杏衫單，單衫杏雨寒。　斷腸愁夢短，短夢愁腸斷。歸未又花飛，飛花又未歸。小湖田樂府卷一

張　芬

芬字紫繁，號月樓，江蘇長洲人。舉人曾彙女，同知署吳縣縣丞夏清和室。著有兩面樓詩稿一卷（任兆麟輯入吳中女士詩鈔，乾隆五十四年刻本）。

寄懷素窗陸姊 回文調寄虞美人

明窗半掩一庭幽，夜靜燈殘不得留。風冷結陰寒落葉，別離長望倚高樓。遲遲月影移斜竹，疊疊詩餘賦旅愁。將欲斷腸隨斷夢，雁飛連陣幾聲秋。吳中女士詩鈔·兩面樓詩稿

按：素窗爲陸瑛之字，亦吳縣人。丁紹儀清詞綜補續編卷十二、徐乃昌閨秀詞鈔卷十五題作虞美人寄懷素窗陳妹回文七律，誤。

『一』、『不』：完顏惲珠清閨秀正始集卷十六、紅梅閣主人清代閨秀詩鈔卷五、清詞綜補、閨秀詞鈔俱作『小』、『未』

『斜』、『餘』、『旅』：清詞綜補、閨秀詞鈔作『梧』、『歌』、『怨』

王之春回文集：『朱文公劉靜修文集俱有菩薩蠻回文詞，隨句倒讀不免意複，總不如自尾讀回爲妙。邱瓊山濬有秋思回文菩薩蠻詞云，紗窗碧透橫斜影，月光寒處空幃冷，香炷細燒檀，沈沈正夜闌，更深方困睡，倦極生愁思，含情感寂寥，何處別魂銷。謝默卿司馬依調詠春閨云，飛花落盡春歸早，客遊遨處青青草，芳樹曉啼鶯，愁勞夢又驚，魂銷香惹袖，翠積眉山皺，微顰小立時，多愛意遲遲。又張紫蘩寄懷素蘭六妹回文虞美人云，明窗半掩一庭幽，夜靜燈殘不得留，風冷結陰寒落葉，別離長坐倚高樓，遲遲月影移斜竹，疊疊詩餘賦旅愁，將欲斷腸隨斷夢，雁飛連陣幾聲秋。女士名芬，一字月樓』（椒生隨筆卷二）。

况周頤眉廬叢話：『正始集有張芬寄懷素窗陸姊七律一首，回文調寄虞美人詞，聲詞巧合，尤見慧心。詩云，明窗半掩小庭幽，夜靜燈殘未得留，風冷結陰寒落葉，別離長望倚高樓，遲遲月影移斜竹，疊疊詩餘賦旅愁，將欲斷腸隨斷夢，雁飛連陣幾聲秋。詞云，秋聲幾陣連飛雁，夢斷隨腸斷，欲將愁旅賦餘詩，疊疊竹斜、移影月遲遲。樓高倚望長離別，葉落寒陰結，冷風留得未殘燈，靜夜幽庭、小掩半窗明。芬字紫蘩，號月樓，江蘇吳縣人，著有兩面樓偶存稿』。

又况周頤蕙風詞話續編卷一：『評閨秀詞，無庸以骨榦爲言，大都嚼蘂吹香，搓酥滴粉云爾。

亦有濬發巧思，新穎絶倫之作。閨秀正始集張芬寄懷素窗陸姊七律一首，回文調寄虞美人詞。詩云，明窗半掩小庭幽，夜靜燈殘未得留，風冷結陰寒落葉，別離長望倚高樓，遲遲月影移斜竹，疊疊詩餘賦旅愁，將欲斷腸隨斷夢，雁飛連陣幾聲秋。詞，秋聲幾陣連飛雁，夢斷隨腸斷，欲將愁旅賦餘詩，疊疊竹斜移影、月遲遲。樓高倚望長離別，葉落寒陰結，冷風留得未殘燈，靜夜幽庭小掩、半窗明。芬字紫蘩，號月樓，江蘇吳縣人，著有兩面樓偶存稿』。

黎　燕

燕，四川廣安人。清乾隆三十五年庚寅恩科舉人，補河南西華知縣。

乙未夏步韻迴文

楸林密藏庵，日長消話談。流觴羡水緑，放鶴愛山藍。浮袖裛荷露，蔭窗連竹嵐。樓高接響細，幽石咽清泉。光緒廣安州志卷十二

許燕珍

燕珍字儷瓊，一字靜含，號濡須女史，安徽合肥人。龍溪縣令其卓三女，無爲諸生汪鎮室。幼隨父之任，長於戲曲。著有鬯餘小草（乾隆三十三年蘐茂堂刻本）。

菩薩蠻 春日廻文

淡烟和雨團花片，片花團雨和烟淡。啼鳥小牕西，西牕小鳥啼。　徑深青草盛，盛草青深徑。無事一提壺，壺提一事無。蔣餘小草

胡延璠

延璠，浙江山陰人。監生。乾隆四十四年，爲四川隣水典史，清風高雅，迥殊俗吏，性行廉潔，不預詞訟，後陞簡州知州。

清陰草堂 廻文

重重柳影蒲堦除，緑草池塘半結廬。濃色花陰穿語燕，淡風荷葉動遊魚。笻依碧翠明牕靜，户納雲煙籠室虚。松鶴棲遲遲上月，胸襟豁處好觀書。道光隣水縣志卷六

胡豹變

豹變（一七四六—一八二七）字蔚文，號柳渠，自號浣花逸者，山西榆次人。清乾隆四十二年丁酉舉人。天才俊逸，讀書過目成誦，又善書畫，神超象外，八十餘歲歿。著有柳渠詩集六卷（同治七年榆邑懷仁鎮燕翼樓刻本）。

春日即事迴文

春草野花紅間緑，嫩楊垂岫翠含青。新巢燕燕飛園曉，滑語鶯鶯擾夢醒。

花間四友迴文

鶯

嚶嚶語上池邊樹，對對梭穿柳外花。鶯夢曉風隨舌囀，輕身一影度窗紗。

燕

衣烏舞剪裁雲白，渚緑翻波掠水新。飛語帶泥添壘溼，依依永伴曉閨春。

蜂

香聞蕊露逐群飛，細瓣花鬚展翅圍。王國報功酧禄厚，芳心染密潤身肥。

『密』：原文

蝶

雙雙翠帶飄風輭，裊裊花衣拂檻春。窗紗度影雙眉細，粉翼輕敷緑草茵。

春曉 迴文

籠煙淡日照窗紗，水汲新泉石鼎茶。風弄柳絲千縷弱，霧蒙花朵幾枝斜。紅霞曉映竹邊寺，綠渚朝迎草際車。同望四郊春麥細，東橋古樹隱棲鴉。

七夕 迴文

微雲白露月華浮，靜夜涼天一色秋。衣拂輕風翻扇軟，燭移纖影雜螢流。飛飛烏鵲迎車駕。耿耿星河渡女牛。圍袖擁爐猊腹熾，女思精巧乞前樓。

秋江夜泊 迴文

平岸遠舟橫渡晚，月凝山寺古鐘鳴。清聲一雁秋江曲，荻密搖風夜夢驚。

晚秋即事 迴文

飛飛落葉晚風秋，菊圃寒凝白露稠。歸雁一天涼雨霽，遠峰千嶂碧雲流。微煙淡繞橫蘆渚，曲徑斜聯卧柳洲。稀草野蛩吟唧唧，圍楓赤影逗光幽。柳渠詩集卷六

胡正基

正基（一七四八—一八一五）字岫青，號巽泉，浙江平湖人。貢生。工詩詞，著有瑶潭詩賸三卷瑶潭詩餘一卷（一九二五年排印本）。

菩薩蠻 晚眺倣逐句回文體

暮雲横處歸飛鷺，鷺飛歸處横雲暮。含翠淡晴嵐，嵐晴淡翠含。　嘯餘還遠眺，眺遠還餘嘯。三兩晚鐘間，間鐘晚兩三。瑶潭詩餘

官懋斌

懋斌（一七五〇—一八〇三後）字尹兼，父宦蜀中，生峨眉官署，因號眉生，直隸大興人。著有自怡齋吟稿四卷（咸豐間刻本）。

春野迴文

横翠遠山凝淺黛，媚晴新水曳疎煙。鸎啼曉隖花邀酒，鶴放春亭柳繫船。自怡齋吟稿卷二

錢 埰

埰字錫光，號春渠，先世浙江嘉興人，僑寓江蘇宿遷。著有願學齋唫藁二卷（王相輯入友聲集，咸豐八年信芳閣刻本）。

閨怨迴文與梅坡江村分空拈二韻

風微漾月冷侵簾，馥馥鑪香麝盡添。紅雨淚傾低袖溼，翠痕梅鎖遠峰尖。空幃怯對雙鴛枕，短鬢羞窺小鏡奩。中夜一絲情裊裊，東牕暗卜墜釵拈。友聲集·願學齋唫藁卷上

高 埰

埰（？—一八一二）字琴泉，又字雨公，鐵嶺人，漢軍鑲黃旗籍。畫家高其佩孫。清嘉慶六年順天舉人，入佐蜀帥戎幕，參與鎮壓白蓮教起義。著有春雨草堂剩稿（道光元年四川刻本）。

閨 情

情多惜病一春傷，結恨深知自斷腸。驚夢曉鐘聞半枕，寫愁宵鏡對空牀。輕烟遠草沾雲碧，細水新花帶雨香。清韻雅琴彈久坐，聲聲鵲報喜成粧。三養齋輯迴文賦詩詞對合編

潘炳藻

炳藻，字小安，浙江蕭山人。諸生。

迴文五古十二首

居家舊浦東，女弱依母聾。獻欷悲怙失，初生罹憂凶。
鄰震火災延，出出呼驚眠。親髦侍寒夜，辛苦歷熬煎。
絶梯樓轟雷，步窘愁心摧。烈燄逐哀號，血淚灑飛灰。
真性出變計，解救憑縋繫。珉玉剖焚俱，身拚圖險濟。
母喪由心驚，災罹重悲生。負擔集孤肩，偶寡嗟弟兄。
遲歸謝議紛，踐義高天雲。隨夫維定聘，笥篋檢釵裙。
別離悵幃空，生平誓穴同。節殉身觸柩，血濺首飛蓬。
遺娠冀脈傳，翁哀慰生全。悲含强拭淚，持操定衡權。
穹昊感誠性，瑞麟毓善慶。虹采生氷壺，熊占報節勁。
義精惟一致，節孝慈兼備。二十四完貞，貞完四十二。
荼茹並荻畫，朝朝復夕夕。姑老代勤操，雖孤課陰惜。

今古傳徽音，始終表純心。金玉錫恩綸，琳瑯羅頌吟。方觀海〔術省軒節孝〕贈言集卷五（光緒七年山陰方氏刻本）

蔡震甲

震甲字南廬，浙江蕭山人。諸生。

迴文七律

晨昏勵集蓼茹荼，二十四年淚盡枯。辛楚閱霜秋雁斷，慘悽經火晚松孤。身忘本誓同生死，節苦甘能慰舅姑。綸綍寵揚旌詔下，珉貞挺樹永街衢。方觀海〔術省軒節孝〕贈言集卷五

胡登瀛

登瀛字仙舟，江蘇通州人。清乾隆四十五年庚子進士。

迴文七律

純全孝行素稱賢，賦質昭然本性天。親耄奉時悲怙失，女孤依處警災延。身輕爲母將炎撲，義重維夫相火傳。屯蹇屢膺能擔荷，辛酸寫盡採吟箋。方觀海〔術省軒節孝〕贈言集卷五

謝日章

日章字虹橋，浙江山陰人。

迴文七律

蒼穹仰訴痛心摧，鏡破飛鸞孤影哀。光比玉壺氷徹冷，操齊松嶺雪凝皚。腸迴九轉蓮催漏，淚點千行荻印灰。黄土穴同徐赴約，妝殘撤淨脱氛埃。方觀海〔術省軒節孝〕贈言集卷五

田倉

倉字米山，浙江山陰人。

迴文七律

清氛挹翠古松皤，閲涉由來擁雪寒。生死定衡權變達，苦甘持操節常安。明缸夜讀催兒課，潔濇朝飧勸老餐。盟矢海山孤枕席，盈盈淚落雁聲殘。方觀海〔術省軒節孝〕贈言集卷五

徐振鵬

振鵬字霞軒，浙江山陰人。諸生。

迴文七律

平生記載管煒彤，節孝慈兼德備躬。誠悃在心天佑顯，寵光膺眷帝恩隆。清風嶺峙高堂北，白雪濤翻遠浦東。貞譽播揚輝里宅，賡歌頌述彙詩筒。方觀海〔術省軒節孝〕贈言集卷五

朱開忠

開忠，湖北通山人。清乾隆間歲貢，官鍾祥縣訓導。

八景合詠迴文

浮嵐擁阜層羅緑，翠點遥屏叠影圓。秋夜一橋横月白，碧流雙帶綰溪烟。頭盈雪積航山石，曉破犁耕犀水田。幽谷載歌歌嫋嫋，小舟漁照火綿綿。同治通山縣志卷八

據通山縣志，八景爲羅阜嵐光、翠屏塔影、石橋秋月、雙溪春水、航山積雪、犀港晨耕、新嶺樵歌、瞿塘漁照。

向增元

增元字子益，四川壁山人。歲貢生。幼有神童之目，小試輒冠軍，而鄉闈屢薦不售。晚益肆情詩酒，設館教授生徒。著作頗富，卒後多散佚，僅存遊峩録一卷。

璧山八景迴文

覺院夜雨

猜疑夜雨細侵欄，瑞靄庭階濺瀝殘。培厚澤天膏沛易，養深仁地刼燒難。苔潮緑暈新添潤，草護青陰午帶寒。開霽任煙消院曉，埃蠲淨礎濕留壇。

東林曉鐘

金聲遠震吼崖獅，曉院山鐘振響奇。音叩寂寥僧夢斷，籟聞虛向客衣披。沉沉月撼纔敲幾，膊膊雞驚乍撞誰。心契雅懸真虡簴，林東協奏古留遺。

聖燈普照

光華大現聖燈檠，彩映遥天徹夜清。黄霧破來山了了，黑煙開去水瀠瀠。揚輝使影魑魎滅，藉照將心智慧成。方上下同瞻仰止，芒添眼界法通明。

茅萊仙境

岧嶤覔徑古留蹤，嶽降神時膺勅封。瓢酒袖歸人跨鶴，洞仙扃久壁蟠松。潮生蘚雨亭欹碣，月印山雲嶺度鐘。翹髻挽螺青嶂疊，遥遥四遠望高峰。

涼織雲遮

闕

金劍晴雪

霏霏影處磷磷色，爛漫遥觀趁日晴。輝弄玉山攻亂石，氣騰金劍試新硎。飛飛絮起疑寒夜，累累盐堆訝曉城。下闕

虎峯馬跡

空虛立馬駐誰人，跡印雙痕踏肖真。風貼嘯威噬靖虎，電追奔勢御調神。東西壁挂蒼籐古，上下崖抽翠竹新。崧嶽墮來飛石巨，叢龍躡怯磴邊身。

石泉凝脂

龍湫嗽石噴香涎，井釀靈巖欝雨煙。從未膳膏脂作水，倩誰篘漉醴爲泉。鎔飴唼鴨浮黏掌，護蠟窺鷗立膩拳。冬夏並凝長藴妙，濃增潦酌洞歌篇。同治璧山縣志卷十藝文

廖寅

寅（一七五一—一八二四）字亮工，號復堂，四川鄰水人。清乾隆四十四年己亥舉人，知河南葉縣，緝獲白蓮教首劉之協，以功累官兩淮鹽運使。

重遊靈寶山祓禊 迴文

奇峰叠嶂擁靈山，斷石危岩小水環。卮泛緑醽香蒲澗，樹拖青黛繞前灣。遺風遠紹同今古，祓禊重遊共躋攀。詞客騷人驚落筆，詩傳雅調水潺潺。道光隣水縣志卷六

曾衍東

衍東（一七五一—一八三〇）字青瞻，一字七如，號七道士，山東嘉祥人。幼年隨父宦遊，求學庾嶺道南書院。清乾隆五十七年壬子舉人，嘉慶六年官湖北江夏縣令，以治逆倫案事忤大吏旨，謫戍温州。晚年潦倒，靠賣書畫爲生。性落拓不羈，工詩文，著有小豆棚（漁洋夜譚）、七道士詩集。

迴文詩三首

泉水新煎香味寒，薄羅輕試小冰紈。翩翩弄影花飛蝶，點點垂絲雨上壇。憐愛若扶今後醉，隻單頻憶舊時歡。緣因問據爲誰語，絃尾焦餘空欲彈。

東窻小坐夜深涼，默默清寒透薄裳。風片片秋三徑水，月鈎鈎處一亭霜。紅燈獨照狐衾冷，翠袂雙凝別路傷。同夢客時行道遠，空空意緒別愁長。

『狐』：小豆棚選作『孤』

『衾』：小豆棚卷九醋姑娘作『裘』

長路闗心悲道難，妾應愁歎客衣單。黄花菊老秋風厲，赤葉楓飄晚照殘。行斷雁迷雲黯黯，夢多人阻水漫漫。傷神吊影空思憶，涼月晶懸映徹看。漁洋夜譚醋姑娘

崔汝瑚

汝瑚（？—一八一四後）字金南，安徽太平仙源人。諸生。著有寒蛩吟四卷（道光三年穀貽堂刻本）。

暮春即事 迴文

迢迢水漲曉寒微，露草分痕綠上衣。嬌語燕憐人夢別，巧啼鶯感客思歸。蕭蕭雨濺花茵碎，幕幕烟籠柳絮飛。瓢酒酌殘春向老，銷魂已往憾時違。寒蛩吟卷三

沈　彩

彩（一七五二—？）字虹屏，號梅谷侍史、掃花女史，浙江長興人。平湖庠生陸烜側室。著有春雨樓集十四卷（乾隆四十七年寫刻本）。

春閨迴文

人情有似雙雙燕，雨泫花邊半齊天。春草鬥回呼女伴，彩繩斜挽又鞦韆。

秋思迴文

秋色一簾湘浦月，畫橋斜處對梳粧。愁來不割如流水，映鏡寒花空斷腸。《春雨樓集》卷三

菩薩迴 夜坐

緑牕書字人如竹，竹如人字書牕緑。疎影月來初，初來月影疎。夜深愁夢假，假夢愁深夜。描鳳把燈挑，挑燈把鳳描。

又 別意

亂花開到空庭晚，晚庭空到開花亂。花似那人佳，佳人那似花。有愁因醉酒，酒醉因愁有。聊自不吹簫，簫吹不自聊。《春雨樓集》卷九《採香詞》

王采薇

采薇（一七五三—一七七六）初名薇玉，字玉瑛，江蘇武進人。知縣光燮四女，陽湖孫星衍

室。性喜文史，工小楷，喜吟咏，著有長離閣集（平津館叢書本）。袁枚稱其詩：『哀感頑艷，丁當清逸』。

回　文

壁上蟲篋舊，鑪香近帳紗。石幽和瑟冷，衣薄引衾加。隔院過蜂蝭，分牕對竹花。席長横帙亂，簾側挂枝斜。客思愁來晚，林空滿立鴉。長離閣集

畢沅吴會英才集卷二十四題作秋晚回文，『鴉』作『雅』

楊芳燦

芳燦（一七五四—一八一六）字才叔，號蓉裳，江蘇金匱人。清乾隆四十二年丁酉拔貢，應廷試，得補伏羌知縣，參與鎮壓回民起義，以功擢知靈州。會仲弟揆授甘肅布政使，例迴避，顧不樂外吏，入貲爲户部員外郎，預纂會典。公餘擁書縱讀，益務記覽，旋丁母憂，貧甚，鬻書以歸。先後主講衢杭、關中、錦江書院。又入蜀修四川通志。工詩詞、曲、駢文，與洪亮吉、孫星衍、顧敏恒齊名。著有真率齋初稿十卷詞二卷、芙蓉山館詩十六卷詞稿四卷（嘉慶六年刻本）。

菩薩蠻 廻文

靚粧新照高臺鏡，鏡臺高照新粧靚。花映薄蟬紗，紗蟬薄映花。小篝香霧繞，繞霧香篝小。人去憶殘春，春殘憶去人。

前調

紐絲雙扣輕羅袖，袖羅輕扣雙絲紐。裙襉細凝塵，塵凝細襉裙。去鶯催落絮，絮落催鶯去。愁月對空樓，樓空對月愁。真率齋初藁詞卷二

張淑

淑（一七五四—一八一四）字織雲，江蘇吳江人。澹姊。

回文體

銀鋪瘦影月痕添，細語聞來喚卷簾。人避曉寒春雪點，嘴銜泥潤雨花粘。塵襟一濯疑飄絮，玉剪雙翻似撒鹽。頻見夢回飛故故，新巢借穩睡前檐。王之佐白燕唱和集卷五（嘉慶二十年青來草堂刻本）

費善慶、薛鳳昌松陵女子詩徵卷八題作白燕回文體，『疑』作『初』

程錦

錦字雲裳，安徽新安人。著有紅豆莊詩詞遊戲（日本國會圖書館藏）、蓉鏡軒詩文集。

回文詩并引

宋謝文節公卜研久傳於世，現藏天津查氏，播諸藝林，遍爲題詠。余嘗有五言迴文詩二首云：『母老因遲死，亭閒隱卜龜，守真天質勁，研石是心知』。『雨淚和香墨，斑斑玉韞輝，語愁吟夜月，無夢得還歸』。今素江先生復得文節公遺琴，爰賦七言迴文四首郤寄，並附題研舊作，録以就正。

鴻飛送罷哭天冥，古寺幽窗秋雨聽。忠烈竝公文國柱（文信國遺琴現藏閩中何氏琴陰刻有感懷詩），桐焦尾謄各題銘。

淋淋淚血泣麻衣，絶粒長終賦蕨薇。心痛更愁征冀北，深山匿影鶴驚飛。

摩挲捧硯共珍藏，譜續延陵廣播揚。蝌蚪露痕苔盡剔，多年歷刼脱泥香。

刊琴古字兩山重（公讀書重山因號叠山），媲美嘉名勒鼎鍾。彈一曲兮哀響絶，寒潮落月夜吟龍。　吴景潮

謝琴詩文鈔卷七（嘉慶二十二年刻本）

李曨

曨字曉峰，號曉滄，湖南衡陽人。暘兄。清乾隆三十九年甲午舉人。四十五年，任攸縣教諭，

官至欒會知縣。著有回文月賦。

月賦（回文 回讀句法間有不同字亦有音義異用者）

今來古往，永夜流光。陰凝素質，魄耀寒芒。金精濯露，玉璧凌霜。沈宵對坐，照滿前廊。琴彈罷，酒進將。心知話，樂叙觴。顧久情怡，瞻高意適。素面窺人，清心映迹。路闢天青，輝騰海碧。度列環迴，垣躔徧歷。旦昏兮黄道赤道，明晦兮上弦下弦。換時兮魄生魄死，差歲兮輪缺輪圓。爛燦兮蒸雲絢采，迷離兮映霧籠煙。漢横銀兮昭昭耿耿，星種榆兮落落連連。亂影階前，驚添荇藻；浮光徑側，錯認流泉。斷隔松枝摇瑣碎，匀篩竹葉舞回旋。散射垂簾，鱗鱗縠縐波紋漾；斜穿小竇，的的珠丸彈顆聯。半宵聞喔喔咿咿，羣鷄訝早；殘夜聽嘹嘹嚦嚦，陣雁驚先。伴漁友兮長溪，遲歸僧兮遠寺。岸磯石影懸，村火燈光墜。燦同地鋪瓊，華生天錫瑞。玩遊騁所瞻，傍矚窮其至。明皦皦兮夜悠悠，寂寥歎兮別離憂。盈几窗兮停譜繡，冷砧杵兮斂衣篝。情牽遠道，拜禱高樓。更長漏永沈沈，霧溼鬟雲香繞夢；檻曲欄迴朗朗，輝凝臂玉枕添愁。清凄兮婦怨，靜寂兮人遊。瀛寰望遠，美景環周。平川暎而光耀金，浪摇波泛；秀嶺含而輝韞玉，山浸地浮。晴開市遠涵青，隱隱嵐拖連樹茂；雨過天遥淨碧，溥溥露滴點花幽。鳴和兮鶴舞導，繞匝兮烏棲畱。驚飛兮烏宿，動引兮魚游。乃若慮渺心澄，林深坐嘯。處靜生涼，餘光久照。去來任飛輪，穹蒼問且笑。吐爲何光，銀盤玉玦。聚爲何精，蟾明兎潔。斧何爲伐桂芳，囊何爲藏玉屑。户何爲脩，脩何爲缺。府何虛清，人何藥竊。懷新逞論談，念古思憑弔。佳色兮溶溶，偕誰兮仰眺。仰眺容光寶鏡磨，氷壺玉徹映山河。賞玩窮幽清景夜，往來情事快傳歌。歌曰，舞節羽衣霓裳，和音譜自盛唐。聞昔多情遊夢，曲翻新調何良。夜若極歡娱目，娥娥笑倩粉粧。嬌靨蛾雙斂，靜女素鸞翔。宫寒廣樂陳高闕，拂拂微風清籟發。同望四圍淡綺霞，空天印出一輪月。

月輪一出印天空，霞綺淡圍四望同。發籟清風微拂拂，闕高陳樂廣寒宫。翔鸞素女，靜斂雙蛾。靨嬌粧粉，倩笑娥娥。目娱歡極，若夜良何。調新翻曲，夢遊情多。昔聞唐盛，自譜音和。裳霓衣羽，節舞曰歌。歌傳快事情來往，夜景清幽窮玩賞。河山映徹玉壺氷，磨鏡寶光容眺仰。眺仰兮誰偕，溶溶兮色佳。弔憑思古念，談論逞新懷。竊藥何人，清虛何府。缺爲何脩，脩爲何户。屑玉藏爲何囊，芳桂伐爲何斧。潔兎明蟾，精何爲聚。玦玉盤銀，光何爲吐。笑且問蒼穹，輪飛任來去。照久光餘，涼生靜處。嘯坐深林，澄心渺慮。若乃游魚兮引動，宿鳥兮飛驚。翻棲烏兮匝繞，導舞鶴兮和鳴。幽花點滴露溥溥，碧淨遥天過雨；茂樹連拖嵐隱隱，青涵遠市開晴。浮地浸山，玉韞輝而含嶺秀；泛波摇浪，金耀光而暎川平。周環景美，遠望寰瀛。遊人兮寂静，怨婦兮凄清。愁添枕玉臂凝輝，朗朗迴欄曲檻；夢繞香雲鬟溼霧，沈沈永漏長更。樓高禱拜，道遠牽情。篝衣斂兮杵砧冷，繡譜停兮窻几盈。憂離別兮歎寥寂，悠悠夜兮皦皦明。至其窮矚傍，瞻所騁遊玩。瑞錫天生華，瓊鋪地同燦。墜光燈火村，懸影石磯岸。寺遠兮僧歸遲，溪長兮友漁伴。先驚雁陣，嚦嚦嘹嘹聽夜殘；早訝鷄羣，咿咿喔喔聞宵半。聯顆彈丸珠的的，竇小穿斜；漾紋波縐縠鱗鱗，簾垂射散。旋回舞葉竹篩勻，碎瑣摇枝松隔斷。泉流認錯，側徑光浮；藻荇添驚，前階影亂。連連落落兮榆種星，耿耿昭昭兮銀横漢。煙籠霧映兮離迷，采絢雲蒸兮燦爛。圓輪缺輪兮歲差，死魄生魄兮時换。弦下弦上兮晦明，道赤道黄兮昏旦。歷徧躔垣，迴環列度。碧海騰輝，青天闢路。迹映心清，人窺面素。適意高瞻，怡情久顧。觴叙樂，話知心。將進酒，罷彈琴。廊前滿照，坐對宵沈。霜凌璧玉，露濯精金。芒寒耀魄，質素凝陰。光流夜永，往古來今。嘉慶衡陽縣志卷三十八藝文

任紹曾

紹曾（一七五六—一七九〇後）字陔南，號樗齋，浙江鎮海靈緒鄉任家溪人。諸生。乾隆丙午館於本鎮王蘭谷家，不數年卒。著有樗齋詩草暨詞賦雜文，明史樂府。

秋郊即事回文以下丙申年作

寥寂遠天秋氣爽，半空排字雁來初。消將翠髻晴峰亂，瘦減青眉宫柳疏。樵下晚雲松徑小，鳥啼深谷野煙餘。飄風幾陣香秔細，白日寒郖望步徐。

秋晚回文

空園露溼苔痕緑，冷艷花開菊徑芳。風掃半林寒瑟瑟，古簷秋葉亂堆黄。范柳堂蛟川詩繫

續編卷二（一九一三年排印本）

黄湘南

湘南（一七五七—一七八五）字一吾，號石櫓，湖南寧鄉人。諸生。少隨父天津知府之任，繼游粤。清乾隆五十年，客死浙江玉環，年僅二十九。工詩文，著有紅雪詞三卷（道光二十七年三長物齋刻本）。

菩薩蠻除日早晴迴文

曉雲紅破遥天好，好天遥破紅雲曉。庭積碧苔輕，輕苔碧積庭。樹疎含宿雨，雨宿含疎樹。寒薄坐冬殘，殘冬坐薄寒。紅雪詞卷二

張玉珍

玉珍（一七五七—一八〇二後）字藍生，一字韞生，又字清河，江蘇華亭人。興鏞姊，太倉金瑚室。自幼工詩，王述庵、錢竹汀、吴白華皆推重之。著有晚香居詩集四卷詞二卷（嘉慶八年刻本）。

菩薩蠻 迴文

碧天遥映微雲白，白雲微映遥天碧。秋水近簾鉤，鉤簾近水秋。　片花飛曲院，院曲飛花片。吟苦費閒心，心閒費苦吟。晚香居詞卷一

『簾』：小檀欒室彙刻閨秀詞本作『嗛』

陳烺

烺號碧塘，廣東儋縣白沙塘人。清乾隆四十八年癸卯舉人，官福建福清知縣。長於詩，著有松林山考、東坡居儋古歌詩集。

咏竹寓意迴文

林園逸韻竹清揚，日影新茅振拔長。尋渭向榮翻藻緑，拂風垂實鎖園香。森森幸鳳凰

飛止，㚖㚖欣雲雨溢洋。琴瑟獻廷明貴價，音成九奏啟天光。民國儋縣志卷十一下藝文志卷十六陳碧塘先生詩集

顧韞玉

韞玉（一七五九—一七八七）字絳霞，號玉峯女子，江蘇崑山人。翰林院待詔芥亭女、主事吳縣彭希涑室。著有芸暉小閣吟草一卷（乾隆五十九年味初堂刻本）。

迴文詩二首

天晴喚鳥一欄花，靄靄春暉弄日華。阡陌落英香拂袖，煙迷翠柳映溪斜。芸暉小閣吟草

璁瓏翠繞遠巖芝，曲岸溪橋小艇維。東苑杏花飛寂寂，風摇緑柳細垂絲。

張瓊英

瓊英（約一七五九—一八二五）字珩賓，號鶴舫，江西永豐三灣人。清乾隆四十二年丁酉舉人，嘉慶六年辛酉進士，初官瑞金教諭，後任天長知縣，改饒州府學教授，道光五年卒於公署。著有采馨堂詩集十二卷、白水堂詩集二十六卷（清刻本）。

集蘭亭字廻文

妙道非無，機動飛躍。要悟觀定，我之真樂。斯以叙欣，風暢花開。隨詠畢言，古抱今懷。氣和春靜，山右泉左。稧集幽亭，觴盡咸可。白水堂詩集卷一

即景廻文示同人

鴻雪任東西，雁沙隨散聚。同襟醉撥愁，好侶吟聯路。紅鬬亂楓霞，白迷叢荻露。風帆一水秋，霽嶂遥天曙。白水堂詩集卷十六

又回文詩　飛翠圖無名氏筆

吾老寄雲水，小艇閒此娱。鳬鷗伴眠食，淡緣諸累無。

廻環詩二十字讀之得四十首相傳達摩尊者作依體爲之

妙慕元真旨，深微識至誠。要悟天人是，尋機得義精。白水堂詩集卷二十四

任昌運

昌運字英培，一字種梅，號香杜，浙江海鹽人。清乾隆四十二年丁酉舉人，官餘杭教諭。五十七年尚在任，著有香杜草二卷（清靜讀齋刻本）。

迴　文

紗窓隔影翠蛾長，露浥紅蘭浧手香。花落夢殘啼鳥怨，斜欹鳳髻卸新妝。
香茸唾繡一絲紅，麝帶輕迴舞袖風。妝罷正愁春夢遠，芳叢簇蝶畫樓東。香杜草卷上

閶邱廷憲

廷憲號惺齋

題採菱小影

天晚秋光清絶寥，水山兼妙入神描。烟含遠樹叢迷漫，浪湧輕舟一宕摇。鮮摘芰枝餘翠婉，豔鋪菱葉映紅嬌。川前印月明生朗，仙客槎來掃俗囂。王誠香雪園詩話卷四

馮應彪

應彪字小班

咏　荷

紅粧曉擁露華鮮，水拂輕波籠淡烟。風動乍浮香冉冉，雨過初滴水涓涓。東西蝶舞嬌翻粉，上下魚來戲宕川。箭碧遮消間日永，僮歸喜摘滿地蓮。王誠香雪園詩話卷四

倪錫湛

錫湛字蠡篴，里籍事迹不詳，著有梅花迴文全韻七律十五首。

梅花迴文

銜杯共對酒爐紅，九九寒消按始終。芟草把將酬白雪，詠花聯得借清風。岩棲月冷雲容淡，海湧香浮練影空。緘玉寄人憑折贈，鹹酸味滿貯詩筒。

拈毫試寫小窗冬，石伴寒梅憶老松。檐月挂浮霜羽鶴，嶺雲吹破玉鱗龍。鹽調鼎味清彌好，雪點茶餘淡且濃。蒹柳映江春漠漠，添花瑞作盛時逢。

含芳早逗白雲窗，嶺朔南分對影雙。探得結來春靄淡，壓堪頭裏雪衝撞。三山度入香

浮海，一笛橫吹月滿江。涵玉綻開看臘破，驂停灞岸倚平矼。
森森竹外屋斜欹，冷淡花明分一枝。心是冰霜雪是貌，骨爲鐵石玉爲姿。林疏噪鵲寒
梅隱，徑絕騎驢蹇策遲。尋迹躡追高士處，深情契我與君期。
幽探絕界境前非，鶴夢遙尋揭紙幃。修到幾時清受福，渴消隨處靜忘機。浮雲淡捲除
塵淨，點雪濃含帶雨肥。頭上開先爭嶺峻，洲迴緑草引風微。
憑闌曲榭影斜疏，寂寂村荒結草廬。僧老卧雲寒擊節，士孤延月夜攤書。冰條挂去迎
風疾，鶴氅披來冒雪初。曾記昔吟香句覓，朋高滿座列停車。
庭中滿月淡虛無，貯得春來買玉壺。馨發雪枝迎歲早，樹蟠雲路入山孤。經曾守潔香
凝骨，許幾含酸味帶腴。青子結成生意緑，亭亭屋繞老寒株。
清香觸處拂簷低，笑索巡來酒榼攜。晴雪快消鴻爪没，凍雲濃護鶴蹤迷。橫船月對尋
新句，破屋春藏憶舊蹊。聲弄竹風寒冽冽，城東踏遍到郊西。
黄昏月上半扉柴，處士寒山入我懷。香亦淡含春色潤，韻彌幽絕俗情乖。粧羞艷異塗
脂粉，操獨堅貞煉骨骸。霜雪散時花吐玉，光風轉緑記蘭階。
沙明水淨絕塵埃，戴訪寒途雪踏來。家室有人娱子鶴 柏松無侶結妻梅。花看冷眼垂
將試，夢引香魂返得纔。斜影落溪清澈底，杈枒樹浥暗春回。
何如本色色存真，額點紅塗試樣新。磨玷玉堅完素質，掃眉山淡絕纖塵。歌笙迭代秦

樓月，袖領誰家漢殿春。珂珮響含風戞戞，波凌綽約隱仙神。毫霜透紙拂烟雲，逸宕神摹淡墨分。高手畫成時艷鬭，沁心常嗜古香薰。皋平落木何花着，臘送殘年有樹芬。豪興縱吟詩卅首，陶陶醉倒壓芳羣。茅亭結傍半山村，雪覆檐邊月挂門。交友舊連松與柏，比鄰新闢圃兼園。梢横玉韻風凝靜，曲譜琴聲鳥寂喧。郊近踏來枯草茁，霄雲白掃返芳魂。橈輕載雪釣江寒，水繞環廻岸曲盤。橋斷有人行問渡，月撈誰處激飛湍。遥嘶馬踏冰聲裂，亂點鴉翻墨影殘。瓢酒挂肩吟聳立，條封玉樹倚山看。年年待放欲春還，緑萼花臨碧水灣。天老不憐香入骨，臘除和暖玉開顔。妍爭粉澤膏融雪，笑轉頹容睡起山。延月夜寒殘燭燼，娟娟影落脱塵寰。

崔旭念堂詩話卷二：『倪明府錫湛梅花廻文全韻七律十五首，故爲其難也。東咸韻云，銜杯共對酒罏紅，九九寒消按始終。芟草把將酬白雪，詠花聯得借清風。岩栖月冷雲容淡，海湧香浮練影空。緘玉寄人憑折贈，醎酸味滿貯書筒。字句每有勉强處，抄一首』。旭（一七六七—一八四六）字曉林，直隸慶雲人。嘉慶五年庚申舉人，道光七年官山西屯留知縣，改蒲縣，又調寧鄉，著有念堂詩話四卷。

王誠香雪園詩話卷四：『迴文詩昉于蘇若蘭，其後作者林立，殊少工穩，雖則弄巧，而風味天然，乃爲可誦。漫叟詩話載一絶曰，前堂畫燭殘凝淚，半夜清香夜惹衾，烟鎖竹枝寒宿鳥，水沉天色霽横参，然亦絶句耳。父執閭邱惺齋先生，諱廷憲，題予採菱小影一律云，天晚秋光清絶寥，水山兼妙入神描，烟含遠樹叢迷漫，浪湧輕舟一宕摇，鮮摘芰枝餘翠婉，豔鋪菱葉映紅嬌，川前印月明生朗，仙客槎來掃俗囂。近倪蠡篷錫湛梅花三十律，舉一斑云，看山倚樹玉封條，立聳吟肩掛酒瓢，殘影墨翻鴉點亂，裂聲冰踏馬嘶驕，湍飛激處隨明月，渡問行人有斷橋，盤曲岸香清繞水，寒江釣雪載輕橈。馮小班應彪咏荷云，紅粧曉擁露華鮮，水拂輕波籠淡烟，風動乍浮香冉冉，雨過初滴水涓涓，東西蝶舞嬌翻粉，上下魚來戲宕川，箭碧遞消間日永，僮歸喜摘滿池蓮。皆律也，而能工穩，有風味』。誠字四峰，江蘇南匯人，著有香雪園詩話六卷，『嘉慶甲戌鹽官弟俞寶華序』，清鈔本。

全文未見刊本，滬上流傳諸詩，似均自南沙葉秀山處録出。葉氏將此冒稱己作并以咏梅回文詩七律十首爲題，發表於上海市文史研究館編印之春潮詩詞第一輯。

葉　圭

圭字桐封，江西餘干越水人。著有翦秋山房回文詩二卷（見裴景福壯陶閣書畫録卷十八）。

【翦秋山房回文詩序】昔竇滔失政，偶被徙於流沙；而蘇蕙多才，遂傳情於錦字。八百言循環宛轉，圖號璇璣；千萬遍莊誦微唫，語皆珠玉。樞機巧妙，非徒繡虎雕龍；組織精工，不羡牽牛駐馬。此古才媛之絶唱，詎今末學所能爲乎。圭智異繭絲，才同襪線。錦囊待貯，腕乏龍梭。錦段宜成，胸無鳳杼。繡鴛匪易，附驥良難。況顛倒成章，未免拘牽字裏；回環可讀，不無穿鑿行間。欲其首尾盤旋，無乖體製；始終往覆，獨出心裁。竊恐對客揮毫，不免窮搜肺腑；閉門索句，必至嘔出心肝。故擬絜片言，猶相傳於世説；而若蘭一首，因未選於昭明。既知蜀道難行，胡猶强躡；未必齊竽易混，何事濫吹。雖然體異西崐，無傷名教；調殊南曲，儘足規摹。請試買絲，竊繡平原之像；不妨學製，借經織女之機。癡雖類於虎頭，續不嫌於狗尾。洵是天孫雲錦，非仙詎可成文；苟非月窟霓裳，是士皆堪踵武。頭頭是道，何甘向東野一味低頭；面面有情，曷弗爲西施特開生面。入五都之市，百貨兼收；過七貴之門，羣材並蓄。雖慚大雅，尚差勝下里三偷；即落小家，亦足備騷壇一格。少年嗜異，而春苑花晨，難禁技癢；好友聯吟，而秋江月夜，每爲情移。未足奪標，稿等弁髦之棄；都無可梓，箋同棧道之燒。索夙搆於朋抄，止存二卷；覓舊題於僧壁，未見一長。漫驚謝眺之工，任鄙徐凝之惡。使竇滔之再世，或稱學步有心；起蘇蕙於重泉，應笑效顰無恥。惟冀緇衣改作，敢同錦織回文乎哉。越水桐封葉圭自識。

賦得春江花月夜得花字

峰前望月步津涯，好景春宵此處嘉。重影夜花江照月，淡陰江月夜飛花。溶溶月暎花陰密，灼灼花移月影斜。容麗滿江春夜靜，濃華露浥湛香葩。

早　行

鷄聲一路曉光迷，影斂雲梢柳月低。嘶馬去驚頻吠犬，淒淒曙色冷城西。

投　宿

黄昏漸起月銜山，野店荒村暮掩關。裝卸可投何處宿，忙程旅嘆客途艱。

題春雨樵牧圖

濛冥景畫工圖軸，暗樹烟迷巖畔屋。叢滿濕雲砍叟樵，壑沉陰霧歌童牧。風摇嫩柳緑毵毵，雨著新桃紅簇簇。東澗瀉亭繞水村，嵩衡肖絶幽娱目。

白雲寺雪霽

靈仙寺肖畫圖看，好景冬遊足笑歡。庭竹秀同梅萼綻，徑松存並菊枝殘。青山雪暎朝雲亂，碧水潭空夜月寒。萍迹寄應兹土淨（國初葉梧叟遯迹此寺有葵心一點依紅日萍迹三分寄白雲之句并書中原淨土匾懸於堂）經談妙處罷吟壇。

寺中月夜

歸僧一犬吠山空，月夜敲門喚僕僮。幃佛照燈孤寺古，機禪動處語生風。

郊眺

煩憂絶得自休休，好境當觀縱目留。喧語鳥藏深樹靜，遠香花溜暗泉幽。軒西醉客狂吟罷，嶺北樵翁奕局收。村外竹穿松外路，繁陰緑遍喜郊遊。

咏漁舟唱晚

空横雁影逐雲流，晚唱漁喧浦泛舟。風靜柳堤新霽暮，紅霞落暎滿江秋。

咏雁陣驚寒

驚鳴亂陣一江煙，瑟瑟風寒浪接天。明月夜深江露冷，聲聞靜夜到漁船。

暮春餞留

常尋異徑滿青黄，淑氣清和漸日長。涼院竹陰棲鳥語，霽窗松曉落花香。觴浮好友逢春暮，賦作同人遇景芳。腸斷欲留情戀戀，光風換促客程忙。

夏日偶成

斜陽夕照倒亭臺，賞玩同人任去來。瓜種後園桑遍植，蔓除前圃藥深培。紗窗暎緑摇修竹，石砌生青點嫩苔。霞彩滿天梅雨過，花飛靜看且銜杯。

秋日登眺

蕉窗夜過雨蕭蕭，遠望高登喜伴邀。樵牧語喧山路僻，雁鴻飛盡水天遥。簫吹客到歌南寺，酒市人歸唱北橋。寥寂感秋經病瘦，喬遷好處絶塵囂。

冬日即景

棊敲煖閣小偷安，歲逝傷懷撫劍看。衰圃晚天霜菊謝，斷橋歸路雪梅殘。悲風暮色山容瘦，澹日晴光水態寒。巵酒滿斟聊遣興，時逢待喫喜辛盤。

二弟嶰溪簧工水墨先君子興至輒題圭見其咏梅雪有句云白勝香幽香勝白花如雪舞雪如花謂此回文也實無意得之遂命依體題此二圖

江城如畫裏

城邊柳暎荻邊途，麗景春江一畫圖。鱿滿酒樓登眺遠，晴天勝雨好描摹。

獨釣寒江雪

霏霏雪怕破簑單，隻影寒江一釣竿。磯石坐停風捲浪，肥鱗躍處餌投灘。

秋江夜雨

途經此慣阻帆幢，杳杳鐘聞遠擊撞。孤渡野風秋逼枕，暗燈寒雨夜鳴江。湖東拂樹喧驚鵲，岸北通庵靜吠龐。無慮一時當酒醒，蒲依艇客話蓬窗。

秋江晚霽

艘輕泛處現霞虹，散影雲開霽靄融。江暮白鷗閑映日，浦秋紅蓼亂摇風。雙雙鯉貫楊堤鬧，啃啃禽鳴柳舍空。矼石過纔漁唱晚，淙淙水聽響流東。

雪　夜

嚴威漸逼雪窗梅，茗瀹敲冰把芋煨。簾暎白光寒夜靜，鹽堆遍地失莓苔。

卷一　翦秋山房回文詩

霽窗邀酌

悠悠景好儘摹描，詠嘯舒懷慰寂寥。浮霧濕侵山色翠，聚雲濃隱鳥聲嬌。幽庭過雨春花浥，靜院經風曉竹飄。流水碧添晨霽湛，遊觀共酌喜朋邀。

山居黄昏即景

陰迷漸覺遍煙村，浹洽聲聞笑語温。林密射光燈閃徑，谷空移影月臨門。深枝聚雀喧山暮，險路歸牛叱澗昏。岑度暗風涼習習，心歡合室夜開罇。

山齋遣興

鳩啼壑靜午晴佳，少和新詩遞冷齋。幽境此時芳草緑，偷閒把酒藉舒懷。

續杜有序

娟娟戲蝶過閒幔，片片輕鷗下急湍，此杜工部小寒食舟中作也，二語宛轉循環，隱寓回體，不獨蘇蕙璇璣圖始創此格，圭續成一首，幾忘狗尾之續貂也，一笑。

船行逐浪瀉沙灘，老眼看花遇食寒。絃拂且歌憑興遣，鋏彈還飲强懷寬。娟娟戲蝶過閒幔，片片輕鷗下急湍。千萬計程思直北，天連水色一江漫。

春日萬年道中

岡平韵聽鳥瓏玲，錦壑雲開列畫屏。香澗淺紅花灼灼，應林幽響斧玎玎。塘連怪石巖邊寺，店透斜松谷外亭。望遠恣懷興贊賞，涼風晚起客車停。

春日貴溪道中

蓬蒿隱處露沙墩，過客驅車駕隰原。通路有橋欹透寺，轉山隨徑曲穿村。風翔霽塢飛花錦，雨過晴林聚鳥喧。翁釣一溪前問訊，融融氣喜漸和温。

書懷四言

漁樵結伴，絶迹塵喧。書抄北墅，燭翦西園。驢騎遣興，鶴養除煩。如何意快，暢叙開罇。

喜友夜至

壇吟到客愧慵疏，淨境欣逢夕霽初。寒露月殘更漏永，響泉風靜夜窗虚。寬腸喜貯盈罇酒，少讀慚堆滿架書。彈劍撫懷舒歗咏，歡情適意快何如。

夏館寫懷

稠陰緑喜漸成林，好處隨安便愜心。幽徑竹煙朝放鶴，靜軒松月夜横琴。樓登每眺邀僧醉，沼泛時游伴客吟。鷗浪逐同閒性拙，浮雲野看笑開襟。

山居夏晝偶成郵同人和之

鳩鳴聽罷看芳芬，雅且清原淨俗氛。幽徑竹含時雨潤，靜軒松引晝風薰。悠悠碧澗流紅葉，靄靄青林點白雲。遊玩恣懷關景美，儔儕寄韵和迴文。

豫章途中即景

迢迢路轉又溪灣，積靄濃陰緑繞環。橋外店藏烟外樹，社邊樓隱霧邊山。遥村瀉水春喧碓，靜壑歸雲暮掩關。樵叟出坳隨帶犢，軺輕駕此喜幽攀。

泊舟閒步

啼烏晚迓渡頭船，望眺同登路折旋。西閣草岡松掛日，北亭林畔柳含烟。低橋小市喧連寺，野店荒村遠接天。谿曲步遊閒遣興，題留即景暮江前。

南浦秋夜

丹楓遠渡野痕消，落葉黄昏漸寂寥。湍急響聞風颯颯，岸低喧聽籟蕭蕭。寒江夜艇漁燈暗，冷月秋帆客夢遥。單影雁飛高叫遠，巒烟隔荻泊輕船。

賦得滿城風雨近重陽七律一首奉呈篠鄉先生有序

先生諱嵩保，河南人。以名進士宰萬年，歲壬子，圭以詩文謬蒙鑒賞，偶出續滿城風雨近重陽詩百律屬和，因解館期促，才力不逮，爰作此以塞責焉。

東籬對酒把毫揮，日九重門到白衣。楓落冷江秋瑟瑟，菊開寒圃晚霏霏。風兼雨霧煙迷市，雨帶風烟霧鎖扉。翁醉阻城由路滑，空排雁看畫南飛。

萬春山莊四時即景六言四首

春

陰晴塾外風暖，霽晚堂前日斜。深苑芊芊碧草，暮春片片飛花。

夏

涼招澗南叙暢，暑避窗北眠酣。觴舉琴調洞壑，棹移釣把江潭。

秋

開菊圃寒節晚，落楓江冷秋深。醅緑萸丹遣興，葉黄髮白驚心。

冬

松青北嶺南嶺，雪白前村後村。濃情酌酒缾滿，暖閣圍爐火温。

松橋憶別

遲遲去憶馬蕭蕭，路滿花時贈柳條。離別悵懷興昔感，淡烟疎雨過松橋。

夏霽張氏村莊酒後和韻

薰風惠處過村莊，赤白蓮開檻外塘。雲拂竹樓松落影，滑生苔徑蕙飄香。分泉瀉壑朝煙濕，聚鳥喧山夏日長。氛俗淨時遊伴結，欣歡各賦且傾觴。

乙卯九月十五來斌生喜賦

香風透室夜開鐏，菊滿庭欣客到門。堂北慰懷投燕夢，黄昏月照喜生孫。

巻二

回讀『慰北堂』下注云：『八旬母望曾孫』

翦秋山房回文詩

馬倚元

倚元字湘門，湖南衡陽人。清乾隆五十一年丙午舉人，嘉慶七年壬戌進士，由庶吉士改官知縣。十一年補合浦令，遷知欽州。剛直見忌，院司上狀言其文人不長吏事，請改學官。歸裝蕭然，居十載，補岳州府教授，年七十一卒。

璇璣碎錦遺稿題辭

心精具處活機圓，句句工分字後先。今古妙詞新織錦，吟酣日擬繡詩仙。
魂銷故友舊關情，展卷愁深感死生。門掩靜吟頻悵悵，昏黄夜月暎前楹。
風流見處妙文回，卓卓名高識異才。同志素心談往事，空山四望獨餘哀。
人才折盡數如何，第一難時歷坎坷。辛苦自來由命定，身纏久病積年多。 李暘璇璣碎錦卷首（嘉慶本）

陳白沙

白沙爲清道光三年癸未一甲一名進士、廣東吳川林召棠之師，其他不詳。

途中寄寓客房作

紗窗冷月夜來秋，渺渺鄉懷感客愁。瓜破正憐生命薄，藥常尋記死名留。花飛夢繞心腸斷，竹染爲痕舊泪流。鴉噪遠歸空寄事，霞烟淡抹一方丘。 陳國才回文萃珍

回文集卷三十九　目錄

回文集卷三十九

李　暘

暘（一七六〇—一七九二）字寅谷，號禹山，湖南衡陽人。乾隆間廪生，五赴鄉闈不售，旋膺寧鄉周靜山聘，佐理縣衙文書。數載省親歸里，遽得瘵疾，卒，年僅三十三。著有璇璣碎錦二卷、春吟回文一卷、集杜詩草一卷（合稱禹山雜著，嘉慶二十五年存守堂刻本）。

【春吟回文小引】昔傳蘇女，始有回文，爰及唐人，遂多佳搆。盖襲美天隨子之律體，乃眉山淮海之先聲。皆異曲而同工，亦因難而見巧。至若尋春杜牧，寄概遥深；懷舊潘安，含思綿邈。陶淵明閒情一賦，原無妨靖節之高；杜子美秋興八章，何必鑿傷心之故。祇流連於即境，因咏歎以長言。文必稱情，辭惟達意而已。余頻年作客，雪舫風輿；此日傳經，筆籢硯匣。拾翠踏青之地，别緒紛來；嫣紅姹紫之天，黯魂銷處。腸如轉轂，愁聽簾外鶯啼；情似遊絲，怕對梁間燕睇。望美人兮不得見，疑嬉遊於月地雲階；思公子兮未敢言，每惆悵於澧蘭沅芷。惟春日偏能惹恨，非春吟無以遣懷。爰裁玉版之箋，戲仿璇璣之錦。三十部韻，顛倒求諧；八十章詩，廻環取義。連篇累牘，都是風雲月露之形；傍訊耽思，並非草木魚蟲之學。聊自娱於永晝，敢比美於清吟。其間偶有微辭，不無綺語。妝臺鏡杳，描脂粉以生香；繡闥人遥，寫鈿釵而弄影。謾説三千佳麗，未免有情；將毋十五輕盈，徒爲無禮。然而鏡花水月，寓意寓形；巫女洛神，妄言妄聽。情禪勘破，何妨四壁秋波；色相忝空，便是三生春夢。此前輩無題之作，别有深心；而吾人雜擬之詩，都非實迹者矣。嗟乎，推敲未穩，公評謬許。操觚競病，雖諧少作，秖堪覆瓿。相對煙花爛漫，虚度韶華；剿憐鉛槧經營，不離小道。爲魏公藏拙，定諒我以無聊；向西子效顰，應嗤予之太甚。時乾隆五十一年丙午春杪禹山李暘自題。

春　雪

遥山四起暮雲同，素積庭階半捲風。橋外柳花飛點點，隖邊梅影淡濛濛。飆回舞徑春馴鶴，絮落沾泥曉踏鴻。寥寂苦吟人耐冷，邀誰共醉小亭東。

春　風

聞香暗度幾回看，永晝春簾倚嫩寒。紋疊水波澄碧碎，片飛花徑落紅殘。紛紛静月凉摇竹，漠漠深煙晚護蘭。雲薄卷空遥颺影，塵輕似雨過前欄。

春　暉

疎簾透影旭烘晴，淑景春來望眼明。虚閣暖蒸晨霧紫，轉輪飛襯曉霞赬。魚吹水面波

摇鏡，雀噪山頭樹挂鉦。初霽雨涵芳野曠，居幽合啟半扉荆東坡詩嶺上晴雪吹絮帽樹頭初日挂銅鉦

春　月

身閒最愛夜眠遲，結綺窗開暗轉移。人暎玉奩雙鏡對，苑妝銀檻一簾垂。匀篩竹影花凝露，碎漾蘋痕水颭颸。輪滿散輝寒望遠，巡檐共笑索成詩。

春　雲

稠陰樹際午紆餘，嶺斷飄風任卷舒。愁引客情閒擬賦，艷分人鬢薄慵梳。幬羅障雨蒸山半，帽絮吹晴蔚日初。流影碧空春藹藹，浮煙暖帶一林疎。

春　露

紗簾濕翠點裾輕，屧步閒階一月明。花苑浥光珠湛湛，竹叢凝液玉盈盈。蛇騰遠路長流潤，鶴警寒宵暗滴聲。嘉味得甘芳似蜜，斜窗小飲夕神清説苑曰騰蛇遊於霧露千里不止

春　雨

銷魂黯望四山連，墨潑雲蒸暗暮天。潮帶淺藍浮極浦，縠添肥緑映平田。迢迢遠樹芳

籠霧，漠漠輕絲碎織煙。饒沃野含春澤沛，謡歌豫報屢豐年。

春　霞

空天散綺結晴村，朗晃山層幾曉昏。虹斷映時蒸灼灼，鶩飛齊處舉軒軒。紅攢杏隖花分色，紫絢桃林樹落痕。風約半江清影疊，篷推一望入雲騫。

春　霧

微痕墨點樹崚嶒，好岫螺添曉黛凝。機息有時藏豹變，術奇無處起蛇騰。霏紛細雨寒同散，薈蔚濃雲煖共蒸。碕曲轉帆迷近遠，衣沾暗翠濕層層。

春　煙

屏山萬點碧苔封，岸隔遥聞晚梵鐘。青抹綺窗横霧竹，翠分螺髻綰雲松。亭亭直上春空遠，冉冉輕涵夕照濃。冥窅入情詩裏畫，庭浮篆影捲簾重。

春　晴

遲遲日映碧溪杉，望外天空澈鏡函。枝踏曉鶯啼恰恰，徑飛晨燕語喃喃。絲晴裊影雲蒸岫，浪暖浮光水貼帆。隨處好花香袖惹，嬉春競結繡羅衫。

春　寒

蘭紉佩結暗香飄，座繞清煙絳蠟燒。彈罷夜琴懸綠綺，醉餘春幔掩紅綃。單衾怯影風搖竹，短夢驚聲雨滴蕉。寒薄倚簾重閣秘，殘鐘遠聽靜寥寥。

春　曉

明窗半透碧紗幮，影度微香淡裊爐。驚夢曉啼鶯嚦嚦，遣愁春起籟喁喁。晴烘柳眼青垂線，露浥花心素湛珠。平旦旭紅摇曲檻，清神夜伴老仙癯。

春　晝

居閒賦罷賞芳時，紫綴庭英綠繞籬。疏綺透香風裊裊，几文摇影日遲遲。書編一簇飛花落，笛弄三回舞蝶癡。虛靜養心機息久，餘情午夢捲綃帷。

春　暮

東亭步出一琴偕，目滿詩情引興佳。虹飲暮流垂斷澗，鳥喧春樹擁危厓。空扉竹隱濃煙暗，小徑蘿遮積霧霾。童牧下山遥返犢，風廻笛韻好音諧。

春　夜

缸紅照夜半開軒，是處聞聲萬籟喧。尨吠聚廬茅舍密，鶴馴幽徑竹陰繁。腔新製曲歌明月，漏疊催籌舉綠樽。雙眼醉迷花弄影，窗紗碧鎖淡烟村。

春　山

岡層幾踏試尋攀，好約幽人共往還。妝淡點眉添黛淺，絮輕吹岫出雲間。光浮徑靄青籠樹，影抱江流碧繞灣。梁石卧虹春澗斷，陽斜映嶼錦斕斒。

春　城

樓危擁翠俯平臯，峻堵千年卜築牢。眸遠入雲凌古塔，興酣摇筆蘸空濠。稠烟暮起虹橋斷，嫩雨春飛雉蝶高。遊伴挈樽芳蟻綠，酬賡競醉倚雄豪。

春　園

家園灌引水西東，繚繞溪煙帶霧籠。鴉噪樹頭山聳翠，蝶飛籬脚日流紅。花叢一簇芳情麗，草徑三開幻色空。遮莫雪梅殘點點，華年惜去賞心同。

春　水

喃喃語燕舞迴汀，望入長天極渺冥。帆颭晚烟溪繞碧，鷺拳寒雨浦浮青。杉松漾影清波疊，藻荇留香細浪停。嵒削石棱春映水，嵌空半矗遠山屏。

春　澗

殘陽夕岫紫霞蒸，挈伴春尋遠寺僧。寒溜滴聲泉送響，斷厓懸影石留棱。巒危倚月摇疎柏，徑仄横烟卧古藤。蟠曲路騫孤頂絶，團波水映碧層層。

春　郊

輕雲疊影浣花村，遠樹煙浮暗隰原。平陌綺園山是障，窄扉柴掩竹爲藩。耕催鳥外林風暖，醉倚人前社鼓喧。晴望四郊春繫馬，情深結客共攜罇。

春　林

巢歸倦鳥暮喧音，茂樹烟叢幾徑深。包籜緑披風拆筍，好峰青洗雨欹簪。坳雲隱寺山

鐘響，澗水沿橋野客吟。匏繫愧余愁裏望，郊東策騎一攀尋韓昌黎詩山如碧玉簪

『拆』：同治本春吟回文作『折』

春　江

浮花浪捲暗鳴瀧，晚際烟波卧石矼。鷗泛遠遊羣一一，燕飛低掠影雙雙。洲楊綠映摇澄縠，岸草青迷望小艭。流水抱城春極目，樓危倚徧啟晴窗。

春浦用周明老題龜山回文韻

潮寒落影日西傾，浦極空天一鏡明。橋齒雁飛紅雨嫩，屋鱗魚疊碧波清。迢迢水隱漁村夕，漠漠烟濃酒市晴。遥路去人離夢結，片帆風颭亂雲輕。

春　廬

村晴乍映紫流霞，曲水環山好住家。門對竹林空霧暗，檻當松隝夕陽斜。喧禽惱夢驚花落，醉客留懽得酒賒。園接近鄰芳舍密，暄寒道罷試新茶。

春　齋

恬虛境遠隔塵凡，室陋宜銘小篆嵌。簾閉曉寒風動竹，榻移宵朗月籠杉。纖纖秀穎摇

文筆，淡淡香花點薄衫。謙益有箴良守拙，鹽虀嗜好異酸醎昌黎詩嗜好與俗殊酸醎。

春　隄

行人麗映酒樽攜，馬勒金羈競上隄。鶯囀百聲藏緑柳，蝶飛雙影舞紅梨。盈盈水貼春舠小，淡淡煙浮遠嶂低。棚錦結來尋處好，晴沙白罨畫橋西。

春　寺

松澗幽攀客罷吟，閉關禪定淡機心。鐘聞夜靜初驚夢，梵響晴空遠度音。濃露滴花黄滿徑，細風吹竹翠饒林。峰高上處閒隨喜，胸盪雲天横碧岑杜工部望兜率寺詩隨喜給孤園。

春　田

明空啟鏡一天涵，水抱山光曉蔚藍。晴雨話來人近遠，笠蓑紛上畝東南。輕絲柳抹遥青嫩，秀穎秧浮淨綠酣。平望四郊春結繡，鳴鳩幾度拂烟嵐。

春閨以下八首並咏閨情

囊羅紫繡靜垂簾，剪剪輕風怯指尖。芳蟻緑浮杯琢玉，侍兒紅映鏡開匳。妝新對影憐花艶，馥膩留情伴月纖。香國夢蘭幽結佩，腸回幾度暗愁添。

春　閒

桐窗倚徧賞花時，靜裏閒情攪亂絲。風透暗香薰袂薄，月移清影撲簾垂。紅閨半繡春拈線，翠閣重妝曉畫眉。空碧入雲行繞夢，同心兩結笑傾卮。

春　别

期歸望月捲帷羅，耳入繁聲子夜歌。卮酒疊鱗紅映袖，淚珠凝面素横波。欹簪玉冷妝臺鏡，斷玦金寒曉岫螺。離别苦人愁道遠，知誰共話此情多。

春　情

陶陶共立小窗東，瘦影憐郎傍綺叢。搔玉紫凝香鬢綠，釧金黄映繡衫紅。醪清醉裏閒愁遣，臂軟横來夜夢同。勞爾惜花雙舞蝶，遭周一徑起回風。

春　怨

蕪平入望遠蒼蒼，夢裏愁牽客路長。珠濺枕痕雙掩淚，雨飛欄曲九迴腸。襦羅紫繡春餘恨，盞玉紅孤夜罷妝。無事一簾垂永晝，爐薰裊影散濃香。

春繡

尋來日伴女鄰東，巧樣花枝幾幅同。心素愜時裁縠霧，指尖藏處怯簾風。針依綵縷纖縫練，袖映霞紋碎唾絨。沈碧淺紗窗散綺，深閨一簇艷妝紅。

春病

人憐瘦損病懨懨，幔捲風寒怯指纖。新裹藥香無膩粉，舊緘書信有題籤。顰愁簇斷花朝黯，淚暗拋殘雨夜嚴。春餞又啼鵑惱夢，神傷獨盡漏籌添。

春艷

兒家霍玉小名芳、訊問徐娘謝晚妝。眉掃淡痕嬌染黛，頰添濃暈醉飛香。垂絲柳影分雲鬢，落瓣蓮鉤覆繡裳。遺珮有情春亂攪，思尋一度一回腸。

春色

東籬過屧步橫斜，麗冶春園小隱家。紅紫繞林成谷繡，翠青環嶂列窗紗。虹亭玉帶長拖錦，雪苑銀旛艷簇花。葱鬱氣蒸雲水曲，融光日暎赤城霞。

春　香

年芳樂地結閒居，處處風薰麝過初。翩蝶舞迷紅雨檻，亂蜂狂引碧油車。煙含篆影浮爐煖，露浥花香繞榭虛。聯客共吟清馥吐，箋雲綵映緑芸書。

春　聲

襟披一檻倚幽懷，響際風迴月色佳。沈漏夜絃鳴竹徑，急濤春籟起松崖。林空疊囀千聲鳥，市閙成行兩部蛙。深柝遠聞愁寂破，吟長伴影對蘭階。

春　遊

醪香滿酌醉懷開，愜意春遊客去來。袍似草光涵淺黛，玉如人艷點芳埃。嘈嘈耳奏絲兼竹，淡淡風摇柳共槐。豪覽縱情詩入妙，濤飛筆簇錦文回。

春望疊字體

緜緜恨惹柳依依，目極芳時緩緩歸。煙漠漠連雲漠漠，蝶飛飛趁燕飛飛。年年逝水迢迢遠，日日閒情渺渺微。天外物華春冉冉，前樓畫景暮霏霏。

春　興

長歌浩興雅開懷，燕逐鶯喧近午齋。芳名緑雲凝碧盌，輭塵紅雨踏青鞋。囊羅解贈情人遠，席綺陪遊醉客佳。牆倚半枝花燦錦，香風送影落鈿釵。

春　意

紗窗碧映掩紅綃，渺渺春情寄贈遥。花簇錦回低憶舞，夢恬香寂淡憐嬌。茶茸紫褪芳心愜，筆鏤青飛艷曲調。華麗小名曾識面，斜欹鬢影伴魂銷。

春　愁

齋空守寂淡凝神，節屆芳華物態新。蝸篆壁紋苔膩雨，雀喧檐影硯封塵。懷愁遣興無吟客，恨別淹時有病身。排字雁歸春送目，霾風捲徑掩花晨。

春　夢

寒燈一枕夜怡神，幻色空歸悟性真。殘響滴壺銅漏曉，淡香飄砌玉蘭春。團團影燦花生筆，栩栩情飛蝶化身。闌夢客窗蕉雨急，看愁倚榻對同人。

春　旅

聯牀一雨夜如何，夢繞行程客淚多。船次旅魂迷曲水，馬前春恨抱迴坡。懸旌悵結心猨斷，繫帛愁連雁陣過。邊戍野花紅極目，年年浪跡滯關河。

春　懷

寒宵怯影對明缸，客遠貽書尺鯉雙。彈淚有情聯紵縞，贈詩無興遺蘭茳。漫漫路隔長懸榻，藹藹雲停佇涉江。殘夢惱人驚漏曉，酸心一雨滴蕉窗（陶集停雲思親友也詩曰藹藹停雲濛濛時雨）。

春　吟

年年愧我似蟲雕，幅滿回文錦字挑。聯榻對題尋月夜，檢牌分韻步花朝。箋雲染綠濃香膩，筆綵飛紅艷影摇。捐盡俗情春徧寫，天空一望入吟遥。

春　宴

延留一醉客酬賡，彩筆摛辭不計觥。筵舞落花飛蹴燕，席歌清管急調鶯。泉如酒洌芳紅嫩，玉似人佳麗白輕。傳語夜遊須燭秉，圓輪月透半窗明。

春　耕

低聲笑祝滿篝車，稔歲三秋有積儲。攜挈半逢晨雨餉，苦辛多趁曉烟鋤。梨紅繞隖邨邊社，水緑環田野外廬。啼鳥聽時催穀布，西東陌上競菑畬。

春　漁

澄清疊櫂泛菰蒲，水接雲邊四岸紆。罾外柳絲空繫艇，市前花緼好提壺。層層碧浪春篙滿，灼灼紅霞晚唱孤。凝望遠篷依露宿，燈寒映月落平湖。

春　樵

長林入望隔煙蘿，遠近人喧競斧柯。香徑一叢幽過麝，好峰千髻淨堆螺。篁風雜奏丁丁響，澗水傳聞處處歌。莊外野漁尋醉伴，忙閒識趣得君多。

春　柳

亭上湖風輕袂連，嫩條攀贈欲誰憐。青留眼色濃酣雨，緑映眉痕淡掃煙。屏錦列郊春冶麗，縷絲垂陌曉縈牽。冥冥霧裏閒凝望，經慣離愁多少年。

春竹用陳瓊仙秋草回文韻

前窗綺襯嫩陰垂，勁節芳叢一幄披。煙帶淺痕青鎖檻，月摇清影緑横籬。芊芊草映筠濃淡，習習風敲響合離。眠鶴伴閒幽徑側，牽情獨啜茗開旗。

春筍

幽居野屋小編茅，徑滿清陰竹月捎。抽碧嫩痕苔迸土，褪青空粉籜含苞。虬蟠怒角雙擎石，鳳待高枝一結巢。留客共餐新玉片，稠烟晚際樹懸匏。

春蔬

欄回俯徑一舒懷，殖藝閒時與俗諧。寒雨滴窗春剪韭，淡香吹饌曉供鮭。盤新薦緑柔芽脆，圃舊開紅嫩穎佳。看久耐貧長愧客，餐加共掩半柴扉。

春花

氛埃點徑幾停騑，適意遊人趁蝶飛。聞處靜香清繞架，護時晴粉暗沾衣。雲籠隝杏飄紅嫩，雨漬階苔襯緑肥。文繡錦園春簇艷，裙羅映色草依依。

春 草

探幽共客結遊驄，路夾芳塵點碧叢。酣夢曉迷歌扇緑，麗情春襯舞衫紅。三三徑靄清凝露，六六坡英弱偃風。南浦別離人念遠，藍浮水色一江空。

春 蘭

帷簾隔面玉凝妝，暖帳春回夢國香。滋畹幾莖紅毓秀，植階雙穎紫浮光。姿清被露宵時潤，影淡摇風曉際芳。奇石綺紋苔點細，移陰月映斗磁黄王維貯蘭必用黄磁斗養以綺石

春 梅

閒雲野水戀魂芳，望入花村幾斷腸。斑石點苔春透暈，黛眉横額曉分妝。潺潺碧澗浮疎影，冉冉紅亭曉暗香。還往耐人憐處淡，攀幽一色月昏黄。

春 蕉

多年幾樹擁高檐，色映浮筠竹外帘。波灔灔涵春影落，雨蕭蕭響夜愁添。羅輕疊扇青

搖檻，綺薄飄旗翠捲簾。藹澗寄情書葉緑，哦吟靜掃筆鋒銛。

春　樹

平林一望曉葱蘢，雨嫩涵煙碧疊重。情繫遠人詩感觸，影遮高館客遊從。嚶嚶鳥韻調簧暖，渺渺江空染黛濃。成幄翠陰新葉密，清幽景映掩前峰。

春　桑

清風煖候應桑蠶，冉冉香稠綺陌南。晴弄曉烟青惹鬢，霽籠春靄緑盈籃。鳴鳩幾樹芳條輭，舞鳳雙姝麗語憨。行袖結來攀徑曲，情閒鬥草撥瓊篸。

春　苔

幃褰一認誤芳芸，鶴啄留痕亂糾紛。肥蘚碧涵光點點，細萍青映色沄沄。衣鋪地隙簾浮影，屐印階棱石斷紋。扉掩半庭閒對坐，微烟草徑暮沈雲。

春　騮

裝新飾勒玉璁瓏，藉慰閒遊小苑東。香散四蹄輕掣電，竹批雙耳峻嘶風。長條柳映鞭緌緑，艶影花分轡錦紅。芳徑草茸春蹀躞，黄鸝辨處幾羣空。

春　鶯

齊眉柳綻碧緌條，色絢金梭半織濤。低坐並調簧語巧，急飛遥傍錦枝高。溪晴過客攜柑酒，闤遼依人愛羽毛。栖處舊交聯燕燕，啼情盡日落平臯。

春　燕

塘池掠影曉風捎，故故飛來自遠郊。香啄小粘春草徑，粉翎微膩落花坳。廊迴伴語聯嘉偶，閣暖依情戀舊交。翔幕入簾輕舞徧，妝臺鏡對暗營巢。

春　鴛

船歸暮伴影依依，戀繫深情兩息機。鮮翼錦舒紅荇浦，淺毛珍點緑苔磯。烟涵煖水春回夢，霧散寒天曉逐飛。緣結任交雙頸好，眠沙軟藉繡茵圍。

春鳧鳧與鴨同白帖并入

呼羣伴鷺浴晴灘，采采文葩緑點冠。雛傍母邊沙卧暖，匹隨媒外野鳴寒。鋪匀曉褥萍

浮渚，鬬罷春茸草偃欄。圖畫一溪清影漾，蒲菰入望夕陽殘晉蔡洪鬥鴨賦冠葩緑以耀首

春　鷗

歸漁伴影泛晴川，碎剪霜衣素色鮮。飛共鷺汀寒映月，浴同鳧渚遠籠烟。機忘淡處隨潮落，性適閒時結侶眠。饑忍暮愁空淼淼，霏嵐野水碧連天高啟詩羣鷗忍饑愁日暮

春　蝶

西園舞影逐蜂吟，繞徧籬花是處尋。低翅粉添情栩栩，短鬚香惹意深深。閨晴掩撲輕紈扇，檻雨飛黏小玉簪。蹊滿緑英春入夢，迷烟夜宿一叢陰。

春　茗

癯梅老伴曉窗前，鬥茗開旗一占先。珠湧雪花添活火，鼎浮雲液漱甘泉。濡涵味醒春魂醉，郁鬱香縈夜榻禪。娱客好風清滿腋，爐紅坐摘小茸鮮。

春　酒

開筵舞映綵花晴，勝會聯歡盡客情。梅苑麯含朝露重，竹亭旗颺午風輕。罍傾舊暈紅

留座，玉釀新痕緑泛觥。催鉢擊殘吟興逸，醅香醉贈解瑶瓊。

春　衣

烘晴漸暖日輝光，雅服春遊勝謝王。風度暗香蘭結佩，霧含清影荔縫裳。紅亭小簇歌衫艶，翠陌平添舞袖長。終始訂交聯紵縞，同尊一醉買年芳。

春　舟

懸帆半颭晚風輕，樹外江涵夕照晴。拳鷺野雲依槳蕩，懶鷗春水逐橈鳴。烟浮遠浦横當岫，翠繞長流曲抱城。舷叩醉吟酬雅什，仙遊一櫂泛寰瀛。

春　帘

寒雲碧映酒痕芳，老樹郵橋小隱莊。竿外竹風清颭影，幔前花雨暗飛香。欄凭獨客吟鞍解，榼挈多人去路長。歡合一亭旗向晚，看來醉下謫仙狂。

春　簾

幽庭一徑石苔滋，遣興春閨静搆思。鈎玉響敲風瑟瑟，蒜銀移映月遲遲。浮香煖帳羅同捲，透日晴櫳綺共垂。樓上閒時空礙障，眸凝遠望曉櫺推。

春　燈

葩晴裛露湛階空，月夜爭輝透綺櫳。斜筆彩摇文焰紫，滿簾香繞瑞雲紅。花開細蕊珠凝鳳，穗結繁英玉綴蟲。華鬢照缸寒對坐，紗團碧影鎮窗東。

胡于鋐

于鋐（一七六〇——一八一六）字啟名，號綺茗，浙江鎮海人。幼穎敏，稍長即能爲詩文，兼好韜略。清乾隆五十一年中式武舉，署定海營千總、定海游擊，晉寧海守備。嘉慶八年，授錢唐都司，旋調太湖營游擊，尋移黃巖。十一年升江蘇川沙參將。十二年，遷廣東春江協副將。十三年，以兩廣總督吴熊光保奏擢南澳鎮總兵。十九年中蜚語褫職，逾二載卒。

望海樓玩月迴文

烟迷望海指平樓，瘦骨驚寒耐夕秋。懸壁三山雲上下，隔林一水月沈浮。翩翩影落飛鴉雀，皎皎光涵靜斗牛。前澳駐舟群寂寂，邊村野火似星流。　姚燮《蛟川詩繫》卷二十五

愛新覺羅顒琰

顒琰（一七六〇—一八二〇）在位二十五年，廟號仁宗，建元嘉慶，著有味餘書室全集四十卷（嘉慶五年奏刻本）。在位期間，詞臣常進回文篇什。嘉慶三年二月，顒琰奉弘曆敕諭，詣國子監，行釋菜禮，臨雍講學，修撰趙介山應制，取辟雍回旋之義，進回文賦。嘉慶九年，顒琰視察翰林院，命群臣賦詠，編修蔣祥墀進迴文詩七律三十首，用上下平韻，特取七人，蔣居首選。嘉慶十年，顒琰東巡盛京，祇謁祖陵，會庶常散館，題命東巡賦，韻限『昭滋來許，繩其祖武』，庶吉士聶蓉峰作回文賦一篇。嘉慶十三年，顒琰巡視津淀，翰林院編修朱方增進聖駕巡幸津淀禮成恭紀四聲回文頌十章。嘉慶二十四年，顒琰六旬壽辰，舉人林聯桂呈祝嘏回文千字文一篇。

寒月迴文

寒月宵生輝上堂，地鋪涼影散華光。團團彩鏡懸林遠，皎皎氷輪映桂芳。攢粟金英明北苑，照階瓊魄淡西牆。欄憑獨立小庭曲，砌映花移步轉廊。味餘書室全集定本卷十八

江臨泰

臨泰字棣旃，號雲樵，安徽全椒人。庠生。幼通音韻，精天文、算學，善造儀器。張作楠、

齊彦槐兩太守延入幕中。清道光末卒，年八十九，著有煮石山房詞鈔（道光十九年同里金珉序）。

菩薩蠻 旅思回文

竹窗敲雨風低屋，屋低風雨敲窗竹。歸夢怨空幃，幃空怨夢歸。　客愁添髮白，白髮添愁客。深夜怯孤衾，衾孤怯夜深。煮石山房詞鈔（清鈔本）

愛新覺羅淳穎（和碩）

淳穎（一七六一——一八〇〇）號玉盈主人，滿洲旗人。睿忠親王多爾衮七世孫，如松第三子，初襲輔國公，清乾隆四十三年封睿親王，歷任鑲紅旗滿洲都統，官至御前大臣。著有虚白堂詩鈔二卷（嘉慶十四年刻本）。

秋懷 迴文

香飄桂樹綠雲團，淡影摇窻畫燭殘。長夜妬愁鄉夢繞，遠人懷别見期難。茫茫月映疎簾碧，颯颯風敲翠竹寒。狂句索餘吟興託，腸迴九曲一憑欄。虚白堂詩鈔卷下

趙文楷

文楷（一七六一—一八〇八）字逸書，號介山，安徽太湖人。清嘉慶元年丙辰一甲一名進士，授翰林院修撰。五年，充册封琉球國王正使。十年，官山西雁平兵備道。十三年卒於任，著有石柏山房詩存八卷。

嘉慶三年二月，顒琰奉弘曆敕諭，詣國子監，行釋菜禮，臨雍講學，修撰趙文楷應制，取辟雍回旋之義，進回文賦。其子趙畇跋石柏山房詩存云：『先大夫著述甚富，不自愛惜，往往爲朋好取去，所著尚有中山聞見録、臨雍恭進迴文賦、館課詩文及菊花新夢等雜劇，大半散佚』。其實，此賦尚存，見刊於文慶、李宗昉欽定國子監志卷七十八應制進册、同治太湖縣志卷四十五、民國太湖縣志卷三十九、謝崧岱回文賦彙。

賦謹序

臣聞辟雍之制，昉於成周。釋之者曰：水迴旋如璧，故曰辟雍。古之聖王，念終始典於學，始之自學，終之教人，無有間斷於其間，然後教化行而風俗美，於迴旋之象有取焉。欽惟太上皇帝，體至仁之德，法天行之健，建立辟雍，崇尚學校以陶冶萬民。衍鴻緒之無疆，運太和於六宇。皇帝陛下，率而行之，兼綜至道，敦勸儒風。蓋治化之盛，模唐軌虞，而非三代之所能及也。歲在戊午，仲春之月，皇帝駕詣國子監，行釋菜禮。臨雍講學，以御論訓羣臣。

誼美恩明，至周且渥。臣職隸詞垣，躬逢盛典。謹倣古人迴文體，演之爲賦，使首尾聯屬，循環無端。附於始終不息之義，以頌聖天子緝熙敬止，勸學勵賢之鴻業焉。其詞曰：

中天兮日麗，盛世兮風同。躬持聖哲，道本虛沖。崇效而天配德，懋修而古齊功。東序西序兮承化洽，左學右學兮被恩洪。工良者勤爲樸斲，士善者待有磨礲。夫極錫寰瀛，居高而昭肅穆；心游典册，重道而式容儀。殖學勤勤，三興以道；凝神藹藹，四序惟時。億萬齡之慶延，輝光復旦；千百國之琛獻，拜稽陳詞。職守勤兮臺樞岳牧，民生阜兮愷樂恬熙。堯惟放而舜惟協，夏則校而周則庠。超古往而立治，乃聖、乃神、乃武、乃文、乃深仁之覆冒；繼盛美而傳心，惟危、惟微、惟精、惟一、惟峻德之虞唐。韶咸奏響兮昭光秩典，祀饗歆誠兮眷篤穹蒼。朝廟入兮雝雝肅肅，冕黻垂兮穆穆皇皇。良辰兮仲春，旭升兮彩絢。香聞晻藹，玉噴鑪烟。響和丁東，銀催漏箭。翔龍輦動，斗北之星列旋；振鷺詩歌，雝西之士舞忭。吭嚩而下上黄鸎，羽炫而翾飛紫燕。張芝蓋而拂花鮮，轉和鸞而縈草蒨。委佩而垂者，綏之若若；圜橋而立者，衿之青青。咫尺瞻天，容光照而臨下；趨行合樂，鼓鐘奏而啓扃。几筵潔而芹列俎，牲幣具而燎設庭。視瞻之肅祼將，尊師者帝；籩豆以承福降，薦德惟馨。史祝排行，規周矩折；丞疑奉帙，筍典厨經。軌度修而鏡握，諮諏切而盤銘。蓋政德昭宣，欽惟翼翼；黎民感應，洽徧人人。慶錫而恩周，珍符保固；祥徵而吉迪，寶祕重申。映日玲瓏，楹軒集鳳；披風繞繚，甸藪游麟。令行而秉淵塞，中處而運陶甄。正樂而旋相宮，生上生下；成爻而互爲體，取物取身。咏歌兮頌作，皇古兮風淳。

淳風兮古皇，作頌兮歌咏。身取物取，體爲互而爻成；下生上生，宮相旋而樂正。甄陶運而處中，塞淵秉而行令。麟遊藪甸，繚繞風披；鳳集軒楹，瓏玲日映。中重祕寶，迪吉而徵祥；固保符珍，周恩而錫慶。人人徧洽，應感民黎；翼翼惟欽，宣昭德政。蓋銘盤而切諷諮，握鏡而修度軌。經厨典笥，帙奉疑丞。折矩周規，行排祝史。馨惟德薦，降福承以豆籩；帝者師尊，將祼肅之瞻視。庭設燎而具幣牲，俎列芹而潔筵几。扃啓而奏鐘鼓，樂合行趨；下臨而照光容，天瞻尺咫。青青之衿者，立而橋圜；若若之綬者，垂而佩委。蒨草縈而鸞和轉，鮮花拂而蓋芝張。燕紫飛翾而炫羽，鵉黄上下而囀吭。忭舞士之西雝，歌詩鷺振；旋列星之北斗，動輦龍翔。箭漏催銀，東丁和響。烟爐噴玉，藹晻聞香。絢彩兮升旭，春仲兮辰良。皇皇穆穆兮垂黻冕，肅肅雝雝兮入廟朝。蒼穹篤眷兮誠歆響祀，典籍光昭兮響奏咸韶。唐虞之德峻，惟一、惟精、惟微、惟危、惟心傳而美盛繼；冒覆之仁深，乃文、乃武、乃神、乃聖、乃治立而往古超。庠則周而校則夏，協惟舜而放惟堯。熙恬樂愷兮阜生民，牧岳樞臺兮勤守職。詞陳稽拜，獻琛之國百千；旦復光輝，延慶之齡萬億。時惟序四，藹藹神凝；道以興三，勤勤學殖。儀容式而道重，册典游心；穆肅昭而高居，瀛寰錫極。夫礲磨有待者善士，斲樸爲勤者良工。洪恩被兮學右學左，洽化承兮序西序東。功齊古而修懋，德配天而效崇。沖虛本道，哲聖持躬。同風兮世盛，麗日兮天中。欽定國子監志卷七

十八

太湖縣志題作嘉慶戊午聖駕釋菜臨雝講學禮成恭賦謹序。監志縣志比對，異文甚多。『皇帝陛下』作『皇上』，『躬逢』作『恭逢』，『以頌聖天子』作『以頌我聖天子』，『勵賢』作『厲賢』，『樸斲』作『璞琢』，『慶延』作『慶綿』，『琛獻』作『珍獻』，『臺樞岳牧』作『台樞牧岳』，『深仁』作『至仁』，『昭光秩典』作『光昭秩典』，『眷篤』作『眷念』，『晻藹』作『馣馤』，『翾飛』作『翻飛』，『草蒨』作『草倩』，『垂者』作『隨者』，『寶秘』作『寶籙』，『正樂而旋相宮』作『正樂旋宮』，『成爻而互爲體』作『成爻互體』等。又『取物取身』句下尚有『柄魁旋而轉軸，璣璿察而環輪』十二字。

『謹倣古人迴文體』句，回文賦彙作『謹就廻旋之象』，此外，全與監志文字相同。趙氏賦後附有輯者謝崧岱跋識數則：

『右賦見國子監藝文志，因刊補缺頁，校讐刷樣，乃始細讀，心極愛之，遂謀付梓，並書數行於後，識獲見雕刻之由焉』。

『刊補監志眼增福，而一遇難，再校勘新書，心乎愛而三復，更佳。製巧文奇，心精思妙，而平平正正，炳炳麟麟。走珠激輪，如滅痕斧，旋周周旋；方矩圓規，若無縫衣，委源源委。下起上承，順則順而逆則逆；前空後絶，合則合而分則分。且夫一而二實二而一，半珪爲璋；顛可倒亦倒可顛，翻艮則震。神鬼絶技，古今止觀。蓋終始其貫，自左宜且右宜；氣血

以聯，必頭動亦尾動。觀難海大，和寡曲高。而神通變化，面面俱工，覆反轉回，頭頭是道。雖易不限韻，而難其切題。快覩得先，樂爲書後。雕刻已竟，服佩加深。光緒二十二年丙申臘八日國子監典籍謝崧岱書於宣南寓舍』。

『心思之靈靜巧細，雖極歐阿之秀，恐未必逮，即以器論，此亦器也。以此製器，何器不工。而曉棠尤賞其體裁平正，不綺麗怪僻，殊自娬媚，象取廻旋，亦義應爾。雖曰題切，其難究猶餘事也。試作一面，觀清麗典貴，雅與題稱，已推傑作，正不在兩面俱到，始足爲出奇制勝也。伯强甚以其論爲當，莘垞亦賞其氣息深厚，託體甚高，然亦有目爲平常，議其小巧者，各有所見，自難强同。若竟擬一篇，不必遠出其上，第求與之頡頏，吾真信其言之不謬，品評之甚當矣。光緒丁酉正月羊日祏生氏識』。

『距作賦時已百年，即修志時亦六十餘年，見賞者曾不聞有人，頗不可解』。

『賦中前秩後籍顯有一訛，殆由音誤，而適成爲讖耶，姑仍之，俟得其集時再校也。人日祏生又識』。

莫晉

晉（一七六一—一八二六）字錫山，一字裴舟，號寶齋，浙江會稽人。清乾隆五十七年壬子舉人，六十年乙卯一甲二名進士。嘉慶間，歷國史館纂修、侍讀學士、江蘇學政、左副都御史、倉場侍郎。道光初，以與御史常賡等爭議粮倉制度，左遷内閣學士。著有來雨軒存稿四卷（道光十六年刻本）。

祝某壽 廻文

鱣銜慶錫三台上，麗荼鴻逵漸羽儀。絃誦化流清校序，楷模人望重尊彝。烟霏墨沼晨臨草，月映書堂夜下帷。氈擁素風春滿座，立深寒雪暮盈墀。弦韋佩處安天性，梓杞儲來沐雨時。泉作醴浮甘谷菊，隴鋤雲種遠山芝。鐫鳩玉飾青藜杖，泛蟻香濃緑酒卮。仙奏樂聲歌邐迤，錦翻衣衫舞參差。邊通夢覺真便腹，鼎説詩傳妙解頤。延箕鶴齡遐福降，小春芳景愛遲遲。 來雨軒存稿卷二

劉嗣綰

嗣綰（一七六二——一八二〇）字簡之，一字醇甫，號芙初，江蘇陽湖人。清嘉慶十三年戊辰會試第一，改庶吉士，散館授編修。丁母憂，哀傷而死。工詩詞駢文，晚年之作更清遒駿邁。著有尚絅堂詩集五十二卷詞集二卷（道光六年大樹園刻本）。

菩薩蠻 迴文

落花愁擁新寒薄，薄寒新擁愁花落。春好惜歸人，人歸惜好春。 去帆催細雨，雨細催帆去。屏曲幾峯青，青峯幾曲屏。 尚絅堂詞集卷一 箏船詞（陳乃乾清名家詞本）

馬邦玉

邦玉（一七六二—一八二五）字荆石，號寄園，山東魚臺人。清乾隆五十四年己酉拔貢，授費縣訓導署濟陽訓導。嘉慶六年辛酉舉人，官單縣教諭，陞登州府教授，未及赴任卒。著有懷續堂文集二卷詩集二卷。

湖　上

湖上獨青青，青青獨上湖。無舟孤坐久，久坐孤舟無。

畫卦臺

前古太醇樸，象卦開天後。傳道即傳心，止仰此臺舊。清詩紀事乾隆朝卷

馬星翼東泉詩話卷七：『先君子自言，少時戲爲廻文湖上一絶，湖山獨青青，青青獨山湖，無舟孤坐久，久坐孤舟無。今集中不載此作，而有畫卦臺廻文一絶，前古太醇樸，象卦開天後，傳道即傳心，止仰此臺舊』（臺灣新文豐出版公司景印本）。又山東通志卷一四五藝文十引東泉詩話云『先君子自言，少時戲爲迴文湖上一絶，湖山獨青青，青青獨山湖，無舟孤坐久，久坐孤舟無。今集中不載此作，而有畫卦臺迴文一絶』。

張興鏞

興鏞（一七六二—一八三七）字金冶，號遠春，江蘇華亭人。玉珍弟。清嘉慶六年舉人，官太倉學正，調無爲州，陞知縣，旋引疾歸。有紅椒山館詩鈔四卷遠春詞二卷（嘉慶四年刻本）、紅椒山館詩詞選八卷（道光十八年松風草堂刻本）行世。

菩薩蠻

碧窗春鎖煙紗隔，隔紗煙鎖春窗碧。飛絮柳風微，微風柳絮飛。　寫愁羈館夜，夜館羈愁寫。同夢遠山重，重山遠夢同。

菩薩蠻 月下看梅

淺妝春樹籠香暗，暗香籠樹春妝淺。纖影月窺檐，檐窺月影纖。　竹叢捎碎玉，玉碎捎叢竹。飛夢冷雲迷，迷雲冷夢飛。

遠春詞卷二　紅椒詞選卷二

蔣祥墀

祥墀（一七六二—一八四〇）字丹林，一字盈階，號端隣居士，湖北天門人。清乾隆五十五年庚戌進士，授國史館協修。嘉慶九年，充國史館提調。十二年，陞國子監司業。十四年，晉右春坊右庶子。十七年進詹事府少詹，旋調奉天府丞兼提督學政。二十年，轉都察院右副都御史。道光四年，遷光禄寺卿。晚歲主講金臺書院。

嘉慶九年二月，顒琰視察翰林院，命羣臣賦詠，編修蔣祥墀進迴文詩七律三十首，用上下平韻，特取七人，蔣居首選。詩見聶銑敏蓉峰詩話卷一（嘉慶十四年文德堂刻本）。

迴文詩七律三十首

咸臨叶化大文同，紀甲重開紹運隆。函鏡晋輝離繼照，唱鐃傳令巽宣風。諴和象驗歸辰北，燠炳書瞻聚壁東。緘鳳五雲祥捧日，縿斿繞瑞效呼嵩。

謙冲仰訓式温恭，瑞應文昌際治醲。拈藻韻篇裁月露，講筵經義豁鐘鏞。漸摩廣學崇丁祀，覩聽環雍在戊逢。添額榜恩鴻選博，翹瞻共頌起儒宗。

覃恩錫罷迓旌幢，繕葺重輝玉映窓。嵐彩倒涵洲渺渺，井波回瀉水淙淙。三廳起秀誇松竹，四庫儲珍擷茝茳。簪盍衆賢承德諭，驂鸞舞聽韻琤瑽。

金盤掌上日輝遲，月紀陽春合協時。深柳拂梢旗陰桂，落花吹影盖飛芝。臨河玉鑑涵文藻，接島瓊山映綵楣。林鵲噪聲先報喜，騣騣駕備馭虯螭。

洲盈草緑引風微，簇筍班聯駐𩥇騑。球戛珮聲鈴動索，扇移雲影烏飛翬。彪彪綵仗排旌羽，嬝嬝香烟曳衮衣。優遇禮門金燭撤，樞薪萃慶有光輝。

冰條署逈壁藏書，古制尊師謁禮初。徵鼓聽同陳策篋，奉璋環共擁簪裾。興文翼道崇
儀展，佑國酬勳祝悃攄。仍典持嚴箴一敬，承明有碣舊傳廬。銘珍勵品敦
庭中榜額絢丹塗，序繼皇謨聖合符。星日燦題榱並桷，霧烟霏篆楷兼模。
琮璧，訓寶儲才毓櫝梧。型典式瞻欽諭炳，青錢選重禮文敷。英莖製萃亭
瓊瑶滿架入籤題，瞻雅資深測管蠡。成集考圖觀壁左，滙文傳本校園西。
儲寶，漢魏碑頌室聚奎。瀛嶠積書藏院秘，清華露湛夜然藜。香觥泛露仙
芳春賞讌列庭階，縵糺雲蒸鬱氣佳。潢漢譜輝麟定角，菶萋鳴叶鳳鳴喈。
莖挹，翠脯搖風瑞箑排。光寵荷恩天禄接，堂東蔭徧緑陰槐。花瓻五度人
紗籠艷曲綺筵開，妙舞更番幾溯洄。霞絢海瀛登陸褚，雪霏梁館集鄒枚。
邀院，藥砌層翻影上臺。嘉宴禮成軒樂奏，沙堤重望寄鹽梅。和衷鼎治期
柯亭盼賞豔摛春，藻黼聯輝接席珍。歌再起歌賡集富，詠原依詠發聲醇。
懸鼓，見道徵文屏餙輪。珂振集賢羣聽竦，哦吟寫意寓陶甄。操歌漢讌臺
毫烟落紙拂香芸，愷樂陳詩賦韻分。高曲疊聲金振玉，衆竽環立海垂雲。
聯詠，仿律唐詩殿徹聞。叨坐末員微技展，璈琅繼響附仙羣。蛟蟠墨影池
坳堂玉映澈心源，賚予頻施廣樂尊。苞絡闌醇含至味，瀼溪傳派溯源真。
含潤，鳳組縑函軸紀恩。交泰誌麻揚盛美，抄贈典實載輶軒。

僚官衆集喜隨鑾，抃舞同時獻悃丹。謡進壤歌儒播化，頌傳輿論士騰歡。翹翹秀發華林杏，冉冉香披晝省蘭。遥望景星文運應，霄雲絢采振鵷鸞。天中日麗景斕斒，遠軫文覃廣澤頒。躔映斗輝連漢倬，律調風化洽瀛寰。年豐報瑞孚壇坎，地益徵圖貢海山。平蕩會逢時韙韙，編摩職忝豹窺斑。

『茳』：原文似『[illegible]』，疑誤，據文意改。茝茳，方與上句松竹相對，并協韻。

蓉峰詩話：『上特賞編修臣蔣祥墀回文詩，云（略）。諸什回環讀之成上下平三十首，而意義各别，亦可謂錦心繡口，極才人之能事矣』。自編蔣端隣年譜：『九年甲子，余年四十三，派脩詞林典故纂修，充國史館提調，恭纂高宗純皇帝本紀。二月，皇上幸翰林院，恭進迴文詩七律三十首，用上下平韻，皇上親選特取七人，余居首焉』。其子立鏞云：『謹案迴文詩册，都城傳鈔，幾于紙貴，至有鐫銅板作扇面者。叔父巾波公曾書一分，在鄂城刻之。時某王書負盛名，雅重府君書，朝中晤見索觀詩册，或謂應書呈一分，府君以體制攸關不之與也』。

張　寶

寶（一七六三—一八三二後）字仙槎，一字梅痴，江蘇上元人。久客幕府，遊歷甚廣，遍覽五嶽、名山大川，自繪泛槎圖。嘉慶十一年，北上京師。次年，和親王昭槤聘入府邸。二十三年，又自楚入粵，往觀澳門。工詩，有仙槎游草（嘉慶二十四年刻本）。

春遊戲仿迴文體詩

天連遠水養花時，勝景芳情自寫詩。煙鎖塢桃紅片片，霧籠隄柳緑絲絲。泉飛亂石寒拖練，酒賣春風暖颭旗。年少樂游佳日永，芊綿草長路旁池。繆艮文章遊戲四編卷二

『泉飛亂石』：繆艮夢筆生花四編卷上作『泉亂石飛』

繆蓮仙云：『此詩乃少時之作，讀之殊覺妙義環生』

黄廷鑑

廷鑑（一七六三—一八四一後）字琴六，號拙經逸叟，又號琴溪拙叟，江蘇常熟人，住六絃河畔。諸生。精考證，研摩群籍。著有第六絃溪詩鈔二卷（道光二十年二甎書屋刻本）。

夏夜養真齋獨坐戲效回文體

初霽晴空碧，滿庭夜景妍。疎陰竹漏月，澹色樹籠烟。虛意涼深坐，靜吟醉未眠。如何有此樂，寂寂愛逃禪。第六絃溪詩鈔卷一

劉榮甲

榮甲，湖北遠安人。廩生。

詠瀘溪寺迴文

霞烟鎖處一磻溪，水護山深刹路迷。斜徑曲尋芳嶺北，曉嵐晴對畫橋西。槎乘釣叟漁村近，澗響流泉石眼低。嘉植桂香秋發早，攀花仰月步雲梯。同治遠安縣志藝文

孫雲鳳

雲鳳（一七六四—一八一四）字碧梧，浙江仁和人。四川按察使嘉樂長女，諸生程庭懋室。隨父宦遊滇蜀，所至斐然成詠，通曉音律，兼精繪畫，爲袁枚女弟子之翹。著有湘筠館詞二卷（嘉慶十九年杭州愛日軒刻本）。

菩薩蠻迴文寄仙品妹

小簾疎雨花飛曉，曉飛花雨疎簾小。寒峭覺衾單，單衾覺峭寒。燕歸傷客遠，遠客傷歸燕。愁莫倚高樓，樓高倚莫愁。湘筠館詞（小檀欒室彙刻閨秀詞本）

雷瑨、雷瑊閨秀詞話卷三：『又仁和孫碧梧女士湘筠詞菩薩蠻廻文云，小慊疏雨花飛曉，曉飛花雨疏慊小。寒峭覺衾單，單衾覺峭寒。燕歸傷客遠，遠客傷歸燕。愁莫倚高樓，樓高倚莫愁』。

徐裕馨

裕馨（一七六五—一七九一）字蘭蕴，自署西泠女史，浙江錢塘人。東閣大學士本女孫，同里庠生程煥室。工畫，著有蘭韞詩草四卷（乾隆五十六年刻本）。

秋夜廻文

嫋嫋花煙弄影香，深沉院冷月凝霜。烏啼山静秋風遠，悄悄雲樓五夜長。

黄秩模國朝閨秀詩柳絮集卷三、吴振棫國朝杭郡詩續輯卷四十二選此

秋海棠廻文

幽籬菊蕋嫩抽芽，爛熳爭時腸斷花。秋院碧箋詩伴月，夜牕紅袖舞銷霞。柔情艷折清風曉，秀色妍滋香露華。羞掩婉容嬌態媚，稠紅映緑襯輕紗。蘭韞詩草卷一

叠韻牡丹廻文一絶奉答諸姊妹

人留月底酒憐花，麗句聯芳煥彩霞。新艷濃香風滿座，春深落葉露添華。蘭韞詩草卷四

諸　聯

聯（一七六五—一八一四後）字星如，號明齋，江蘇青浦人。少負雋才，而屢試秋闈不第。遂遊幕兩淛，後返里授徒爲生。工聲律，著有晦香詩鈔八卷（上海掃葉山房石印本）。

春日迴文

晴天一色草油油，靜坐空齋新起愁。鶯曉喚時醒好夢，燕斜飛處鎖深樓。笙簫弄得消閒日，侶伴招來話倦遊。生意詩情春孌婉，盈觴酒是舊風流。晦香詩鈔卷二

馮雲鵬

雲鵬（一七六五—一八三九）字九扶，號晏海、豔澥，又號紅雪詞人，江蘇南通州人。增貢生，十赴鄉試不中。善篆隸、金石、昆曲，兼工大小中令，長於考據，與弟雲鵷合編金石索，風靡海內。著有紅雪詞五卷（清掃紅亭繕本）、掃紅亭詩稿十四卷（道光十年自刻本）。

菩薩蠻閨情迴文

可人情處垂簾躲，躲簾垂處情人可。花入髩絲斜，斜絲髩入花。　杏紅嬌面近，近面嬌紅杏。啼眉畫教低，低教畫眉啼。紅雪詞甲集卷一

沈纕

纕字蕙孫，號散花女史，又號玉香仙子，江蘇長洲人。祁門教諭起鳳女，諸生林衍潮室。工詞賦及駢體文，善吹洞簫。著有翡翠樓集·浣紗詞一卷（任兆麟輯入吳中女士詩鈔，乾隆五十四年刻本）。

菩薩鬘 廻文

墜花紅處顰眉翠，翠眉顰處紅花墜。春惜可憐人，人憐可惜春。隔窗疎雨急，急雨疎窗隔。門掩便黄昏，昏黄便掩門。

錢三錫粧樓摘豔卷十、吳灝歷代名媛詞選卷四、畢振達銷魂詞選此雷瑨、晉瑊閨秀詞話卷三：『又長洲沈散花女士纕浣紗詞中，亦有廻文菩薩蠻，詞云，墜華紅處顰眉翠，翠眉顰處紅華墜。春惜可憐人，人憐可惜春。隔窗疏雨急，急雨疏窗隔。門掩便黄昏，昏黄便掩門』。

菩薩鬘 春日回文懷素芳周姊

落花紅雨春陰薄，薄陰春雨紅花落。清院一聲鶯，鶯聲一院清。碧波煙靄隔，隔靄煙波碧。魂斷最黄昏，昏黄最斷魂。 吳中女士詩鈔·翡翠樓集·浣紗詞

王昶國朝詞綜卷四十八選此

彭　鼇

鼇（？—一八一〇後）字戴五，號海觀，又號漁瀾山人，江西南城人。清乾隆五十四年己酉舉人，嘉慶六年以教職用，官廣信訓導。著有漁瀾山人集十二卷（嘉慶十五年存心堂刻本）。

送余企周歸南州廻文

腸廻幾日別知音，調古思彈一曲琹。梁照月團愁鎖梦，屽飛花點淚沾襟。茫茫白雪江津晚，暗暗香梅驛樹陰。長夜憶殘風雨冷，鄉還錦里故情深。

宜邑留別黃大作霖廻文

圖南對翮健培風（書館名圖南），得路雲鵬奮志同。孤月夜敲詩思巧，綺霞晴落筆才雄。壺傾快許君文敏，管測時慚我見窮。珠淚濕雲寒雨暗，紆縈悵別水流東。漁瀾山人集卷十

再次植圃前韵廻文一首

紅酣曙色景爭妍，歇雨春晴望曉天。風暖醉嬌花滴露，日遲含媚柳籠煙。通靈筆趣生藍岫，湧滚文波泛碧川。叢翠艷新詩館客，烘雲霽妙句裁箋。

賀友成婚迴文

東床坦腹滿高才，好梦香春放雪梅。紅玉軟柔温語並，風生帳暖夜交盃。漁瀾山人集卷十一

王貞儀

貞儀（一七六八—一七九七）字德卿，江蘇上元人，原籍安徽天長。宣化知府者輔孫女，宣城諸生詹枚室。十一歲從父往吉林，居五年，讀書，習騎射。旋回江南，又隨家轉徙京師、陝西、湖北、廣東。通天文、曆算、醫理，工詩文、繪畫，卒年僅三十。有德風亭初集十三卷、二集六卷等著作，吴思敬十朝新語外編云，嘉定錢大昕重其學，以爲班昭之後一人而已。

回文二首戲贈雲姬

微醉帶酣春態豔，密愁牽夢午情多。飛花落幕香消篆，乳燕歸梁畫捲羅。朱緒曾國朝金陵詩徵卷四十七

香蕊散蜂含重露，月華凝牖似微霜。長宵怯枕分鴛侶，遠路愁書寄雁行。

『畫』：金陵叢書本德風亭初集卷十作『晝』

許宗彦

宗彦（一七六八—一八一八）原名慶宗，字周生，一字積卿，又字固卿，浙江德清人。九歲能讀經史，善屬文。清嘉慶四年己未進士，爲朱珪所重，授兵部車駕司主事，就官二月，以親老引病歸，遂不復出。居杭州馬市街，杜門讀書，專心著述，於學無所不窺，尤精天文，有鑑止水齋集二十卷（嘉慶二十四年德清許氏家刻本、咸豐八年重刻本）。

菩薩蠻回文

緑烟疎柳高隄曲，曲隄高柳疎烟緑。斜日噪歸鴉，鴉歸噪日斜。　倦游憎道遠，遠道憎游倦。紅袖漫牆東，東牆漫袖紅。鑑止水齋集卷九

楊英燦

英燦（一七六八—一八二七）字蘿裳，江蘇金匱人。著有聽雨小樓詞稿二卷（光緒十七年西溪草堂刊本）。

菩薩蠻廻文

捲簾疎雨春風暖，暖風春雨疎簾捲。花落映窗紗，紗窗映落花。　簸錢苔砌坐，坐砌

苔錢簸。音好聽鳴禽，禽鳴聽好音。

前調 迴文

晚晴新月明窗滿，滿窗明月新晴晚。斟淺更低吟，吟低更淺斟。冷衾愁倚枕，枕倚愁衾冷。清露咽蟲鳴，鳴蟲咽露清。聽雨小樓詞稿卷下

周秀眉

秀眉（一七六九—一七八九），浙江蒼南蘭宋陽（今南宋鎮）人。象生女，適平陽蒲城庠生金瑶英，年二十一卒，有香閨集。

咏菊回文

風晚卷簾迎瘦影，壽延杯酌對清吟。東籬隱友佳名肇，日落斜暉耀翠金。蒼南女詩人詩集·香閨集

咏牡丹回文

芳院曉姿嬌映日，翠帷春態醉流霞。香凝夜朵柔梢碧，艷絶君家魏圃花。香閨集

周之楨

之楨（一七六九—一八三二後）字邦英，江蘇吴江松陵人。諸生。纂同里志、著省菴吟草六卷（道光十二年周氏原稿本）。

秋夜偶成廻文

蛙鳴亂草野燈殘，半夜凝愁添露寒。花落夢回風寂寂，紗窓透影月團團。省菴吟草卷二

秋夜廻文二首

蕭蕭響處淡含情，點點疎星煽月明。寥寂暗燈孤客伴，短長聲曲亂蟲鳴。颻風朔雁穿雲冷，艷色秋花滴露輕。朝暮映窓蕉入望，銷魂旅夜守殘更。

延緜客路遠天長，久歷艱辛苦遍嘗。圓月繫情關夜静，烈風侵夢入秋凉。烟浮晚閣停雲白，影射晴窓映菊黄。先後向階空落葉，年年冷眼滿凝霜。省菴吟草卷五

如真：『顛倒順逆，貫串如水下流，又得秋夜情景』

李兆洛

兆洛（一七六九—一八四一）字申耆，江蘇陽湖人。清嘉慶十年乙丑進士，改翰林院庶吉士，

散館授安徽鳳臺知縣。在任七載，轄境大治，以丁父憂歸，遂不復出。主講江陰暨陽書院，幾二十年。工詩文，精考證，尤長輿地之學，著有養一齋文集二十卷（四部備要本）。

端硯銘

圓硯，背出鸜鵒眼，環而銘之，迴文體。

圖心寫德模音治迹 養一文集卷十六

趙司成

司成字允紀，號靜園，雲南騰衝人。清乾隆五十二年丁未歲貢。著有靜園詩集。

回文詩

煙深卧閣早凝愀，冷夢驚回幾度秋。懸壁四山雲上下，隔簾一水月沉浮。翩翩影落飛鴻雁，皎皎光寒靜斗牛。前路客歸螢點點，邊城夜火似星流。 李根源永昌府文徵卷二十

按：此詩與張漢秋夜回文相同，見袁枚隨園詩話卷十四

陸庸

庸字備徵，江蘇太倉沙溪人。諸生。著有寓諸詩艸。

回文詩

寒露夜風清，薄雲秋月明。看書攜燭剪，飲酒把琴鳴。佚名沙溪詩存卷八（嘉慶間刻本）

方彦珍

彦珍字靜雲，號岫君，江蘇儀徵人。甘泉諸生程立基室。著有誠堂詩詞四卷。

秋泛回文

淼淼波平岸，深懷感暮秋。擾雲江樹密，翻浪白鷗浮。鳥巧啼幽竹，花疎放遠洲。小航彎僻渡，蘋藻簇舟遊。惲珠國朝閨秀正始集補遺（道光十一年紅香館刊本）

紅梅閣主人清代閨秀詩鈔卷六題作秋泛回文體（一九二二年上海中華新教育社石印本）

汪嫈雅安書屋文集卷二跋有誠堂集後：『族母靜雲方太孺人，苦節課朗廷姪入儀庠有聲。所著有誠堂詩集皆温柔敦厚之意，穌平中正之音，尤工迴文體，它人百瀴擬之難成，靜雲叉手立就，令人百讀不厭，一代閨中作手也』。

姚　泮

泮字獻功，一字焕平，安徽貴池人。善丹青，淡墨螃蟹，自足成家。

遊西山觀音洞十字廻文

西園過客醉山谿、覓石梯

二

遊春漫步覓深幽、石枕頭

三

音清鳥語似絃琴、響應林　姚瀚池上姚氏詩鈔卷二（光緒十三年貴池鰕湖小南樓刻本）

回文集卷四十　目録

回文集卷四十

黄承吉

承吉（一七七一—一八四二）字謙牧，號春谷，江蘇江都人。清嘉慶十年乙丑進士，補廣西興安知縣，調攝岑溪。十五年，解組歸里。通歷算，尤工詩古文，有夢陔堂詩集三十四卷、夢陔堂詩集五十卷本行世。

送别和迴文

草映春波緑，烟含霽樹芳。早行人逐鴈，餘望入天長。夢陔堂詩集卷十六

陳文述

文述（一七七一—一八四三）原名文傑，字退菴，又字雋甫，號雲伯、圓嶠真逸、碧城外史，晚號頤道居士，浙江錢塘人。清嘉慶五年庚申舉人，授安徽全椒知縣，改江蘇江都，歷知常熟等縣。遊京師，和楊芳燦齊名，時稱陳楊。又與王曇，郭麐、屠倬交最契。著有頤道堂文鈔十三卷（道光八年刻本）。

漏光鏡銘迴文

耀日凝朏照月澂圓

璧月樓眉子硯銘迴文

調螺點黛描蛾染翠

簪花閣墨銘迴文

蘊珠凝玉潤腴澂馥

合歡茗壺銘迴文

沁芳漱玉飲香綯緑

潤露凝珠蘊素澄腴

頤道堂文鈔卷四

柯汝鍔

汝鍔一名汝鶴，字清士，號北塘，浙江嘉善人。清乾隆五十七年壬子舉人，六上公車不第，謁選得龍泉訓導（入伴録作慈溪教諭），後攝金鰲書院山長。著有夢池草（柯鴻逵稻香閣遺稿附刻本）。

春景迴文絶句

霞明渡遠水，日落隱高城。花動風簾捲，鳥啼村酒傾。　夢池草

金鋭　金仁　金黄鐘　金奉堯

鋭字一冕，一字慕愚，江蘇吳江人。著有其恕齋詩草十八卷。

仁（一七七二—一八一五）字得尊，號鐵如，一號藹堂。鋭弟。嘉慶四年入庠，年四十四，客死嶺南。著有味真山房詩文集五卷。

黄鐘（一七九三—？）字癯夫，一字律初。恭弟。道光五年入庠，著有聽雨芭蕉館詩草三卷。

奉堯（一七九四—？）字黼唐，號稿生。仁子。著有蘿月榭詩鈔四卷（道光四年刻本）。

秋夜懷人回文二首

霜林萬葉落寒風壽人信寄遥空度雁鴻藹堂長漏滴時愁客遠癯夫蒼山夜色月朦朦奉堯

西窗坐月冷風斜藹堂靜夜秋林遠噪鴉癯夫溪水映星寒閃閃奉堯迷離望處隔蒹葭慕愚　蘿月榭詩草

嚴駿生

駿生（一七七二—一八二四後）字小秋，江蘇上元人（原籍浙江嘉興）。肄業鍾山書院，乾隆五十八年舉秀才。曾從袁枚遊，工詩，尤長於詞，著有餐花吟館詞鈔六卷（道光四年刻本）。

菩薩蠻 迴文

蝶眠驚影雲偷月，月偷雲影驚眠蝶。春雨細銷魂，魂銷細雨春。柳新如緑酒，酒緑如新柳。樓上怕人愁，愁人怕上樓。（光緒二十八年刻本）秦際唐金陵詞鈔卷一 餐花吟館詞鈔卷三

子夜歌 迴文

夢纏愁處尋無縫，縫無尋處愁纏夢。仙蝪駕飛煙，煙飛駕蝪仙。好花風妒早，早妒風花好。春負緑鬟雲，雲鬟緑負春。

又

鏡如圓月明生恨，恨生明月圓如鏡。紅暈小鐙籠，籠鐙小暈紅。淚珠兆錦被，被錦兆珠淚。單影怯更殘，殘更怯影單。

子夜歌

偶見明邱文莊仲深瓊臺會藁有秋思迴文體，因戲仿之。

横窗竹影濃成字，个人撩眼生愁思。離遠夢秋萍，風飄若散星。流潮迴有信，那處鷗盟冷。春人恨絮飛，如何去不歸。餐花吟館詞鈔卷六

聶鎬敏

鎬敏（一七七三—？）字豐陽，號京圃，别號松心居士，湖南衡山人。肇奎長子。清乾隆五十九年甲寅舉人，嘉慶六年辛酉進士，選庶吉士，授編修，歷左右春坊、善贊、中允，司經局洗馬。十六年，提督安徽學政，尋丁父憂歸。服闋改兵部職方司郎中，遷嚴州知府，以母老乞休，遂不出。著有松心居士集三十八卷（道光初刻本）。

春閨

風林一笛弄悠悠，暖日閒吟獨上樓。紅杏拂烟春惹恨，緑楊垂雨暮牽愁。鴻飛斷處深情遠，燕語喧時破夢幽。空碧接山遥入望，瓏玲玉箔捲簾鈎。

佇月

洲汀盡處斷霞紅，曲水停琴古趣同。幽徑小松青過雨，隔籬疏竹翠摇風。舟頭浪送閒雲暮，寺外山浮遠黛空。留滯幾時明月好，秋林一葉落橋東。王仲厚回文文學奇觀

聶銑敏

銑敏（一七七四—一八二八）字晉光，號蓉峯，湖南衡山人。肇奎第三子。清乾隆六十年乙卯舉人，嘉慶十年乙丑進士，選庶吉士，改兵部武選司主事。十四年，顒琰五十壽辰，進呈詩頌稱旨，特授編修。十五年，充貴州副考官。二十四年，提督四川學政。在任三載，文必親閲，尋以知府揀發浙江補用，權篆紹興。著寄嶽雲齋初稿（亦名近光堂經進初稿）十二卷，内迴文賦一卷，有嘉慶十二年丁卯令德堂、十四年己巳積秀堂、二十一年丙子經國堂刻本。又〔寄嶽雲齋初稿〕回文賦一卷，嘉慶十二年文德堂刻本。一九六四年姪曾孫其焜手録東巡賦一篇，存上海圖書館。此文也載道光衡山縣志卷三十九、吴繼志三養齋輯迴文賦詩詞對合編。

進呈御覽回文賦

聖駕東巡盛京祇謁祖陵禮成恭賦回文體謹序

洪惟我皇上，仁法天心，孝承祖德。自癸卯秋隨侍高宗純皇帝，四謁三陵，即膺眷顧深恩，

默告祖宗，畀以大寶。丙辰受璽以來，無在不以篤慶錫光爲念。如臨辟雍，幸翰院，四推耕耤，三宥緩刑，鳳詔所舉，一遵舊章。廼於今年七月十八日，啟蹕恭謁橋山，望山告海，百神受職。每當覽古興懷，發爲睿藻，尊祖敬天之忱，肫肫在抱。八月乙未，詣啟運，謁永陵，慶衍白山，祥開橫甸，穆然思四祖之基王業也。庚子詣天柱，謁福陵，甲奮十三，兵破廿萬，皇然思太祖之受神器也。辛丑詣隆業，謁昭陵，朝鮮受降，盛京建學，赫然思太宗之統六合也。悽愴怵惕，莫名至誠。賜酹陪塋，恩澤周渥。禮成之時，特降綸音。以嗣後再舉謁陵典禮，泒皇子隨侍展謁，俾瞻仰之餘，咸知追遠報本。凡陵寢宮殿，修葺完善，猶以後此敬謹護守，隨時省視爲重。並以宗室王貝勒貝子公等，均係天潢一泒，祖墓俱近在兩京，奉使查工，既得展謁山陵，又得各申私慕，推恩錫類，孝之至也。駕至盛京，修禋祀，莅舊宮，瞻堂構，愾聞僾見，如存如生。廼御崇政殿大朝會，中外親賢，咸分賜酺。廢者起，高者增，十賚肆施，湛恩廣被，一如純皇帝東巡時。回鑾循薊門，展謁東陵，舜慕堯思，依依若接。九月壬申，蹕旋京師，告奉先殿，恭慶禮成。夫帝王相禪，道若循環，先後異時，理原合轍。我國家聖聖相承，光華復旦。伏讀味餘書室集中，盛京和韻諸什。唐虞賡颺，成周作述。並集一時，千古罕有。今膺寶命，虔修上儀。歲逢乙丑，是太祖建京之時。期届十年，乃太宗受璽之會。而蠲吉練辰，又適與聖祖仁皇帝初莅之年相合。本年庶常散舘，題命東巡賦，韻限昭茲來許，繩其祖武。是誠繼往開來，紹聞衣德，綿景運於無窮也。臣學識謭陋，仰蒙聖恩，幸得觀光玉署，際雲漢昭回之庥，被稽古右文之化。竊不揣冒昧，謹遵欽命原韻，敬擬回文賦體，敷陳鉅典，一以紀啟蹕重來之景，一以攄回鑾追慕之思。其回韻即用於萬斯年受天之祜，以効億萬載中錫無疆之頌禱焉。謹拜手稽手以獻，曰：

祜篤先慶，巡行帝朝。宇啟綿瓞，邦建蕃椒。怒飾旄鉞，勤思玉瑶。撫荒遠而來王享，隆創垂而重廟祧。覩文兮夢旦，墻舜兮羹堯。膴膴兮京依東海，茫茫兮塞接左遼。户庭傳形兮僾愾，陵寢極目兮岧嶢。取湖爲鼎，名山以橋。吐英瑞兮光前，歆神降果；呈異靈兮佑後，集鳥凭霄。虎踞龍蟠，祥鍾氣王；鸞翔鵠峙，秀啟凡超。俯仰興懷，年歷豳部而上；綿延錫祚，世傳豐芑而遥。聚丁甲兮守護，羅星辰兮布昭。用是之綱之紀，得序得宜。鳌工績兮勒鐘鼎，立室宫兮森桷榱。崎嶔兮門闉，蔚炳兮亭碑。綏神建廟，勸善增祠。芝生應瑞，柳折徵奇。追遠務本，睦親連枝。孜孜兮靡宵旰，業業兮格神祇。期展九重，蹕啟先銜鳳詔；壽延千萬，鑾回待祝鴻禧。儀隆兮四謁陵，地勝娱顔承徃歲；典繹兮三瞻祖，天中麗景美當時。持關兮山接海，葺廟兮齊衍今兹。若乃天秋曉兮翠旗動，日晴新兮烏彩偕。蟬吟柳而絲曳，雁度楓而錦裁。鞮弓兮防衛，佩劍兮侍陪。前旌耀暉而捲月，去騎馳驟而驚雷。煙嵐銷兮分黛嶺，霧瘴掃兮除塵埃。泉曲波澄，積閏緣知令轉；幕深寒浸，生風應快凉回。仙飛渡記青牛，樹高葱鬱；櫂去光浮緑鴨，江遠溯洄。平蕩遵兮萃都邑，險隘陟兮臨墟垠。連雲兮白山障列，出日兮碧海帆開。專悃忱而奠帛璧，毖禋祀而潔尊罍。蠲吉兮孝享，致誠兮神來。惟夫受命延洪，覃恩錫與。後先輿慼几筵，來往繫情業虡。斗牛騰彩兮中秋届期，星虹兆祥兮聖誕逢序。酉二啟兮藏疇圖，庚三過兮避溽暑。酒進黃流而酌匏，牲刑白牡而登俎。壽比栢松，香升秬黍。丑紐迎祥，寅清定叙。久長計在保邦，承顯思惟纘緒。右左降陟兮肅肅雍雍，泉源瞻覲兮言言語語。赳赳桓桓兮鷹揚頒師，明明赫赫兮虎虓振旅。九部摧而威昭，三姓平而侮禦。守平成兮業崇，勞創造兮功鉅。厚積累兮世享長，符德大兮傳多許。年豐卜而康隆，宇泰開而運承。埏垓兮泝暢，室牖兮依滉。編誌古稽兮盛京文溯，構堂新煥兮嘉蔭舊仍。千門兮深邃，二木兮崚嶒。宣昭功德兮神感應，奠定清寧兮著貞恒。翩翩兮宮前麟集，翽翽兮樓上鳳騰。虔修饗食，備告嘗蒸。川瀆徧禋，繼思庭紹。溢陬偕覲，崇政座升。聯班牧伯，接踵卿丞。傳宣近貴，賚予廉能。絃揮薰而風動，服繪藻而霞蒸。先之舞象鳴鯨，磬笙兼奏；外而呈簝獻雉，筐篚是登。筵開廣厦集屏藩，醉酣零露；宴賜中庭盈宰輔，清勵飲氷。權量謹而法律正，廢墜修而俊才徵。賢尊親勸，厚益高增。乾乘廣運，兑悦同興。綿先德兮翼翼，起後嗣兮繩繩。以是斯來兮神受職，此樂兮衆興思。耆老安兮歡聽覩，訟獄弭兮釋矜疑。旗軍徧喜蠲賑，序校自譜歌詩。治尉候者蹈舞，脱兵甲者游嬉。維駿沛豐兮意適，駐輦瀍澗兮情怡。貽謀兮式穀，近光兮傾葵。師戰圖兮摩壘壁，過叠道兮遵路逵。迤邐兮騎從，繚繞兮車隨。辭右潘而深繾綣，望東陵而切依馳。彝薦商兮鼎傳夏，禮典夷兮樂掌夔。司祝嘏者孝告慈告，備序房者陳其設其。彼萬舞兮光湯，昭陳兮纘禹。飯視寢門兮畢祭垂型，膏降林樹兮漢興從扈。艮止詒誚兮唐命親臣，升中廢議兮明嗟守府。徤行惟今，恭傳尚古。論定禘郊兮文垂，儀修原巘兮缺補。願慰人臣兮瞻就日雲，封增郡縣兮櫛沐風雨。建國留都，分司減部。勸諷時及官僚，歌詠是陳曚瞽。巽重申而錫命三，離繼照而當位五。獻曲瞻陵，巡方格祖。於是拜賡，頌曰德美。譽播兮聖主，化行兮安土。閭里榮兮膺籙圖，國家光兮揚黻黼。疎及親兮施德周，邇兼遐兮被恩溥。居處切思兮重刀球，廟壇申敬兮盛簠簋。旟旐殷兮固本原，帶礪永兮崇弼輔。輿蹕停兮土風陳，綍綸宣兮潢星譜。書車統一兮定治成功，幣貢來同兮修文偃武。

武偃文修兮同來貢幣，功成治定兮一統車書。譜星潢兮宣綸綍，陳風土兮停蹕輿。輔弼崇兮永礪帶，原本固兮殷旐旟。簋簠盛兮敬申壇廟，球刀重兮思切處居。溥恩被兮遐兼邇，周德施兮親及疎。黼黻揚兮光家國，圖籙膺兮榮里閭。土安兮行化，主聖兮播譽。美德曰頌，賡拜是於。祖格方巡，陵瞻曲獻。五位當而照繼離，三命錫而申重巽。瞽曚陳是詠歌，僚官及時諷勸。部減司分，都留國建。雨風沐櫛兮縣郡增封，雲日就瞻兮臣人慰願。補缺兮巘原修儀，垂文兮郊禘定論。古尚傳恭，今惟行徤。府守嗟明兮議廢中升，臣親命唐兮誚詒止艮。扈從興漢兮樹林降膏，型垂祭畢兮門寢視飯。禹纘兮陳韶，湯光兮舞萬。彼其設其陳者房序備，告慈告孝者嘏祝司。夔掌樂兮夷典禮，夏傳鼎兮商薦彝。馳依切而陵東望，綣繾深而瀋右辭。隨車兮繞繚，從騎兮邐迤。逵路遵兮道叠過，壁壘摩兮圖戰師。葵傾兮光近，觳式兮謀詒。怡情兮澗灑輦駐，適意兮豐沛驂維。嬉游者甲兵脱，舞蹈者候尉治。詩歌譜自校序，賑鬫喜徧軍旗。疑矜釋兮弭獄訟，覯聽歡兮安老耆。思興衆兮樂此，職受神兮來斯。是以繩繩兮嗣後起，翼翼兮德先綿。興同悦兑，運廣乘乾。增高益厚，勸親尊賢。徵才俊而修墜廢，正律法而謹量權。氷飲勵清，輔宰盈廷中賜宴；露零酣醉，藩屏集廈廣開筵。登是筐筐，雉獻嫠呈而外；奏兼笙磬，鯨鳴象舞之先。蒸霞而蒸繪服，動風而薰揮絃。禋徧能廉予賚，貴近宣傳。丞卿踵接，伯牧班聯。升座政崇，覲偕陬澨。紹庭思繼，禋徧瀆川。烝嘗告備，食饗修虔。騰鳳上樓兮翩翩，集麟前宮兮翩翩。恒貞著兮寧清定奠，應感神兮德功昭宣。嶒崚兮木二，邃深兮門千。仍舊蔭嘉兮煥新堂構，泝文京盛兮稽古誌編。憑依兮牖室，暢泝兮垓埏。承運而開泰宇，隆康而卜豐年。許多傳兮大德符，長享世兮累積厚。鉅功兮造創勞，崇業兮成平守。禦侮而平姓三，昭威而摧部九。旅振虓虎兮赫赫明明，師班揚鷹兮桓桓赳赳。語語言言兮覲瞻原泉，雍雍肅肅兮陟降左右。緒纘惟思顯承，邦保在計長久。叙定清寅，祥迎紐丑。黍秬升香，松栢比壽。俎登而牡白刑牲，匏酌而流黄進酒。暑溽避兮過三庚，圖疇藏兮啟二酉。序逢誕聖兮祥兆虹星，期屆秋中兮彩騰牛斗。虞業情繫往來，筵几感興先後。與錫恩覃，洪延命受。夫惟來神兮誠致，享孝兮吉蠲。罍尊潔而祀禋毖，璧帛奠而忱悃專。開帆海碧兮日出，列嶂山白兮雲連。隈墟臨兮陟隘險，邑都萃兮遵蕩平。洄溯遠江，鴨緑浮光去櫂；鬱葱高樹，牛青記渡飛仙。回凉快應風生，浸寒深幕；轉令知緣潤積，澄波曲泉。埃塵除兮掃瘴霧，嶺黛分兮銷嵐煙。雷驚而驟馳騎去，月捲而輝耀旌前。陪侍兮劍佩，衛防兮弓鞬。裁錦而楓度雁，曳絲而柳吟蟬。催彩鳥兮新晴日，動旗翠兮曉秋天。乃若茲今衍慶，昔曩同規。施恩廣逮臣下，系牒分重餘支。箕畢兮紛滌灑，豆籩兮寄詢諮。夷與齊兮廟葺，海接山兮關持。時當美景麗中天，祖瞻三兮繹典；歲往承顔娱勝地，陵謁四兮隆儀。禧鴻祝待回鑾，萬千延壽；詔鳳銜先啟蹕，重九展期。祇神格兮業業，旰宵釐兮孜孜。枝連親睦，本務遠追。奇徵折柳，瑞應生芝。祠增善勸，廟建神綏。碑亭兮炳蔚，闉門兮嵚崎。榱桷森兮宫室立，鼎鐘勒兮績功鳌。宜得序得，紀之綱之。是用昭布兮辰星羅，護守兮甲丁聚。遥而芑豐傳世，祚錫延綿；上而部豳歷年，懷興仰俯。超凡啟秀，峙鵠翔鸞；王氣鍾祥，蟠龍踞虎。霄烜鳥集，後佑兮靈異呈；果降神歆，前光兮瑞英吐。橋以山名，鼎爲湖取。㠔岧兮目極寢陵，愾僾兮形傳庭户。遼左接塞兮茫茫，海東依京兮膴膴。堯羹兮舜墻，旦夢兮文覩。祧廟重而垂創隆，享王來而遠荒撫。瑶玉思勤，鉞旄飾怒。椒蕃建邦，瓞綿啟宇。朝帝行巡，慶先篤祜。（翰林院庶吉士臣聶銑敏恭進）令德堂本寄嶽雲齋初稿卷首

衡山縣志題作嘉慶十一年聖駕東巡盛京祇謁祖陵禮成賦回文體并序。

『仰蒙聖恩』：恩，其焜本作『德』

『拜手稽手』：稽手，其焜本作『稽首』

『鼇工績』：工，回文作『功』；其焜本順回俱爲『功』

『天秋曉』：曉，回文原作『晚』，據其焜本改。

『前旌耀暉』：暉，回文作『輝』；其焜本順回俱爲『輝』

『積閏』：閏，回文作『潤』，其焜本順回俱爲『閏』

『業虡』：虡，回文原作『虞』，從諸本改

『保邦』：保，其焜本作『安』

『泉源』：源，回文作『原』；其焜本順回俱爲『源』

『頒師』：頒，回文作『班』；其焜本順回俱爲『班』

『九部摧』：摧，其焜本作『催』

『康隆』：文德堂、經國堂、其焜本、縣志俱作『降康』

『備告嘗蒸』：蒸，經國堂本，縣志作『烝』；除其焜本外諸本回文俱作『烝』

『宴賜中庭』：庭，諸本回文俱作『廷』

『昭陳』：昭，經國堂、其焜本作『詔』，縣志作『紹』；，諸本回文俱爲『詔』

『補鈌』：鈌，文德堂、經國堂本、縣志同，其焜本仍作『缺』

『綣繾深而瀋右辭』：綣繾，回文原作『繾綣』，諸本同，從其焜本改

『二酉』：酉，回文原作『酋』，文德堂本同，從諸本改

『誠致』：致，回文原作『敬』，文德堂本、縣志同，從諸本改

『疊尊』：疊，回文原作『壘』，文德堂本、縣志同，從諸本改

林聯桂

聯桂（一七七四—一八三六）初名家桂，字道子，號辛山，又署薪山，廣東吳川人。清嘉慶六年辛酉充選拔貢生，九年甲子舉人。久客京邸，連不得志，道光六年丙戌始成進士，分發湖南。八年委署綏甯，越二年實授新化，十三年遷晃州直隸廳通判，俱有政聲。十五年八月調補邵陽，逾四月卒於任。著見星廬詩稿八卷、見星廬館閣詩話二卷，見星廬賦話十卷（許汝韶、吳宣崇輯入高涼耆舊遺集，光緒十八年高城聯經號刻本）。

回文賦

詩有回文體，始於蘇蕙織錦之作，後世祖其體者甚衆。若賦用回文體格者，古不多見。近人如聶學使銑敏進呈盛京謁陵回文賦，曾邀睿皇帝首擢，體製最稱新警，其賦刻近光堂集中，斯亦可備賦家之一格也。今皇上御極之三年春二月十有三日癸丑，車駕幸太學，行釋奠講學

禮。余謹擬臨雍講學賦一篇，其順文則以治臻唐虞道尊周孔爲韻，其回文則以德配天地學隆古今爲韻，殆倣聶學使體格而偶一爲之者也。

其順文賦云：

今古立極兮道崇，宙合敷教兮盛治。心性命兮貫以三，校序庠兮與之四。壬林頌兮開天明倫，卯茂賡兮觀風展義。音噦鸞兮龍六飛，聽圜橋兮鼓衆至。欽車服兮師崇，潔豆籩兮誠積。臨雍肅兮禮盛陳，造俊髦兮法大備。琳瑯觸兮黄幄經，檜槐映兮青旗翠。古往今來兮遠紹斯統，明述聖作兮繁祉駢臻。舞干羽兮懿德時夏，宣風教兮和淑惟春。魯轅鄒館兮師儒接迹，經席爵案兮更老崇賓。五咸而三登兮神教茲溥，三升而四選兮才俊斯振。鼓篋懷經兮襘襘翼翼，趨奥攝齊兮侃侃誾誾。户霞纞霧兮麟麟炳炳，龍蹲鳳峙兮夭夭申申。吐氣含和兮斷斷濟濟，纓獵席讓兮甡甡甡甡。黼扆雍雍兮聖繼者聖，楓宸穆穆兮人治以人。隆秩禮兮誦姬孔，式儀序兮陋漢唐。東西南北兮帝學斯入，鄭孔賈馬兮經説以詳。蒙養正兮昕大警，賁治文兮維四張。中啟道兮羹牆見，集大成兮金玉鏘。叢雜芟兮析淆混，翳陰散兮升曦陽。鴻惟帝兮躬率表，鵠爲君兮聖道昌。學以圖象兮疇九衍夏，明是物倫兮教五有虞。覺先知兮明聰亶，儒後傳兮聾瞶驅。角亢之歷歷兮緯五燦，羲娥之昭昭兮明兩符。嶽嶽華岱兮山高是仰，洋洋江海兮流衆爭趨。倬昭漢雲兮章天璀璨，和煦春陽兮厚澤沾濡。地天交泰兮彝訓斯敷，神聖是師兮文明以道。異數頒兮高曩疇，殊恩渥兮邁軒昊。瑞靈徵兮星聯珠，醲化敷兮風偃草。知明仁體兮源真導以開，邪闢正崇兮心傳證如皓。觶舉香升兮璧藻泮芹，齋明盛服兮芝旂翠葆。天朗氣清兮市槐矚遠，地動車轟兮乘石降尊。饠吉毖祀兮篚日，視學釋菜兮尋源。淵淵蜎蜎兮慮滌，默默冥冥兮道敦。闐諠衢陌兮典曠，命申臣下兮綸温。拳殷心法兮履道坦坦，默契真宰兮成性存存。配上帝兮撰合，孚下民兮慮周。塞欵而譯通兮威聲遠，熙重而洽累兮涫風流。内順而外附兮導化挸，安邇而肅遠兮典祀修。對天如對聖兮誠通昊綷，尊君而尊師兮拜稽冕旒。酹酒流馨兮葅醢薦，明禮備樂兮瑞祥浮。佩玉鳴鸞兮集紳士，丁虔寅敬兮贊王侯。德至巍巍兮謁聖瞻天，衣紹祇祇兮情周思孔。飾雕輦兮丙御雷奔，清塵道兮孛驅彗擁。植綱首善兮學校親，崇禮先聖兮道化總。則天應乾兮肇體元，承師問道兮官正董。色呈卿靄兮郁郁氤氤，祥誌鳳梧兮喈喈萋萋。億兆年兮永祚之繼繼承承，千萬狀兮佳氣之鬱鬱蓊蓊。

其回文賦云：

蓊蓊鬱鬱之氣佳兮狀萬千，承承繼繼之祚永兮年兆億。萋萋喈喈兮梧鳳誌祥，氤氤郁郁兮靄卿呈色。董正官兮道問師承，元體肇兮乾應天則。總化道兮聖先禮崇，親學校兮善首綱植。擁彗驅孛兮道塵清，奔雷御丙兮輦雕飾。孔思周情兮祇祇紹衣，天瞻聖謁兮巍巍至德。侯王贊兮敬寅虔丁，士紳集兮鸞鳴玉佩。浮祥瑞兮樂備禮明，薦醢葅兮馨流酒酹。旒冕稽拜兮師尊而君尊，綷昊通誠兮聖對如天對。修祀典兮遠肅而邇安，掟化導兮附外而順内。流風涫兮累洽而重熙，遠聲威兮通譯而欵塞。周虞兮民下乎，合撰兮帝上配。存存性成兮宰真契默，坦坦道履兮法心殷拳。温綸兮下臣申命，曠典兮陌衢諠闐。敦道兮冥冥默默，滌慮兮蜎蜎淵淵。源尋兮菜釋學視，日筮兮祀毖吉蠲。尊降石乘兮轟車動地，遠矚槐市兮清氣朗天。葆翠旂芝兮服盛明齋，芹泮藻璧兮升香舉觶。皓如證傳心兮崇正闢邪，開以導真源兮體仁明智。草偃風兮敷化醲，珠聯星兮徵靈瑞。昊軒邁兮渥恩殊，疇曩高兮頒數異。道以明文兮師是聖神，敷斯彛訓兮泰交天地。濡沾澤厚兮陽春煦和，璨璀天章兮雲漢昭倬。趨爭衆流兮海江洋洋，仰是高山兮岱華嶽嶽。符兩明兮昭昭之娥羲，燦五緯兮歷歷之亢角。驅瞶聾兮傳後儒，表亶聰明兮知先覺。虞有五教兮倫物是明，夏衍九疇兮象圖以學。昌道聖兮君爲鵠，率躬兮帝惟鴻。陽曦升兮散陰翳，混淆析兮芟雜叢。鏘玉金兮大成集，見牆羹兮道啟中。張四維兮文治賁，警大昕兮正養蒙。詳以説經兮馬賈孔鄭，入斯學帝兮北南西東。唐漢陋兮序儀式，孔姬誦兮禮秩隆。人以治人兮穆穆宸楓，聖者繼聖兮雍雍宸黼。甡甡兟兟兮讓席獵纓，濟濟齗齗兮和含氣吐。申申夭夭兮峙鳳蹲龍，炳炳麟麟兮霧欒霞户。闇闇侃侃兮齋攝奥趨，翼翼襜襜兮經懷篋鼓。振斯俊才兮選四而升三，溥茲教神兮登三而咸五。賓崇老更兮案爵席經，迹接儒師兮館鄒輳魯。春惟淑和兮教風宣，夏時德懿兮羽干舞。臻駢祉繁兮作聖述明，統斯紹遠兮來今往古。翠旗青兮映槐檜，經幄黄兮觸瑯琳。備大法兮髦俊造，陳盛禮兮肅雍臨。積誠兮籩豆潔，崇師兮服車欽。至衆鼓兮橋圜聽，飛六龍兮鸞噦音。義展風觀兮賡茂卯，倫明天開兮頌林壬。四之與兮庠序校，三以貫兮性命心。治盛兮教敷合宙，崇道兮極立古今。

『心性命』：回文作『性命心』

『集大成』：回文作『大成集』

『彝訓斯敷』：回文作『敷斯彝訓』

『知明仁體』：知，回文作『智』

『學校親』：回文作『親學校』

回文千字文

千字文始於梁之員外周興嗣，其後擬之者甚夥，而最佳者莫如吴翰林省蘭之集字祝嘏千字文一篇，純皇帝嘉賞特賜翰林，亦異數也。睿皇帝六旬萬壽，九月二十六日，余接御駕於倚虹橋，進呈祝嘏回文千字文一篇。篇内順文回文凡二十易韻，頗欲擺脱前人窠臼也。雖文與賦異，然駢體用韻之文，文即賦也，因附録於此。

其順文千字文云：

長天久地，日升月恒。岡崇阜厚，崿峙淵渟。蒼松翠柏，糺雲景星。翔鸞翥鳳，麟降龍騰。航梯艫頌，雹虹曜靈。章雯倬漢，鶴算椿齡。囊括宙合，彈壓川陵。望瞻卿靄，超溢結繩。揚播遐邇，拜颺歌賡。康彊逢身，瑞祥集呈。香芬梅萼，樂叶韶韺。皇惟壽愷，古今轢轕。清穆上聖，父乾母坤。凝貺昊綷，澤被烝元。精誠滌慮，默契宰真。馨德薦達，氣靄氤氳。晴雨時若，念廑楓宸。貞心夜午，祀躬晨辛。兄羲姊娥，罰秋賞春。禋肇蒞事，懷柔遍均。冥漠感格，介熙罷湣。明幽悅喜，禧祉來臻。徵休習翕，保佑重申。祖宗初基，祺衍遼瀋。祜篤朱果，紅蓮異禀。土拓圖恢，神武烈凛。部署旗分，制字慎審。撫定家邦，民登席衽。煦嘘函夏，敉甯彙品。户闥要荒，河山繡錦。樹侯建屏，醋食和飲。苦疾驅除，洪業著甚。矩步顯庸，虔謁園寢。作述五朝，訓言昭宣。恪誦闡繹，萬方規圓。度義履仁，法備道全。酌經裁典，動直靜專。鑠懿隆茂，源溯流沿。鑰鐍扃啟，愆忘袪躅。絡軒網燧，農駢慮肩。廓創兼守，授受璽傳。託付人得，唐虞際連。博廣洴澼，億萬歲年。奎藻煥炳，曙霞覩覿。題籤志標，收藏寶墨。批摺覽牘，銘鐫箴刻。齊巘絢霄，繪絺潤飾。稽攷訂證，梳爬辨析。迷指訛解，斬藤芟棘。賫亡續遺，羽書翼籍。躋墳躪索，館開修敕。西鰈東鶼，金鑄石泐。蹊徑從覓，輯搜必力。雞林增價，鴻談破的。圭臬表準，儒師式則。犀判混淆，路導軫軾。蹄輪追逐，屆南敷北。隄防邪說，剖別白黑。萋菶藹吉，毫素赫赩。藜懸璧聚，潔澄竇塞。鑱刮目張，甕陋醢測。畦町擺脫，落刊組織。倪端識認，朗鑒卓特。學講範疇，襟羅海鏡。渥沛絲綸，治尊孔孟。活啟朕心，緝光彌性。沐膏外飫，濬哲内映。俗易宇謐，位乘居正。浴澡新盤，宵旰勤政。矚察逖隱，興剔利病。育愛黎赤，噢咻兆姓。礜項儷徽，姚姒媲盛。鞠謀營抱，勳華偕併。族睦瓜瓞，崧岳稱慶。福禔臣庶，津涯涵泳。黄幄御門，件案辦徧。廊巖暇豫，槐列召見。王侯貝輔，公貳臺諫。鏘鏗鳴佩，翰詹俊彦。疆封督提，尹牧州縣。倉漕鹽鹺，邊吏伍弁。詳到詢訪，陳對閣殿。臧否注銓，調遷差遣。襄贊猷爲，綜核諳練。綱整紀飭，殷域禹甸。雱霈報驛，耕桑省諺。粱稻糴平，琲珠賣賤。瑺丁銅鈴，浮沈漏箭。劻勷懋慔，推施擇選。摇筆握鈐，廟運戎韜。苗頑洋匪，潢池嘯號。飆舉霆奮，掃霾捲濤。招旟揭纛，剚鯨斷鼇。銷兵鎔鐻，買犢沽刀。徭撤庸酬，馬放豕牢。漂板淩涿，邁毫駕陶。劭勗卒旅，閱射親操。驍勇鼓勵，馳驟鄂褒。囂諠冰嬉，簡校樞曹。驕狐猛虎，狩獵弓弢。燋藪燎原，澗血叢毛。嶢岧峻坂，按轡鞬櫜。帥將權輿，森嚴仗衛。騎赴雷奔，温容霜霽。閟邃縈想，盈虚均劑。冀青賑災，寰瀛寵惠。肆赦減等，宿逋免税。貤贈誥軸，廕逮嗣系。泌衡憙欣，科疊應製。秘笈竚披，柳染衣曳。示旌閭楔，節婦悌弟。緻密綏暢，恩覃陬澨。漬滋汪濊，溥沾巨細。支卯干己，帝誕樂胥。鼇祝埏垓，輻湊塗衢。逵輳軌附，九寓呴愉。倕鐘炎磬，昌菹發魚。芝房醴泉，蒿室翣廚。尼榼湯鼎，堯羹舜蒯。夷掌夔命，簪笏紛趨。墀侍皋稷，詞振瓊琚。

離鞮任昧，職貢爭娱。熹聯弧角，極當斗車。巍峩呼嵩，覆載同謨。詩獻擊壤，敬仰蓬壺。

其回文千字文云：

壺蓬仰敬，壤擊獻詩。謨同載覆，嵩呼峩巍。車斗當極，角弧聯熹。娱爭貢職，昧任鞮離。琚瓊振詞，稷皋侍墀。趨紛笏簪，命夔掌夷。剌舜羹堯，鼎湯榼尼。廚翣室蒿，泉醴房芝。魚發萓昌，磬炎鐘倕。愉呴寓九，附軌輳逵。衢塗湊輻，垓埏祝釐。胥樂誕帝，己干卯支。細巨沾溥，濊汪滋漬。溢陬覃恩，暢綏密緻。弟悌婦節，楔閭旌示。曳衣染柳，披竚笈秘。製應疊科，欣憙衡泌。系嗣逮廕，軸誥贈貤。稅免逋宿，等減赦肆。惠寵瀛寰，災賑青冀。劑均虛盈，想縈邃閟。霽霜容温，奔雷赴騎。衛仗嚴森，輿權將帥。櫜鞬轡按，坂峻岧嶢。毛叢血凋，原燎藪燋。岌弓獵狩，虎猛狐驕。曹樞簡校，嬉冰諠囂。褒鄂驟馳，勵鼓勇驍。操親射閱，旅卒舁劭。陶駕亳邁，涿淩板漂。牢豕放馬，酬庸撤徭。刀沾犢買，鐻鎔兵銷。鼇斷鯨剸，纛揭旟招。濤捲霾掃，奮霆舉飆。號嘯池潰，匪洋頑苗。韜戎運廟，鈐握筆摇。選擇施推，懊懋勦劻。箭漏沈浮，鈴銅丁璫。賤賣珠琲，平糶稻粱。諺省桑耕，驛報霈霶。甸禹域殷，飭紀整綱。練諳核綜，爲猷贊襄。遣差遷調，銓注否臧。殿閣對陳，訪詢到詳。弁伍吏邊，鹺鹽漕倉。縣州牧尹，提督封疆。彥俊詹翰，佩鳴鏗鏘。諫臺貳公，輔貝侯王。見召列槐，豫暇巖廊。徧辨案件，門御幄黄。泳涵涯津，庶臣禔福。慶稱岳崧，緜瓜睦族。併偕華勳，抱營謀鞠。盛媲姒姚，徽儷項嚳。姓兆咻噢，赤黎愛育。病利剔興，隱逖察矚。政勤旰宵，盤新澡浴。正居乘位，謐宇易俗。映内哲濬，飫外膏沐。性彌光緝，心朕啟沃。孟孔尊治，絲綸沛渥。鏡海羅襟，疇範講學。特卓鑒朗，認識端倪。織組刊落，脱擺町畦。測醯陋甕，張目刮鎞。塞竇澄潔，聚璧懸藜。絶赫素毫，吉藹莘萋。黑白別剖，説邪防隄。北敷南屆，逐追輪蹄。軾軫導路，淆混判犀。則式師儒，準表臬圭。的破談鴻，價增林雞。力必搜輯，覓從徑蹊。泐石鑄金，鶼東鰈西。敕修開館，索躪墳躋。籍翼書羽，遺續亡賫。棘芟藤斬，解訛指迷。析辨爬梳，證訂攷稽。飾潤絺繪，霄絢巘齊。刻箴鐫銘，牘覽摺批。墨寶藏收，標志籤題。覿覯霞曙，炳焕藻奎。年歲萬億，澼洴廣博。連際唐虞，得人付託。傳璽授受，守兼創廓。肩慮駢農，燧網軒絡。蠲祛忘愆，啟扃鐍鑰。沿流溯源，茂隆懿鑠。專靜直動，典裁經酌。全道備法，仁履義度。圓規方萬，繹闡誦恪。宣昭言訓，朝五述作。寢園謁虔，庸顯步矩。甚著業洪，除驅疾苦。飲和食醋，屏建侯樹。錦繡山河，荒要闥户。品彙甯敉，夏函嘘煦。祉席登民，邦家定撫。審慎字制，分旗署部。凛烈武神，恢圖拓土。稟異蓮紅，果朱篤祜。瀋遼衍祺，基初宗祖。申重佑保，翕習休徵。臻來祉禧，喜悦幽明。涫麗熙介，格感漠冥。均遍柔懷，事蒞肇禋。春賞秋罰，娥姊羲兄。辛晨躬祀，午夜心貞。宸楓壓念，若時雨晴。氤氲靄氣，達薦德馨。真宰契默，滌慮誠精。元烝被澤，綷昊覎凝。坤母乾父，聖上穆清。輘轢今古，愷壽惟皇。諆韶叶樂，蕚梅芬香。呈集祥瑞，身逢彊康。賡歌颺拜，邇遐播揚。繩結溢超，霱卿瞻望。陵川壓彈，合宙括囊。齡椿算鶴，漢倬雯章。靈曜虹電，頌臚梯航。騰龍降麟，鳳翥鸞翔。星景雲紕，柏翠松蒼。渟淵峙崿，厚阜崇岡。恒月升日，地久天長。見星廬賦話卷十

「精誠滌慮」：回文作「滌慮誠精」

「授受璽傳」：回文作「傳璽授受」

「唐虞際連」：回文作「連際唐虞」

「渥沛絲綸」：回文作「絲綸沛渥」

「簡校樞曹」：回文作「曹樞簡校」

「圓規方萬」：圓，原作「員」，據順文改

丁　璋

璋號半齋。

題詞回文

情關雅趣涉斯成，十景標奇擅美名。清沼喜游魚上下，卷荷看布影縱横。秔香隴上江楓老，子落枰中客夢驚。明月巖連橋影合，韻梅亭散午風輕。晴霞綺散秋雲薄，翠巘林深花徑平。聲謖謖傳松嘯遠，色菁菁愛竹筠生。盈盈水泛閒鷗戲，隱隱山藏細柳縈。醒解爲吹風習習，行來客識鶴來迎。楊堃涉趣園倡和集卷首（嘉慶二十四年萃一草堂刻本）

孔昭虔

昭虔（一七七五—一八三五）字元敬，號荃溪，山東曲阜人。清嘉慶六年辛酉進士，改庶吉士，授翰林院編修，累官貴州布政使。道光十二年，以疾辭歸。著有鏡虹吟室詞集二卷（道光十六年家刻本）。

菩薩蠻迴文

竹痕斜影紗窗緑，緑窗紗影斜痕竹。樓上月簾鈎，鈎簾月上樓。　草芳懷夢好，好夢懷芳草。愁聽一聲秋，秋聲一聽愁。

南鄉子 兩段迴文

黏蝶粉香酣，翠滴衫羅玉露嫌。花影霧籠簾下月，纖纖，夢隔南樓倚鏡奩。　奩鏡倚樓南，隔夢纖纖月下簾。籠霧影花嫌露玉，羅衫，滴翠酣香粉蝶黏。鏡虹吟室詞集卷下

魏焯

焯，改爲瀚，字南崖，湖南衡陽人。清嘉慶五年庚申恩科舉人。

璇璣碎錦遺稿題辭

腸回九曲一聲謳，永晝吟時結暗愁。湘縹舊垂光燦燦，柳花閒引興悠悠。芳樽夜對人情逸，小院春寒暮景幽。章琢玉成文製錦，香蠶死盡繭絲抽。洲青恨處埋頭搔，獨痛抱才長，錦織新添好句香。秋葉落驚人病卧，夜燈殘對客心傷。洲青恨處埋鸚緑，樹碧愁來集鵠黄。周化物時迷蝶夢，悠悠誰爲問穹蒼。李暘璇璣碎錦卷首（嘉慶本）

張玉德

玉德字比亭，陝西鄠縣北街人。庠生。清代嘉、道時書法家。著有雁字回文詩十册。

香雪齋雁字回文詩子册

書仿蒼帝古文唐歐陽率更皇甫碑

一東　十蒸

繩結自天一貫通，契書垂象肇飛鴻。謄文藝苑蕉株緑，展牒叢林柿葉紅。氷雪礪毫鋒勁健，雨風添興筆沈雄。陵憑爽氣穮横管，凝露玉華墨彩豐。

『株』、『添』、『管』：一東原作『朱』、『沾』、『琯』

二冬　十四寒

寒風筆陣布嚴冬，幟樹詞壇雪折衝。巒翠列屏書壁古，磵松零露墨煙濃。丹霞晚映回文錦，紫塞穮傳繫帛封。蟠結遠天雲紀世，磐干脱穎妙猶龍。

三江　四支

詞成比翼鳥春撞，健筆雄文巨鼎扛。眉畫遠山春抹一，額題遥殿月鈎雙。絲烏界景雲穿日，練白横波水滿江。垂露玉毫霜脱稾，奇書羽跡墨縱縱。

『景』：四支作『影』

十三元　五微

暉清出穎墨聯翩，鳥篆陳來譜道原。揮指自天由化轉，卷舒隨意任騰騫。微精畫上雲增彩，斷續聲中筆載言。飛走會成文个个，機神運處寫寒暄。

六魚　二蕭

杓霜指處寄雙魚，燦燦文光射斗墟。標奪錦來霞帶簡，貫聯珠去露揮書。飄風雨洗塵函淨，曤日雲開凍筆嘘。遥望一天青染翰，摇扶穎上畫靈虚。

『曤』：回文作『暖』，下同

七虞　一先

連珠鳥翼奮長途，幾卷書傳北塞殊。㞉織鳳城雲片一，硯磨蟾殿月輪孤。僊登羽上乩扶筆，卦畫河中水印圖。天接遠函文步韻，聯蟬寫意有詩無。

『蟾』：七虞原作『詹』

八齊　三肴

鈔書古塞朔風凄，妙篆鴻文鳥考稽。爻變畫中雲互筆，象垂天上羽留題。敲推月寺寒光遠，晢矢虹橋臥水低。郊樂適來懷軸卷，嘲吟自去寫山谿。

九佳　九青

經函一啓曉風排，摺疊雲書鳥比偕。翎臥雪叢藹瘳筆，穎含氷魄月投懷。瀠瀠遠水波飜帖，浩浩平沙玉印牌。銘勒紫峰山拱翠，青新墨彩煥層崖。

『排』、『瀠』、『煥』、『崖』：九佳原作『非』、『濳』、『奐』、『厓』

五歌　十灰

催書羽上鳥肩摩，矚冷編年載籍多。臺閣舞來文踤鳳，霧煙飛去筆籠鵞。瑰琪賦雪披梅嶺，簡策摇風過竹坡。回復往兮寘與主，陪追遠域畫山河。

十一真　十三覃

南圖志上鳥彬彬，表拜遥天望北臣。三峽水中文跌浪，九霄雲外筆超神。參相畫去陳爻象，序按書來迭主賓。甘露浥毫霜集瑞，含情遠具一封新。

六麻　十二侵

吟行遠道鳥擒華，錦集雲書遍國家。臨又摹時浮水靜，草連真處受風斜。金摇碎影毫拖月，彩結全文筆展霞。潯碧臥虹長浸管，洿洿墨跡落平沙。

『影』、『管』、『洿』：六麻原作『景』、『琯』、『跨』

七陽　十一尤

旒垂畫上穎飛揚，筆束天腰一帶長。樓戍古殘題夜月，卷書新展曝䶂陽。搜羅遠塞沙藏籍，撰結同雲雪印章。籌記管來添海屋，浮沈幾遍寫滄桑。

『藏』、『管』、『添』：七陽原作『臧』、『琯』、『沾』

四豪　十五咸

縿風寫意任翔翱，奥折鴻辭羈羽毛。函蕩水鱗魚戲筆，月呑書穎兔含毫。巉巉石壁鐫蟲鳥，欝欝松煙畫浪濤。緎啓遠空懸象妙，凡塵脱槀秘封牢。

『懸』：四豪原作『縣』

八庚　十四鹽

銛鋒筆穎礪霜明，劃刻䶂飆爽氣清。縑織雪藹飛錦碎，彩題虹柱遠橋平。纖嬌不入蟲書譜，奥古常存鳥篆名。黏貼紫霄摩翼羽，瞻觀聳處展文旌。

『黏』：十四鹽作『粘』

十二文　十五删

班成畫上羽鴻羣，整頓殘編古典墳。斑錦織時回雪雨，紫煙陵處勒功勛。關門玉度書城管，露薤金垂墨穎文。頒序歲華詞絶妙，閒閒筆抹一天雲。

『管』：十二文原作『琯』

時道光元年歲次辛巳春正月鄠縣張玉德作並書

香雪齋鴈字回文詩 丑册

書倣晉王右軍聖教序唐歐陽蘭臺道因碑

一東　十二侵

涔涔墨跡望宾鴻，羽翼垂天補鳥蟲。霖蘸筆時靈雨好，雪鋪文處密雲同。沈浮任意題河海，暖冷隨心寫化功。今古自来編節序，陰晴記注轉鈞洪。

二冬　十五删

頒書古塞紫煙濃，勁筆凌風雪陣衝。環轉度纚遥記瑞，界開疆域遠提封。山中霧點斑文豹，水上雲翻㬃篆龍。還復往兮南又北，删刊鳥跡妙藏鋒。

『記』：十五删作『紀』

三江　十四寒

丹霞染翰筆如扛，素練排空遠擊撞。寒寺古題名級七，曉城邊挂月鈎雙。漫漫雪案書鋪玉，滚滚波文錦濯江。團結露珠墨吐穎，灘霜脱稿草麾幢。

『鋪』：十四寒作『披』

四支　六魚

噓風雪案玉臨池，巧樣花文綉虎螭。虛碧過雲連筆載，汗青垂露帶煙麾。書傳古篆蟲留跡，簡寄新函鳥問奇。徐戲海波隨上下，魚龍搨印水中碑。

五微　六麻

沙平印處落還飛，稿起鴻詞妙灑揮。斜暈墨拖風澹闇，整行書映雪光輝。紗籠畫上翎藏霧，錦織毫端筆運機。霞彩集成文片片，蛇龍草去掣旌旂。

七虞　九青

汀沙脱穎出長途，遠信秋傳合節符。星帶鳥文纏度野，水浮蟲篆摹江湖。經函一展雲天滿，玉帙層開雪岸鋪。硎發刃鋒霜筆健，銘鎸石上嶽搏扶。

八齊　七陽

緗縹展處遠天低，點畫飛空滿品題。詳注鳥書編朔塞，細批蟲跡印沙泥。狂風曳去文顛倒，霽雪排来畫整齊。霜挾筆間行栗凜，瀼瀼露上穎淒淒。

九佳　八庚

賡揚塞上羽聲諧，體備鴻書六義偕。城壓畫端毫拄斗，石鎸天半雨磨厓。營成筆陣雲峯落，戲作文波海岸排。名帖古来傳鳥篆，征途遠信寄情懷。

『端』：八庚作『瑞』

三肴　十灰

回文織雨秋限雲寫意妙推敲，欵落閒田野外郊。臺閣舞時毫起鳳，海河飛處墨騰蛟。

來者遠函呈北塞，裁删鳥上羽書抄。絲散，走筆掀風雪浪拋。

一先　四豪

濤奔紫石砂豪雄筆陣結雲煙，蕩蕩風揮遠鎮邊。毛穎兔含霜上月，篆文龍壓水中天。

鏖戰雪壇詞峻厲，旋旌繞處畫蟬聯。磨硯，錦拂紅霞彩織牋。

十二文　十一尤

疇陳羽上篇流霞繞彩墨生紋，奥折蟲書學典墳。牛女渡橋星架筆，閣樓題市海登文。

秋幅一開雲澹遠，悠悠任意寫云云。飛鳥，隊結行中陣掃軍。

『結』：十一尤作『列』

五歌　十三元

門專鳥篆留屯煙覆影畫婆娑，淨寂長天一撇過。吞吐筆来噴霧雨，斷連文去斫蛟鼉。

痕界遠空懸象妙，温寒寫徧歷年多。皇古，業擅蟲書戲海波。

『畫』、『撇』：十三元作『墨』、『舞』

十蒸　十四鹽

嚴霜塞上羽書騰，爽健秋風筆駕陵。縑織墨傾三峽水，硯寒光湧一輪冰。潛龍擬篆雲封護，翥鳳瞻毫彩降升。粘貼古峯文拔秀，尖鋒數處碧澄澄。

『陵』、『彩』：十四鹽作『凌』、『采』

二蕭　十三覃

含煙墨翰染朝朝，博學鴻詞集漢霄。酣戰筆鋒攖雪雨，耀光文彩煥魁杓。潭深落影魚盤篆，嶽峻飛章鳥射標。南指北来書應候，三秋報節記霜飆。

十一真　十五咸

函呈遠域絶風塵，贄載羣鴻便作寘。凡換骨形文化羽，聖疑書式筆通神。銜題塞漠沙封印，篆攝雲城管列陳。巉嶽華峯山落墨，杉松護跡鳥藏珍。

『封』、『篆攝』：十五咸作『平』、『構結』

時道光元年歲次辛巳春正月鄠縣張玉德作竝書

香雪齋鴈字回文詩寅册

書仿漢曹景完碑唐呂絫軍景教碑

一東　八庚

征鴻羽檄接蒼穹，候應詞華歲紀功。輕翰染煙雲澹澹，潤豪含霧雨濛濛。名題虎牓標山柱，筆戲龍書蕩海蓬。賡載遠来歸暮日，聲金擲地落文雄。

二冬　七虞

觚操鳥跡走虵龍，屈復伸兮激又衝。圖畫寫山青挹翠，練文披水碧函封。塗如點墨堆雲黑，祕侶藏書隱霧濃。奴主備来同結構，蘆銜塞上穎隨從。

『藏』：二冬原作『臧』

三江　五微

微風遠送簡摐撞，贄鳥持經徧國邦。飛筆運行兼散整，走書隨意措單雙。霏霏雪瓣華垂穎，泛泛波紋錦織江。衣羽舞天長結袂，依相畫去譜新腔。

四支　十二文

紛繽羽穎出囊錐，道遠傳函爾寄誰。墳典象形真有侶，仄平諧韻轉無疑。文移北斗星分點，筆蘸南天水汎池。雲色五裁書片片，羣鴻舞處顯華辭。

六魚　九青

青天一羽繫雙魚，素尺翻風任卷舒。零雨細涵龍墨潤，落沙平印鳥文疏。星纏度處螢囊侶，月破雲時壁鑿如。形象古書鴻衍奧，靈空妙稾脱霜墟。

八齊　五歌

娑婆舞穎脱沙泥，浩浩長天一縷齊。莎蓼臥書裝細軟，海山横筆振高低。羅搜易記分連斷，句讀難明不點批。過羽便逢甞隔歲，多情别寄遠音淒。

九佳　十四鹽

尖穎入雲出壑涯，畫圖題處水山佳。蟾飛月片銀光紙，鳥臥冰紋玉篆牌。嚴整法書編節序，爽豪文筆掃風霾。拈華雪上天開示，縑素寫經幾伉偕。

一先　十灰

恢雄古跡鳥雕鐫，利峻辭鋒逼水煙。埃霧斷章成短幅，主賔連句集長篇。堆平雪案書臨地，采結虹橋筆架天。来復去兮傳帛信，回文錦上北風旋。

『辭』、『采』：十灰作『詞』、『彩』

十一真　十一尤

流雲逐穎墨華新，歲紀鴻章鳥列陳。酬和韻中羣叫友，往来書上筆隨賔。樓南寄信懷鄉故，渚北搜奇問水濵。秋色一天霜印跡，鉤銀挂月夜凝神。

十三元　二蕭

霄煙染翰墨騰騫，左右隨心寫道原。杓轉玉衡文運斗，管横金鑑月窺園。標縣峻嶽連雲射，筆卷洪波帶石翻。超逸畫来還又去，寥天遠住不籠樊。

『縣』：二蕭作『懸』

三肴　十五咸

嚴精妙構結雲巢，奥祕禽言鳥盡鈔。函點霧斑文隱豹，海翻波浪墨騰蛟。凡超筆上篇登羽，聖入書中畫布爻。巉峻嶽山衡住腕，緘開又去北題嘲。

『入』、『爻』：三肴原作『人』、『肴』

七陽　十三覃

嵐煙勒跡鳥鋒藏，箇箇連来共寫將。三峽倒流詞激蕩，五雲横布筆飛揚。南圖志落梧陰碧，北嚮文舒柳甲黄。探討遠空晴日暎，龕書展卷曝秋陽。

『藏』、『詞』、『嚮』、『曝』：七陽原作『臧』、『辭』、『鄉』、『暴』

六麻　十二侵

陰晴幾偏門詞華，陣結雲天舞彩霞。深水臥橋平記柱，遠山横霧澹籠紗。吟題自定無長短，改竄難施互正斜。侵露玉豪霜落簡，沈沈夜月印灘沙。

『彩』、『斜』：六麻原作『采』、『余』

四豪　十蒸

繩繩結去鳥翔翾，古集鴻書湊羽毛。凝水印心文侶鏡，利鋒藏穎筆如刀。澄泥硯洗灘沙膩，版玉牋鋪雪岸高。登負自天雲路遠，承宣妙化轉鈞陶。

『藏』：四豪原作『臧』

十四寒　十五删

斑斕墨染蓼華灘，遠澹紅題晚葉殘。删集采霞丹鳳翥，躍翻波浪黑蛟蟠。山横筆陣雲峰翠，斗射文光月色寒。還往任風瞻氣候，閒閒鳥上畫扶摶。

香雪齋雁字回文詩卯册

時道光元年歲次辛巳春正月鄠縣張玉德作並書

書倣晉王大令諸札唐裴公美圭峯碑

一東　十灰

開天一畫任西東，戲海羣鴻舞碧空。來去記程書印雪，暑寒揮陣筆生風。回翔體致文同鳥，尾首穿連跡是蟲。裁化妙函瑶篆古，埃塵蕩盡寫雲蘢。

二冬　七陽

章成鳥上羽藏鋒，露雨零毫潑墨濃。行界滿天分度野，影沈淵水判魚龍。茫茫遠塞傳書帛，浩浩平沙印掟封。湘浦入秋清展卷，陽隨筆穎出雲峰。

三江　八庚

輕鴻羽翼奮清江，迅疾蟲書徧國邦。翃織采章文似錦，隊排天仗筆如杠。横雲嶺上風揮灑，遠塞沙邊日擊撞。名蹟古傳留墨翰，平斜畫落影幢幢。

四支　十一真

真傳鳥跡寄毛錐，構結雲中羽措辭。塵淨碧空秋綴點，露垂青穎墨增奇。賔來屢載書爲贊，唱去還占口是碑。神入遠天飛翰藻，濵河落影筆横池。

五微　九青

形追影上畫憑依，即又離兮顯復微。翎挂月鈎雙管下，筆臨秋水一天揮。靈圓體致隨風舞，艷冷詞華帶雪飛。汀蓼浴毫霜脱穎，冥鴻望跡鳥斐斐。

六魚　四豪

飀風撼跡墨靈虚，寫盡禽言萬卷舒。毫剪雪華天墜錦，管横冰鑑月臨書。嗷嗷韻合諧聲理，肅肅翔通會意餘。豪爽筆文雄渤海，濤波舞處戲龍魚。

七虞　六麻

斜横畫影落雲衢，轉折隨風筆致殊。沙印月光星點句，簡披冰案雪分符。虵龍走去文成草，雨露飛來墨吐珠。霞色五章天煥采，華垂穎上管銜蘆。

八齊　一先

翩翩羽穎脱沙泥，鳥篆排空徧品題。天落筆鋒摇海嶽，漢横書影指雲霓。泉原赴水思奔驥，石磧臨風吼怒猊。連復斷兮奇又偶，乾坤畫處見端倪。

九佳　五歌

河山畫徧幾顛涯，撰合遥天補女媧。摩揣遠空書簡練，射標音譜韻和諧。鶩羣换墨雲爲卷，玉篆臨池水是牌。磨厲筆鋒霜皓皓，娑婆舞去掃烟霾。

『顛』：五歌作『巔』

十蒸　十四鹽

縑霜集錦采霞蒸，巧極鴻章鳥寫謄。籤報曉寒鸞鳳舞，筆回春雨化龍興。粘峰華嶽山藏籍，撫管湘波水展綾。嚴整法書圖象幻，尖毫代處結繩繩。

『章』：十四鹽作『文』

十一尤　十三覃

毿毿羽筆振高秋，爽健文光射斗牛。曇染蔚藍雲設帟，畫經蟾殿月添鈎。南天汲浪跳龍舞，北闕臨風臥虎遊。探討遠空元妙理，嵐烟鎖處衍洪疇。

十二文　十五咸

凡塵脱穎筆超羣，伴結長天寫典墳。緘拂雪華飛片片，管揮霜葉落紛紛。函呈碧漢雲投款，簡汗青霄雨注勲。芟去别書存篆鳥，鑱鐫妙蹟古鴻文。

『管』：原作『筆』，據十五咸改

十三元　十二侵

禽來寫徧幾寒温，一氣青空遠斲痕。音帶筆傳臚上下，節隨書運轉乹坤。潯淵賛水川奔逝，點畫飛天道察存。臨倣不真難識認，岑烟隔處斷碑昏。

十四寒　三肴

嘲題爽氣瑞光寒，落落鴻辭繫羽翰。抄景雨中雲紀世，挍書天上鳥名官。蛟騰墨海文翻浪，鳳起丹山筆漸磐。爻畫遠空懸象妙，敲推奥義衍雙單。

『挍』：三肴作『校』。正字通『明末避熹宗諱，校省作挍』，按經史校挍互用，義亦相通。

十五刪　二蕭

霄青染翰墨斕斑，寫偏雲城管自還。超海北來文勁險，過樓南去筆舒閒。潮回羽處揮烟霧，露滴毫時點水山。寥碧望書鴻篆裊，飈風轉注記邊關。

香雪齋鴈字回文詩辰册

時道光元年歲次辛巳春正月鄠縣張玉德作并書

書仿周太史籀大篆唐顔魯公多寶塔碑

一東　一先

煙雲染翰墨沈雄，至寶鴻書望碧空。天臿筆毫含露雨，地拖文帶束霓虹。乾坤畫去飛奇偶，籀篆陳來走鳥蟲。聯接遠躔星岳峻，箋華記歲慶成功。

『臿』、『籀篆』：一先作『插』、『篆籀』

二冬　十五咸

緘封密結露華濃，迹印沙灘蓼艸茸。函隱霧中文變豹，卷鋪雲上筆遊龍。嚴霜履幅篇爲玉，旭日迎毫管是彤。銜署紫霄層刻篆，凡塵淨處見芒鋒。

『芒』：十五咸作『鋩』

三江　十二文

雲層寫景瑞家邦，塞北來書泛楚江。文面水磨天鑑一，筆頭山挂月鉤雙。紛紛雪上氷揮灑，習習風中雨擊撞。羣樂遠空飈氣爽，氛煙掃處頌鴻龎。

四支　十一真

神傳羽上鳥章垂，遠漢雲天任指麾。銀燦筆華霜脱稿，玉憑文案雪臨池。人人寫去肩隨侶，一一書來信寄誰。仲復屈兮連又斷，真難認處疾風吹。

『憑』、『案』：四支原作『馮』、『桉』

五微　十三元

黐黐羽上穎依依，淼澮雲天一抹微。垣畫紫薇連極拱，葉題紅葑帶霜揮。原逢妙契書流動，體有真程筆走飛。繁結露華詞滚滚，元文點處落珠璣。

『淼』：十三元作『渺』

六魚　六麻

霞采繞文鳥卷舒，末天望處對雙魚。葭霜遞信飈傳簡，塞雪含封玉吐書。虵蟥結來同衍奥，水山題遍幾樵漁。斜痕墨筆回風雨，沙印畫中意自如。

『蟥』：六麻作『蚓』

七虞　七陽

陽隨鳥迹文章成，爛采筆華敷。遠信飆傳自簡孚，霜雪映函真似有，水雲侵墨澹如無。

八齊　三肴

開泰，節報蟲書羽合符。行列滿天青湛湛，光生玉管象鴻儒。

嘲吟任意寫高低，妙景清飆素品題。鈔録羽書搜海岳，展開毛穎脱沙泥。蛟潛舞去揮雲壑，兔急飛來印月溪。爻動筆端多變化，巢文卜處遠天齊。

四豪　九佳

排成鳥篆妙揮毫，摯載鴻書具羽毛。釵折珮環連鳳燕，筆登瀛海駕鱷鼉。厓磨洗雨飆山遠，玉版披風雪岸高。佳興野情含荻葦，涯雲泛景墨增濤。

『摯』、『鱷』、『厓』、『景』：九佳作『贄』、『鯨』、『崖』、『影』

十四鹽　十灰

推敲遠塞雪分占，羽翼生姿筆靜恬。梅放嶺邊書覓友，竹摇川上簡題籤。堆成墨浪波飜岸，翠聳文峰岫出鐵。裁剪玉章雲片片，埃塵淨盡寫霜縑。

『鐵』：十灰作『尖』。徐鉉曰，今俗作尖，非是。

十一尤　二蕭

寥寥碧穎脱清穮，古奥鴻書祕挍讐。潮射月弓彎挽筆，命傳天道直陳疇。橋題雨上虹標柱，記作雲中蜃結樓。摇動岳山青撼管，飆風望迹鳥沈浮。

五歌　十二侵

深情自寫遠山阿，露滴松喦石墨磨。金射日邊天挂榜，錦回文上羽飛梭。簪含簡臿雲頭鳳，筆吐毛毹雪裹鵝。臨撫爽飆風栗凛，岑煙覆處積書多。

『臿』：十二侵作『插』

十蒸　十三覃

嵐煙鎖穎碧澄澄，古法鴻詞妙結繩。含咀半山青染翰，卷舒遥塞紫鋪綾。藍雲寫去原無墨，月夜揮來自有鐙。甘苦備嘗書冷嚅，南遷北上羽鈔謄。

『遥』：十蒸原作『瑶』

十四寒　八庚

明霜映采墨光寒，炯炯詞華玉露團。平仄合聲羣隊整，句章分點數星殘。城邊鎖景書環雉，海上安風筆靜瀾。横塞古文天記籍，晴陰寫遍幾雲巒。

『景』：八庚作『影』

九青　十五删

灣沙出穎墨空靈，辯問長天遠執經。彎月向鉤銀屈筆，勁風鑽畫鐵鐫銘。環回妙迹蟲盤篆，構結佳文鳥象形。還往自程雲内卷，山銜管處數峰青。

『内』：十五删作『納』

時道光元年歲次辛巳春正月鄠縣張玉德作並書　雁字回文詩碑拓本

回文集卷四十一　目録

回文集卷四十一

張玉德

香雪齋雁字廻文詩巳册

書仿唐李北海雲麾碑褚河南聖教序碑

一東　十蒸

陵憑畫上羽生風，凛烈霜天遠戲鴻。膾集彩霞雲似錦，吐吞文勢氣如虹。燈懸月杖藜同照，句點星盤度比工。繩結代書垂鳥篆，騰飛妙技絶雕蟲。

二冬　一先

旋迴鳥跡見藏鋒，抹又塗兮澹復濃。弦避月中豪脱兔，綱驚雲上筆遊龍。牋臨玉版鋪氷臥，墨和松煙帶雨舂。編簡繫書經翼羽，翩翩舞去畫相蹤。

三江　十二文

羣鴻會意寫單雙，爽氣秋空遠擊撞。文摸細風揺竹野，管横疎影過梅牕。雲垂簡底書行雨，海立豪端筆載艘。芬露浥華詞秀潤，紛紛羽上墨縱縱。

『縱縱』：十二文作『潀潀』

四支　十四寒

寒風朔塞北陳詞，妙景秋開一幅奇。闌雨霽橋虹記柱，晚林霜葉樹題詩。殘山雪案氷呵穎，剩水春波墨洗池。刊刻不成天結構，蟠飛自去寫高卑。

五微　六魚

虛清出穎履霜霏，玉軸千秋素管揮。徐疾舞時行復草，霧煙籠處顯還微。書車滿運風輪轉，筆陣堅穿羽箭飛。舒卷幾番更冷暖，魚雙寄去又来歸。

『箭』：六魚作『翦』

七虞　十三元

存書羽上鳥操觚，烈烈霜風筆布敷。痕印雪心氷作賦，卦浮河面水呈圖。温寒共叙分賓主，遠近同来合節符。吞吐半天雲戒備，屯煙寫去穎銜蘆。

六麻　八齊

低昂畫去撇風斜，就急成章斷彩霞。泥雪壓豪書倒薤，霧煙藏跡墨籠紗。題分各處佳山水，篆結同文妙蚓虵。藜杖不須相照耀，梯雲步月弄詞華。

十四鹽　九佳

涯雲出穎墨瀸瀸，序次隨行列簡籤。佳景晚嵐山寫畫，靜風平浪水題縑。霾煙掠陣文排隊，瘴霧藏鋒筆入簾。懷遠寄来鴻假便，諧情兩地北書拈。

五歌　十灰

埃塵脱稿出青莎，迅疾鴻章逐羽過。裁剪雪花書片片，灑揮風浪墨波波。材呈鳳篆蟲添點，畫缺龍文鳥補戈。迴望一天雲隱筆，来寅又去遠山阿。

十一尤　十五咸

飄飛遠塞古傳郵，翰染霜華白露秋。帆寫錦江連浪卷，硯磨松澗帶煙流。緘封鳥跡沙平篆，構結蟾宫月補鈎。嚴峻筆鋒衝雪雨，嵒雲勒蹟墨清遒。

『沙』：十五咸作『砂』

八庚　十三覃

藍雲染紙片盈輕，假借蟲書寄遠程。南岳卒章鴻轉注，北天馳檄羽諧聲。三秋報揵連寅主，四海盟文結弟兄。潭印月鈎雙管下，酣沉筆影落虛清。

九青　三肴

飈風御筆墨泠泠，整散隨行列汗青。敲句雪中詞戞玉，照書星下卷囊螢。鈔謄鳥跡真蒼史，印摸蟲文古壁經。嘲解自天雲變幻，蛟龍判處戲滄溟。

七陽　十二侵

音傳羽上露瀼瀼，爽健秋豪送肅霜。今古變遷書紀歲，地天旋轉筆隨陽。參捫腕下星加點，海戲羣中水印章。心寫遠空長結構，岑雲舞去畫飛揚。

『紀』：十二侵作『記』

四豪　二蕭

霄煙接跡鳥翔翱，幾卷書開一羽毛。挑趯有情多盼顧，設鋪隨意任低高。綃邊日碎題霞彩，練上江平寫浪濤。蕭蓼賦詩新集句，杓霜入譜韻嶅嶅。

十一真　十五删

闗榆度穎妙通神，遠刺投来贄載寅。山叠卷層千嶂玉，水縈書帶一河銀。閒雲片上文恬靜，整隊羣中畫稱匀。删定鳥言禽集古，斑斕墨筆老風塵。

時道光元年歲次辛巳春正月鄠縣張玉德作並書

香雪齋鴈字迴文詩午册

書仿漢華山廟碑唐柳誠懸魏公先廟碑

一東　十四寒

摶扶鳥跡鑿虛空，段片無心任始終。瀾戲采豪縈海渤，陣開雄筆戰霜風。殘陽夕照丹書卷，古塞秋傳紫牒葠。寒點數峯雲澹遠，湧湧路上穎匆匆。

『采豪』：十四寒作『彩毫』

二冬　七陽

霜風染翰墨華濃，歲隔常留鳥跡蹤。揚舞嶽山丹翥鳳，覽登瀛海碧翔龍。蒼蒼曉色秋垂露，凜凜寒光月印封。粱稻薄田耕代筆，倉書積處霧藏鋒。

三江　九佳

佳書古跡墨春撞，篆鳥翻經歷國邦。釵折遠風回玉珮，卷披明月對銀缸。偕隨筆去摇山嶽，險勁文來過海江。霾霧掃開天鑑朗，俳俳畫上景幢幢。

『缸』、『景』：九佳作『釭』、『影』

四支　三肴

交遊遠塞北脩辭，湊合偏旁在走馳。爻互畫中風錯簡，墨湮雲上雨昏碑。抄謄妙跡真虫鳥，印仿雄文古鼎彝。肴載不須相問辯，巢書唱去共矜奇。

『辭』、『抄』：三肴作『詞』、『鈔』

五微　六魚

舒又卷兮密又稀，動流文致盡精微。漁樵伴叟題山水，瘴霧來寘入幕帷。徐韻步聲隨筆走，急詩催雨帶雲飛。書成比類分虫鳥，魚魯辯栞校是非。

七虞　十四鹽

縑霜記注轉寰區，候氣隨書出塞榆。尖穎刻雲飛峻嶽，素紈臨水舞平湖。纖纖玉箸水揮指，燦燦銀華月印圖。粘繫遠空青片一，嚴精瀖帖古追摹。

八齊　十蒸

徵書鳥道遠留題，塞朔翻栞不棗梨。增減自心馮輯湊，卷舒隨意任東西。氷輪一轉揮金鑑，水峽三傾倒墨溪。恒有信來傳冷暖，登臨畫上羽新齊。

『馮』：十蒸作『憑』

十三元　十灰

回環幾徧寫寒暄，序次排行列簡煩。魁斗射光文有燿，海河翻浪墨探源。材呈鳥跡留皇古，技擅虫書校土番。裁翦費工天集錦，梅頭嶺傍雪華繁。

『嶺』：十三元原作『領』

十五删　二蕭

杓霜指事記邊關，歲節編書自定删。蕭蓼舞時歌樂燕，澤林飛處賦歸還。橋題雨霽虹排柱，筆架氷雲雪滿山。朝復莫兮豪浥露，翛翛羽上墨漻漻。

『豪』：二蕭作『毫』

十二文　五歌

河山畫去自精勤，健勁鴻書具骨筋。鵝换不經黄寫卷，鳳題常帶素飄雲。摩肩舞月斜拖穎，記跡留沙細印文。多興逸情關冷暖，哦唫妙句集霜雰。

『斜』：十二文原作『余』

六麻　十二侵

岑雲寫練整還斜，露結霜毫玉吐華。深海戲波洪濺墨，遠天溻霧薄籠紗。沈雄畫去飛風雨，奥折書來走蚓虵。擒縱有章成局布，森森筆陣演平沙。

『斜』、『毫』：六麻原作『余』、『豪』

四豪　十三覃

酣沈墨穎出寒臯，構結天成格調高。三折畫中波跌宕，六華牋上雪翔翶。擔横嶽頂文峯峭，冐脱雲頭筆興豪。南北自來書轉注，探尋遠道鳥勞勞。

『構』：十三覃作『購』

九青　八庚

盈輕墨穎奮沙汀，渺澮煙流汗簡青。平水硯田書變海，落華天際雪栞經。聲諧羽處飛敲句，筆吐毛時舞墜翎。明照遠光蟾殿月，晶熒借用不囊螢。

一先　十一真

賓鴻載籍記天先，會運書經幾歲年。神妙筆風生翼羽，爽豪文氣吐雲煙。人人合去忽分八，一一開來又畫乾。新采墨光霞色五，繽紛繞目燿華牋。

十一尤　十五咸

縿風出穎墨垂斿，繫帛長天任去留。銜署雨橋虹記柱，蜃嘘雲市海題樓。巖巖峻嶽衡停腕，浩浩平沙塞畫籌。嚴整羽書隨筆走，監督鳥道古傳郵。

『雨橋虹記』：十五咸作『鵲橋星誓』

時道光元年歲次辛巳春正月鄠縣張玉德作並書

香雪齋鴈字迴文詩未册

書仿隨釋智永真草千文

一東　四豪

高天遠望一函沖，補綴雲文闕處空。刀似筆鋒霜脱穎，玉爲篇簡雪彫蟲。滔滔水練澄江淨，燦燦霞牋暎日紅。毛羽繫書鴻法古，毫揮猶帶結繩風。

二冬　四支

馳飛畫去走蛇龍，草又行兮淡又濃。時節合書文有自，句章分竄點無從。池臨夜月星光曜，筆戲晴潮海浪衝。移轉任天雲徧寫，遲遲影盡不留踪。

三江　二蕭

杓霜掠陣筆横杠，健勁鴻書歷國邦。標射鳥蟲飛遠塞，墨吞魚鯉躍清江。蕭蕭雨上文垂露，肅肅聲中畫吐腔。霄漢逼峰雲隱跡，燒焚不刼任春撞。

五微　十蒸

繩繩結去穎依依，適意隨心任指揮。澄水印鎸重牒玉，勁風衝絶幾編韋。綾鋪雪塞遥封卷，幔展雲天遠下幃。曾未見書真是鳥，棱藏羽上畫騰飛。

六魚　九佳

涯雲脱稾墨靈虚，靜寂長空自卷舒。釵折筆鋒藏鳳燕，海翻文浪判龍魚。柴燔野火爇同照，草偃風灘薤倒書。懷寫遠天霜烈凛，崖晴舞處凍呵嘘。

七虞　十二文

羣鴻轉注徧寰區，北又南兮合又殊。雲錦織文蟲理緒，露珠垂跡鳥搽觚。云云寫意隨時有，咄咄書空點墨無。裙絹不須相寄興，紛披大地雪平鋪。

十灰　八齊

齊天遠望一書來，整散隨風任往迴。泥雪印痕留墨寶，鳥蟲排陣破雲堆。題分嶽色山如畫，筆振河聲浪似雷。批點不成難集句，栖栖影上羽删裁。

十一真　七陽

霜風挾處幻還真，候應書來自有神。疆出旅程雲載贊，刺投飛檄羽藏身。堂堂筆陣排兄弟，凛凛文壇列主賓。行印日光天射影，鄉田井界鳥絲新。

十三元　六麻

沙平脱穎墨騰騫，落落鴻辭措簡繁。斜正寫心憑月印，斷連隨意任風翻。花生筆夢應眠雪，句集天經屢紀元。遐迩徧來同唱和，葭霜賦處叙寒暄。

『寫』：六麻作『自』

十四寒　十三覃

含毫紫塞遠扶摶，歲紀天經幾暑寒。曇布綵牋雲燦燦，玉陳書案雪漫漫。三江印篆蟲浮水，五嶽摇文鳥集巒。探討不真難讀句，嵐烟舞去自彫鑽。

五歌　九青

靈空畫上穎婆娑，就急書成不改磨。銘勒密雲藏片羽，筆鉤斜月挂星河。青山綉虎飛峰峻，碧海彫龍戲水波。形踐鳥言禽步韻，冥鴻望處舞還歌。

『羽』、『冥』：九青作『段』、『寘』

三肴　十二侵

侵寒峭筆走風飈，錦綴天花雪浪拋。林上射書穿帛繫，澤中題句集詩鈔。音聲合韻諧琴瑟，變互分形象卦爻。心寫遠空長結伴，吟行自去共推敲。

一先　十一尤

秋風晚送秘書編，會運頒經幾歲年。雠校夕陽斜射穎，印摹波水遠連天。郵傳鳥跡文馳羽，紀作雲峰筆列仙。幽色野灘霜結綵，悠悠任意寫花牋。

十五删　十四鹽

瀸瀸墨穎脱沙灣，暖冷隨時任往還。漸海筆波雲壓水，落峰文暈日啣山。嚴森雪上辭遒勁，轉折風中畫曲彎。瞻顧一天青展卷，尖毫結構妙如環。

八庚　十五咸

函達遠天水氣清，練垂文帶一江橫。嵒雲寫去原無墨，點畫飛來自有聲。凡換骨形成翼羽，聖疑書式格通明。縿風結句連寅主，銜署鳥官涖管城。

時道光元年歲次辛巳春正月鄠縣張玉德作并書

香雪齋雁字回文詩中册

書仿秦相李斯小篆唐虞永興廟堂碑

一東　十二文

翚超畫上穎飛沖，凛凛行間筆御風。分復合成全片段，正還偏側轉奇雄。雲山雪滿題梅嶺，月徑霜殘寫鞠叢。墳典侶書鴻輯湊，焚坑不刼任雕蟲。

『輯』：十二文作『緝』

二冬　一先

戕雲落稿祕藏鋒，雨露揮毫筆興濃。全不念成文折奥，侶真書就畫横縱。連還斷處飛煙霧，正又斜時舞鳳龍。聯句妙諧音上下，篇長結去韻雝雝。

『落』：一先作『脱』

三江　十五咸

巖雲寫意任單雙，陣結鴻書遍國邦。函達遠天霜寄信，卷輝遥殿月擊釭。鹹潮帶筆回洋海，苦雨經文織練江。緘啓碧空縣帛繫，縿縿畫上景幢幢。

『縣』、『景』：十五咸作『懸』、『影』

四支　十三覃

毵毵鳥翼比陳辭，翩振灘頭穎脱錐。三汲浪中門贊禹，一開天上畫存羲。藍雲染翰華浮紙，白雪臨書玉勒碑。耽且樂兮飛又舞，酣沈筆興乘良時。

『辭』：十三覃作『詞』

十四鹽　五微

飛騰海上屋籌添，世紀鴻章鳥報籤。暉落偃書羣疊束，曉清開卷各分占。幃侵冷露垂金簡，硯洗寒光耀玉蟾。機化寫來文隱隱，非還是處望毫尖。

『添』、『偃』、『蟾』、『尖』：十四鹽原作『沾』、『鶠』、『詹』、『鑯』

六魚　十四寒

瀾翻墨景泛清虚，筆拍天風破浪徐。寒陣雪封蟲迹密，遠山雲過鳥文疏。丹霞落去書偕鶩，紫塞遺來帛繫魚。灘蓼滿鋪紅軸卷，蟠龍妙穎脱霜豬。

『景』：十四寒作『影』

七虞　八佳

排書羽上鳥操觚，浩浩平沙印板鋪。釵折筆風回鳳燕，露垂文稿脱璣珠。厓磨寫散雲中雨，卦象分開水裏圖。牌篆玉章飛雪陣，霾煙掃去舞鴻儒。

八齊　六麻

葭霜染翰墨清淒，構結天成不點批。斜篆鳥翻風上下，整書蟲集雪高低。沙泥印處鋒藏密，瘴霧開時穎出齊。霞吐筆山銜落日，遮雲莫嶺遠標題。

十五刪　九青

青函一展滿邊關，撰結長天自定删。星斗挂書鴻點點，雨松淋迹墨潺潺。溟滄舞去文超海，嶺嶽飛來筆挾山。經負遠程雲是路，形隨景上畫追攀。

『景』：九青作『影』

十灰　十三元

翻翻羽穎脱塵埃，妙篆瑶函遠寄來。掀浪海風迎筆戲，織絲春雨送文回。言宣各韻同酬和，體備諸書自集裁。鵷鷺擬行隨次序，鶱騰鳥迹近三台。

五歌　十一尤

烁風晚景妙吟哦，艸創長天任改摩。鉤補月中毫脱兔，卷飛沙上畫籠鵝。籌添海屋連書貯，筆背雲文帶雨過。幽興野田閒落款，遒清墨迹履霜莎。

『添』：五歌原作『沾』

七陽　十二侵

心寫遠空滿列行，短長隨致妙回翔。鹹縣筆上蘆銜穎，薤倒書中艸偃霜。沈滯不聞馳檄羽，走飛常去遞郵囊。涔涔墨外天藍蔚，臨仿鳥文古史蒼。

『縣』：十二侵作『懸』

四豪　八庚

成功歲紀晚秋高，爽健文辭繞節旄。晴日曉霞紅吐穎，遠天霜塞紫含毫。衡持妙迹蟲呈鑑，構結佳書鳥集毛。横陣筆鋒衝霧瘴，征鴻羽上畫雄豪。

『紀』、『辭』：八庚作『報』、『詞』

十蒸　三肴

交相畫去筆從朋，咏又吟兮寫又謄。鈔景雪中華集錦，載書天上羽擔簦。爻陳象迹蟲凝道，運啓鴻文鳥結繩。梢挂月鉤雙落稿，敲推印轉一輪冰。

十一真　二蕭

朝朝染翰墨清新，五色雲書拱北辰。潮戲鳥蟲雕海渤，景圖龍馬倚河濱。綃紅寫彩霞飛錦，簡素披華雪舞銀。挑趯有風生筆下，飆飄穎上畫通神。

『景』：二蕭作『影』

時道光元年歲次辛巳春正月鄠縣張玉德作并書

香雪齋鴈字廻文詩 酉册

書仿漢北海相景君碑唐王知敬李衛公碑

一東　八庚

横縱畫上羽書同，序次隨心寫化功。明淨筆豪含露雨，幻奇文態變雲風。名詩著集安賔主，譜篆成形象鳥虫。精妙絶人誰政腕，清輕墨去舞虚空。

二冬　十一尤

郵傳鳥道遠隨從，構結天成自友恭。樓鳳五脩蜚筆陣，信魚雙寄走書封。鉤銀挂月明縣景，版玉鎸霜肅挺鋒。秋有大田三肆雅，收豐歲報早寒衝。

『縣景』、『豐』：十一尤作『懸影』、『豊』。玉篇云，豐俗作豊

三江　一先

連珠自記徧家邦，北又南兮擊又撞。篇滿雪華蜚瓣六，柱題虹采落橋雙。肩隨筆去同兄弟，羽挾書來過海江。牋錦集成雲朵五，鮮新墨上景幢幢。

『華蜚』、『景』：一先作『花飛』、『影』

四支　五微

斐斐羽翼比成辭，頴脱霜華玉露垂。揮雨帶雲横掃筆，抹天連水遠臨池。幾神運去常蜚走，煖冷傳來自轉移。非又是兮翻篆譜，韋編絶處疾風披。

六魚　十四寒

瀾安海上羽陳書，戲筆縈波任卷舒。灘畫荻華霜結撰，嶺題梅瓣雪呵嘘。寒温叙處同賓主，整散分呰校魯魚。殘照晚山雲映簡，蟠蛟黑影落清虚。

『嶺』、『影』：六魚原作『領』、『景』

七虞　十三元

原逢妙道鳥操觚，左右憑來不改塗。言載筆頭雲集句，陣排波面水呈圖。翻風舞跡真連草，障霧藏形有若無。元一會文鴻記歳，暄寒幾徧寫編蒲。

八齊　三肴

嘲唫自古振山谿，遠響音中顯出齊。鈔景雪藝華作記，照書天畔月縣藜。跑泉帶水思奔驥，攫石連風吼怒猊。郊樂適來偕伴侶，敲推合去又分題。

『響』、『縣』：三肴作『響』、『懸』

六麻　九佳

排成妙篆鳥擒華，錦湊天書徧國家。裹滿月波清映卷，跡藏雲漢碧籠紗。偕隨體上肩摩撫，宕跌風中腕曲斜。佳興野音遺調古，諧諧韵句落平沙。

『斜』：六麻原作『余』

十一真　十灰

回文古籍載鴻賔，北又南遷互指陳。開闢遠天青湛湛，戲游遥海碧粼粼。裁删屢定無長短，構結成形有屈伸。來集鳥書雲記世，灰塵不刼歷嬴秦。

『記』：十灰作『紀』

十二文　十一侵

心寫自天遠樂羣，句章留上嶺頭雲。音遺古調平沙譜，采結新詞織錦文。沈欝侣來扛九鼎，縱擒同去埽千軍。金懸不得難求購，深塞朔風御典墳。

『嶺』、『擒』、『懸』：十二文原作『領』、『禽』、『縣』

五歌　十三覃

毿毿羽上墨波波，露浥行中顥漸磨。藍蔚寫天分遠度，白蜚臨雪立平坡。三秋報節文豪爽，五嶽摇峰筆舞歌。探討不真難識認，嵐煙鎖處積書多。

七陽　九青

青天一卷展縹緗，下上羣鴻戲海滄。溟霧接連常集句，嶺雲穿斷不成章。熒光夜卧書田月，爽氣秋横筆陣霜。形象古文真是鳥，泠風朔塞紫豪藏。

『嶺』：七陽原作『領』

十五删　二蕭

杓霜指跡鳥追攀，爽氣秋空遠送頒。挑趯任風憑折轉，短長隨意自栞删。跳龍舞去文超海，卧虎蜚來筆挾山。寥碧望書雲集錦，霄青脱顥墨斕斑。

時道光元年歲次辛巳春正月鄠縣張玉德作并書

行行印水，曾傳戲海之篇；咄咄書空，大有摩天之筆。題標鴈字，代著鴻章。然皆侔形揣稱，體物爲工。鄭谷以鷓鴣得名，崔珏以鴛鴦爲號。洵屬藝林之佳製，究非文苑之奇觀。吾友張子比亭，慧識禽言，神搜鳥跡。東塗西抹，具活潑之機；暝寫晨書，極騰翻之致。飲醇助興，萬紙供其一揮；弄墨忘疲，千毫曰之盡禿。吾夙慕其跳龍之妙翰，初不知爲吐鳳之詞人也。甲午秋，見惠石刻鴈字迴文詩一部。宛轉相生，循環不斷。按沈郎之韻，織蘇蕙之圖。雲譎波詭之思，目送手揮之態。如斷崖絶壑，策杖獨行；如駭浪驚風，挂帆竟去。句中有句，奇外出奇，戛戛其難，多多益善。讀未畢，竊嘆曰，文心之幻，一至此乎。至其書臚各體，泒衍諸家。躡斯邈之蹤，入晉唐之室。雲間寫意，羣瞻遊鶴之天；沙上談經，快覩换鵞之帖。既資諷誦，復便臨摹，誠可寶已。渼陂之上，紫閣之陰。山水娱人，文章假我。鷗盟鷺侶，並助其吟情；商籙雞碑，益探其古趣。訪君他日，會看風雨揮毫；咲我今番，也似雪泥留爪。

盩厔愚弟路德頓首拜跋。

先君生平篤嗜古法書，凡周秦漢唐諸名帖靡不究心臨摹。曩遊斗城薦福寺，暇日製雁字迴文三百六十首，即倣各家法爲十二册，刻之石。餘戊亥二册尚未及書，而先君辭世矣。峻等痛先業之未卒，慮舊典之或忘，爰識其巔末於後云。男峻謹識。雁字回文詩碑拓本

五歌　九青

靈空墨跡比羣鵞，籀篆揮向塞上多。銘刻密雲鐫雪雨，筆鈎斜月掛星河。青山綉虎飛峰翠，碧海雕龍卧水波。形象畫中音續斷，經天寫處舞還歌。

八庚　十五咸

函達遠天水氣清，練垂文帶一江横。杉松撼跡雷酣動，露雨藏鋒筆晦明。劖刻月中兎

伐桂，印刊洲上鳥登瀛。銜題好句成賓主，緘玉啟來又弟兄。香雪齋雁字回文詩手稿 户縣文物志

王衍梅

衍梅（一七七六—一八三〇）字律芳，號笠舫，浙江會稽人。清嘉慶十六年辛未進士，授廣西武宣知縣，未十日，即以吏議失官，遂依阮元於廣東。性高曠，嗜酒工詩，以陶潛、李白自況，天才茗發，爲文信手揮寫，頃刻而就，著有緑雪堂遺集十六卷（道光二十年刻本）。

迴文詩

螺紅醉頰嬌生暈，粉蝶迴腰細蹋花。歌罷欲愁春語燕，夢餘猶恨曉啼鴉。

君憶我如雲亂絮，我憐君似霧蒙花，熏衣汗褪紅香麝，脱釧金摇翠髩鴉。

瑤瓏翠瑁歌明月，門掩紅幫舞落花。醒覺酒香狂弄蝶，醉看詩墨亂塗鴉。繆艮文章遊戲四編卷三（道光五年寶彝堂刻本）

繆艮夢筆生花四編卷上選録前二絶，『醉頰』作『翠頰』，『脱釧』作『脱鈿』。曰：『圓轉如環』。平步青霞外攟屑卷八下：『笠舫先生詩稿最繁，見輒爲人携去，不自愛惜。畫幀扇頭，題詠尤夥。遺集所收未盡，如繆艮文章游戲初編，有丹蘿吟館記，四編有弔夢文、曝書賦、生地獄賦，殆以游戲之作，故棄之。又有書袁大安校書團扇七絶句、迴文七絶三首，亦猶是也。予

家舊藏先生詩箑最多，辛酉亂後，無一存者。惜當時未録别紙，不能爲先生刊集外詩也』。

張銘

銘（一七七六—一八六五後）字匏舟，江蘇華亭人。著有鉏經堂詩稾（上海圖書館藏稿本）。

端午節近頓觸鄉思無以消遣戲效減字轉尾連環體作七言絶句六首

紅榴石座拂薰風、午夏中
投情話舊叙閒鷗、泛緑浮
橈歸泛客去乘潮、一望遥
鄉思懑腹儉羞囊、覓句將
天長弄筆起雲煙、拂草顛
鱗音隔浦遠離人、送暮春

偶閲前人回文詩先有轉尾連環體一首作兩首讀見獵心喜輒欲效顰而握管無題叵將前詩增綴六字聊免苦索云爾

鱗音隔浦遠離人、送暮春、晴解纜、别傷神

天長弄筆起雲煙、拂草顛、狂潑墨、積愁捐
鄉思懣腹儉羞囊、覓句將、心共錦、織成章
橈歸泛客去乘潮、信候遥、江浦劃、路迢迢
投情話舊叙盟鷗、泛緑浮、魚戲水、鏡心游
紅榴石座拂薰風、偃草叢、槐罩日、午天中

將前詩分讀又得轉尾減字連環體六首因照再録出

神傷别纜解晴春、暮送人
捐愁積墨潑狂顛、草拂煙
章成織錦共心將、句度量
迢迢路隔浦來潮、信望遥
游心鏡水順魚浮、泛浴鷗
中天麗日罩槐叢、轉暖風

客窓小坐效回文體

詩敲獨客坐明窓，影轉桐陰緑繞廊。期過信風翻砌藥，夏中交至日添長。

禽來看罷看亭蘭，筆硯流香坐小欄。心塞芳迷忘句着，眼蒙花發嬾書攤。

旅懷效回文體

遥江一過無多路，久滯留溪客絆身。凋盡兔毫吟髩秃，倦開麋眼笑眉顰。朝朝辨色晴疑雨，暮暮牽愁舊併新。蕉抹緑窗閒漠漠，焦心悶我訴誰人。情深織字細紋回，夢繞鄉廬蔽草萊。晴午重懸新緑艾，雨枝濯透熟黄梅。盟鷗斷望虚音信，駕鶴思飛歸去來。縈篆鼎温風裊裊，輕花乳茗代香醅。

曉起效回文體

馥茗消心素，輕衫炙日紅。竹林踈滴露，詩骨瘦吟風。白髮愁昏鏡，青苔鏁曉牕。客停西浦隔，新曲奏新腔。

漫成回文體

幽窗小坐獨，志樂且閒觀。頭壓峰堆絮，眼遮樹蔭團。留溪一梗迹，別浦對蘋灘。酬唱踈吟侣，日長斜倚欄。
居停故欵欵，事廢况年衰。書讀好回誤，句成漫有時。魚游潑墨水，鳥舞落花枝。徐

泛蒲觴酒，午重良會期。鉏經堂詩稾

朱方增

方增（一七七七—一八三〇）字壽川，號虹舫，浙江海鹽人。清嘉慶六年辛酉進士，選庶吉士，授編修。典雲南鄉試，遷國子監司業。二十年，入直懋勤殿，纂石渠寶笈、秘殿珠林，轉侍讀學士。道光四年，大考翰詹第一，擢内閣學士，充山東鄉試考官，提督廣西、江蘇學政。熟諳朝章典故，史館撰述，號爲通才。著有求聞過齋文集四卷詩集六卷（光緒二十年刻本）。嘉慶十三年，顒琰巡視津淀，翰林院編修朱方增進聖駕巡幸津淀禮成恭紀四聲回文頌十章。

聖駕巡幸津淀禮成恭紀四聲回文頌十章謹序

臣聞龍圖啟洛，虞璿肇斡運之庥；魚緯迎河，周漢炳昭回之瑞。我皇上治光璣鏡，化挈珠囊。六龍御而乾旋，九扈分而坤轉。嬗丙辰而紹統，繩武金樞；週甲子而宣綸，揆文玉署。秋舉山莊之獮，春開講幄之筵。象並取夫星回，運久符乎天健。乃者功成圭錫，績奏磐安。江南恬竹箭之流，趙北緩桃花之汛。越歲祥綿吉巳，五旬之恩榜先開；即今禱集昌辰，三輔之臚章疊籲。緬聖祖琱輿之莅，寶碣星輝；憶高宗玉輦之臨，瓊章日炳。迪前光而展禮，覲先烈而告虔。三春啟近甸之巡，千里廛長堤之閱。時則黄扉扇淑，丹掖延韶。掠紫乙于郊花，囀倉庚于苑柳。度紫泉白溝之勝，法輅初經；搴緑波碧草之芳，福艫載御。爾乃子牙河曲，月堰盤旋。丁字沽紆，虹堤宛轉。南北泊交瀠暖漲，東西淀互漾春粼。水面文章，隱抱循環之勢；陌頭煙藹，濃纒縈拂之情。況夫躔測析津，驗斗樞之回柄；潮通渤海，看鏡澥之回瀾。滂醲膏于蘇簿祠邊，蟠天際地；指沃壤于漂榆城外，帶鄭襟瀛。於是亹吏諮勤，甿黎惠徧。讙誦沸鳳河之水，蹋歌趨龍隰之人。環呼萬歲者三，備纘全謨之十。臣瞻雲志慤，繪日才輇。依芝蓋于帷宮，展藿忱于繡甸。自省方而徵受璽十三年，紀歲幹之週；由旋蹕而溯啟鑾三十日，僂月箭之轉。四聲韻叶，五什文回。衍成合十之章，虔誌祝三之願。其詞曰：

恢謨燕翼，溥澤鴻龎上自丙辰紹統十三年來法祖愛民施恩中外薄海蒼生罔不謳吟聖德來徯海表，幸望畿邦。雷砰輅輦，日艷旌幢。洄沿淀二東淀西淀爲北直河渠之大者永定河琉璃河諸水俱納之澈映河雙南運河北運河高宗純皇帝屢命修築至今長慶安瀾　三江

雙河映澈，二淀沿洄。幢旌艷日，輦輅砰雷。邦畿望幸，表海徯來皇上廑求治理勤勞宵旰南河隄工早欣告蕆而畿輔之千里長隄發帑濬疏俾億年鞏固三輔之民咸得游化宇茲經臣民籲請豪俯允輿情翠華巡視籌利賴而奏平成益錫無疆之慶焉龎鴻澤溥，翼燕謨恢聖祖仁皇帝高宗純皇帝並經幸近畿皇上紹述前謨省方問俗前期祇謁東陵尤徵聖聖相承之盛　十灰

騰螭舞戚，鬭虎鳴鐃。矰飛水涘，鎧耀波坳閱趙北口水圍塍鱗轙轂，甽翟騫旃。凝煙柳墅駐蹕天津柳墅行宮浥露花郊三肴

郊花露浥，墅柳煙凝。旃騫翟甽，轂轙鱗塍。坳波耀鎧，涘水飛矰。鐃鳴虎鬭，戚舞螭騰閱天津駐防兵　十蒸

采鳳翔河鳳河西流至鳳窩村南入三角淀以其形似鳳故名交龍滙港子牙河滙黑龍港河亦名交河海望甄文，橋圜聽講恩廣天津學額並召試諸生宷展鸞鵷恩加扈從

官及地方辦差官各一級情矜鷸蚌上矜慎庶獄凡讞情稍有可原罔不省釋茲復恩減直隸軍流以下罪好生之德軼于唐虞愷樂罍尊賜直隸地方官及長蘆商人食嬉恬耨耩恩免蹕途所經州縣本年丁糧十分之三 三講

耩耨恬嬉，尊罍樂愷。蚌鷸矜情，鵷鸞展寀。講聽圜橋，文甄望海御製天津望海寺詩港匯龍交，河翔鳳采十賄

屆戊觀瀾本年戊辰書辛治洚見御製辛酉工賑紀事序派遠芬揚，光榮瑞降。溢海歌衢，鍧山祝巷。界屼碑丹永定河恭勒聖祖仁皇帝高宗純皇帝聖製二碑文途煇節絳三絳

絳節煇途，丹碑屼界。巷祝山鍧，衢歌海溢。降瑞榮光丁卯科鄉試欽命河出榮光詩題蓋寰宇恬瀾禧祥疊降益見聖世休徵之應揚芬遠派揚分江有高宗純皇帝聖製詩洚治辛書，瀾觀戊屆十卦

泊洵臚懽北直有南泊北泊長洵鯽魚洵淮魚洵諸水融春霈渥融春堂在桐柏村行宮鐸振風陳，章摛漢倬御製巡行津淀各詩雀躍麗眉，梟趨丱角聖駕臨幸萬姓扶老挈幼共慶瞻天並蒙嘉惠耆年恩施優渥樂土躅逋詔免直隸地方積年民欠豐壕綏榷命展徵長蘆鹽課 三覺

榷綏壕豐天津有五壕爲曝滷之地高宗純皇帝聖製詩次第工夫藉五壕蓋天授其利無勞煮海今皇上優恤蘆商恩命緩徵鹽課益臻豐裕矣逋躅土樂，角丱趨梟，眉麗躍雀。倬漢摛章，陳風振鐸。渥霈春融禮季春之月天子布德行惠今皇上順時歛福行慶兆民誠壽世之恩昌時之盛典也懽臚洵泊十藥　求聞過齋文集卷一

白蕚聯

蕚聯，四川營山人。清嘉慶六年拔貢，官浙江瑞安知縣。

草堂即事 廻文

題詩有暇閒窗靜，舞綵承歡盡日春。西圃鳴鳩棲樹舊，北堂吹笛按歌新。萋萋草色苔連砌，灼灼花香酒入脣。藜藿飽餐常足樂，溪山望處勝遊頻。同治營山縣志卷二十九藝文

許桂林

桂林（一七七九—一八二一）字同叔，一字月南，江蘇海州人。清嘉慶二十一年丙子舉人，揀選知縣。家貧，專以詁經爲事，尤精于易，兼通數算、古音。著有味無味齋詩集二十六卷。

春夜回文

添香索更煮新茶，靜院深宵坐手叉。纖緑點紋苔細碎，小青舒葉柳攲斜。簾窺月影千絲雪，樹著春花幾片霞。甜味睡須尋蝶夢，檐前宿鵲噪楂楂。許喬林朐海詩存卷十一（道光十一年許氏刻本）

黄　濬

濬（一七七九—一八六六）一名學濬，字睿人，號壺舟，晚號四素老人，浙江太平人。清嘉慶十三年戊辰恩科舉人，道光二年壬午恩科進士，授雩都知縣，調補彭澤，歷署萍鄉、臨川、

贑縣，護理南安府同知。十七年，以錢債細故，遣戍新疆。二十四年釋回，主講黄岩、萃華、崇文、鶴鳴書院。林則徐乙巳正月送黄壺舟濬入關云『謫居巳是六旬人』，『天意終憐清白吏』。著有壺舟詩存十四卷（咸豐八年江蕙風序刻本）。

吳繼志三養齋輯迴文賦詩詞對合編收入黄濬春宵吟回文次韻，每首之後附陳瓊仙秋宵吟原作。

水仙花迴文聽棋軒消寒同人分作

亭亭玉質素煙非，解佩湘江曉夢歸。汀鷺白隣遥影澹，渚蘋青接夕波微。玲瓏透月冰肌瘦，鑿落縈花雪貌肥。屏竹倚來閒語密，青羅襪染露塵稀。壺舟詩存卷一摩烏集

春宵吟回文次韻

道光丙戌初春，余於役龍泉，清宵獨坐，身世之感曠焉。自生花月之緣，思之如夢，偶讀國朝陳瓊仙秋宵吟二十七首，皆回環成文，即物寄意，因次其韻爲春宵吟如其數，每篇之目更復以春冠之，第易霜爲雪、易霖爲雨、易蟬爲鶯、易雁爲燕、易蟲爲鵑、易螢爲蠶、易涼爲寒，易聲爲吟，所寓不同，亦各以其時也。假日紓憂，宏覽之君子憫其遇焉。

春　旅

棋枰幾日度晴陰，寂寂春堂一闋琴。羈鶴倦嫌棲曲檻，老烏饑嘆臥深林。悲生早歲新

彫髪，怨寫先秋舊擣砧。癡病似余憐久別，移轞就雪颶鞭吟。

春　懷

遊行任興託樵漁，榻繞奇花有敝廬。樓小借營香壘燕，篋空搜辟蠹編魚。秋連冷雨過春曉，醒復温衾入夢餘。休事世情人共厭，猶夷任客幾緘書。

春　閨

燕城舊路客迢迢，檻倚輕紈細束腰。途載雪衣春壓馬，句留花夢曉題橋。爐香熨記衾同臥，匣鏡難開黛細描。濡袂醉憐親酌別，無情有恨枉琴挑。

『難開』：三養齋輯迴文賦詩詞對合編改作『開難』

春　怨

巢營鵲喜近虛齋，切望歸人有悶排。敲子落花燈結蕊，寄身孤影鬢分釵。嘲談伴織鄰窻隔，愛寵離鄉遠夢懷。坳月檻風迴曲院，郊東步屧暖誰偕。

春　興

嘈嘈急管細偷腔，曲度風花落滿江。高響竹鳶飛斷線，曳絲繩妓瘦登幢。濤翻錦蜀香留榻，露滴紅泉硯近窗。豪賞勝遊酣麗日，舠浮酒泛玉杯雙。

春　吟

宵寒坐睡莫開軒，適興吟連笑語喧。瓢緑有詩藏細帖，杏紅無酒買遥村。潮生臉滿壺浮蟻，墨蓄池温硯守猿。蕉葉幾傾能就句，蕭蕭雨壁畫留痕。

春　月

輕風掠雨斷雲殘，碧樹留痕月影寒。楹掛玉鈎藏翠幕，鏡開眉黛寫青巒。清吟鳳耦佳懷暢，合枕鴛情别恨刊。驚夢曉嘑烏怯日，聲連滴漏夜漫漫。

春　雲

閒空碧月伴昏黄，景麗縈花苑外牆。還岫緑羅香渡水，逐風仙纜錦隨航。山無隱客迷歸路，鳳有棲枝繞嫩篁。斑管瘦來描異彩，攀躋遠望徧南岡。

春　露

罇中月魄素流馨，湛湛垂煙緑草汀。繁露有書留帙白，晚春餘印染鞋青。園留蘚客花間箔，玉吐螺仙水畔亭。門冒蔓蘿香冒石，藩圍翠竹點星星。

春雨

庭芳濕意寫荆關，岸泊孤篷竹覆灣。青靄暮鄰花黯黯，碧溪横漲水湲湲。冷風御屐雲拖徑，密霧藏鈎月隱山。坰滿緑莎寒踏透，停竿釣浦遠歸鷴。

春雪

封苔碧砌映明蟾，剪落春冰碎撲簷。慵鶴睡痕留爪指，冷鏄花韻鬥叉尖。松欺薄靄横雲磴。燕惹輕風着絮簾。峯入萬尋來策杖，蛩吟斷響比霜嚴。

春晴

虛窗午旭弄幽巖，屐晒籬根草罷芟。書走亂蟫香馥馥，幕開新燕語喃喃。初陽夕照殘花苑，薄暖餘寒舞袖衫。渠滿水光晴漾檻，魚知我樂縱輕帆。

春風

簾稍雨影袂稍雲，燕子雙飛緩待君。帘撲醉蘼香苒苒，檻飄殘絮雪紛紛。添嬌助韻傳鶯語，怯夢尋春鬧蝶羣。簷外砌陰閒拂亂，纖纖草色碧拖裙。

春　夜

蘿兼蔦罥緑窗低，燭淚銷愁有鳳棲。梭罷織憐纖腕素，黛留痕展畫眉齊。多錢卜夜長離别，獨枕抛人憶慘悽。摩揣費心春覺倍，河斜月過浣紗溪。

春　寒

晨花吐餤冷銅荷，少日晴偏雨日多。新絮叠綿春挾纊，薄冰凝海水停波。顰蛾凍合雙丸黛，滴翠寒垂兩袖羅。人醉晚風東閣閉，鱗鱗雪竹寫髯坡。

春　郊

尋山出郭曉春逢，澗傍花圍幾樹松。深屐雨埋泥滑滑，亂田溪繞水溶溶，林嘑鳥處晴烘蝶，岸聒蛙時語絶蛩。琴抱短僮奚待約，岑苔結侶梵堂鐘。

春　浦

江横鷺影避絲繒，飽餌香魚細入罾。雙槳竹簰浮隱隱，亂山雲樹密層層。缸盈緑蟻春人醉，杖掛青錢酒價騰。龙臥曉村孤客別，艭停遠浦洛波澄。

春　山

篠溪落蕊紫絨鋪，積翠蒼煙墨寫圖。澄鏡一橋通寺古，散花千樹抱亭孤。僧鞋草碾香留鉢，客杖笻擕酒滿壺。凝思遠峯高望逈，憑誰有信寄鷗鳧。

春　水

雯鋪翠浪繞渠清，酒載舭船畫槳鳴。矄落睡鴛藏浦柳，雨殘飛鷺隱河檉。雲帆錦漾斜風暖，露綱珠摇半月明。芹滿澗兼花滿岸，聞香暗渡映波平。

春　草

前庭繞檻碧綃垂，近案芸香帶露披。煙徑遠通林外屋，雪畦連覆竹邊籬。芊芊緑對人寥寂，苒苒青啣燕別離。眠借枕囊琴挹潤，牽懷旅舍酒飄旗。

春　色

桐芭拂檻對窗紗，杏結青林滿落霞。紅袖彩黏班蝶粉，碧羅衫趁白鷗沙。叢花賽社神祠古，桁柳穿風晚日斜。弓樣小鞋兆繡鳳，風摇翠影鬓梳鴉。

『班』：三養齋輯迴文賦詩詞對合編改作『斑』

春　香

開樽緑玉拍梁浮，酌泛閒花逐水流。苔甃膩傾脂盒粉，袖翻塵颺鞠場毬。來遲燕蹴紅薔亂，去驟蜂酣紫苣幽。杯茗試芽新出焙，推窗曉暖乍熏裘。

春　蝶

蒼煙野眺小樓紅，栩栩爭飛散碧空。忙蹴馬蹄輕趁雨，急催鶯管細翻風。香塵翅拂垂牆杏，濕紙錢飄亂塚楓。房密妬蜂和蕊採，傷春入夢曉朦朧。

『妬』：三養齋輯迴文賦詩詞對合編改作『妒』

春　鶯

家山到處盛遊賓，曉囀初聞語澀辛。遮榼玉柑香醞酒，織梭金柳翠藏身。茶鉼瀉響濤同細，蝶拍催腔笛弄新。花落惜春嗁鳥倦，蛙鳴漸繞緑廊筠。

春鵑

泥埋玉骨委萊蒿，蜀帝空山舊怨號。西隴望雲歸路失，北湘流恨晚風高。溪花浣血嘑辛苦，夜月明心寫瘁勞。鼷社痛沈聲切慘，鷄鳴逐曉露濡袍。

春燕

函書寄遠未將歸，翅引雙雛宿對闈。帆接浪高風送語，檻低花冷月侵衣。巉巉壘築新雲棟，渺渺波留舊石磯。杉翠落空遥入夢，啣泥紫館晚香微。

春蠶

飛蛾雪繭浴香泉，蟻破紅珠細顆圓。幃閉暖風窗護紙，葉挑新柘館題篇。輝輝映箔晶屏隔，宛宛攜筐翠袂聯。扉掩晚春宜貼字，微寒釀了過三眠。

舟中偶成迴文用屋北鹿獨宿溪西雞齊啼爲韻

宿烏留影樹邊溪，深淺分暉夕照西。獨夜遥流安退鷁，横空遠埭過鳴雞。鹿魚心事塵多積，蜩鷃天機物共齊。北牖來風清想絶，屋南山色曉鶯嘑。壺舟詩存卷二聞喜集

今樵虞美人迴文寫懷遠之情蓋在都中作也余將西行回環並次其韻

冰天雪窖寒經未，日往騰酣醉。寄書將欲訊歸鴻，想那印泥紅展拜侯封。蕉尋夢境虛生妬，甚值飄萍去。浪槎隨念幻長宵，郤笑半途征意寫窗寮。壺舟詩存卷六倚劍集

題家芳谷黄鶴延秋圖回文一律附贅語芳谷名至棠揚人

芳谷賢宗兄相逢漢上，婉娩題襟屬贅湘圖，低徊落墨，蓋仲宣憐我共秋水，以爲懷崔顥笑人信仙樓之難賦也，勉成回文一律，以寄他日相思迴環可溯之意云爾。客顋全枯，幸惟諒我。

堂虛展卷畫重重，墨灑輕煙澹粉籠。黄鶴一仙飛海去，白雲層嶂遠天空。長江漢渡分流碧，麗日晴川繞樹紅。霜曉踏梯扶醉客，凉秋桂棹快乘風。

江行成七言律回文兼寓虞美人詞回文共成四首

江春送棹回波碧，漾演窻煙隔短欄。雙整睡鴛寒倚枕，碎春香鳳密分團。尨閒吠户星燈小，寺遠撞鐘曉夢殘。攖槳月痕彎蘸水，歇帆低岸傍前灘。壺舟詩存卷十二生入玉門集

瞿詒謀

詒謀字念庭，號墨莊，江蘇常熟人。著有墨莊詩草，乾隆五十八年史嘉德跋云『吾友墨莊，

端人也，杜門却掃，匿跡村墟』。

即景回文

荷翻雨到乍聲喧，閣外簾開半掩門。歌掉駕風江岸遠，採蓮將罷酒傾樽。　瞿啟甲瞿氏詩草·墨莊詩草（一九三六年刻本）

『掉』：原文

張紹先

紹先（？—一八二五）字芑園，隴右甘涼人。長白達三叙云，以名孝廉困於鹽場，潦倒十餘載，道光乙酉俸滿赴部，冀獲一令，行有日矣，不意遇疾而逝。著真一酒二卷（集蘇詩，張紹芳校注，嘉慶二十一年刻本）

閨怨四首回文

床空照月殘燈冷，院靜凝雲水咽歌。腸斷欲翻新句錦，亂花風似妾情多。

床空和人回文五首之三　院靜記夢　腸斷再次前韻三首之二　亂花和人回文第五首

紅手素絲千字錦，戍邊回雁寄情郎。同誰更倚閒窗繡，字字縈愁寫斷腸。

紅手題織錦圖第二首　戍邊再次前韻三首之二　同誰和人回文五首之二　字字和人回文五首之三

深意織成絲縷細，怨聲低泣小窗紅。琴絃斷是愁腸斷，蜨夢驚殘落葉風。

深意再和前韻第三首　怨聲和人回文五首之一　琴絃題織錦圖第三首　蜨夢再次前韻三首之二

紅牋短寫空深恨，恨掩山屏枕伴頭。空帳斗寒春夕永，錦文回首一看羞。　真一酒卷二

紅牋再次前韻三首之二　恨掩再次前韻第三首　空帳和人回文五首之一　錦文題織錦圖第三首

侯承慶

承慶（一七八〇—？）字燦東，號雲岩，又號古白鶴邨人，江蘇上海人。庠生。續輯淞南詩鈔。

新秋效回文體七言絶句二首

樓南待月夜深秋、感客愁讀法樓南待月夜深秋月夜深秋感客愁愁客感秋深夜月秋深夜月待南樓

秋中賞月冷風愁、夜景幽讀法同前　陸英淞南詩鈔續選（南社叢刻鈔本）

曹梧岡

梧岡（？—一八三七）自署阿閣主人，里籍生平不詳。著有梅蘭佳話四卷四十段（至成堂刻本）

美人四時閨情回文體

紗窓倚處整新妝，寂寂春來惹恨長。鴉鬓兩分憐意倦，黛眉雙斂自情傷。花篩月影花

迷徑，竹引風聲竹拂牆。遮莫淡烟輕裊裊，斜横舞袖撲清香。紗籠翠幕翠凝妝，曲度薰琴撫夏長。鴉噪曉風迎日落，蝶驚殘夢惹魂傷。花撐蓋，柳罥堤陰樹履牆。遮面半開新褶扇，斜裙繞處步塵香。紗帳拂雲鬟整妝，夜清秋月一天長。鴉栖樹裡閒愁積，雁寄書時别感傷。花菊徑，葉經霜落冷楓牆。遮眸望斷憐人美，斜倚玉欄繞霧香。紗輕浣罷理殘妝，刺繡添絲一線長。鴉宿暮山歸夢冷，鶴飛宵露驚翎傷。花梅嶺，處處寒烟抹粉牆。遮月淡雲陰漠漠，斜風繞鼎拂濃香。梅蘭佳話第二十七段

朱文娟

文娟（一七八一—一八〇三）字吟梅，江蘇長洲人。鑑女，郟瑶光室。著有聽月樓詩草一卷（嘉慶八年刻本）。

迴文詩

懊儂歌罷春花曉，曉花春罷歌儂懊。小樓江雨夜歸人，人歸夜雨江樓小。聽月樓詩草

汪蹟　江月娥

婺（一七八一—一八四二）字鐵生，號雅安，安徽歙縣人。同邑程鼎調繼室，進士程葆母。

名媛詩話云：『學力宏深，詞旨簡遠，且能闡發經史微奥，集中多知人論世經濟之言，洵爲一代女宗』。嘗預修泰州志、如皋縣志，著有雅安書屋詩集四卷文集二卷（道光二十四年刻本）。

月娥（？—一八四四後）字素英，安徽歙縣江村人。汪嫈江素英世妹封臂療親記云：『工詩善畫，性情醇淑，許字皖江張文學』。著有餐菊軒詩稿。

素英喜聯句秋夕與成迴文一首

明月秋連雲影寒素英鴈飛停滿水邊灘，横江大浪銀濤怒雅安靜院空階玉漏殘素英清夢客窗烟漠漠雅安遠唫芳榭露漙漙素英輕舟一葉楓林密雅安平遠山容花染丹素英　雅安書屋詩集卷一

馮蘭貞

蘭貞字馨畦，江蘇金壇人。知府于尚齡室。著有吟翠軒稿（于尚齡輯入凝香閣合集，道光十三年蕭山官衙刻本）。

菩薩蠻迴文

月嵛山樹飄殘葉，葉殘飄樹山嵛月。深院小闌憑，憑闌小院深。茗香消夜永，永夜消香茗。清漏滴聲聲，聲聲滴漏清。凝香閣合集卷下馨畦詞草

愛新覺羅□□

□□（一七八四—？）自署平舟主人、凝齋。清宗室，睿恭親王寶恩兄，浙江巡撫高杞婿。嘉慶六年授乾清門侍衛，八年冬放尚茶正，十年遷鑾儀使。著有寶善堂詩草（復旦大學藏稿本）。

菊影廻文

堦西鋪蔭日光華，秀影含窓透碧紗。佳興助人詩性逸，釵金掩映夕陽斜。

城外晚行偶咏倣廻文體

深林掛月曲眉新，路畔村幽夜靜塵。潯水開蓮芳馥馥，吟成即景喜行人。寶善堂課稿乙丑歲

偶成倣廻文體

綃寄惟今誰念征，鴈雲書去報安平。消魂旅夜夜中夢，遠憶鄉時時動情。朝日印窓飛岫翠，曉風清户透曦晴。寥寥客意秋思倍，饒景尋詩句幾成。寶善堂課稿丙寅歲

偶成倣廻文體

安平報我慰遥書，母念頻思客此居。欄艷花新秋日麗，岫濃松蔭晚林疎。寒風北雁歸

憑信，叠嶂西窻吟性餘。翰寄多情深憶遠，歡娛得意旅懷舒。

月夜思歸倣廻文體

鄉思只念旅懷添，計日歸期客易占。芳菊綻金鋪滿檻，冷風敲玉戞鳴檐。鏘鏘漏韻清吹苑，淡淡秋輝光透簾。香徹桂枝花弄影，廊前透朗月華纖。實善堂課稿戊辰歲

謝 堃

堃（一七八四—一八四四）字轡和，一字佩禾，號春草詞人，江蘇甘泉人。國子監生。幼孤苦，濡滯江湖，以遊幕爲生，晚依孔氏鐵山園，官至曲阜屯田郎，客死旅邸。善詩文詞曲，兼工董字，著有春草堂集三十六卷（道光二十年曲邑奎文齋巾箱本）。

七夕回文

虛窗響處觸簾鉤，夜靜人來拜女牛。初上月飄香縷縷，疎煙晚破碧雲秋。春草堂集卷六

薛之垣

之垣（一七八四—一八六一）字裕珍，別字半畝，福建上杭人。清嘉慶十五年縣學生。咸豐十年歲試第一，食餼，年已七十有七。著有梅花集。

迴　文

春林上報信來頻，室邇清心息遠塵。新句得聯仙夢好，舊懷曾感性天真。銀瓶麗火明通活，玉茗烹泉品味醇。人卧北窗澄月夜，客臨南閣御風晨。筠浮秀草香滋杜，錦綴紅花白閒蘋。神氣協和陽轉律，淳含大化萬城春。

丘復杭川新風雅集卷八（一九三六年排印本）

謝元淮

元淮（一七八四—？）字鈞緒，號默卿，湖北松滋人。諸生。清道光六年，授邳州州同，遷金壇縣丞。十四年知贛榆，十八年改無錫，歷淮南鹽運監製同知、候補知府。咸豐三年，調桂平梧鬱鹽法道，官至廣西右江道。同治間卒，年逾八十。工詩詞散曲，著有養默山房詩稿三十二卷（道光十五年刻本）詩餘二卷（道光二十八年刻本）。

秋夜感懷迴文

茫茫野立獨愁生，落木悲時歸雁鳴。涼透薄衣侵露冷，翠分叢竹度風清。霜如月淡秋如夢，客似雲閒水似情。慷慨空思追往事，腸迴九折憶生平。

秋望迴文

歸送愁聲一雁孤，晚遊閒客謝馳驅。衣粘翠雨侵苔蘚，岸語秋風戰荻蘆。飛鳥白從雲裏望，遠山青接水邊無。園成碧樹環檐出，稀葉凋霜隕井梧。養默山房詩稿卷六甲戌

菩薩蠻 北高宫隻曲

雙調四十四字，前後段各四句，兩仄韻兩平韻。從邱瓊山回文詞。

春閨

飛花落盡春歸早，客遊遨處青青草。芳樹曉啼鶯，愁勞夢又驚。魂銷香惹袖，翠積眉山皺。微顰小立時，多愛意遲遲。

虞美人 南南吕宫引子加板作正曲

雙調五十六字，前後段各四句，兩仄韻兩平韻。從王文甫回文詞。

詠燕

雙雙舞看重簾卷，自愛香泥軟。雨絲風片近如何，遠望竝棲相伴更情多。紗窗掠過追隨急，兩兩斜陽夕。度花穿柳易翩飛，下上呢喃聽慣幾時歸。養默山房詩餘·碎金詞

回文集卷四十二　目錄

回文集卷四十二

黄芝臺

芝臺（一七八四—一八六三後），廣東新會人。廬江何六湖室。幼隨父江南任所，嫻母教，工詞賦。于歸後，偕夫入都供職，繼而服官海隅。年逾八衮，尚能刺繡。著有凝香閣詩鈔（同治三年刻本）。

贈娣姒金氏

奇才雅度遠傳聞，内助賢良有儉勤。披線細挑花襯字，弄絲輕織錦迴文。脂凝膚嫩肌凝雪，柳似眉舒鬢似雲。嬉笑巧言能辨理，時妝翠黛著香薰。

道中即景

華春麗地異仙靈，處處飛鶯囀和鈴。涯闊泛舟漁遠近，樹高圍壑石瓏玲。斜輝映閣山當寺，嫩絮垂橋柳對亭。花豔放光晴日暖，車來往道古松青。

梅　花

崦西滿樹玉勻鉛，漏洩春光冷鬥妍。簾捲畫吟高閣上，笛吹宵倚曲樓前。嚴風勁雪逢清客，凍徑寒林出散仙。占盡國香孤影瘦，添丁鶴子抱巖眠。

中　秋

輕鴻數點幾星添，似洗天高月啟奩。明鏡寶光波泛地，滿輪香氣露飄檐。清歌夜苑深開宴，朗抱秋樓半捲簾。鳴鶴集松風謖謖，生涼峭坐對仙蟾。

春遊二首

桐欹壓石傍巖眠，紫陌春遊盡醉仙。紅映遠林花遶水，緑飄斜岸柳含烟。東郊過徑香通塢，北塔朝峯翠接天。豐麥美田青藹藹，崇雲出岫曉村連。

桐修倚徑翠蘿眠，策杖歡遊勝地仙。紅島野花浮細雨，碧峯高樹逗輕烟。東川浴日遲翻浪，北嶺生嵐遠漲天。豐卉萬般多景麗，崇山石徑曉雲連。

春　閨

微風竹影帀深閨，早起春光曉色迷。飛燕惹花偎檻北，囀鶯棲柳對窗西。暉凝麗景芳庭滿，氣暖濃香翠幄低。幃卷舒懷開宴飲，緋桃寄意索詩題。

夏　閨

華亭對坐夏天長，盡捲簾高閣透凉。斜徑竹清風弄影，曲池荷淨露凝香。遮陰緑柳絲垂檻，逗豔紅榴火映堂。花放新菲芳苑滿，紗窗對案撫琴揚。

秋　閨

晶簾蔽閣靜生凉，檻遶黄花菊對廊。明月夜窗紗弄影，冷風秋苑桂飄香。清聲謾噪蟬藏樹，雅韻高吟蟀近牀。鳴雁去傳音信寄，情幽觸夢遠懷鄉。

冬　閨

開簾繡户北風迎，小苑冬情物意生。梅映雪窗寒氣馥，月侵霜徑冷光明。臺高擊隼征飄籟，閣密籠鸚凍忍聲。陪坐列筵圍刻燭，奇才道絮起詩評。

惜花春早起

橫簾捲起早晴天，內苑花開杏色鮮。清氣曙輝殘月淡，弄嬌春景曉風牽。英紅半謝桃凝露，嫩綠新垂柳逗烟。平圃步看憐豔紫，輕聲喚婢用鈴懸。

愛月夜眠遲

殘粧晚卸翠鬟低，有興秋臺玩月題。欄上影移花徑北，苑中明映竹窗西。寒輕透閣重簾捲，耀澈流波小沼迷。寬院夜清風露墮，看來又去步深閨。

掬水月在手

清澄水映玉盤浮，巧掬原泉得月秋。擎穩鏡時停淺渚，轉移輪處盪輕舟。盈盈撥動蟾光滿，活活攀開桂影幽。迎面似擕仙侶伴，明珠捧上掌中流。

弄花香滿衣

花開偏苑四時芳，賞玩行來遶北堂。霞似杏紅桃似錦，雪凝梨白李凝霜。斜簪玉茝梅浮動，快剪金枝桂折長。葩麗豔紅輕摘盡，華襟翠袖染餘香。

春日遣興

晴春好景媚園東，興遣消閒步遶叢。清韻曉鶯啼樹杪，潤泥新燕入簾櫳。輕風拂柳侵氍翠，麗日烘花映袖紅。生意物情詩滿目，楹前繡罷數歸鴻。

夏日遣興

威炎夏日透前楹，永晝閒來過院行。圍檻小蕉敲雨好，傍軒高竹拂風清。幃簾入燕嬌聲巧，苑柳藏蟬噪韻輕。揮筆醉吟閒遣興，薇紅對案撫琴鳴。

秋日遣興

平分日夜暮秋深，小徑東籬菊綻金。明鏡水池窺倒影，倚樓長笛弄佳音。清風桂苑花當坐，冷露蓉庭月對吟。更變物情炎退盡，生凉夜聽警寒砧。

冬日遣興

陰凝氣候苦寒朝，好著輕裘襯黑貂。吟雪待來開煖閣，看梅尋去過高橋。深池水凍魚鱗伏，遠樹霜迷鶴影消。斟滿酒香爐對坐，臨風北户繡簾飄。

種菊

西園徧發菊苗榮，異種分栽遶徑清。齊結兩籬疎密細，轉縈雙檻曲斜横。泥壅好處新根長，水灑頻時嫩葉生。低翠晚芳奇植早，啼鴻聽處念餐英。

梅花

樓前對樹古斜横，氣馥寒林透月明。幽水淺欹疏影瘦，曉風微度暗香清。流暉映雪晴烘日，冷豔侵堦靜落英。幬卷興來東閣上，謳吟互答贈詩評。

牡丹花

腰支活處近池東，似笑含姿妙舞風。嬌色國香天氣暖，媚生春透日晴烘。銷魂醉咏三章緑，巧態翻嫌一捻紅。饒狀萬般多豔絶，朝霞彩映箔玲瓏。

蕉窗夜雨

紅紗亮映緑雲横，夜雨聽飄葉戰聲。同瑟鼓時調雅淡，似棋敲處響清鏗。濛冥影動燈光冷，寞落愁添客夢驚。櫳綺透寒生枕角，東樓小幔入風輕。

行舟遇雪

寒江大雪擁疎篷，好轉輕帆掛曉風。寬岸野林梅豔冷，亂峯奇樹玉玲瓏。團雲映塔遥中望，涷水圍村遠際空。灘上力撑人墮指，難行此路客舟同。

重過梅嶺

紅霞曉日映林邱，上轉三灣曲徑幽。叢竹和風清韻雅，嶺梅飄雪瑞香稠。中亭小憩曾留跡，險壑高攀又到遊。東復西行山路遠，同來往感意悠悠。

舟夜

舟輕好過急灘中，遠岸高低沙路通。浮鏡水心波湧月，轉帆江影浪生風。邱林到處鴉啼暮，寺塔經時雁度空。流順泛來摇漫櫓，秋吟夜靜坐推篷。

雨後

蟬鳴午後雨晴時，映水江虹斷錦奇。鮮萼綻花紅滴潤，軟枝垂柳緑含滋。懸崖雪瀑奔空洞，曬網漁船泊遠涯。烟宿樹林蒼極目，天開朗日嫩雲移。

山居

名山好處翠微烟，隱士幽居高接天。明月出從雲屋後，響泉流繞石門前。横橋斷岸連修竹，遠浦通江泛小船。生此寄情閒笑傲，鶯花報歷入新年。

十二月過羊蹄嶺

裘輕擁雪朔風寒，穩坐輿時過遠巒。遊際月梯天上險，望中雲路客行難。浮龍玉瀑奔巖遠，集鳥青松老幹蟠。幽境絶塵離地拔，邱奇聳石亂峯攢。

贈葛大令翁孺人

晴春賞宴集華堂，共會奇文贈舉觴。横案豔裁詩句整，對吟清沁齒腮香。輕風曉閣高飄雪，朗月秋闈夜映霜。生此寄情同遣興，名傳久擅雅才長。

送别葛大令翁孺人

情交兩盡寫幽衷，久處相離别恨同。評論合酬千盞酒，佇延遥送一帆風。程歸問柳窺春緑，驛宿開花夾岸紅。行贈遠懷詩緒觸，聲聲寄語慰途中。

七夕

明光月影桂花林，巧乞從來學古今。横案豔偎輕剪燭，倚樓高坐靜穿針。清風和韻鳴環珮，薄露凝寒透綺襟。晴夜五雲飛去盡，平橋鵲渡兩星臨。

辛丑正月鄉旋

時逢暖日麗春饒，急去歸舟泛起潮。欹岸柳垂新緑嫩，滿溪花發豔紅嬌。奇峯倚寺雙尖露，碧水連天一望遥。移坐小窗篷掩半，隨流順下櫓輕摇。

春夜泊

寬河泊處寄歸船，纜繫忙停欲晚天。灘漱水聲清入夢，樹浮花氣馥盈筵。寒風竹徑連斜岸，細火漁舟釣遠川。歡望四邊簾倚坐，團團月亮透篷穿。

新春過山

鄉歸遠度幾關山，好景春晴一望還。旁石怪松青幹古，臥橋斜柳緑溪灣。蒼回野燒痕深淺，豔放巖花綻錦斑。償覽勝遊郊極目，長途嶺轉路迴環。

遊蘭墅園

東郊遠徑好遨遊，極妙名園遶水流。紅徧苑花嬌映日，綠摇窗竹夜鳴秋。風來入坐涼亭小，月透疏簾畫閣幽。叢桂當筵迎馥氣，同心喜賞詠詩酬。

秋月步原韻

鉤簾繡閣小窗明，潔漢銀蟾照水清。舟泛夜時遊遠渚，角吹頻處近邊營。樓高映樹楓移影，檻曲迴風竹弄聲。秋色一天霜露冷，浮星幾點雁飛横。天高掛鏡寶光明，雁去傳書寄遠情。蟬噪晚林垂露冷，鶴鳴朝嶺峭風生。前樓弄笛新聲巧，隔岸寒砧遠韻清。眠對桂吟秋興遣，圓輝朗徹透簾横。生光月色彩盈門，望眼開時醉夢昏。傾露竹林偎外檻，響濤松樹近前村。清池水面浮魚貫，峭閣臺中靜酒罇。輕葉落梧鋪井冷，精騰兔影瀉金盆。融光透閣映新痕，詠月頻來答贈言。鴻遶石灘眠復起，蚌含珠寶吐還吞。楓丹浥露垂寒徑，菊紫凝霜帶遠村。風舞葉飛翻片片，空浮鏡落漸清暾。

題唐丹裳女史蔚紅吟閣遺集二首

姝嬌美質玉顔紅，母伴曾行西復東。圖畫展芳梅嶺遠，咏題留跡宦途中。娱親侍奉承歡洽，孝友傳名豔羡同。腴秀慕才高出妙，珠連寫韻和清風。

生平寄意寫青年，巧絶真才捷湧泉。輕絮擬來猜雪舞，詠花當比豔霞鮮。清圖畫跡留蘭秀，麗句詩詞妙筆妍。精業學欽羣女士，情深極慕感遺篇。

冬晚舟中作

嚴風朔雪白迷涯，纜急牽舟劃石沙。添豔丹楓當寺古，偏栽青麥遶隄窪。尖山遠谷連雲凍，淺水清波映月華。拈筆醉吟寒夜永、纖纖雨過濕篷斜。

重　陽

時寒嫩日九秋凉，影瀉嵐光水色蒼。奇繡錦囊萸繫臂，異香黄菊露浮觴。詩題羡盛孫公慧，帽落羞嘉孟客狂。誰與伴登高極目，欹斜雁列遠天長。

咏　菊

天晴晚節鍊風凉，廣圃新花菊吐芳。鮮色五叢千朵錦，爽秋三徑一籬霜。緣塵脱俗超奇種，傲骨高吟寄冷香。妍豔異葩金妙絶，堅心素映月清光。

喜　雨

翔雲黑起疾雷鳴，好雨甘霖似海傾。芳苑有花紅倍豔，滿田新稻碧滋榮。航輕泛浦奔流吼，瀑急飛崖漱石清。祥澤下時生上尺，鄉江舞野忭耕氓。

乞巧偶題

天高淡月夜風凉，靜苑秋葩桂倚篁。聯隊小螢流徑曲，和聲新雁過空長。鮮花玉盞三分酒，紫鳳金爐一炷香。仙渡鵲橋星聚慶，年年乞巧學吟芳。

秋　興

香風桂影颺簾鉤，好景遥看曉上樓。芳徑菊叢千朵豔，遠峰松籟萬聲遒。長天雁字排空繞，淨澗龍紋順水流。凉引竹窗當硯筆，囊詩貯月詠悠悠。

天寒有鶴守梅花

垂雲凍積雪山平，鶴伴梅花玉吐英。移月淡隨疎影素，勁風長引暗香清。枝南向暖時甜睡，嶺北當寒夜急鳴。嬉舞獨飛驚詠客，騎驢小步印殘霙。

紫雲洞賞菊步原韻

遮雲盼紫映西窗，酒送仙醽緑滿缸。斜徑入山秋色豔，短籬窺日醉心降。花圍四處開深洞，鳥囀千林遶古邦。嘉寵客來遊玩賞，華堂佛殿曉飄幢。

遊李氏園三首

光風好景豔陽回，萼放新叢滿徑隈。篁嫩倚山連曲榭，鳥飛涵水近高臺。香花對案書幃捲，翠柳侵池硯匣開（園内有家塾）。長興此遊同約久，芳園樂賞衆賓來。

名園好處往來勤，潤屋書齋竹拂雲。明日麗時凝苑柳，暖風香入透窗芸。清波小沼遊魚貫，曲徑回欄遶蝶羣。平覽縱情詩滿目，評花對景擬迴文。

深幽盼出路三叉，小院芳遊步徑斜。林翠映山層叠石，國香凝處幾圍花。琴清置案瑶窗雅，畫古懸牆粉署華。吟詠偶隨相語笑，尋來客共賞奇葩。

往譚氏女凌冲鄉即景三首

名微隱處至親依，入境仙源有石磯。清瀑接田秧潤膩，小橋通徑竹凝輝。横波緑沼遊魚戲，曲岸青林噪鳥飛。平望四山高極目，輕雲出岫遠村圍。

烘晴日煖趁春陽，内館居深屋近塘。紅杏門窗紗映豔，素蘭生砌玉凝香。風來繞席書樓小，雨灑輕簾畫榭長。東檻倚吟閒遺興，工詩寫景襲芬芳。

鉤簾下榻向書堆，緩步微痕印緑苔。流水遠看高閣上，峭風遥望曉窗開。稠香異卉紅深淺，巧囀嬌鶯飛去來。留久愛觀春景好，搜吟得句擬敲推。

遊葉氏女松菊園

翔風夏景竹瓏玲，賞玩遊園小住停。香逕遶花臨北屋，曲池環水近南櫺。陽斜映樹松移影，月朗侵籬菊吐馨。凉氣入亭高興遣，長欄倚望遠山青。

遊姻家陳氏北園

奇園樂地麗華浮，柳拂蓮池蕩碧流。帷卷曉窗雞喔喔（園有火雞），宴開春苑鹿呦呦（園有鹿）。姿花豔卉香堦滿，秀竹蒼松翠逕幽。移步上亭高望遠，危峯繞水緑盈眸。

遊觀音巖

長江大浪駕舟行，目極高巖浸水清。岡疊五雲飛出岫，壑懸雙瀑瀉通瀛。涼凝靜處游門進，遠望歡時倚牖明。昂級石梯仙度上，香風洞滿篆烟輕。

水仙花

汇（谷名）中涓（水名）際出奇葩，植卉分盆有舊家。長葉映波清水淺，短根盤石小山斜。黄金吐豔凝心素，白玉含姿異種嘉。香透錦幃蘭室内，牀書坐讀伴仙花。

鶯梭

青山遠谷出遷喬，羽振初鳴衆友邀。庭滿豔花穿日日，岸垂絲柳織朝朝。亭西度處梭抛急，徑北飛時子引嬌。停穩鳥巢春樹碧，聽來曉囀雜吹簫。

燕翦

平山越燕集高臺，暖氣春時社日來。清影蘸流臨水翦，繞空隨意有雲裁。情詩帶去穿花徑，弄曲新歸度柳隈。輕舞引雛呼上下，迎風入户繡簾開。

江門釣臺

方臺釣蹟古來傳，復建邑誌云白沙先生子孫復建釣臺新欄近水烟。香餌放偎沙岸側，翠竿持坐石灘前。涼風夏雨迎舟過，朗月秋波映鏡圓。藏玉碧樓高近日，長才異處隱名賢。

單士釐清閨秀正始再續集卷四上選入此首

圭峯山

城東堞映玉臺超，遠洞天連鐵板橋。清練翠層千瀑掛，瑞雲黄片萬峯朝。晴初雨歇龍潭碧，暖透春來鳳嶺遥。迎日曉開屏護緑，輕烟拂樹百花嬌。

由鎮江口赴都遠望金山

潮隨護用小紅船左右用小紅船護送過江掉出横江鎮渚烟乾隆甲辰南巡家嚴奉上委辦差務攜眷僑寓鎮江會館御舟過江時適值誕生撫今追昔舉念難忘搖動塔高山湧浪塔在山中山在江中江水蕩船舟中望之似塔搖動遶飛帆遠水連天。腰環玉帶坡翁老，手執金盂佛子賢。遥望過來今得幸，橈停漸歇醉開筵。

『掉』：原文

冬日入都車中偶題二首

輝光曙色淡妝時，筆硯同車路遠馳。飛雪映裘寒透骨，緊風吹幕冷侵肌。緋梨脆棗新堆市，白馬良騾善走逵。揮指北亭茅店住，圍罏把酒醉吟詩。

東廂出去帶琴書，子女攜乘四馬車。風地刮埃塵起舞，雪天飛粉玉飄徐。瓏玲塔寺寒山遠，影弄樓臺映日舒。中站走逢親友老，同來入店好安居。

入都渡黃河

迢迢遠路宦游京，極闊黃河北渡平。霄接浪翻雲接島，漢通波湧水通瀛。潮乘善馬龍圖負，日映浮槎客影清。摇急艕來忙上岸，遥途走穩輓車輕。

游西湖

遨游好處是西湖，女伴同來載酒攜。樓映遠山三徑曲，閣當流水四橋低。稠香異卉花盈岸，軟翠清芳柳滿隄。舟泛不詩無興遣，悠悠詠景寫箋題。

五湖草鞋山

平湖五頃萬洲連，水湧鞋山石像全。明月映波奔去轉，響風衝浪蹈迴旋。精涵鐵底方舟蹴，冷浸棕頭草浦前。行漫客看歡歇掉，清流潄處鎮坤乾。

『掉』：原文

仲冬隨外赴海口協任渡海

遼清海舶宦游同，爽氣冬晴趁順風。遥望四邊雲接水，近窺斜際浪連空。飄揚旆影寒侵坐，險涉舟時半掩篷。嗂得便安平穩處，堯如帝德感恩洪。凝香閣詩鈔

吕芳貞

芳貞字韞清，江蘇陽湖人。諸生楊元錫室。

廻　文

琴鳴靜幙繞香柔，黛鎖雙痕眉斂愁。金貼舊門春燕舞，柳垂新苑曉鶯流。陰雲晚冷籠梅檻，短夢宵寒凝竹樓。深夜惜花飛滿地，沉沉月影漾簾鈎。惲珠國朝閨秀正始續集卷五（道光十六年紅香館刻本）

余芳瑶

芳瑶號三湖詩史，湖北潛江人。教授天山女，江陵陳氏婦。早寡無子，以醫自給。

湖居四景迴文限春夏秋冬琴棋書畫韻

春湖一碧帶林陰，秘閣閒開帙走蟫。新笋出籬疏插影，古泉流澗冷藏音。勻勻柳緑垂絲嫩，豔豔桃紅著露深。鱗躍藻閒波上下，塵心滌處枕囊琴。

夏深清枕一風幃，窻向書聲水遶籬。架擁飛花香積案，欄遮幽竹翠横墀。嘎嘎蟬聲藏緑密，翩翩蝶夢入紅迷。謝珠荷葉清凝露，夜靜閒敲一局棋。

秋湖滿岸野林舒，渺渺飛鴻列陣如。遒節老松霜染密，淡香蘩菊雨披疏。愁眉鎖盡荒山遠，曲徑穿來寒谷虚。樓倚暮天南極杳，幽窻淨几暗堆書。

冬寒欲售書囊債，爛漫梅窻清興快。松掃半天霜月斜。雪堆遥島石山怪。鼕鼕夜鼓漏聲殘，淅淅驚風巖律解。容斂湖光澹碧虚，峰高聳對南樓畫。

光緒續修江陵縣志卷五十八藝文

龔作肅

不詳

惲珠國朝閨秀正始續集卷七題作湖居廻文，選録春秋二詩（道光十六年紅香館刻本）

夏日蓬園晚晴迴文

奇雲繞樹晚天晴，過雨新餘暑氣清。枝坐鶯聲調管瑟，葉重珠網挂簷楹。籬編竹徑閒堂靜，户鎖蓬園小牖明。醽醉自吟時緩步，西城吐月帶霞横。

道光淮寧縣志卷二十六　民國淮陽縣志淮陽文徵外集詩

王正綱

正綱，直隸保安州人。清嘉慶十八年癸酉拔貢。

春日迴文

春分十里杏飛紅，弱縷金堤柳鬱葱。頻掠燕泥啣處穩，緩啼鶯舌弄來工。茵鋪細草池融雪，錦萃奇花野趁風。新局一聲棋子落，真真聽雨夜丁東。

夏日迴文

荷池蕩影午風香，滴翠新晴晝日長。螺擬碧筠生竹勁，火如紅萼綻榴芳。多情蝶夢雲蒸暑，晚噪蟬聲雨送涼。波印月圓團扇素，何如快飲醉流觴。

秋日迴文

秋分幾陣數啼鴉，爽氣朝來掃落花。流水一泓澄沼沚，遠山千叠杳窗紗。啾啾雨亂蛩音細，颯颯風催雁影斜。頭上最青空望眼，樓啣月白露蒼葭。

冬日迴文

空山晚節露松寒，老樹經霜傲菊殘。鴻外塞雲連草白，馬頭谿雪襯楓丹。籠烟瑞靄春爐煖，淡墨新呵凍筆乾。融日晚窗梅入夢，紅花燭盡夜書攤。道光保安州志卷七藝文

張　炎

炎字淡玉，浙江海鹽人。

寄友迴文

詩敲獨夜一庭荒，寂寂情懷興感長。巵溜赤霞濃映酒，鼎浮青篆細飄香。離離落影摇花逕，颯颯風聲撼竹廊。遲莫欲歸愁道遠，思君爲結九迴腸。徐熊飛錦囊集卷上（道光十一年也是軒刻本）

失名

廣東觀山寺題壁

悠悠緑水傍林隈，日落觀山四望回。幽林古寺孤明月，冷井寒泉碧映台。鷗飛滿浦漁舟泛，鶴伴閑亭仙客來。游徑踏花烟上走，流溪遠棹一篷開。徐元回文詩詞五百首

梁鳴球

鳴球字璧輝，號五松，廣東東莞北隅外光明街人。清嘉慶間布衣。

擬秋閨憶別廻文

宵殘對榻一燈紅，恨別攄懷有夢通。腰瘦怯寒秋睡蝶，影孤斜月夜飛鴻。蕭蕭響籟含窗隙，唧唧鳴蟬抱樹空。寥寂更深愁語訴，簫吹静閣繡簾風。張其淦東莞詩鈔卷四十九（一九二〇年張氏寓園刊本）

湯海琛

海琛字虹泉，江蘇金山人。

回文體（用東坡尖叉韻）

叉手雙篇新德占，薄陰添處怯寒嚴。華年問夜深浮琖，閏月宜秋好放簾。花著淡心真是冷，韻多仙性本非炎。家家自賞清吟苦，霞外山痕輕透尖。丁繁培養蘭居彙刊·子菊唱和詩（道光三年刻本）

李芳

芳，山東青州人。監生。清嘉慶二十年官麻池堡縣丞。

秋夜仿迴文體

烟深臥閣草凝愁，冷夢驚回幾樹秋。懸壁四山雲續斷，隔簾一水月沉浮。翩翩影落飛鴻雁，皎皎光寒靜女牛。前路客歸螢點點，邊城夜火似星流。光緒定遠廳志卷二十六

案：此詩與張漢所作相同，又見李根源輯永昌府文徵詩卷二十趙司成。

吴陳勳

陳勳（約一七八五—一八三四）字樹堂，號琴逸，一號蓉堂，浙江桐鄉人（原籍安徽休甯）。清嘉慶二十一年優貢，次年以教習用。道光元年，銓叙台州府學訓導。八年舉人，十四年卒

于官。著有梢雲山館詩鈔三卷（仲錕輯入雙瓣香編，咸豐四年刻本）。

秋夜迴文體

烟深臥閣草凝愁，冷夢驚回幾樹秋。懸壁四山雲上下，隔簾一水月沈浮。翩翩影落飛鴻雁，皎皎光寒靜斗牛。前路客歸螢點點，邊城夜火似星流。雙瓣香編卷三梢雲山館詩鈔中

案：此詩亦與張漢所作相同

金朝覲

朝覲（一七八五—一八四〇）字午亭，號鑾坡，別號西侯，漢軍鑲黄旗人，居錦州，肄業瀋陽書院。嘉慶十六年辛未進士，授四川榮經知縣，官至崇慶知州。所撰三槐書屋詩鈔四卷稿本，近人金毓黻輯入遼海叢書。

秋興迴文

巒翠拖霞淡抹空，遠天極望入林楓。寒山晚去孤雲白，落葉秋零半樹紅。殘簡斷編修永夜，異鄉離夢有清風。酸心客景煙塵俗，鞍馬別途歸唳鴻。三槐書屋詩鈔卷一

戈 載

載（一七八六—一八五六）字弢甫，一字孟博，號順卿，一號寶士、雙紅詞客，又號山塘詞隱，江蘇吴縣人。諸生。官國子監典簿，未履任。工詞，著有翠薇花館詞二十九卷（嘉慶二十三年刻本）。

子夜 春閨迴文

靚容花耀糚臺鏡，鏡臺糚耀花容靚。紅日曉春濃，濃春曉日紅。語鶯迷遠樹，樹遠迷鶯語。簾捲怕風尖，尖風怕捲簾。

前調 秋閨迴文

遠帆征雁飛雲亂，亂雲飛雁征帆遠。秋暮鎖空樓，樓空鎖暮秋。共誰邀月夢，夢月邀誰共。殘夜半鐙寒，寒鐙半夜殘。 翠薇花館詞卷七

龔 璁

璁字玉亭，貴州遵義人。清嘉慶二十年庚子進士，道光十年任武城知縣。爲人沉厚冲淡，好文章，有留春山房集古詩鈔四集（道光間刻本），皆集古今詩句，多取唐人之作。

江村即景顛倒唐句十首（每聯一句順文一句迴文）

松窗坐嘯

清露凝庭户，松軒思別琴。葉新閒柳岸，水曲亂花陰。靜塢連聲鶴，高樓萬里心。白雲幽絶處，晴雪夜山深。

户庭劉禹錫 松軒李羣玉 岸柳高 紹 水曲韋 莊

鶴聲顧非熊 高樓賈 至 白雲張 喬 深山盧 綸

草閣乘涼

晚露秋涵桂，江風捲簟涼。影踈摇竹亂，水淡發茶香。烟浦開帆遠，桃花別路長。陶陶醉臥穩，江檻掚鴛鴦。

桂涵劉禹錫 江風令狐楚 亂竹駱賓王 水淡劉得仁

遠帆周 賀 桃花駱賓王 穩臥白居易 江檻杜 甫

東籬秋霽

集鴉寒樹遠，霽景近江村。竹徑深開院，柴扉半掩門。回雲隨去雁，風嶺暮吟猿。近種籬邊菊，卑枝壓朵繁。

遠樹李建勳 霽景温庭筠 竹徑張 祜 門掩楊萬里

回雲錢起　猿吟許渾　近種釋皎然　繁朶方干

西澗晚晴

遠峯初絶雨，川晚落霞收。箇箇猶飛燕，雙雙下野鷗。月明澄水緑，風急夜江秋。葉響疑垂練，烟波一釣舟。

遠峯劉得仁　收霞戴叔倫　燕飛徐鉉　雙雙李中
緑水張易之　風急駱賓王　練垂盧綸　烟波喻鳧

月夜遣懷

紛思何由遣，烟烽有復無。風塵三尺劍，霜夜幾封書。郊外亭皐遠，渚前秋葉疎。冷床吟白月，應念寂寥居。

紛思韋應物　無復元稹　風塵杜甫　書封駱賓王
郊外儲光羲　疎葉顧非熊　月白李洞　應念楊巨源

村橋隨步

風靜聽溪流，弦低月映樓。老年疎世事，芳夜得春遊。澁蘚荒橋斷，縈蘋曲澗幽。遠江隨步晚，有路上壺頭。

風靜張九齡　樓映戴叔倫　老年錢起　遊春沈　期
斷橋張祐　縈蘋駱賓王　晚步張籍　有路劉禹錫

花溪垂釣

風流唱曲歌，滄海意如何。棲鶴出高樹，閒鷗浴暖波。檻虚花氣密，春早扇風和。北澗垂竿釣，漁家寄宿多。

歌曲薛　曜滄海劉長卿棲鶴劉得仁波暖許　渾

檻虚歐陽玭和風蔣　防釣竿孟浩然漁家崔　峒

竹徑扶筇

冷泉新竹翠，長短盡隨風。深院幽花落，疎簾夜月通。炎氛臨水靜，寒雨入齋空。倚杖殘秋裏，蕭蕭晚葉紅。

翠竹錢　起長短李羣玉落花元　稹疎簾駱賓王

炎氛錢　起空齋張　説倚杖孟賓于紅葉許　渾

小檻看山

濕翠松含露，披軒遠目開。虚窗從燕入，晴日數蜂來。晚徑堆紅葉，衡門掩緑苔。好山雲處見，客思轉悠哉。

露含戴叔倫披軒孟浩然虚窗李　中來蜂錢　起

葉紅獨狐及衡門劉得仁見處李咸用客思李建勳

寒宵訪友

路細通危壑，江村八九家。烹茶留野客，翻鶴見圓沙。暮角梅花怨，西峯雪景斜。轉帆汀漠漠，歸路思猶賒。留春山房集古詩鈔四集

壑危戴叔倫　江村杜甫　烹茶李中　沙圓鄭巢
暮角韋莊　斜景杜甫　漠漠戴叔倫　歸路薛瑩

張　鳳

鳳（一七八八—一八三三）字含珍，號蒹葭女史，浙江平湖人。諴女，諸生高蘭曾室。著有讀畫樓詩稿二卷（道光十四年錢渭山刻本）。

讀畫樓春日效回文體

簾疏入燕輕，徑曲餘花落。拈韻快成詩，篆烟留小閣。讀畫樓詩稿卷上

金　恭

恭（一七八九—？）字壽人，號玉尺，江蘇吳江人。仁弟。著有玉尺樓集四卷（嘉慶二十四年刻本）。

菩薩蠻題畫蠟梅回文

額黃香瘦眉如月，月如眉瘦香黃額。深夜奈卿卿，卿卿奈夜深。　捏期春把別，別把春期捏。音訊寫泥金，金泥寫訊音。顧旡咎笠澤詞徵補編卷五（上海圖書館藏手稿本）

釋顯清

顯清（？—一八五〇後）號謹庵，浙江秀水人。寧波天童寺僧，駐錫長安城南報恩寺、天津海光寺。著有禪餘吟草四卷（道光三十年苕谿黃葉齋刻本）。

迴文詩

尋雲帶月入仙岑，月入仙岑涼夜深。深夜涼岑仙入月，岑仙入月帶雲尋。禪餘吟草卷一

湯建中

建中（一七九〇—一八五一）字德卿，一字允叔，江蘇陽湖人。清道光元年辛巳舉人，官山東運河同知、運河兵備道。著有筠綠山房詩草四卷（光緒十九年刻本）。

題岷江夜泊圖用回文體

眠雲倚劍擁書看，響激潮流下急灘。泉瀉石鳴琴滑滑，月沈波洗鏡團團。前溪舞鶴孤魂冷，上峽啼猿驚夢殘。天遠望江煙黯黯，船行夜對一燈寒。筠緑山房詩鈔卷二

王治

治（一七九〇—一八五八後）字熙哉，號平軒，陝西三原人。清道光二年壬午進士，改庶吉士，授刑部主事，歷充河南司主稿秋審處坐辦、順天鄉試同考官。道光十五年任江西鄉試副考官、升員外郎，遷監察御史，擢四川叙州知府。二十二年調成都建昌道，乞歸。主講關中書院，著有木蘭書齋詩鈔（咸豐八年刻本）。

詠晚香玉用迴文體索侯二層山和

琳瓊糝逕細鋪茵，色着空空悟是身。深夜月花香入夢，晚亭風韻雅傳神。沈沈睡起扶枝弱，淡淡粧成染粉新。吟興動來秋圃老，陰濃結處靜封塵。

和繼蓮龕廉訪團扇七律原韻用迴文體

音流靜處賦雲羅，小婢憐才妙解歌。吟月夜來留夢好，曉風秋與寄愁多。心心印合雙

斑竹，兩兩撐開並蒂荷。陰滿緑堦閒對立，襟衫映帶鳳頭韡。風含細袖香空樓小坐正披衣，手脱輕團粉汗揮。同撲火囊螢點點，安捎花板蜨飛飛。風塵拂，雪比清心素俗違。工句寫懷貞女怨，東窗竹淚灑嬪妃。妃子太嬌香閣東，製殊良漆點成工。違人故憶長圓月，顧我先宜最好風。飛燕防粧羞態薄，囀鶯留句結心同。揮襟繡帳新開笑，衣解半窗一望空。韡弓繡罷整裾襟，徙倚閒窗暮靄陰。荷露滴珠雙脱手，蕙風當袖兩關心。多愁解處乘涼晚，好句題來動興吟。歌舞自憐長夜靜，羅盤骰子玉留音。（木蘭書齋詩鈔）

甲戌作。道光辛丑秬沐跋云：『言言名貴，字字清腴，集唐、迴文尤深欽服，三復三日，獲教良多』

葉坤厚

坤厚（一七九〇—一八七七）原名法，字湘筠，安徽懷寧人。道光十七年丁酉以拔貢選河南輝縣知縣，歷許州知州、彰德知府。咸豐六年，官南汝光道，任職期間，鎮壓豫捻，作詩爲清廷張目。光緒三年卒，著有江上蓬萊吟舫詩存十八卷詩餘二卷（光緒九年葉伯英刻本）

漁父戲作迴文體

江空夢裏浪浮家，渺渺輕舟一角蝸。窗到笛聲篷到雨，岸沈煙影樹沈沙。雙飛燕轉風

花落，獨泛鷗牽水荇斜。降悶酒杯横執手，缸苔動處響魚叉。江上蓬萊吟舫詩存卷五

鍾　景

景（？—一八六六後）原名毓奇，字嵩生，浙江海寧人。官直隸東光知縣時，年已六十有五。著籥雲書屋詩鈔六卷附紅蕉詞鈔二卷（咸豐八年刻本）。

菩薩蠻 四時閨詞

暖風香過深深院，院深深過香風暖。簾卷喚衣添，添衣喚卷簾。翦刀停繡倦，倦繡停刀翦。斜日悵飛花，花飛悵日斜。

暑生涼韻蟬吟雨，雨吟蟬韻涼生暑。波緑卷風荷，荷風卷緑波。滿教斟酒勸，勸酒斟教滿。簫碧吸香濃，濃香吸碧簫。

久停燈滅明牛斗，斗牛明滅燈停久。深樹遠棲禽，禽棲遠樹深。雁回逢寄柬，柬寄逢回雁。樓下月迎秋，秋迎月下樓。

粉殘紅展空餘恨，恨餘空展紅殘粉。寒夜怯憑欄，欄憑怯夜寒。雪珠飛點密，密點飛珠雪。濃睡曉鬟鬆，鬆鬟曉睡濃。紅蕉詞鈔卷上

金道夫

道夫字蘭生，號韻亭女史。蔡名衡室。

集字詩

回文七絶一首

直男書好清名得，息形舊覽勝游日。日游勝覽舊形息，得名清好書男直。

回文五絶一首

亭建舊基新，靈居得勝形。形勝得居靈，新基舊建亭。　蔡名衡集字詩（武林掌故叢編本）

道光辛卯作，集翠微亭題名，文云『紹興十二年，清涼居士韓世忠因過靈隱，登覽形勝，得舊基建新亭，榜名翠微，以爲游息之所，待好事者。三月五日，男彦直書』。亭名翠微，蓋隱痛岳飛之寃死也（武穆有池州翠微亭詩）。

楊福謙

福謙字雲芝。

菩薩蠻回文

興清爲好登形勝，勝形登好爲清興。因舊覽游新，新游覽舊因。翠微居息事，事息居微翠。亭建得基靈，靈基得建亭。以男名直爲名士，士名爲直名男以。居隱榜亭書，書亭榜隱居。紹游因所好，好所因游紹。登待世基興，興基世待登。蔡名衡集字詩（武林掌故叢編本）

袁希謝

希謝（一七九四—一八二六）字寄塵，江蘇吴江人。棟玄孫女，王元瑋室。著有繡餘吟草一卷（上海圖書館藏鈔本）。

迴文詩

樓高倚處感涼秋，悄悄園亭桂影浮。幽徑竹深雲繞路，流波漾月水悠悠。繡餘吟草

鄒志路

志路（一七九四—一八六〇）字仲虎，一字義衢，浙江錢塘人。清嘉慶二十四年優貢，嘗官寧海訓導。道光三年與沈毓蓀『同客江西學使幕』。著有狷齋遺稿五卷（同治八年刻本）。

苦雨戲作廻文一律用五平體

繁聲來寒天，濃雲棲空林。源源珠垂絲，洪洪潮浮音。翻飛歡鶩鳧，韜藏愁書琴。軒居人顔癯，如何開塵襟。 狷齋遺稿卷四

柏葰

柏葰（一七九五—一八五九），巴魯特氏，原名松葰，榜名松慶，字靜濤，號泉莊，自署臨潢，蒙古正藍旗人。清道光六年丙戌進士，改庶吉士，授編修，陞至都察院左都御史。二十四年，出使朝鮮。咸豐六年，擢户部尚書、協辦大學士。八年，任順天鄉試主考官，事畢，除文淵閣大學士兼軍機大臣。不久，以科場舞弊爲御史劾奏，革職拿問。時端華、肅順用事，惡其鯁直，遂借機殺之。著有薜箖吟館鈔存八卷賦二卷（同治三年鍾濂刻本）。

雨後閑步回文

陰陰緑樹映窓紗，好雨新晴夕照斜。深院一人無客過，吟筇倚處數殘花。 薜箖吟館鈔存卷二

吴毓耆

毓耆字會英，江蘇海州人。

秋夜回文

輕梧落雨細緜緜，晚閣寒如靜室禪。聲唧唧時蛩咽露，色溶溶處水連天。横斜月影摇窗竹，歷寂房空摘子蓮。情夜幾回驚夢短，清鐘遠寺隔林煙。

蕭蕭雨景晚添愁，路隔溪塘碧水流。遥鴈一天雲破影，暗燈孤艇釣横秋。橋浮水出螢憑渡，月挂帆飛鷺引舟。潮落半篷歸客酒，銷魂醉裏手持甌。許喬林朐海詩存卷十一（道光十一年許氏刻本）

朱　鎮

鎮字靜媛，廣西臨桂人。舉人況祥麟室，澍、澄之母。著有澹如軒詩一卷（光緒二十五年武昌刻本）。

秋晚回文

盈盈夕覺香清甚，桂放新枝幾簇花。明月夜涼風入座，急聲蛩諦小窗紗。

秋夜回文

琤瑽細旺漏聲寒，醒瘮幽窗夜月殘。横幅一枝梅影瘦，生春忽憶畫來看。澹如軒詩

袁起

起（約一七九六—一八六八後）字竹畦，浙江錢塘人。樹孫。壯歲游吳，爲陶澍、壁昌、李星沅參軍，嘗官安慶府經歷。工詩能詞，著有畫延年室詩稿六卷詩餘三卷（同治三年刻本）。

虞美人 廻文和默卿司馬

濃陰緑浸簾鈎悄，曲曲風廊小。扇兜香細鬢堆花，軟語近偎欄畔臉横霞。　炎雲火爍消肌玉，恨惹尖蛾蹙。繡鍼拈嬾病懨懨，浴罷整妝新了换羅衫。

畫延年室詩餘卷三

盛徵璵

徵璵（一七九六—一八二五）字聘之，號小雲，一號笑筠，江蘇太倉人。大士子。增廣生。著有嘯雨草堂集十卷（道光六年刻本）。

題美人抱琴圖 回文

鐙青背壁暗愁濃，苦調憐儂伴語蛩。曾記可人情話夜，澄波月浸碧雲重。

卿卿誤曲唤銷魂，捧定心香夜罷焚。明月涼宵秋夢短，驚回一雁落寒雲。

嘯雨草堂集卷四

□巘亭

巘亭（一七九六—一八六九後），居南京，其父『秉鐸常郡垂十八年』。癸丑，天兵圍金陵，亡命南通等地。著有巘亭詩稿（上海圖書館藏稿本）。

春日閒居 廻文體

重扉閉永日清華，碧色欄邊砌放花。蜂蝶鬧來香馥馥，逢春愛坐隔窓紗。

荷軒消夏 廻文體

荷池一曲水生香，習習聲來送到凉。何若快隨風對面，羅衣合久坐虛堂。

村居 廻文體

依依柳色緑迎門，曲曲山光翠繞村。幃下愛書攤永晝，扉雙掩斷隔塵喧。巘亭詩稿

王懷孟

懷孟（一七九七—一八四〇）字小雲，四川大足人。清嘉慶十五年庚午舉人（王柏心序云『童年舉於鄉』），官長寧教諭，『爲外吏以歿』。工書法，蜀中詩人，張問陶後，懷孟獨享盛

名，著有小雲詞賸（咸豐九年刻本）。

菩薩蠻回文

一枝花對人愁極，極愁人對花枝一。人倦欲黄昏，昏黄欲倦人。斷魂秋色晚，晚色秋魂斷。愁是看花秋，秋花看是愁。

又回文

輭羅紅冷秋香淡，淡香秋冷紅羅輭。儂比瘦花容，容花瘦比儂。妾憐花恨别，别恨花憐妾。憐妾自年年，年年自妾憐。小雲詞賸　歷代蜀詞全輯

椿軒居士

姓名生平不詳，四川人。工曲譜，劇作六種，總稱椿軒六種曲，今傳於世，尚有椿軒詞集。

〔鳳凰琴自題詞〕

再答雙槐堂題詞原韻廻文二首分爲四首

東山正樂雅音傳，律協詞場一念專。工曲有歡追去日，拙詩無巧乞來年。中聲逐隊歌

攜手，上客觀樓舞拍肩。風大劈開花陣筆，雄雌兩劍試軍前。琅琳聽響問何然，振玉推敲百家箋。章斷取來縫月夜，唾餘吹去拾花船。香生綺語嬌迎笑，態舞輕腰細見憐。忙步學他催鉢擊，堂槐入夢結詩緣。

謝太平散人題詞廻文二首

霞餐老友隱川西，合氣神交善考稽。花好有香尋酒泛，筆停無句索詞題。斜陽舞袖雙飛蝶，夜月歌聲數聽雞。華藻擅長音絶妙，家專樂府韻思齊。

家通妙處各東西，玉刻紅樓小唱低。斜燕傍簾新試曲，彩鸞描筆舊標題。花花有眼誰看盡，草草無心我剪齊。華國播歌高士韻，紗輕好得浣清溪。

謝長秋堂題詞廻文一首

低聲苦唱近優家，大筆扶來出窖花。隄柳聽鶯呼日曉，浪桃翻燕舞風斜。題詞把管雙眸點，繪像尋圖一手叉。攜袖兩人詩結伴，齊思好義有投瓜。

謝桂香堂題詞廻文一首

知心一友桂馨堂，正樂音清洗俗腸。卮酒把交濃淡客，鏡花探照盛衰郎。詞評妙許通官印，曲譜新開大國香。奇法説來如補袞，詩家幾詠屢年康。

謝左錦堂刊詞迴文一首

仙花繡字錦爲堂，巧織因心印好章。天滿瑞星占户牖，地鋪明月叩門牆。錢投善價金針度，鏡照平衡玉尺量。箋鳳吐來豪氣俠，肩雙荷義大搜囊。

謝答雙槐題詞菩薩蠻迴文即用元韻

好交儒雅風塵掃，掃塵風雅儒交好。多人閲世摹，摹世閲人多。解愁真我在，在我真愁解。深意寄長吟，吟長寄意深。

椿軒五種曲（同治三年刻本）　蔡毅中國古典戲曲序跋彙編卷十四

雙槐堂

題椿軒詞集用菩薩蠻迴文

好詞新咏閒愁掃，掃愁閒咏新詞好。多情儘揣摹，摹揣儘情多。解人何處在，在處何人解。深致雅孤吟，吟孤雅致深。

椿軒五種曲（同治三年刻本）　蔡毅中國古典戲曲序跋彙編卷十四

釋本潮

本潮字洪淇。

觀龍井明月迴文

泉流泛月水澄清，靜養神龍老眼明。禪悟得參微諦妙，天光透徹照初晴。隱元、性幽黄蘗山志卷八（一九二二年排印本）

胡增瑞

增瑞（一七九九—一八三九）字齋甫，江西萍鄉人。清道光二年壬午，優貢本科第一名舉人。十二年壬辰進士，選庶吉士，授户部主事、軍機處行走。十九年，丁内艱，南旋哀毁歿。著有尊生閣集十二卷（道光二十三年刻本）。

迴文一首壽楊藹亭持謙大翁八十

賢郎少友又青藍，得識今生一老聃。仙偶醉丹陶八八，季羣稱鳳薛三三。鱣堂兆後綿遺澤，璧沼流芳繼美譚。專學介司繼笥滿，讓隣珍擬度淵涵。傳家守善多緣福，法古敦交不讓甘。延壽上方真性養，紀元乾德聖恩覃。年祈學織迴文字，堀祝漸無寸絹

函。前席憶逢瓊代九，宣音雅奏想陔南。 尊生閣集卷四

楊景程

景程（一七九九—一八六〇）字宗洛，號雪門，雲南鄧川人。清道光十四年甲午舉人，官保山教諭、鶴慶州學正，雲南回民起事中遇難。著有知白軒遺稿四卷（光緒十一年楊氏刻本）。

懷恩寺即宏材書院 四時即景廻文體順韻限一先

晴霞散綺結窗前，綠野耕農聚曉煙。鶯樹遠聲啼夢破，明暉麗枕一僧眠。
淋淋漱石澗鳴泉，惱熱消閒夏午天。陰覆半溪松透爽，林巖對坐靜忘禪。
涼飔夜動早秋先，澹入詩毫俗洗湔。霜杵數敲清漏晚，黃林抱葉一吟蟬。
如何靜夜此揮絃，伴作梅花雪作氈。書照小軒開霽景，疏扶樹影月橫天。 知白軒遺稿卷四

顧　春

春（一七九九—一八七七），西林覺羅氏，字梅仙，又字子春，自署太清西林春，晚號雲槎外史。滿洲鑲藍旗人，本籍鐵嶺。係甘肅巡撫鄂昌孫女，幼時家經變故，養于榮王府包衣人顧氏。及長，選爲貝勒奕繪側福晉。善詩詞，工書畫，才貌雙全，閨門傑秀。王鵬運論滿洲人詞，有「男中容若，女中太清」之語。著天游閣詩集七卷、東海漁歌六卷（張璋編校顧太清

（奕繪詩詞合集）

回文四首

秋江一釣野情閒，赤葉楓林映碧灘。游子客途鄉渺渺，寺樓山曲路漫漫。幽窗夜火孤村遠，闊岸荒沙落月殘。舟泊晚涼初過雁，愁生更盡望江寒。

紅衣舞盡落風輕，月照寒塘池水停。東閣小窗臨近岸，北堂高宴對深庭。蓬蓬草徑閒鳴蚓，灼灼花叢亂點螢。空碧映天雲寂寂，冷宵清露滴階蓂。

『天雲』：徐乃昌刻本天游閣詩集卷上作『光天』

臺高接影雲山遠，漠漠煙溪碧遶廊。迴浪細翻平柳岸，小舟輕蕩亂花塘。疊鐏瀉露清珠曉，簟枕浮光素月涼。苔徑覆篁新過雨，晚蟬鳴處動荷香。

『珠曉』：徐本作『珠灩』

霞晚照松青對座，古柯喬木夏陰陰。花開一樹仙桃小，鶴舞長天碧靄深。遮嶺片雲飛渡澗，過橋危徑曲通林。蛙鳴亂草煙谿滿，户入涼風好奏琴。天游閣詩集卷一

『碧靄』：徐本作『碧落』

潭華僊子瑶臺玉韵：『紈扇之詩易工，璇璣之圖難巧，倘非斲輪老手，斷不能鬬角鈎心而思抽乙乙也。以其研詞多宛轉之情，落筆切纏綿之義，得以迴環推敲，流利若一氣呵成，方居上乘。故回文一體，將等廣陵之散矣。余曾讀太清春之回文四章云，秋江一鈎夢情閒，赤葉

楓林映碧灘，游子客途鄉渺渺，寺樓山曲路漫漫，幽牕夜火孤邨遠，闊岸荒沙落月殘，舟泊晚涼初遇雁，愁生更盡望江寒。紅衣舞盡落風輕，月照寒塘池水停，東閣小牕臨近岸，北堂高宴對深庭，蓬蓬草徑閒鳴蚓，灼灼花叢亂點螢，空碧映光天寂寂，冷霄清露滴階蓂。臺高接影雲山遠，漠漠烟溪碧繞廊，迴浪細翻平岸柳，小舟輕蕩亂花塘，疊罇瀉露清珠灩，簟枕浮光素月涼，苔徑覆篁新過雨，晚蟬鳴處動荷香。霞晚照松青對座，古柯喬木夏陰陰，花開一樹仙桃小，鶴舞長天碧落深，遮嶺片雲飛渡澗，過橋危徑曲通林，蛙鳴亂草烟谿滿，户入涼風好鼓琴。四詩雖非出色當行，然已煞費苦心，不病尋常矣』。婦女雜誌第十五卷第四期（商務印書館）

黄　治

治（一八〇〇—一八五〇）一名福林，字台人，別字琴曹，後改今樵，浙江太平人。濬弟。明經。清道光十七年，濬因事謫新疆，治偕至戍所，行一萬六千里，歷八年始歸。長於詩畫戲曲，兼通醫學。著有今樵詩鈔八卷（光緒刻本）。

虞美人迴文

冰壺瀉酒樽開未，可我騰騰醉。火爐飛雪訊泥鴻，賸好印痕珠綻砌苔封。蕉衣緑褪斜風妬，恁似飄蓬去。遠人鄉夢幻鐙宵，只道半枝梅影閣寒寮。黄濬壺舟詩存卷六

許元愷

元愷（一八〇〇—？）字賓門，江蘇常熟人。監生。著有翦雨樓詩詞鈔（上海圖書館藏鈔本）。

菩薩蠻回文

隙簾風颺輕雲碧，碧雲輕颺風簾隙。寒夜怯衣單，單衣怯夜寒。　小庭秋月皎，皎月秋庭小。花瘦映窗紗，紗窗映瘦花。翦雨樓詩詞鈔

龔履中

履中字禹疇。

回文詩即用回文體

神傷遠别惜殘春，去雁歸憑寄海濱。伸紙片詞情脈脈，鱗排句子樣翻新。曾元海擊鉢吟七集卷上（光緒元年刻本）

傅隱蘭

隱蘭（？—一八七五）字文卿，江蘇宜興人。知縣程嘉杰室。著有刈蘭詞鈔二卷附迴文體（光緒二年程嗣徽跋刻本）。

題九九消寒圖 顛倒迴文

融脂點九九寒消，巧樣新翻筆意超。紅暈半開花點點，幾枝疎影瘦横綃。

詠雪 前體

脂凝嶺樹飛花絮，曲徑斜橋踏瘦驢。詩韻冷敲幽興遣，幾枝梅放半窗虚。

答雅蕙妹鄭芬 前體

迢迢恨隔雲山遠，客倦傷情世亂離。遥路怕沉浮雁信，消魂應也妹心知。

又叠五言原韻 前體

深情遠寄柬，集句巧傳神。鱗雁頻來往，新詩出意真。

落花 轉尾迴文

斜風舞片片飛花、似落霞

溪景 前體

西橋緑柳鎖煙溪、浴鷺啼　刘蘭詞鈔附迴文體

趙雲卿

雲卿字友月，江蘇毗陵人。銅梁少尹邦英長女，銅山楊某室。道光初，其父宦蜀，隨居成都。能詩畫，與女弟書卿、韻卿並稱。繆荃孫雲自在龕隨筆云：『蘭陵三秀，趙氏姊妹也』。早卒，著有繡餘小咏。

迴　文

晴窓透影日横斜。寂寂春庭滿落花。清夢覺殘香篆冷，輕烟籠柳曉啼鴉。
長晝清風梟篆烟，小池新逗緑荷圓。凉生甕水浮瓜好，嫩茗香煎試冷泉。
風摇桂影飄香亂，久坐閒堦玉露零。鴻度遠天秋夜静，半窓明月冷空庭。
濃香酒酌醉顔酡，凛凛風寒怯綺羅。松壓雪横梅蕚破，瓏玲月影淡娑婆。

佚名九女士詩稿

（首都圖書館藏稿本）

惲珠國朝閨秀正始續集補遺題作閨情回文，選録晴窗、風摇二首（道光十六年紅香館刻本）。

吴如玉

如玉字温卿，女，江蘇金匱人。

秋怨回文

紗窗晚映月痕涼，袖窄凝烟籠碧香。花落燈殘敲夢斷，鴉棲樹影對宵長。　惲珠國朝閨秀正始續集補遺（道光十六年紅香館刻本）

朱　邁

邁字璇吉，號耕田，江蘇吴江人。徙家至徐，備博士弟子員。性恬退，生平嗜酒，喜奕，沉酣古籍，善屬文賦詩，宦者延以爲師。嘗遠涉黔滇，年七十卒。著有耕田詩集四卷詩餘一卷（上海圖書館藏紅格鈔本）。

菩薩蠻四時閨怨

梦情紅碎鶯鶯弄。生恨細蛾凝。燕棲雙意戀。狂絮亂如郎。

緑濃浮影窓摇竹。幽弄一琴愁。膩肌香汗細。人懶立風薰。
苦聲桐葉庭敲雨。哀陣雁空排。悄思縈夜杳。愁滿塞危樓。
玉鋪寒院飛花六。誰飲對爐圍。冷梅孤伴影。拚又待年殘。

又書所見

艷情風裊春粧淡。輕步軟莎青。曲溪迴送目。斜柳暗潛鴉。

又秋閨

冷花燈結幽窓靚。秋帶雁聲愁。倦針拈繡半。長夜擁衾香。耕田詩集詩餘附

王增年

增年字逸蘭，直隸天津人。諸生，屢試不第。遠涉南北，遊幕終老。集中有『歲在甲申，客樂安署中，僻院閒庭蕭然』，『予僑寓金陵十年之久，時尚未亂，湖山佳勝，日事游覽』。著妙蓮華室詩草五卷詩餘二卷（同治二年刻本）。

菩薩蠻 戲爲回文體

月明斜影疎窗隔，隔窗疎影斜明月。橫榻向槐庭，庭槐向榻橫。捲簾珠露泫，泫露珠簾捲。樓上幾人愁，愁人幾上樓。妙蓮花室詞藁（上海圖書館藏鈔本）

特依順

特依順（？—一八四九），他塔拉氏，字鑑堂，滿洲正藍旗人，居長白。清道光初，授協領，參與鎮壓台灣張丙起事。十五年，以功擢荆州左翼副都統。十七年，調任密雲副都統。二十一年，英軍進犯廣東，以都統銜參贊大臣，派往督師。二十二年命爲杭州將軍，乍浦、定海、鎮海、寧波相繼淪陷，坐革職留任。二十六年，起復烏里雅蘇臺將軍，駐防福建。著有餘暇集二卷（道光二十二年刻本）。

亭頭日暮迴文

舟行一望遠山青，醉態狂歌對翠屏。流水碧溪松徑曲，暮雲銜日落西亭。

錦江秋夜迴文

牽情獨坐靜懷癡，隔岸秋聲啼鳥悲。船泊夜深更漏滴，前牕落雨細催詩。餘暇集卷上

回文集卷四十三　目錄

回文集卷四十三

唐存一

存一（一八〇四—一八七四後）字伯如，號靜軒，四川綿陽永興場人。增生，充左綿書院齋長。咸豐十一年，李永和、藍大順起義，攻綿。任辦本鄉團防，事定後叙功保舉訓導。喜吟咏，生平作詩，以集句擅長。著有靜軒集古詩選八卷靜軒詩文稿一卷（同治八年綿州家祠刻本），内回文詩三十六首，辛丑迄庚戌作。

春日漫興

鶯鶯語處燕來頻，絮逐蜂飛蝶撲人。醒解月軒留客夜，夢驚風樹落花晨。盈盈浪送青山遠，裊裊烟横碧柳新。行步小堦閑望景，晴陰幾日到殘春。

春晴晚眺

詩敲好景步西楹，遣興春天雨乍晴。眉展柳時聞燕語，眼舒桑處聽鳩鳴。池空集水新迷鷺，樹晚棲雲暮帶鶯。欹坐小庭當日落，枝枝竹影緑窻横。

春江晚泊

船行又得逞吟豪，落日晴江泊小舠。錢疊緑荷溪點點，帶縈青荇水滔滔。遷鶯見候堤垂柳，乳燕來時浪破桃。箋短録詩新寫景，煙雲起處快揮毫。

春日偶成

閣閭望景寫春三，伴結同人幾路探。黏線柳條長短綴，疊錢荷蕊淺深含。簷虚罩蘖紅翻砌，閣古生苔緑滿菴。瞻遠却來參靜境，簾垂久坐小窻南。

春晚閑眺

春芳占得半貧家，望倚閑堦到日斜。唇破絳桃紅炫露，眼開青柳緑蒸霞。鱗鱗細浪縈纖草，面面旋風聚落花。晨雨乍晴初遣興，身閑寫物咏窻紗。

春夜懷人回讀即曙景

陶陶醉飲對殘更，景好同誰共酌觥。膏雨夜如朝露滴，亂鴉昏似曙鶯鳴。嗷嗷雁去驚風冷，穀穀鳩來唤月明。高唱曉雞寒破夢，臯東叱犢早催耕。

春雨 和李芳谷春雨于隅集閨秀劉玉清原韻

鈎簾有響襍聲聲，密復疏兮重復輕。愁話客行朝路滑，賞欣人坐夜窻明。油油緑草溪連潑，點點蒼苔砌徧生。樓上怯寒春晝永，颾颼久雨又新晴。

陳藝圃明經新築長樂園成以春日即事二律索和步原韻荅以回文一律

書外世緣俗了人，種花尋地樂閑身。餘堦碎錦紅桃嫩，側徑拖裙緑草春。如畫一鶯藏柳碧，似絃雙燕語梁新。廬圍竹塢山環水，居卜小園植樹勻。

餞春

酡顔醉客餞春殘，酒酌空庭繞欒欄。荷似嫩苔青箇箇，草如芳樹碧團團。波生緑柳摇風細，子結黄梅濺雨寒。歌復詠吟閑望遠，多情適景好追歡。

夏日偶成

童童碧色樹陰濃，上下烟嵐翠叠重。東復西流廻水岸，凸還凹起夏雲峯。紅蓮墜粉餘黏蝶，緑柳排衙晚鬧蜂。工意寫情閑領畧，籠紗待句錦藏胸。

江村初夏

湖似鏡屏畫似郊，景隨詩意任推敲。鬟拖早藥紅衣卸，尾擺初篁緑籜包。蒲劍劃江晴破浪，柳絲穿露曉凝梢。珠璣吐處高登閣，鋪席坐來捧硯坳。

江亭閑眺

朝晴愛景眺前溪，目極長亭西復西。條綴亂絲垂柳岸，樹飄零錦落花蹊。蕉窻緑罩青苔嫩，藥砌紅遮翠竹低。橋印日光煙接水，迢迢遠聽暮鶯啼。

江村即景

江澄似練碧翻翻，好畫圖形繪短垣。茳緑繞溪遥接岸，草芳連徑曲通門。杠邊院落籬邊水，樹外池塘野外村。窻列遠山青點點，釭蘭對景暮開軒。

瀑布泉

泉流湧布瀑前磯，響共潮聲送落暉。懸練帶烟輕漠漠，潄巖和雨冷微微。湲潺更應晨鐘遠，搏激仍隨暮鳥飛。船濺水珠餘點亂，天連白浪雪霏霏。

夏日山村

蛙鳴是處報豐年，閣閣聲聞又插田。麻似嫩桑栽北畝，韭如纖草刈東阡。花間竹色紅牆映，嶺外溪光緑野連。車滿水原村滿稻，家家喜雨降晴天。

苦熱回讀即秋凉

泉流遠斷不迢迢，避暑無舟泊小橋。蓮化火雲籠涸沼，草溥珠露活枯苗。蟬鳴晚樹乾吟苦，鳥渡斜陽夕噪遥。天雨乍晴秋反熱，眠風枕月待凉宵。

日暮水際納凉遇雨

乘凉晚眺坐平沙，岸接雲山四望賒。澄水遠横新露白，小灣深背夕陽斜。層層碧沼分明月，靄靄青林映落霞。蒸鬱洗來風帶雨，蠅飛亂處起鳴蛙。

日暮雷雨交作倏然開霽偶觸詩思率成一律

紅片片雲暮霽開，晚霞殘日照庭槐。風兼雨勢徐還疾，電逐雷聲去復來。東澗野泉添碧沼，北園秋水漬蒼苔。匆匆賞處高憑檻，筒貯新詩咏上臺。

秋　興

華年感後酒杯停，興逸添歌醉復醒。斜照返遮紅蓼岸，早霜寒蘸白蘋汀。鴉棲晚樹森森碧，鳥度西山叠叠青。叉手慣吟閑觸景，花移日影罣疎檽。

秋　暝

花交樹映掩蓬蓬，影罣高樓小院東。鴉帶暮雲歸緩緩，雁驚寒日落匆匆。霞蒸似霧籠疎蓼，雨過如風擊古桐。斜照返山棲鳥衆，紗窻暝色暮飛蟲。

秋夜懷人

懷人感物觸深情，遠眺高樓到月明。槐徑竹聲鳴半夜，菊窻蕉影罣殘更。堦苔滴露秋心沁，苑桂飄風晚夢驚。齋小醉吟孤坐久，偕誰與語話惸惸。

代閨人秋夜懷人再叠前韻

懷牽遠客爲多情，臥倚空牀照月明。槐綠有陰遮小闥，葉紅無興寫深更。堦前吠犬愁腸斷，户後啼烏怕夢驚。齋靜夜眠人影隻，偕誰起坐獨惸惸。

月夜自綿城坐上水船還家

舟輕拽纜放前汀，詠復歌兮睡復醒。流水帶雲行小港，落花和露滴空舲。悠悠晚鷺飛蘋渚，寂寂孤鶯集柳亭。秋暮掉船歸岸遠，浮沉夜色月穿櫺。

九日偕諸友登臺山聚峯院縱飲豪吟暮宿何升堂明經家塾率成二律

觴飛快處逞吟豪，客喚閑題共擬糕。黄點點花秋泛蟻，碧幢幢樹晚升猱。霜寒醉葉紅如蓼，徑小封苔緑似蒿。狂笑自來風落帽，蒼蒼望遠聚峯高。

悰悰醉興寫杯殘，久坐閑吟繞菊看。松古撼風如雨急，野平遮霧似霜寒。峯前下露秋迷雁，嶺半棲雲暮帶鸞。鐘寺晚來歸客衆，重陽夕影照花欄。

秋江即景

秋暮過溪小結廬，釣灘閒倚快何如。流還止水深還淺，淡復濃雲捲復舒。洲橘撼風寒夜半，岸葭垂露曉晴初。悠悠自得常觀靜，舟泛一回一捕魚。

暮秋寺館孤眠將曙有感

霜團曉屋覺秋深，枕角攲眠獨擁衾。長滴漏更寒悄悄，亂鳴鐘鼓曙沉沉。床書照影花移月，院竹聞聲葉墮禽。腸斷幾回驚夢遠，香燒早罄擊僧林。

代閨人秋夜即景

林西步景望林東，唧唧蟲圍四壁空。深閣繡鴛紋射燭，冷窻書鳳錦翻風。衾黏舊唾餘衫碧，藁脱新詩寫葉紅。吟罷又來吟榻倚，沉沉月色一天中。

再疊前韻回讀即題美人思春圖

林投暮鳥任西東，影對斜陽夕望空。深恨寄鶯鶯待月，弱腰憐燕燕旋風。衾鴛濕淚珠珠緑，履鳳拖裙線線紅。吟苦共誰同酌酒，沉沉醉態畫樓中。

冬夜即景三疊前韻

林園步月待廊東，渺渺雲天一望空。深閣暖添茶當酒，冷窻寒至雪飄風。衾偎客舍團霜白，鼎沸湯爐熾炭紅。吟苦息聲無漏滴，沉沉燭影照堂中。

冬日讀書

紛紛亂葉墮寒風，苦讀書窻落日紅。聞咽咽聲蛩隱砌，度翩翩影雁橫空。雲停晚寺留香篆，雨過閑階萎菊叢。墳典聚床堆案滿，焚膏繼晷短匆匆。

冬夜接場隨棚觀榜

花生夢筆喜成丹，點點膏流淚燭殘。家國壯觀人濟濟，後先分列榜團團。瑕瑜辨處標名姓，選擇精時采蕙蘭。衙晚放回攜硯冷，紗窻徧吹北風寒。

漁樵

漁樵解得豈庸凡，目極閒情俗盡芟。疏雨帶風飄小笠，濕雲和霧惹輕衫。魚烹夜月穿蘆港，葉落寒霜壓石巖。渠映樹光山接水，虛涵倒影碧巉巉。

漁家

籓籬屈竹菉斑斕，近浦漁家住小灣。村接岸頭溪接舍，路連江口渡連山。翻翻燕似飛鳧亂，皎皎鷗如白鷺閒。門映緑楊堤晒網，園林背水碧潺潺。

閨怨

頻頻怨望盼多才，恨寫空書寄雁回。新月似人圓又缺，野雲如客去還來。春愁聽鳥聲雙喚，雨怕催花蒂並開。因有別懷牽夜半，真情露處倚高臺。

閨思

紗窻啟望遠迢迢，手歛迴紋錦懶挑。茶煑愛詩敲永晝，酒醒愁月拜長宵。花凝曉露垂如淚，柳拂輕風軟似腰。鴉噪幾回驚夢短，笳聞果否到西遼。 靜軒詩文稿卷一

黄婉璚

婉璚（一八〇四—一八三〇）字葆儀，湖南寧鄉人。本驥姪女，瀏陽拔貢歐陽道濟繼室。工琴，兼善詩詞，著有茶香閣遺草一卷（道光中湘陰蔣環刻本）。

晚步迴文

薰風拂扇一天涼，曲徑花隨步履香。雲接樹青浮遠岫，日沈波碧漾迴塘。欣欣自適多幽賞，脈脈何思寄遠望。醺飲小牕開悶意，熏籠倚處爇蘭芳。 茶香閣遺草（三長物齋叢書本）

張鴻卓

鴻卓（一八〇四—一八七六）字偉甫，一字篠峰，號筱庵，江蘇華亭人。增廣生。歷署丹陽、元和、嘉定、寶山諸縣學教諭。著有緑雪館詩鈔六卷詞十卷（道光三十年刻本）、緑雪館詞鈔一卷（光緒元年刻本）。

菩薩蠻回文

井桐飄葉秋宵永，永宵秋葉飄桐井。醒夢恰殘更，更殘恰夢醒。嫩寒初送信，信送初寒嫩。斜月澹窗紗，紗窗澹月斜。緑雪館詞卷一

虞美人

秋風采蓮詞，迴文藏七律一首，同魏樹人堃作。

牆紅繞水流橋小，隔岸花迎笑。袖羅香動晚風秋，折蕅影留斜日落飛鷗。塘横過艇撑竿竹，渚遠看烟撲。雪蘆涼意笛聲清，隱隱湘江勝景畫瓏玲。緑雪館詞鈔　緑竹詞（同治中刻本）

段海

海，湖北英山人。生員。

懸崖風雨迴文

青山着色暮天連，細雨絲垂碧嶂前。鈴動響風嘶陣陣，澗添新水滴涓涓。玲瓏竹嘯一溪隔，上下雲回幾壁懸。聽罷客愁空翠濕，星流似火野凝烟。

九峯晴嵐迴文

輕烟紫氣瑞凌霄，水接山邊四望遥。晴日映霞紅靄靄，曉天連樹緑迢迢。行人傍霧雲衣濕，澮影横橋柳絮飄。明月照前峯九九，清風送雨暲殘消。民國英山縣志卷十三藝文

據英山縣志，八景爲温泉春景、雞鳴效靈、懸崖風雨、羊角嵯峨、烏雲硃蹟、九峯晴嵐、仙人壁立、麻姑仙踪。

許辰珠

辰珠（一八〇五—一八五四後）字憩亭，江蘇婁縣人。諸生。著有吟薰閣詩草四卷（咸豐八年刻本）。

春日閨詞傚回文體二首

銷魂獨立小庭中，晝靜垂簾繡閣東。簫管弄聲鶯語細，夭桃碧映笑顔紅。

因緣舊續又愆期，曉閣粧成未賦詩。新樣柳如眉黛淺，春懷待我報郎知。吟薰閣詩草卷一

姚燮

燮（一八〇五—一八六四）字梅伯，一字復莊，號野樵，别號大楳山民，浙江鎮海人。清道光十四年甲午舉人，三應會試不售，十八年以謄錄例選候補知縣。工詩詞曲、駢文，兼擅繪畫。晚寓鄞縣，從學弟子甚衆。著有疏影樓詞五卷（道光十三年上湖草堂刻本）。

虞美人 春閨廻文

鉤簾挂月春宵半，醒夢樓歸燕。晚風花落惹愁閒，膩得麝煤香碎颭鑪山。　歌聲一囀嬌雲隔，斷恨羅衫結。縷金鴛繡絡雙珠，綵袖薄迴鸞鏡曉鬟梳。

前調 秋閨廻文

殘聲雁遠江橫月，恨侶山眉結。斷煙屏隔淚珠彈，燭傍碎梧風葉響珊珊。　涼初枕倚愁邊夢，甚説香篝鳳。水沈簾鎖露花霏，靜夜訴誰幽怨比蛩啼。疏影樓詞·畫邊琴趣下

吴敏樹

敏樹（一八〇五—一八七三）字本深，號南屏、柈湖漁叟，湖南巴陵人。清道光十二年壬辰

舉人，官瀏陽訓導，以不能行其志，自免歸。嘗客京師，與梅曾亮、邵懿辰等善。曾酋督兩江，從之閱兵，徧歷各郡。少好爲詩，繼治古文，著有釣者風（同治八年自序刻本）。

戲作回文三絶句

春色一邨山，看花逐水源。鶯啼有密樹，燕語過疎樊。
燈上先初夜，好書新作貪。曾何忘永晝，不是任狂酣。
篝易無通學，懶身容過年。前窗小飛雨，落花隨曉烟。

釣者風

王嘉誠

嘉誠字樂山，别號雲鶴道人，京師蓬萊宫道士。幼業儒，喜吟咏，擅書畫，中年遁入黄冠。著有樂山回文四卷續咏一卷（同治元年刻本，宣統三年重訂本）。

【回文詩序】回文詩出于蘇若蘭，回環宛轉，得句雖多，但人未能盡解。袁子才所集隨園詩話有回文一首，前明張三丰亦有爪皮詩回文一首，其餘襍書或見回文一二首者，皆爲閒文而已。余幼攻儒業，秉性疎慵，淡于進取，癡好寫畫登臨，幾覽京西名勝，未能遍歷寰區。後獨幕遊山右，放蕩飄蓬，曠懷物外，寡過存心，慕道久矣。故此中年，遁入黄冠，仍以寫畫謅咏爲樂。偶作題景咏物回文數十首，以暢素懷，非敢立異居奇，别開生面也。其一爲京西名勝，次爲房山古蹟，及留臺褉咏，蘆洲秋興，詩歌分爲四卷。其留臺者，即留臺尖也，在房邑兩三里，孤峯峭立，東南村落，西北雲山，爲余現今棲止處也，故以眺遠閒適爲題。其蘆洲者，即都城天壇根蓬萊宫也，舊名東極宫，又號蘆洲道院，西看遠山，亦有城市山林之趣。丙辰秋間因作蘆洲秋興律體回文十餘首，其餘皆爲辛酉冬間在留臺新作。蓋因字數過多，難于抄録，未能遍贈同人，故爲付梓。奈余詩學涉近，不計工拙，所作皆以通常爲事，以便雅俗共賞，遣目怡心，回環賞閲，調同牧曲樵歌，何敢爲詩也，或可爲童稚開蒙，實不堪高明入目，祢爲貽咲云。旹同治元年歲在壬戌立春後自序於留臺之眺遠山房宣統三年本作『香山之卧遊山館』

回文引二首

頭翻兩韻倒回文，少調才庸志苦勤。遊覽好吟詩學淺，幽情野鶴伴閒雲。

深山出隱處隨時，久作閒題自賣詩。吟咏倒文回韻體，尋思用盡費心癡。

〔京西名勝〕

扇子河在海甸大宫門玉路旁河如扇面公卿士人過往不斷

清波玉路繞隄迎，緑水河開扇面平。明影照成圖畫好，行人過馬快車輕。

昆明湖附近三山御園等處

平湖玉鏡朗生波，近島三山好景多。晴岸柳亭涼影動，清澄水滿長新荷。

繡綺橋俗名羅鍋橋在海甸西

彎弓玉影入虛空，緑柳垂隄兩岸通。山遠看穿流水近，攀梯磴上一長虹。

萬壽山爲御園三山之一

齊天遠望仰高攀，古栢松多萬壽山。蹊砌玉臺樓閣敞，堤盈柳緑水回環。

虎城在海甸馬廠上有鐵網下有石墻過洞閘板以備餧食打掃者避身處

通墻石洞過深空，密網編條鐵盖籠。雄氣膽高蹲虎瘦，洪聲吼動自生風。

長河在西直門外自昆明湖通高梁橋流入内外護城河兩岸垂柳樓臺直到西山一望最遠

横橋玉路近長河，岸滿垂楊緑柳多。迎水碧山西望遠，城重繞遍湧清波。

玉泉山附近昆明湖繡綺橋

錐天立塔玉泉山，絶頂峰青翠石斑。垂柳岸亭湖水近，隨堤繞道一橋彎。

石景山在阜城門外正西渾河東岸孤峯獨起石洞最多上有古寺磚塔

晴巒遠立獨高峩，寺隱雲山石洞多。平地起峯孤塔小，横流水響近渾河。

望兒山在海甸正北高山上古祠俗傳爲佘太君望六郎處

山蒼寄恨舊踪遺，切念憐兒爲母慈。闕北望時當日遠，閒花野草滿荒祠。

黑龍潭在海甸西北水從祠内池中流出環抱龍祠流通稻田西南北三面遠山

清潭碧樹遠峯奇，古殿龍泉水抱祠。平壟稻田通浪静，明光鏡影緑楊垂。

碧雲寺寺在香山有行宫接龍松五百金身羅漢堂純皇帝常幸其處　註行字順念音杭出弥陀經七重行樹

蒼松翠嶺碧雲深，衆像佛堂一色金。涼閣梵宫行樹古，香山滿地落花林。

潭柘寺有帝王樹流杯亭石魚磬古柘樹潭在山上流入院内隨處繞遍帝王樹多株相連竝生

穿亭繞過酒杯浮，古柘潭清碧水流。連樹帝王空殿淨，懸魚石磬擊聲幽。

戒臺寺有傳戒石臺古松最多内有活動松一株遊客到山無不摇撼

臺高上座石梯層，響磬山堂過衆僧。來去客多松撼動，開壇講戒説傳燈。

卧佛寺在香山有卧像大佛長約數丈

垂岩翠壁石塘灣，古寺禪堂静掩關。慈像大龕金佛卧，奇花野樹滿香山。

天台山在香山後傳云當日魔王閉目摩球苦鍊修成肉身坐化故稱魔王

幽堂梵刹香山遠，路入雲峯亂樹多。留像肉身金體淨，修心苦鍊自除魔。

温泉在海甸西北泉在道院中東有稻田

隨山遠映樹遮村，稻種春田緑繞門。移影竹堂仙觀古，池深長湧水泉温。

妙峯山 春秋兩季還願燒香過會人多無數在京西北百餘里

神靈感應最深山，遠涉登高路轉攀。人會過多年例久，純心各滿願香還。

大覺寺 在妙峯山前凡從妙峯山回香必到寺中閒遊寺有魚池

回香進殿各遊閒，影動魚池竹映山。開院滿花林樹異，臺平繞閣水潺潺。

寶珠洞 在香山南高嶺上洞中有五色石子如珠寶狀供奉鬼王像是肉身坐化者洞前有三間敞樓

幽清最遠俗塵無，古洞岩深嵌寶珠。樓敞過高山樹密，留身肉像見聞殊。

龍王堂 在寶珠洞下坎有竹林山泉朱魚方池

涼風竹動影沉浮，滿院松花落水流。堂外山泉龍閣靜，方池碧映赤魚遊。

白雲觀 在西便門外每年正月十九爲燕九會人多萬衆晝夜不斷爲會神仙之期

懸簷繞樹滿雲煙，古觀樓高殿映天。連夜晝多人赴會，年年屢世降真仙。

大鐘寺在德勝門外大道旁鐘約數十萬斤亭高數丈上掛亭梁下入地池

青松密樹曉含烟，寺古臨城近路前。聽處遠聞聲震地，亭高立架大鐘懸。樂山回文卷一

【房山古蹟】

大房山即縣西大山勢如房脊縣以山名

城西遠望一高房，古栢蒼松翠棟梁。明放瓦青山帶草，橫雲白襯粉墻長。

金陵在縣西北二十里大山中即金朝之陵

殘碑石殿古陵荒，老樹楓林半葉黃。鸞鳳畫屏金落落，寒流水凍晚秋涼。

賈島故里在房邑南門外路傍古寺前石碣獨存

城通路近寺依村，遠代唐人古蹟存。名盛有詩傳世久，平臺石碣點苔痕。

賈公祠即賈島祠在縣南二站村明時因驚馬跑地掘出舊碑就其地建祠

垂名盛世葢聞奇，躍馬驚跑地獻碑。詩重惜公天必應，時隨祀立建新祠。

百花山（在縣西百餘里萬山中其處最冷每值春夏百草異花齊放）

香生各草百花山，遠磬鐘鳴鳥道攀。涼月夏寒天氣冷，長松翠石白雲閒。

上方山（在縣西南五十里有雲梯摘星陀一斗泉雲水洞七十二茅庵住靜處）

陀高傍斗一泉清，近水雲梯石磴横。多靜住僧山院小，蘿青繞洞碧岩晴。

黑龍關（在縣西北五十里河套中通口西大路傳云爲劉盆子立國處）

池清漲滿水流灣，遠路行踪有廢關。垂柳碧潭龍廟古，奇峯翠嶺萬重山。

房城古樹（在縣池城隍廟内槐樹最古）

苔青點碎葉蒼蒼，古樹神前殿閣涼。材大本空枝幹老，開園滿地落花黄。

磚宫院（在縣西南樓子水北坡上院有磚殿竹林水池）

涼陰竹緑水盈池，古殿磚宫立壁垂。香草異花松栢老，蒼山遠樹亂峯危。

萬佛堂在縣北二十五里磁家務佛像最多鑿石墻上堂下有水洞傳云有冬泛桃花之異即孔水洞也

花飛滿洞水流香，寺外山林柳岸長。蝸篆繞墻石佛古，斜陽晚樹倚高堂。

王禪洞在萬佛堂西南高嶺上洞外有桃園並孫麗學藝臺

垂藤挂壁滿園秋，古洞仙翁隱蹟幽。奇藝學成人没久，遺臺舊處遠芳留。

西域寺在縣西南五十里寺有小西天别院

流泉繞樹密雲濃，古鼎金龕寶殿重。秋葉落天西域静，樓高隱處幾聲鐘。

中和峪在縣北羊耳峪村北坡上古寺荒廢

平山遠嶺翠峰重，棘棗多株一樹松。清瀑水涼荒寺古，横碑卧地土埋鐘。

大象石在羊耳峪村外平地滚圓獨立高有數丈石前有古寺

巒峰遠立獨空懸，影日遮雲近半天。丸轉似山圓滚滚，殘荒寺古石多年。

白水寺在縣西北十餘里古寺荒廢石橋獨存水流渾白色故名

蒼松古壁斷雲浮，遠谷深池白水流。黄葉落碑殘照晚，荒橋石廢寺悠悠。

龍泉水磨在磁家務萬佛堂前

横溪過木架空樓，湧水催輪磨轉周。成造巧工人力省，轟轟響動自通流。

留臺尖孤峰獨立山如卧虎上有三元廟院有古松一株傳云鐘爲白虎鐘打之境内出不祥事山在房邑西門外三里即余栖止處也

村城附近最高峯，寂寂長宜不打鐘。蹲虎卧形山勢異，根蟠古樹一孤松。

稻地八村在縣西南三十里長溝等處

村連遠緑柳堤長，暖氣花開晚稻香。門隱樹多秧插滿，昏黄月影水清涼。

樂山回文卷二

【留臺襍咏】

遥瞻帝里留臺者即留臺尖也其處最高爲余結茅處故十餘首皆以眺遠閒適爲題

通衢百里帝城遥，遠闕樓多樹影飄。東上月高登眺晚，空横霧斷隔塵囂。

遠望蘆溝

荒城古道一長橋，遠望河明玉帶飄。狂水急流横動影，忙歸路去客途遥。

良鄉塔影

天青插影筆空懸，遠塔孤城隔晚煙。前路客途長隱隱，田盈緑樹野村連。

涿城雙塔

横雲鎖影塔雙雙，短級層真不見窗。晴雨稱時看處遠，城孤隱樹插高椿。

遊山偶作

情閒體爽最風流，好景隨人儘興遊。行步緩時歸去晚，生平樂咏自消愁。

遠望罛臺

平川遠望一高峯，小樹連村野霧濃。明顯半空天日近，城山接路隔雲重。

山房對菊

詩中畫景咏房山，院滿青松挂月彎。移榻竹亭幽坐久，時開菊好最心閒。

留臺眺遠

齊山萬樹古峯青，遠眺人聲幾處聽。迷眼望空天杳杳，低飛鳥過柳陰亭。

邊關曉月

邊城夜影月鈎彎，斗轉横空望遠關。天碧落稀星點點，烟凝曉樹滿荒山。

午夜霜鐘

鳴鐘遠響亘更殘，冷月微明半榻安。横影竹窻幽夢醒，輕風落葉下霜寒。

晨醒望日

空飛自起日升東，紫霧雲林萬樹紅。風暖入窻開閣曉，曚曚色爽氣和融。

雪月烹茶

茶烹雪水少人来，久望閒吟獨上臺。斜徑石城山月冷，花飛落院小窗開。

下視房城

流沙白水野河灣，地到雲中此處閒。樓隱樹低城入路，遊人遠望一房山。

雲嶺飛泉

横雲斷嶺下飛泉，陡石青山四壁懸。明月入窗松影瘦，清風竹屋草生烟。　欒山回文卷三

【蘆洲秋興】

蘆洲秋興蘆洲即蘆洲道院天壇根蓬萊宫也以下皆爲丙辰在京時作

長歌野興逸情幽，久篆香烟竹上樓。楊柳聞聲風續斷，荻蘆見影月沉浮。墻西隔樹蒼山遠，院北臨池碧水流。黄菊籬邊湖放鶴，涼添乍覺一園秋。

目次作蘆洲道院秋興律體十首，無分題

其　二

燒荼待客野花栽，古木喬松有鶴来。橋小遶池穿曲徑，樹高連竹過平臺。遥山進院西窓掩，近水通園北閣開。飄葉秋塘蘆映月，樵漁伴處淨氛埃。

其　三

西沉月影竹窓虚，久逸閒情世慮疎。溪傍柳堂幽士隱，樹遮雲館野人居。雞聲幾處歸樵晚，雁宿多時罷釣初。低院蘆扉烟近水，題詩半榻一囊書。

其　四

溪邊柳樹竹邊莊，岸近蘆花菊近廊。迷路山童牧笛短，出林野客樵歌長。棲鴉暮靄煙村晚，落雁秋光水閣涼。西轉月彎橋對宅，低窓紙壁挂詩囊。

其　五

郊荒近院草堂深，採藥收來共客尋。敲竹砌前窓響珮，插秧畦上壟生針。巢歸鶴處松簪玉，樹入鶯時柳綴金。梢挂月高亭栢古，抄詩覓句好彈琴。

其　六

微風細雨暮村煙，水近蘆花雪滿船。歸鶴宿巢松入月，晚蟬吟樹柳調絃。飛螢夜落星垂地，唳雁烁翻字上天。扉掩靜眠閒事少，揮毫一咏記新聯。

其　七

門閒對樹萬山齊，最好吟詩作畫題。村外水通人渡晚，院邊雲近鳥飛低。昏黄月影花盈砌，淡蕩風聲竹滿溪。温正酒茶呼到客，痕苔點徑掃荒蹊。

其　八

灣橋小艇釣湖平，暑換寒來北雁征。山晚對窗松月冷，水流穿院竹風清。閒身到處無榮辱，隱志隨時遠利名。關掩晝眠安榻短，環溪遠樹野煙輕。

其　九

幽堂草映緑窗紗，路斷雲林遠宿鴉。樓外山光天上下，榻前松影月横斜。秋来晚樹多啼鳥，雨過新籬滿落花。牛斗轉回風露冷，浮烟竈煖煮香茶。

其十

西山走遍走山西，久隱隨身一卷携。畦蘂種深松欝欝，圃花栽滿草萋萋。低亭竹近雲邊樹，小院蘆高月上溪。藜杖倚来尋句好，題詩是處是詩題。

秋雨

留空影落雁翩翩，盡興詩酣半榻眠。樓滿雨聲風滿院，樹連雲氣霧連天。幽亭竹過長流水，遠谷山垂倒挂泉。收網釣翁漁艇小，秋林野岸隔濃烟。

目次作蘆洲褋咏律體四首，無分題

新晴

蟬吟柳外砌吟蛩，霽雨新晴喜務農。天遠接山青隱隱，境幽通竹翠重重。泉飛挂壁穿高樹，石陡排空插亂峰。船上客歸人渡晚，烟村抱水緑雲濃。

咏雪

林空遍地點瑶瓊，窄徑溪橋野岸平。深院蘆花飛片片，滿園柳絮落輕輕。臨峯亂樹銀簪立，遠塞邊山玉帶横。吟雪對題詩入畫，陰雲冷透色光明。

雪晴

煙輕映雪霽晴朝，景對詩吟客上橋。連郭遠山漫素粉，小村幽徑點瓊瑶。田生玉樹梨花落，地綴銀塘柳絮飄。阡陌滿荒堆璧白，懸空半壁挂冰條。（欒山回文卷四）

【續咏京西名勝】

香山（在海淀西上有滿營寺院附近御苑一帶好景最多）

香生草動過風柔，遠寺山營滿處幽。長嶺翠峰松栢古，凉亭御苑入泉流。

蘇州街（在南海淀有稻地水樓桑園織作純皇帝幸江南回鑾時添設）

疇平緑滿稻花香，紡織機工學種桑。樓映水光風景好，幽居野岸傍街長。

蘆溝橋（在彰儀門外通各省大路上有蘆溝曉月碑亭路穿城過東通石道西對遠山）

凉生水面動風清，曉月彎橋過客行。長道石亭碑蹟古，荒山遠對路穿城。

明陵在昌平州北即十三陵

幽林夾路玉亭河，遠世明陵故代多。流水過橋宫殿敞，秋山萬樹挂垂蘿。

居庸關在昌平州西北接連長城爲出口要路

寒煙野樹繞邊山，遠塞通衢至要關。蟠道石城長路險，巒峯峭壁翠苔斑。

五塔寺在西直門外院有五座寶塔排連並立爲黄衣所居

煙雲繞頂五峯尖，影插天錐玉指纖。連塔石堂佛像古，懸鈴挂角轉高簷。

萬壽寺在西直門外有假山石洞

空堂石洞進人游，細草青苔翠影浮。通殿過山堆鑿巧，叢林樹古寺深幽。

西頂在西直門外離西山最近例年四月初旬開廟走車走馬還愿最多

浮光日暖乍天長，過馬車多許愿香。游望遠山西頂近，樓重隱樹野村荒。

玉皇頂（在香山四王府西山内爲羽士所居）

清泉繞路傍高林，淨界天宫道院深。平頂絶峯山叠翠，横雲緑樹半晴陰。

四平臺（又名翠圍山在香山南上有八刹一望亭台樓閣最多即寶珠洞龍王堂等處）

屏圍翠壁四平臺，古刹八菴各處開。亭隱樹高樓閣小，青山滿地點莓苔。

蓮花池（在西便門外北通望海樓土山環繞十餘里緑柳盈堤紅蓮映日）

通樓過岸土山長，柳帶池清暑氣涼。紅日暎花拖水緑，風翻翠葉碧蓮香。

豐臺（又名看臺在右安門外相連十八村皆以栽花爲業萬紫千紅十餘里連絡不斷）

長籬錦砌繡成堆，巧枝奇花百種栽。香帶各村連近遠，芳芬競處繞園開。（樂山回文續）

宣統三年本目次最後尚有又續董四墓村山居樂二首，而此册無之，卷末只是總結不回文一首（因古觀荒廢無力修補賣畫謀生慟感而作）詩云『存心寡過幾多年，堅守清規滌宿愆。訪道不辭詩畫累，養生豈爲利名纏。煮成白石終非飯，寫出青山且賣錢。古觀蕭條香火少，惟期早遇善人緣』。

釋徹凡

徹凡（一八〇八前—一八五八後）號寄雲，浙江上虞人。道光間小雲棲寺僧。咸豐戊午李慈銘序云：『徹凡越之東山謝氏子，幼歸浮屠教，今年五十餘矣』。著有募梅精舍詩存三卷（咸豐八年南湖興教禪院刻本）。

迴　文

居山樂事日悠悠，懶性情宜少應酬。舒卷暮雲閒伴榻，莽蒼春月好凭樓。疎疎雪映松巖碧，颯颯風生竹徑幽。書卷幾翻時久坐，虛牕向夕一燈篝。募梅精舍詩存卷二

迴　文

樵歸晚岫碧生烟，擔束秋柴亂卸肩。瓢瀉緑醅新買得，宵深醉月就檐前。
莊西水宿伴鷗沙，罷釣谿深柳繫槎。霜隖一聲雞喚曉，茫蒼月岸葦飛花。
耕農守業樂邨居，喜占深秋稻熟初。晴望滿坡前刈穫，清償税穀得心舒。
烟穿曉徑曲歌桑，葉翦春肥緑滿筐。眠起待蠶多作繭，年年助課婦工忙。募梅精舍詩存卷三

唐員

員（約一八〇八—？）字益之，號逸子，浙江秀水人。貢生。能詩，工書畫，精醫理。著有逸子詩集八卷（同治二年刻本）。

白蓮迴文體

無瑕點愛玉瓏玲，錦濯波看散緑萍。珠露滴聽聲細細，鷺鷗栖認影亭亭。湖涵月候葩含白，水戲魚時葉颺青。孟仰半開憐質素，殊香逗處放煙汀。逸子詩集卷一

吴秀珠

秀珠（一八〇八—一八二七）字蘊吉，安徽涇縣人。工部都水司主事檀女、適諸生郭蘭芬，未婚而卒。著有絳珠閣繡餘草（道光七年刻本）。

春晝迴文

香風煖颺翠簾疎，豔豔花開曉雨餘。長日靜吟清興健，觴傾緑酒佐盤蔬。絳珠閣繡餘草

紅梅閣主人清代閨秀詩鈔卷三

朱篔孫

篔孫（一八〇八—一八三六）字竹香，安徽涇縣人。蘭坡女，長洲彭廷榮室。著有霞飛閣詩稿（道光十八年刻本）。

秋夜月下倣回文體

幽窗夜月上遲遲，弄影花枝幾座移。秋笛一聞驚睡鶴，樓高遍倚獨吟詩。 霞飛閣詩稿

蔣敦復

敦復（一八〇八—一八六七）字劍人，初名金和，字純甫，易名爾諤，字子文，江蘇寶山人。幼時有神童之稱，屢應鄉試不售，乃發憤讀書，遍遊大江南北。道光二十二年避仇爲僧，號妙塵，自號鐵脊生。還俗後，始改今名。應試，學憲張芾拔之冠首。太平天國克金陵，與王韜謀響應，事敗，復爲僧，法名曇隱大師，築庵於上海北門（竹林禪院）。同治初，丁日昌、應寶時相繼官蘇太松道，延致幕中。晚號江東老劍、麗農山人。所交多名士，琴歌酒賦，慷慨激昂，著有芬陀利室詞五卷（光緒十一年玉魫生王韜淞隱廬重刻本）、芬陀利室詞話三卷（光緒十一年刻本）等。

菩薩蠻 虎邱西麓訪劉碧鬟女子墓用回文體

黑風陰碎帬仙蜨，蜨仙帬碎陰風黑。蕥骨玉煙衰，衰煙玉骨蕥。小魂離夢草，草夢離魂小。泥枕碧鬟絲，絲鬟碧枕泥。 芬陀利室詞·青瑟詞

朱 燾

燾字壽康，一字伯康，號嘯泉，又號杏蓀，晚號東里賸夫，江蘇寶山羅店人，後遷嘉定（疁城）。好詞賦，試輒冠軍，年十六補諸生。清咸豐元年辛亥恩科舉人，計偕北上，因額溢見遺。歸月浦鎮，設帳課徒。太平天國光復蘇郡，攻打青浦、上海期間，會母以疾終，哀毁逾節，年餘亦歿。著有簫材琴德廬詞稿（咸豐七年刻本）。

虞美人 回文

秋聲一夜涼鐙瘦，寂寂愁新逗。病蛩悲蟀小庭中，落月悄垂簾影翠房空。　輕煙黛鎖雙眉恨，背鏡情無準。粉殘脂賸酒醒難，遍熨皺痕羅袖倚寒天。

虞美人

此調可作迴文，前人多有爲之者，余亦曾作一闋。近見汪君子濬元浩又以此調寓七律一首，歎

其工巧，因思詩詞合作迴文，昔所未見。雨窗病起，戲爲賦此，拈合頗費心裁，痕迹仍多未化也。

孤樓綺夢寒鐙隔，細雨梧窗逼。冷風珠露撲釵蟲，絡索玉鐶圍鬢鳳玲瓏。　膚凝薄粉殘妝悄，影對疎闌小。院空蕪緑引香濃，冉冉近黄昏月映簾紅。（簫材琴德廬詞稿·東谿漁唱）

『寒鐙』：林葆恒續詞綜補卷十二作『寒煙』。

蔣敦復芬陀利室詞話卷三：『同邑朱杏孫孝廉，與余弱冠定交，即以詩文相切劘，曾繪窗清咏圖，余記之。飢來驅去，勞燕分飛。杏孫雖獲一第，家中落，草草勞人，非復昔時豪興。近乃與序伯、師白、稺泉、芝門、同叔、小梅結詞社唱和，修窮措大故事，非其素志也。詞鈎心鬥角，不喜旁人門户，於諸君子中别調自彈，其性兀傲可見。虞美人調作回文體云，秋聲一夜涼鐙瘦，寂寂愁新逗，病蛩悲蟀小庭中，落月悄垂簾影翠房空，輕煙黛鎖雙眉恨，背鏡情無準，粉殘脂賸酒難醒，靠徧皺痕羅袖倚寒天。此調回文，國初毛西河有之。汪君子淦又于回文中作七律一首，愈徵巧妙。杏孫和之云，孤樓綺夢寒鐙隔，細雨梧窗偪，冷風珠露撲釵蟲，絡索玉環圍鬢鳳玲瓏，膚凝薄粉殘粧悄，影對疏闌小，院空蕪緑引香濃，冉冉近黄昏月映簾紅。使西河見之，得無前賢畏後生耶』。

顧憲融填詞百法卷上：『詞作迴文，必其音調平仄可以倒讀者始可，文人鬥巧，好於險處求勝，顧於此道中作生活者，究亦不多見。清初毛西河以虞美人調賦迴文，音調諧合。朱杏孫傚之云，秋聲一夜涼燈瘦，寂寂愁新逗，病蛩悲蟀小庭中，落月悄垂簾影翠房空，輕煙黛鎖雙眉恨，背鏡情無準，粉殘脂膩酒醒難，靠偏皺痕羅袖倚寒天。又一闋於虞美人詞迴文中更寫七律迴文一首云，孤樓綺夢寒燈隔，細雨梧窗逼，冷風珠露撲釵蟲，絡索玉環圍鬢鳳玲瓏，膚凝薄粉殘粧悄，影對疏闌小，院空蕪緑引香濃，冉冉近黄昏月映簾紅』。

汪氏原作已佚。元浩（一八〇八—一八六七）字孟養，又字子濳、子淦，江蘇鎮洋人。中歲目眚，棄舉業，專肆力詩古文，而詞律尤細。陳爲升序云：『蔗畦先生著述甚富，庚申之亂，俱已散佚，今所存詩詞一卷，皆避亂煙村時所作』。

周　仁

仁字樂山，江蘇常熟人。歿時年未三十，著有映蟾堂稿。

春日迴文

春回草岸碧連天，煖浪風微雨似烟。新樹緑中峯髻擁，落花紅外柳腰眠。晨迷蝶夢香魂斷，晚囀鶯吭脆語聯。人倚樓時簾半捲，頻來燕影舞翩翩。楊希溁虞邑幽光集卷六（道光二十一年常熟楊氏刻本）

吴荃佩

荃佩字淑蕙，浙江山陰人。山東齊河馬巽以室。著有碧雲閣詩鈔三卷（咸豐四年刻本）。

夏日山居 迴文體

嵐翠浮陰午轉曛，院庭閑掃淨埃氛。三三徑潤花含雨，六六峯開風過雲。南榻繡吟新茗啜，北牕琴課晚香焚。探幽暢興居山樂，涵緑波煙水影分。碧雲閣詩鈔卷一

秋山晚眺 迴文體

煙巒入繞澗深幽，好景山村一望秋。船載酒香清月映，榻横琴韻逸風流。芊芊影亂遮蘆葦，渺渺聲寒聚鷺鷗。前嶺塞鴻歸陣陣，連天碧水似雲浮。碧雲閣詩鈔卷二

馬映奎

映奎字西垣，號小槎，又號省山，山東齊河人。巽以弟。清道光十四年甲午舉人。著有小槎集句一卷。

新秋偕友人夜坐即事舊作 迴文體

同心此處對交知，娓娓論文共賦詩。紅影燭台銀案列，碧煙香閣畫簾垂。風迎柳色深搖檻，月碍蘿陰密映帷。中夜靜談閒坐久，桐絲歇罷又圍棋。民國齊河縣志卷三十藝文

林菁莪

青莪原名子楷字廷模，號洪範，浙江平陽招順鄉下魁人。庠生。（一七八九—一八一三）

遊春迴文

晴天一色樹濃陰，朵朵飛花鋪杏林。輕柳舞風長整綫，細秧穿雨密藏鍼。横雲暮趁霞光淡，落日遲隨雁影沈。程遠計歸遊客宿，清流水調叶絃琴。民國平陽縣志卷七十五文徵内編十三引永嘉詩傳

王錫綸

錫綸（一八〇九—一八七八）原名勇智，字印川，山西忻州人。清道光二十四年貢生，咸豐十一年官臨汾訓導。著有怡青堂詩集八卷文集六卷（一九二二年排印本）。

春日迴文丙戌

頻頻寫意極和融，眼倦留陰翠閣東。春酒醉酣初短夢，夜簫吹冷半微風。人窺月影窗摇白，鳥弄花枝露顫紅。新色一簾幽麗景，塵飛不埽淨庭中。怡青堂詩集卷一爨餘稿

周恩綬

恩綬（一八一〇—一八四一）字佩仙，又字小沙，號艾衫，江蘇丹徒人。清道光十五年乙未進士，改庶吉士，授翰林院編修，未幾去官。二十年，主上蔡問津書院講席，次年捐館，僅三十餘歲。著有享帚齋詩鈔四卷詞鈔二卷（同治十三年解梁官廨刻本）

春閨詞戲效回文體

鶯囀低簷拂柳絲，緑紗窗上日遲遲。輕寒曉怪粧樓倚，明月半彎雙畫眉。

風花落定罥鉤簾，篆裊煙香晚罷添。櫳閉好春閑倦繡，紅燈背影月開奩。

享帚齋詩鈔卷一

宗婉

婉（一八一〇—一八八四後）字婉生，江蘇常熟人。德潤女，山西同知蕭瓚室。教授里中，女弟子甚衆。著有夢湘樓詩藁二卷詞藁一卷（宗廷輔輯入湘繭合稿，光緒六年常熟宗氏刻本）。

勝湖草堂集

菩薩蠻 鉤月將沈窗燈未炧仿迴文體填此以遣旅況

月鉤如傍栖禽宿，宿禽栖傍如鉤月。門掩又黃昏，昏黃又掩門。　碧窗紗影疊，疊影

紗窗碧。扶夢旅鐙孤，孤鐙旅夢扶。湘繭合稿·夢湘樓詞藁

吳灝閨秀百家詞選題作菩薩蠻迴文，『碧窗紗影疊』作『碧紗窗影疊』

朱　璵

璵（一八一一—一八四五）字葆瑛，一字小莛，浙江海鹽人。禮部侍郎方增次女，内閣中書曲阜孔憲彝繼室。工書善畫，著有小蓮華室遺稿二卷、金粟詞一卷。

菩薩蠻　夏閨迴文

碧荷香透紗窗北，北窗紗透香荷碧。清露比珠明，明珠比露清。竹穿螢燦緑，緑燦螢穿竹。纖月映疎簾，簾疎映月纖。吳灝歷代名媛詞選卷四（一九二七年石印本）

徐乃昌小檀欒室彙刻閨秀詞題作子夜歌效迴文體夏閨和施浣谿女史均

李曾裕

曾裕（一八一一—一八六八後）字玉之，號小瀛，江蘇上海人。由鹽大使發浙江候補知府，官湖州同知。道光二十五年，乞病歸里，咸豐間僑居嘉定。詩近袁枚，主性情，著有舒嘯樓詩藁四卷詞藁一卷（同治九年刻本）。

菩薩蠻戲作迴文體

緑楊垂處紅闌曲，曲闌紅處垂楊緑。寒雨況春殘，殘春況雨寒。烏啼驚夢曉，曉夢驚啼烏。長路客思鄉，鄉思客路長。舒嘯樓詞稿

彭瑞毓

瑞毓（一八一二—一八七七）字子嘉，號薑畦、藝泉，湖北江夏人，其先世本江蘇溧陽，幕游楚北，僑居會城。清咸豐二年壬子恩科二甲第一名進士（傳臚），改庶吉士，授編修，入直南書房。八年，遷山西學政。同治二年，補山西道監察御史，官至雲南鹽法道。年六十後歸，工繪畫，著有賜龍堂詩稿八卷（同治十年刻本）。

〔宋方伯分菊苗且用蟹詩韻見贈二章率和奉謝〕戲占回文再疊前韻二首

心傾雅調古西州，見面方來詠菊秋。吟句好時花共笑，金黄燦處倚高樓。

沙晴映碧水邊樓，盼入青霄九月秋。花好得苗新插圃，霞烘待看聚星州。

李銘三太守閨人代製荷葉繡帶作回文二首謝之

神鍼古法效嬪妃魏文帝宫人薛夜來能於暗中刺繡號曰鍼神，翠葉真如捲露微。新樣别翻陳樣舊，匀圓帶稱瘦腰圍。

風搖柄葉葉搖風，悟得真空色色空。虹吐彩橋天映碧，中宵夢想翠華東。

李銘三有和詩而非回文因讀末句好花語可就此體再爲湊成二首而用來詩起處清休二字爲回韻

清華入侍硯擎妃，吏案香留味覺微。横玉帶施宜古寺，名傳遠代異身圍。

休生一念想流風，繡錯徒成妙手空。遊屐著來辭闕北，好花看遍翠湖東。

引恬老人有詩次韻因再疊一首用回文體奉酬

風和弄影柳垂門，雨過濃青滿郭村。叢菊補畦園益韻（承公以菊種見貽），畹蘭增譜畫留痕。同人雅契交元白，老宿名傳繼李温。紅紫遍山羣豔鬭，中林暮望漫銷魂。　賜龍堂詩稿卷七

引翁有詩次韻書此爲謝（回文）

翁詩老氣筆縱横，歛手應知自愧驚。終日數來何事樂，筒詩啟處緑窗晴。　賜龍堂詩稿卷八

趙韻卿

韻卿（一八一三—一八九四）字友蓮，後更字悟蓮，江蘇毗陵人。邦英三女，雲卿妹，吴縣

潘曾瑩繼室。著有寄雲山館詩鈔十卷詞鈔二卷（光緒二十六年刻本）。

江行晚眺回文

涓涓浪逐輕舟小，澹澹風牽細纜長。天接遠空秋水碧，煙籠薄靄暮山蒼。微風卷水漾浮萍，碧柳疏煙繫客舲。飛鳥去連雲影澹，落霞明映遠峯青。寄雲山館詩鈔卷五

春閨回文

林煙冪影日遲遲，遠翠山痕映黛眉。深院小花飛點雪，短隄垂柳碧抽絲。琴横几靜雲簾卷，笛弄風晴曉夢吹。吟韻寫懷愁坐久，心幽寄恨託香蘺。

秋閨回文

情寄愁聲一笛風，遣懷閒立小庭中。輕煙鎖岫浮雲碧，曲徑堆霜落葉紅。晴照晚花憐舞蝶，遠天秋影送飛鴻。横窗半幅新添稿，畫入疏香點菊叢。寄雲山館詩鈔卷七

菩薩蠻 早起回文

曉窗幽夢驚啼鳥，鳥啼驚夢幽窗曉。分鬢薄梳雲，雲梳薄鬢分。折枝花露綴，綴露

花枝折。長袖浥濃香，香濃浥袖長。

菩薩蠻閨夜回文

影移簾弄風庭靜，靜庭風弄簾移影。妝晚倦添香，香添倦晚妝。月明憐久立，立久憐明月。寒夜落花殘，殘花落夜寒。寄雲山館詞鈔卷一

李天極

天極，貴州水城廳人。清同治四年恩貢，候選訓導以州判用。『光緒初，佐蜀綦孝廉危朝英，創修廳志』，『著有焦窓迴文詩集行世』（貴州通志人物志五）。

珠噴靈泉

仙神有米擲城西，顆顆奇珍異出泥。泉湧水流珠約略，浪凝沙噴寶離迷。淵深隱泣鮫垂淚，浦合還來月映溪。天地一靈鍾瑞氣，圓匀影似碧琉璃。

龍潛古洞

瓏玲石窍隱深淵，北斗星纏一地天。龍卧洞中波湧浪，鳳翔山裏霧凝烟。紅霞紫射岩

邊穴，白水清流井上泉。風雨釀成霖與澍，穹蒼感應禱墀前。

文筆插空

椽如大筆彩云咸，草篆蟲書隱古巉。天地有靈鍾北嶺，蕙蘭多秀毓西岩。前峰挂榜開金字，遠岫提空寄石函。田若硯方三畝巨，仙神待執手摻摻。

清溪消夏

炎炎夏暑避前溪，暈日紅霞逐鶩啼。添色遠山青草蔓，暢懷出嶺碧雲低。廉名美吏清如水，麗句詩人醉若泥。纖月夜彎松徑古，拈毫一飲小橋西。

光明削玉

瓏玲石洞古岩蒼，異境鍾靈地吐光。風習習時飄草偃，露淋淋候潤花香。紅霞射處游人住，綠螘浮來隱士狂。東向水流波浪淺，蓬蒿擬去一仙鄉。

萬笏朝天

千山列笏秀排空，叠嶂危岩峻嶺崇。前岫遠通幽徑北，古村高望一峰東。旋回暗露朝霞紫，上下凝烟繞日紅。拳若石擎仙掌巨，穿雲碧玉執叢叢。

金鐘撲地

圓匀象有又無音，鑄得神鐘玉煉金。烟鎖石橋横水淺，霧凝杉樹碧雲深。田平繞處分先後，浪白流時判古今。天與地靈鍾上下，延綿果見不浮沉。

古木浮山

流霞晚照夕陽丹，秀柏松高嶺外山。浮靄淡烟蒼木茂，嘯猿孤霧白雲閑。楸樹一生枝翳薈，柳條千古蔭斕斑。稠幹老根盤曲曲，秋逢桂客有詩删。六盤水古今詩詞選

李天極荷城（水城）八景：珠噴靈泉、龍潜古洞、文筆插空、清溪消夏、光明削玉、萬笏朝天、金鐘撲地、古木浮山。

周綺

綺（一八一四—一八六一）字綠君，小字琴娘，江蘇昭文人。王氏遺腹女，隨母依舅氏，遂姓周。吴縣王希濂側室。工韻語，解音律，擅畫山水花鳥，又精醫術。于歸後，偕外子游幕江浙齊魯，名山勝境，無不寓諸篇章。庚申歲，忽遭兵燹，僅存雙清仙館詩鈔四卷詩餘一卷（南京圖書館藏鈔本）。

春遊即景回文

輕橈蕩處綠分波，岸柳隨風逐客過。晴日煖烘春氣淑，行人助興逸情多。

紅桃間柳映家家，燕剪風微漸日斜。空際烟螺山入畫，峰峰罩碧襯晴霞。雙清仙館詩鈔卷一

檇李畹雲女史金芳荃題吳中周綠君女史雙清仙館遺草：『辛巳仲冬望夕，挑燈枯坐，偶檢蟫編，外子歸持一册示余曰，此幕友新之王君之祖慈、洞庭王雪香先生淑配之遺稿也。乃三復誦之，擊節嘆賞。省識遺圖玉貌温，珊珊仙骨有靈根，廻文巧奪蘇家錦，手把芙蓉映月痕。有遺圖廻文詩工絶』（申報光緒七年十二月十三日）。

汪　藻

藻（一八一四—一八六一）字翰輝，號鑑齋，又號小珊，江蘇吴縣人（商籍錢塘）。係潘曾瑋之表兄。清道光十五年乙未舉人，二十一年辛丑進士，官河南知縣，改捐工部候補郎中，屯田司行走，加鹽運使銜，旋請養家居。咸豐十年，避難浙中，未幾返滬上，翌年夏歿。著有靜怡軒詩鈔五卷繡蜨龕詞鈔五卷（光緒四年吴縣汪氏刻本）。

減字木蘭花 迴文戲仿玉淦體

同心合意，濃豔醉窺春夢綺。意合心同，穗繫雙環玉戞風。　心同意合，吟翠倚欄花

並狎。合意同心，擪笛催鷗喚酒斟。同心合意，紅落半邊鷗語寄。意合心同，淚粉拋殘絮怨蛩。心同意合，琴案一鑪熏睡鴨。合意同心，甲染花香冷露侵。　繡蜨盦詞鈔卷四蒲船集下

張經贊

經贊（一八一四—一八八七後）字南皆，自號丹山房主人，湖南武岡人。清道光十七年丁酉拔貢，爲國子監。咸豐元年初署龍門，三年調新興。九年，由軍功保陞佛岡同知。同治元年改瓊山，五年代理花縣，七年遷曲江。著有燹餘吟草十二卷（光緒間武岡張氏刻本）。

納涼有感效作回文體四首

風清拂檻水生涼，晚景煙霞煥彩光。紅日映階花吐萼，翠雲環徑蘚爭芳。瓏玲樹影雙揮袖，遠近簫聲數斷腸。同抱雅懷幽賞樂，東窗小叙快飛觴。

河山老我許樵漁，默守安閒此卜居。荷芰滿池清意洽，芷蘭縈徑古懷舒。和風恰動簾飛燕，細浪剛浮藻聚魚。過雨暮雲晴景美，歌酣式舞醉醺初。

收將雨氣夕山晴，興寄閒雲暮靄橫。酬唱客懷吟月朗，往來朋舊話燈明。樓高聽笛長音妙，寺古敲鐘遠響清。流水逐波煙渚碧，浮雲看處奈無情。

林泉樂趣有霞餐，俗世超然脱得難。心印月明光照普，意隨雲薄淡能安。森森竹影搖風勁，馥馥蘭香浥露寒。琴曲一彈欣夜靜，音知客聽坐更殘。（燹餘吟草卷九）

陸志淵

志淵（一八一五前—？）字靜夫，號瓠落散人，江蘇江陰人。著有瓠落詞（同治五年自序本）

虞美人 春暮無聊戲成迴文二闋

簾垂靜晝縈煙麝，斷夢鵑啼乍。病春人惱落花風，檢點藥紅題句恨重重。

重重恨句題紅藥，點檢風花落。惱人春病乍啼鵑，夢斷麝煙縈晝靜垂簾。

南鄉子

人瘦也何因，酒病春深別恨新。花落鳥啼雲夢杳，酸辛，獨我魂銷自掩門。

門掩自銷魂，我獨辛酸杳夢雲。啼鳥落花新恨別，深春，病酒因何也瘦人。（瓠落詞）

王　晉

晉（一八一五—？），初名前，字貴士，一字桂史，湖南常甯人。諸生，舉孝廉方正。咸豐初，嘗奉曾國藩檄治團練，早逝。著有湘東草堂詩集二卷（同治十年湘東草堂刻本）。

【芸樓孫明府致仕歸里奉餞】公行矣復作七律迴文用誌宛轉綿纏之意云

毿毿樹色寒江晚，切切蟲聲雨閣昏。譜譜舊詩編一一，含風古韻帶蘋蘩。時愛棠錄編成

村魚趁酒横橋北，豎牧行歌度山嶺南。邑名翻憾別情遥送目，沅湘繞影鴈隨飄。

（湘東草堂詩集卷下）

施瓊芳

瓊芳（一八一五—一八六八）初名龍文，字見由，一字昭德，又字星階，號珠垣，原籍福建晉江，其父始移居台灣。清道光二十五年乙巳恩科進士，補江蘇知縣，未就職，乞養回籍，尋任海東書院山長。著有石蘭山館遺稿二十卷。

和春夜懷友迴文原韻

春送斷腸詩。鶯催早漏驚殘夢，燕繫遥緘贈遠離。横笛一歌聞柳折，更深望眼倦憑誰。

情中冷對燭珠垂，篆裊風簾捲起遲。明月夜餘消渴酒，落花

（石蘭山館遺稿卷十六（臺南文化第八卷第一期））

譚澍青

澍青（一八一五—一八八二）原名昭德，學名振楚，字載夫，一字半農，晚號横塘老漁，湖

南湘潭石潭鄉人。年十八，補諸生，數舉不第，遂絶意仕進，以明經教授鄉里。有湘潭譚半農先生詩集（一九四八年上海排印本）。

次韻蘇東坡先生題織錦圖上回文三首

春愁重候花開杏，恨積秋深葉落桐。人遠夢長宵寂寂，月明閒坐小廊空。

紅絲舊織愁彈淚，緑柳新看怯斷腸。風落花如多恨妾，月籠雲似薄情郎。

羞看細織回文字，恨寫新詩寄意深。頭上不簪花朵朵，暗塵封盡斷弦琴。半農先生詩集·釋末草

春雨迴文絶句

軟翠憐新柳，殘香怨落梅。淺寒春雨細，苔徑一簾開。

晚春即事迴文

殘花落碎紅，寂寂閒庭院。寒嫩擱啼鶯，雨疎迴倦燕。半農先生詩集·横塘漁唱

和人和月折梅花迴文

煙輕罨樹滿庭芳，月淡籠窓半夜涼。鈿玉觶風香染鬢，纖纖手折一枝霜。

殘漏迴文

殘漏聽悠悠，寂寥添客愁。寒燈一夜永，落葉萬山秋。蘭砌幽芳吐，竹窓疎影流。單衣怯冷露，語雁度高樓。半農先生詩集·集外詩

方濬頤

濬頤（一八一五—一八八九）字子箴，一字飲茗，號夢園，一號忍齋，安徽定遠人。清道光二十四年甲辰進士，改庶吉士，授編修。同治中，歷官兩廣、兩淮鹽運使。光緒三年，擢四川按察使，旋致仕，歸寓合肥。著有二知軒詩鈔十四卷（同治五年廣州刻本）。

閨情回文學東坡體用原韻

春腰舞蹙柔絲柳，媚眼低捎細乳桐。人醉倚欄瓊鈿墜，落花催醒酒杯空。

紅葉霜天遥寫怨，白雲秋塞絶牽腸。風兼雨和寒砧搗，月夜凄然忽夢郎。

羞含翠黛眉峯亂，灑淚湘簾小院深。頭上訝垂新樣錦，斷魂香閣夜彈琴。

春曉嘑鶯流檻曲，撫絃么鳳緑栖桐。人情憶否歸期訂，好夢驚殘繡幕空。

紅暈臉霞堆上枕，滿懷離恨惱柔腸。風生響逼敲窗雨，道遠愁儂怕説郎。

羞見一叢花簇錦，豔詞新與寄情深。頭回盼到書傳雁，斷續聲諧調入琴。二知軒詩鈔卷八

勞蓉君

蓉君（一八一六—一八四七）字鏡香，號采卿，浙江山陰人。丙堃女，同邑陳錦室。著有緑雲山房詩草二卷（光緒四年橘蔭軒刻本）。

秋景迴文

楓林一抹澹霞紅，夢破涼秋九月風。鴻渚寄書傳遠塞，隼皋飛翠刷晴虹。濃香晚菊探階下，冷豔疏葭看沚中。蓉出水如僊句好，影摇燈壁陋吟蟲。

疊前韻又得一首

楓岸看花爲葉紅，露零疏樹逗寒風。鴻泥印月涵清渚，雁嗽排雲隔斷虹。濃聚雪濤翻水曲，薄鋪霜彩散庭中。蓉塘夜色涼深淺，永漏驚殘更語蟲。緑雲山房詩草卷上

清范寬蠡園詩話卷二：『余幼年在窗下，除詩文課外，曾倣前人作迴文詩數首或填詞數闋。近來文詞稍得浩然之氣，迥非性之所近，故不爲此。惟女史勞容〔君〕字鏡香，秋景迴文詩二首云，楓林一抹澹霞紅，夢破涼秋九月風，鴻渚寄書傳遠塞，隼皋飛翠刷晴虹，濃香晚菊探階下，冷豔疏葭看沚中，蓉出水如仙句好，影摇燈壁陋吟蟲。其二，楓岸看花爲葉紅，露零疏樹逗寒風，鴻泥印月涵清渚，雁陣排雲隔斷虹，濃聚雪濤翻水曲，薄鋪霜彩結庭中，蓉

塘夜色涼深淺，永漏驚殘更語蟲』。

潘曾瑋

曾瑋（一八一九—一八八六）字寶臣，號季玉，又號玉淦，江蘇吳縣人。世恩幼子。蔭生，道光二十三年順天鄉試，挑取謄録，歷太常博士，補刑部福州司郎中。後回籍辦團防，嘗與太平天國戰，統領前敵各營，攻奪蘇州。積功賜布政使銜，記名道台。著有玉淦詞一卷（光緒四年刻本）、自鏡齋集六卷（光緒十三年刻本）。

減字木蘭花 迴文和嘯筠

同心合意，紅壓醉窺春鏡倚。意合心同，喜並花枝一笑濃。　心同意合，尋夢香衾鴛枕怯。合意同心，蠟淚銷殘翠閣深。玉淦詞